Viktor Pelewin

TOLSTOIS ALBTRAUM

Roman

Aus dem Russischen
von Dorothea Trottenberg

Luchterhand Literaturverlag

Die Originalausgabe erschien 2009 unter dem Titel *T*
bei Ėksmo, Moskau.

Die Übersetzerin dankt der Fachstelle Kultur des Kantons Zürich für die
Unterstützung ihrer Arbeit durch einen Werkbeitrag Literatur. Der Verlag dankt
Marion Voigt, Zirndorf, für ihr kundiges Lektorat.

Verlagsgruppe Random House FSC-DEU-0100
Das für dieses Buch verwendete FSC®-zertifizierte Papier *Munken Premium Cream*
liefert Arctic Paper Munkedals AB, Schweden.

1. Auflage
Copyright © 2009 der Originalausgabe by Viktor Pelewin
Copyright © 2013 der deutschen Ausgabe
by Luchterhand Literaturverlag, München,
in der Verlagsgruppe Random House GmbH
Redaktion: A. E. Brahman
Satz: Greiner & Reichel, Köln
Druck und Einband: GGP Media GmbH, Pößneck
Printed in Germany
ISBN 978-3-630-87388-6

ERSTER TEIL,
Der Eisenbart
9

Kapitel I bis XV
11-201

ZWEITER TEIL,
Der Schlag des Imperators
203

Kapitel XVI bis XVIII
205-443

> ... Soldat eines von Gott verlassenen Landes,
> Ich bin ein Held — sagt mir, aus welchem Roman?
> I'm a soul, Dscha.
> Pjatniza[1]

ERSTER TEIL

Der Eisenbart

I

Als die Strecke bergan ging, verlor die altersschwache Lok an Fahrt. Das kam gerade rechtzeitig – vor dem Fenster tat sich ein Panorama von außerordentlicher Schönheit auf, und die beiden Passagiere im Abteil, die eben ihren Tee ausgetrunken hatten, vertieften sich ausgiebig in diesen Anblick.

Auf der Kuppe eines hohen Hügels leuchtete weiß ein Adelsgut, offensichtlich erbaut von einem verschwenderischen Tollkopf.

Das Gebäude war von einer sonderbaren Schönheit: Es sah aus wie eine Elfenbehausung oder wie das Schloss eines Mönchsritters. Die weißen Turmspitzen, die spitzbogigen Fenster, die luftigen Marmorpavillons, die sich zwischen den bizarr gestutzten Sträuchern im Park erhoben – all das wirkte vollkommen irreal in der endlosen russischen Weite, zwischen den grauen Bauernkaten, den windschiefen Zäunen und den Vogelscheuchen, die in den Gemüsegärten aufragten und aussahen wie Kreuze mit den sterblichen Überresten von schon zu römischer Zeit gekreuzigten Sklaven.

Ungewöhnlicher noch als das weiße Schloss sah indes der Ackersmann aus, der am Hang hinter dem Pflug herging: ein hochgewachsener Mann mit schwarzem Bart, von mächtiger Statur, angetan mit einem langen Hemd. Er hatte bloße Füße, die Hände lagen auf den Griffen des hölzernen Pflugs, den ein Kaltblüter hinter sich herzog.

»Finden Sie nicht, Euer Ehrwürden, dass dieses Bild etwas Biblisches hat?«

Die Frage kam von dem Passagier mit dem buschigen rötlichen Schnurrbart, der einen braun karierten Zweiteiler und eine ebensolche Schirmmütze trug. Sie war an den jungen Geistlichen gerichtet, der ihm in schwarzem Klobuk[2] und dunkelvioletter Kutte gegenübersaß.

Der Geistliche, der von der Gestalt und vom Bart her eine große Ähnlichkeit mit dem Ackersmann aufwies, wandte sich vom Fenster ab und fragte mit einem liebenswürdigen Lächeln:

»Und was genau finden Sie daran biblisch, mein Herr?«

Der Herr mit der karierten Schirmmütze wurde leicht verlegen.

»Etwas Ursprüngliches, Erhabenes ist vielleicht besser gesagt«, versetzte er. »Die Bibel hat, wie wir wissen, ebenfalls einen Bezug zum Ursprünglichen und Erhabenen. In einem vergleichenden Sinne. Entschuldigen Sie, wenn ich mich unpassend ausgedrückt habe.«

»Aber ich bitte Sie!«, antwortete der Geistliche. »Seien Sie doch nicht so apologetisch.«

»Verzeihung, wie?«

»Apologetisch, zu überflüssigen Entschuldigungen neigend. Laien bemühen sich im Gespräch mit einem Priester immer, etwas Geistiges anzusprechen. Daran ist nichts Verwerfliches, im Gegenteil – es ist erfreulich, dass wir allein durch unseren Anblick die Gedanken auf erhabene Themen zu lenken imstande sind ...«

»Knopf«, sagte der karierte Herr. »Ardalion Knopf, Eisenwarenhandel. Ich glaube, ich habe mich noch nicht vorgestellt. Und Sie sind Vater Paissi, so viel ich weiß.«

Der Geistliche neigte den schwarzen Klobuk.

Knopf wandte sich wieder zum Fenster. Das Gut und der Ackersmann waren noch immer zu sehen.

»Wissen Sie, was das für ein mysteriöses Schloss auf dem Hügel ist, Vater Paissi? Das ist Jasnaja Poljana, das Gut von Graf T.«

Er sprach es so aus: »... von Graf Täh.«

»Tatsächlich?«, bemerkte der Geistliche höflich, aber ohne sonderliches Interesse. »Was für ein seltsamer Name.«

»Der Graf wird wegen der Zeitungsleute so genannt«, erläuterte Knopf. »Wenn die Zeitungen von seinen Abenteuern berichten, nennen sie niemals seinen richtigen Namen, um nicht der Verleumdung beschuldigt zu werden. Deshalb hat er diesen Beinamen.«

»Wie romantisch«, lächelte der Geistliche.

»Ja. Und da am Hang hinter dem Pflug geht Graf T. selbst, nehme ich an. Das ist sein Morgenspaziergang. Ein großer Mann.«

Vater Paissi machte eine höfliche Geste mit den Schultern, er schien gleichzeitig ratlos die Achseln zu zucken und seinem Gesprächspartner zuzustimmen.

»Wieso auch nicht?«, versetzte er. »Ein paar Stunden bäuerlicher Arbeit können auch einem Grafen nicht schaden.«

»Ich gestatte mir die Frage«, sagte Knopf schnell, als habe er nur auf diesen Augenblick gewartet, »wie stehen Sie zur Exkommunikation des Grafen T., Euer Ehrwürden?«

Der Geistliche wurde ernst.

»Eine äußerst tragische Sache«, bemerkte er leise. »Was kann schmerzlicher sein als die Verbannung aus dem Schoß der Kirche? Aber der Grund für diese Maßnahme sind offenbar die sündigen, unzüchtigen Taten des Grafen. Die mir im Übrigen nicht zur Gänze bekannt sind.«

»Unzüchtige Taten? Hier wage ich Euer Ehrwürden zu widersprechen. Graf T. ist eine der großen moralischen Autoritäten unserer Zeit. Und seine Größe wird durch die Exkommunikation keineswegs gemindert. Aber die Autorität der Kirche, mit Verlaub ...«

»Welche Gründe haben Sie denn, den Grafen T. als moralische Autorität anzusehen?«, erkundigte sich der Geistliche.

»Aber ich bitte Sie! Er ist der Beschützer der Unterdrückten, ein edelmütiger Aristokrat, der sich nicht scheut, das Böse dort herauszufordern, wo Polizei und Regierung machtlos sind ... Ein Idol der einfachen Menschen. Und der Liebling der Frauen. Ein echter Volksheld, auch wenn er ein Graf ist! Kein Wunder, dass ihn allmählich selbst das Herrscherhaus fürchtet.«

Das Wort »Herrscherhaus« sprach Knopf mit bedeutungsvoll aufgerissenen Augen im Flüsterton und zeigte dabei mit dem Finger nach oben.

»Es ist alles ganz eitel, und alles ist eitel«,[3] sprach Vater Paissi mit einem Lächeln. »Moralische Autorität erlangt man durch Verfolgungen und Qualen und nicht durch den Beifall der Menge. Andernfalls müsste man diese Autorität auch der Tänzerin zuschreiben, die des Abends ihre nackten Beine in die Luft wirft, während der Saal sie durch das Lorgnon betrachtet.«

Vater Paissi zeigte mit zwei Fingern, wie die Beine in die Luft geworfen werden.

»Graf T. ist doch keine Tänzerin«, wandte Knopf ein. »Und auch vor Verfolgungen ist er keineswegs gefeit. Wissen Sie, dass die Polizei ihn heimlich überwachen lässt und dass er das Gut nicht verlassen darf? Angeblich fürchten die Behörden um seinen Verstand. Gerüchten aus Familienkreisen zufolge hat der Graf sich entschlossen, das Gut zu verlassen und nach Optina Pustyn[4] zu gehen.«

»Nach Optina Pustyn?«, fragte Vater Paissi stirnrunzelnd. »Zu welchem Zweck? Und was ist das überhaupt?«

»Der Zweck ist mir nicht bekannt. Und über den Sinn dieser beiden Worte sagt man so allerlei. Manche meinen, das sei ein geheimes Kloster, wo der Graf sich ein spirituelles Geleitwort der heiligen Einsiedlermönche holen will. Andere behaupten, die Sekte der Hesychasten bezeichne mit Optina Pustyn die äußerste mystische Grenze, den Gipfel spiritueller Erhöhung, und man dürfe es nicht im geografischen Sinne verstehen. Und in Regierungskreisen schließlich ... Ich kann mir überhaupt nicht vorstellen, was die sich denken, aber irgendwie erscheint ihnen die Absicht des Grafen, nach Optina Pustyn zu gelangen, als gefährlich. Man hat die besten Agenten der Geheimpolizei ausgeschickt, sich dem Eisenbart in den Weg zu stellen.«

»Dem Eisenbart?«, fragte der Geistliche.

»Ja, so nennt man den Grafen in der Dritten Abteilung.«

»Woher haben Sie diese Kenntnisse?«

Knopf zog bereitwillig eine zusammengefaltete Zeitung aus der Tasche:

»Hier bitte, das steht in den *Petersburger Verstreuten Nachrichten*.«

Der Geistliche fing an zu lachen.

»An Ihrer Stelle würde ich den Gerüchten, die diese Blätter verbreiten, keine Bedeutung beimessen. Das ist doch alles leeres Gerede, glauben Sie mir.«

Knopf sah auf die Uhr und blickte dann den Geistlichen aufmerksam an.

»Immerhin sind die Informationen über den Hausarrest des Grafen nur allzu wahr«, sagte er. »Wissen Sie, ich habe Beziehungen zur Polizei. Man hat mir das im Vertrauen erzählt. Und noch allerhand Interessantes mehr.«

»Was denn genau, wenn man fragen darf?«

»Es heißt«, sagte Knopf und blickte Vater Paissi dabei eindringlich an, »Graf T. habe sich einen Doppelgänger zugelegt, einen großen, kräftigen Bauernburschen, dem er aus einer alten Perücke einen Bart gemacht hat. Den schickt er zum Pflügen, wenn der Expresszug vorbeikommt, damit er selbst sich verkleiden und das Gut unbemerkt verlassen kann. Dann steigt er in den Zug, und zwar genau da, wo Sie eingestiegen sind, Väterchen, und geht seiner eigenen Wege ...«

»Was Sie nicht sagen!«, ließ Vater Paissi sich vernehmen. »Interessant. Für einen Eisenwarenhändler, Herr Knopf, sind Sie sehr gut unterrichtet über polizeiliche Belange.«

»Und Sie, Väterchen, sind für einen Geistlichen über die Maßen gut ausgerüstet. Zum Beispiel das Schießeisen da unter Ihrer

Kutte, der Griff steht ja sogar hervor. Wozu brauchen Sie das Ding?«

Der Geistliche fuhr mit der Hand unter die Kutte und zog einen langen, blinkenden Revolver heraus.

»Den hier?«, fragte er und betrachtete ihn, als hätte er ihn noch nie gesehen. »Wegen der Wölfe. Unsere Gemeinde liegt im Wald, von der Bahnstation ist es weit zu laufen. Weit ist der Weg, dunkel die Nacht ...«

»Ein Savage, ein französischer?«, schnurrte Knopf. »Nicht übel. Kommen Sie, ich zeige Ihnen meinen ...«

Er zog einen krummen Smith-&-Wesson-Polizeirevolver unter der Achsel hervor.

Eine merkwürdige Situation hatte sich da im Zugabteil ergeben.

Der violette Geistliche und der karierte Herr saßen jeder auf ihrer ledernen Sitzbank, den Revolver in der Hand – nicht dass sie einander damit unmittelbar bedroht hätten (ihr Gespräch war eher scherzhaft und heiter), aber dennoch hielten sie die gezogenen Waffen deutlich und unverkennbar aufeinander gerichtet.

»Da wir gerade vom Grafen T. sprechen«, fing Knopf an. »Wissen Sie, was der gewaltlose Widerstand gegen das Böse ist?«

»Natürlich«, erwiderte der Geistliche und spielte mit seinem Revolver. »Das ist die moralisch-ethische Lehre von der Unzulässigkeit der Vergeltung von Bösem durch Böses. Sie stützt sich auf Zitate aus dem Evangelium, die allerdings willkürlich ausgewählt sind. Unser Herr hat tatsächlich gesagt: ›Demjenigen, der dich auf die rechte Wange schlägt, halte auch die linke hin.‹ Aber der Herr hat auch etwas anderes gesagt: ›Nicht den Frieden habe ich gebracht, sondern das Schwert‹ ...«

»Eine moralische Lehre, sagen Sie?«, fragte Knopf und strich mit dem Finger über die Trommel. »Da habe ich aber andere Informationen.«

»Nämlich welche?«

»Graf T. hat sein Leben lang östliche Kampftechniken studiert.

Und auf dieser Basis hat er seine Nahkampfmethode aufgebaut, so ähnlich wie Ringen, nur weitaus raffinierter. Sie beruht darauf, dass man Kraft und Gewicht des Angreifers gegen diesen selbst wendet, und das unter minimalem eigenem Kraftaufwand. Der Eisenbart hat in dieser Kunst die höchste Stufe der Meisterschaft erlangt. Und diese Art Kampf bezeichnet man als ›Gewaltlosen Widerstand gegen das Böse‹, abgekürzt GEWI. Die Griffe sind so tödlich, dass man dem Grafen nicht anders beikommen kann, als ihn zu erschießen.«

Knopfs Erzählung hatte eine eigenartige Wirkung auf Vater Paissi – er griff erschrocken mit der Hand an seinen Bart, als hege er irgendwelche Befürchtungen für ihn. Der Lauf seines Revolvers blickte indes nach wie vor in Richtung Knopf.

»Der Eisenbart«, sagte er mit großen Augen, »so, so … Aber woher kommt dieser seltsame Beiname?«

Knopf zuckte mit den Schultern.

»Asien halt … Und der moralische Aspekt des gewaltlosen Widerstands, den Sie da erwähnen – das ist nichts als dekorative Philosophie, mit der die Asiaten ihre blutrünstigen Kriegskünste so gerne verzieren. Deswegen haben die Verfolger des Grafen Befehl, das Feuer zu eröffnen, falls er versucht, sich zur Wehr zu setzen.«

»Das ist ja entsetzlich, was Sie da erzählen«, ächzte Vater Paissi. »Man wird doch wohl nicht so ohne weiteres auf einen armen Verstoßenen schießen? Der Tod außerhalb des Schoßes der Kirche – solange der Kirchenbann auf ihm lastet –, das ist der direkte Weg in die Gehenna!«

»Ach, Väterchen, was sollen die Muschkoten denn tun? Anders bekommt man den Grafen nicht zu fassen. Er ist ein entsetzlicher Gegner – allerdings muss man zugeben, dass er versucht, sich die Hände nicht mit Blut zu besudeln. Seine asiatische Philosophie besteht nämlich darin, einen Schlag nicht mit einem Schlag zu erwidern, sondern zwischen sich und dem Gegner ein todbringendes Hindernis aufzubauen, das den Angriff abfängt und den Angreifer tödlich verletzt. Ein solches Hindernis kann alles Mögliche sein, Graf T. verfügt in der Beziehung über unerreichte Fertigkeiten.«

»Das heißt, man wird auf den Grafen schießen?«, fragte Vater Paissi nach. Er konnte diesen entsetzlichen Gedanken offenbar einfach nicht fassen.

»Ich fürchte, ja«, bestätigte Knopf bekümmert.

Ein angespanntes Schweigen lag in der Luft. Dann erlosch mit einem Mal das Tageslicht, und es wurde dunkel; der Zug war in einen Tunnel gefahren, und das rhythmische Klopfen der Räder, das von den steinernen Wänden widerhallte, übertönte alle anderen Laute.

Es ist unklar, was in den nächsten ein oder zwei Minuten in der ratternden Dunkelheit genau geschah. Als es wieder hell wurde, sah das Abteil jedenfalls mehr als merkwürdig aus.

In der Luft hingen Schwaden von graublauem Pulverdampf. In der Fensterscheibe klafften drei Schusslöcher. Vater Paissis durchschossener Klobuk lag auf dem Boden. Der bewusstlose Knopf hatte einen purpurroten Bluterguss an der Stirn und lag auf der ledernen Sitzbank, den Mund aufgesperrt und die mit der eigenen Krawatte zusammengebundenen Hände vor sich ausgestreckt. Vater Paissi machte sich an der Fensterverriegelung zu schaffen.

An der Abteiltür klopfte es laut. Vater Paissi reagierte überhaupt nicht darauf, sondern verdoppelte seine Anstrengungen. Aber das Fenster gab nicht nach, offenbar war der hölzerne Rahmen durch Feuchtigkeit verzogen und klemmte.

An der Tür klopfte es wieder.

»Machen Sie auf!«

»Eine Sekunde, meine Herren«, rief Vater Paissi. »Ich muss mich nur eben anziehen.«

Bei diesen Worten taxierte er das Fenster und versetzte ihm einen heftigen Fußtritt. Die durchschossene Scheibe zerbarst, wurde von einem heftigen Windstoß gepackt und verschwand. Vater Paissi zog hastig die gröbsten Splitter aus dem Rahmen und schleuderte sie hinaus.

»Keine Fisimatenten, öffnen Sie schleunigst!«, erklang es aus dem Gang. »Sonst brechen wir die Tür auf!«

»Sofort, sofort ...«

Vater Paissi warf einen Blick aus dem Fenster. Sie fuhren auf einen breiten Fluss zu, der Zug war schon fast auf der Brücke.

»Ausgezeichnet«, murmelte er.

Jetzt wurde gegen die Tür geschlagen, und Vater Paissi beeilte sich. Er raffte den Saum seiner Kutte, löste die beiden Schlingen, die an der Kante festgenäht waren, und stieg mit den Schuhen hinein, als wären es Steigbügel. Zwei ebensolche Schlingen befanden sich in den Ärmeln, und Vater Paissi steckte seine Hände hindurch. Dann stieg er auf den kleinen Tisch und kauerte sich vor das eingeschlagene Fenster, das aussah wie ein quadratischer Rachen mit ein paar wenigen durchsichtigen Zähnen.

Mit einem gewaltigen Knall flog die Tür aus den Angeln. Männer mit Revolvern in den Händen stürmten ins Abteil, es waren viele, und sie behinderten sich gegenseitig. Bevor sie den kleinen Tisch erreichten, stieß Vater Paissi sich mit den Füßen kräftig ab und stürzte sich aus dem Zug.

Die Verfolger stürmten zum Fenster. Der Erste schwang sich auf den Tisch, sprang tapfer hinterher – und knallte mit voller Wucht mit dem Kopf gegen einen Brückenträger, der plötzlich aus dem Nichts aufgetaucht war. Sein Körper prallte von der gusseisernen Konstruktion ab, wurde gegen den Waggon geschmettert und stürzte wie ein Sack auf die Erde. Im Abteil erhob sich ein unzufriedenes, wütendes Geschrei. Dann streckte der andere Verfolger seinen Kopf aus dem Fenster, in jeder Hand einen Revolver.

Durch die Brückenträger sah man unter einem Baldachin hoher Federwolken den glatten, wie auf einer Daguerreotypie erstarrten Fluss. Als windgeblähter Schirm schwebte Vater Paissis violette

Kutte über dem Wasser. Sie glitt wie ein riesiges Flughörnchen langsam auf die Wasseroberfläche zu.

Schüsse peitschten auf. Eine Kugel prallte von einem Brückenträger ab, die übrigen ließen kleine Fontänen über dem Fluss aufstieben. Dann verloren die sich im Abteil drängenden Männer Vater Paissi aus dem Blick.

II

Die abgeworfene Kutte versank langsam in der Trübe unter Wasser, und an der Wasseroberfläche tauchte nicht Vater Paissi auf, sondern Graf T., ein junger Mann mit einem schwarzen Bart in einem kragenlosen weißen Hemd. Mit einem tiefen Atemzug öffnete er die Augen und blickte gen Himmel.

Das Gewölbe aus gleichmäßigen Federwolken schien wie ein Dach, das den Raum zwischen Erde und Himmel in einen gewaltigen offenen Pavillon verwandelte – ein kühles Freilichttheater, in dem alles Lebendige spielt. Es war still, nur von irgendwo weither drang das Geräusch des sich entfernenden Zuges, und ein gemächliches Plätschern war zu hören, als würde jemand in regelmäßigen Abständen eine Handvoll Steine ins Wasser werfen.

Ungeachtet der gerade überstandenen Gefahr empfand T. eine eigenartige Ruhe und Zufriedenheit.

»Der Himmel ist selten so hoch«, dachte er und kniff die Augen zusammen. »An klaren Tagen ist der Himmel überhaupt nicht hoch – nur blau. Es muss Wolken geben, damit er hoch oder niedrig ist. Mit der menschlichen Seele verhält es sich genauso, sie ist nicht aus sich selbst heraus erhaben oder niedrig, sondern in Abhängigkeit von den Absichten und Gedanken, die sie zum jeweiligen Moment erfüllen ... Gedächtnis, Persönlichkeit – auch damit verhält es sich wie mit den Wolken ... Zum Beispiel ich ...«

Plötzlich schlug T.s Stimmung radikal um. Die Zufriedenheit schwand und wich einem jähen Erschrecken – T. ruderte sogar unwillkürlich heftig mit den Armen.

»Ich ... Ich?? Warum kann ich mich an nichts erinnern? Habe ich eine Gehirnerschütterung? Stopp ... Dieser Mann, dieser Knopf, hat gesagt, ich hieße Graf T. und sei unterwegs nach Optina Pustyn. Aber woher komme ich? Ach so, er hat gesagt, aus Jasnaja Poljana, das ist das Gut, das wir durchs Fenster gesehen haben ... Aber warum habe ich Jasnaja Poljana verlassen, warum bin ich unterwegs nach diesem Optina Pustyn?«

T. blickte sich um.

Unter der Brücke erschien ein Schiff. Es sah merkwürdig aus, wie ein großer Lastkahn mit Rudern, die aus Luken in den Bordwänden heraustaken. Die Ruder erhoben sich im Einklang über den Fluss, verharrten einen Augenblick und senkten sich wieder ins Wasser, wobei sie ebendieses Plätschern erzeugten, das T. schon einige Zeit vernommen hatte.

Je näher das Schiff kam, desto mehr ungewöhnliche Details waren zu erkennen. Es war mit einer Art Galionsfigur geschmückt, einer Kopie der Venus von Milo auf einem Holzsockel (dem zarten Spiel des Lichts nach zu urteilen war sie aus echtem Marmor). Am Bug des Schiffs waren wie bei einer griechischen Triere zwei weißblaue Augen aufgemalt, und über dem Deck erhob sich ein Aufbau, der erstaunliche Ähnlichkeit mit einem einstöckigen Haus in einer russischen Kreisstadt hatte. Bei all diesem Zierrat aber war deutlich zu erkennen, dass das Schiff keine Triere, sondern einfach ein großer Lastkahn war.

Als er neben der Bordwand war, schwamm T. zu den Ruderluken. Dahinter saßen finstere Kerle, in eine Art Tunika aus grobem Tuch gekleidet. Keiner von ihnen blickte auch nur in die Richtung von T., der jetzt dicht neben ihnen schwamm.

»Ackerbauern«, dachte T. und versuchte, sich möglichst nahe an der Bordwand zu halten. »Ihrem natürlichen Element entrissen, zu Sklaven einer fremden Laune gemacht ... Andererseits, wenn man einen Ackerbauern in der Fabrik an eine Werkbank stellt, ist das im Grunde genauso eine Schinderei ...«

Die letzte Luke in der Reihe war leer, der Raum dahinter war vom Schiffsraum getrennt durch eine Zwischenwand, hinter der man sich verstecken konnte. T. klammerte sich an den Rand der Luke, zog sich hoch und kletterte hinein, wobei er sich bemühte, keinen Lärm zu machen. Anscheinend hatte ihn niemand bemerkt.

Im Schiffsraum roch es nach Spreu und Schweiß. Die Männer, die auf ihren am Boden befestigten Bänken saßen, stießen ein rhythmisches Heulen aus, während sie sich vor- und zurückwiegten. Im Durchgang stand ein Aufseher, bekleidet mit einer Tunika, wie sie auch die Ruderer trugen, nur mit einer Silberschnalle an der Schulter. Er gab den Rhythmus vor, indem er mit einem hölzernen Schlegel in Form eines Hammelkopfes gegen eine Kupferschale schlug.

T. wartete, bis der Aufseher sich abgewandt hatte, stieß dann eine Tür mit einer unbeholfenen Zeichnung von Apoll als Bogenschütze auf und schlüpfte aus dem Schiffsraum. Hinter der Tür befand sich eine schmale Holztreppe. T. stieg nach oben und trat hinaus an Deck.

Fast die gesamte Fläche wurde von dem Aufbau eingenommen, der aussah wie ein längliches, einstöckiges Haus. Im Grunde war es ein richtiges Haus, mit einem Blechdach und falschen Säulen, an denen der feucht gewordene Putz hier und da abblätterte und die Kiefernlatten darunter entblößte. Die Wände hatten Fenster und Türen, wie es sich gehörte.

T. spähte vorsichtig in eines der Fenster. Durch die dichten Vorhänge konnte man nichts sehen.

Plötzlich öffnete sich die nächstgelegene Tür einen Spaltbreit, und eine leise Männerstimme rief:

»Euer Erlaucht! Hierher, schnell!«

T. trat näher. Hinter der Tür befand sich ein Abstellraum mit allerlei Gerümpel auf den Regalen. Menschen waren keine zu sehen.

»Kommen Sie doch herein«, wiederholte die Stimme mit Nachdruck, ohne dass zu erkennen war, woher sie kam.

T. trat ein und die Tür schloss sich, wie von einer Feder zugezogen. Sofort herrschte tintenschwarze Finsternis. Wie Jona im Bauch des Wals, dachte T. und hatte plötzlich den biblischen Propheten ganz deutlich vor Augen – gelbes Gewand, zerknirschtes liebliches Gesicht und langes, mit Öl eingeriebenes welliges Haar.

»Wenn Sie vorsichtig zurücktreten«, sagte die Stimme, »werden Sie hinter sich einen Stuhl ertasten. Setzen Sie sich.«

»Ich sehe Sie nicht. Belieben Sie, sich zu verstecken?!«

»Ich bitte Sie, Graf, setzen Sie sich.«

T. ließ sich auf den Stuhl sinken.

»Wer sind Sie?«, fragte er.

»Und wer sind Sie?«

»Da Sie mich mit ›Euer Erlaucht‹ angesprochen haben«, versetzte T., »nehme ich an, dass Sie das wissen.«

»Ich schon«, sprach die Stimme. »Aber wissen Sie es?«

»Ich bin Graf T.«, erwiderte T.

»Und was ist ›Graf T.‹?«

»Wie bitte?«

In der Dunkelheit erklang ein Lachen.

»Die Frage hat zum Beispiel einen philosophischen Aspekt«, sagte die Stimme. »Man kann lange klarstellen, was genau mit dieser Wortverbindung bezeichnet wird – ein Bein, ein Arm, die Gesamtheit aller Körperteile oder auch Ihre unsterbliche Seele, die Sie noch nie gesehen haben. Aber darum geht es mir nicht. Es heißt, in Jasnaja Poljana bekämen Sie immer Besuch von indischen Weisen, mit denen können Sie solche Gespräche führen. Meine Frage hat einen rein praktischen Sinn. Was wissen Sie über sich, woran erinnern Sie sich, Graf T.?«

»Nichts«, bekannte T. aufrichtig.

»Sehr gut«, sagte die Stimme und kicherte. »Genau das habe ich mir gedacht.«

»Sie haben nicht gesagt, wer Sie sind.«

»Ich bin derjenige«, antwortete die Stimme, »der eine unbegrenzte Macht über ausnahmslos alle Aspekte Ihres Wesens hat.«
»Eine verwegene Behauptung«, bemerkte T.
»Ja«, wiederholte die Stimme, »über ausnahmslos alle Aspekte.«
»Das soll ich Ihnen einfach so glauben?«
»Wieso einfach so? Ich kann Ihnen einen Beweis bringen ... Zum Beispiel folgenden: Erklären Sie doch bitte, wieso Sie sich vorhin den Propheten Jona gelb gekleidet vorgestellt haben? Nicht grün, nicht rot, sondern gelb. Und warum waren seine Haare eingeölt?«
Eine lange Pause trat ein.
»Ich muss gestehen«, ließ sich T. schließlich vernehmen, »Sie erstaunen mich. Woher wissen Sie das? Ich rede für gewöhnlich nicht laut vor mich hin.«
»Sie haben mir keine Antwort gegeben.«
»Ich weiß nicht«, sagte T. »Er muss doch irgendetwas anhaben. Und das Öl in den Haaren ... Reiner Zufall wahrscheinlich ... Lassen Sie mich überlegen ... Mir sind die betrunkenen Satyrn von Rubens eingefallen, die damit gar nichts zu tun haben ... Aber wie ...«
T. sprach nicht zu Ende, es kam ihm vor, als würde die Finsternis sich zu einem bedrohlichen festen Keil verdichten, der sich ihm jeden Moment direkt in die Brust rammen würde, und er verspürte das Bedürfnis, schleunigst etwas zu unternehmen. Er versuchte, sich geräuschlos zu bewegen, glitt vom Stuhl hinunter auf den Boden und beugte sich vor. Das Gefühl von Gefahr ging vorbei. Und einen Augenblick später begriff T. gar nicht mehr, wie es gekommen war, dass er auf den Knien lag und die Hände auf den Boden stemmte.
»Na«, sagte die Stimme spöttisch, »ist das auch reiner Zufall? Ich meine die Angst vor der Dunkelheit, die Sie eben hatten? Und der für einen Aristokraten merkwürdige Wunsch, auf allen vieren zu gehen?«

T. stand auf, tastete nach dem Stuhl und setzte sich wieder hin.

»Ich bitte Sie um eine Erklärung«, sagte er. »Und hören Sie mit diesen Albernheiten auf.«

»Glauben Sie mir, das bereitet mir keinerlei Vergnügen«, erwiderte die Stimme. »Aber nun wissen Sie aus eigener Erfahrung, dass der Ursprung all Ihrer Gedanken, Gefühle und Impulse nicht in Ihnen selbst liegt.«

»Sondern wo?«

»Wie gesagt, dieser Ursprung bin ich. Momentan jedenfalls.«

»Rätsel über Rätsel«, sagte T. »Ich will Sie sehen. Machen Sie Licht.«

»Warum nicht«, ließ sich die Stimme vernehmen, »das sollte gehen.«

Ein Streichholz flammte auf. T. sah niemanden. Es gab auch nichts Ungewöhnliches in der Abstellkammer: Irgendwelche Bündel, Einmachgläser und Flaschen in den Regalen. In der dunkelsten Ecke meinte er, eine Bewegung wahrzunehmen – doch das war nur der flackernde Schatten einer Taurolle.

Etwas allerdings war merkwürdig.

Das Streichholz, das zwei Schritte von T. entfernt aufgeflammt war, hing im leeren Raum.

Nun glitt es nach unten und zündete die auf einer Kiste stehende Petroleumlampe an, wobei sich die Abdeckung der Lampe von selbst anhob und über der Flamme wieder senkte. Dann drehte sich das Rädchen der Lampe, und die rötlichgelbe Flamme wurde beinahe weiß.

Vor der Lampe stand niemand. Aber T. bemerkte an der Wand gegenüber die kaum sichtbare Kontur eines menschlichen Körpers – einen Schatten, wie ihn ein vor der Lampe stehender Mann werfen würde, wenn er praktisch durchsichtig wäre.

T. sprang auf und streckte die Hand aus, um den durchsichtigen Mann zu berühren – aber seine Hand griff ins Leere.

»Geben Sie sich keine Mühe«, sagte die Stimme. »Sie können

mich nur dann anfassen, wenn ich selbst es will – und ich will nicht. Ich erschaffe nämlich nicht nur Sie, sondern auch alles, was Sie sehen. Ich habe mich entschieden, ein Schatten an der Wand zu sein, aber genauso gut könnte ich alles Mögliche sein. Als Schöpfer bin ich allmächtig.«

»Wie heißen Sie?«

»Ariel.«

»Wie bitte?«

»Ariel. Erinnern Sie sich an Shakespeares *Sturm*?«

»Sicher.«

»Mein Name schreibt sich genauso wie der im *Sturm*. Es war schön, Sie kennenzulernen, Graf. Damit endet unsere erste Begegnung. Ich bin Ihnen heute erschienen, um Ihnen etwas zu sagen: Beruhigen Sie sich und verhalten Sie sich so, als wäre alles in Ordnung und als wären Sie sich Ihrer selbst und Ihrer Umgebung sicher.«

»Ich bin mir aber meiner selbst nicht sicher«, erwiderte T. flüsternd. »Im Gegenteil. Ich weiß nichts mehr über mich.«

»In Ihrer Situation ist das ganz normal. Zu niemandem ein Wort, und alles kommt wieder in Ordnung.«

»Ich weiß nicht, wohin ich unterwegs bin und warum.«

»Sie wissen es schon«, ließ sich Ariel vernehmen. »Das hat man Ihnen doch erklärt – Sie sind unterwegs nach Optina Pustyn. Also gehen Sie wieder an Deck und setzen Sie Ihre Reise fort.«

T. kam es vor, als höre er die letzten Worte schon von ganz weit weg. Der durchsichtige Schatten an der Wand war verschwunden und gleich darauf erlosch die Lampe. Eine Zeit lang saß T. im Dunkeln und versuchte nicht einmal, klar zu denken. Dann vernahm er Saitenklänge. Er stand auf, tastete nach der Tür, öffnete sie und trat entschlossen in den Streifen Sonnenlicht.

III

Über das Deck bewegte sich eine seltsame Prozession auf ihn zu.

Vorneweg stolzierte ein bartloser junger Mann, angetan mit einer Tunika aus grobem Tuch, wie sie auch die Ruderer trugen. In seinem Haar glänzte ein goldener Kranz, seine Hände hielten eine Lyra, deren Saiten er mit dem Eifer des erfahrenen Balalaikaspielers zupfte, wobei er das Gesicht in Falten legte und laut etwas vor sich hinmurmelte. Ihm folgte eine füllige Dame in einer mehrlagigen Tunika aus leichtem, halbtransparentem Stoff. Hinter der Dame gingen zwei Männer mit Federwedeln, die sie gleichmäßig und rhythmisch betätigten: Wenn der eine den Wedel über den Kopf der Dame neigte, hob der andere seinen Wedel an und umgekehrt.

Als sie T. sah, blieb die Dame stehen. Sie musterte seine muskulöse Figur, das nasse Hemd und die eng anliegenden Steghosen und fragte:

»Wer sind Sie, gnädiger Herr?«

»T.«, erwiderte T. »Graf T.«

Die Dame lächelte ungläubig.

»Es ist also nicht nur die äußerliche Ähnlichkeit«, sagte sie. »Welche Ehre für eine arme Provinzlerin! Graf T. höchstselbst ... Ich bin die Fürstin Tarakanowa,[5] zu Ihren Diensten. Aber wem verdanke ich das Vergnügen, Sie zu sehen, Euer Erlaucht? Wieder irgendein verrücktes Abenteuer, über das dann alle Zeitungen der Hauptstadt schreiben und alle Salons reden?«

»Sehen Sie, Fürstin, ich war im Zug unterwegs, aber dann habe ich den Anschluss verpasst und bin von der Brücke in den Fluss gefallen. Wenn nicht Ihr Schiff aufgetaucht wäre, wäre ich bestimmt ertrunken.«

Die Fürstin Tarakanowa fing an zu lachen und rollte dabei kokett ihre Augen.

»Ertrunken? Gestatten Sie, dass ich Ihnen nicht glaube. Wenn auch nur ein Bruchteil der Geschichten, die man über Sie erzählt, wahr ist, dann sind Sie imstande, den Fluss unter Wasser zu durchqueren. Aber Ihre Kleider sind ganz nass! Haben Sie Hunger?«

»Offen gestanden, ja.«

»Luzius«, sagte die Fürstin zu einem der beiden Männer mit den Federwedeln, »zeig dem Grafen das Gästezimmer. Sobald er etwas Trockenes angezogen hat, führe ihn zu Tisch.«

Sie wandte sich wieder T. zu.

»Heute gibt es eine Spezialität unserer Familie, *Brochet tarakanoff* – Hecht Tarakanow.«

»Eigentlich halte ich mich an vegetarische Kost«, sagte T. »Aber um Ihrer Gesellschaft willen ...«

»Welchen Wein trinken Sie?«

»Der Schriftsteller Maxim Gorki«, bemerkte T. lächelnd, »erwiderte auf diese Frage für gewöhnlich ›Brotwein‹[6]. Dafür wurde er zwar in slawophilen Kreisen überaus geschätzt, aber in den teuren Restaurants ganz und gar nicht ... Ich jedenfalls ziehe Wasser oder Tee vor.«

Eine Viertelstunde später betrat T. in einem Morgenrock aus roter Seide und frisch gekämmt das Speisezimmer.

Das Speisezimmer war geräumig und mit Kopien antiker Skulpturen und mit altertümlichen Bronzewaffen an den Wänden geschmückt. Um den exquisit gedeckten Tisch standen gepolsterte Sitzbänke mit weichen bunten Decken; die Fürstin Tarakanowa hatte es sich bereits auf einer solchen bequem gemacht. T. erkannte, dass die freie Lagerstatt gegenüber für ihn gedacht war.

Auf einer gewaltigen ovalen Platte, die den gesamten Mittelteil des Tischs einnahm, ruhte ein unglaubliches Wesen – ein Drache mit grüner Mähne und vier gekrümmten Tatzen. Er sah erschreckend real aus.

»*Make yourself comfortable*, Graf«, sagte die Fürstin. »Brotwein habe ich keinen, dafür aber einen ganz anständigen Weißwein. Einen *Muscadet sur Lie*. Obwohl ich die Bretagne eigentlich nicht mag ...«

Sie deutete auf einen silbernen Weinkühler, aus dem ein Flaschenhals ragte.

Als T. es sich auf seiner Lagerstatt bequem gemacht hatte, griff er nach einer Serviette, um sie unter dem Kragen seines Morgenrocks zu befestigen, aber er erkannte, dass das schwierig war, wenn man auf dem Bauch lag – und außerdem würde es nichts nützen.

»Das ist also Ihr Hecht?«, fragte er. »Ich wäre nie darauf gekommen, wenn Sie mir das nicht vorher gesagt hätten. Für einen Hecht scheint er mir ein bisschen groß ...«

»Hecht Tarakanow ist ein sehr ungewöhnliches Gericht«, sagte die Fürstin voller Stolz. »Es wird aus mehreren großen Fischen zubereitet, die so geschickt zusammengefügt sind, dass es niemand merkt. Das Ergebnis ist ein Drache.«

»Woraus werden denn die Tatzen gemacht?«

»Aus Aal.«

»Und die grüne Mähne?«

»Das ist Dill.«

Der Drache war tatsächlich mit großer Meisterschaft gefertigt – man konnte nicht erkennen, wo die einzelnen Fische zusammengefügt waren. Er lief in einem kunstvoll gebogenen Fischschwanz aus, und den Vorderteil bildete ein Hechtkopf mit weit aufgesperrtem Rachen. Der Kopf war stolz erhoben und mit einem Kavallerie-Federbusch aus Kräutern und bunten Papierstreifen verziert.

»Warum muss man so viele lebende Wesen töten, um zwei Vertreter des müßigen Standes satt zu machen?«, fragte T. melancholisch.

»Keine Sorge, Graf«, lächelte die Fürstin. »Ich bin mit Ihren Ansichten vertraut. Ich versichere Ihnen, kein einziges lebendes Wesen ist umsonst gestorben. Außer uns beiden befinden sich noch viele andere Esser auf dem Schiff.«

»Oh ja«, sagte T. »Das habe ich bemerkt, als ich durch den Schiffsraum kam.«

Die Fürstin errötete.

»Sie meinen vielleicht, dass ich diese Leute expluitiere?«, sagte sie und sprach das Fremdwort mit einem »u« aus. »Keineswegs. Es sind ehemalige Treidler, sie sind diese Art Arbeit gewöhnt. Sie selbst, Graf, erzählen doch den Zeitungsleuten immer vom Nutzen körperlicher Arbeit an der frischen Luft. Und wenn sie ein oder zwei Jahre bei mir arbeiten, haben sie für ihr Alter ausgesorgt. Also verurteilen Sie mich nicht vorschnell.«

»Wie könnte ich meine Retterin verurteilen, ich bitte Sie! Ich könnte Ihnen höchstens eine gewisse Extravaganz Ihres Geschmacks ...«, T. nippte an seinem Weinglas, »... Ihres tadellosen Geschmacks attestieren, Fürstin. Ein vorzüglicher Wein.«

»Ich danke Ihnen«, sagte die Fürstin. »Mir ist klar, dass mein Lebensstil merkwürdig anmuten mag. Wie eine Parodie auf die Antike. Eine Gutsbesitzerin, die über die Stränge schlägt. Aber in all dem, das versichere ich Ihnen, liegt eine tiefe spirituelle Bedeutung. Denken Sie an den Knoten, den man ins Taschentuch macht, um etwas Wichtiges nicht zu vergessen. Das Prinzip ist das Gleiche. Es war der Letzte Wille des verstorbenen Fürsten. Mein Leben ist so eingerichtet, dass alles rings um mich daran gemahnt, das Wesentliche nicht zu vergessen.«

»Und was ist das?«, fragte T. mit ungeheucheltem Interesse.

»Dreimal dürfen Sie raten, Graf, versuchen Sie es.«

»Das wird mir kaum gelingen.«

»Ich will Ihnen helfen. Was fällt Ihnen ein, wenn Sie an die Antike denken?«

»Nun ...« T. stockte.

»Das können Sie gleich vergessen«, lachte die Fürstin. »Sie kleiner Schelm ... Was noch?«

T. musterte die Gladiatorenausrüstung an der Wand.

»Zirkuskämpfe?«

Die Fürstin schüttelte den Kopf.

T. blickte zu Artemis mit dem Hirschen, dann zu Apoll, der einen imaginären Bogen spannte.

»Vielgötterei?«

Die Fürstin sah T. mit großen Augen an.

»Gratuliere, Sie haben es erraten! Stimmt genau, Graf. Der verstorbene Fürst war ein profunder Kenner der Antike und hat mich in ihre geheimen Lehren eingeweiht. Allerdings hatte er kein Vertrauen in meine spirituellen Fähigkeiten, und deshalb hat er es so eingerichtet, dass jedes Detail im Alltag mich an diese erhabene Lehre erinnern sollte. Der Fürst hat verfügt, nach seinem Tod dürfe hier nichts geändert werden.«

»Ich hoffe, meine Frage kränkt Sie nicht, aber was ist an der Vielgötterei erhaben?«

»Die Menschen verstehen heutzutage nicht mehr, was sie eigentlich bedeutet. Sogar in der Antike erschloss sich das Wesen der Vielgötterei nur Eingeweihten. Aber der verstorbene Fürst besaß ein altes Buch, das dieses Geheimnis enthüllte – es war nur in einer einzigen Abschrift erhalten und er hat es in einem italienischen Kloster erworben. Der Überlieferung nach hat Apollonios von Tyana es selbst geschrieben.«

»Und was steht in dem Buch?«

»Erstens widerlegt es die Lehre von der Schöpfung der Welt.«

»Wie das denn?«

»Diese bizarre Theorie, die den westlichen Geist mit allerlei abenteuerlichen Vorstellungen vergiftet hat, gründet ausschließlich auf einer Analogie zum Leben des Hornviehs, das unsere Vorfahren jahrtausendelang gehütet haben. Kein Wunder, dass ihnen die Idee der Schöpfung kam. Verwunderlich ist etwas anderes, nämlich dass diese Vorstellung bis heute das Fundament der modernen Spiritualität bildet ...«

»Verzeihen Sie«, sagte T., »aber ich begreife nicht so recht, was das Hornvieh damit zu tun hat.«

»Wenn das Vieh sich gegenseitig befruchtet, wird neues Vieh geboren, das dann weiterexistiert und nicht immer wieder von Neuem gezeugt werden muss. Die Menschen der Antike übertrugen diese Beobachtung auf höhere Sphären und kamen zu dem Schluss, dort herrsche das gleiche Prinzip. Sie glaubten, es gebe einen zeugungsähnlichen Schöpfungsmoment, in dem eine Gottheit, ein Hermaphrodit, sich selbst befruchtet, und bezeichneten diesen Moment als ›Erschaffung der Welt‹. Nach ihrer Geburt existiert die Welt weiter, eben weil sie bereits gezeugt und geboren wurde.«

»Ich habe mir nie überlegt, dass diese Weltanschauung mit der Viehzucht zusammenhängt.«

»Sehen Sie«, sagte die Fürstin, »auf diesen simplen Gedanken kommt einfach niemand.«

»Und wie stellen die Anhänger der Vielgötterei sich die Erschaffung der Welt vor?«

»Sie glauben, dass die Schöpfung immer noch fortdauert, sich sozusagen ununterbrochen ereignet, Augenblick für Augenblick. Zu verschiedenen Zeiten erschaffen uns verschiedene Gottheiten – oder, um es weniger feierlich auszudrücken, verschiedene Wesen. Kurz gefasst besagt die Lehre der Vielgötterei, dass die Götter ständig mit der Erschaffung der Welt beschäftigt sind und keine Minute ruhen. Jede Sekunde wird Eva aus Adams Rippe neu geschaffen, der Turm zu Babylon wird von göttlichen Händen unaufhörlich umgebaut. Die Pantheons der Antike sind lediglich eine zwar anschauliche, aber dem Laien unzugängliche Metapher, in der diese Offenbarung festgehalten wird ...«

»Schwer zu glauben«, sagte T., »dass die Hellenen solche bizarren mystischen Theorien konstruiert haben. So wie ich sie mir vorstelle, waren sie eher simple, sonnige Gemüter. Aber das kommt mir alles irgendwie so mathematisch und deutsch vor. Oder sogar jüdisch.«

Die Fürstin lächelte.

»In spirituellen Fragen, Graf, ›gibt es weder Judäa noch Hellas‹, wie es ein fröhlicher Jude zu der Zeit ausdrückte, als es noch Hellenen gab ... Wieso essen Sie keinen Hecht?«

»Ich versuche, mich an vegetarische Kost zu halten.«

»Wenn Sie nichts essen«, sagte die Fürstin Tarakanowa kokett, »dann werde ich nichts mehr sagen.«

T. lächelte und griff nach dem Fischmesser.

»Fahren Sie fort, ich bitte Sie«, sagte er und zog den Teller heran. »Sie haben noch nicht erklärt, wie die Götter uns erschaffen. Sind sie alle zusammen am Werk? Oder immer abwechselnd?«

»Beides kommt vor.«

»Könnten Sie das nicht an einem Beispiel erläutern?«

»Ich versuche es. Stellen Sie sich vor, ein Mann kommt nach dem Gottesdienst aus der Kirche und ist von religiöser Ergriffenheit durchdrungen. Er hat sich geschworen, sanftmütig zu sein und denen zu vergeben, die ihn beleidigen ... Dann flaniert er über den Boulevard und begegnet ein paar Müßiggängern. Einer von denen erlaubt sich eine wenig schmeichelhafte Bemerkung über den Schnitt der Hose unseres Helden. Ohrfeige, Duell, Tod des Gegners, Zuchthaus. Sie nehmen doch wohl nicht an, dass alle diese Handlungen ein und denselben Urheber haben? So ist es, wenn verschiedene Wesen uns erschaffen und dabei abwechselnd handeln. Und wenn Sie sich vorstellen, dass unser Held sowohl in der Kirche als auch beim Spaziergang auf dem Boulevard und ganz besonders im Zuchthaus häufig an die fleischliche Liebe in ihrer derbsten, vulgärsten Form gedacht hat, haben wir ein Beispiel dafür, wie es ist, wenn verschiedene Wesen uns erschaffen und dabei gleichzeitig handeln.«

T. nickte.

»Etwas ganz Ähnliches habe ich mir in Bezug auf die Todesstrafe überlegt«, sagte er. »Sie hat überhaupt keinen Sinn, weil der Unglückliche, über den diese Strafe hereinbricht, bereits ein ganz anderer Mensch ist als derjenige, der das Verbrechen begangen hat. Er kann die Tat unterdessen zehnmal bereut haben. Aber man hängt ihn trotzdem auf ...«

»Genau das meine ich«, sagte die Fürstin Tarakanowa. »Kann es wirklich sein, dass derjenige, der tötet, und derjenige, der die Tat hinterher bereut, ein und dasselbe Wesen sind?«

T. zuckte die Achseln.

»Gemeinhin sagt man, Menschen ändern sich.«

»Der verstorbene Fürst hat immer lauthals gelacht, wenn er das hörte. Menschen ändern sich ... Der Mensch an sich ändert sich nicht mehr als ein leeres Hotelzimmer. Das wird einfach zu verschiedenen Zeiten von verschiedenen Leuten bewohnt.«

»Aber trotzdem ist er ein und derselbe Mensch. Nur in einer anderen Geistesverfassung.«

»So kann man es auch sagen«, erwiderte die Fürstin. »Aber was bedeutet das? Das ist, als blickte man auf eine Bühne, wo abwechselnd ein Zauberer, ein Narr und ein Tragöde auftreten, und sagte dann: Aber trotzdem ist es ein und dasselbe Konzert! Sicher, manche Dinge ändern sich nicht – der Zuschauerraum, der Vorhang, die Bühne. Außerdem bekommt man sämtliche Darbietungen mit einer einzigen Eintrittskarte zu sehen. Dadurch gewinnt das Geschehen eine gewisse Kontinuität und Gemeinschaftlichkeit. Aber die Beteiligten an der Handlung, die ihr einen Sinn verleihen und sie zum Schauspiel machen, sind immer andere.«

»Schön«, sagte T. »Aber interessieren sich die Götter nur für die Vertreter der vornehmen Stände? Oder auch für die einfachen Leute?«

»Sie belieben zu scherzen.« Die Fürstin lächelte spöttisch.

»Nein, ich meine es vollkommen ernst. Wie können die Götter beispielsweise gemeinsam einen betrunkenen Ladengehilfen erschaffen?«

Die Fürstin überlegte kurz und sagte dann:

»Angenommen, der Ladengehilfe spielt auf der Balalaika, verprügelt einen Freund, verkauft die Balalaika einem alten Juden, geht in ein Bordell und versäuft den Rest des Geldes in einer Kneipe, dann wurde er nacheinander von Apoll, Mars, Jehova, Venus und Bacchus erschaffen.«

T. blickte aus dem Fenster, wo unvorstellbar weit entfernte, wie aus Marmor gemeißelte Wolken hingen.

»Das klingt ja alles sehr interessant«, sagte er. »Aber was bezeichnen wir in dem Fall als ›Mensch‹?«

»*Brochet tarakanoff*«, erwiderte die Fürstin. »Hecht Tarakanow. Unser Familiengericht symbolisiert nämlich auch das Mysterium Mensch.«

T. musterte den Fischdrachen. Die Lakaien, die in silberbestickten Tuniken bei Tisch bedienten, hatten ihn schon fast vollständig zerlegt.

»Schauen Sie«, fuhr die Fürstin fort. »Auf den ersten Blick scheint da ein echter Drache zu liegen – das sagt uns unser Gefühl. In Wirklichkeit aber sind es verschiedene Fische, die einander im Leben nicht einmal gekannt haben und jetzt einfach zusammengefügt wurden. Man kann den Drachen antippen, wo man will – überall ist Hecht. Aber immer ein anderer. Der eine hat sozusagen in der Kirche geweint, der andere hat sich wegen der Hose duelliert. Als die unsichtbaren Köche sie zusammensetzten, entstand ein Geschöpf, das nur als Trugbild der Fantasie existiert – obwohl die Fantasie diesen Drachen ganz deutlich sieht …«

»Das habe ich begriffen«, sagte T. »Aber eine Frage: Wer erschafft die Götter, die uns erschaffen? Mit anderen Worten, gibt es einen höchsten Gott über ihnen, dessen Willen sie untertan sind?«

»Der Fürst war der Meinung, dass wir diese Götter genauso erschaffen, wie sie uns erschaffen. Wir werden abwechselnd von Venus, Mars und Merkur erfunden und sie von uns.

Im Übrigen glaubte der Fürst in seinen letzten Lebensjahren, dass die heutige Teufelsmenschheit nicht mehr von den edlen Göttern der Antike erschaffen würde, sondern von einem Chor dunkler Wesen, die ganz unheimliche Ziele verfolgen.«

»Angenommen, ich stimme auch dem zu«, sagte T. »Aber die wichtigste Frage ist immer noch offen. Für einen einfachen Menschen – und ich halte mich für einen solchen – ist in Glaubensdingen nicht die Lehre wichtig, sondern die Hoffnung auf Erlösung. Die alten Religionen, mögen sie auch von Viehzüchtern erfunden sein, geben einem diese Hoffnung. Der Mensch glaubt an einen Schöpfer, der ihn richten und ihn anschließend ins ewige Leben aufnehmen wird. Und wer weiß, vielleicht kann einem dieser naive Glaube im Jenseits tatsächlich helfen. Aber welchen Seelentrost spendet die Vielgötterei, zu der sich Ihr Gemahl bekannte?«

Die Fürstin Tarakanowa schloss die Augen, als wolle sie sich auf etwas besinnen.

»Der verstorbene Fürst hat auch dazu etwas gesagt«, bemerkte sie. »Die Götter erschaffen uns nicht getrennt von sich selbst. Sie spielen nur abwechselnd unsere Rolle, wie verschiedene Schauspieler, die in ein und demselben Kostüm auf die Bühne kommen. Das, was man als ›Mensch‹ bezeichnet, ist lediglich unser Bühnenkostüm. Die Krone von König Lear, die ohne den Schauspieler, der sie trägt, nur ein Blechreifen ist …«

»Die Erlösung der Seele kümmert Sie offenbar nicht?«

Die Fürstin lächelte traurig.

»Von der Erlösung der Seele, Graf, kann man nur in den Momenten sprechen, in denen ein Wesen, das diese Frage umtreibt, unsere Rolle spielt. In anderen Momenten trinken wir Wein, wir spielen Karten, schreiben törichte Verse, sündigen, und so vergeht das Leben. Wir sind lediglich ein Torweg, durch den ein Reigen von Leidenschaften und Situationen zieht.«

»Ist denn der Mensch in der Lage, mit den Kräften, die ihn erzeugen, Kontakt aufzunehmen?«, fragte T. »Kann er mit den Göttern, die ihn erschaffen, kommunizieren?«

»Warum nicht? Aber nur dann, wenn ihn Götter erschaffen, die kommunikativ sind. Die gerne mit sich selbst reden. Wissen Sie, so wie kleine Mädchen, die mit ihren Puppen sprechen und sie durch ihre Fantasie lebendig werden lassen ... Warum sind Sie so blass geworden? Ist Ihnen zu heiß?«

Aber T. hatte sich schon wieder gefangen.

»Jetzt verstehe ich«, sagte er. »Aber das ist doch ... Das ist ein vollkommen aussichtsloser Blick auf die Dinge.«

»Warum das denn? Das Wesen, das Ihnen Leben gibt, kann durchaus voller Zuversicht sein.«

»Aber was ist mit der Erlösung?«

»Was genau wollen Sie denn erlösen? Die Krone von König Lear? Sie alleine spürt nichts, sie ist nur ein Teil der Requisite. Die Frage der Erlösung wird in der Vielgötterei dadurch entschieden, dass man sich der Tatsache bewusst ist, dass die Schauspieler im Anschluss an die Vorstellung nach Hause gehen und die Krone an der Garderobe aufhängen ...«

»Aber wir alle«, sagte T., »haben doch eine dauernde, ununterbrochene Wahrnehmung unserer selbst. Ich habe die Empfindung dessen, dass ich ich bin. Oder etwa nicht?«

»Darüber hat der Fürst auch viel nachgedacht«, erwiderte die Fürstin. »Die Wahrnehmung, von der Sie sprechen, ist bei allen Menschen dieselbe und im Grunde nur ein Echo der Körperlichkeit, das sich in allen lebenden Wesen findet. Wenn ein Schauspieler eine Krone aufsetzt, schiebt sich ein Metallreifen über seinen Kopf. Den König Lear können verschiedene Schauspieler spielen, und sie alle werden einen kühlen Metallreifen auf dem Kopf tragen und ein und dasselbe empfinden. Aber man darf daraus nicht schließen, dass dieser Metallreifen ein wichtiger Beteiligter in einem Mysterienspiel ist ...«

T. blickte zu der Platte mit dem enthaupteten Drachen hinüber und verspürte mit einem Mal eine unüberwindliche Schläfrigkeit. Er war kurz davor einzunicken und murmelte:

»Offenbar kannte Ihr verstorbener Gatte alle Geheimnisse der Welt. Hat er nicht zufällig mit Ihnen auch über Optina Pustyn gesprochen?«

Die Fürstin runzelte die Stirn.

»Optina Pustyn? Ich glaube, das hat irgendetwas mit Zigeunern zu tun. Eine Wagenburg vielleicht oder der Ort, wo ihre Vorfahren herkommen, genau weiß ich das nicht mehr. Nicht weit von hier am Ufer gibt es ein Zigeunerlager, da können wir kurz anlegen und Erkundigungen einholen ... Aber mir scheint, Sie schlafen ein?«

»Verzeihen Sie, Fürstin. Ich bin zugegebenermaßen sehr müde. Gleich bin ich ...«

»Keine Sorge. Sie können sich hier ausruhen. Ich habe noch eine Kleinigkeit zu erledigen, aber ich bin sofort wieder da. Sollten Sie einen Diener benötigen – Luzius wartet gleich hinter der Tür an Deck.«

Die Fürstin erhob sich von ihrer Lagerstatt.

»Bleiben Sie liegen, ich bitte Sie«, sagte sie und kam auf T. zu. »Solange Sie noch wach sind, will ich Ihnen ein kleines Geschenk machen.«

Sie hob die Hände, und T. spürte die kalte Berührung von Metall. Als er den Blick senkte, sah er auf seiner Brust ein Medaillon an einem Goldkettchen – ein winziges goldenes Buch, das zur Hälfte in eine Blüte aus weißem Jaspis eingelassen war.

»Was ist das?«, fragte er.

»Das Buch des Lebens. Ich habe das Amulett vom verstorbenen Fürsten bekommen. Es wird Ihnen Erfolg bringen und Sie vor Unheil schützen. Versprechen Sie mir, es nicht abzunehmen, solange Ihr Leben in Gefahr ist.«

»Ich werde es versuchen«, antwortete T. diplomatisch.

Die Fürstin lächelte und ging zur Tür.

IV

T. schlief auf der Stelle ein. Er hatte einen kurzen, unruhigen Traum – ein Gespräch mit der Fürstin Tarakanowa, das dem soeben zu Ende gegangenen sehr ähnlich war, aber am Ende machte die Fürstin eine strenge Miene, schlug ein dunkles Tuch um den Kopf und verwandelte sich in einen schwarzen Engel an der Wand.

Als er erwachte, sah T., dass die Platte mit dem Fisch-Drachen verschwunden war. Offenbar hatten die Ruderer und die Dienstboten die mythologische Metapher verzehrt.

»Dieser zusammengesetzte Fisch ist wirklich ekelhaft«, dachte er. »Aber die Worte der Fürstin sind schwer zu widerlegen. Fragt sich nur – was ist der Sinn einer solcherart eingerichteten Welt? Ich muss mich erkundigen, was der verstorbene Fürst dazu gesagt hat ...«

Aber im Speisezimmer war niemand, den er fragen konnte, und die Fürstin war noch nicht wieder da.

Es wurde schon dunkel. Bläuliche Dämmerung erfüllte den Raum, und die antiken Statuen an den Wänden verwandelten sich – das Halbdunkel milderte ihre Weiße, machte sie beinahe fleischlich, als brächte es die Zeit zurück, in der diese verstümmelten Gesichter und Torsi lebendig gewesen waren. Doch ihre steinernen Augen blieben kalt und gleichgültig, und unter ihren Blicken erschien die menschliche Welt wie ein lächerlicher, eitler Zaubertrick.

Ganz plötzlich war T. beunruhigt. Etwas stimmte nicht.

Er stand auf, ging zu der Tür, die aufs Deck führte, und öffnete sie. Da war niemand.

T. erkannte den Grund für seine Besorgnis – das gleichmäßige Plätschern des Wassers war nicht mehr zu hören. Er trat an die Bordwand und blickte hinunter. Die Ruder standen reglos nach allen Seiten hin ab. Das Schiff glitt führerlos dahin, es wurde von der Strömung getrieben und drehte sich allmählich mit dem Bug zum Ufer.

Am entfernten Ende des Decks huschte ein Schatten vorbei.

»Wer ist da?«, rief T. »Antworten Sie!«

Es kam keine Antwort.

T. kehrte ins Speisezimmer zurück, fand auf dem Tisch Streichhölzer und zündete die Petroleumlampe an. Augenblicklich veränderte sich der Raum: Der Lichtschein verscheuchte die düsteren Seelen der Marmorstatuen, und der dunkelblaue Abend draußen verwandelte sich in schwarze Nacht.

T. sah sich im Raum um und suchte nach einer Waffe.

An der Wand hing matt schimmernd die Gladiatorenausrüstung: ein schwerer, gehörnter Helm, ein runder Bronzeschild und ein Speer, der auf der einen Seite eine breite Klinge und auf der anderen einen massiven runden Knauf hatte, an dem ein langes, um den Schaft gewickeltes Seil befestigt war. Unter dem Speer hing eine kleine Tafel mit der Aufschrift:

WURF-SARISSA

Der Speer wirkte robust und neu, aber die bronzenen Teile schienen antik zu sein.

Der Helm war eng und für einen antiken kleinen Schädel gemacht, er presste den Kopf unangenehm zusammen. T. steckte die Hand durch die Lederschlingen am Schild und ergriff die Sarissa, mit der anderen Hand nahm er die Lampe und ging wieder an Deck. Es war noch immer niemand zu sehen.

Nach einigen Schritten bemerkte T. aus dem Augenwinkel eine Bewegung und fuhr herum. Vor ihm stand ein bärtiger Krieger mit Hörnerhelm und Mantel – dem Aussehen nach ein typischer Perser aus Dareios' Armee. In der einen Hand hielt er eine Lampe, in der anderen einen Schild und einen Speer.

Es war sein eigenes Spiegelbild in einer Fensterscheibe.

»Ich sehe aus wie ein Idiot«, dachte T.

Am Heck angelangt, kletterte er die Treppe hinunter und öffnete vorsichtig die Tür mit dem Apoll-Bild.

Alle Leute unter Deck waren tot.

Es war auf den ersten Blick klar. T. schritt durch den Gang zwischen den Bänken und blickte wachsam nach rechts und links.

Die toten Gesichter waren nicht von Schmerz verzerrt – eher blickten die offenen Augen der Verstorbenen ungläubig und verärgert auf etwas, was nun für immer in der Vergangenheit lag.

T. bemerkte eine Art dünnen Span, der im Hals eines der Ruderer stak. Als er sich über den Toten beugte und die Lampe näher heranhielt, sah er einen kleinen Pfeil, ähnlich wie ein Zahnstocher, mit einer winzigen Feder am einen Ende. Genau so ein Pfeil stak in der Schulter der Leiche daneben.

Im Schiffsraum roch es stark nach Petroleum. Jemand hatte die Leichen, den Boden und die Bänke übergossen und dabei einen ganzen Kanister geleert, der jetzt im Durchgang lag.

Als er weiterging, erkannte T. die Diener aus dem Speisezimmer in ihren silberbestickten Tuniken. Und dann sah er die Fürstin Tarakanowa selbst.

Sie saß in dem engen Raum zwischen zwei Bänken, den Rücken gegen die Wand gelehnt; auf ihrem Gesicht lag ein erstarrtes verwundertes Lächeln. Der Zahnstocher-Pfeil hatte sich in ihre Wange gebohrt. Am Boden vor ihr glitzerten Splitter von der Hecht-Platte.

Neben der Tarakanowa lagen Luzius und vier Mönche unbekannter Herkunft, deren Leichen sich in dieser Umgebung äußerst merkwürdig ausnahmen – als wären sie Opfer des letzten antichristlichen Edikts. Offenbar hatte der Tod sie alle fast gleichzeitig getroffen. Ein Mönch war auf eine Ruderbank gefallen und hielt ein seltsames Fischernetz in der Hand, in dessen Maschen klingenähnliche Kristallsplitter aus Bergkristall oder Quarz befestigt waren.

Für einen Moment starrte T. gebannt auf die Lichtfunken in den geschliffenen Kristallklingen, als sich die Tür des Schiffsraums öffnete und der bleiche Strahl einer Karbidlampe auf den Boden fiel.

»Graf T. ... Mein Gott, was ist denn mit Ihnen los? Aber wissen Sie was, die Aufmachung steht Ihnen. Sie wären kein schlechter Hoplit!«

Das Gesicht des Mannes an der Tür lag im Schatten, aber T. erkannte die Stimme.

»Und Sie sehen unglaublich scheußlich aus, Knopf«, sagte er.

Wahrhaftig bot Knopf nicht gerade den besten Anblick – sein nasser Rock war mit ölig glänzenden Schlamm- oder Tangflecken übersät.

»Waren Sie das?«, fragte T. und deutete auf die Leichen.

»Nein«, erwiderte Knopf. »Das waren Pfeile aus einem Blasrohr, die mit Extrakt aus spitzblättriger Cegonie eingerieben waren.«

»Was ist das?«

»Eine Pflanze aus den Regenwäldern am Amazonas, die über ganz besondere Eigenschaften verfügt. Botaniker nennen sie *Cegonia religiosa*.«

»Und wer hat die Pfeile abgeschossen?«

»Wollen Sie das wirklich wissen?«, fragte Knopf. »Bitte sehr!«

Er fuhr mit der Hand in die Brusttasche und zog etwas hervor, das T. zuerst für einen Lederbeutel hielt. Aber als der Lichtstrahl der Lampe darauf fiel, sah man graue Haare und verächtlich zusammengekniffene schwarze Augenhöhlen.

Es war ein Schrumpfkopf an einer langen Haarsträhne – vielmehr lediglich ein Schrumpfgesicht, denn man hatte den Schädel entfernt. Im Mund steckte eine lange Zigarettenspitze. Knopf nahm sie zwischen die Lippen und blies hinein.

Ein tiefer, vibrierender Laut ertönte, ähnlich dem Schrei eines Tieres in der Nacht. Dann hörte T. das Tappen bloßer Füße, und fünf winzige Wesen kamen die Treppe zum Schiffsraum heruntergerutscht, in Karnevalsfräcken mit bunten Westen und Zylindern, die nass und schmutzig waren und genau solche Tangflecken hatten wie Knopfs Kleider. Sie bildeten einen Kreis um Knopf und blieben starr stehen.

»Jetzt haben Sie auch noch Kinder in Ihre Scheußlichkeiten hineingezogen?«, fragte T. verächtlich.

»Das sind keine Kinder, sondern Amazonas-Indianer, unbarmherzige, erfahrene Killer. Sie werden nicht größer als zwei Arschin. Der Jüngste ist ungefähr vierzig.«

»Und was soll diese alberne Maskerade?«

»Die einzige Möglichkeit, unterwegs nicht aufzufallen, Graf, ist, unsere kleinen Freunde hier als Zirkuszwerge zu verkleiden. Das ist natürlich lästig, aber der Nutzen, den sie bringen, entschädigt für alle Schwierigkeiten. Sie handeln vollkommen lautlos, und in ihrer tödlichen Schlagkraft sind sie mit einer MG-Abteilung vergleichbar ...«

Während Knopf sprach, hatte T. die Lampe auf eine Bank gestellt und unmerklich das um den Speerschaft gewickelte Seil zu Boden gleiten lassen.

»Etwas Erbärmlicheres als die Ermordung wehrloser Menschen durch Gift kann man sich kaum vorstellen«, sagte er.

Knopf drohte ihm listig mit dem Finger.

»Ganz so einfach ist das nicht! Nicht das Gift hat sie umgebracht, sondern ihr Unglaube.«

»Wie meinen Sie das?«

»Wissen Sie, warum die spitzblättrige Cegonie auch *religiosa* heißt? Sie enthält nicht nur Gift, sondern ein besonderes Alkaloid mit einer stark selektiven Wirkung. Es wirkt nicht bei Menschen, die tief und vorbehaltlos glauben.«

»An wen? An Gott?«

»An die Vorsehung, die Höchste Kraft, die Wahrheit, an Buddha oder an Allah – egal, wie Sie es nennen, wenn der Glaube nur aufrichtig ist. Früher verwendeten die indianischen Zauberer das Gift für ihre magischen Rituale, und während der Konquista erkannten sie dann seine Eigenschaften, weil es bei einigen katholischen Missionaren keine Wirkung zeigte, während es die normalen Konquistadoren tötete ...«

T. blickte auf den mit Leichen übersäten Boden. An der Brust des Ruderers, der am nächsten lag, blinkte unter dem groben Tuchhemd ein kupfernes Kreuz.

»Man hat also«, fuhr Knopf selbstzufrieden fort, »vor der Exekution all diesen Unglücklichen, die Herrin eingeschlossen, angeboten zu beten. Wie Sie sehen, fand sich bei keinem von ihnen auch nur ein senfkorngroßer Glaube.«

T. blickte zur Leiche der Fürstin Tarakanowa.

»Aber warum hat Ihr Amazonas-Pack diese arme Frau umgebracht, die nie einer Fliege etwas zuleide getan hat?«

»Stellen Sie sich die Schlagzeilen der Petersburger Zeitungen vor«, sagte Knopf. »›Brand auf der Jacht einer wahnsinnigen Gutsbesitzerin ...‹ Oder: ›Exkommunizierter Graf feiert flammende Verlobung mit heidnischer Fürstin ...‹ Ein extravaganter Tod erregt keinerlei Verdacht. Kein Gerichtsmediziner wird die winzigen Verletzungen an den verbrannten Leichen entdecken.«

T. schob langsam seinen Fuß vor, trat auf das Seilende und hielt es zu Boden gedrückt.

»Und Ihr antiker Helm«, fuhr Knopf fort, »dient als weiteres Beweisstück für die seit langem kursierenden Gerüchte über Ihre Geistesgestörtheit, Graf.«

Bei diesen Worten tippte er sich mit den Fingern an den Kopf.

»Nicht schlecht, Knopf«, sagte T. »Aber es gibt einen Schwachpunkt in Ihren Überlegungen.«

»Nämlich welchen?«

»Sie haben Ihre Aufmerksamkeit auf meinen Helm gerichtet. Aber nicht auf den Speer.«

T. nahm die Sarissa in die freie Hand und zeigte sie Knopf. Der verzog die Lippen zu einem Lächeln.

»Ihre Hartnäckigkeit nötigt mir Respekt ab – auch wenn sie natürlich Kraft und Zeit verschwendet. Was ist denn nun mit Ihrem berühmten Prinzip des gewaltlosen Widerstands gegen das Böse? Ich fürchte, das können Sie in diesem stinkenden Schiffsraum nicht in vollem Umfang einhalten ...«

»Ihre Sorge um meine Prinzipien ist ausgesprochen rührend«, erwiderte T. »Aber ich befolge sie immer den Umständen entsprechend.«

»Also dann«, schnurrte Knopf, »wollen wir mal herausfinden, ob Sie den wahren Glauben haben ... Das würden Sie selbst doch sicher auch furchtbar gern wissen?«

Er steckte seine scheußliche Zigarettenspitze in den Mund und stieß zwei heisere Pfeiftöne aus.

Plötzlich hatten die befrackten Indianer kurze Blasrohre in den Händen, die sie blitzschnell an die Lippen setzten. Im selben Augenblick ging T. in die Hocke und hielt den Schild schützend vor sich. Laute, ploppende Geräusche auf Metall waren zu hören, gefolgt von T.s drohendem Schrei:

»Achtung!«

Er schleuderte den Speer auf den Indianer, der am nächsten war.

Ein dumpfes Geheul erklang – eher tierisch als menschlich. Der Unglückliche ging zu Boden. T. zog das Seil heran, und der blutbeschmierte Speer befand sich wieder in seiner Hand.

»Achtung!«, schrie er wieder.

Ein Wurf, und der nächste Zwerg ging neben dem ersten zu Boden. Der dritte konnte noch sein Blasrohr nachladen und schießen, bevor ihn der Speer niederstreckte. Ein spitzer Stachel bohrte sich in T.s Schulter.

Im selben Augenblick hatte er einen metallischen Geschmack im Mund, sein Kopf dröhnte, und bunte Punkte tanzten vor seinen Augen.

»Ariel«, dachte er, »Ariel ...«

Sofort lichtete sich der Schleier vor seinen Augen, und der Schwindel verschwand ebenso unvermittelt, wie er begonnen hatte.

Zwei weitere Giftpfeile trafen T., der eine drang ins Bein, der andere in die Handfläche. Doch das Gift zeigte keine Wirkung mehr, und bald stürzte der letzte Befrackte blutüberströmt zu Boden.

»Achtung ...«, stieß T. heiser hervor.

»Dieses Mal kommt Ihr Abschiedswort etwas spät«, bemerkte Knopf melancholisch. »Im Übrigen konnte der arme Kerl ohnehin kein Russisch ... Sie überraschen mich immer wieder, Graf, und zwar unangenehm.«

Er zog seinen Revolver aus der Jackentasche und ging rückwärts zur Treppe. T. hielt den Schild vor sich und folgte ihm. Ein Schuss knallte. Die Kugel schlug im spitzen Winkel auf den Schild, prallte ab und in die Decke.

Knopf hob wieder den Revolver, zielte sorgfältig und schoss. Die Petroleumlampe, die auf der Bank stand, sprang hoch, zerbarst und fiel zu Boden. Blaugelbe Feuerschlangen krochen über die Planken. Auf Knopfs Gesicht zeigte sich ein Grinsen.

»Tja«, sagte er. »Wem es bestimmt ist zu verbrennen, der stirbt nicht an Gift ...«

Er richtete den Revolver auf T., und der hielt wieder den Schild schützend vor sich. Aber Knopf schoss nicht, er nahm T. nur aufs Korn und wartete darauf, dass die Flammen sich im Schiffsraum ausbreiten.

Es roch schon nach verkohltem Fleisch. T. spürte die Hitze von allen Seiten herankriechen, der Schild in seiner Hand wurde allmählich warm.

»Leben Sie wohl, Graf«, sagte Knopf. »Gute Reise ins Totenreich.«

Bei diesen Worten schlug er die Tür mit dem Apoll-Bild hinter sich zu.

T. sah sich um. Vor der leeren Ruderluke, durch die er ins Schiff gelangt war, stand eine undurchdringliche Feuerwand. Er ließ den Schild fallen, sprang zum nächstgelegenen Ruder, riss es mit rasender Anstrengung aus der Dolle und stieß es hinaus ins Wasser. Dann zerrte er sich den bereits schwelenden Mantel vom Leib, zwängte sich durch die enge Luke, fiel ins kalte Wasser, tauchte unter und schwamm davon, weg von dem verdammten Schiff.

Er schwamm, so weit sein Atem reichte, tauchte dann auf und blickte sich um. Der Kahn brannte; T. sah das am Heck festgezurrte Boot, in das sich Knopfs Gehilfen flüchteten. Knopf selbst war bereits im Boot.

»Da ist er!«, schrie einer der Verfolger. »Seht doch, da hinten schwimmt er!«

T. holte tief Luft und tauchte unter, gerade noch rechtzeitig, bevor die Kugeln über das Wasser peitschten.

V

Wieder an Land, lief T. im Schutz des Uferdickichts flussabwärts. Der Feuerschein blieb zurück, von allen Seiten umgab ihn kalte Finsternis und bald kam er sich vor, als wäre er kein Mensch, sondern ein verirrtes Tier, das durch die Nacht schleicht – so nackt und einsam, wie er war.

»Dabei«, überlegte er, »stimmt das gar nicht. Ein schleichendes Tier fühlt sich nicht als solches. Ein Raubtier braucht keine Metaphern, so etwas kennen nur die Menschen ...«

Nach etwa einer Stunde sah er in der Ferne flackernde Lagerfeuer, dann vernahm er Gitarrenklänge und das betörende Aroma gebratener Äpfel wehte ihm entgegen. Das musste das Zigeunerlager sein, von dem die verstorbene Fürstin erzählt hatte.

Eine äußerst vergnügte Gesellschaft hatte sich an einem großen Feuer am Ufer niedergelassen. Sie sangen *Hundert Werst bin ich gegangen.*[7] T. liebte dieses Lied.

Um die Zigeuner durch sein plötzliches Auftauchen nicht zu erschrecken, stimmte er aus einiger Entfernung in ihr Lied ein. Als sie seine Stimme vernahmen, drehten sich einige von ihnen um, aber niemand zeigte sich besorgt darüber, dass ein nackter, muskulöser Bartträger auf dem erleuchteten Platz vor dem Feuer erschien.

T. hockte sich in einigem Abstand ans Feuer und nahm genüsslich die Wärme in sich auf – von seinem Spaziergang am Ufer entlang war er ordentlich durchgefroren. Bald kam ein Zigeunermädchen, angetan mit einer Menge bunter Tücher und Kleider, und hielt ihm einen Tonteller mit zwei Bratäpfeln hin. T. nahm das Angebot dankbar an, und das Mädchen kauerte sich mit einem Blick auf seinen goldenen Talisman neben ihn.

»Wohin des Wegs, Offizier?«, fragte sie mit heiserer Räuberstimme.

»Offenbar«, überlegte T., »ist jeder Mann, der kein Zigeuner ist, für sie ein Offizier. Was für ein schlichtes Universum, direkt beneidenswert ...«

»Nach Optina Pustyn«, gab er zur Antwort.

»Und was ist das?«

»Das wollte ich gerade von Euch erfahren, liebes Kind.«

Die Zigeunerin musterte ihn.

»Warte ein wenig, du erfährst es gleich.«

Sie stand auf und verschwand in der Dunkelheit.

Als T. den zweiten Apfel verzehrt hatte, kamen zwei Männer auf ihn zu, ein grauhaariger Alter, der aussah wie ein wohlhabender Bauer (nur ein Ohrring verriet seine Zugehörigkeit zum Zigeunerstand), und ein kahlgeschorener Riese in einer grünen Pluderhose. Der Leib des Riesen war mit stümperhaft ausgeführten, primitiven Tattoos bedeckt und die Nase war hässlich plattgedrückt.

»Das macht Eindruck«, dachte T. »Psychologisch leicht zu durchschauen: Man begreift sofort, dass es einen wie den nichts kostet, einen Menschen umzubringen. Allein schon, wie er sich selbst verunstaltet hat. Aus Verachtung gegenüber dem eigenen Leben folgt immer die Verachtung gegenüber dem fremden ...«

»Hast du dich nach Optina Pustyn erkundigt?«, fragte der Alte.

»Ja«, bestätigte T.

Der Alte und der Riese wechselten einen vielsagenden Blick.

»Ich glaube, er ist der, den wir erwarten«, sagte der Riese. »Wenn der Oberst die Wahrheit gesagt hat, kaufe ich neue Stiefel.«

»Reiß dich zusammen, Lojko«, seufzte der Alte.

Er wandte sich zu T. und zeigte ihm eine billige Sanduhr, wie man sie im Naturkundesaal eines Gymnasiums finden kann.

»Du musst beweisen, dass du eine Antwort auf deine Frage verdienst, Bart.«

»Und wie?«

»Du musst mit Lojko kämpfen und ihm wenigstens zwei Minuten standhalten. Wenn du am Leben bleibst, erfährst du alles, was du willst.«

»Meine Herren«, sagte T., »hier liegt ein Missverständnis vor. Sie haben nicht einmal gefragt, wer ich bin.«

»Wir haben dich nicht gefragt, wer du bist«, versetzte der Alte, »weil das bei uns nicht Brauch ist. Wir sind Zigeuner. Aber jeder, der darüber spricht, worüber du gesprochen hast, muss mit Lojko kämpfen. Und wenn du derjenige bist, den wir erwarten, ist es einfach deine Pflicht zu kämpfen.«

Er drehte die Uhr um, stellte sie auf die Erde und verkündete:

»Es ist Zeit!«

»Moment mal«, sagte T., »wen erwarten Sie denn eigentlich?«

Der Riese, der schon seine Hand nach T. ausgestreckt hatte, erstarrte.

»Ein Oberst der Gendarmerie war bei unserem Baron«, antwortete der Alte. »Er sagte, heute werde möglicherweise ein nackter Mann mit schwarzem Bart aus dem Fluss steigen, und auf diesen Mann, tot oder lebendig, sei eine Belohnung ausgesetzt. Wir wollen keine Belohnung für einen Lebenden – wir sind Zigeuner, das wäre eine Schande für uns. Aber es ist keine Schande, die Belohnung für einen Toten zu kassieren, das ist nichts anderes, als einen Pferdebalg zu verkaufen. Deshalb musst du mit Lojko kämpfen, und Gott möge dir beistehen, dass du ihm standhältst.«

»Und was genau meinen Sie mit *standhalten*?«

»Während der Sand in der Uhr durchläuft, darfst du kein einziges Mal mit dem Rücken den Boden berühren. Das ist nicht so lange, weniger als zwei Minuten. Dann glauben wir dir, dass du der bist, für den du dich ausgibst.«

»Ich gebe mich für niemanden aus«, sagte T.

Der Alte und der Riese wechselten einen Blick.

»Stimmt«, sagte der Alte. »Dann musst du eben beweisen, dass du der bist, für den wir dich halten.«

»Und für wen halten Sie mich?«

»Für den, den unser Baron erwartet«, antwortete der Riese Lojko. »Wir haben es dir doch schon erklärt. Ein Oberst der Gendarmerie hat dem Baron mitgeteilt, es wird vielleicht ein nackter Mann mit Bart auftauchen.«

T. kratzte sich am Hinterkopf, als versuche er, etwas zu verstehen, das zu kompliziert für ihn war.

»Aber wozu muss ich beweisen, dass ich ein nackter Mann mit Bart bin, wenn das doch ganz offensichtlich ist?«

Die Zigeuner am Lagerfeuer waren schon lange verstummt und lauschten der Unterredung gespannt. In der Miene des Riesen spiegelte sich Nachdenklichkeit. Auch der Alte überlegte hin und her, wobei er mit den Fingern über den schweren silbernen Halbmond an seinem langgezogenen Ohrläppchen strich. Schließlich sagte er:

»Ein nackter Mann mit Bart kann derjenige sein oder auch nicht. Es gibt viele nackte Männer mit Bart, aber die Belohnung bekommt man nur für den einen.«

»Genau«, stimmte Lojko zu.

»Ich bin gar nicht mehr sicher«, fuhr der Alte fort, »dass du wirklich dieser nackte Mann mit Bart bist, von dem der Oberst gesprochen hat. Dafür redest du zu viel. Aber trotzdem musst du den Test machen.«

»Und wenn ich ihn bestehe?«, fragte T.

»Dann bringen wir dich zum Baron.«

»Na schön«, erwiderte T. »Meinetwegen, ich bin bereit. Sagen Sie mir noch, welche Methoden ich anwenden darf?«

Lojko lachte geringschätzig.

»Alle, die du kennst.«

»Also ganz egal, welche?«

Lojko nickte.

»Haben das alle gehört?«, fragte T. und drehte sich zu den am Lagerfeuer Sitzenden um.

»Ja«, bekräftigte Lojko, beugte sich zu Boden und streckte seine Hände aus, die aussahen wie zwei Holzscheite. »Alle haben es gehört. Du brauchst keine Angst haben, mir wehzutun...«

Er machte einen Schritt auf T. zu.

»Na, dann«, sagte T., »habe ich Ihren Test schon bestanden.«

»Warum?«, fragte der Alte.

T. deutete auf den im Gras blinkenden Glaskolben.

»Der Sand ist schon ganz durchgelaufen. Wollen Sie das freundlicherweise nachprüfen? Und ich habe kein einziges Mal mit dem Rücken den Boden berührt. Das sind meine Methoden, meine Herren.«

Am Lagerfeuer erhob sich Lärm – die Zigeuner fingen an zu streiten. Jemand lachte, jemand spuckte enttäuscht ins Feuer. Aber offenbar erhob niemand ernsthafte Einwände.

»Was für eine merkwürdige Methode«, sagte der Alte. »Und wie nennt sich dieser Kampf?«

»Das ist GEWI oder ›Gewaltloser Widerstand gegen das Böse‹«, antwortete T.

»Das hast du dir ja fein ausgedacht, wie ein Weib«, bemerkte Lojko abfällig.

»Jetzt müssen Sie nur noch sagen, dass ich mich wie ein Zigeuner benehme, mein Herr«, schmunzelte T.

»Wir beide sehen uns wieder, Bart, merk dir das!«

T. blickte dem Riesen fest in die Augen.

»Das sollten Sie sich lieber nicht wünschen.«

»Warum?«

»Weil die Begegnung nicht so ausgehen würde, wie Sie annehmen.«

Der Zigeuner Lojko gab keine Antwort, sondern grinste nur böse. T. wandte sich an den Alten.

»Sie haben versprochen, mich zum Baron zu bringen, wenn ich den Test bestehe. Also bitte ...«

Der Zigeunerbaron war ein untersetzter, fülliger Mann, der aussah wie ein Husar im Ruhestand – er trug einen himbeerfarbenen Dolman mit losen Schnüren. In seinem faltigen Gesicht wucherte ein buschiger langer Schnurrbart, der einem Polizeimeister oder einem Eisenbahnbeamten gut angestanden hätte.

Er saß ganz allein auf einem Klappstuhl an dem am weitesten entfernten Feuer; neben ihm stand ein zweiter Klappstuhl. Hin und wieder kam eine schmächtige kleine Frau, die einen Zweig ins Feuer warf und dann sofort wieder verschwand.

Der Zigeuner, der T. begleitet hatte, trat zum Baron, neigte sich zu seinem Ohr hinunter und sprach lange auf ihn ein. Der Baron grinste ein paar Mal mit einem Blick auf T. und lud ihn dann mit einer Geste ein, neben ihm Platz zu nehmen.

»Nun«, begann er, als der Begleiter sich zurückgezogen hatte, »Sie haben Lojko besiegt. Wer sind Sie?«

»Man nennt mich Graf T.«

»Guten Tag, Graf.«

»Guten Tag, Baron«, sagte T. mit kaum merklicher Ironie. »Was sollte dieser idiotische Test?«

»Wir sind bemüht, der Welt den Geist des edlen Wettstreits zu erhalten«, erwiderte der Baron entschuldigend. »Sonst degenerieren wir zu einer Bande von Dieben.«

»Sie wissen, wer ich bin«, sagte T. »Und wie ist Ihr werter Name?«

»Damit will ich Ihr Gedächtnis nicht belasten«, sagte der Baron. »Mein Name nutzt Ihnen gewiss nichts. Für Sie bin ich einfach der Zigeunerbaron. Also, Sie wollten mich etwas fragen?«

»Stimmt«, sagte T. »Was ist Optina Pustyn und wo befindet es sich?«

Der Baron riss erstaunt die Augen auf.

»Was?«, fragte er nach.

»Optina Pustyn«, sagte T. noch einmal deutlich. »Man hat mir gesagt, das habe irgendetwas mit Zigeunern zu tun.«

Der Baron versank in Gedanken.

»Ich weiß nicht«, sagte er dann, »mir ist so, als hätte ich das ein- oder zweimal gehört, als ich in Petersburg an der Universität studierte, vielleicht im Zusammenhang mit Literatur oder Mystik. Aber ich kann mich täuschen. Mit dem Leben und dem Brauchtum der Zigeuner hat es jedenfalls ganz sicher nichts zu tun.«

»Gestatten Sie«, sagte T., »aber Ihre Leute haben doch vorhin gesagt: Jeder, der danach fragt, muss mit Lojko kämpfen.«

»Das sagen sie immer.« Der Baron winkte ab. »Sie langweilen sich, da schlagen sie eben über die Stränge. Gestern kam ein Oberst der Gendarmerie vorbei, allein, zu Pferd. Er war unterwegs vom Gut seiner Schwester in die Stadt Kowrow, nicht weit von hier. Und ob Sie es glauben oder nicht, er hat diese Nichtsnutze nur nach dem Weg gefragt, und sie haben ihn zum Kampf gezwungen ... Er hat übrigens erzählt, dass im Kreis ein Mann gesucht wird, der so ähnlich aussieht wie Sie.«

»Das hat man mir schon gesagt«, erwiderte T. »Also Sie können mir nicht helfen, heißt das?«

»Wieso nicht?«, fragte der Baron. »Sicher kann ich das. Ihr Sieg im Zweikampf trägt mir bestimmte Verpflichtungen auf, deshalb befragen wir jetzt das Orakel hier im Zigeunerlager. Das ist nur in Ausnahmefällen erlaubt, aber heute habe ich auch eine Frage.«

»Meinen Sie, das Orakel weiß etwas, was Sie nicht wissen?«

Der Baron fing an zu lachen.

»Ich verstehe Ihre Skepsis, Graf. Aber es ist einen Versuch wert. Schließlich haben Sie Ihr Leben dafür riskiert.«

Er klatschte in die Hände, und die Frau, die sich um das Feuer kümmerte, kam heran. Der Baron gab ihr einen leisen Befehl, und sie verschwand in der Dunkelheit. Kurz darauf kam sie zurück, legte dem Baron einen geräumigen, in dunklen Stoff gehüllten Koffer zu Füßen, verbeugte sich und verschwand wieder im Finstern.

Der Baron zog ein kleines Messer aus dem Stiefel. Er rückte den Koffer näher heran, zerschnitt die staubige Hülle und öffnete ihn. Darin lag eine Holzpuppe. Anstelle der Beine hatte sie einen spitz zulaufenden und von Erdreich schwarz gefärbten Stiel. Der Zigeuner rammte die Puppe in den Boden (wobei sie in ohnmächtiger Empörung mit den Armen schlenkerte) und nahm eine Tabakspfeife mit einem kleinen metallenen Pfeifenkopf und einem langen hölzernen Holm aus dem Koffer. Aus einem an der Pfeife befestigten Beutelchen holte er ein Stück durchsichtiger Materie, die aussah wie Bernstein oder Harz, und legte es in den Pfeifenkopf.

»Wollen Sie …«, begann T., aber der Zigeuner fiel ihm ins Wort:

»Keine Sorge, Sie werden nicht vergiftet. Ich muss wissen, was ich wegen des Gendarmen von gestern unternehmen soll, deshalb haben Sie einen eigenen Lord-Vorkoster … Genauer gesagt, einen Baron-Vorkoster.«

Er zog einen brennenden Zweig aus dem Feuer, hielt ihn an den Pfeifenkopf, nahm einen Zug und reichte die Pfeife mit gebieterischer Geste an T. weiter. Der nahm sie behutsam entgegen und nahm einen Zug von dem dichten, herben Rauch, wobei er sich bemühte, nicht zu tief einzuatmen. Sofort wurde ihm schwindlig und er gab dem Baron die Pfeife zurück.

»Nun?«, fragte der Baron. »Woran denken Sie gerade?«

T. öffnete den Mund, um zu antworten, und erkannte plötzlich, dass es keine Antwort gab.

Sämtliche Gedanken, die eben noch seinen Geist erfüllt hatten, waren zerstoben und verschwunden – es gab nur noch das Knacken der trockenen Äste im Feuer, den Duft des Rauchs und den Wind, der sachte den Rücken kühlte. Eine schwindelerregende Empfindung durchzuckte ihn: als hätte unter seinem Fuß die Sprosse einer Leiter nachgegeben und sein Körper wäre schwerelos geworden.

T. bekämpfte seinen Schreck mit Willensanstrengung und blickte misstrauisch zum Baron. Der begriff offenbar, was los war – lächelnd nahm er einen weiteren Zug, dann legte er die Pfeife zurück in den Koffer, deutete auf die Puppe, stand auf und entfernte sich gemächlich vom Feuer. Allein zurückgeblieben, starrte T. den Holzgötzen an.

Er sah aus wie ein hölzerner Pierrot. Eine Puppe von trauriger Gestalt mit eiförmigem Kopf, die Augenbrauen über der Nasenwurzel hochgeschoben (was ihr ein komisch-bekümmertes Aussehen verlieh), und einem rechteckigen beweglichen Mund. Der ovale Körper war schwarz lackiert; auf der Brust waren drei große weiße Pompons aufgemalt, die langen Gliederarme endeten in kleinen Kugeln, die aussahen wie zusammengeballte Fäuste. Von diesen kugelförmigen Fäusten und dem beweglichen Kiefer hingen kurz abgeschnittene Fäden herunter. T. sah deutlich die im Holz steckenden winzigen Metallringe, an denen die Fäden befestigt waren: Offenbar hatte man die Puppe für Vorstellungen in einer Schaubude benutzt.

Plötzlich geriet die eine Puppenhand in Bewegung, obwohl T. ganz genau sah, dass niemand an dem abgeschnittenen Faden zog. Die Hand hob sich bis zum Kopf und winkte grüßend, dann fiel der rechteckige Mund herab und die Puppe sagte:

»Comman ssava, Graf?«

Sie sprach mit derselben Stimme wie der Schatten auf dem Schiff der Fürstin Tarakanowa.

»Ssava«, erwiderte T.

»Entschuldigen Sie diesen Aufzug«, sagte die Puppe. »Aber wenn ich einen Zigeuner als Medium genommen hätte, hätten Sie bestimmt gezweifelt, ob alles seine Richtigkeit hat. Jetzt nicht mehr.«

»Wer sind Sie?«, fragte T.

Der Holzmund der Puppe stieß ein paar trockene Laute aus, die klangen wie eine Mischung aus Lachen und Klappern.

»Ich habe mich letztes Mal schon vorgestellt. Ich bin Ihr Schöpfer. Mein Name ist Ariel. Wie es sich für einen Schöpfer gehört, erschaffe ich im Moment Sie und die Welt. Ihre Welt, meine ich.«

»Ich erinnere mich«, sagte T. »Aber wer sind Sie Ihrem Wesen nach? Sind Sie Gott?«

»Betrachten Sie mich besser als Engel«, sagte die Puppe. »Das wäre mir lieber.«

»Sind Sie der gefallene Engel? Der Fürst dieser Welt?«

Die Puppe brach in ein hölzernes Gelächter aus.

»Finden Sie nicht, Graf, dass das Wort ›gefallen‹ in Bezug auf den Fürsten dieser Welt unglaublich heuchlerisch klingt? Die Menschen reißen sich ein Bein aus, damit sie bei ihm irgendetwas zu tun bekommen, und dann bezeichnen sie ihn als ›gefallen‹ ...«

T. lächelte.

»So lehrt es die Kirche«, sagte er.

»Ja, ja, die Kirche«, wiederholte die Puppe. »Angeblich widersteht die Kirche dem Fürsten dieser Welt. Ist das nicht Unsinn? Stellen Sie sich vor, in einem judenfeindlichen Stadtbezirk setzt irgendein armer Jude dem Bezirksaufseher eine Schenke vor die Nase und schreibt auf das Aushängeschild: ›Ich widerstehe dem Bezirksaufseher.‹ Meinen Sie, das geht lange gut?«

»Ich glaube nicht.«

»Das glaube ich auch nicht. Aber wenn nun dieses Etablissement jahrein, jahraus einwandfrei arbeitet und gute Gewinne abwirft, dann heißt das augenscheinlich, dass da mit dem Bezirksaufseher gemeinsame Sache gemacht wird.«

»Entschuldigen Sie«, sagte T., »es gibt ja wohl einen Unterschied zwischen einem Bezirksaufseher und dem Fürsten dieser Welt.«

»Das glaube ich auch«, stimmte die Puppe zu. »Der Fürst dieser Welt ist ungleich mächtiger und klüger. Und wenn er in seinem Revier Etablissements zulässt, die dem Revieraufseher offiziell und feierlich widerstehen, dann geschieht das, so muss man annehmen, nicht ohne besonderen Grund ...«

»Was wollen Sie damit sagen?«

»Vorläufig gar nichts, Graf«, feixte die Puppe. »Ich teile Ihnen meine Beobachtungen mit. Mir passt nur der Ausdruck ›gefallener Engel‹ nicht. Wenn Sie wollen, betrachten Sie mich als Sturzkampf-Engel.«

»Was heißt denn Sturzkampf – sind Sie im Kampf gestürzt?«

»Nein. Sturzkampf-Engel hoffen im Fallen immer noch, wieder aufzusteigen. Sie sind noch nicht richtig unten, wenn auch kurz davor, ha-ha ...«

»Die Kirche sagt über Sie aber nichts.«

»Wir sagen auch nichts über die Kirche«, erwiderte die Puppe. »Unsere Position in Bezug auf diese Frage ist noch unklar. Aber während Sie sich Optina Pustyn nähern, wird sich alles entscheiden. Wenn alles so läuft wie geplant, erwartet Sie eine ergreifende Rückkehr in den Schoß der Kirche. Doch wir wollen den Ereignissen nicht vorgreifen ...«

»Rätsel über Rätsel«, sagte T. »Antworten Sie mir klar und ohne Umschweife: Wer sind Sie in Wirklichkeit?«

Die gemalten Puppenaugen blinzelten und starrten T. kühl an.

»Und wer sind Sie? Was wissen Sie über sich?«

T. zuckte mit den Schultern.

»Nicht mehr viel. Ich hatte eine Gehirnerschütterung. Aber auch wenn ich mein Gedächtnis verloren habe – vorübergehend, hoffe ich –, bleibe ich dennoch ich selbst.«

»Denken Sie an etwas Konkretes über sich. Egal was.«

»Zum Beispiel ... zum Beispiel ...« T. runzelte die Stirn und brach in ein nervöses Lachen aus. »So kann man jeden in Verlegenheit bringen. Sagen Sie jemandem, er soll sich an etwas aus seinem Leben erinnern, und er kommt aus dem Konzept.«

»Aber Sie erinnern sich doch einfach an gar nichts, nicht wahr?«

»Wieso, irgendwas fällt mir schon ein. Jasnaja Poljana zum Beispiel. Die Gartenlauben, die Furchen, die der Pflug zieht ... Oder Frou-Frou ... So heißt das Pferd ...«

T. kam es so vor, als würde die Puppe den Mund zu einem hölzernen Lachen auseinanderziehen, obwohl die Konstruktion des Mundes das gar nicht zuließ.

»Jetzt fange ich schon an, mir etwas für Sie auszudenken. Ich kann mich kaum zurückhalten.«

»Hören Sie, Ariel«, sagte T., »Sie können sich, wenn ich das richtig verstehe, in jeder beliebigen Gestalt zeigen. Warum sind Sie ausgerechnet eine Puppe?«

»Das ist eine Anspielung.«

»Worauf?«

»Sie fragen ständig, wer ich bin. Aber Sie haben kein einziges Mal gefragt, wer Sie sind. Also muss ich ein Spiegel für Sie sein.«

»Sie wollen sagen ...«, T. verspürte eine unangenehme Kälte in der Magengrube, »dass ich eine Puppe bin? Ihre Marionette, Ihr Spielzeug? Das nur dann lebendig ist, wenn der Marionettenspieler die Fäden zieht?«

Die Puppe kicherte niederträchtig.

»Fast richtig. Aber die Fäden sind abgeschnitten, wie Sie sehen, und die Marionette agiert wie von selbst. Überlegen Sie mal, was macht sie? Sie kämpft, sie schießt, sie unterhält sich mit Leuten, denen sie begegnet, sie flieht vor einem gewissen Knopf. Aber sie weiß nichts über sich selbst und auch nichts über diesen Knopf. Sie tut immer so, als bewege sie sich auf ein bekanntes Ziel zu, aber kaum denkt sie darüber nach, begreift sie entsetzt – sie kennt das Ziel nicht ...«

»Warum hören Sie nicht einfach auf mit diesem faulen Zauber?«, fragte T. und ballte die Fäuste. »Zeigen Sie sich in Ihrer wahren Gestalt. Können Sie das überhaupt?«

»Ja«, sagte die Puppe nach kurzem Nachdenken. »Aber Sie werden enttäuscht sein.«

»Bitte, tun Sie mir den Gefallen.«

»Heute ist dazu keine Zeit mehr.«

»Dann beim nächsten Mal. Versprechen Sie es!«

»Also gut«, seufzte die Puppe und blickte zur Seite. »Meinetwegen. Aber jetzt müssen Sie sich ausruhen, Graf. Morgen werden Sie fast den ganzen Tag im Sattel sitzen. Sammeln Sie Ihre Kräfte und grübeln Sie nicht zu viel – bald erfahren Sie ohnehin alles. Gute Nacht.«

T. kam nicht mehr dazu, eine Antwort zu geben – die Arme der Puppe, die gerade eben noch so anmutig gestikuliert hatten, baumelten plötzlich kraftlos herab, und das Rechteck des Mundes war nach unten gesackt. Die Puppe war nur noch ein dunkles, totes Stück Holz mit aufgemalten Augenpunkten. T. betrachtete sie, bis der Zigeunerbaron aus der Dunkelheit auftauchte.

Er trug zwei zusammengerollte Decken auf dem Arm.

»Bereiten Sie sich ein Nachtlager«, sagte er. »Morgen früh bekommen Sie die Sachen, das Orakel hat uns aufgetragen, sie Ihnen zu geben.«

»Was für Sachen?«

»Die Uniform des Gendarmen«, erwiderte der Baron. »Seine Waffe, seinen Geldbeutel und das Pferd. Ein schönes Pferd ... Ich muss aufpassen, dass ich Ihnen heute Nacht nicht den Hals durchschneide.«

»Woher haben Sie seine Uniform? Und sein Pferd?«

»Das hat Lojko sich erkämpft. Keine Sorge, Graf, es ist alles mit rechten Dingen zugegangen. Den Toten haben wir in den Fluss geworfen und den Plunder wollte ich eigentlich aufbewahren, aber das ist mir zu heiß, der bringt das ganze Lager in Gefahr. Außerdem brauchen freie Menschen keine Stiefel mit Sporen. Aber Ihnen kommen sie vielleicht zustatten. Wenn Sie losreiten, wird sich schon etwas ergeben. Vielleicht finden Sie sogar Ihr Optina Pustyn ...«

VI

Das Pferd, ein weißer Passgänger, war wirklich vorzüglich, wenn auch etwas zu feurig. Anfangs versuchte es, T. abzuwerfen, doch als es die erfahrene Hand spürte, unterwarf es sich dem menschlichen Willen.

»Ich frage mich«, überlegte T., als er über die verlassene morgendliche Landstraße preschte, vorbei an grauen Katen und kleinen Kramläden, »wie ein Pferd den Unterschied zwischen einem geschickten Reiter und einem Neuling empfindet? Wie eine Last, die mal mühelos und mal beschwerlich zu tragen ist? Aber eine Last ist umso einfacher zu tragen, je leichter sie ist ... Und wenn das Gewicht dasselbe ist? Vermutlich registriert ein Pferd nur den Wechsel der eigenen Stimmung. Im einen Fall reagiert es nervös, im anderen Fall fühlt es sich sicher und ruhig. Und es hat natürlich keine Ahnung, warum – es ist einfach so, das ist alles ...«

Seltsamerweise war T. durch das nächtliche Gespräch keineswegs beunruhigt. Er dachte nur einmal an Ariel, kurz nach Mittag, als ihn die hellen Weiden entlang der Landstraße an eine Prozession von Riesen erinnerten, die gemächlich von einer Ewigkeit zur anderen trotteten und ihre vielen zarten silbrigen Arme schwenkten, die aussahen wie die Arme der Puppe von gestern. Die Riesen waren uralt, gutmütig und blind; ihre anmutigen, bedeutungsvollen Gesten richteten sich an geheimnisvolle Wesen, die diese Sprache einst verstanden hatten, aber längst ausgestorben waren. Die blinden Bäume wussten nicht, was geschehen war, und gestikulierten ebenso eifrig wie vor Millionen Jahren.

Ariels Prognose bewahrheitete sich, T. verbrachte tatsächlich den ganzen Tag im Sattel. Als die Sonne sich im Westen neigte, machte er halt an einer kleinen Bahnstation, um sich auszuruhen und in der Bahnhofsgaststätte einen Happen zu essen.

Der Bediente, ein flinker Bursche, dem ein Bleistift aus der Tasche seiner fettigen Schürze ragte, musterte den jungen Oberst der Gendarmerie aufmerksam und konsultierte dann ungeniert ein gefaltetes Stück Papier.

»Vermutlich«, dachte T., »steht da eine Personenbeschreibung. Hier frage ich besser nicht nach Optina Pustyn, am Ende belügt man mich oder man stellt mir eine Falle ...«

Nach dem Essen rief er den Bedienten herbei.

»Gibt es hier einen Telegrafenapparat?«

»Ja«, sagte der Bediente. »Wünschen Sie, ein Telegramm aufzugeben?«

»Nein«, ließ T. verächtlich fallen. »Ich versuchte nur herauszufinden, wie viel Zeit ich habe, mein Bester.«

Der Bediente grinste, als hätte er den Scherz des Herrn nicht verstanden, aber an seinen rot angelaufenen Ohren erkannte T., dass er ins Schwarze getroffen hatte. Er warf einen Rubel auf den Tisch, ging hinaus auf den Hof, sprang auf sein Pferd und sprengte davon, ohne sich umzusehen.

Bald führte die Straße in ein reiches Dorf mit einer frisch gestrichenen weißen Kirche. An der Kirchenmauer hockte ein trübseliger, einbeiniger Soldat in einer verwaschenen grauen Uniform.

»Weißt du zufällig, wo hier Optina Pustyn ist?«, fragte T. und beugte sich vom Pferd zu ihm hinab.

»Meinen Sie das, wovon die Bauern immer erzählen?«, fragte der Soldat. »Diese Anstalt, die sie neulich gebaut haben?«

T. dachte, der Soldat sei wohl nicht recht bei Trost.

»Was denn für eine Anstalt?«

»Also jedenfalls immer geradeaus, Euer Wohlgeboren«, sagte der Soldat mit einer Handbewegung. »Noch ein schönes Stück. Es gibt bloß zwei Straßen, beide in die gleiche Richtung. Sie können die eine nehmen oder die andere. Kürzer ist es durch den Wald. Da ist eine Gabelung, da können Sie beide Richtungen nehmen. Hinter dem Wald noch fünf Werst auf der Landstraße bis zur Stadt Kowrow, da laufen die beiden Straßen wieder zusammen. Und dahinter ist dann auch dein Pustyn und alles, was du willst.«

»Ich danke dir«, erwiderte T.

Er wollte beim Ausgang des Dorfes noch jemand anderen fragen – doch er kam nicht mehr dazu.

Die Verfolger warteten hinter einem baufälligen zweistöckigen Haus mit eingestürztem Schornstein, versteckt zwischen den Apfelbäumen des verwilderten Gartens. Kaum hatte T. ihr Versteck passiert, ritten sie heraus auf die Straße und setzten ihm nach. Der üppige Schnurrbart des vorweg galoppierenden Knopf bog sich nach oben wie die Eckzähne eines angreifenden Keilers.

»Wie hat er das bloß angestellt?«, dachte T., während er sein Pferd antrieb. »Bestimmt ist er heute Nacht ein paar Stationen mit dem Expresszug gefahren. Schließlich wissen sie, wohin ich unterwegs bin und warum ... Aber nein – wie können sie das wissen, wenn ich es selbst nicht weiß? Knopf hat doch auch keine Ahnung, wo dieses Optina Pustyn ist. Oder lügt er? Warum schießen sie denn nicht? Aber es ist klar, schließlich können diese Zivilisten nicht auf einen Oberst der Gendarmerie schießen, wenn das ganze Dorf es mitbekommt. Dann würde man glauben, sie sind Nihilisten.«

Die Vermutung war ganz richtig. Sobald die letzten Häuser außer Sicht waren und die Straße in den Wald führte, knallten Schüsse von hinten. Eine der Kugeln schlug den Ast einer Eiche vor ihm ab. T. beugte sich über den Hals des Pferdes, trieb es noch heftiger an und gewann allmählich an Vorsprung vor seinen Verfolgern.

Je tiefer die Straße in den Wald hineinführte, desto höher wurden die Bäume zu beiden Seiten. Plötzlich bemerkte T., dass sich weiter vorn der Weg gabelte und an einer kleinen, mit Gebüsch bedeckten Anhöhe gleichsam in zwei Teile spaltete. Hinter der Anhöhe lag eine Schlucht, eng und tief und völlig zugewuchert mit Weidengestrüpp. T. konnte sein Pferd unmittelbar vor dem Abgrund gerade noch zügeln. Seine Entscheidung fiel im Nu – er ritt ein Stück zurück, gab dem Pferd brutal die Sporen und setzte in vollem Lauf über die grüne Wand.

Für einen weniger erfahrenen Reiter hätte das mit einem tödlichen Sturz enden können, aber T. landete sicher zwischen den Bäumen auf der anderen Seite der Schlucht. Er hatte gerade noch Zeit, sein Pferd herumzureißen – die Verfolger waren schon bei der Gabelung angelangt.

Als Knopf und seine Gefährten zwischen den Bäumen auftauchten, kamen sie T. vor wie eine Gesellschaft von Handlungsreisenden, mit geschmackloser Eleganz gekleidet und sicherheitshalber mit erstklassigen Revolvern ausgerüstet. Durch das lichte Laub waren sie gut zu sehen: Sie hielten inne und blickten eine Zeit lang verblüfft auf den Weg, der sich vor der mit Weidenbüschen bewachsenen Anhöhe gabelte.

Knopf hob die gelb behandschuhte Hand und mahnte zur Ruhe. Im selben Moment wieherte T.s Pferd.

»Ihm nach, aber schnell!«, brüllte Knopf. »Er ist direkt vor uns!«

Die Reiter stürmten verwegen voran, zwangen die Pferde, über die Büsche zu setzen – und das muntere Kavalleriehalali wich Angst- und Schmerzensschreien. Knopf, der als Letzter die Anhöhe emporgeritten war, konnte sein Pferd gerade noch halten und näherte sich der Schlucht vorsichtig und langsam.

Pferde und Menschen lagen zuckend am Grund der Schlucht. Einer versuchte, sich unter seinem Pferd hervorzuwinden, der Zweite kroch den Abhang hinauf und schleifte sein verrenktes Bein hinter sich her. Der Dritte saß benommen von dem Sturz auf dem Boden und drehte den Kopf langsam von Seite zu Seite. Der Vierte war tot.

Knopf hob die Augen. An einer Lichtung zwischen den Bäumen auf der anderen Seite der Schlucht tauchte ein Reiter auf – der schwarzbärtige Offizier. Er zügelte sein Pferd, das ungeduldig mit den Hufen stampfte. Knopf griff nach seiner Waffe, sah aber im selben Moment den auf ihn gerichteten Revolver in T.s Hand.

»Sie denken doch wohl nicht an einen Mord«, sagte T. verächtlich, »während Ihre Kameraden leiden? Immerhin brauchen sie Hilfe ...«

»Lesen Sie mir nicht die Leviten, Graf«, sagte Knopf. »Wenn jemand schuld ist an den Qualen der Leute, dann sind Sie das!«

»Sie lügen«, versetzte T. »Ich habe sie nicht einmal angerührt.«

Knopf lachte geringschätzig.

»Das ist es ja! Sie sind schlimmer als ein Mörder – der übernimmt wenigstens die Verantwortung für das, was er getan hat. Aber Sie ... Sie sind zu feige, selbst zu töten, und zwingen Ihre Opfer, gewissermaßen aus freien Stücken zu sterben. Ihre Arme sind blutbesudelt bis zum Ellbogen, aber Sie meinen, sie seien sauber, weil Sie Handschuhe tragen.«

T. zuckte die Achseln.

»Reden Sie keinen Unsinn, Knopf. Ich habe schließlich niemanden gezwungen, in die Schlucht zu springen. Mehr noch, ich wäre glücklich, wenn sich diese Herrschaften einen anderen Zeitvertreib ausgesucht hätten, als mich zu jagen wie einen Hasen und hinterrücks auf mich zu schießen. Warum verfolgen Sie mich?«

»Ihre Heuchelei kennt einfach keine Grenzen! Als ob Sie das nicht wüssten!«

»Ich weiß es wirklich nicht.«

»Wollen Sie etwa abstreiten, dass Sie versuchen, nach Optina Pustyn zu gelangen?«

»Durchaus nicht«, erwiderte T. »Obwohl ...«

Eigentlich hatte er sagen wollen: »Obwohl ich neulich im Zug von Ihnen zum ersten Mal davon gehört habe«, aber er wusste, mit welchem Sarkasmus Knopf darauf reagieren würde.

»Was – obwohl?«, fragte Knopf.

»Ach nichts. Meines Erachtens ist das noch lange kein Grund, jemandem eine Mörderbande hinterherzuschicken und ihn als Heuchler zu bezeichnen, wenn er versucht, am Leben zu bleiben ...«

T. blickte in die Schlucht und riss sein Pferd auf die Hinterbeine hoch. Im selben Moment knallten von unten zwei Schüsse. Beide Kugeln bohrten sich dem Pferd in den Bauch. T. glitt vom Rücken des Pferdes hinunter auf den Boden, und das jämmerlich wiehernde Tier stürzte direkt auf den Schützen, dem es gelungen war, bis unmittelbar an den Rand der Schlucht hochzuklettern. Die beiden Körper – der Mensch und das Pferd – rollten in die Schlucht hinab; der Schütze wurde von dem toten Tier erdrückt und starb mit einem flüchtigen, dumpfen Ächzen.

Kaum war T. wieder auf den Beinen, nahm er Knopf ins Visier.

»Sie und Ihre Gehilfen sind widerlich, mein Herr«, sagte er zu dem Detektiv. »Sehen Sie sich vor, stellen Sie meine Prinzipien nicht auf die Probe. Sonst könnte ich Ihnen eines schönen Tages den Hals umdrehen.«

»Ich nehme an«, erwiderte Knopf hämisch, »dass ich das nahende Ende an dem mitfühlenden Schrei ›Achtung!‹ erkennen werde.«

T. gab keine Antwort, er ließ Knopf nicht aus den Augen und schritt mit vorgehaltener Waffe vom Rand der Schlucht rückwärts. Als die Silhouette des Detektivs durch das Laub nicht mehr zu sehen war, drehte er sich um und ging in den Wald.

Wie immer, wenn er einer Gefahr entronnen war, waren alle seine Sinne geschärft. Gierig nahm er die Klänge und die Farben der Welt in sich auf: das Schlagen der allgegenwärtigen Nachtigallen, die gebetsähnliche Klage des Kuckucks, die unbeschreiblichen Farben des Sommerabends. Es duftete nach abendlicher Kühle und fernem Rauch. Allmählich senkten sich Ruhe und eine beinahe andächtige Ergriffenheit in seine Seele.

»Wer auch immer der Schöpfer ist«, dachte T., »man hat sich ihm zu unterwerfen ... Man sollte nicht hochmütig sein und sich selbst für klüger halten als die Myriaden von Menschen, die schon auf der Erde gelebt haben. Aber wie soll man ihn ansprechen? Ganz nach Belieben. Zum Beispiel so: Ariel, du lichter Engel, der mich und die Welt erschuf ... Ich möchte glauben, dass er ein lichter Engel ist ... Zeige mir den Weg und gib mir ein Zeichen! Wenn ich zu dir komme, so heißt das, dass nicht ich dich sehen will, sondern dass du selbst in mir wünschst, dass ich dich finde. Daher wirst du mir sicher entgegenkommen ...«

Doch auch wenn seine Gedanken einem andächtigen Gebet glichen, blieb dieses ohne Antwort.

Je weiter T. in das Dickicht vordrang, desto dunkler und unwegsamer wurde der Wald. Immer abweisender, immer verlorener rief von ferne der Kuckuck, immer düsterer klang der Räuber Nachtigall[8] im Geflecht der bemoosten Zweige. Drückende Feuchtigkeit hing in der Luft und bald schlug T.s Stimmung um.

»Ja, Ariel könnte mein Schöpfer sein«, dachte er, während er sich durch das Unterholz der Nusssträucher zwängte. »Aber wieso glaube ich, dass mein Schöpfer gut ist? Da denkt man, ein Schöpfer ist etwas Erhabenes ... Dabei kann jeder betrunkene Soldat zum Schöpfer neuen Lebens werden. Vielleicht bin ich nur das Ergebnis eines stümperhaften Versuchs? Ein unglücklicher Zufall? Oder wurde ich im Gegenteil eigens dafür geschaffen, unermessliches Leid zu erfahren und zu vergehen?«

Ganz in der Nähe schrie krächzend ein alter Vogel. Der Schrei war unheimlich und komisch zugleich – wie das Bellen eines erkälteten Zwergpinschers, der sich vor einem Vierteljahrhundert im Wald verirrt, aber nichts vergessen und nichts dazugelernt hatte. T. grinste.

»Mit so einem Lied«, überlegte er, »muss man vielleicht den Herrn dieses Ortes loben ...«

Es wurde allmählich Nacht. Von allen Seiten kroch die tiefblaue Wand der Dämmerung heran, in der die weitzweigigen Silhouetten der Bäume sich dunkel abhoben. T. legte die Hände an den Mund und schrie:

»Ariel! Hör auf, mich zu quälen! Ich will dich sehen! Du hast versprochen, dich als der zu zeigen, der du in Wahrheit bist!«

Plötzlich erhob sich ein Wind im Wald. Schnell hatte er eine solche Stärke erreicht, dass Blätter und trockene Zweige von den Bäumen flogen. Ein paar herumwirbelnde Zweige peitschten T. schmerzhaft ins Gesicht und er hielt schützend die Hände davor. Der Wind blies immer tosender – mit tausend Stimmen heulte und ächzte er ringsum, als beschwöre er den einsamen Wanderer in allen vergessenen Sprachen, das schreckliche Geheimnis, dem er so unvorsichtig nahegekommen war, nicht weiter zu suchen. T. musste sich an einer alten Espe festklammern, um sich auf den Beinen zu halten. Mit einem Mal legte sich der Wind ebenso unvermittelt, wie er begonnen hatte.

T. ließ den Stamm los. Ringsum war es rabenschwarz, wie häufig vor einem Gewitter war es unglaublich schnell dunkel geworden. Aber es gab keinen Zweifel mehr, dass man ihn erhört hatte.

In der Ferne flackerte ein seltsam weißbläuliches Licht zwischen den Bäumen. Kaum hatte T. es erblickt, als es erlosch, aber dann flammte es wieder auf und leuchtete so hell, dass die Schatten der Bäume am Boden zu sehen waren.

T. befürchtete, das Licht könne ebenso unerwartet verschwinden, wie es aufgetaucht war, und eilte ihm entgegen.

Das Licht stammte von einer an einem Ast hängenden würfelförmigen Laterne mit einer runden Glasscheibe, hinter der ein kurzes weißes Lichtband grellen Glanz verströmte – es war keine Petroleum- oder Karbidflamme, auch kein Elektrolichtbogen, sondern eine unbekannte Energie oder Substanz. Die Laterne leuchtete so hell, dass alles, was sich hinter ihr befand, zu kompakter Schwärze verschmolz.

T. trat aus dem Lichtkegel und blieb stehen, um den Augen eine Pause zu gönnen. Als sie sich wieder an das Halbdunkel gewöhnt hatten, sah er ein Zelt aus hellem Stoff. Davor wehte eine Flagge – das breite, weiße Fahnentuch mit den Buchstaben »A-L« flatterte in der Luft, obwohl es völlig windstill war. Es war ein so offensichtliches und so sinnloses Wunder, dass T. unwillkürlich die Stirn runzelte.

Unentschlossen blieb er am Zelteingang stehen. Da flammte drinnen ein Licht auf.

»Kommen Sie herein, Graf«, erklang eine bekannte Stimme. »Ich erwarte Sie schon lange.«

VII

Von innen bot das Zelt einen merkwürdigen Anblick.

Es erinnerte an eine Nomadenbehausung, nachgebaut von einem Bühnenbildner, dem die Fantasie prunkvolle, aber in den Details vage und spärliche Bilder eingegeben hatte. Da waren allerlei Teppiche, Läufer und Matten, buntbestickte niedrige Hocker, eigenartig geformte Kissen und eine gewaltige, schräg gekerbte, goldschimmernde Wasserpfeife. In der Mitte stand ein großes rundes Tablett mit Früchten und Getränken auf dem Boden und darüber hing eine Lampe, die ein ebenso grelles, lebloses Licht verbreitete wie die Laterne, die T. geblendet hatte.

Neben dem Tablett lag seitlich aufgestützt ein Mann in einem dunkelblauen Kaftan und mit einer dunkelblauen Seidenmaske, die sein Gesicht fast vollständig verdeckte. Auf die Stirn der Maske waren die gleichen Buchstaben gestickt, die auch auf der Flagge standen: »A-L«.

»Nehmen Sie Platz«, sagte Ariel und deutete mit dem Kopf auf die Kissen. »Wenn Sie nicht am Boden sitzen wollen, erschaffe ich mit Vergnügen einen Stuhl oder einen Sessel für Sie.«

»Ich komme sehr gut zurecht«, sagte T. und ließ sich gegenüber dem Hausherrn auf einem Kissen nieder.

Nachdem er mühsam die Beine in den staubigen Gendarmenstiefeln gekreuzt (und dabei mit den Sporen einem der kleinen Teppiche einen Riss beigebracht) hatte, musterte er sein Gegenüber ein oder zwei Minuten aufmerksam. Ariel betrachtete T. schweigend und anscheinend ebenfalls mit Neugier.

»Jetzt nehmen Sie die Maske ab«, sagte T.

Er hatte nicht damit gerechnet, dass Ariel seine Bitte erfüllen werde. Doch der hob fügsam die Hand und zog die Maske vom Gesicht.

T. sah einen Mann mittleren Alters, mit einem Bürstenschnurrbart und einem Kranz schütterer Haare über einem kahl werdenden Schädel. Sein fleischiges, rundliches Gesicht zeigte einen starren Ausdruck gespannter Erwartung – als habe er soeben einen Schluckauf gehabt und warte nun, ob dieser auch wirklich vorbei sei. Kurzum, ein ganz gewöhnliches Gesicht, das man auf der Stelle vergessen hat, wenn es aus dem Blickfeld verschwunden ist.

Dafür war Ariel höchst originell, um nicht zu sagen grotesk gekleidet. Unter dem offenen Kaftan sah man eine Art warme Unterwäsche aus einem seltsamen, schillernden Material von gelbbrauner Farbe; an den Seiten der Hose war anstelle von Hosenstreifen das Band des St.-Georgs-Ordens[9] aufgenäht und mitten auf der Brust befand sich eine Litze in Form einer schwarzen Lilie.

Diesem Aufzug haftete vielleicht etwas leicht Kavalleristisches an, aber jedenfalls nichts Engelhaftes oder Dämonisches: Als er Ariel da liegen sah, musste T. an einen Stabskapitän im Ruhestand denken, der im Rahmen seiner bescheidenen Möglichkeiten und unter Zuhilfenahme von Abbildungen aus den hauptstädtischen Journalen versucht hatte, bei sich zu Hause im Gouvernement Rjasan einen Serail einzurichten.

»Ich habe Sie gebeten, in Ihrer wahren Gestalt vor mir zu erscheinen«, sagte T. »Bedeutet Ihr … hm … Aussehen, dass Sie meiner Bitte nachgekommen sind?«

Ariel nickte.

»Ist Ihr Körper echt?«, fragte T. »Oder ist er auch nur ein Trick?«

»Sie machen mir Spaß«, erwiderte Ariel. »Was genau wollen Sie denn da überprüfen? Hier ist alles echt, aber nur, solange ich es will. Was wirklich ist oder nicht, wird ausschließlich durch meinen Willen definiert.«

»Wenn ich schon mit dem Schöpfer spreche«, sagte T., »kann ich ihn dann fragen, was das Ziel der Existenz ist?«

Ariel lächelte.

»Die Existenz, mein Herr, ist kein Kanonenschuss. Wie kommen Sie darauf, dass sie ein Ziel hat? Außerdem sind Sie mit dieser Frage bei mir an der falschen Adresse. Ich bin nur der Schöpfer der für Sie sichtbaren Welt, ein zeitweiliger Gebieter, der Schatten aus Staub erschafft. Erinnern Sie sich, wie es bei Puschkin heißt? ›Ein Herrscher, tückisch und verhärmt / Ein Geck mit kahlem Kopf, der Arbeit Feind / Versehentlich vom Ruhm gewärmt …!‹[10] Nur der Ruhm ist irgendwie abhandengekommen, ha-ha-ha …«

»Schatten?«, fragte T. nach. »Wollen Sie damit sagen, dass ich nur ein Schatten bin?«

»Kommt drauf an, mit wem man vergleicht«, antwortete Ariel. »Im Vergleich zu mir sind Sie ein Schatten. Aber wenn man Sie mit Knopf vergleicht, ist er der Schatten.«

»Na schön«, sagte T. »Können Sie mir denn erklären, was ich in der von Ihnen erschaffenen Welt tue?«

»Kann ich. Aber das wird Ihnen kaum gefallen.«

»Ich bitte Sie, sagen Sie mir die Wahrheit, so schlimm sie auch sein mag. Quälen Sie mich nicht länger. Wer sind Sie? Sind Sie wirklich ein Engel? Oder vielleicht ein Dämon?«

»Ich bin ein Mensch«, erwiderte Ariel. »Aber in Bezug auf Sie bin ich eher eine Gottheit als ein Wesen derselben Klasse.«

»Wie kann das sein?«

»Das ist eine lange Geschichte. Ich komme aus einer Familie, die allerlei reichlich exzentrische Typen hervorgebracht hat – Revolutionäre, Bankiers, ja sogar Räuber. Der ungewöhnlichste Spross aber war mein Großvater väterlicherseits, ein Mystiker und Kabbalist.«

»Ein Kabbalist? In unserem aufgeklärten Jahrhundert?«

»Ein waschechter Kabbalist«, bestätigte Ariel. »Aber keiner von diesen Scharlatanen, die mit ihrem Pseudowissen in Hochglanzmagazinen hausieren gehen, sondern ein wahrer Esoteriker. Sehen Sie, das Russland Ihrer Zukunft und meiner Vergangenheit war ein hochinteressanter Ort. In diesem Land konnte jeder, der wollte, irgendeine fiktive Arbeit annehmen, als Wächter zum Beispiel, um so mit staatlicher Fürsorge bescheiden zu leben und sich gleichzeitig mit allen möglichen spirituellen Praktiken zu beschäftigen. Besonders viele von denen gab es nach dem großen Krieg, als die Menschen sich enttäuscht von den Idealen abwandten, für die sich die Gesellschaft früher begeistert hatte ...«

»Welchen Krieg meinen Sie?«

»Den mit den Deutschen«, sagte Ariel. »Aber das spielt keine Rolle. So kommen wir vom Thema ab. Ich wollte lediglich erklären, dass mein Großvater ein wahrer Kabbalist war, sehr fortschrittlich und in mystischen Kreisen hochgeachtet. Er ist auf seltsame Art zu Tode gekommen ... Aber jetzt schweife ich selbst ab. Also, alles begann in meiner Kindheit, ich war neun Jahre alt. Mein Großvater, das muss man dazu sagen, war ein Spaßvogel, er lachte gern, und es war unmöglich, ihm die Laune zu verderben. Eines Tages aber fragte er mich, was ich werden wolle. Und ich sagte, ich wolle Schriftsteller werden. In dem Moment war es tatsächlich so, obwohl ich zwei Tage zuvor noch Feuerwehrmann werden wollte. Als der Großvater meine Worte vernahm, wurde er buchstäblich fahl vor Entsetzen und fragte: ›Aber warum?‹ Ich konnte ihm keine ehrliche Antwort geben ...«

»Wieso nicht?«

»Der Grund dafür war lächerlich und absurd, mir ist es sogar peinlich, Ihnen davon zu erzählen. In der Schule mussten wir endlose Gedichte über Lenin pauken, das ist der Bruder des Zarenmörders Uljanow, von dem haben Sie bestimmt schon gehört. Es war unerträglich langweilig. Die älteren Jungs brachten mir zu der Zeit allerlei vulgäre, unanständige Liedchen bei. Eines Tages hörte ich einen Vierzeiler: ›In der Kabine erster Klasse / Ist Sadko allweil Ehrengast / Er bläst Pariser auf in Massen / Und hängt sie an den Flaggenmast ...‹«

»Sadko?«, fragte T. »Das ist doch ein Held aus den Bylinen,[11] wenn ich nicht irre?«

Ariel nickte.

»Ich weiß nicht, warum, aber das war ein Schock für mich«, fuhr er fort. »Ihnen als Mensch aus einer anderen Kultur kann ich das nur schwer erklären, trotz all meiner Macht über Sie. Ich hatte damals natürlich keine Ahnung von der Postmoderne, aber ich spürte den Wind der Freiheit, der mir aus diesen Strophen entgegenwehte. Da war Schluss mit den Gedichten über Lenin und die Heimat, Schluss mit dieser ganzen ›Staatsmacht‹, wie sich mein Großvater immer ausdrückte. Damals kam mir der Gedanke, dass es nicht schlecht wäre, wenn ich auch lernen könnte, Wörter zu solch gewaltigen Strophen zusammenzufügen. Aber ich genierte mich, meinem Großvater die Wahrheit zu sagen. Also schwindelte ich ihm vor, ich würde mir gerne Leute ausdenken, die es vorher nicht gegeben hätte. Die Reaktion meines Großvaters war ein Schock – er fiel vor mir auf die Knie und flehte mich an: ›Arik, versprich mir, dass du dir diesen schauerlichen Gedanken aus dem Kopf schlägst!‹«

»Ist Ariel denn Ihr richtiger Name?«

»Ja«, erwiderte Ariel. »Ich habe ganz vergessen, mich vorzustellen – Ariel Edmundowitsch Brahman.«

»Sehr angenehm«, sagte T. »Ein ungewöhnlicher, schöner Name.«

»Ein jüdischer Name«, sagte Ariel. »Dabei bin ich gar kein Jude, stellen Sie sich vor! Selbst mein Großvater, der Kabbalist, war kein Jude, er stammte aus der Familie eines polnischen Priesters. Ich kann Juden nicht ausstehen.«

»Warum?«

Ariel fing an zu lachen.

»Hauptsächlich wegen meines Namens. Sie hätten mal versuchen sollen, sich als Halbwüchsiger mit so einem Namen gegen eine Bande von Jungs auf dem Hof durchzusetzen, dann hätten Sie die Frage erst gar nicht gestellt. Wenn ich wirklich Jude wäre, meinetwegen – die haben ihre Geigen und ihre Matze mit Christenblut, da können sie wenigstens zwischendurch abschalten. Aber für mich gab es einfach keine Atempause. Den Namen hat mein Großvater ausgesucht, nach seinen kabbalistischen Berechnungen. Damit mein Leben hell und erlebnisreich werde. So ist es dann ja auch gekommen ... Wo war ich stehengeblieben?«

»Sie haben Ihrem Großvater gesagt, dass Sie Schriftsteller werden wollen.«

»Ach ja ... Nach diesem Geständnis führte er ein Gespräch mit mir, das ich nie vergessen habe. Er sprach über Dinge, die für mich völlig unvorstellbar waren ... Er wollte mir die Beschäftigung mit Literatur ausreden, obwohl ich gar nicht ernsthaft daran gedacht hatte. Am Ende aber erreichte er genau das Gegenteil – ich wollte tatsächlich Schriftsteller werden und wurde dann auch einer.«

»Aber was hat er Ihnen gesagt?«, fragte T.

»Er erklärte, seit Urzeiten hätten die Anhänger der Kabbala – und zwar nicht dieser oberflächlichen, profanen Lehre, wie sie Madonna praktiziert, sondern der geheimen, der wirklichen Kabbala ...«

»Madonna?«, fragte T. mit hochgezogenen Brauen. »Die beschäftigt sich mit der Kabbala?«

»Wir wollen doch nicht abschweifen, ich bitte Sie. Also, mein Großvater hat mir erklärt, die jüdischen Mystiker glaubten seit Urzeiten, unsere ganze Welt sei durch den Gedanken Gottes erschaffen worden. Das wussten übrigens schon die Griechen. Denken Sie nur daran, was Xenophon über die Gottheit gesagt hat: ›Mühelos lässt sie durch die Kraft des Geistes alles erbeben ...‹ So wirkt der Schöpfer.«

»Ich erinnere mich an das Zitat.«

»Der Schöpfer«, fuhr Ariel mit erhobenem Zeigefinger fort, »oder die Schöpfer, ›Elohim‹, wie man Gott im Judentum nennt. Das ist der Plural von ›Eloi‹ oder ›Allah‹, wenn man die belanglosen Vokalzeichen weglässt. Wenn sie sich an die Mächte wendet, sagt die Kabbala also ›Allah‹. Es versteht sich von selbst, dass diese Wissenschaft, die in den kleinsten Kleinigkeiten so exakt ist, sich in einer so bedeutenden Sache nicht einfach verspricht. Aber sie kann auch nicht Plural durch Singular ersetzen, wenn sie nicht das eigene Kräftegleichgewicht zerstören will. Also bemüht man sich darum, diese Tatsache nicht so auffallen zu lassen. Offiziell ist Gott der Eine und Einzige, doch die geheime esoterische Strömung der Kabbala weiß sehr gut, dass es in Wahrheit viele Schöpfer gibt und wir alle von verschiedenen Wesen erschaffen werden.«

»Verzeihen Sie«, sagte T., »ich kenne die kabbalistische Terminologie leider nicht gut und kann Ihnen nicht ganz folgen. Aber nach meiner Unterhaltung mit der Fürstin Tarakanowa kann ich mir in etwa vorstellen, worum es geht. Die Fürstin bezeichnete das als ›Vielgötterei‹, nicht wahr?«

Ariel nickte.

»Dann erzählte mir der Großvater von den Sieben Sephiroth und den Zweiundzwanzig Pfaden«, fuhr er fort. »Er sprach von dem verschlungenen Weg, auf dem das göttliche Licht über den Menschen kommt, über die Aspekte der Himmelskräfte, die in den zweiundzwanzig Buchstaben des hebräischen Alphabets verkörpert sind, darüber, wie die Mächte in unserer Seele aufeinandertreffen – aber ich begriff, wie Sie sich denken werden, nur sehr wenig. Ich erinnere mich nur an einen Satz, dessen geheimnisvolle Bedeutung mich faszinierte: Der Mensch, sagte mein Großvater, ist eine Geschichte, die in einer göttlichen Sprache erzählt wird, von der die irdischen Sprachen nur ein blasser Abklatsch sind. In der göttlichen Sprache sind alle Buchstaben lebendig, jeder von ihnen ist eine Geschichte für sich, und von diesen Buchstaben gibt es zweiundzwanzig. Die Zahl ist allerdings relativ – die Chinesen glauben zum Beispiel, es gebe vierundsechzig Buchstaben, und die profanen Kabbalisten behaupten, es gebe fünfzehn.«

»Hier ist vermutlich auch die Analogie zur Schriftstellerei?«, fragte T.

»Ganz genau!«, lächelte Ariel. »Der Schriftsteller, der eine nicht existierende Welt mit Hilfe des Alphabets beschreibt, macht praktisch genau dasselbe wie die Schöpfer des Universums. Er schließt sich gewissermaßen in einer Kabine erster Klasse ein und fängt an, diese Dinger aufzublasen – na, Sie wissen schon ... Ich fand das lustig. Aber mein Großvater war hell entsetzt. ›Arik‹, sagte er, ›begreifst du denn nicht? Einen Schriftsteller als Schöpfer zu bezeichnen ist keineswegs ein Kompliment. Selbst der stumpfsinnigste, niederträchtigste Schreiberling mit einer rabenschwarzen Seele hat die Macht, neue Wesen ins Leben zu rufen. Der Vater aller Schriftsteller ist der Teufel. Und deshalb ist das Erschaffen, ist Demiurgentum die schlimmste aller möglichen Sünden ...«

»Das verstehe ich aber nicht ganz«, sagte T. »Warum denn?«

»Weil jeder Literat letzten Endes die Sünde des Satans wiederholt. Wenn er Buchstaben und Worte zusammenfügt, lässt er den göttlichen Geist erbeben und zwingt Gott, das zu denken, was er beschreibt. Der Teufel ist der Affe Gottes – auf diese Weise erschafft er die leidvolle physische Welt und unsere Körper. Und der Schriftsteller ist der Affe des Teufels – er erschafft den Schatten der Welt und die Schatten ihrer Bewohner.«

»Was ist denn daran so schlimm?«, fragte T.

»Wie bitte? Schließlich ist der Held eines Frauenromans vom göttlichen Standpunkt aus nicht weniger real als die Passagiere in der Metro, die diesen Roman lesen. Dabei ist die Figur im Buch vielleicht sogar realer als ein gewöhnlicher Mensch. Denn ein Mensch ist ein Buch, das Gott nur einmal liest. Aber ein Romanheld erscheint so oft, wie verschiedene Menschen diesen Roman lesen ... Jedenfalls hat mein Großvater das behauptet.«

»Haben Sie ihm geglaubt?«

»Natürlich nicht – ich war schließlich ein vernünftiges sowjetisches Kind. Ich habe ihn gefragt, wenn ein Schriftsteller tatsächlich neue Wesen erschafft, wo und wie man diese denn anschauen kann.«

»Und was hat er geantwortet?«

»Mein Großvater machte sich offenbar tatsächlich Sorgen, dass ich Schriftsteller werden könnte. Also entschloss er sich zu einer Demonstration. Es war fast wie Hexerei: Mein Großvater nahm einen Band Shakespeare, riss vor meinen Augen eine Seite heraus, schrieb irgendwelche Zeichen an den Rand, verbrannte die Seite, löste die Asche in einem Glas Wasser auf und ließ mich dieses Wasser trinken. Danach setzte er mich mit dem Gesicht zur Wand auf einen Stuhl und befahl mir, die Augen zu schließen.«

Ariel verstummte, gleichsam im Bann der bedrückenden Erinnerung.

»Was geschah dann?«, fragte T.

»Ich schlief ein und hatte einen merkwürdigen Wachtraum. Ich war Hamlet, und ich war real. Aber nicht richtig, nicht wie ein realer Mensch. Das war ein sehr ungewöhnliches Erlebnis, durch das ich erkannte, auf welche Weise ein literarischer Held aus dem Nichtsein entsteht und wieder dahin entschwindet.«

»Haben Sie etwas anderes erlebt als das, was in dem Theaterstück beschrieben wird?«, fragte T.

»Nein«, erwiderte Ariel. »Aber meine Gefühle und Gedanken im Zusammenhang mit den anderen Figuren waren unglaublich, unbeschreiblich klar. In meinen Repliken existierte ich als eine vielschichtige, tiefgründige Persönlichkeit. Doch wenn ich die Rolle verlassen wollte, stürzte mein Geist ins Nichtsein. Wenn ich mit Güldenstern oder Laertes sprach, erschien meine innere Welt als Hintergrund. Sobald ich aber das Handlungsgerüst verließ, befand ich mich im Leeren, im vollkommenen Nichts. Und wenn meine Gedanken wieder den im Text für sie vorgesehenen Pfaden folgten, wurde ich wieder lebendig. Verstehen Sie? In dieser winzigen Lebens- und Schicksalsspanne, die Shakespeare beschrieb, hat Hamlet tatsächlich existiert. Er hat tatsächlich gelebt. Aber nicht so wie ich.«

»Und wo ist der Unterschied?«

Ariel überlegte.

»Da muss ich einen Vergleich zu Hilfe nehmen ... Stellen Sie sich einen gezeichneten dreidimensionalen Gegenstand vor. Auf dem Papier erscheint er dreidimensional, in Wirklichkeit aber hat er nur zwei Dimensionen ... Und hier gab es nur eine Dimension – die Abfolge der Zeichen, die mich wie ein Zauberspruch für einen Augenblick erschuf und sofort wieder zerstörte ... Das war entsetzlich. Mein Großvater zwang mich zu mehreren solcher Experimente, um mir das ganze dunkle Grauen des Demiurgentums oder des ›Erschaffens‹ vor Augen zu führen.«

»Und wie ging es aus?«

Ariel fing an zu lachen. »Ich beschloss tatsächlich, Schriftsteller zu werden. Weil ich erkannt hatte, welch unglaubliche Kräfte der Mensch lenkt, wenn er mit einem leeren Blatt Papier ringt.«

»Hat Ihr Großvater Ihnen die kabbalistische Kunst beigebracht?«

Ariel schüttelte den Kopf.

»Er hatte sich irgendwie in den Kopf gesetzt, dass ich nicht zum Schüler tauge. Ich habe einzig gelernt, eine Verbindung zum Helden eines Textes aufzunehmen. Aber selbst das hat nicht mein Großvater mir beigebracht. Ich konnte eine der Seiten fotografieren, bevor er sie verbrannte. Wissen Sie, er hatte um den gedruckten Text herum hebräische Buchstaben an den Rand geschrieben, entgegen dem Uhrzeigersinn. Als ich das Foto hatte, schrieb ich diese Buchstaben ab, verbrannte das Blatt, trank das Wasser mit der Asche und fiel in diese eigenartige Trance. Mein Großvater hatte mir die Tür zum Wunderbaren einen Spaltbreit geöffnet. Auch wenn es mir nicht gelang, sie weiter aufzustoßen, aber diesen Versuch konnte ich mühelos wiederholen. Am Anfang beobachtete ich die Romanhelden anderer Autoren, und später begann ich, mit meinen eigenen Erfindungen zu plaudern.«

T. spürte, wie ihm kalter Schweiß auf die Stirn trat.

»Moment mal ... Wollen Sie sagen, dass auch ich eine solche Erfindung bin?«

»Nein«, sagte Ariel. »Für Sie gibt es einen Prototyp. Graf Tolstoi, der große Schriftsteller und Denker aus Jasnaja Poljana, der sich am Ende seines Lebens auf den Weg nach Optina Pustyn gemacht hat. Wo er im Übrigen nie angekommen ist.«

»Das heißt, ich bin Graf Tolstoi?«

»Ich fürchte, nicht ganz.«

»Und wer bin ich in Wirklichkeit?«

»In Wirklichkeit?«, schmunzelte Ariel. »Ich bin nicht sicher, ob ich diese Frage eindeutig beantworten kann, aber ich habe eine ... sagen wir, eine Hypothese.«

»Nämlich welche?«, fragte T.

»Als mein Großvater mir die Schriftstellerei ausreden wollte, erzählte er mir, was mit den Schriftstellern nach dem Tod passiert. Wohin ihre Seelen gehen.«

»Wohin denn?«

»Wie gesagt, mein Großvater hielt eine nicht von Gott, sondern von irgendwem anders ausgehende Schöpfung neuer Wesen für die schlimmste aller Sünden. Weil jeder unvollkommene Schöpfungsakt dem Allerhöchsten Qualen bereitet. Deshalb werden die sogenannten irdischen Schöpfer dadurch bestraft, dass ihre Seelen später die Helden spielen müssen, die andere Demiurgen erfunden haben.«

»Wollen Sie damit sagen ...«

»Ich will es nicht behaupten. Aber die Möglichkeit besteht. Stellen Sie sich vor: Einst lebte in Russland der große Schriftsteller Graf Tolstoi, der kraft seines Willens einen gewaltigen Reigen von Schatten in Gang gesetzt hat. Vielleicht war er der

Meinung, er habe sie selbst erfunden, aber in Wirklichkeit waren es die Seelen irgendwelcher Schreiberlinge, die dadurch, dass sie an der Schlacht von Borodino teilnehmen oder sich vor den Zug werfen,[12] für ihre Sünden bezahlen – für Odysseus, Hamlet, Madame Bovary und Julien Sorel. Nach seinem Tod musste auch Graf Tolstoi eine solche Rolle spielen. Jetzt ist er eben ein Reiter in einer blauen Uniform und auf dem Weg nach Optina Pustyn. Diese Welt, in der der Graf sich mit der Waffe in der Hand zu einem unbekannten Ziel durchschlägt, hat Ariel Edmundowitsch Brahman erdacht – den nach seinem Tod ein ähnliches Schicksal erwartet. Deshalb kann man nicht behaupten, dass Ariel Edmundowitsch Brahman den Grafen T. tatsächlich erschaffen hat, obwohl er auch sein Schöpfer ist. Wie Sie sehen, ist das gar kein Widerspruch.«

»Alles um mich herum ist Ihr Werk? Der Zigeunerbaron, die Fürstin Tarakanowa und dieser verrückte Soldat an der Kirche?«

»Tatsächlich ist das Ganze ein wenig komplizierter, aber der Einfachheit halber können Sie davon ausgehen, dass dem so ist«, sagte Ariel. »Die Menschen und Dinge in Ihrer Welt erscheinen nur für die Zeit, solange Sie sie sehen. Und für alles, was Sie sehen, bin ich verantwortlich.«

»Auf welche Weise erscheinen denn Sie vor mir?«

»Nach der Methode meines verstorbenen Großvaters. Ich nehme ein Blatt aus einem Manuskript und schreibe hebräische Buchstaben an den Rand, dann verbrenne ich das Blatt, löse die Asche in Wasser auf und trinke es. Und für eine gewisse Zeit, Graf, werden wir für uns gegenseitig real ...«

In Ariels Tasche ertönte ein melodisches Klingeln.

»Sie verbrennen ein Blatt aus einem Manuskript?«, fragte T. nach. »Gestatten Sie, aus welchem Manuskript genau? Haben Sie etwa ein Manuskript mit einem magischen Einfluss auf mein Schicksal? Irgendeine Beschreibung von mir?«

»Nächstes Mal«, sagte Ariel. »Jetzt muss ich Sie verlassen, ver-

zeihen Sie. Sie können hier im Zelt übernachten und morgen früh ... Etwa hundert Meter weiter ist die Straße. Dort finden Sie einen Wagen, der Sie mitnimmt. Hier in der Nähe ist eine Kreisstadt.«
»Kowrow?«
»Von mir aus. Wir können sie nachher, wenn nötig, auch umbenennen. Ruhen Sie sich einen Tag aus. Amüsieren Sie sich, so gut es geht. Und denken Sie darüber nach, was Sie gehört haben.«
T. bemerkte, dass durch Ariels Ellbogen der Teppich am Boden zu sehen war. Dann wurde Ariels Fuß durchsichtig.
»Begegnen wir uns wieder?«
Ariel lächelte wohlwollend.
»Aber sicher. Schließlich habe ich das Allerwichtigste noch nicht erzählt. Also morgen oder übermorgen. Im Hotel Dworjanskaja, das ist der einzige anständige Ort in der Stadt. Ich finde Sie dort schon.«

VIII

Der Wagen hielt vor einem zweistöckigen steinernen Haus mit dem Aushängeschild *Hotel Dworjanskaja*.

T. gab dem Fuhrmann eine Münze, kletterte vom Wagen, schüttelte das Heu von seinen blauen Ärmeln ab und reckte und streckte sich.

»Euer Wohlgeboren, Herr Oberst!«, rief der Pförtner von der Vortreppe her. »Belieben Sie, Station zu machen?«

»Ja«, erwiderte T., ohne sich die Mühe zu machen herauszufinden, was genau der Pförtner meinte. »Das beste Zimmer.«

»Wird sofort erledigt, Euer Wohlgeboren! Wir richten das Gouverneurszimmer her!«

»Und dann«, sagte T. leise und ein wenig verlegen, »bring mir noch etwas, na, etwas Wodka, mein Bester.«

»Aber selbstverständlich, Euer Wohlgeboren! Kommt sofort!«

In einer Viertelstunde war das Zimmer bereit. Als T. hereinkam, standen auf dem Tisch schon eine beschlagene Karaffe und ein Silbertablett mit einem Imbiss bereit.

Vom Hausdiener erfuhr T., das Zimmer heiße deshalb Gouverneurszimmer, weil darin einst ein Gouverneur, der auf Allerhöchsten Aufruf hin nach Petersburg unterwegs war, versucht hatte, sich aufzuhängen.

Das Zimmer war für ländliche Vorstellungen geradezu luxuriös, wenn auch ein wenig düster: Es wurde von einem riesigen Kamin geziert, der einem deutschen Schloss angemessener gewesen wäre als einem Provinzhotel, und über dem Kamin hing ein riesiges und offenbar tatsächlich altes (oder vielleicht auch nur vom Ruß nachgedunkeltes) Porträt von Zar Paul.

Der stupsnasige, ungerührte Imperator sah aus wie seine eigene Leiche, er war mit roter und weißer Schminke eingerieben und seine kalten, verächtlichen Augen schienen auf die geschlossenen Lider aufgemalt. Die Schläfe, wo ihn später die Tabakdose des Mörders traf, war mit einer albern verdrehten Locke seiner Perücke überdeckt – als hätte der Künstler durch das Galagewand des Imperators hindurch geheimnisvolle Schicksalszeichen erkannt.

In der Ecke stand eine Uhr von ungewöhnlicher Form – eine komplette Ritterrüstung mit verglastem Bauch, in dem sich Zahnräder drehten und kleine Stäbe hin- und herbewegten und gleichsam die zuverlässige, gleichmäßige und rhythmische Verdauung symbolisierten. In dem offenen Helm befand sich anstelle eines Gesichts ein kleines weißes Zifferblatt mit Uhrzeigern.

T. goss sich Wodka ein, trank ein Glas, aß Blini mit Kaviar und setzte sich in den mit Pfauen bestickten Sessel neben dem Kamingitter.

»Warum wohl Zar Paul hier hängt?«, überlegte er, während er das Zimmer betrachtete. »Er sieht aus wie ein rot geschminkter und in Alkohol konservierter Säugling aus der Kunstkammer[13] ... Ich glaube, heute betrinke ich mich wie noch nie. Das ist allerdings nicht weiter schwierig, ich weiß gar nicht, wann ich das letzte Mal betrunken war ...«

T. goss sich noch einen Wodka ein.

»Ist wirklich die ganze Welt das, was Ariel behauptet? Der kleine Zeitschriftentisch hier. Die Karaffe, in der sich das Fenster spiegelt. Das geschliffene Glas, das aussieht wie ein lichtbrechendes Prisma. Woher kommt dieses Glas eigentlich? Es erscheint, weil Ariel es beschreibt. Aber wer sieht es dann? Wer bin ich? Bin ich vielleicht auch so ein Glas, nur eines, das sprechen kann?«

Es klopfte an der Tür.

»Euer Exzellenz«, erklang eine Stimme aus dem Korridor. »Soll ich Ihnen vielleicht Papier und Tinte bringen?«

»Nein«, rief T. »Wie kommen Sie darauf?«

»Was belieben Sie zu bestellen?«, fragte die Stimme nach einer peinlichen Pause.

»Bring mir noch Blini. Und überhaupt, trag das Essen auf.«

»Zu Befehl.«

»Genau«, dachte T., wobei er den Finger hob und dem gemalten Imperator drohte. »Ganz genau. Papier und Tinte. Dieser Schlaumeier hat nicht umsonst danach gefragt. Ob er mich für diesen Schriftsteller hält, von dem Ariel gesprochen hat? Wohl kaum. Er wollte mir wahrscheinlich nur die Wohltaten der Zivilisation anbieten. Knopf hat doch im Zug gar nichts von Literatur gesagt, und er ist bestens im Bilde über mich. Ich müsste irgendwie mit diesem Knopf reden, ihn ausfragen. Aber das ist gar nicht so einfach, schließlich fängt er jedes Mal an, mit seinem Revolver herumzuballern ...«

Die Ritteruhr mit dem durchsichtigen Bauch schlug zweimal.

»Zugegeben, die Welt, die dieser kabbalistische Dämon sich ausgedacht hat, sieht wirklich überzeugend aus. Aber nach dem Essen muss ich einen Spaziergang machen und nachsehen, ob sie nicht hundert Schritte abseits vom Weg schon wieder aufhört. Da bin ich mal gespannt. Zuerst wird gegessen und getrunken, und dann wollen wir alles ganz genau inspizieren ...«

Der erste Teil dieses Vorhabens wurde unverzüglich in die Tat umgesetzt. Bald darauf stieg T. schon die Vortreppe des Hotels hinunter.

»Na schön«, murmelte er mit geballten Fäusten und einem drohenden Grinsen, »dann wollen wir diesem Spuk mal auf den Grund gehen. Und zwar sofort ...«

Die Passanten musterten den angetrunkenen Oberst der Gendarmerie argwöhnisch. Der Oberst, das muss man sagen, gab dazu auch allen Anlass.

Er überquerte die Straße und trat zu einem stutzerhaft gekleideten Herrn mit Melone, der, einen Spazierstock unter die Achsel geklemmt, am Eingang eines Restaurants stand und die Geldscheine in seiner Brieftasche zählte.

»Guten Tag, gnädiger Herr«, sagte T. und legte mit einem diabolischen Lächeln die Hand an seine Schirmmütze. »Mit wem habe ich die Ehre?«

»Kaufmannsvorsteher Raspljujew«, antwortete der Herr mit Melone erschrocken.

»Na so was!«, sagte T. »Der Kaufmannsvorsteher. Aber in einem Aufzug, als wollte er nach Paris zur Weltausstellung. Warum das?«

Der Herr mit Melone versuchte, ein höfliches europäisches Befremden aufzusetzen, doch es gelang ihm nicht so recht – das Gefühl, das sich auf seinem glattrasierten Gesicht spiegelte, sah vielmehr aus wie Angst, und es war sofort klar, dass die Angst der eigentliche Ausdruck dieses Gesichts war und nun vor Überraschung durch sämtliche Schichten mimischer Maskierung hindurch zum Vorschein kam.

»Gewiss doch«, sagte er. »Der Fortschritt, Euer Wohlgeboren, hält auch in unserem Krähwinkel Einzug. Warum sollten wir uns nicht schön anziehen ...«

»Weißt du eigentlich, Kaufmannsvorsteher Raspljujew«, sagte T. und drohte dem rasierten Herrn mit der Faust, »dass du in Wahrheit gar kein Kaufmannsvorsteher bist, sondern eine Null? Ja, nicht einmal eine Null, sondern eine absolute Nichtigkeit. Auch wenn du in all diese englischen Stoffe gekleidet bist, mein Bester, existierst du doch nur zum Spaß und nur so lange, wie ich mit dir plaudere ... Kannst du das verstehen?«

Der Kaufmannsvorsteher lief rot an und grinste.

»Was meinen Sie denn damit, gestatten Sie die Frage – zum Spaß? Heißt das, ich bin Ihrer Meinung nach in Wahrheit eine Leerstelle?«

»Du bist nicht mal eine Leerstelle«, erwiderte T. »Ich kann dir mit Worten nicht erklären, was für eine Null du bist. Wenn ich aufhöre, mit dir zu reden, du Kakerlakenkauz, und etwas anderes mache, dann verschwindest du zusammen mit deiner Melone und deinem Spazierstock unwiederbringlich und für alle Ewigkeit. Glaubst du mir nicht?«

Das Gesicht des Kaufmannsvorstehers war puterrot angelaufen.

»Meinetwegen können wir das gleich ausprobieren«, sagte er. »Ich habe keinerlei Einwände, wenn Sie so liebenswürdig sein wollen, Ihre Drohung unverzüglich in die Tat umzusetzen.«

Auf der Vortreppe des Restaurants drängten sich bereits einige langhaarige Herrschaften, die aus der Gaststube herangetreten waren und aussahen wie Rasnotschinzen;[14] T. vernahm die Worte »Grobiane« und »Henker«, die zwar mit einem vorsichtigen Flüstern, aber dennoch mit Nachdruck ausgesprochen wurden.

»Ach«, T. winkte ab. »Geh doch zum Teufel, mein Bester. Leb wohl, ein für alle Mal.«

Er ließ Raspljujew stehen, ging schräg über die Straße und spürte plötzlich, dass ihn jemand aufmerksam beobachtete. Er drehte sich um.

Auf der anderen Straßenseite ging schleppend ein älterer, trauriger Jude in einem langen Kaftan. Auf seiner Nase prangte eine große, behaarte Warze. T. überquerte wieder die Straße und ging neben ihm her. Nach einiger Zeit fragte der Jude:

»Verfolgen Sie mich, Herr Offizier?«

»Ich gehe nur neben Ihnen her«, erwiderte T.

»Und warum?«, fragte der Jude.

T. fing an zu lachen. Der Jude war sofort gekränkt.

»Wieso lachen Sie denn?«, fragte er.

»Weil Sie komisch sind. Sie stellen komische Fragen.«

»Was ist denn daran komisch?«

»Ich gehe neben Ihnen her, um Ihnen die Gelegenheit zu geben, diesen Tag ein wenig zu genießen. Frische Luft zu schöpfen und sich am Spiel von Sonnenlicht und Schatten zu erfreuen.«

»Wollen Sie damit sagen, ich würde ersticken und erblinden, wenn Sie mich in Ruhe ließen?«

»Ganz ohne Frage«, sagte T. »Ersticken, erblinden, ertauben, den Geruchssinn und den Tastsinn verlieren und aufhören, Ihren traurigen Gedanken nachzuhängen.«

»Woher wissen Sie, dass sie traurig sind?«

»Das sieht man am Gesicht«, sagte T. »Und überhaupt sage ich so etwas nicht nur so dahin.«

»Sie mögen wohl die Juden nicht?«, fragte der Jude.

»Nicht doch, mein Bester«, versetzte T. »Ganz im Gegenteil. Aber unser Schöpfer ...«

»Was?«, fragte der Jude argwöhnisch. »Was ist mit dem Schöpfer?«

»Bei ihm bin ich mir nicht so sicher«, bemerkte T. sanft. »Ich habe den Verdacht, dass er die Juden nicht besonders leiden kann.«

»Woher wollen Sie das wissen?«

»Ich hatte ein paar Mal mit ihm zu tun. Ganz im Vertrauen, es ärgert ihn furchtbar, dass er einen jüdischen Namen hat. Die Leute halten ihn häufig für einen Juden, es gab schon allerlei dumme Probleme deshalb. Jetzt rächt er sich dafür an euresgleichen – nicht so ganz ernst natürlich, aber dennoch. Die Warze da auf Ihrer Nase zum Beispiel, dafür gibt es ja einen Grund, haben Sie nicht schon nächtelang darüber nachgegrübelt?«

»Sie hatten mit dem Schöpfer zu tun?«, fragte der Jude mit hochgezogenen Brauen. »Sie wollen mir weismachen, der Schöpfer unterhält sich mit einem Oberst der Gendarmerie?«

»Nicht nur das«, versetzte T. »Sie existieren nur zu dem Zweck, damit dieser Oberst der Gendarmerie jemanden zum Reden hat.«

»Das hat der Schöpfer Ihnen gesagt?«

T. nickte lebhaft.

»Warum sind Sie so sicher, dass es der Schöpfer war?«, fragte der Jude. »Haben Sie ihn auch richtig angeschaut?«

»Und wie. Ich stand genauso dicht neben ihm wie jetzt neben Ihnen.«

»Wissen Sie«, versetzte der Jude, »wenn Sie so etwas sagen, möchte man so weit weg von Ihnen sein wie von hier bis Berditschew. Könnten Sie mich bitte in Ruhe lassen?«

»Sicher, nichts leichter als das«, sagte T. »Aber dann ist es vorbei mit Ihnen, für nichts und wieder nichts. Und zwar sofort und für immer.«

»Dann ist das eben mein Schicksal«, sagte der Jude. »Sie brauchen sich darüber nicht zu grämen.«

Er lüpfte höflich seinen Hut, beschleunigte den Schritt und verschwand in einem Torweg, ohne sich noch einmal umzusehen.

Ein paar Sekunden lang blickte T. ihm hinterher. Er schwankte ein wenig und dachte:

»Ein ständiger Abschied von Menschen und Gegenständen. Aber muss man sich so betrinken? Im Übrigen bleibt es noch festzustellen, wer hier betrunken ist. Die Leute um mich herum zum Beispiel, sind die etwa nüchtern? Nun ja, sie riechen nicht nach Wodka. Sie torkeln nicht herum, gehen ihren Geschäften nach. Aber ist das Nüchternheit? Kann man davon ausgehen, dass Telegrafenmasten nüchtern sind? Alle diese Kaufmannsvorsteher haben ebenso viel Bedeutung wie die Telegrafenmasten oder die Wolken am Himmel. Sogar weniger, denn die Wolken anzuschauen ist viel interessanter, als diese Ölgötzen zu betrachten, die Ariel mir immer schickt ...«

T. blickte sich nach allen Seiten um. Neben einem niedrigen gelben Haus mit dem halbrunden, blauroten Aushängeschild »Getreidebeschaffung Kurpatow und Co.« stand ein Wagen, der voll beladen war mit frischem Heu – er sah genau so aus wie das Fahrzeug, das ihn nach Kowrow gebracht hatte (Ariel zog es offenbar vor, nicht unnötigerweise neue Wesen zu erschaffen). Es war niemand in der Nähe. Ohne lange nachzudenken, ging T. zu dem Wagen, ließ sich ins Heu fallen und starrte nach oben.

Der Himmel über der Stadt war von einem grauen Dunstschleier verhangen, durchzogen von ein paar Streifen Blau. Darin erschien hin und wieder die Sonne. Mühelos konnte man die Welt aber auch anders sehen – ein paar blaue Wolken am grauen Himmel. In einer dieser Wolken schwappte ein blendender goldener Glanz; hin und wieder brach ein gelber Lichtstrahl daraus hervor und fiel auf die Stadt. Dann wanderten dieser Strahl und dieser Glanz weiter zu einer anderen blauen Wolke.

»In diesen blauen Wolken wohnt Gott«, dachte T., während er auf einer Roggenähre kaute. »Wir schauen aus unserer Hölle in die himmlische Herrlichkeit und sinnieren über das Unergründliche ... Aber wir werden es nie verstehen, denn selbst diese blauen Wolken am grauen Himmel, die wir so deutlich sehen, sind in Wirklichkeit keine Wolken, denn es ist alles genau umgekehrt ...«

Das vor den Wagen gespannte Pferd wieherte unruhig und schlug mehrmals mit dem Schwanz über seine glatte, fahle Kruppe, um die Fliegen zu verscheuchen. Die Roggenähre hatte einen eigenartigen Geschmack. T. zog sie aus dem Mund und entdeckte zwischen den Grannen purpurrotes Mutterkorn.

»Ariel hat gesagt, ich würde die endgültige Wahrheit bei unserer nächsten Begegnung erfahren. Aber mir scheint, ich kenne sie schon. Offenbar ist alles, was mir geschieht, die Strafe für irgendeine Sünde. Deshalb habe ich auch mein Gedächtnis verloren. Man hat es mir genommen und der Macht eines kabbalistischen Dämons überlassen, der jetzt mit qualvollen Schüben von Wahnsinn über mich herfällt. Das ist meine Strafe ... Aber auch meine Hoffnung. Denn das, was ich durchmache, ist nur die Läuterung, die meine Seele vor dem Aufstieg in diese blaugoldene Klarheit durchmachen muss ... Dafür gibt es viele Beweise – allein, dass ich auf diesem Wagen liege und diese leuchtend blauen Streifen sehe, ist ein Beweis dafür, dass ich dort Einlass finde ... Sonst wäre es allzu grausam und erbarmungslos, das kann nicht sein, die Seele weiß es ... Ja ...«

»Ruhen Sie sich ein bisschen aus, Herr?«

T. drehte sich nach der Stimme um.

Vor dem Wagen stand ein liebreizendes Bauernmädchen von etwa zwanzig Jahren, ein Kind fast noch, mit einem Schopf dunkelblonder Haare unter dem Kopftuch und einem rührend zarten Hals über dem Ausschnitt des roten Sarafans.

»Ganz richtig, liebes Kind«, erwiderte T.

»Aber ich muss jetzt weiterfahren, Herr.«

»Hör mal«, sagte T. zu seinem eigenen Erstaunen, »weißt du nicht vielleicht, wo Optina Pustyn ist?«

»Aber sicher. Das ist für mich am Weg.«

Einen Moment lang lichtete sich der Rausch in T.s Kopf.

»Kannst du mich nicht bis dahin mitnehmen? Du bekommst auch eine Belohnung ...«

»Na so was, gleich eine Belohnung!« Das Mädchen fing an zu lachen. »Bis nach Optina Pustyn bring ich Sie nicht, aber ich kann Sie in der Nähe absetzen.«

»Also los«, entgegnete T. »Wir werden uns schon einig.«

Der Wagen setzte sich in Bewegung. T. hatte das Mädchen noch fragen wollen, was das eigentlich sei, dieses Optina Pustyn, aber nach kurzem Überlegen beschloss er, es zu lassen: Am Ende stünde er da wie der dumme Kerl aus dem Märchen, der nach Ich-weiß-nicht-wo geht.[15]

»Wenn wir ankommen, sehen wir weiter. Es ist schon erstaunlich, wie märchenhaft einfach ... Aber wer sagt denn, dass das Leben kompliziert sein muss?«

Über ihm schwankte der Himmel, eingerahmt von den vorbeiziehenden Dächern. Hin und wieder beugten sich bärtige, von einer Schirmmütze beschattete Gesichter in diesen Rahmen, sie warfen einen scheuen Blick auf T. und verschwanden dann hastig aus seinem Blickfeld. T. beachtete sie gar nicht – er beobachtete das blaugoldene Geflimmer des Himmels (wenn er sich ein klein wenig angestrengt hätte, hätte er es nicht nur über sich, sondern auch vor sich sehen können) und schlief unmerklich ein. Als er erwachte, wurde der Himmel nicht mehr von Dächern, sondern von Bäumen gesäumt.

Es war wohl ungefähr eine Stunde vergangen. Die Hitze des Tages hatte nachgelassen, die Luft war jetzt kühler und klarer und roch nach dem Staub der Landstraße, nach Wiesengräsern und nach etwas anderem, das ganz eigen, warm und angenehm erregend war. T. erkannte den Geruch von Heu, vermischt mit dem Duft des jungen Frauenkörpers.

»Sind Sie wach, Herr?«, rief das Mädchen.

Auf die Ellbogen gestützt, blickte T. um sich.

Der Weg lief an einem Weizenfeld entlang, auf der anderen Seite schimmerte grün der nahe Wald.

»Da drüben liegt Optina Pustyn«, sagte das Mädchen mit einer Handbewegung zum Wald hin. »Vielleicht zwei Werst zu Fuß quer durch den Wald. Selber war ich noch nicht da, hab's nur gehört.«

»Kannst du nicht näher hinfahren?«

Das Mädchen schüttelte den Kopf. Die Bewegung war sehr energisch; T. schien es, das Mädchen sei ein wenig blass geworden.

»Warum denn nicht?«, fragte er.

»Es ist unheimlich«, erwiderte das Mädchen und bekreuzigte sich.

T. blickte ein paar Sekunden in die unermessliche grüne Tiefe des Waldes, drehte sich dann um und sah zum Weizenfeld hinüber.

Aus dem Weizen erhob sich eine Vogelscheuche, in schwarze Lumpen gehüllt, die dürren, kraftlosen Stöcke ihrer Arme ausgebreitet zu einer Umarmung mit der Ewigkeit – ein Déjà-vu, dachte T., das hatten wir doch erst kürzlich, im Zug. Er sah wieder das Mädchen an.

»Wie heißt du?«

»Axinja«, erwiderte das Mädchen. »Und Sie?«

T. verspürte plötzlich das unüberwindliche Bedürfnis, sich für den Schriftsteller auszugeben, von dem Ariel gesprochen hatte.

»Tolstoi«, sagte er. »Lew Tolstoi.«

Das Mädchen prustete in die Faust.

»Sagen Sie bloß!«, bemerkte sie verlegen. »Dabei sind Sie gar nicht dick[16]. Sie sind doch mager. Und dann noch ein Löwe[17], na so was! Löwen haben doch eine Mähne!«

T. blickte in ihre grünen Augen und empfand ein jähes, schamloses und vollkommenes Einvernehmen mit diesem fröhlichen jungen Wesen. Axinja lächelte – und in diesem Lächeln lag so viel Schönheit, Weisheit und unbesiegbare Stärke, dass es T. vorkam, als wäre eine der antiken Statuen vom Schiff der Fürstin Tarakanowa Fleisch geworden und nun vor ihm erschienen.

»Eine Mähne, sagst du?«, fragte er mit heiserer Stimme. »Damit kann ich dienen ...«

»Sie flunkern bestimmt, Herr«, kicherte Axinja.

»Nein, gewiss nicht. Fahr mal zu diesem Gehölz da drüben. Ich zeige sie dir ...«

* * *

Mit der Stirn gegen eine Birke gelehnt versuchte T. schwer atmend, die letzten Reste von Trunkenheit abzuschütteln. Aber es gelang nicht – im Gegenteil, der Rausch wurde immer schwerer und dumpfer. Bittere Reue über das, was nur Augenblicke zuvor geschehen war, erfüllte seine Seele.

»Ein richtiger Löwe«, sagte Axinja, die auf dem Wagen lag, mit vergnügter Stimme. »Und wie hoch er springen kann ...«

»Wie kann das sein?«, überlegte T. »Warum ist unsere Seele so eingerichtet? Warum verwandeln wir uns im Handumdrehen aus einem Engel, der an der Himmelspforte auf Einlass wartet, in einen lüsternen Dämon, der nur eines fürchtet – dass er den Becher der schändlichen Lust nicht bis zur Neige austrinken, auch nur einen Tropfen daraus versäumen könnte. Und das Schlimmste, das Erstaunlichste ist, dass es keine Nahtstelle gibt, keine erkennbare Grenze zwischen diesen Zuständen, und dass wir genauso leicht und selbstverständlich vom einen Zustand in den anderen wechseln, wie wir vom Salon in den Speisesaal gehen. Man könnte tatsächlich dem Gefasel der verstorbenen Fürstin glauben ...«

»Und was für Krallen an den Füßen«, murmelte Axinja. »Ein richtiger Löwe ...«

»Du würdest dich besser in Ordnung bringen«, bemerkte T. trocken.

»Gefall ich Ihnen nicht mehr?«, fragte Axinja beleidigt. »Das war vorhin aber noch ganz anders ...«

T. wollte schon zu einer nüchternen Erwiderung ansetzen, aber als er sie ansah, stockte er. In ihrer himmlischen Rüstung von Jugend und Schönheit erschien ihm Axinja wie eine antike Göttin, eine ewige Himmelsbewohnerin, die auf die Erde herabgestiegen war, die Menschensöhne zu verführen und ihnen den Tod zu bringen. Sie war umgeben von einem flirrenden, durchscheinenden, regenbogenfarbenen Dunstschleier, der ihre überirdische Natur gleichsam verstärkte.

Auch den Wagen und selbst das mit dem Schwanz um sich schlagende Pferd umgab eine solche durchscheinende Aureole – offenbar brachen sich die schrägen Sonnenstrahlen eigentümlich an der feuchten Waldluft.

Axinja lächelte verschlagen und T. erkannte voller Entsetzen, dass er sie noch einmal wollte und dass er sich diesem Gefühl, wenn es ihn im nächsten Moment von Neuem überschwemmte, nicht würde widersetzen können.

»Ich kann dem nicht Herr werden«, dachte er. »Wie heißt es im Evangelium? Es ist dir besser, dass eins deiner Glieder verderbe, und nicht der ganze Leib in die Hölle geworfen werde.[18] ... Wahrhaftig ...«

T. löste seine feuchte Stirn von der Birke; er taumelte, ging zum Wagen und fragte Axinja, ohne sie anzusehen:

»Hör mal, ich habe hier doch ein Beil gesehen. Wo ist es?«

»Da.« Axinja wies mit dem Kopf auf den aus dem Heu ragenden Griff und wurde blass. »Wozu brauchst du das Beil? Führst du etwas im Schilde?«

T. gab keine Antwort und packte das Beil.

Axinja kreischte auf, sprang vom Wagen und rannte in den Wald. Sie bewegte sich leicht und geschmeidig, als würde sie schwimmen, und kam dabei sehr schnell vorwärts. Bald war sie zwischen den Baumstämmen nicht mehr zu erkennen.

»Hübsch ist sie«, dachte T., »und flink dazu, selbst wenn ich wollte, könnte ich sie nicht einholen. Aber gleich kommt sie wieder, das weiß ich. Ich spüre es mit allen Fasern, mit meiner Sündhaftigkeit selbst ... Dann fängt es von Neuem an ... Was soll ich tun? Abhacken und nicht lange zögern ...«

Er presste den Zeigefinger gegen die graue Seitenwand des Wagens, hob das Beil, nahm Maß und erlebte plötzlich etwas Unvorstellbares.

Das Pferd, das gerade eben noch seine Lippen zum Gras hinuntergestreckt hatte, hob das Maul, blickte ihn mit einem magischen purpurroten Auge an und sagte laut und deutlich:

»Nicht den Finger muss man abhacken, Herr.«

T. ließ vor Überraschung das Beil fallen.

»Was?«, fragte er. »Was hast du ... Was haben Sie gesagt?«

»Ganz richtig, Herr. Der Finger hat nichts damit zu tun«, sagte das Pferd leise, als befürchtete es, dass jemand mithören könnte. »Hier muss man nicht den Finger abhacken, sondern sich mit dem kleinen Siegel vervollkommnen.[19] Die stinkenden Testikel abschneiden. Diese Strafe wäre der Schwere der Verfehlung angemessen.«

Mit diesen Worten drehte das Pferd den Kopf weg und begann wieder, Gras zu rupfen.

»Sag das noch mal«, bat T. »Sag das noch mal, was du da gesagt hast.«

Aber das Pferd rupfte sein Gras, ohne T. auch nur zu beachten, und T. schien nachgerade, er sei einer Halluzination erlegen. Der Verdacht wurde rasch zur Gewissheit – und T. begriff überhaupt nicht mehr, wie er ernsthaft hatte überlegen können, ob das Pferd mit ihm gesprochen hatte oder nicht.

»Das ist unvernünftig«, dachte er. »Ich sollte nicht so viel trinken. Haben sie mir im Hotel vielleicht etwas in den Wodka gemischt? Allerdings ist es noch nicht lange her, da habe ich es für möglich gehalten, dass ich tot bin und meine Seele eine Läuterung durchmacht ... Jetzt komme ich aber vom Hölzchen aufs Stöckchen. Schnell zu Ariel, dort gehen wir der Sache auf den Grund ...«

T. wandte sich dem Wald zu.

»Axinja!«, rief er. »Ich muss ins Hotel! Komm raus!«

»Nein, Herr!«, ließ sich Axinja vernehmen. »Sonst machen Sie mich mit dem Beil tot.«

»Ich werde dich nicht anrühren! Ganz sicher nicht!«

»Und wieso hast du das Beil genommen?«

T. runzelte die Stirn ob der idiotischen Situation.

»Ich wollte mir den Finger abhacken«, rief er. »Dir wollte ich nichts tun!«

»Warum das denn?«

»Um mich vor dem Bösen zu hüten!«

Axinja schwieg eine Weile – wahrscheinlich überlegte sie.

»Wieso, was machst du denn mit dem Finger?«, rief sie schließlich.

T. spürte, wie sich sein Gesicht mit heißer Schamesröte überzog.

»Du redest schon genauso wie das Pferd!«, rief er. »Dumme Trine!«

»Na und?«, rief Axinja zur Antwort. »Ich war eben nicht auf dem Lyzeum!«

»Hör auf mit dem Theater!«
»Wenn Sie schimpfen, lauf ich noch weiter weg«, krähte es zur Antwort.
T. verlor die Geduld.
»Nun komm schon raus, hab keine Angst!«
»Nein, Herr, fahren Sie mal selbst«, ließ Axinja sich vernehmen. »Ich komm den Wagen besser im Hotel abholen, wenn Ihre Marotten vorüber sind.«

Sosehr T. das Pferd auch antrieb, es zockelte nur langsam dahin und fiel immer erst nach einem ordentlichen Klaps für kurze Zeit vom Schritt in einen trägen Trab. Dabei blickte es sich jedes Mal um und starrte ihn durchdringend an – als wollte es ihm zu verstehen geben, dass ihr Meinungsaustausch im Wald über moralische Fragen dieses Pferdefuhrwerksverhältnis, das T. so beharrlich wiederherzustellen versuchte, unangebracht, ja beleidigend machte.
Allerdings genierte T. sich ohnehin schon genug.
»Ich habe diese heilige Frau gekränkt, diese junge Arbeiterin«, dachte er. »Ich habe ihr in die Seele gespuckt ... Obwohl ich nicht verstehe, was genau sie so verschreckt hat. Ich kenne mich mit der Seele des Volkes doch ganz und gar nicht aus, ich tue nur so, als ob. Ich darf mich nicht so betrinken. So weit ist es gekommen – ein Pferd, das zu sprechen anfängt ... Nicht nur das, es hat mich auch noch ausgelacht. Und vollkommen zu Recht ...«
»Natürlich zu Recht«, sagte das Pferd plötzlich und blickte sich um. »Den Finger abhacken, Graf, das ist das reinste Qui pro quo.«
T. erstarrte.
»Jetzt geht das schon wieder los«, dachte er. »Gleich dreht es sich um und sagt nichts mehr, als wäre nichts gewesen ...«
Aber das Pferd trottete weiter und blickte T. dabei immer noch an.
»Qui pro quo?«, fragte T. nach. »Was ist das?«

»Wenn man das eine mit dem anderen verwechselt«, antwortete das Pferd.

Es war völlig unmöglich, das Gespräch für eine Sinnestäuschung zu halten. Das alles geschah tatsächlich.

»Zugegeben, ich bin schwach in Latein«, sagte T. im Versuch, die Fassung zu bewahren. »In der Jugend konnte ich es, aber jetzt habe ich alles vergessen.«

»*Qui* ist das Pronomen *wer*«, erläuterte das Pferd, »und *quo* ist die veraltete Form, aber im Dativ.«

»Besten Dank«, sagte T. »Ich glaube, so langsam fällt es mir wieder ein.«

»Das Latein ist hier nicht so wichtig«, fuhr das Pferd fort. »Wichtig ist das Wesen der Sache. Sie haben vorhin das Evangelium erwähnt, also überlegen Sie, worum es dort eigentlich geht. Zunächst muss man ganz nüchtern feststellen, welches Glied Sie verführt – der Fuß, die Hand, das Auge, das Ohr ... Der Apostel hat deswegen nichts Konkretes genannt, weil die Hellenen in dieser Hinsicht sehr erfinderisch waren. In einigen Apokryphen ist sogar präzise formuliert, dass man zuallererst genau überlegen muss, ob es das eigene Glied ist, das einen in Versuchung führt. Vielleicht muss man jemand anderem eines abhacken ...«

Mit diesen Worten hob das Pferd sein Maul zum Himmel und stieß ein schrilles Wiehern aus, woraufhin der Wagen einen Satz machte und T. beinahe die Zügel aus den Händen gleiten ließ.

Um sie herum flirrten wieder diese eigenartigen, regenbogenfarbenen Schatten.

»In unserem Fall ist alles ganz einfach«, fuhr das Pferd fort und wandte T. sein arrogantes Profil zu. »Deshalb würde ich Ihnen raten, es mit der Methode der Skopzen zu versuchen. Es gibt zwei Varianten. Vervollkommnung mit dem kleinen Siegel, wie ich von Anfang an vorgeschlagen habe. Fürs Erste reicht es, die Hoden abzutrennen. In einem Monat ist alles verheilt. Oder sofort das große Siegel. Sie verstehen schon. Wenn Sie kein Feigling sind, handeln Sie unverzüglich. Danach suchen wir einen Jakimez.«

»Was bitte?«

»Einen Jakimez«, wiederholte das Pferd. »So nennen die Skopzen den Radnagel aus Blei, den sie sich in das Loch stecken. Nachdem Sie den Teufel in sich getötet haben, dürfen Sie den Jakimez zwei Monate lang nicht herausnehmen. Bis alles verheilt ist.«

T. spuckte angewidert aus.

»Testikel, Jakimez«, murmelte er stirnrunzelnd. »Was für Abscheulichkeiten die sich ausdenken. Ich verstehe überhaupt nichts ...«

»Nachher erkläre ich Ihnen alles ganz genau, keine Sorge. Dann haben wir mehr als genug Zeit. Aber jetzt dürfen wir nicht zögern, es ist genau der richtige Moment, das Herz ist fest entschlossen und weit und breit kein Mensch! Zögern Sie nicht, Graf. Diese Gelegenheit ergibt sich vielleicht nicht so schnell wieder!«

Das Pferd blieb stehen und fixierte T. mit brennenden, hypnotischen Augen. T. kletterte vom Wagen herunter, packte das Beil und legte zaghaft die Hand auf die Schnalle seines Hosengurts ... In dem Moment läutete es in der Ferne zum Abendgottesdienst und er kam zu sich.

»Am Ende kommt es tatsächlich noch zur Selbstverstümmelung«, dachte er und biss sich heftig auf die Lippen, bis sie bluteten.

Die regenbogenfarbenen Schatten waren verschwunden. Er erkannte, dass er mit einem Beil in der Hand vor dem Wagen auf der leeren abendlichen Landstraße stand – tatsächlich hatte er auch einen Augenblick zuvor schon hier gestanden, aber erst jetzt war er ganz und gar in der Gegenwart angekommen. T. blickte zu dem Pferd hinüber. Es versuchte, mit seiner ganzen Haltung zu zeigen, dass es mit alldem nichts zu tun hatte. T. biss sich erneut auf die Lippen und ihm wurde klar, dass das Pferd überhaupt nichts zu zeigen versuchte, sondern einfach nur das Maul nach einem Grasbüschel reckte.

T. ging zu dem Pferd, legte ihm die Hand auf den Hals und sagte ihm leise, fast zärtlich ins Ohr:

»Hör mir gut zu, Frou-Frou, oder wie auch immer du heißen magst. Wenn du heute noch ein Mal, hörst du, noch ein einziges Mal dein Maul aufreißt und etwas in der Sprache der Menschen sagst, dann werde ich dich ausspannen, aufsitzen und Galopp reiten. Und antreiben werde ich dich mit dem Beil. Los jetzt, in die Stadt, zum Hotel Dworjanskaja.«

Das Pferd zuckte nervös mit dem Kopf, schwieg aber zu seinem Glück still.

T. kletterte auf den Wagen und zog dem Pferd mit der Peitsche kräftig eins über die Kruppe. Es setzte sich in Bewegung. Den ganzen restlichen Weg über schwieg es, nur hin und wieder schielte es mit verborgenem Feuer in den Augen auf T., als wollte es an etwas Wichtiges erinnern. Jedes Mal spannte T. sich innerlich an und rechnete damit, dass es anfangen werde zu sprechen, doch das Pferd wandte sich immer wieder ab und trottete weiter, wobei es verächtlich und gleichgültig mit dem Schwanz schlug – als hätte es die Hoffnung, dass dem Passagier in spiritueller Hinsicht noch zu helfen sei, endgültig aufgegeben.

Als T. im Hotel ankam, war es bereits dunkel. Er betrat sein Zimmer, zündete die Lampe an, setzte sich in den Sessel vor dem Kamin und flüsterte:

»Warten wir also auf die Begegnung.«

»Warum denn warten«, erklang eine schmeichlerische Stimme von der Wand. »Ich bin schon da. Guten Abend, Graf.«

T. hob den Kopf. Von seinem Porträt herunter blickte der stupsnasige Imperator Paul ihn huldvoll an. Sein Mund rundete sich zu einem Gähnen und seine gemalte Hand glitt über das Bild und bedeckte dezent den Mund.

IX

»Wie können Sie nur?«, fragte T. empört. »Was soll das? Wollen Sie mich demütigen? Zertreten? Dann bringen Sie mich besser gleich um. Das dürfte Ihnen nicht schwerfallen, nehme ich an.«

Auf dem Gesicht des Imperators malte sich Verwunderung.

»Ist es wahrhaftig so schlimm? Was genau ist denn der Grund für Ihre heftige Reaktion?«

»Das fragen Sie noch?«, rief T. »Vielleicht verstehen Sie es wirklich nicht. Das alles ist ekelhaft – die fleischliche Sünde, die Trunkenheit, die Hirngespinste. Am schlimmsten aber ist Unglaubwürdigkeit, die vulgäre, übertriebene Komik. Als sollte ich zur Belustigung der Bauern auf dem Jahrmarkt auftreten ...«

»Die Sache ist die«, sagte Ariel verlegen, »ich bin offen gestanden noch nicht dazugekommen, mich mit dem letzten Kapitel vertraut zu machen.«

»Mit dem letzten Kapitel vertraut zu machen? Wovon reden Sie? Es ist doch Ihr Manuskript! Oder weiß die linke Hälfte Ihres Kopfes nicht, was die rechte tut?«

»Es ist nicht alles so simpel, wie es Ihnen scheint«, antwortete Ariel. »Sie haben ja keine Ahnung, wie man im einundzwanzigsten Jahrhundert Manuskripte schreibt.«

»Was kann sich da schon groß geändert haben?«

»Sehr viel sogar. Darauf gebe ich Ihnen Brief und Siegel, Graf.«

»Aus Ihnen wird man nicht schlau«, sagte T. »Erst das kleine und das große Siegel, jetzt Brief und Siegel. Erst das sprechende Pferd, dann Paul der Erste.«

»Ich verstehe Sie überhaupt nicht«, beschwerte sich der Imperator. »Was für ein sprechendes Pferd? Wenn Sie gestatten, nehme ich einen kurzen *Time-out*. Ich möchte herausfinden, was Sie so ... ehem ... auf die Palme gebracht hat.«

Das Gesicht auf dem Porträt erstarrte wieder zu einer leblosen, stupsnasigen Maske. T. goss sich mechanisch den Rest Wodka aus der Karaffe ein und hob das Glas zum Mund, doch der Geruch des Alkohols ließ ihn schaudern und er schüttete den Inhalt des Glases voller Abscheu in den schwarzen Schlund des Kamins.

»Mir scheint, ich bekomme mein Nervenzittern«, dachte er, »das Augenlid zuckt so ...«

Bald darauf ertönte von der Wand her ein höfliches Räuspern. T. hob den Blick zum Porträt. Der Imperator sah verlegen aus.

»So«, sagte er. »Nun ist alles klar.«

»Ich verlange rückhaltlose Aufklärung«, sagte T. »Schleichen Sie nicht wie die Katze um den heißen Brei herum. Erklären Sie mir endlich, wer ich bin und was das alles zu bedeuten hat.«

»Das habe ich doch schon angedeutet«, erwiderte Ariel.

»Dann erklären Sie es eben noch einmal. Und zwar so, dass ich es verstehe.«

»Meinetwegen. Sie sind ein Held.«

»Danke bestens«, schnaubte T. »Der schnurrbärtige Herr im Zug hat mir auch so ein Kompliment gemacht und dann hat er mehrmals versucht, mich umzubringen.«

»Alle Helden weigern sich, diese Neuigkeit zu akzeptieren«, bemerkte Ariel betrübt. »Sogar wenn es längst keine Neuigkeit mehr ist. Eine Art Abwehrmechanismus, es ist immer das Gleiche ...«

»Wovon reden Sie?«

»Sie sind der Held einer Erzählung, Graf. Man könnte Sie einen literarischen Helden nennen, aber es bestehen ernsthafte Zweifel daran, dass der Text, dem Sie ihr Erscheinen verdanken, die Bezeichnung Literatur für sich beanspruchen kann. Ich versuche, es Ihnen so gut wie möglich zu erläutern ...«

T. wurde plötzlich schwindlig und es kam ihm vor, als stünde er auf der Oberfläche eines riesigen Blatts Papier, wo er bald in einzelne, über die weiße Fläche verstreute Buchstaben zerfiel und bald aus dem Buchstabengewimmel wieder auftauchte. Intuitiv schoss ihm der Gedanke durch den Kopf, dass der ganze Spuk ein Ende haben würde, wenn die Buchstaben sich zu einem wichtigen Wort zusammensetzten – er kannte dieses Wort aber nicht ... Das Erlebnis war nur flüchtig, aber eindringlich und unheimlich wie ein Albtraum, den man jede Nacht hat und jeden Morgen wieder vergisst.

Ariel verzog sein Gesicht zu einer mitfühlenden Grimasse.

»Das ist Ihnen unangenehm«, sagte er, »weil Sie sich zweifelsohne ganz andere Vorstellungen über Ihr Wesen gemacht haben. Aber genau so verhält es sich nun einmal.«

»Sie haben behauptet, ich sei nicht Ihre Erfindung.«

»Das ist vollkommen richtig. Wie ich schon sagte, Ihr entfernter Prototyp ist der Schriftsteller Lew Tolstoi. Aber in allem Übrigen sind Sie einfach eine Figur der Erzählung, genauso wie Knopf und die Fürstin Tarakanowa. Im Augenblick nehme ich mit Hilfe der schon erwähnten kabbalistischen Prozedur Kontakt zu Ihnen auf.«

»Aber Sie deuteten an ... Sie sprachen von der Vergeltung, die einem Schriftsteller nach seinem Tode auferlegt wird. Und Sie ließen durchblicken, dass ich eine solche Strafe verbüße.«

»Keineswegs! Ich habe lediglich wiedergegeben, was mein Großvater über das Wesen literarischer Figuren gesagt hat. Ich habe keine Ahnung, ob er recht hatte oder nicht. Aber selbst wenn, kann der verstorbene Graf Tolstoi ebenso gut auch Knopf oder einer der Amazonas-Mörder sein.«

Ariel wartete einen Moment und als er feststellte, dass T. nichts weiter sagen wollte, fuhr er fort:

»Gestatten Sie, meine Entschuldigung vorzubringen für das, was in meiner Abwesenheit passiert ist. Das war alles Mitjenka. Wenn ich ehrlich bin – ich habe nicht genug aufgepasst.«

»Was reden Sie da für einen Unsinn?«, fragte T. »Was für ein Mitjenka, zum Teufel?«

»Ich weiß nicht recht, wie ich anfangen soll«, seufzte Ariel. »Ich hatte gehofft, das Gespräch mit der Fürstin Tarakanowa hätte Sie auf die Entwicklung der Ereignisse vorbereitet. Obwohl man sich natürlich auf so etwas nur schwer vorbereiten kann.«

»Heraus mit der Sprache.«

Der Imperator auf dem Porträt schloss die Augen, überlegte eine Weile und suchte nach Worten.

»Sagen Sie«, fing er dann an, »haben Sie jemals von der Turingmaschine gehört?«

»Nein. Was ist das?«

»Ein Begriff aus der Mathematik. Das ist eine Rechenvorrichtung, auf deren Funktion sich sämtliche menschlichen Berechnungen zurückführen lassen. Vereinfacht gesagt, ist es so: Ein Lese- und Schreibkopf bewegt sich über ein Papierband, liest die Zeichen auf dem Band und bringt nach ganz bestimmten Regeln andere Zeichen darauf an.«

»Naturwissenschaft ist nicht gerade meine starke Seite.«

»Stellen Sie sich vor, ein Streckenwärter geht die Bahngeleise ab. Auf den Eisenbahnschwellen sind mit Kreide bestimmte Zeichen angebracht. Der Streckenwärter prüft diese Zeichen auf einer speziellen Konkordanzliste, die er von seinen Vorgesetzten bekommen hat, und schreibt die entsprechenden Buchstaben oder Wörter aus der Liste auf die Geleise.«

»So ist es einfacher«, sagte T. »Obwohl ich ja vermute, dass diese Streckenwärter für die ganzen Entgleisungen verantwortlich sind.«

»Einen Schriftsteller«, fuhr Ariel fort, »kann man als Turingmaschine betrachten – oder eben, was auf das Gleiche hinausläuft, als Streckenwärter. Verstehen Sie, es geht nur um diese Konkordanzliste, die der Streckenwärter in der Hand hat. Denn die Zeichen auf den Eisenbahnschwellen ändern sich praktisch nicht. Die

Lebenswahrnehmungen sind zu allen Zeiten gleich – der Himmel ist blau, das Gras ist grün, die Leute sind Abschaum, wenn auch mit angenehmen Ausnahmen. Aber die Ausgangs-Reihenfolge der Buchstaben ist in jedem Jahrhundert eine andere. Und zwar deshalb, weil sich die Konkordanzliste der Turingmaschine ändert.«

»Und wie?«

»Genau das ist der Punkt! Zu Ihrer Zeit nahm ein Schriftsteller, bildlich gesprochen, die Tränen der Welt in sich auf und schuf einen Text, der die menschliche Seele zutiefst berührte. Den Menschen damals gefiel es, dass man sie auf dem Weg von der Semstwo-Versammlung[20] in die Katorga[21] sozusagen seelisch an die Hand nahm. Dabei ließen sie sich das nicht nur von Personen des geistlichen Standes oder aus aristokratischen Kreisen gefallen, sondern von jedem x-beliebigen Parvenu mit fragwürdiger Metrik. Heute aber, ein Jahrhundert später, ist die Konkordanzliste eine ganz andere. Von einem Schriftsteller erwartet man, dass er Lebenswahrnehmungen in einen Text verwandelt, der maximalen Gewinn erzielt. Verstehen Sie? Literarisches Schaffen ist heute die Kunst der Ausarbeitung von Buchstabenkombinationen, die sich möglichst gut verkaufen lassen. Das ist auch eine Art Kabbala. Nur nicht die, die mein Großvater praktizierte.«

»Wollen Sie damit sagen, der Schriftsteller ist zum Kabbalisten geworden?«

»Der Schriftsteller, mein Freund, hat damit überhaupt gar nichts zu tun. Mit dieser Markt-Kabbalistik beschäftigen sich die Marktforscher. Der Schriftsteller muss lediglich die Gesetze dieser Kabbalistik in der Praxis anwenden. Das Komischste aber ist, dass die Marktforscher in der Regel Vollidioten sind. In Wirklichkeit haben sie nämlich keine Ahnung, welche Buchstabenkombination der Markt verlangt und warum. Sie tun nur so.«

»Das ist ja entsetzlich, was Sie da erzählen«, murmelte T. »Marktforscher ... Und der Autor geht auf alle ihre Forderungen ein?«

»Den Begriff des Autors im früheren Sinne gibt es nicht mehr. Romane werden heutzutage gewöhnlich von ganzen Teams von Spezialisten geschrieben, bei denen jeder für einen Einzelaspekt der Erzählung zuständig ist. Anschließend werden die Teile zusammengefügt und von einem Lektor frisiert, damit es nicht zu uneinheitlich wirkt. Man bastelt einen Drachen, ha-ha.«

»Erlauben Sie mal«, sagte T., »wollen Sie etwa behaupten, dass ich ebenfalls nach diesem Schema gemacht bin?«

»Leider, Graf«, erwiderte Ariel, »leider ist das so.«

»Das heißt, ich bin nicht einmal Ihr Geschöpf, sondern nur ein zusammengesetzter Hecht?«

»Sagen wir es so – ich bin Ihr Ober-Schöpfer. Der Koch, der die Teile des Hechts zusammenfügt. Ich gebe die allgemeine Kontur vor, ich entscheide, was bleibt und was wegfällt. Einiges denke ich mir auch selbst aus. Aber der größte Teil des Textes wird von anderen verfasst.«

»Also haben sich Ihre Marketender ausgedacht, dass ich Axinja ... na ja ... Und das mit dem Beil auch?«

Ariel machte eine dezente Kopfbewegung, in der aber durchaus ein zustimmendes Nicken zu erkennen war.

»Sie können sich damit trösten«, sagte er, »dass kein lebendiger Mensch sich auch nur ein Jota von Ihnen unterscheidet. Wie mein Großvater immer sagte – die Seele ist eine Bühne, und auf dieser Bühne spielen zweiundzwanzig Mächte, sieben Sephiroth und drei ... drei ... ach, zum Teufel, das habe ich vergessen. Na, macht nichts. Jeder Mensch wird zu jeder Sekunde seines Lebens durch das zeitweilige Gleichgewicht der Mächte erschaffen. Wenn diese uralten Kräfte auf die Bühne kommen und ihre Rollen spielen, kommt es dem Menschen vor, als würde er von Leidenschaften gepackt oder von Phobien gequält, als wäre er erleuchtet oder mit Faulheit geschlagen und so weiter. Es ist wie bei einem Schiff, auf dem Geistermatrosen miteinander kämpfen. Die gleichen Matrosen fahren auf allen anderen Schiffen der Welt, daher sind alle

Geisterschiffe einander so ähnlich. Der Unterschied besteht nur darin, wie sich die Prügelei um das Lenkrad entwickelt.«

»Wohin fahren denn diese Schiffe?«, fragte T.

»Sie gehen viel zu schnell unter, als dass sie irgendwohin fahren könnten. Und das Ufer ist viel zu weit weg. Ganz zu schweigen davon, dass sie meistens im Kreis fahren und das Ufer und das Meer in Wahrheit Trugbilder sind.«

»Das ist ja tröstlich. In einem Menschen steckt also nichts weiter als so ein Matrose?«

»Nichts weiter«, bestätigte Ariel. »Also regen Sie sich nicht auf. Sie sind nicht der einzige zusammengesetzte Hecht. Keiner von uns hat nur einen einzigen Autor.«

»Ich wollte deswegen mit der verstorbenen Fürstin keinen Streit anfangen«, sagte T., »aber gemeinhin nimmt man an, dass die Menschen einen solchen Autor haben. Das ist Gott.«

»Gott ist nur der Markenname auf dem Umschlag«, schmunzelte Ariel. »Eine gut beworbene Marke. Aber den Text schreiben sämtliche Teufel ringsum, jeder, der Lust dazu hat. Und dann versucht dieser Text, von dem völlig unklar ist, wer ihn geschrieben hat, selbst etwas zu schaffen, sich selbst etwas auszudenken – das ist doch kaum zu begreifen. Mein Großvater hat immer gesagt, der Mensch ist ein so geisterhaftes Wesen, dass es doppelt sündig ist, noch mehr Geister in die Welt zu setzen ...«

»Also sind Sie nicht der einzige Demiurg, sondern nur ein Arbeiter dieser Höllenfabrik?«

Ariel nickte bekümmert.

»Gibt es da noch viele Leute?«

»Ziemlich«, sagte Ariel. »Mit mir sind wir fünf. Die fünf Elemente, ha-ha.«

»Nennen Sie sie.«

»Von mir habe ich schon erzählt. Der zweite ist Mitjenka Berschadski. Er ist zuständig für Erotik, Glamour und den gewaltlosen Widerstand gegen das Böse. Noch jung, aber schon recht bekannt.

Der aufgehende Stern eines untergehenden Genres. Ein Titan der kleinen Anti-Glamour-Form.«

T. überlegte.

»Wenn er für den Glamour verantwortlich ist«, fragte er, »warum ist er dann ein Titan der Anti-Glamour-Form?«

»Weil das ein und dasselbe ist. In Russland ist Anti-Glamour-Prosa die wichtigste Spielart von Glamour-Journalismus.«

»Aber was ist das überhaupt?«, fragte T.

»Ausführlich erzählen. Herunterreißen jeglicher Masken,[22] Höschen und Kreuze. Ein vielgefragter Mann, ein kluger Kopf, nimmt achtzig Dollar und mehr pro Spalte.«

»Und warum ist er zuständig für den gewaltlosen Widerstand gegen das Böse?«

»Er war früher Polittechnologe.«

»Ein Idiot ist er, euer kluger Kopf«, beschwerte sich T. »Immer dieses ›Achtung, Achtung‹ ...«

»So sind eben unsere Polittechnologen.«

»Schon gut, es reicht, ich begreife das sowieso nicht. Wer ist der Nächste?«

»Nummer drei ist Grischa Ownjuk«, antwortete Ariel. »Wenn Sie sich Ihre Schusswechsel mit Knopf liefern, wenn Sie in der Fallschirm-Kutte von der Brücke in den Fluss springen oder wenn Sie sich mit den Amazonas-Mördern herumzanken, ist er das. Grischa ist ein Genie, nur dass Sie es wissen!«

»Ein Genie?«

»Ja. Ein Topkader, unser wichtigstes Kapital. Ein Fachmann mit breitem Profil, Actionspezialist, ein Könner von Weltrang. Er hat nur einen gravierenden Nachteil – er ist überall und dauernd gefragt. Deshalb ist er die ganze Zeit beschäftigt und arbeitet bei uns nur noch schlampig.«

»Wer noch?«

»Dann gibt es noch enge Spezialisten. Goscha Piworylow. Nummer vier.«

»Und was macht der?«

»Er ist ein Junkie. Oder ein *creator* von psychedelischem Content, wie es auf der Lohnliste heißt. Wir haben ihn der Abwechslung halber genommen, die Marktforscher sagen, ein Trip pro hundert Seiten kann nicht schaden. Er ist auf seine Art auch ein Star. Oder vielmehr ein Sternchen – nicht so wie Ownjuk, aber arbeitslos wird auch er nicht. Er liefert für den ganzen Glamour und Anti-Glamour Beschreibungen von Trips mit weichen Drogen. Wenn nötig, auch mit harten. Kurzum, er ist zuständig für die Veränderung des Bewusstseinszustands, darunter auch für alkoholische Intoxikation. Zum Beispiel wenn Sie ein Gläschen Wodka trinken und dann nur noch leben und lachen und ununterbrochen in den Himmel blicken wollen. Den Trip mit dem Pferd hat auch er gemacht.«

»Verzeihung, bitte was?«

»Na den Trip, als das Pferd mit Ihnen gesprochen hat. Zu Ihrer Zeit gab es noch kein LSD, deshalb mussten wir Ihnen Mutterkorn geben. Goscha sagt, Mutterkorn habe irgendwas mit Lysergsäure zu tun.«

»Ach so, das kam vom Mutterkorn.« T. verzog das Gesicht. »Deshalb also ... Ich bin fast verrückt geworden. Aber warum wollte er mich zum Skopzentum verleiten, Ihr Goscha?«

»Das war nicht Goscha«, sagte Ariel. »Wenn er das gewesen wäre, dann säßen Sie hier mit einem Nagel im Loch. Ich habe Ihnen doch erklärt, dass Mitjenka für die Erotik zuständig ist.«

»Wo bitte ist denn da die Erotik, wenn ein Pferd einem empfiehlt, ein Beil zu nehmen und sich die Weichteile abzuhacken?«

»Erotik ist alles, was mit den Genitalien zu tun hat«, erwiderte Ariel. »So lautet die allgemeine Weisung bei uns. Nach einem Joint hackt Piworylow Ihnen alles Mögliche ab, da kennt der gar nichts. Aber Mitjenka würde Ihnen bestimmt nichts abhacken, das ist doch sein Kapital. Wie sollte er denn dann seine erotischen Szenen hinbekommen?«

»Stimmt«, sagte T. »Gut überlegt.«

»Das sieht nur so aus. In Wirklichkeit gibt es dauernd Unstimmigkeiten und Fehler.«

T. bewegte die Lippen und zählte an den Fingern ab. Dann sagte er:

»Moment mal. Sie haben doch gesagt, es sind fünf Elemente. Der erste sind Sie. Dann Mitjenka. Der dritte ist Grischa Ownjuk. Der vierte Goscha Piworylow. Und wer ist der fünfte?«

Ariels Gesicht verwandelte sich wieder in die Maske des Imperators. Offensichtlich war ihm diese Frage unangenehm.

»An den will ich nicht einmal denken. Aus persönlichen Gründen – ich habe eine Auseinandersetzung mit ihm. Aber ja, es gibt noch einen Autor, der Ihre inneren Monologe schreibt. Der sozusagen einen Bewusstseinsstrom in Anführungszeichen erschafft. Ein Metaphysiker des Absoluten. Ich mache natürlich Spaß. Von denen gibt es in Moskau so viele wie ungebumste Kakerlaken, wenn Sie den Ausdruck verzeihen. In jeder Chruschtschowka[23] gibt es bestimmt ein paar.«

»Und warum haben Sie eine Auseinandersetzung?«

»Er pöbelt mich immer an, wenn ich sein Produkt korrigiere. Ich habe jetzt ganz aufgehört, seine Sachen zu lesen, ich sortiere sie bei der letzten Korrektur aus. Das meiste fliegt raus. Wenn es vom Sujet her nötig ist, schreibe ich selbst die richtigen Gedanken für Sie dazu, das ist sicherer.«

»Und wieso gefällt Ihnen sein Produkt nicht?«

»Ach, er kommt dauernd vom Thema ab. Will sich nicht an das Sujet halten. Und ist ganz schön eingebildet. ›Ich bin nicht bloß euer fünfter Mann‹, sagt er, ›ich bin die fünfte Essenz – Quintessenz heißt das auf Lateinisch. Der ganze Sinn liegt in mir, und Ihr seid bloß der Rahmen ...‹ Aber der Leser bemerkt die Quintessenz gar nicht. Was interessiert den normalen Leser? Die Handlung und wie es ausgeht.«

»Wozu braucht man ihn denn überhaupt?«

»Dem ursprünglichen Plan nach wäre es ohne ihn unmöglich gewesen. Ein Held wie Sie benötigt ganz spezifische Gedanken. Da braucht es metaphysische Überlegungen, mystische Einsicht und dergleichen mehr. Nur deshalb haben wir ihn überhaupt genommen. Aber im Grunde ist er schizophren, das sage ich Ihnen. Sie müssten ihn mal sehen, wenn er Rezensionen über sich liest. Dann raschelt er in der Ecke mit der Zeitung und murmelt: ›Wie? Die Wunderlampe ist erloschen? Warum hast du denn fünf Jahre lang dagegengepisst, fuck? Na los, sag schon!‹ Die ganze Metaphysik also. Sie sind sein Schwanengesang, Graf, weil er nirgendwo mehr so viel Platz haben wird.«

»Und woran erkenne ich ihn, diesen Quintessenten?«

»Zum Beispiel wenn Sie mitten im Schlachtgetümmel plötzlich über den Sinn dieser Schlacht nachdenken, dann ist er das.«

»Wenn Sie im Schlachtgetümmel über den Sinn der Schlacht nachdenken«, murmelte T., »dann ist der ganze Sinn der, dass man Sie totschlägt.«

»So ungefähr reden unsere Marktforscher auch«, schmunzelte Ariel.

»Und warum bin ich T.?«

»Das haben auch die Marktforscher beschlossen. Tolstoi – den kennt jeder aus der Schule. Wenn man das Wort nur hört, hat man sofort einen imposanten alten Mann vor Augen, in einem Arbeitskittel, die Hände unter den Gürtel geschoben. So einer springt nicht von der Brücke. Aber T. – das ist geheimnisvoll, das ist sexy und romantisch. Genau das Richtige heutzutage.«

»Und warum ausgerechnet ein Graf? Ist das wichtig?«

»Sehr sogar«, erwiderte Ariel. »Die Marktforscher behaupten, das Publikum interessiere sich heute nur noch für den Grafen Tolstoi und nicht für Tolstoi selbst. Seine Ideen kümmerten heutzutage niemanden mehr und seine Bücher verkauften sich nur noch deshalb, weil er ein echter Aristokrat war und sein Leben lang in Saus und Braus gelebt hat. Wenn die Leute *Anna Karenina* oder *Krieg und Frieden* heute noch lesen, dann angeblich deshalb, weil sie erfahren wollen, wie die wohlhabenden Herrschaften in Russland gelebt haben, als es die Rubljowka[24] noch nicht gab. Und das wollen sie aus erster Grafenhand erfahren.«

»Was ist denn Optina Pustyn?«

»Das müssen Sie selbst herausfinden. Sonst ist ja die ganze Spannung weg.«

T. und der Imperator schwiegen eine Weile. Dann sagte T.:

»Trotzdem verstehe ich es nicht. Ich verstehe es einfach nicht. Sie haben offenbar nichts als Probleme mit Lew Tolstoi – nicht mal seinen Familiennamen können Sie verwenden. Sie brauchen nur den Grafentitel. Warum haben Sie ihn denn überhaupt eingespannt?«

»Als wir anfingen, waren die Zeiten noch anders«, erwiderte Ariel. »Wir hatten ganz andere Absichten. Wir haben Sie nicht zu kommerziellen Zwecken erschaffen, sondern es stand ein großes, bedeutendes Vorhaben dahinter. Ein rein ideelles Vorhaben.«

»Sie machen sich lustig«, lächelte T., »aber manchmal habe ich tatsächlich auch so ein Gefühl.«

»Ich mache mich nicht lustig«, widersprach Ariel. »Ganz und gar nicht.«

»Was war das für ein Vorhaben?«

Der Imperator spitzte die Lippen und glitt mit den Fingern behutsam über das weiße Email des Kreuzes auf seiner Brust.

»Graf Tolstoi«, sagte er, »wurde seinerzeit aus der Kirche ausgeschlossen.«

»Das habe ich von Knopf gehört. Aber weshalb?«

»Wegen Hoffart. Er hat der Kirchenobrigkeit widersprochen. Er glaubte nicht, dass sich Messwein in Christi Blut verwandelt. Hat sich über die Sakramente lustig gemacht. Und vor seinem Tod ist er nach Optina Pustyn aufgebrochen, dort aber nicht angekommen – er ist unterwegs gestorben. Deshalb gibt es auf seinem Grab weder Kreuz noch Grabstein. Tolstoi hatte befohlen, seinen

Körper einfach in der Erde zu vergraben, damit er nicht stinkt. Für Anfang des zwanzigsten Jahrhunderts hatte das vielleicht sogar Stil. Im einundzwanzigsten Jahrhundert aber kam es zu einer geistigen Renaissance, und deshalb reifte bei den Instanzen«, der Imperator deutete mit der Nase nach oben, »die Meinung heran, dass ein Kreuz trotzdem nötig sei. Und unser Chef hat ein feines Ohr für solche Tendenzen.«

»Welcher Chef?«, fragte T.

»Der Chef des Handels- und Verlagshauses Jasnaja Poljana.«

»Eine interessante Bezeichnung.«

»Aha, haben Sie es bemerkt? Genau darum geht es nämlich. Er hat angeordnet, wir sollten uns ein bisschen sputen und ein einfühlsames Buch darüber schreiben, wie Graf Tolstoi nach Optina Pustyn kommt und sich vor seinem Tod mit der Mutter Kirche versöhnt, und das alles unterlegt mit schönen Bildern aus dem Leben des Volkes. So eine Art alternative Geschichte, wissen Sie, mit der man dann allmählich die echte Geschichte überdecken und ihre Verfälschungen bekämpfen könnte. Eine tolle Idee natürlich, vor allem wenn man sie richtig umsetzt. Eigentlich wollten wir zum Jubiläum fertig sein. Wir haben einen ordentlichen Kredit aufgenommen, Verträge abgeschlossen, Vorschüsse bezahlt und für Marketing, Presseunterstützung und künftige Sendezeiten im Voraus bezahlt. Sogar die Werbung war schon geplant. Und weil es eine Sache von nationaler Bedeutung ist, wurden gemäß einer Spezialanweisung Hals über Kopf die teuersten Schriftsteller des Landes angestellt. Das war, nebenbei bemerkt, völlig idiotisch, die hätte man für dieses Projekt gar nicht gebraucht.«

»Sind Sie denn der teuerste Schriftsteller?«, fragte T.

»Ich nicht, aber ich bin auch eher der Redakteur in dem Projekt. Aber Grischa Ownjuk zum Beispiel, der kostet richtig Geld, der ist so teuer wie die Jacht von Abramowitsch. Wenn der bei dem Projekt mitmacht, kaufen auch die sexuell frustrierten Single-Frauen das Buch, und das gibt allein in Moskau eine halbe Million Treffer. Mitjenka ist auch nicht billig, denn seinetwegen kaufen die Büro-Schicki-Mickis und die verkappten Schwulen das Buch. Die lieben es, wenn man auf ihnen herumtrampelt – das ist irgendwas Psychoanalytisches, habe ich mir sagen lassen. Früher hatten wir in Moskau ungefähr vierhunderttausend Bürohengste, jetzt nur noch zweihunderttausend. Aber verkappte Schwule gibt es von Jahr zu Jahr mehr. Stellen Sie sich vor, das gibt richtig Power – Grischa und Mitjenka in einem Gespann. Die Gesamtsumme ist zwar kleiner, als wenn man die einzelnen Summen addiert, weil sich die Positionen teilweise überschneiden und ein großer Teil der Büro-Schickeria gleichzeitig sexuell frustrierte Single-Frauen oder verkappte Schwule sind, aber das Gesamtresultat lässt sich trotzdem sehen. Nur mit Lew Tolstoi können nämlich selbst Mitjenka und Grischa den Kredit nicht wieder rausschlagen. Das war von Anfang an klar.«

»Und wieso haben sie dann überhaupt angefangen?«

»Weil das Barrel Öl hundertvierzig Dollar kostete. Damals gab es jede Menge überspannter Projekte. Keiner hatte ernsthaft vor, den Kredit über den Gewinn auf dem Markt zurückzuzahlen. Der Chef hatte gedacht, er könnte mit seinem eigentlichen Geschäft Kohle machen. Er hatte damit gerechnet, jetzt leichter an irgendwelche Staatsaufträge zu kommen, zum Beispiel Lehrbücher oder Broschüren zu drucken oder vielleicht auch mal einen staatlichen Bauauftrag zu ergattern, das war schließlich sein Hauptgeschäft.«

»Wer ist denn Ihr Chef?«

»Damals war es Armen Wagitowitsch Makraudow. Ein Developer. Wir hatten also gerade mit dem Projekt begonnen, als plötzlich alles den Bach hinunterging. Als die Krise kam.«

»Welche Krise?«

»Das ist es ja, es ist unbegreiflich. Dieses Mal haben sie nicht mal mehr eine Erklärung abgegeben. Früher wurde in solchen Fällen aus Respekt vor dem Publikum wenigstens ein Weltkrieg veranstaltet. Aber heutzutage geht das ohne Begleitmusik ab.

Kein Angriff von Fremdlingen, kein Asteroid, der vom Himmel fällt. Nur eine Fernsehansagerin im blauen Jackett, die mit ruhiger Stimme verkündet, dass die Aussichten schlecht sind. Und kein einziger Kanal hat gewagt, dem zu widersprechen.«

»Aber die Krise muss doch einen Grund haben?«

Ariel zuckte die Schultern.

»Es wird so allerlei geschrieben«, erwiderte er, »aber wer glaubt das schon? Vor der Krise wurde allerhand gescheites Zeug geschrieben, es werde keine Krisen mehr geben. Ich persönlich glaube, das war das Werk der Weltregierung. Sie druckt Geld, und in der Krise fallen die Preise. Und wenn die Preise fallen, druckt sie viel Geld und kauft uns alle.«

»Aber inwiefern hat das mit dem Grafen Tolstoi zu tun?«

»Ganz direkt. Damals lebten schließlich alle vom Öl, sogar die Tauben auf der Straße. Als der Ölpreis fiel, war kein Geld mehr da. Die Leute versuchten an allen Ecken und Enden, ihre Schulden einzutreiben. Unser Armen Wagitowitsch war als Developer besonders schlimm dran. Die tschetschenische Kohle in seinen eingefrorenen Projekten saß fest. Also sollte die Frage auf der Ebene der Kryscha[25] gelöst werden. Aber heutzutage sind alle unter demselben Dach, nur an verschiedenen Ecken. Die Tschetschenen stehen unter dem Schutz der Hardliner und Armen Wagitowitsch unter dem der Liberalen.«

»Und worin unterscheiden die sich?«

»Das sieht man schon am Namen. Die Hardliner unter den Tschekisten regeln alles auf die harte Tour, und die Liberalen machen das auf die liberale Tour. Im Grunde ist das natürlich viel komplizierter, denn die Hardliner können auch liberal handeln – und umgekehrt.«

»Sie erklären das so primitiv«, bemerkte T., »als wäre ich ein Schlosser.«

»Weil Sie solche Fragen stellen. Kurzum, schikanieren können einen die einen wie die anderen. Die Liberalen schikanieren hauptsächlich die einfachen Menschen und die armen Leute. So wie die Wale Plankton fressen, das ist nicht persönlich gemeint. Und die Hardliner schikanieren hauptsächlich die Liberalen – sie machen einen fertig und zerlegen ihn dann genüsslich. Die Hardliner stehen also gewissermaßen weiter oben in der Nahrungskette. Andererseits könnten die Liberalen eine ganze Stadt schikanieren, ohne dass einer etwas davon mitkriegt. Wenn hingegen die Hardliner jemanden schikanieren, zetern alle Zeitungen darüber, deshalb haben sie im Großen und Ganzen die gleichen Bedingungen. Eine genaue Grenze gibt es im Grunde nicht. Haben Sie es jetzt begriffen?«

»Nicht so ganz.«

»So ganz begreife ich es auch nicht, also regen Sie sich nicht auf. Kurz gesagt, die Hardliner haben hin und her überlegt und dann beschlossen, Armen Wagitowitsch fertigzumachen. Und die Liberalen konnten ihm mit all ihrem Gezeter nicht helfen. Die Hardliner haben sogar ein Strafverfahren angezettelt, Armen Wagitowitsch hatte irgendwelche Offshore-Geschichten am Laufen. Ich will Sie nicht langweilen, er steckte jedenfalls so tief in der Klemme, dass es für ihn nur noch einen Weg gab – schnellstmöglich alles zu überschreiben und sich nach London abzusetzen, zu seinen Ersparnissen. Sonst hätte er die nämlich die nächsten zehn Jahre nicht wiedergesehen. Also hat er sein Geschäft gegen die Schulden eingetauscht. Das Baugeschäft, die Tankstellen und uns, alle Mann.«

»Hat man viel für Sie gegeben?«

»Wir zählten doch gar nicht. Wir wurden einfach im Paket mit verkauft. In der allgemeinen Bilanz tauchen wir überhaupt nicht auf. Tankstellen und ein Baugeschäft kann man noch verkaufen, obwohl in der heutigen Zeit auch das ein Problem ist. Aber unser Verlag – das sind faktisch drei Computer und ein Valuta-Kredit, den wir am Hals haben. Wer kauft denn so was? Aber die Tschetschenen wollen ihr Geld zurück, und zwar schnell, weil sie selbst total verschuldet sind. Also haben sie uns einen Krisenmanager ins Büro gesetzt.«

»Einen was?«

»Einen Krisenmanager. Süleyman. Ein Dschigit,[26] verstehst du, mit einem Master of Business Administration, dem man fünf Jahre lang beigebracht hat, an allen Ecken und Enden Kohle herauszupressen. Typ effiziente Führungskraft. Der hat sich angeguckt, wie hoch unser Projekt belastet ist, und dann hat er versucht herauszufinden, woran das liegt, wo diese astronomischen Zahlen herkommen. Na ja, wir haben ihm die Vorgeschichte erzählt und ihm erklärt, wie wir da wieder rauskommen wollten. Gleichzeitig haben wir ihm gesteckt, dass er ohne Makraudows Verbindungen an dieses Budget nicht rankommt – aber das hat er auch selbst kapiert, er ist ja nicht blöd. Also hat er Marktforscher zusammengetrommelt, und die haben die Verträge geprüft und überlegt, wie man den Kredit zurückzahlen kann. Verstehen Sie die Situation?«

»Mehr oder weniger«, erwiderte T.

»Die Marktforscher haben sofort erklärt, dass wir diesen Blödsinn mit Tolstoi, der seine Fehler bereut, keinem verkaufen können. Was sowieso alle von Anfang an wussten. Plötzlich sagt einer von denen: ›Meine Herren, wenn wir nun schon solche Schriftsteller angeheuert haben, warum sollen wir uns da noch mit dem Geschwätz über Reue und Buße abgeben? Machen wir doch einfach einen normalen Thriller mit Retrokrimi-Elementen und dann werfen wir das Ding für viel Kohle auf den Markt ...‹ Also haben wir ein Brainstorming gemacht. Zuerst wollten wir Lew Tolstoi umbenennen in Leutnant Golizyn[27]. Aber in den Verträgen stand nun mal überall Lew Tolstoi. Für Golizyn hätte die Agentur wieder Geld verlangt. Also kam das nicht infrage. Dafür stellte sich heraus, dass wir ohne jede Zuzahlung den Namen in ›Graf T.‹ ändern konnten – im Rahmenvertrag stand er schon zweimal so abgekürzt, damit die Zeile nicht zu lang wurde, und deswegen zu prozessieren, wäre der Agentur zu blöd gewesen. Aber wie weiter? Die Handlung war im Vertrag nur vage umschrieben, es gab nur ein paar Worte über die Reise nach Optina Pustyn, die Exkommunikation und den gewaltlosen Widerstand gegen das Böse. Über eine Rückzahlung des Vorschusses hingegen hieß es ganz konkret, diese werde fällig, wenn man das Skript abgelehnt habe ... Also erklärte man den Autoren, die Hauptfigur ist nun ›Graf T.‹, er ist kein Schriftsteller, sondern ein einsamer Held und Kampfkunstmeister, und er soll um die dreißig Jahre alt sein, weil sich für einen alten Mann als Hauptfigur kein Mensch interessiert. Er soll sich nach Optina Pustyn durchschlagen, mit allerlei Abenteuern und Schießereien. Außerdem soll es erotische Szenen und kluge Gespräche geben und man muss berücksichtigen, dass auf dem Markt ein verliebter byronscher Held gefragt ist.«

»Was heißt das?«

»Ein Held wie bei Byron eben ... Wie Kain und Manfred. Ein erschöpfter Dämon mit einem Gehalt von hunderttausend Dollar im Jahr.«

»Und wenn er weniger verdienen würde?«

Ariel grinste. »Ohne Geld kein Byronismus. Sonst ist das bloß Angeberei. Geld ist dabei aber noch nicht alles. Byronismus ... Das ist, sagen wir mal, das, was Sie sexuell anziehend macht für eine Leserin, die sich mit der Fürstin Tarakanowa identifiziert.«

»Hat Mitjenka sich diese Fürstin ausgedacht?«

»Wer sonst?«, antwortete Ariel. »Die erste erotische Episode war direkt auf dem Schiff geplant. Aber Grischa Ownjuk hat sie früher umgelegt, als Mitjenka die Rolle für Sie umschreiben konnte. Es gab einen Riesenkrach deswegen. Mitjenka hat Grischa angebrüllt: Was machst du denn da, du Henker? Ich warte drei Tage, bis Arik die Handlungslinie fertig hat, und du legst die Schlampe sofort um. Und Grischa sagt: Ich kann doch nicht wegen jeder Mücke meine Inspiration bremsen. Für mich ist euer Projekt sowieso nebensächlich. Wenn ihr das nicht wollt, dann bin ich eben weg, guckt euch den Vertrag mal genau an.«

»Und Axinja hat auch Mitjenka sich ausgedacht?«
Ariel nickte.
»Die haben wir vorläufig behalten.«
»Eins sage ich Ihnen, dieser Mitjenka ist ein Schwachkopf.«
»Hören Sie auf, Graf. Er ist ein sehr fähiger Bursche, auch wenn ich ihn nicht leiden kann. Er kann den eisigen Hauch der Krise vermitteln wie niemand sonst. In seiner letzten Kolumne schreibt er zum Beispiel: ›Die Türme von Moskau City,[28] die ebenso kühn und hoffnungslos in die Höhe schossen wie die Preise für den abgestandenen Fraß im Café Vogue[29] ...‹ Scharf, was? Oder das hier: ›Die glamourösen Fernsehnutten, Mätressen von großen Ganoven und eiskalten Killern, die ihre rasierten Venushügel mit dem goldenen Geschmeide der Wohltätigkeit verzieren – was sind sie anderes als eine Projektion der Großen Hure auf die ärmliche nördliche Region, der Purpurstrahl eines infernalischen Sonnenuntergangs in dem von Kaliumchlorid zerfressenen Schnee von Samoskworetschje[30]?‹«

»Es reicht mit den Zitaten«, sagte T. »Erklären Sie mir besser die allgemeine Linie. Wie entwickelt sich die Handlung?«

»Folgendermaßen«, erläuterte Ariel. »Graf T. schlägt sich, untermalt von jeder Menge Action, nach Optina Pustyn durch und am Schluss, als er es findet, sieht er von einem Hügel aus ein Kreuz in der Ferne, bekreuzigt sich und erkennt, dass er gegenüber der Kirchenobrigkeit im Unrecht war. Dann gibt es ein Gespräch mit Vater Warsonofi,[31] dann kommt die Katharsis und daraufhin gesteht er seine Fehler vor der Mutter Kirche offen ein. Wir haben beschlossen, diese Linie drinzulassen. Bei der jetzigen Situation im Land kann es nicht schaden, den Popen einmal mehr in den Hintern zu kriechen. Die Marktforscher waren einverstanden, bloß sagten sie, T. solle nicht wegen der Sakramente und der Dreieinigkeit Reue zeigen, sondern wegen der Dummheiten, die er unterwegs angestellt hat, sonst werde der Durchschnittsleser das nicht begreifen. Damit hätten wir eine reale Chance, genug

Kohle zu machen, um den Kredit zurückzuzahlen und sogar einen kleinen Überschuss zu erzielen. Als wir den Autoren die neue Konzeption unterbreiteten, waren die Meinungen geteilt. Mitja und Goscha haben gespuckt, aber Ownjuk gefiel es auf Anhieb. Er sagt, den ›Booker‹ werden wir dafür nicht bekommen, aber scheiß drauf, so schlagen wir im ersten Monat fünfmal mehr Kohle raus. Also haben wir losgelegt, und wie es weiterging, wissen Sie ja ...«

»Allerdings«, versetzte T.

»Bis gestern lief eigentlich alles ganz gut. Aber dann hat dieser Süleyman, hol ihn der Kuckuck, den Businessplan noch einmal ganz genau unter die Lupe genommen und plötzlich dämmerte ihm, dass es *product placement* ist, wenn T. vor der Mutter Kirche bereut – in den Text eingebaute Reklame für das Christentum in einer multikonfessionellen kulturellen Umgebung. Kurzum, er hat sich seine Bartstoppeln gekratzt und befohlen, den Archimandriten Pantelejmon mal auf die Frage der Bezahlung anzusprechen. Der ist bei denen hier« – der Imperator berührte wieder seinen kreuzförmigen Orden – »für Public Relations zuständig. Sie sollten für die Rückkehr des verlorenen Sohnes bezahlen.«

»Und weiter?«

»Noch nichts weiter. Wir hatten uns vorgestellt, dass Sie bei der Ankunft in Optina Pustyn vor Vater Warsonofi auf die Knie fallen und Ihre Fehler eingestehen. Daraufhin sollte Warsonofi ein väterliches Wort an Sie richten, über die Seele, die Sie in den Schoß der Kirche zurückführt. Aber im Moment weiß keiner, wie es weitergeht. Wir warten noch.«

»Auf wen?«

»Auf die E-Mail.«

»Was ist das denn?«

»Das ist so eine Art Telegramm. Ob Pantelejmon bezahlt oder nicht.«

»Und wenn nicht?«

»Dann will Süleyman ihn unter Druck setzen. Er hat gesagt,

wenn er nicht zahlen will, würden unsere Spezialisten für schwarze PR seinem Brand einen immensen metaphysischen und imagemäßigen Schaden auf fundamentalster Ebene zufügen. Können Sie sich vorstellen, was für Wörter er in London gelernt hat?«

»Komisch sind diese Abreki«,³² sagte T.

Der Imperator breitete ratlos die Arme aus.

»Byzanz«, sagte er in einem Tonfall, als würde dieses Wort alles erklären. »Aber es ist sowieso alles ziemlich merkwürdig. Theoretisch müssten die Hardliner die Variante mit der Kirchenbuße durchdrücken, die Armen Wagitowitsch vorhatte. Weil sie für Konservatismus, Vetternwirtschaft und Obskurantismus sind. Die Liberalen dagegen müssten mit Hilfe von Krisenmanagern Kohle herauspressen, weil sie nämlich für Offshore, für Spekulation und Profit und für die Weltregierung sind. Aber in der Praxis ist es genau umgekehrt. Wie war das bei Faust und Mephistopheles – ›Ich bin Teil von jener Kraft / Die stets das Göse will und stets das Bute schafft‹ … Ach, ich verhaspele mich schon. Na ja, Sie wissen schon, was ich meine.«

Der Imperator sprach immer schleppender, als würde er einschlafen; gegen Ende des Satzes war sein Gesicht ganz starr, dann hielten auch die Hände inne und erstarrten mitten in einer kleinen Geste.

»Wer soll diesen immensen metaphysischen Schaden anrichten?«, fragte T.

Der Imperator öffnete mit Mühe ein Auge.

»Na wer schon. Grischa kommt eindeutig nicht infrage, er ist nur fürs Handgreifliche zuständig. Mitjenka – na, Sie wissen ja. Piworylow hat seine Trips und Besäufnisse schon abgeliefert. Und unseren Metaphysiker kann man darauf auch nicht ansetzen.«

»Wieso? Es ist doch ein metaphysischer Schaden.«

»Der ist stocksauer. Er behauptet, laut Vertrag müsse er nur den Bewusstseinsstrom in Anführungszeichen und mystische Exkurse machen. Aber wir können doch nicht alles mit einem Bewusstseinsstrom regeln? Das geht nicht. Also bleibt es an mir hängen, ich muss den Schaden anrichten und das Image zerstören. Das passt mir natürlich gar nicht.«

T. blickte den Imperator misstrauisch an.

»Und werden Sie ...«

Der Imperator grinste schief.

»Wir sind abhängige Leute. Wir tun, was man uns sagt, auch wenn das Thema schwierig ist. Süleyman hat immerhin versprochen, er werde einen Tschetschenen zu Hilfe schicken. Wenn nötig, sagt er, gibt es bei uns Intellektuelle, wie sie in Moskau noch keiner gesehen hat. Ich bin ja mal gespannt.«

»Das wird ja ein irres Buch«, sagte T. »Fängt gut an und hört schlimm auf.«

»So ist das Leben heutzutage«, versetzte der Imperator. »Ich habe es mir nicht ausgedacht.«

»Und was wird jetzt?«

»Das sehen wir morgen. Wir machen es so: Wenn Pantelejmon die E-Mail schickt, schlage ich die Glocke dreimal. Und dann handeln wir den Umständen entsprechend, ich glaube, Sie merken schon selbst, was nötig ist.«

Ariels Gesicht verwandelte sich wieder in eine stupsnasige Maske. Wie mit großer Überwindung richteten sich seine kalten, verblichenen Augen ein letztes Mal auf T.

»Es ist Zeit, Abschied zu nehmen, Graf«, sagte der Mund mit hochgezogener Oberlippe. »Wir müssen uns beide ausruhen. Morgen ist ein schwerer Tag. Haben Sie noch Fragen?«

»Ja«, sagte T. »Hat Ihr Großvater Ihnen nicht vielleicht erklärt, wozu Gott die Welt so braucht, wie sie ist? Mit all diesen Mächten, die auf den Wiesen geisterhafter Seelen miteinander spielen? Genießt er dieses Schauspiel? Liest er das Buch des Lebens?«

»Gott liest das Buch des Lebens nicht«, erwiderte der Imperator gewichtig. »Er verbrennt es, Graf. Und isst dann die Asche auf.«

X

Frühmorgens, als T. noch schlief, traf ein Fuhrwerk mit Kleidern und Waffen aus Jasnaja Poljana ein.

Das kam gerade recht – die Uniform war mittlerweile dermaßen staubig und verdreckt, dass die Farbe weniger an das Blau des Himmels als an einen bewölkten Tag erinnerte. Sie war an mehreren Stellen eingerissen und sah insgesamt sehr suspekt aus – die Passanten blickten T. hinterher, als überlegten sie, ob das derart erbärmliche Aussehen eines Obersten der Gendarmerie nicht vielleicht zu bedeuten habe, dass über dem Vaterland die Morgenröte der langersehnten Freiheit angebrochen sei.

Außerdem besaß T. nun wieder ein Pferd, wenn auch ein bedeutend schlechteres als das, was ihm der Zigeunerbaron geschenkt hatte.

Nach dem Frühstück befahl T., das Pferd zu satteln; er selbst öffnete die Reisetruhe und breitete die Waffen und die Kleidung auf dem Tisch aus. Zweifellos würden Knopf und seine Leute ihm unterwegs auflauern und für diese Begegnung galt es, sich gründlichst vorzubereiten.

T. entblößte sich bis zum Gürtel und zog eine mit vielen Taschen und Fächern versehene Weste über seinen muskulösen Körper. Die Weste war schwer: Sie war mit einem Kettenhemd aus ineinander verflochtenen Stahlbändern, Kautschukfäden und Fischbein gefüttert, das nicht nur einer Klinge standhalten, sondern auch einen Querschläger abwehren würde.

»Knopf bereitet sich jetzt auch auf die Begegnung vor«, dachte

T. und steckte Wurfmesser in seine Taschen. »Bestimmt hat er ein paar Überraschungen für mich in petto ... Aber das ist ja nichts Neues. Mich würde vielmehr interessieren, ob Knopf sich wohl überlegt, warum ihm das alles passiert? Warum er mit heraushängender Zunge hinter mir herjagt? Oder ist er so ein leichtgläubiger Idiot, dass er das ganze Geschehen als selbstverständlich hinnimmt, ohne sich im Geringsten zu wundern?«

Über die Weste streifte T. ein weites, langes Bauernhemd, wie es der Ackersmann getragen hatte, den er vom Zug aus gesehen hatte. Dann zog er eine dunkelblaue ukrainische Pluderhose an, in der die darin verborgenen todbringenden Werkzeuge schwer klirrten.

Eines der Bündel aus Jasnaja Poljana war besonders sorgfältig verpackt. T. riss die beiden Schichten Packpapier ab und wickelte eine schwarze Lackschatulle aus, die er auf den kleinen Tisch unter dem Spiegel stellte. Dann setzte er sich vor den Spiegel, nahm den Kamm, fuhr damit sorgfältig durch seinen Bart und klappte die Schatulle auf.

Sie enthielt zwei Fächer. In dem einen, schmaleren lag eine Docke farbloses Seidengarn, in dem anderen Fach ein Bündel hauchdünner grauschwarzer Drahtpfeile aus gezacktem Damaszenerstahl, scharf und lang. T. begann, die Pfeile in seinen Bart zu flechten und mit dem Garn am Kinn festzubinden.

»Immerhin ist Knopf nicht der einzige leichtgläubige Idiot«, dachte er, während er seine Finger im Spiegel beobachtete. »Keiner hier stellt das Geschehen infrage. Weder der Kaufmannsvorsteher Raspljujew noch Axinja oder dieser riesige Zigeuner Lojko mit seiner kaputten Nase. Man kann sich kaum vorstellen, wie es in Knopfs Seele aussieht ... Obwohl – vielleicht doch ... Bestimmt hegt er die dunkle, aber eiserne Überzeugung, dass sämtliche allgemeinen Fragen des Lebens schon gelöst sind und es Zeit ist, sich an die besonderen zu machen. Wie sonst könnte er seine Rolle spielen?«

Als er sich alle Drahtpfeile in den Bart geflochten hatte, zog T. mit stählernen Steigeisen versehene Kautschukstiefel an (der Kautschuk war mit Bast überklebt, weshalb die Stiefel aussahen wie zerrissene alte Bastschuhe). Danach stülpte er einen breitkrempigen Strohhut über, der ebenfalls alt und schäbig aussah – in der doppelt geklebten Krempe verbarg sich eine dünne Stahlscheibe mit scharfen, gezackten Rändern.

In der Reisetruhe befand sich noch ein kleiner, dunkelblauer Kasten, der aussah wie eine Schachtel teurer Zigarren oder Pralinen – er enthielt sicherlich etwas ganz Besonderes. T. öffnete sie.

Auf scharlachrotem Samtfutter ruhten in weichen Vertiefungen zwei längs geriffelte und schräg gekerbte schwarze Metallkegel, an deren Spitze sich das gelbe Auge einer Zündkapsel befand.

Neben den Kegeln lag ein zusammengefaltetes Blatt Papier. T. faltete es auseinander und sah eine Zeichnung – ein bärtiger Mann, der eine Hand über den Kopf gehoben hatte (die Finger der anderen Hand waren unter den Gürtel des Bauernhemdes geschoben).

Darüber sah man eine sternförmige Explosion und das Wort »Bum-Bum!«, von dem aus zwei Dreiecke nach unten verliefen, ein schmales und ein breites. Unter dem schmalen Dreieck, in dem ein Mann stand, hieß es: »Hier wirst du gerettet.« Das breite Dreieck, in dem sich schemenhafte Gestalten wälzten, nannte sich »Ort des Verderbens«.

Unter der Zeichnung war eine Bleistiftnotiz:

Graf, auf der Zeichnung sehen Sie alles. Wenn Sie den Finger auf die Zündkapsel drücken, werfen Sie das Baby über den Kopf, aber so, dass es wenigstens einen Arschin hoch fliegt. Es dreht sich dann von selbst (Sie müssen sachte werfen und es nicht drehen). Es geht genau über Ihrem Kopf los und macht alles ringsum kaputt, ohne Sie zu treffen. Üben Sie vorher, werfen Sie es ein paar Mal vorsichtig hoch.

De Martignac, Schicksalsschmied
Jasnaja Poljana

»De Martignac?«, überlegte T. und nahm eine Bombe aus ihrem scharlachroten Samtnest. »Wohl einer der Nachkommen. Ist offenbar Schmied geworden, bravo! Aber ich erinnere mich nicht an ihn, kann mich an niemanden erinnern. Das ist beinahe eine richtige Juwelierarbeit ...«

Am Boden des einen Kegels befand sich eine fein ziselierte Gravur: *Die Klaglose*. T. warf die Bombe ein paar Mal in die Luft. Wenn sie ihren höchsten Punkt erreicht hatte, drehte sie sich jedes Mal mit dem Kapselzünder nach unten. Nachdem er die Übung mit dem anderen Todeskegel wiederholt hatte (die zweite Bombe hieß *Die Stumme*), schob T. beide Kegel vorsichtig in die Tasche seiner weiten Hose.

Manche der Gegenstände, die man ihm geschickt hatte, fand er befremdlich – etwa eine alte Gabel mit zwei weit auseinanderstehenden Zinken und der unbeholfen auf dem Griff eingeritzten merkwürdigen Bezeichnung *Die Wahrheit*.

»Was soll das bedeuten, die Wahrheit?«, überlegte T. »Vielleicht – die Wahrheit sticht ins Auge? Ich vergesse schon den gewaltlosen Widerstand. Jetzt aber schön der Reihe nach ...«

Schließlich war die Vorbereitung beendet. T. musterte sich noch einmal im Spiegel. Sein Bart war üppig und wirkte etwas grau, als wäre er in den letzten Minuten viel älter und weiser geworden. T. grinste und warf einen Blick auf die Ritteruhr. Es war Zeit aufzubrechen.

Als er aus dem Hotel kam, zuckte er zusammen.

Axinja saß in einem neuen gelben Sarafan auf ihrem Wagen direkt vor der Treppe. Bei T.s Anblick sprang sie vom Wagen herunter und stürzte ihm entgegen, doch als sie seinen Aufzug bemerkte, erschrak sie plötzlich – sie bremste abrupt, schlug die Hände zusammen und wich zurück.

»Du?«, hauchte sie. »Oder bist du es nicht?«

»Doch«, sagte T. verdrossen. »Du stehst ja früh auf ...«

»Haben sie dich bei den Gendarmen entlassen?«, fragte

Axinja mitleidig. »Hast wohl zu viel mit deinem Beil herumgefuchtelt. Du warst betrunken, da wärst du besser zu Hause geblieben ...«

Der Zimmerkellner aus dem Hotel, der gerade in diesem Moment auftauchte, blieb neben ihnen stehen, ging in die Hocke, tat so, als würde er seine Schnürsenkel binden, und spitzte die Ohren.

»Willst du den Wagen holen?«, fragte T. streng. »Nimm ihn und fahr mit Gott. Ich habe zu tun.«

»Wo willst du denn wohl hin in dem Aufzug?«, fragte Axinja mit einem Seitenblick auf den Zimmerkellner. »Eine Schande mit diesen Bastschuhen. Komm mit, ich geb dir wenigstens ein Paar alte Stiefel.«

»Verschwinde, Axinja«, wiederholte T. leise. »Wir reden nachher darüber.«

»Trink bloß nicht, Lewuschka!«, lamentierte Axinja. »Um Christi willen, ich flehe dich an, trink bloß nicht! Du bist so komisch, wenn du was getrunken hast!«

T. sprang auf das Pferd, rammte ihm die unter dem Bast verborgenen Steigeisen in die Seiten und preschte über die morgendliche Straße davon, ohne sich umzusehen.

Der Hinterhalt erwartete ihn drei Werst hinter der Stadt, bei einem verlassenen Bootshaus, wo ein Pfad von der Straße abzweigte und zum Fluss hinunterführte.

T. spürte es instinktiv, obwohl es keinerlei äußere Anzeichen für eine Gefahr gab. Rings um die halb verfallene Baracke aus Ziegelstein schwankten Holunderbüsche im Wind; die gestreifte Schranke an der Böschung zum morschen Anleger stand offen, das verwitterte Wächterhäuschen war leer – über allem lag der Eindruck jahrelanger Vernachlässigung.

Während er auf das Bootshaus zuritt, verlangsamte T. das Tempo – und nur deshalb gelang es ihm, rechtzeitig zum Stehen zu kommen. Quer über die Straße spannte sich eine dünne graue Schnur, die vor dem Boden fast nicht zu sehen war. Sie verschwand im Holunderdickicht unter der schwarzen Fensterhöhle in der Mauer der Baracke. T. zügelte das Pferd und ritt ein paar Schritte zurück, als überlege er, ob er geradeaus weiterreiten sollte oder hinunter zum Fluss.

»Natürlich!«, dachte er. »Im Fenster ist wahrscheinlich ein Gewehr und die Leine ist direkt mit dem Abzug verbunden. Das System ›Wanderer, bleib stehen‹ – kennen wir doch ... Und Knopf hockt irgendwo in der Nähe und beobachtet mich. Er kann mich sehen, aber ich ihn nicht, das ist schlecht.«

T. straffte immer wieder die Zügel, so dass das Pferd nervös auf der Stelle tänzelte, damit man ihn schwerer aufs Korn nehmen konnte. Gleichzeitig zog er unmerklich den rechten Fuß aus dem Steigbügel und verlagerte das Gewicht seines Körpers auf den linken Fuß.

»Meine Herren!«, rief er. »Ich merke doch, dass Sie hier sind! Ich schlage vor, wir besprechen das Weitere! Herr Knopf, glauben Sie mir, wir beide haben keinen Grund zur Feindschaft!«

In den Holunderbüschen gab es eine kaum merkliche Bewegung. Augenblicklich warf T. das rechte Bein über den Sattel und krümmte sich so, dass die Flanke des Pferdes ihn verdeckte. In der nächsten Sekunde fauchten blaue Rauchfontänen aus den Büschen und eine Gewehrsalve donnerte. Sie schossen aus doppelläufigen Gewehren, mit Schrot: Eine der Kugeln schrammte T.s Hand. Das Pferd wich zurück, knickte auf die gespreizten Hinterbeine und stürzte schwerfällig in den Staub.

»Das zweite in zwei Tagen«, dachte T., und kalter Zorn wallte in ihm auf. »Was sind das für Schurken ...«

Er legte sich hinter dem gefallenen Pferd flach auf den Boden. Wieder dröhnte ein Schuss und eine neue Portion Schrot klatschte mit einem widerlichen schmatzenden Geräusch in den Pferdebauch.

»Meine Herren!«, schrie T. »Ich mahne nochmals zum Aufhören!«

Zur Antwort dröhnten Revolverschüsse aus dem Gebüsch.

»Ausgezeichnet!«, dachte T. »Das heißt, sie haben die Gewehre nicht nachgeladen. Jetzt nicht zaudern ...«

Er zog ein paar Wurfmesser unter dem Hemd hervor und fächerte sie in der Hand auf.

»Meine Herren!«, schrie er. »Ich erinnere Sie daran, ich bin gegen Gewalt! Ich will niemandem etwas Böses! Ich sehe nur Sträucher, ich wiederhole, nur Sträucher! Ich werfe jetzt Messer in die Sträucher! Die Messer sind sehr scharf, wenn sich also jemand in den Sträuchern versteckt, soll er bitte bis drei herauskommen, damit ich niemanden verletze! Eins! Zwei!«

T. zwang sich, eine kurze Pause zu machen.

»Drei!«

Damit richtete er sich leicht auf und begann, die Messer zu werfen, wobei er sich nach jedem Wurf ein Stück drehte. Das vierte Messer traf jemanden, wie an einem schmerzerfüllten Schrei zu erkennen war. Voller Selbstverachtung verzog T. das Gesicht und warf zwei weitere Messer in diese Richtung, und der Schrei ging in ein Röcheln über.

Aus den Sträuchern wurde wieder geschossen und T. verkroch sich hinter dem Pferd. Sobald der Beschuss aufhörte, warf er wieder einige Messer. Dieses Mal traf er gleich zwei. Nach jedem Schmerzensschrei schleuderte er zwei weitere scharfe Messer in die Richtung.

Wieder knallten die Revolver aus dem Gebüsch, aber die Schüsse wurden seltener. T. folgerte daraus, dass noch drei übrig waren.

»Meine Herren!«, schrie er. »Ich schlage jetzt zum letzten Mal vor, dass wir Schluss machen! Genug gelitten und geblutet!«

»Heuchler!«, schrie Knopf zur Antwort.

T. zog einen weiteren kalten Stahlfisch aus der Tasche, legte ihn auf die Handfläche und schleuderte ihn in Richtung der Stimme. Knopf heulte auf.

»Schuft! Sie haben mir die Wade durchbohrt! Das werden Sie mir büßen!«

»Ich sage es noch einmal«, antwortete T., »es wäre vernünftiger, wenn Sie aus dem Gebüsch herauskämen!«

»Wenn wir herauskommen«, erklang die Stimme des einen von Knopfs Gehilfen, »garantieren Sie dann für unsere Sicherheit?«

»Verräter! Feiglinge!«, zischte Knopf.

Zur Antwort erklangen derbe Schimpfworte.

»Ich werde Ihnen nichts tun!«, rief T.

»Versprochen?«

»Versprochen. Ich tue sowieso niemandem etwas. Wenigstens versuche ich es ... Die Menschen fügen sich in ihrer Unvernunft selbst Schaden zu.«

»Solange Sie noch Messer haben, fürchten wir uns!«, verkündete Knopfs Gehilfe. »Werfen Sie sie alle auf die Straße! Aber keine Tricks!«

Nur Augenblicke später flog die Weste mit den restlichen Wurfinstrumenten hinter dem Leichnam des Pferdes hervor und landete mit einem schweren Klirren auf der Straße.

»Und die Stilette? Sie haben doch sicher noch Stilette?«

»Stimmt, meine Herren«, antwortete T., während er sich das staubige, schmutzige Hemd mit Mühe und Not über den bloßen Körper streifte. »Sie sind erstaunlich gut informiert. Aber dann werfen Sie bitte auch Ihre Revolver auf die Straße. Und vergessen Sie nicht, Knopf den Revolver wegzunehmen.«

Im Gebüsch kam es zu einem hastigen, von Klagen und Schluchzen untermalten Kampf.

»Verräter! Dummköpfe!«, murrte Knopf. »Ihr werdet alle sterben! Ihr kennt diesen Mann nicht. Meint ihr, der würde jemanden lebendig davonkommen lassen?«

Einer der Gehilfen schrie:

»Ich werfe jetzt die Revolver raus, Graf!«

Einer nach dem anderen polterten drei Smith-&-Wesson-Polizeirevolver auf die Straße.

»Darf ich Sie daran erinnern, meine Herren, dass Sie noch Gewehre haben!«, rief T.

Zwei Gewehre fielen neben den Revolvern in den Staub.

»Ob sie es wirklich ernst meinen?«, überlegte T. »Schwer zu glauben ... Aber ich muss mein Wort halten.«

T. hakte den Beutel mit den Stiletten von der Hose los und warf ihn auf die Straße.

»Kommen Sie jetzt heraus!«, rief er. »Ich tue Ihnen nichts, Ehrenwort!«

Die beiden Kompagnons von Knopf wanden sich aus dem Gebüsch hervor. Sie hatten die Hände vor der Brust ausgestreckt, um zu zeigen, dass sie unbewaffnet waren. Aber diese Pose, die T.s Argwohn hätte zerstreuen sollen, ließ ihn die Stirn runzeln – allzu sehr wirkten die auf ihn zukommenden Detektive wie zum Angriff bereite Boxer.

»Woher sind die bloß?«, dachte er. »So viele von denen habe ich schon gesehen – und alle sehen sie gleich aus, als hätte man sie in einer zwielichtigen Zuchtfarm aus grauem Lehm modelliert ... Man müsste mal mit ihnen reden, vielleicht haben sie doch einen Funken von Bewusstsein ...«

Die Detektive waren beide kräftige, schnauzbärtige Männer, zwischen dreißig und vierzig Jahre alt, mit den fleischigen, teigigen Gesichtern von Wurst- und Bierliebhabern, aber der eine hatte abstehende Ohren und der andere Koteletten. Beide trugen sie – eine Anspielung auf gefährliche Abenteuer und eine sportliche Lebensweise – karierte Anzüge, ähnlich wie die liberalen Petersburger Advokaten, wenn sie sonntags mit dem Auto eine Spazierfahrt auf die Inseln unternahmen.

»Kommen Sie auch hervor, Graf!«, sagte der Detektiv mit den Koteletten.

»Die hecken offensichtlich etwas aus«, überlegte T. »Aber man sollte den Menschen auch dann glauben, wenn sie beinahe mit Sicherheit lügen. Ich muss ihnen eine Chance geben ...«

T. erhob sich hinter dem toten Pferd und zeigte den Detektiven seine leeren Hände. Sofort zogen beide eine kleine Derringer aus dem karierten Jackett und zielten mit der Waffe auf T.

»Hände hoch, Graf!«

»Meine Herren«, seufzte er und hob die Hände, »ich komme Ihrer Forderung natürlich nach. Aber wie können Sie mir noch in die Augen sehen?«

»Dazu gibt es keinerlei Veranlassung«, sagte Knopf, während er aus dem Gebüsch hervorkletterte. »Sie sind Meister im Zweikampf und müssten wissen, dass man einem tödlichen Feind beim Kampf nicht in die Augen sehen darf. Man muss vielmehr das Zentrum des Dreiecks zwischen Kinn und Schlüsselbeinen fixieren.«

Knopf trug einen ebensolchen karierten Anzug wie seine Kompagnons, nur war seiner besser genäht. T. kam plötzlich ein seltsamer Gedanke: Vielleicht vermehrte Knopf sich ähnlich wie die Meeresmollusken, indem er mit den Muschelklappen winzige Stückchen von seinem Fleisch abrupfte, die dann ihre eigene karierte Hülle ansetzten und von ihrem Erzeuger beinahe nicht mehr zu unterscheiden waren.

»Nur hat bisher keiner von ihnen lange genug gelebt«, dachte T., »um herauszufinden, ob sie am Ende genauso werden wie Knopf oder nicht. Auch die hier werden das kaum erleben ...«

Offenbar zeigte sein Gesicht einen feindseligen Ausdruck. Der Detektiv mit den abstehenden Ohren wurde nervös, fuchtelte mit der Mündung seiner kurzen Pistole in der Luft herum und sagte:

»Ich warne Sie – keine verdächtige Bewegung!«

Ohne die Hände sinken zu lassen, machte T. von dem toten Pferd aus ein paar Schritte zurück.

»Gestatten Sie, meine Herren«, sagte er, »woher soll ich bitte wissen, welche Bewegungen Sie verdächtig finden? Das hängt ganz von Ihrer Erziehung ab, von Ihrer sozialen Herkunft und Ihren Lebensumständen.«

»Wir schießen Sie ab wie ein Rebhuhn«, sagte der mit den abstehenden Ohren drohend. »Versuchen Sie es erst gar nicht.«

»Ich bin unbewaffnet und stelle keine Gefahr dar«, erwiderte T. »Die Gefahr ist in euch selbst, wie die chinesischen Weisen sagen.«

T. ging bedeutend langsamer rückwärts, als die Detektive auf ihn zukamen, und es war klar, dass er nicht entkommen würde. Doch das verächtliche Lächeln auf seinem Gesicht machte sie offenbar nervös. Die karierten Herren beschleunigten den Schritt resolut.

»Hört nicht auf ihn!«, sagte Knopf. »Es fehlte nur noch ... Stopp! Zurück!!«

Doch es war schon zu spät – der mit den abstehenden Ohren stieß mit dem Fuß an die quer über die Straße gespannte Schnur.

Im Fenster der Ziegelbaracke blitzte und krachte es und ein Schwall Schrot fegte die beiden Detektive hinweg. Der Schlag war von solcher Wucht, dass er die beiden vom Boden hochriss, bevor er sie auf die Straße schleuderte wie zwei Kegel, die von der unsichtbaren Kugel des Schicksals getroffen werden. Der Detektiv mit den abstehenden Ohren war augenblicklich tot; dem zweiten wurde der linke Arm ausgerenkt, aber er lebte noch, als er in den blutgetränkten Staub stürzte.

T. drehte sich zu Knopf um. Der hob die leeren Hände und spreizte sogar die zitternden Finger.

»Eine Reservepistole habe ich nicht«, sagte er. »Jedenfalls erschrecken Sie mich immer wieder, Graf. Qui pro quo. So oder so.«

»Wissen Sie«, sagte T., »dasselbe hat erst kürzlich ein Pferd zu mir gesagt. Das Ihnen allerdings, genau genommen, brüderlich verwandt ist, daher ist das nicht weiter erstaunlich. Aber das Pferd hat diesen Ausdruck anders übersetzt.«

»Ein Pferd?«, fragte Knopf mit geheuchelter Verwunderung

und trat ein Stück zur Seite. »Na so was ... Es ist erstaunlich, Graf, dass ein Pferd überhaupt noch mit Ihnen redet. Der Umgang mit Ihnen ist für Pferde gewöhnlich fatal.«

»Lügen Sie nicht, Knopf, nicht der Umgang mit mir, sondern mit Ihnen. Zudem ist der Umgang mit Ihnen meistens auch für Menschen fatal ...«

Knopf stand mittlerweile so, dass T. dessen beide am Boden liegenden Kompagnons im Rücken hatte. T. bemerkte es und grinste. Er zog den Strohhut vom Kopf und warf ihn, ohne sich umzudrehen, nach hinten. Der Hut segelte rauschend über die Straße, und die in der doppelten Krempe verborgene Stahlscheibe bohrte sich in den Hals des Detektivs mit den Koteletten, der auf den Ellbogen gestützt mit letzter Kraft aus seiner Derringer auf T. zielte. Einen Augenblick bevor die Klinge die Halsschlagader durchtrennte, schrie T.:

»Achtung!«

»Wahrhaftig, einen Pharisäer wie Sie hat die Welt noch nicht gesehen!«, rief Knopf aus. »Warum beharren Sie auf dieser idiotischen Konvention? Wem wollen Sie damit etwas vormachen? Oder gefallen Sie sich einfach in der Illusion, ein aufrichtiger Anhänger der Gewaltlosigkeit zu sein?«

»Wieso meinen Sie, das sei eine Illusion?«, ließ sich T. vernehmen. »Sehen Sie nicht, wie viel Anstrengungen und Risiko ich auf mich nehme, um mich anständig zu verhalten? Oder glauben Sie vielleicht, jeder ist so zynisch und gleichgültig gegenüber fremdem Schmerz wie Sie?«

Knopf schüttelte den Kopf.

»Was für ein Heuchler Sie sind! Aber gut, heute werde ich Sie entlarven. Ich habe nämlich eine besondere Attraktion für Sie. Lojko!«

Niemand antwortete. Knopf legte die Hände um den Mund und schrie noch einmal:

»Lojko!!«

T. hörte ein Lachen hinter sich und drehte sich um.

Quer über das Feld kam ein kahlgeschorener Hüne mit plattgedrückter Nase auf ihn zu – derselbe, der schon im Zigeunerlager mit ihm hatte kämpfen wollen. Er war nackt bis zum Gürtel und trug wieder die grüne Pluderhose, die er in seine weichen Tatarenstiefel gesteckt hatte.

»Ich habe ja gesagt, dass wir uns wiedersehen, Bart«, sagte der Zigeuner. »Jetzt hat die Stunde geschlagen.«

T. lächelte.

»Soweit ich mich erinnere«, erwiderte er, »benutzen Sie einen Sandchronometer und der kann nicht schlagen. Allerdings könnten die Dekadenzler das als eine Art paradoxe Metapher verwenden. Der Schlag der Sanduhr ist die Stille. Daher schlägt sie fortwährend die Ewigkeit ...«

»Quatsch nicht so viel«, unterbrach ihn der Zigeuner. »Letztes Mal hast du uns für dumm verkauft, aber daraus wird heute nichts. Wir kämpfen auf Leben und Tod ... deinen Tod.«

»Das kann ich nicht versprechen«, sagte T.

Der Zigeuner trat auf ihn zu, schwenkte die Faust, machte plötzlich eine tückische Drehung und schlug mit dem Fuß zu – so flink, wie man es bei einem derart riesigen Mann nicht erwartet hätte. T. sprang beiseite. Der Zigeuner sprang ihn an und versuchte, ihm die Faust aufs Ohr zu schlagen. T. wich ihm wieder aus, doch in der nächsten Sekunde klatschte Lojko ihm so heftig mit der Hand auf die Wange, dass T. sich vor Schmerz krümmte und ihm beide Hände in den Bauch stieß.

Der Stoß sah nicht besonders heftig aus – eher so, als wollte T. einen spielenden Jungen wegschubsen. Doch das Gesicht des Zigeuners wurde grün. Er fuhr zusammen, ging in die Hocke und schnappte keuchend nach Luft. T. wischte sich mit dem Ärmel das Blut aus dem Mundwinkel.

»Ich würde Ihnen raten, die Gewalt zu beenden«, sagte er. »Ansonsten wird es höchst betrübliche Konsequenzen haben.«

Lojko richtete sich auf. Er hielt zwei gekrümmte Messer in der Hand, die in den Stiefelschäften verborgen gewesen waren. Ohne Zeit für Worte zu verschwenden, stürzte er sich auf T.

Im Folgenden sah es aus, als würden T. und der Zigeuner einen verwegenen Tanz aufführen, bei dem T. immer wieder unter dem Arm des Zigeuners hinwegtauchte und sich so ständig hinter dessen Rücken befand. Nach zwei oder drei Tanzschritten aber hatte T. den Zigeuner fest bei den Handgelenken gepackt und die auf seine Brust gerichteten Messerklingen nur wenige Zoll vor seinem Hemd zum Halten gebracht.

Der Zigeuner war nur schwer zu halten und T.s Gesicht lief rot an.

»Sind Sie sicher, dass Sie nicht aufhören wollen?«, fragte er mit vor Anstrengung heiserer Stimme. »Es ist noch nicht zu spät ...«

»Ich schneid dich in Streifen!«, zischte der Zigeuner.

T. kniff die Augen zusammen.

»Im Matthäus-Evangelium steht geschrieben«, sprach er, und die Heiserkeit war mit einem Mal aus seiner Stimme verschwunden, »wenn dich jemand auf deine rechte Wange schlägt, so wende ihm auch die linke zu. Auch der Evangelist Lukas sagt: Halte dem, der dich auf die eine Wange geschlagen hat, auch die andere hin ...«

T. zog den Zigeuner näher zu sich heran, so dass ihre Gesichter sich beinahe berührten.

»Sie, mein Herr, hatten die Unverschämtheit, mich auf die rechte Wange zu schlagen«, fuhr er fort und streckte den Bart in die Höhe, so dass der graue Stahlbesen auf gleicher Höhe mit dem Gesicht des Zigeuners war. »Hier haben Sie auch meine linke! Und hier die rechte! Die linke! Die rechte! Die linke! Die rechte! Und hier die linke! Und jetzt die rechte!«

Furios schwenkte T. den Kopf von Seite zu Seite, und jedes Mal ritzten die Zacken des in den Bart eingeflochtenen Damaszenerstahls das Gesicht des Zigeuners von Neuem. Der Zigeuner schrie schon, aber T. rief immer wieder:

»Die rechte! Die linke! Und hier die rechte! Und hier noch mal die linke!«

Schließlich öffnete der Zigeuner die Fäuste und ließ die gekrümmten Messer fallen. Mit einem Fußtritt stieß T. ihn zurück. Heulend vor Schmerz und mit ausgestreckten Händen rannte der Zigeuner davon und stieß dabei Knopf, der ihm im Weg war, beinahe um. Als Knopf das blutüberströmte, blinde Gesicht sah, schauderte er, und er streckte die Hand nach dem im Staub liegenden Revolver aus.

T. verlor keine Sekunde und stürzte ihm entgegen, machte einen Salto und schnappte die Derringer des toten Detektivs von der Straße. Als Knopf seinen Revolver auf T. richtete, starrten ihm schon die beiden übereinanderliegenden Läufe der Derringer entgegen.

»Also deshalb nennt man Sie den Eisenbart«, flüsterte der bleiche Knopf. »Das muss ein Ende haben, ein für alle Mal. Wenn keiner die Oberhand gewinnen kann, bringen wir uns eben gegenseitig um...«

»Hören Sie, Knopf«, antwortete T., »mir ist dieses sinnlose Duell auch lästig. Aber glauben Sie mir, ich kann Ihnen etwas erzählen, was Ihre Ansicht über das Geschehen vollkommen ändern wird. Lassen Sie uns doch eine gewisse gegenseitige Toleranz an den Tag legen...«

»Toleranz?«, grinste Knopf. »Sie sind ein ganz raffinierter, brutaler Mörder, Graf. Ihr Bart trieft vor Blut, und Sie sprechen von Toleranz? Sie wollen sich doch bloß an meinem Tod ergötzen. Bestimmt haben Sie sich für mich etwas besonders Makabres ausgedacht...«

»Stellen Sie sich doch nicht dumm«, sagte T. »Lassen Sie uns alles besprechen, solange wir allein sind und nicht diese teuflischen Rollen spielen müssen. Ich wollte schon lange mit Ihnen reden.«

»Und worüber?«

»Ich will Ihnen erzählen, was ich über die Gründe unserer … nun ja … Feindschaft erfahren habe. Sehen Sie die Bank da drüben neben der Baracke? Kommen Sie, wir stecken die Revolver weg und unterhalten uns.«

XI

Während T. redete, musterte Knopf stirnrunzelnd und vor sich hinflüsternd seine roten Schuhe mit der abgerundeten Spitze, als überlegte er, ob es nicht Zeit sei, sie zur Reparatur zu bringen. Aber er hörte aufmerksam zu – als T. verstummte, sagte er sogleich:

»Also fassen wir mal zusammen. Sie und ich werden von einem Dämon namens Ariel erschaffen, der Schöpfer und Herrscher dieser Welt ist, stimmt's?«

»Er hält sich nicht für einen Dämon«, erwiderte T. »Er bezeichnet sich als wahren Menschen. Und er erschafft uns nicht allein, sondern zusammen mit einer ganzen Bande von Wesen, wie er selbst eines ist. Aber Sie haben recht, für Sie und mich ist er natürlich ein Dämon. Oder eher ein Gott, aber kein guter, sondern ein ziemlich böser, beschränkter Gott.«

»Und Sie stehen in ständigem Kontakt mit diesem Dämon?«

»Nicht gerade ständig«, sagte T. »Er bestimmt selbst, wann und in welcher Gestalt er erscheint. Aber wir tauschen uns häufig aus.«

»Und dieser Dämon hat über mich gesagt, ich sei ebenfalls seine Schöpfung, aber im Vergleich zu Ihnen nur sozusagen zweiter Güte und episodisch?«

»Ja, im Großen und Ganzen ist das richtig«, stimmte T. zu. »Aber seien Sie nicht beleidigt. Bei uns beiden wäre es absurd, von einer Überlegenheit zu sprechen. Wir sind nur Ausgeburten einer fremden Fantasie, Produkte unterschiedlicher Köpfe, deren Gedanken uns abwechselnd erfinden ...«

T. wies irgendwo in die Ferne.

»Aha«, sagte Knopf. »Verstehe. Verfolgen diese Köpfe damit ein künstlerisches Ziel?«

»Ja«, erwiderte T. »Obwohl sie gleichzeitig den künstlerischen Wert ihres Produkts stark in Zweifel ziehen. Soweit ich begriffen habe, hat ihr Ziel mehr mit kommerzieller Viehzucht als mit Kunst zu tun.«

Knopf trommelte mit den Fingern auf die Bank.

»Sagen Sie, haben diese Dämonen Ihnen auch erzählt, warum Sie sich auf dem Weg nach Optina Pustyn befinden?«, fragte er. »Und warum das auf so erbitterten Widerstand stößt?«

»Sicher«, sagte T. »Ich muss nach Optina Pustyn, um Buße zu tun und mich mit der Kirche zu versöhnen. Die Dämonen brauchen das für ihre Handlungsstrategie, die ich aber selbst nicht richtig durchschaue.«

»Und wie hat man Ihnen meine Rolle erklärt?«

»Sie intrigieren gegen mich, damit es spannender ist.«

»Damit es spannender ist«, wiederholte Knopf. »Die besten Agenten der Geheimpolizei sterben wie die Fliegen, damit es spannender ist … Das ist alles?«

T. nickte.

Irgendwo jenseits des Flusses ertönten drei laute Glockenschläge. Der Klang war melancholisch und irgendwie fragend.

Knopf war aufgestanden und ging vor der Bank auf und ab – offenbar war sein Herz übervoll.

»Sagen Sie«, fragte er. »Hat Ihnen Ihr Ariel jemals etwas über den Obelisken von Echnaton erzählt?«

»Nein«, antwortete T.

»Und über den Hermaphroditen mit dem Katzenkopf?«

»Auch nicht. Was ist das?«

»Wissen Sie«, sagte Knopf, »wie die meisten Detektive bin ich überzeugter Materialist und Atheist. Aber nach dem, was Sie mir erzählt haben, bin ich bereit, an die Existenz einer übernatürlichen Welt zu glauben. Könnte es sein, dass Sie tatsächlich von Geistern des Bösen protegiert und gelenkt werden, wie einige Petersburger Würdenträger meinen?«

»Ich?« T. machte große Augen. »Geister des Bösen? Sind Sie noch bei Verstand?«

»Na schön«, sagte Knopf. »Möchten Sie nicht vielleicht einmal meine Version der Geschichte hören?«

»Da bin ich gespannt.«

Knopf setzte sich auf die Bank.

»Im Jahre achtzehnhunderteinundsechzig«, begann er, »ja, ja, Graf, genau in dem Jahr, als die Leibeigenen befreit wurden, fand man in Ägypten nahe dem alten Theben ein merkwürdiges Grab. Anfangs glaubten die Archäologen, es handele sich um die Grabstätte eines Priesters oder vielleicht auch eines Pharaos, weil die Pharaonen nicht selten heimlich bestattet wurden – aber stellen Sie sich die Verblüffung der Grabungsarbeiter vor, als sie in dem gewaltigen Sarkophag der Grabkammer einen in Einzelteile zerschlagenen Obelisken fanden. Die Bruchstücke waren mit Bitumenöl eingerieben und mit Leinwandbinden eingewickelt wie eine Mumie. Es waren nur noch Fragmente erhalten, aber das wenige, was die Ägyptologen entziffern konnten, reichte aus, dass der Vatikan intervenierte. Der Obelisk wurde beiseitegeschafft und die Entdeckung blieb der Menschheit auf ewig verborgen...«

»Und das war der Obelisk von Echnaton?«

»Ganz genau. Die Säule des abtrünnigen Pharao, der die Hauptstadt in die Wüste verlegt und als Erster versucht hatte, die Vielgötterei abzuschaffen. Die Priester zerschlugen den Obelisken, nachdem sie die alte Ordnung wiederhergestellt hatten, was nach Echnatons Tod sehr schnell geschah. Und die heimlichen Anhänger des Pharaos begruben die Fragmente.«

»Was stand auf dem Obelisken?«

»Die Bedeutung der Inschrift war ungeheuerlich. Aus dem, was die Archäologen entziffern konnten, ging hervor, dass Echnaton anders war als die anderen irdischen Herrscher, die sich vor einer bestimmten Gottheit verneigten, weil sie von ihr Unterstützung erhofften. Echnaton hingegen war ein Fanatiker, das heißt, er träumte vor allem davon, seinem Gott einfach so zu Diensten zu sein. Und der Gott gab ihm die Möglichkeit.«

»Welcher Gott?«, fragte T.

»Dieser Gott war ursprünglich der Hermaphrodit mit dem Katzenkopf. Doch es galt als böses Omen, ein Bild von ihm zu sehen, und dieser Aberglaube war so stark, dass er auf den Fresken oder Basreliefs nie in seiner wahren Gestalt abgebildet wurde. Stattdessen wurde er als Scheibe mit vielen Armen dargestellt – das bedeutete, dass dieser Gott allmächtig und blendend schön war und nur der strahlende Glanz der Sonnenkorona eine Vorstellung von ihm geben konnte. Später erstreckte sich der Aberglaube auf jegliche Nennung seines Namens, weshalb er in Inschriften keine Erwähnung mehr fand und sämtliche schon existierenden Inschriften zerstört wurden. Man verehrte ihn, ohne ihn direkt beim Namen zu nennen – ebenso wie man die Pharaonen nicht mit ihrem richtigen Namen, sondern mit verschiedenen magischen Titeln nannte.

Um also den verbotenen Namen nicht aussprechen zu müssen, wurde dieser Gott als ›unsere Sonne‹ bezeichnet und in Form der Sonnenscheibe abgebildet, denn der Vergleich mit der Sonne war für einen Menschen der Antike die höchste Form des Lobes. In Tat und Wahrheit aber war der Hermaphrodit mit dem Katzenkopf der unheimlichste unter den Göttern ...«

»Woher wissen Sie das alles?«, fragte T. und musterte Knopf misstrauisch.

»Von denen, die mich hinter Ihnen hergeschickt haben«, erwiderte Knopf. »Darf ich fortfahren?«

T. nickte.

»Zum Zeichen seiner Ergebenheit schwor Echnaton, dem Hermaphroditen eine gewaltige Anzahl Seelen als Opfer zu bringen, die größte Zahl, die man jemals mit ägyptischen Schriftzeichen geschrieben hatte. Man hat mir die Zahl genannt, aber ich erinnere mich nicht mehr – ich weiß nur noch, es war eine ungerade Zahl ...«

»Aber wie konnte man ihm Seelen opfern?«, fragte T.

»Das war ebenso unglaublich wie entsetzlich. Damit ihnen so viele Seelen wie möglich ins Netz gingen, entschlossen sich Echnatons Priester, die Doktrin des Monotheismus zu verkünden. Ihr Plan lief darauf hinaus, den Hermaphroditen mit dem Katzenkopf zum einzigen Gott und alle anderen Götter zu Dämonen zu erklären. Aber da man das wahre Bild des Hermaphroditen verbergen musste, beschloss man, die Menschen in eine Falle zu locken, wobei man einen unsichtbaren Götzen immaterieller Natur als Köder benutzte ... Ich sage Ihnen ganz ehrlich, Graf, dass ich den Sinn dieser Worte selbst nicht verstehe.«

»Das ist doch ganz einfach«, schmunzelte T.

»Einfach?«, fragte Knopf stirnrunzelnd.

»Natürlich. Was glauben Sie, was ein Götze ist?«

»Eine Statue, die die Naturvölker mit Fett einrieben, damit sie ihnen Glück im Krieg oder bei der Jagd brachte ...«

»Stimmt, aber warum muss es unbedingt eine Statue sein? Ein Götze kann alles Mögliche sein. Man kann den Menschen sagen: Euer Gott ist dieser angemalte Baumstumpf hier. Einen solchen Götzen zu schaffen ist nicht schwer, aber man kann ihn auch leicht wieder abschaffen – so ein Gott kann mit der Zeit leicht verschwinden. Wenn man aber ein abstraktes Gedankengebilde zum Götzen erklärt, etwa die Konzeption eines körperlosen Gottes als Individuum, dann gibt es keine Möglichkeit, diesen Götzen zu zerstören, selbst wenn man eine ganze Armee einsetzt. Es gibt nur ein Mittel, ihn loszuwerden – man muss aufhören, an ihn zu denken. Aber für die meisten Menschen ist das vollkommen unrealistisch.«

»Möglich«, sagte Knopf. »Möglich ... Sie sind außergewöhnlich klug, Graf.«

»Was also machten Echnatons Priester?«

»Sie schickten einen jungen Priester zu den alten Hebräern, einem wilden Nomadenvolk, dessen scharfe praktische Auffassungsgabe mit einer rührenden Naivität in spirituellen Fragen einherging. Die Aufgabe des Priesters bestand nun darin, dem jungfräulich reinen Geist der Hebräer den immateriellen Götzen des Hermaphroditen einzupflanzen und ihnen die Verneigung vor allen anderen Göttern zu verbieten. Der Priester hieß Moses. Es wurde prophezeit, dass die Lehre des Monotheismus sich durch die alten Hebräer in der ganzen Welt verbreiten und viele Ableger bilden werde – und alle mit seiner Hilfe gefangenen Seelen würden in einen von ägyptischen Magiern geschaffenen schwarzen See der Finsternis eingehen und vom Hermaphroditen verschlungen werden ...«

Während Knopf redete, stieg wie zur Bekräftigung seiner entsetzlichen Worte ein schmerzerfüllter Schrei über dem Feld auf, der anschwoll und bald nicht mehr zu überhören war. T. hob schließlich den Blick.

Schreiend und mit ausgestreckten Armen, das blutüberströmte Gesicht in den niedrigen, grauen Himmel erhoben, kam der blinde Zigeuner Lojko über das Feld gerannt. Auch Knopf richtete nun seinen Blick auf den Unglücklichen. Der Zigeuner stürmte heulend an der Bank vorbei und lief weiter ins Feld hinaus; kurz darauf war seine Stimme in der Ferne verklungen.

»Na schön«, sagte T. »Angenommen, Sie sagen die Wahrheit. Aber was hat das mit mir zu tun?«

»Er wurde prophezeit«, fuhr Knopf fort, »dass der Weltzyklus sich vollendet, wenn dem Hermaphroditen ein ›Großer Löwe‹ zum Opfer gebracht wird. In der Antike glaubten die Eingeweihten, dieses Opfer sei bereits gebracht und der Große Löwe sei der Heerführer Ari ben Galevi mit dem Beinamen ›der Löwe von Sidon‹ gewesen, den die Zeitgenossen nach seinem erfolgreichen Überfall auf die syrischen Weinberge ›Ari den Allmächtigen‹

nannten. Das erklärt auch die ständige Erwartung des Weltendes, die vielen Überlieferungen jener Jahre gemeinsam ist. Die Eingeweihten unserer Tage hingegen haben Zeichen und Hinweise verglichen und meinen, dass in Wahrheit Sie der ›Große Löwe‹ sind. Schließlich ist Lew, der Löwe, Ihr richtiger Name. Verstehen Sie jetzt, warum Sie nach Optina Pustyn gehen?«

»Nicht so ganz.«

»Die Diener des Hermaphroditen mit dem Katzenkopf müssen ihrem entsetzlichen Herrn Ihre Seele als Opfer darbringen, um den Schöpfungszyklus zu vollenden.«

»Aber wenn sich der Schöpfungszyklus vollendet, werden diese Sektierer, so muss man doch annehmen, zusammen mit allem Übrigen untergehen?«

»Sie glauben, für sie werde sich ein Korridor auftun, der in die Unsterblichkeit führt.«

»Und was ist Optina Pustyn?«

»Das weiß keiner so genau. In Russland gibt es mehrere Klöster und Einsiedeleien, die so heißen, aber sie sind nicht von Interesse, man hat sie schon oft gründlich inspiziert. Allem Anschein nach sind Sie auf dem Weg zu einem solchen Ort, ohne eine Vorstellung davon zu haben, was Sie tatsächlich erwartet. In der Terminologie der Sektierer aber ist ›Optina Pustyn‹ eine Art alchimistischer Geheimausdruck, so wie die Wörter ›Blei‹ oder ›Quecksilber‹, die auch eine andere, verborgene Bedeutung haben.«

»Und wofür steht dieser Ausdruck genau?«

Knopf wurde ernst.

»Wir vermuten«, sagte er, »dass es jeder beliebige Ort sein könnte, an dem der Große Löwe dem Hermaphroditen mit dem Katzenkopf geopfert wird. Der Plan der Sektierer besteht darin, Sie auf eine sinnlose Reise zu schicken und Sie unterwegs zu opfern.«

»Aber warum schicken sie mich ausgerechnet nach Optina Pustyn? Sie hätten mich doch einfach nach Sarajsk oder sonst wohin schicken und mir dort in einem Wäldchen auflauern können, und fertig.«

»Sehen Sie, Graf, diese uralten Rituale verlangen ein bestimmtes Maß an Theatralik, eine Art freudige Teilnahme des Opfers – wenn auch nur der Form halber.«

T. fing an zu lachen.

»Dann verstehe ich aber die Logik Ihrer Handlungen nicht, Knopf. Warum versuchen Sie, mich zu vernichten, wenn mich dort, wohin ich unterwegs bin, ohnehin der Tod erwartet? Lassen Sie doch andere die schmutzige Arbeit verrichten.«

»Eine vernünftige Überlegung, Graf«, erwiderte Knopf. »Wenn es nach mir persönlich ginge, würde ich das auch tun. Aber die Anordnungen bei der Geheimpolizei treffe nicht ich. Die höheren Würdenträger sind empfänglich für seltsamen Aberglauben – und einige von ihnen nehmen diese ganze Geschichte mit Prophezeiungen, Opferungen und Weissagungen in höchstem Maße ernst.«

»Und warum müssen Sie mich umbringen?«

»Meine Aufgabe ist nicht, Sie umzubringen, sondern Sie aufzuhalten. Sie dürfen Vater Warsonofi nicht in die Hände fallen.«

»Wer ist das?«

»Das ist ein Abgesandter der Sekte, der Ihnen auf der Spur ist. Aber wenn es keinen anderen Weg gibt, Sie aufzuhalten, muss ich Sie umnieten.«

T. wurde nachdenklich.

»Nun?«, fragte Knopf. »Was sagen Sie?«

»Das hört sich alles ziemlich abstrus an«, sagte T. »Aber nehmen wir einmal an, Sie sagen die Wahrheit. Dann bedeutet das, dass Sie mit denen, die mich opfern wollen, unter einer Decke stecken. Denn Sie waren es, der mich nach Optina Pustyn geschickt hat.«

»Ich?«, fragte Knopf überrascht.

»Natürlich. Sie haben mir doch im Zug erstmals davon erzählt.«

»Sie hatten vorher noch nie davon gehört?«

T. wurde verlegen.

»Offen gestanden«, sagte er, »kann ich diese Frage nur schwer beantworten. Es ist nämlich so, dass ich nach unserem Zusammenstoß – entweder infolge der Gehirnerschütterung oder durch den Sprung in den Fluss – so eine Art Gedächtnisverlust erlitten habe. Das Einzige, an das ich mich erinnere, ist unsere Unterhaltung im Zug und das, was Sie über Optina Pustyn gesagt haben.«

»Hören Sie auf damit«, sagte Knopf. »Schieben Sie die Schuld nicht anderen in die Schuhe. Als ich Optina Pustyn erwähnte, war das ein Versuch, Sie aufzuhalten, ohne Gewalt anzuwenden. Ich wollte Ihnen zu verstehen geben, dass wir alles wissen ...«

»Wer ist ›wir‹?«

»Die Polizeiobrigkeit.«

»Und woher hatte die Polizeiobrigkeit Kenntnis davon, dass ich auf dem Weg nach Optina Pustyn bin?«

»Anscheinend von Konstantin Petrowitsch Pobedonoszew, dem Oberprokurator des Synods.[33] Jemand wie er redet nicht einfach aufs Geratewohl daher, wie Sie sich vorstellen können.«

T. blickte Knopf misstrauisch an.

»Pobedonoszew?«

Knopf nickte.

»Infolge seiner beruflichen Verpflichtungen ist er gut informiert über alle fanatischen Sekten, auch über die Sekte der Eingeweihten des Hermaphroditen mit dem Katzenkopf. Sie müssen begreifen, dass das eine delikate Angelegenheit ist. Wenn diese Information an die liberale Presse durchsickert, kann das ernsthafte Komplikationen für die geistlichen Institutionen unseres Vaterlands nach sich ziehen.«

»Aber woher kommt der Ausdruck ›Optina Pustyn‹?«

»So ganz genau kann ich das nicht beantworten. Soweit ich gehört habe, hat das mit den Werken von Fjodor Michailowitsch Dostojewski zu tun, der eine der höchsten Weihen in der Hierarchie des geheimen Kults besaß. Offenbar hat er diesen Terminus in seiner besonderen mystischen Bedeutung erstmals verwendet … Nur hat er, wenn ich mich richtig erinnere, nicht nur von Optina Pustyn gesprochen, sondern von ›Optina Pustyn Solowjow‹. Sie kannten doch Dostojewski, Graf?«

T. griff sich an den Kopf.

»Ich erinnere mich nicht, das habe ich doch gesagt … Ich habe mich gestoßen, als ich von der Brücke gesprungen bin.«

»Ihr Gedächtnisverlust«, sagte Knopf sanft, »hat vermutlich nichts mit dem Aufprall auf dem Wasser zu tun. Sie sind nicht so heftig aufgeschlagen. Und die Gehirnerschütterung kann auch nicht die Ursache sein.«

»Aber was denn sonst?«

»Vermutlich hat man Sie mesmerisiert.«

»Ist denn so etwas möglich?«

»Und ob. Kürzlich haben Verbrecher in Petersburg den Direktor einer Bank hypnotisiert. Er hat zuerst eine Stenotypistin vergewaltigt und dann den gesamten Vorrat an Goldimperialen[34] aus dem Tresor mitgenommen … Die ganze Sache wäre ans Licht gekommen, deshalb hat er sich nach dem ersten Verhör aus dem Fenster gestürzt.«

»Sie haben für alles eine Erklärung, wie ich sehe«, sagte T. »Aber Ihre Geschichten sind so haarsträubend, dass man sie nicht unbesehen glauben kann. Haben Sie Belege für die Richtigkeit Ihrer Worte?«

»Habe ich.«

»Nämlich welche?«

»Zum Beispiel das Opferamulett, das Sie tragen, Graf.«

»Verzeihung?«

»Was glauben Sie denn, was Sie da am Hals haben?«

»Das hier?« T. betastete die kleine Kette mit dem winzigen Goldmedaillon in Form eines Buches. »Das hat mir die Fürstin Tarakanowa geschenkt, bevor sie von Ihren Banditen umgebracht wurde.«

»Warum tragen Sie es?«

»Zur Erinnerung an die Fürstin. Obwohl das Ding sehr unbequem ist, es kratzt auf der Brust.«

Knopf fing an zu lachen.

»Wissen Sie denn nicht, dass die Tarakanowa Sie umbringen wollte? Die Verstorbene war eine rücksichtslose Abenteurerin, die höchst gefährliche Aufgaben für die Sektierer erledigte. Sie selbst glaubte an überhaupt nichts, aber anderen konnte sie den Kopf verdrehen – sehen Sie, Ihnen hat sie sogar das Opferzeichen umgehängt. Sie hat Ihnen ein Schlafmittel in den Wein gemischt. Wenn ich nicht gewesen wäre, wäre die Opferung schon vollzogen worden.«

T. winkte ab.

»Hören Sie doch auf. Die Fürstin Tarakanowa – eine gefährliche Frau? Das ist Unsinn.«

»Na schön. Dann sagen Sie doch, was sich in dem Amulett befindet?«

»Nichts, nehme ich an. Es ist nur Tand, ein symbolisches Buch des Lebens.«

»Bei dem Petersburger Bankier war es auch so«, sagte Knopf. »Man fragte ihn: ›Was ist das für ein Schlüssel an Ihrer Uhrenkette?‹ Und er sagte: ›Damit kann man die Spieluhr der Ewigkeit aufziehen.‹ Dabei war es der Schlüssel zu dem leeren Tresor ...«

»Meinen Sie, in dem Amulett ist etwas versteckt?«

»Ganz genau«, bestätigte Knopf. »Nach unseren Informationen befindet sich darin ein goldenes Plättchen mit dem geheimen Namen des Hermaphroditen. Die Eingeweihten glauben, dass man durch seinen Namen mit ihm in Kontakt treten kann. Ein Uneingeweihter, der es wagt, den Namen zu lesen, muss sterben.«

»So ein Blödsinn«, sagte T. »Warum sollten sie sich so ins Zeug legen, nur um ein Opfer zu bringen?«

»In den alten Kulten wurde das Opfertier mit der Symbolik derjenigen Gottheit geschmückt, der das Opfer dargebracht wurde.«

»Das Opfertier? Besten Dank ...«

»Der Große Löwe.« Knopf breitete die Arme aus. »Man hat Sie sozusagen ... geschmückt.«

»Sie fantasieren, Knopf.«

»Dann öffnen wir doch das Amulett. Haben Sie denn keine Angst?«

T. nahm den Anhänger vom Hals, musterte ihn und verspürte einen Anflug von Unsicherheit.

»Na schön«, sagte er. »Von mir aus. Wir brauchen etwas Scharfkantiges ...«

»Hier.« Knopf hielt ihm ein bräunlich gesprenkeltes Wurfmesser hin. »Eins von ihren.«

»Vielen Dank«, sagte T., nahm das Messer und setzte die Spitze am Rand des Buchanhängers an. »Versuchen wir es hier. Nein, das hat keinen Zweck. Es gibt nicht nach – ich habe Ihnen doch ...«

Plötzlich sprang das Amulett mit einem Knacken auf und ein ziehharmonikaförmig gefaltetes Stück feinen Blattgolds fiel auf die Bank.

Knopf nahm die goldene Ziehharmonika mit Daumen und Zeigefinger, schwenkte sie behutsam in der Luft und sie entfaltete sich zu einem glänzenden, mit winzigen Zeichen übersäten gelbgrünen Blatt.

»Mit Verlaub«, flüsterte T. erstaunt, »aber wie ...«

»Der geheime Name des Hermaphroditen«, sagte Knopf; er hob den Goldstreifen ehrfürchtig hoch und hielt ihn gegen das Licht. »Sie sind denen so wichtig, dass man Ihnen keine Kopie, sondern das Original gegeben hat, ein altägyptisches Artefakt. Ein Hauch der Ewigkeit.«

»Lassen Sie mal sehen.«

»Sachte«, bat Knopf.

T. nahm das kleine Blatt zur Hand. Die winzigen Zeichen – Vögel, Augen, Kreuze, Figürchen von Menschen und Tieren – waren deutlich zu erkennen, ausgeführt mit raffinierter Präzision und winzigen, kaum wahrnehmbaren Besonderheiten, die es ohne die jahrhundertealte Tradition einer solchen Schrift nicht hätte geben können. Es war auf den ersten Blick zu erkennen, dass es sich tatsächlich um eine sehr alte und zweifellos originale Arbeit handelte.

»Was steht hier?«, fragte T.

»Das kann ich nicht sagen. Jetzt geben Sie es mir bitte wieder ... Ja, das Medaillon und das Blatt. Wir legen alles sorgfältig wieder zusammen, so wie es war, offensichtlich ist es ein wertvolles Stück ... Sehen Sie, so. Sind Sie jetzt überzeugt?«

T. war völlig fassungslos.

»Ich ... Ich weiß nicht, was ich sagen soll«, murmelte er. »Ariel hat nichts davon gesagt.«

»Fragen Sie ihn bei Gelegenheit. Das heißt, wenn er sich Ihnen jetzt überhaupt noch zeigt.«

»Gut«, sagte T. »Aber wer, glauben Sie, ist dann Ariel?«

»Ich weiß es nicht.« Knopf zuckte die Achseln. »Ich glaube nicht an Übersinnliches und kann nur vermuten, dass er eine krankhafte Halluzination ist, die auf seltsame Weise mit dem realen Geschehen korrespondiert. Vielleicht hat man Ihnen auch nur suggerieren wollen ... Sagen Sie mal, hatte das Gesicht dieses Ariel nicht etwas Katzenhaftes?«

»Nein«, erwiderte T. und kratzte sich nachdenklich den Bart. »Ich verstehe, worauf Sie hinauswollen ... Nein, ganz bestimmt nicht ... Sie haben mich ganz durcheinandergebracht. Au, zum Teufel!«

»Was ist denn?« Knopf war zusammengezuckt.

»Ich habe mich in die Hand geschnitten ... Warten Sie ... Aber wenn das stimmt und man mich wirklich mesmerisiert hat, dann heißt das doch, dass ich in Wahrheit ein ganz normaler lebendiger Mensch bin?«

»Ja, natürlich.«

»Und das können Sie auch beweisen?«

Knopf fing an zu lachen.

»Sie sind aber wirklich ziemlich durcheinander! Ich habe noch nie einen Menschen gesehen, der einen Beweis dafür verlangt, dass er ein lebendiger Mensch ist. Die meisten Menschen, Graf, halten das für selbstverständlich ... Sie haben sich doch gerade eben an Ihrem Bart geschnitten. Reicht Ihnen das nicht als Beweis?«

»Stimmt ... Und wie geht es jetzt weiter?«

»Sie sollten nach Jasnaja Poljana zurückkehren«, erwiderte Knopf. »Wieder zu sich kommen, über alles nachdenken. Ich werde mich glücklich schätzen, Ihnen persönlich Geleitschutz zu geben. Und was dieses goldene Blatt angeht: Das müssen wir zu den Akten nehmen. Es kommt nicht alle Tage vor, dass einem einfachen Polizeiagenten der geheime Name des Hermaphroditen mit dem Katzenkopf in die Hände fällt.«

Knopf drehte den Anhänger an der Kette hin und her. T. schwieg finster.

»Was ist?«, fragte Knopf. »Glauben Sie immer noch, ich will Sie übers Ohr hauen? Oder warten Sie vielleicht auf Nachricht von Ihrem Ariel? Na kommen Sie, wir rufen ihn, soll er zwischen uns vermitteln ...«

Knopf sprang von der Bank hoch, legte die Hände trichterförmig an den Mund, tänzelte auf der Stelle und rief:

»Ariel! Ariel!«

»Es reicht, hören Sie auf mit dem Theater«, sagte T. mürrisch.

»Ariel!«, rief Knopf noch lauter. »Geh zum Teufel, Ariel, hörst du? Strafe mich für diese Worte, wenn du existierst!«

»Na schön«, sagte T. »Wie Sie wollen. Kehren wir nach Jasnaja Poljana zurück.«

»Ausgezeichnet!«, strahlte Knopf. »Ich freue mich, dass Sie imstande sind, vernünftigen Argumenten Folge zu leisten. Glauben Sie mir, ungeachtet all unserer ... hm ... Missverständnisse war und bin ich stolz auf die Bekanntschaft mit einem so hervorragenden Menschen ...«

Er lüpfte höflich seine Melone, beugte die Knie und neigte den Kopf, wobei er einen Moment lang aussah wie ein Mime: Nur Kopf und Rumpf bewegten sich, während der Hut, den er an der Krempe festhielt, genau an der Stelle in der Luft hängenblieb wie zu Anfang der Verbeugung. Es war eine clowneske und zugleich elegante Bewegung, und so schwer es T. auch ums Herz war, musste er doch lächeln. Knopf zog eine Breguet aus der Tasche, ließ sie melodiös klingeln und sagte:

»Wenn wir den Acht-Uhr-Zug erreichen wollen, müssen wir uns beeilen. Ich warne Sie, ich gehe ziemlich schn...«

Unvermittelt erklang ein Schuss.

Einen Sekundenbruchteil vorher hatte T. eine Kugel auf einen Körper klatschen gehört. Knopf schwankte, blickte an T. vorbei, richtete dann seine gebrochenen Augen auf ihn und sackte zusammen.

T. drehte sich um.

Von den Trümmern der Ziegelbaracke her kamen schnellen Schrittes ein paar Männer auf ihn zu, allen voran ein mittelgroßer Geistlicher mit einem Nagant-Revolver in der Hand. Ihm folgten in großer Eile fünf Mönche mit Gewehren – zwei hielten die Waffe gezückt, die Übrigen waren mit Gepäck beladen und sahen aus wie Soldaten auf dem Marsch: Der eine Mönch trug ein zusammengelegtes Armeezelt aus heller Plane, der andere zwei Projektionsscheinwerfer und der dritte schleppte eine geräumige, mit einem Kreuz bestickte Tasche und einen Phonographen mit vernickeltem Trichter.

T. erkannte den Geistlichen. Es war der alte Jude mit der Warze auf der Nase, den er in Kowrow auf der Straße angesprochen hatte, nur dass er jetzt nicht mehr sonderlich nach einem alten Juden aussah, weil er keinen Kaftan mehr trug, sondern eine schwarze Kutte. Die Warze war offenbar auch nicht echt gewesen, jedenfalls war sie nicht mehr da.

Der Geistliche trat zu Knopfs Leiche, zog ihm das goldene

Amulett aus der Hand, musterte es aufmerksam und steckte es in die Innentasche seiner Kutte.

»Dieser Gegenstand gehört in Verwahrung beim Oberprokurator«, sagte er, »und nicht in unbefugte Hände.«

»Sind Sie die Leute von Pobedonoszew?«

Der Geistliche lächelte.

»Wir pflegen uns in der Regel nicht vorzustellen«, antwortete er. »Aber Sie werden wohl kaum der Presse von unserer Begegnung berichten. Ja, ganz genau.«

»Wie heißen Sie?«

»Vater Warsonofi zu Ihren Diensten.«

»Sie sind das?«, fragte T. erstaunt. »Man hat mir Ihren Namen genannt. Sie sind es also, zu dem ich unterwegs bin?«

»Sieht ganz so aus«, bestätigte Warsonofi und spielte mit seinem Revolver.

»Und wer sind Sie in Wirklichkeit?«

Warsonofi zeigte ein breites Lächeln.

»Sie hatten eine interessante Antwort auf diese Frage, Graf. Erinnern Sie sich, Sie haben mir das in Kowrow auf der Straße erklärt. Und wissen Sie was – ich habe Ihnen beinahe geglaubt! Das hat mich eine schlaflose Nacht gekostet. Gebe Gott, dass Ihnen so etwas erspart bleibt ...«

Einer der Mönche stand über Knopfs Leiche gebeugt, wobei er mit seinem herabbaumelnden Kreuz Knopfs Jacke streifte, und durchsuchte ihn. Als er die Geldbörse fand, zog er das Geld heraus und steckte es rasch in seine Kutte. Die übrigen Mönche machten sich daran, die anderen Toten zu durchsuchen – sie gingen geschickt und umsichtig ans Werk, bemüht, sich nicht mit Blut zu beflecken.

»Was wollen Sie mit mir anfangen?«, fragte T. »Mich umbringen?«

»Wie kommen Sie denn darauf?«, fragte Warsonofi gekränkt. »Als ob ich dazu fähig wäre! Das wird Pereswet besorgen.«

Er wies mit dem Kopf auf einen der Mönche, einen großen, kräftigen Burschen mit farblosen Augen und einem sorgsam gestutzten Bärtchen.

Pereswet grinste und nahm sein Mauser-Gewehr von der Schulter. Er richtete es auf T., zielte mit Bedacht auf seinen Kopf und schwenkte den Lauf plötzlich in Richtung der Ziegelbaracke.

Auf der halb verfallenen Mauer saß ein winziges fuchsrotes Kätzchen. Als es die Menschen erblickte, miaute es kläglich und marschierte mit nervös erhobenem Schwanz über die moosbewachsenen Ziegel davon, als ob es ahnte, dass diese Begegnung nichts Gutes verhieß.

Pereswet schoss und das Kätzchen war augenblicklich verschwunden – mit solcher Wucht hatte die Kugel es weggeschleudert.

Die Mönche brachen in Gelächter aus. Warsonofi grinste ebenfalls.

»Pereswet feilt seine Kugeln mit einem Kreuz zurecht«, sagte er, »um sie vom Bösen zu reinigen. Das ist besonders gut für den Kampf gegen Fleisch. Die Kugel dringt nicht nur ein, sie reißt auch ein tüchtiges Stück heraus, so dass man mit einem Schuss ein ziemlich großes Volumen bewältigen kann.«

»Was wollen Sie von mir?«, fragte T.

»Wie alle Leute unserer Profession«, erwiderte Warsonofi, »nur das eine: Ihre unsterbliche Seele!«

Die Mönche fingen an zu wiehern wie ein ganzes Pferdegespann.

T. hob die Augen zum Himmel. Er war niedrig und grau, aber keine Erhabenheit, keine Ruhe war darin zu erkennen – fahle Wolken, tiefhängend und kalt, zogen über ihn hin und erinnerten an herbstliche Gemüsegärten, an Missernten und an gramerfülltes, jahrhundertelanges Elend. Er hatte kein Verlangen mehr, den Kampf fortzusetzen (»Mit wem auch«, dachte T., »und wozu?«). In seinem Herzen war nur eine große Müdigkeit.

»Ich suche Freiheit und Ruhe! Ich will mich vergessen und einschlafen!«[35]

Lermontows Worte, die für T. immer seltsam dissonant geklungen hatten, bekamen plötzlich einen Sinn, weil sie in Paare zerfielen.

»Natürlich. Die Ruhe ist der Schlaf. Und die Freiheit ... die Freiheit ist im Vergessen! Alles, alles vergessen, selbst den Gedanken an das Vergessen. Das ist die Freiheit ...«

Pereswet aber hatte keine Eile zu schießen.

Etwas Merkwürdiges war im Gange, als ob die Mönche sich zu einer Vorstellung bereitmachten. Zunächst nahmen sie zwei runde Seidenfächer aus der Tasche mit dem Kreuz und befestigten sie an langen Stielen, so dass die Fächer aussahen wie riesige Fliegenklatschen. Auf die Seide war ein seltsames Zeichen gemalt, eine Art verschnörkeltes, von einem Zirkelbogen durchschnittenes »M«. Die Mönche hoben die Fächer und begannen, sie gleichmäßig in T.s Richtung zu schwenken, als wollten sie irgendwelche Wellen auf ihn einfließen lassen; das hätte vermutlich lächerlich ausgesehen, wären nicht die Leichen ringsum gewesen.

Zwei andere Mönche hatten unterdessen aus derselben Tasche ein gläsern klirrendes Netz gezogen, es ausgebreitet und kamen damit nun auf T. zu. Das Netz war brüchig und von dunkelgrauer Farbe; es klirrte, weil an den Maschen Quarzkristalle befestigt waren, schön anzusehen und offenbar sehr scharf. T. erinnerte sich, dass er ein solches Netz auch auf dem Schiff der Fürstin Tarakanowa gesehen hatte, neben den toten Mönchen im Laderaum.

Die Mönche vermieden es, T. in die Augen zu sehen – sie gingen mit zu Boden gesenktem Blick, als würden sie einen See nach kleinen Fischen durchkämmen.

T. wandte sich verächtlich ab und steckte die Hände in die Taschen.

Er hatte richtig kalkuliert: Hätte er einfach nur die Hände in die Tasche gesteckt, hätte Pereswet höchstwahrscheinlich geschossen. Da er jedoch den Mördern seinen ungeschützten Rücken zuwandte, fühlte der Mönch sich nicht bedroht.

»Graf!«, rief Warsonofi. »Was machen Sie denn da? Wie Popen und Fotografen immer sagen – gleich kommt das Vögelchen, haha! Verpassen Sie es nicht!«

Ohne Warsonofis Alberei zu beachten, umfasste T. mit der Hand den kalten Konus der Bombe und überblickte das Schlachtfeld, als versuchte er angestrengt, sich an etwas Wichtiges zu erinnern.

Knopf lag auf dem Rücken und blickte mit offenen Augen in den abendlichen Himmel. Unweit von ihm schimmerte dunkel der Leichnam des Pferdes mit ölig glänzenden Löchern im Bauch. Die beiden Detektive mit ihren blutgetränkten Jacketts lagen in dem vom Schrot niedergemähten Gebüsch am Rand der Straße. Irgendwo in der Ferne erhob der blinde Zigeuner wieder sein entsetzliches Geheul.

T. hob das Gesicht zum Himmel. Direkt über ihm war ein schmaler Lichtschimmer in den Wolken.

Mit dem Daumen zerdrückte T. die Zündkapsel und drehte sich zu den Mönchen um. Pereswets Augen verengten sich – er bewegte den Gewehrlauf, aber noch ehe er auf den Abzug drückte, schleuderte T. die Bombe in die Luft und warf sich mit dem ganzen Körper zurück.

Der Schuss und die Explosion verschmolzen zu einem einzigen Knall, als T. schon am Boden lag. Er sah die Flamme nicht. Er hatte keine Schmerzen, aber ihm schwand das Licht vor Augen. Ihm war, als fiele er in eine Grube, deren Grund Hitze ausströmte. Das Merkwürdige war, dass sie zu Anfang nicht tief erschien, doch je länger er fiel, desto weiter wich der Grund zurück. Kein Abgrund konnte so tief sein.

Dann blies ihm ein Wind entgegen. Er wurde allmählich immer stärker, und bald verlangsamte sich T.s Fall, bis er schließlich ganz zum Stillstand kam.

XII

Die Realität bestand aus zwei einander entgegengesetzten Kräften.

Die eine war der Wind, gleichmäßig und beständig. Er suchte, T. zu ergreifen und aufwärts davonzutragen. In ihm war Kühle und er gab Hoffnung.

Die andere Kraft war die Schwere, eine Art erschöpfter Einklang von etwas Gewaltigem, Uraltem mit sich selbst. Sie war heiß und zermürbend und zog T. nach unten.

An dem Punkt, wo T. war, wogen die beiden Kräfte sich mit Apotheker-Genauigkeit gegenseitig auf.

Zu Anfang war das Bewusstwerden dieser eigenartigen Polarität der einzige Gedanke. Dann wurde dieser Gedanke von anderen überlagert. Es wurden mehr und mehr Gedanken, die bald nicht mehr wahrnehmbar waren – vielmehr verschwand das, was sie wahrnahm, in ihrem Strom und war selbst nicht mehr wahrnehmbar.

»Das ist natürlich kein physischer Wind, keine physische Schwere, weil ich keinen Körper habe. Eigentlich habe ich überhaupt keine Hülle mehr. Nicht einmal mehr einen Namen, den feinsten Körper, den es gibt. Die Namen, die ich trug, sind nicht die meinen, das liegt nun auf der Hand. In mir ist überhaupt nichts, das man mit einem Namen belegen könnte. Aber wer denkt jetzt daran?«

Keine Antwort.

»Der Wind und die Schwere sind unbestreitbar real, weil ich sie spüre. Also sind diese Kräfte an etwas gebunden. Angenommen, das bin ich, Graf T. ... Das wäre irgendwie logisch. Aber woher kommen dieser Wind und diese Schwere? Kann ich ihren Ursprung sehen?«

Der Ursprung war eine sich verdichtende Finsternis vor ihm. Doch war dort nicht nur Finsternis.

Je länger T. hineinstarrte, desto mehr Details konnte er unterscheiden. Anfangs erkannte er nur eine Kugel intensiver Schwärze vor einem ebenso dunklen Hintergrund. Mit der Zeit schien in der Schwärze etwas Weißliches hervorzutreten, und darin hoben sich rosa-gelbliche Punkte ab, die sich allmählich zu den Zügen eines riesigen menschlichen Gesichts verdichteten. Die Augen tauchten auf, dann die Nase, der Mund – und T. begriff, dass er Ariel sah.

Sein Gesicht sah freilich ungewohnt aus. Das rechte Auge war nur noch ein schmaler Schlitz (T. überlegte, dass das von einem Gerstenkorn kommen könnte). Die Nase war leicht angeschwollen (vielleicht ein Schnupfen, dachte T.). Die hässlich angeschwollene Unterlippe jedoch trug deutliche, schmähliche Spuren von Gewalt, die man auf gar keinen Fall mehr mit natürlichen Ursachen erklären konnte: Eine dunkle, gestrichelte Linie getrockneter Wunden war zu erkennen, zweifellos die Spuren seiner Zähne von dem Zusammenstoß mit einem festen, sich schnell bewegenden Gegenstand, etwa einer Faust.

Im Folgenden kam es zu einer Art Kettenreaktion in T.s Wahrnehmung – sobald klar war, dass Ariels Gesicht die Spuren eines Kampfes trug, verlor es die mystische Erhabenheit eines kosmischen Objekts und selbst die Schwärze verlor an Intensität und verblasste; in wenigen Augenblicken verdichtete sich die Erscheinung, und sämtliche kleinen Details bis hin zu den Poren in der ungesunden Haut waren deutlich zu unterscheiden. Ariels Augen richteten sich auf ihn und T. erkannte, dass der Demiurg ihn ebenfalls sah.

Eine Zeit lang blickten sie einander schweigend an.

»Was ist passiert?«, fragte T.

Ohne recht zu begreifen, wie, brachte er die Frage mit gewohnter Mühelosigkeit heraus.

»Mit mir?« Ariel lächelte böse. »Oder mit Ihnen?«

»Mit Ihnen«, sagte T. höflich. »Ich sehe, Ihnen ist ein Missgeschick zugestoßen.«

Ariel blinzelte, und seine Augen glitzerten feucht. T. war neugierig, ob die Tränen des Demiurgen sich von den Wimpern lösen und in den Raum hinausfliegen oder die Wangen hinunterrollen würden. Doch Ariel hatte sich bereits wieder in der Gewalt und seine geschwollenen Lippen öffneten sich zu einem schmerzverzerrten Lächeln.

»Pantelejmon will nicht zahlen, er hat abgesagt«, erklärte er.

»Das habe ich mir schon gedacht«, erwiderte T.

»Und zwar in einer für einen Südländer äußerst beleidigenden Form. Ich habe Ihnen ja gesagt, unser Krisenmanager Süleyman ist trotz seiner Londoner Politur ein Südländer geblieben, und für die ist das zweite Signalsystem eine relativ neue Installation, die häufig zu unkontrollierbaren Emotionen führt.«

»Das zweite Signalsystem?«, fragte T. »Was ist denn das?«

»Ein System der bedingten Reflexe, die an bestimmte Wörter gekoppelt sind. Im Unterschied zum ersten Signalsystem, das mit den Reaktionen des Organismus auf Hitze, Kälte und so weiter verbunden ist. Welche Assoziationen haben Sie bei dem Wort ›Ziegenbockhahn‹?«

»Dabei muss ich irgendwie an ein Priesterseminar denken«, antwortete T. »Anhand solcher Beispiele erklären sie einem im Seminar die Eitelkeit des menschlichen Verstandes. Dass der Mensch selbst mit seinem Verstand nichts Neues schaffen, sondern lediglich die Elemente dessen, was der Herr geschaffen hat, verbinden kann. Ein klassisches Beispiel ist der Flügelstier. Der Ziegenbockhahn scheint mir auch von diesem Kaliber zu sein.«

»Logisch«, sagte Ariel. »Pantelejmon ist Archimandrit, also haben Sie eine Assoziation vom Priesterseminar. Aber die Kanaken haben bei diesem Ausdruck ganz andere Assoziationen.[36] Süleyman jedenfalls vergaß auf der Stelle seine sämtlichen europäischen Attitüden und gab das Kommando, das Geschäft des Archimandriten und der Kirche mal so richtig aufzumischen. Oder wie er sich ausdrückte: ›es ihnen auf fundamentalster Ebene zu besorgen‹. Er hat wie versprochen seinen tschetschenischen Intellektuellen geschickt – ein ganz gerissener Typ. Wir haben einen Abend lang zusammengesessen und überlegt, wo ihre fundamentalste Ebene ist, und dann haben wir uns bekreuzigt und angefangen ...«

»Hm«, bemerkte T., »das habe ich gesehen.«

»Die Sache mit dem Hermaphroditen gefällt mir nicht besonders, das hat der Tschetschene eingebaut. Dafür haben wir uns aber etwas einfallen lassen, wogegen Dan Brown ganz schön alt aussieht. In unserer Version ist der Heilige Gral die Mumie von Jesus Christus, die in einer Synagoge beim Vatikan mit vermoderten Binden ans Kreuz gewickelt ist. Mit Hilfe des Grals lenken die Freimaurer der Weltregierung den Gang der Geschichte. Sie hassen übrigens die Moslems, weil die darauf nicht reinfallen. Aufhören wollten wir damit, dass die Pflichtreligion der modernen weißen Menschheit der Kult der toten Juden ist, dessen verschiedene Ableger sowohl die dumpfe Volksmasse erfassen als auch die freiheitsliebende liberale Öffentlichkeit. Der Tschetschene hat sich sogar schon den letzten Satz ausgedacht – ›Dessen bedürfen nicht die Toten, sondern die Lebendigen‹.[37]«

»Was Sie da reden«, sagte T. »Wirklich, da wird es einem angst und bange.«

»Keine Sorge«, grinste Ariel. »Es ist ja nicht so weit gekommen.«

»Und was ist passiert?«

»Süleyman hat ein paar Ausschnitte ins Netz gestellt, das mit dem brennenden Schiff und die Sache mit dem Hermaphroditen. Damit Pantelejmon begreift, dass er es ernst meint. Dann haben wir einen Online-Flashmob organisiert, damit das Ganze wahrgenommen wird. Und schon ging die Diskussion im Netz los. Zwar wurde vor allem diskutiert, warum die Popen das Kätzchen umgebracht haben, wo doch ihr Hermaphrodit einen Katzenkopf hat – aber das war mein Fehler, ich Idiot habe in der Hektik nicht aufgepasst. Dann fingen sie an, über die abrahamitischen Religionen zu streiten, und haben sich gegenseitig angegriffen. Solches Gerede wird überwacht. Eine halbe Stunde später hatten die Hardliner-Tschekisten schon Wind davon und wussten auch, wer für den Online-Flashmob verantwortlich war. Sie haben geguckt, wer Süleymans Kryscha ist, und plötzlich sehen sie, dass sie das ja selbst sind. Der Chef bei den Hardlinern ist jetzt General Schmyga. Ein unheimlicher Typ, vor dem haben sie einfach alle Angst. Ein Monster. Jeden Sonntag fliegt er zum Elbrus – vom Hubschrauber aus Schneeleoparden jagen. Die Bodyguards stellen ein MacBook Air zehn sechs[38] an den Abhang und er nimmt es mit einem Scharfschützengewehr aufs Korn. Nicht mal die Grünen können da ihre Klappe aufreißen. Und der Chef bei den Liberalen ist Oberst Urkins.«

»Komischer Name«, bemerkte T.

»Den hat er gegen Urkinson eingetauscht, damit sie ihn bei den Tschekisten aufnehmen.[39] Er kommt aus einem lettischen Schützenregiment, behauptet er. Ein cooler Typ. Angeblich hat er sich auf einem Bathyskaph in den Marianengraben hinuntergelassen, und da hätten ihn ernste Wesen instruiert, was er zu tun hat. Urkins ist ein wichtiger Mann, er wird jeden Monat nach London geschickt, um so zu tun, als würde im Kreml jetzt ein frischer Wind wehen. Aber Schmyga ist wichtiger. Der Oligarch Botwinik hat ihm noch persönlich Kampf-NLP beigebracht, bevor er starb. Deswegen hat das liberale Lager ihn auch um die Ecke gebracht, heißt es.«

»Ich verstehe nicht einmal die Hälfte von dem, was Sie sagen«, beklagte sich T. »Was ist Kampf-NLP?«

»Das weiß keiner so genau. Aber es gibt jede Menge Gerüchte. Zum Beispiel, wenn Schmyga am Telefon zu jemandem irgendwas Unverständliches sagt und drei Tage später ist der Typ ganz aufgedunsen und stirbt. So einer ist er – nur damit Sie verstehen, was für Leute dabei sind. Jedenfalls hat Schmyga sich eingeschaltet und Süleyman angerufen. Hör mal, du Kanake, sagt er zu ihm, tickst du noch ganz sauber? Deine Kreativfuzzis fallen über sämtliche ibrahimischen Religionen her. Sogar die Zoroastrier haben sie beleidigt. Süleyman hat das zuerst gar nicht kapiert – welche Zoroastrier?, fragt er. Und Schmyga sagt: Na, welche schon, fuck? Die russischen Mazdaisten. Süleyman darauf: Welche denn, General, die, die einen Dreier fahren oder einen Sechser – wir reden doch hier von den Mazdafahrern, oder nicht? Schmyga war inzwischen auf hundertachtzig. Ich meine die russischen Feueranbeter, kapiert, sagt er. Plötzlich gefällt es denen nicht, dass dein brennender Kahn untergeht, plötzlich beleidigt das ihre religiösen Gefühle. Süleyman fand, er werde zu Unrecht angemacht, und sagt: Na ja, wenn man will, kann man auch an einem Pfosten was zu meckern finden, Genosse General. Wir wissen doch, worum es geht, wir sind ja keine Kinder. Schmyga darauf: Mich kannst du damit überzeugen, Süleyman, aber bei den beleidigten Zoroastriern klappt das nicht. Süleyman kriegte Panik und dachte, Schmyga wendet schon Kampf-NLP an, weil das Gespräch irgendwie komplett abgedriftet war. Aber Schmyga ließ nicht locker: Die Zoroastrier sind ja gut und schön, aber über wen fällst du als Nächstes her – über Gott Zebaot? Bist du noch ganz dicht? Willst du den Liberalen eine Steilvorlage bieten? Urkinson hat dich doch vor Gericht in fünf Minuten besiegt und es kostet ihn nichts, dich vor den Kadi zu schleppen. Denkst du vielleicht, dass ich wegen des Extremistenartikels[40] drankomme? Von wegen, sagt er. Du bist deshalb dran, nicht ich. Dich kann man ganz einfach um die Ecke bringen – es gibt jede Menge Psychopathen in Moskau. Schwarze Witwen, Nibelungen,[41] die Kryptoonanisten von Prawaja Ru,⁴² Quarteronen aus dem Byzantinischen Klub. Die Buddhisten sind heutzutage komplett ausgetickt, bei denen muss man auch mit allem Möglichen rechnen. Und außerdem, was hast du da im Klub ›Dreizehn Huris‹ über den Islam erzählt? Keine Ahnung, sagt Süleyman. Darauf Schmyga: Klar, das weißt du nicht mehr, weil du komplett zugedröhnt warst, aber das Tonband erinnert sich. Du hast gesagt, der Islam wird die Religion der Welt, die anbricht, wenn man allen Ungläubigen den Kopf abschlägt. Wenn das wer im Internet verbreitet, dann bist du der Erste, dem sie die Kehle durchschneiden! Und zwar die eigenen Leute, damit du ihr Image nicht kaputtmachst. Damit auch alle wissen, dass der Islam tatsächlich die Weltreligion ist.«

»Und Süleyman?«

»Na was schon? Dem ist wieder eingefallen, wo er hingehört – seine ganze europäische Identität ist von ihm abgefallen wie Schuppen. Hat sich die Hose vollgemacht und alles mir in die Schuhe geschoben. Und an seinen Intellektuellen hat er nicht mal mehr gedacht, obwohl für den Hermaphroditen eigentlich die Tschetschenen verantwortlich sind. Er hat befohlen, den Text von der Seite zu nehmen und mich zu entlassen. Und nicht nur das, ich musste mich vorher obendrein noch vor der Videokamera verprügeln lassen.«

»Warum das denn?«, fragte T.

»Um es den Zoroastriern zu zeigen, wenn die eine Aussprache wollen ... Er behauptet, Schmyga hätte das angeordnet. Aber mir hat man gesagt, das stimmt gar nicht, Schmyga hat bloß gebrummt: ›Der Schwachkopf, der sich das ausgedacht hat, müsste dafür eins in die Schnauze kriegen. Eins überziehen müsste man ihm, dass ihm Hören und Sehen vergeht.‹ Er hat im Grunde bloß so vor sich hin geflucht. Aber die haben das wortwörtlich genommen. Und mir mit dem Knüppel ordentlich eins übergezogen, dass ich nur noch Sterne gesehen habe. Der eigene Sicherheitsdienst, können Sie sich das vorstellen? Früher haben sie immer den

Ausweis kontrolliert und die Hand an die Mütze gelegt ...« Ariel schluchzte auf. »Das Projekt ist beendet.«

»Endgültig?«, fragte T.

»Hmh.«

»Und der Kredit?«

Ariel blickte T. mit zusammengekniffenen Augen an.

»Wissen Sie was, Graf«, erwiderte er, »ich kann Ihnen gar nicht sagen, wie absolut scheißegal mir das ist.«

T. war beunruhigt.

»Und was wird jetzt?«

»Mit Ihnen oder mit mir?«, fragte Ariel.

»Mit Ihnen«, erwiderte T. zuvorkommend.

»Ich gehe weg von Süleyman. Aber nicht mit leeren Händen, wie die denken, sondern mit dem ganzen Material. Ich werde alles noch mal verkaufen.«

»Wohin wollen Sie gehen?«

»Ich weiß schon, wohin. Eine seriöse Organisation unter Oberst Urkins stellt eine Mannschaft für ein neues Projekt zusammen. Ein ironischer Retro-Shooter auf einer Source-Engine, er kommt in einer Version für PC und für Xbox raus. Die Konsolenversion gibt es zusammen mit einem Artbook, so wie bei der Sammleredition von World of Warcraft, wenn Ihnen das was sagt. Das Projekt soll entweder ›Dostojewskis Petersburg‹ heißen oder ›Ein Fenster nach Europa‹, das steht noch nicht fest. ›Ein Fenster nach Europa‹ finde ich nicht so gut. Dann denken alle, da geht es um die Ukraine und den Gasstreit. Aber ideologisch ist das Projekt sehr wichtig, deswegen haben sie trotz der Krise die Knete dafür aufgetrieben. Vorläufig sprudelt das Öl noch.«

»Und wieso ist es so wichtig?«, fragte T., der beschlossen hatte, sich an den Lichtblicken der wenigen Worte und Bedeutungen zu orientieren, die ihm verständlich waren.

»Sozusagen unsere Antwort an Chamberlain.[43] Die Amis haben einen Shooter für Xbox auf den Markt gebracht, der heißt ›Peterpaul‹: Vier amerikanische Matrosen – ein Schwarzer, ein Jude, ein Georgier und ein Chinese – retten die Welt vor dem doppelköpfigen russischen Imperator,[44] dem Sohn von Anastasia, der Hunnenprinzessin, und Rasputin. Wir wollen mit unserem Shooter zum Gegenschlag ausholen. Aber das alleine reicht nicht, die Amis müssen ihn ja auch noch kaufen. Deswegen gibt es zwei Versionen – eine für den Binnenmarkt und eine für den Export. Der Unterschied ist minimal, wir kehren einfach die Handlungslinie um: In der Variante für den Binnenmarkt drängt allerlei Gesindel aus Europa in Dostojewskis Petersburg und in der Exportvariante ist es umgekehrt.«

»Und wieso ›Dostojewskis Petersburg‹?«, fragte T. »Was haben Sie bloß immer mit Tolstoi oder Dostojewski?«

»Eifersüchtig?«, grinste Ariel. »Vergessen Sie's! Die wichtigste Kulturtechnologie des einundzwanzigsten Jahrhunderts ist die kommerzielle Aneignung fremder Gräber, nur damit Sie es wissen. Leichenfledderei ist bei uns das am höchsten geachtete Genre, weil es das direkte Pendant zur Erdölförderung ist. Früher dachte man, bloß die Tschekisten hätten die Dinosaurier beerbt. Aber dann hat die kulturelle Öffentlichkeit auch was gefunden, wo sie bohren kann. Also werden jetzt sämtliche lieben Verstorbenen eingespannt. Sogar der ermordete Imperator ackert wie Ihr weißes Pferd auf dem Hügel. Und man denkt besser nicht darüber nach, für wen. Wieso ist Dostojewski besser? Vor allem ist er genauso ein Dostojewski wie Sie ein Tolstoi sind.«

»Besten Dank«, knurrte T.

»Es handelt sich um ein kommerzielles Projekt«, fuhr Ariel fort. »Deshalb ist Fjodor Michailowitsch bei uns nicht so ein Weichei, nicht so ein grüblerischer Träumer, sondern ein Kämpfer. Ein gutgläubiger nordischer Riese, ein bärtiger Haudegen, der in seiner Freizeit Konfuzius liest ...«

»Aber warum ausgerechnet Dostojewski? Warum nicht zum Beispiel Turgenjew?«

»Was Sie immer zu nörgeln haben! Na gut, ich erklär's Ihnen. Der FSB[45] hat eine Insiderinformation, Oprah Winfrey wird den amerikanischen Frauen nächstes Jahr *Die Brüder Karamasow* empfehlen. Dann wird unsere Exportvariante von ›Dostojewskis Petersburg‹ automatisch als Begleitmaterial verkauft, und das erhöht unseren Umsatz mindestens um das Fünffache. Wenn wir gleichzeitig mit Xbox und PC rauskommen, können wir jede Menge Kohle machen.«

»Warum ist es für Sie so wichtig, in den Westen zu verkaufen?«

»Sonst kann man damit nichts verdienen. Bei uns werden die Spiele einfach geklaut, und das war's dann. Aber die Investitionen in diesem Business sind bedeutend höher als in der Literatur. Überlegen Sie mal, ein Buch wird von höchstens zehn Leuten geschrieben, aber der Abspann bei einem Spiel dauert mindestens fünf Minuten, und die Leute müssen alle bezahlt werden.«

»Und warum ausgerechnet Petersburg?«

»Damit können wir nebenbei auch noch den Hardlinern in den Hintern kriechen. Was meinen Sie wohl, die ganze Nordallianz[46] kommt von dort. Dafür gibt es auch mehr Geld.«

»Sind die Nibelungen auch dabei?«, erkundigte T. sich vorsichtig. »Wenn es schon eine Nordallianz ist?«

»Die Nibelungen haben damit nichts zu tun«, sagte Ariel trocken. »Die können höchstens die Usbeken auf dem Markt aufmischen. Die Nordallianz, nur dass Sie das wissen, macht mit niemandem gemeinsame Sache. Die machen alles unter sich aus.«

»Ich verstehe das trotzdem nicht«, sagte T. »Sie sagen, sie hätten Petersburg ausgesucht, um den Hardlinern in den Hintern zu kriechen. Aber Sie selbst machen doch jetzt bei den Liberalen mit.«

»Ja.«

»Und warum wollen die Liberalen den Hardlinern in den Hintern kriechen, wenn sie sich doch bekämpfen?«

»Byzanz, mein Freund«, erwiderte Ariel. »Mit dem Kopf ist das nicht zu begreifen, sondern nur mit einem mitfühlenden Herzen. Oder zur Not mit einem erfahrenen Arsch, verzeihen Sie den hässlichen Kalauer. Das verstehen Sie sowieso nicht. Wozu auch?«

»Was heißt wozu? Schließlich ist das der Grund für das ganze Durcheinander in meinem Schicksal.«

»Machen Sie sich keine Sorgen. Das hat bald ein Ende.«

»Was heißt das?«

»Nichts, es hat einfach ein Ende.«

»In welchem Sinne?«

Ariel lächelte.

»Das entscheiden Sie für sich selbst, in welchem Sinne. Ich werde an dem Shooter arbeiten, auf Grischa warten sie schon bei drei verschiedenen Projekten, und Mitjenka ist abgegangen wie eine Rakete, das hätte keiner gedacht. Er hat einen Millionenvertrag beim Fernsehen, für die Serie *Die alte Isergil*[47]. Da geht es um eine alte Nutte, die bei einem Blowjob etwas über den Menschen in Erfahrung bringt – so ähnlich wie eine Zigeunerin beim Handlesen. In jeder Folge rufen die Bullen sie an, damit sie der Leiche einen bläst und ihnen hilft. Allerdings macht sie das hinter einem Vorhang, damit die Serie nicht aus der Prime Time rausfliegt – man sieht nur ihre Silhouette. Sie brauchen mich gar nicht so anzustarren, Graf. Ich verstehe schon, das gefällt Ihnen nicht. Mir ist es auch nicht besonders sympathisch. Aber wer wird Sie jetzt erschaffen? Es gibt niemanden mehr. Gar niemanden.«

»Und was passiert nach unserer Unterhaltung?«

»Nichts, das sagte ich doch.«

»Was heißt das?«

»Sie werden schon sehen«, versetzte Ariel.

Ein paar Sekunden lang war Stille. Dann ließ Ariel sich offenbar erweichen.

»Nun ja«, bemerkte er, »eines hat mein Großvater diesbezüglich gesagt. Aber ich bin nicht sicher, ob das auch für Sie gilt.«

»Heraus damit!«

»Er sagte, dass es faktisch keinen Tod gibt. Alles, was passiert, ist, dass eine der Bühnen verschwindet, auf der die zweiundzwanzig Mächte ihre Rollen spielen. Aber dieselben Kräfte nehmen weiterhin an Milliarden anderer Vorstellungen teil. Deswegen passiert also nichts Schlimmes.«

»Sie haben nur vergessen zu fragen, was die Bühne selbst darüber denkt«, bemerkte T. »Die Bühne, die da verschwindet.«

»Egal, was sie denkt und wie sehr sie leidet, das alles machen die Mächte für sie. Es gibt sonst niemanden. Außerdem verschwindet die Bühne nicht sofort. Eine Zeit lang bleibt noch etwas zurück ... ein gewisser ... so etwas wie eine Spur im feuchten Sand oder ein Lichtreflex auf der Netzhaut des Auges.«

»Und auf wessen Auge?«

»Da muss ich passen, Graf. Außerdem ist es schließlich nur ein Vergleich. Sagen wir doch, es bleibt ein Lichtschimmer, ein mentaler Nebel. Eine Art Nachhall der individuellen Existenz. Das hält nicht lange an, aber mein Großvater sagte, es sei eine wunderbare, zauberhafte Zeit. Gerade in dieser Zeit kann der Mensch sich seinen sehnlichsten Wunsch erfüllen. Egal welchen.«

»Vollkommen egal?«

»Ja. Er kann sich alles Mögliche wünschen, weil die Beschränkungen verschwunden sind, die zu Lebzeiten gelten. Wenn Sie einen Körper haben, gibt es nur eine Realität für alle Menschen. Aber wenn Sie keinen Körper mehr haben, gibt es nur noch Ihr persönliches Universum, das niemandem im Wege ist. Es weiß ja niemand etwas darüber. Und der Geist kann jetzt nach allem Möglichen streben.«

»Das hört sich natürlich interessant an«, sagte T. »Aber Ihr Großvater sprach doch von echten Menschen?«

»Stimmt. Was mit einem Romanhelden ist, wenn das Autorenteam aufhört, ihn zu erfinden, weiß ich auch nicht. Vielleicht gilt in eingeschränkter Form für Sie etwas Ähnliches ... Obwohl

Sie überhaupt keine Wünsche haben, wenn Mitjenka und ich uns keine ausdenken. Tja, rätselhaft ...«

T. hörte plötzlich eine kalte, leblose Melodie, ähnlich wie der Gesang einer mechanischen Nachtigall. Ariel wurde sichtlich unruhig.

»Das Telefon«, sagte er und riss die Augen auf. »Ich bin momentan so schreckhaft ...«

Er drehte sich um.

Im selben Augenblick geschah etwas mit dem Gleichgewicht der Kräfte, die T. an Ort und Stelle hielten. Eine windähnliche Kraft gewann die Oberhand und riss ihn mit sich, der Kopf des Demiurgen befand sich sofort ganz weit unten.

»He!«, schrie T. »Ariel! Ariel!!«

Doch Ariel war nur noch ein Punkt. Dann war auch der Punkt verschwunden – und es gab niemanden mehr, der hätte antworten können. Daraufhin setzte die Schwerkraft aus. Einen Augenblick später legte sich der Wind wieder.

Mit verbissener Anstrengung versuchte T., dem aus dem Universum entschwindenden Demiurgen zu folgen, und irgendwie gelang ihm das auch – obwohl er begriff, dass er sich damit verausgabte und zu einer weiteren solchen Handlung nicht mehr in der Lage sein würde.

Zu Anfang hörte er minutenlang eine Stimme etwas sagen, das er nicht verstehen konnte. Dann verstummte die Stimme und durch die Schwärze trat allmählich die Silhouette eines Mannes hervor; dieser saß vor einem seltsamen Apparat, der entfernt aussah wie eine Underwood mit einem leuchtenden Schirm gegenüber dem Gesicht.

T. erkannte Ariel, der aber anscheinend nicht ahnte oder den es nicht kümmerte, dass er beobachtet wurde. Er tippte mit zwei Fingern konzentriert auf die Tastatur des Gerätes (T. dachte sich, das müsse diese Turingmaschine sein, von der er so viel gehört hatte), und in dem leuchtenden Rechteck vor seinem Gesicht erschienen

Buchstaben, als würde jemand sie von der anderen Seite darauf malen. Die Buchstaben gruppierten sich zu Wörtern, die Wörter zu Sätzen und die Sätze zu Abschnitten. T. strengte seine Augen an, und die leuchtende Oberfläche kam bis dicht vor sein Gesicht – als säße er selbst, und nicht Ariel, an der Turingmaschine.

XIII

Zugegebenermaßen war das Gesicht unter dem großen Wort *Snob* nicht mehr jung und frisch. Dafür aber war das Zeitschriftencover dank der hohen Auflösung sehr aufschlussreich: Poren, Falten, winzige Pickel, Härchen unterschiedlichen Kalibers, kaum wahrnehmbare Hautschüppchen, talgig glänzende Haut, ein dunkler, keilförmiger Bart, Krähenfüße um die Augen – das Ganze sah aus wie eine von Geheimzeichen übersäte Karte eines waldreichen Landes mit zwei kalten Seen, zwischen denen sich der längliche Gebirgskamm der Nase hinzog. Die Devise »Mit Kartoffeln halten wir uns wacker!« prangte unglücklicherweise direkt auf seiner Stirn. Das ist kein Gesicht, grinste Dostojewski, sondern das Tausendjährige Reich. An der Schwelle zu Verfall und Zerstörung.

Dostojewski spürte, wie die Begeisterung über diesen weiteren Beweis seiner Popularität der Niedergeschlagenheit wich.

»So viele Falten!«, dachte er. »Zum Glück fällt das im Spiegel nicht so auf. Sonst würde ich mich jeden Morgen ärgern ... Wie offensichtlich doch die Verbindung zwischen menschlichem Ruhm und irdischer Vergänglichkeit ist. Man strengt sich an, sich etwas vorzumachen, aber sie lassen einen ja nicht ...«

Und trotzdem wollte man sich gerne etwas vormachen. Er warf einen Blick in das Inhaltsverzeichnis, schlug die entsprechende Seite auf und sah die große Überschrift:

FJODOR DOSTOJEWSKIS TODESREGELN

Er ließ den Blick genüsslich auf den schwarzen Ecken der fetten Buchstaben verweilen, betrachtete sein Foto, das hier verkleinert (und darum nicht so deprimierend wie auf dem Cover) war, und begann im Vorgefühl diskreter und leicht verschämter Genugtuung, seine eigenen Aphorismen nachzulesen:

– Sie werden im Leben vielen Dingen begegnen, die sich als ausgezeichnete, preisgünstige Waffe eignen. Nehmen Sie eine Kiste, ein Fass oder einen Ziegelstein und werfen Sie damit nach dem Feind.

– Wenn Sie einem Feind Wodka und Wurst abgenommen haben, verschwenden Sie keine Patrone für einen Kontrollschuss – er wird sowieso bald an der Strahlung sterben.

– Always aim for the head. You will do more damage.

– Wenn einer am Boden liegt, kann man ihm leicht den Todesstoß versetzen.

– Ein Dolch richtet geringeren Schaden an, aber man kann damit sehr schnell zustoßen. Außerdem können Sie lernen, sich unbemerkt anzuschleichen und dem Feind einen Stoß in den Rücken zu versetzen.

– Vergessen Sie nicht, die Leichen zu durchsuchen, sie könnten Wodka und Wurst dabeihaben.

– Nehmen Sie nie mehr als einen Schluck Wodka, um die Strahlung zu neutralisieren, sonst riskieren Sie, betrunken zu werden und den Feinden in die Hände zu fallen.

– Versuchen Sie nicht, sämtliche Feinde zu töten, bevor Sie anfangen, die Seelen auszusaugen – eine rechtzeitig verschluckte Seele verleiht Mut und hilft, den Kampf zu Ende zu führen.

– Verfrorene Feinde zerstückelt man am besten und wartet nicht erst, bis sie auftauen.

»Hohlköpfe«, murmelte Dostojewski, als er den Fehler entdeckte, »Verfroren! Erfroren muss es heißen! Das ist doch wohl klar. Diese Stümper! Sogar hier ruinieren sie einem alles.«

Die Lust weiterzulesen war ihm vergangen. Dostojewski schleuderte die Zeitschrift in die Ecke der getarnten Grube und zog eine finstere Miene. Das Unangenehmste war, zugeben zu müssen, dass er sich selbst etwas vormachte – er sprühte vor Wut über einen harmlosen Druckfehler, nur weil er sich über seine Falten geärgert hatte.

Das subkutane Dosimeter fing an zu surren – wie immer urplötzlich. Fluchend zog Dostojewski eine Flasche Kognak aus der Tasche und nahm einen großen Schluck. Der Rest würde noch für einen weiteren Schluck reichen. Nach ein paar Sekunden wich das widerliche Surren einem leisen Geröchel und hörte dann auf, als hätte der stählerne Wurm unter der Haut sich am Alkohol verschluckt und wäre eingegangen.

Der Alkohol ging zu Ende. Außerdem hatte er vor drei Stunden das letzte Stück Wurst gegessen. Es war Zeit für einen Ausflug.

Dostojewski trat an die Feuerstellung. Vor dem Schützengraben lag ein mit Spielzeug behängter alter Weihnachtsbaum, aber die Abstände zwischen den Zweigen waren groß genug, um den gesamten Platz vor dem Schützengraben zu kontrollieren. Er setzte die Brille mit dem patristischen Visier auf und neigte sich über den Sucher.

Von Westen her näherte sich wie auf Bestellung eine Gruppe toter Seelen. Wie üblich blieben sie dicht beieinander. Die toten Seelen waren an der gelben Aureole zu erkennen, die ihre Silhouetten umgab. Dieser diffuse gelbe Schein waberte nur um die menschlichen Gestalten herum; alles andere – die Laternenpfähle, die Tauben, die Litfaßsäule mit der Reklame für das neue Buch von

Axinja Tolstaja-Olsufjewa – sah genau gleich aus, wenn man es mit unbewaffnetem Auge betrachtete.

»Ein bewaffnetes Auge«, dachte Dostojewski seufzend. »Wie das klingt ... Die Wissenschaft prescht voran. Und der Gesellschaftsgedanke – kann der vielleicht mit etwas aufwarten, was dem technischen Fortschritt gleichkommt?«

Die toten Seelen waren schon bis auf etwa hundert Meter herangekommen. Dostojewski schob die Brille hoch, hielt ein Opernglas aus Perlmutt vor die Augen und musterte sie genauer.

Vorneweg gingen drei Diebe, dahinter fünf Studenten (natürlich keine echten Diebe und keine echten Studenten, Dostojewski hatte die Zombies aus einer diffusen, ihm selbst kaum erklärlichen Assoziation heraus so klassifiziert). Den Abschluss der Prozession bildeten zwei Zombie-Gardisten in weißen Offiziersuniformen und zwei Zombie-Offiziersburschen mit dem Gepäck. Insgesamt zwölf Mann, wie es sein musste.

Dostojewski überlegte ein paar Sekunden, was er machen sollte – sie herankommen lassen und mit dem Jagdgewehr aus nächster Nähe erschießen oder die letzte Unterlaufgranate an sie verschwenden.

»Besser die Granate«, beschloss er. »Sonst rennen sie in alle Richtungen weg ...«

Der Granatwerfer war langerprobt und zuverlässig eingeschossen, so dass Dostojewski alle folgenden Handlungen, ohne nachzudenken, ausführte: Er verstellte die Kimme bis in die oberste Position, nahm das »CH« in dem riesigen roten Graffito »SATANS LOCH« an der Mauer der granitenen Villa aufs Korn und wartete, bis die toten Seelen nah genug herangekommen waren.

Unter dem »CH«, ungefähr einen halben Meter über dem Fahrdamm, war die Mauer durchsiebt mit Einschussspuren, die aussahen wie in Stein gemeißelte, gigantische Kamillen. Mit der Zeit verschwanden die alten Spuren, weil immer wieder neue Detonationen den Granit zersplitterten.

»Nichts auf der Welt ist von Dauer«, überlegte Dostojewski und seufzte, bevor er auf den Abzug drückte. »Gingen einst zwölf Zombies – und wo sind sie jetzt?«

Die Granate klatschte gegen die Wand, als sich die ganze Gruppe neben dem Wort »LOCH« befand. Fauchend quoll eine bläuliche Rauchwolke hervor – der Treibladungszünder hatte funktioniert –, und Sekundenbruchteile später lief eine Welle über die Wand und fegte die Zombies nach allen Seiten auseinander: Das Aerosol war explodiert.

»Bu-bumm!«, klang es herüber, ein angenehmer, tiefer Laut wie ein Wort aus einer strengen, prähistorischen Sprache.

Dostojewski hielt sich wieder das Opernglas an die Augen.

Alle waren erledigt, nur einer der beiden Zombie-Gardisten drehte sich auf der Stelle und ruderte mit seinem Bein in der blutbeschmierten Hose wie ein nicht ganz zerquetschtes Insekt. Man mochte sich gar nicht vorstellen, was dieser arme Kerl durchmachen würde, wäre er ein lebendiger Mensch. Ihn mit dem Jagdgewehr zu treffen war knifflig – er zappelte so herum –, aber zum Glück stand in seiner Nähe ein rotes Benzinfass.

Dostojewski legte das Jagdgewehr an, verstellte die Kimme um zwei Teilstriche, fixierte im Dioptervisier die gelbe Markierung auf dem Fass, hielt den Atem an und schoss. Das Fass verwandelte sich in einen gelben Feuerball und der Zombie-Gardist war erledigt.

»Ich verschwende meine Patronen«, stellte Dostojewski betrübt fest, als er aus der getarnten Grube kroch. »Ich breche meine eigenen Regeln ...«

Er kletterte über den Weihnachtsbaum und näherte sich der Explosionsstelle.

Von nahem sahen die Leichen schlimm aus. Besonders abscheulich waren ihre hervorquellenden Augen – als hätte ihnen jemand vor dem Tod eine große Überraschung bereitet. Der Unterdruck.

»Warum ist das Leben so billig geworden?«, überlegte Dostojewski. »Wohl deshalb, weil der Tod billig ist. Früher starben in einer Schlacht zwanzigtausend Mann und ihrer gedachte man jahrhundertelang, weil es für jeden dieser zwanzigtausend jemanden brauchte, der ihn persönlich umbrachte. Ihm mit ruhiger Hand die Gedärme herausriss. An einer einzigen Schlacht sättigte sich das gewaltige Heer aller Teufel, die dem menschlichen Geist innewohnen. Aber heute reicht ein Knopfdruck, um zwanzigtausend umzubringen. Zu wenig für ein dämonisches Gelage ...«

Die Ausbeute war nicht schlecht. Fünf Flaschen Wodka von den Studenten – zwei davon waren bei der Explosion geplatzt, aber drei waren noch heil. Die Zombie-Gardisten hatten jeder eine Flasche vornehmen Kognak und in den Taschen der Zombie-Offiziersburschen fanden sich vier lange Würste, zwei Verbandskästen und fünf Mullbinden. Die Diebe hatten weder Essen noch Alkohol, dafür aber drei Schuss für den Granatwerfer. Das war der wertvollste Fund, weil er für die nächste Zeit sowohl Wurst als auch Wodka und andere Freuden des bescheidenen nördlichen Lebens versprach. Der eine Dieb hatte zudem ein Buch dabei – *Sentenzen von Konfuzius*.

»Da haben wir etwas zu lesen«, murmelte Dostojewski und schob das Buch in die Tasche seiner Matrosenjacke.

Plötzlich verspürte er einen stechenden Schmerz im Fuß.

Einem Zombie-Gardisten, der auf unerklärliche Weise überlebt hatte, war es gelungen, unbemerkt von hinten heranzurobben und ihm die Zähne in die Stiefel zu schlagen. Natürlich hatten die Zähne das dicke Leder nicht durchbeißen können, aber die versteckte Nadel, die jeder Zombie-Gardist unter der Zunge trug, war ihm in die Ferse gedrungen.

Dummerweise hatte er das Beil in der getarnten Grube liegen lassen. Dostojewski hielt sich mit Mühe auf den Beinen und knallte dem Zombie-Gardisten mehrmals die Faust gegen die Schläfe. Der lockerte seine mit weißem Schaum bedeckte Kinnlade und rührte sich nicht mehr. Aber das Gift war bereits in die Blutbahn gelangt.

Das Atmen, jede Bewegung, fiel ihm unerträglich schwer. Rote Schatten schwammen vor seinen Augen und seine Gedanken waren wie Mühlsteine, die träge und böse in seinem Kopf herumgerollt wurden.

»Ein Verbandskasten? Oder eine Mullbinde? Nein, das reicht nicht ...«

Er musste einen Verbandskasten anbrechen. Schade natürlich, aber eigentlich war ein Verbandskasten ja für genau den Fall gedacht, wenn das Gift einer versteckten Nadel ins Blut gelangte.

»Genau so haben sie es mit Puschkin gemacht«, dachte Dostojewski. »Diese aristokratischen Nissen. Zuerst mit Pistolen und dann, als er sich nicht mehr regen konnte, mit einer versteckten Nadel in den Kopf ... Lermontow hatte ganz recht – Abschaum, arroganter ...«[48]

Die pulsierende rote Atemnot ließ allmählich nach. Nun brauchte er nur noch die Seelen auszusaugen.

Doch zuerst musste er natürlich ein Gebet verrichten.

Dostojewski suchte eine einigermaßen saubere Stelle, ließ sich auf die Knie nieder, seufzte und schloss die Augen. Der Starez Fjodor Kusmitsch[49] hatte gesagt, ein Gebet müsse man in seelischer und geistiger Sammlung verrichten und mit ganzem Herzen den Sinn jedes Wortes durchleben – sonst würde das Beten zur Sünde der Buchstabengelehrsamkeit. Doch in letzter Zeit hatte er sich nur mit Mühe konzentrieren können. So auch jetzt: Während er sich das Symbol des Glaubens ins Gedächtnis rief, ertappte Dostojewski sich immer wieder bei höchst unpassenden Gedanken:

»Europa, Europa – was ist denn Gutes an diesem Europa? Die Klos auf den Bahnhöfen sind sauber, das ist alles. Zum Scheißen kann man da hinfahren, weiter nichts ...«

Und dann, völlig zusammenhanglos:

»Wenn man das Daodejing aufmerksam liest, müsste man im Grunde alle Journalisten unverzüglich an den Eiern aufhängen ...«

Schließlich gelang es ihm, seine umherirrenden Gedanken zu sammeln, und er verrichtete mehr schlecht als recht sein Gebet.

»Diese Teufel«, seufzte er. »Kaum fängt man an zu beten, kommen sie angeflogen. Früher haben sie mich weniger geplagt. Da war ich jünger, reiner und gefestigter ... Also gut, fangen wir an ...«

Er ging ein Stück zu Seite und hob seine Hand vor die Augen, so dass die gespreizten Finger die vor ihm liegenden Körper verdeckten. Dann konzentrierte er sich und saugte, indem er in den Bauch atmete.

Zuerst klappte es nicht – irgendeine äußere Kraft störte den Prozess. Dostojewski runzelte die Stirn, murmelte: »Verzeih, Herr!« und saugte schneller und heftiger.

Ein Knacken ertönte, und am Hals eines der Zombies zersprang eine Kette mit einer Art Teufels-Amulett. Danach lief es wie am Schnürchen: Bläulicher Nebel strömte von den zusammengekrümmten Körpern zu seiner Hand und durch die Yin-Meridiane des Arms in den unter seiner Achsel hängenden Flaschenkürbis, in dem er sich setzte, verdichtete und in flüssiges blaues Mana[50] verwandelte.

Sie hatten alle eine – wenn auch tote – Seele, nur der Zombie-Gardist nicht, der ihm die Nadel in die Ferse gestochen hatte.

»Meistens kommt das ausgerechnet bei den Aristokraten vor«, überlegte Dostojewski. »Die Verbindung zum Höchsten, der Hauch Gottes, verlässt sie, und anstelle der Seele bleibt nur eine Pfütze Gift für die versteckte Nadel zurück. Daher auch dieser ständige Drang der höheren Klassen, andere zu erniedrigen und zu verspotten, besondere Kleidung anzuziehen und so auf alle mögliche Weise zu demonstrieren, dass sie sich von den anderen unterscheiden. Demonstrieren kommt bestimmt von Dämon. Das muss man Fjodor Kusmitsch sagen ...«

Die Ausbeute war fabelhaft – genug Mana für fünfmal Kampfstarre oder für einen Wunsch. Als der bläuliche Dunst sich verflüchtigte, war er wie immer versucht, zu den Leichen zu gehen und nachzusehen, wie sich die Gesichter verändert hatten. Die Versuchung war stark, doch er überwand sie, drehte sich um und ging zurück zum Schützengraben.

»Ich muss es ins Tagebuch eintragen. Und zwar sofort, sonst vergesse ich es wieder. Letztes Mal habe ich es schon nicht gemacht ...«

Er legte seine Beute in der Grube ab, suchte einen gespitzten Bleistift, nahm die Ausgabe von *Snob* zur Hand, schlug die Seite mit den »Todesregeln« auf und fügte ganz unten mit sparsamer Schrift hinzu:

– Wenn Sie die Seelen herausgesaugt haben, sollten Sie niemals in die Gesichter blicken. Ja, es ist wahr – sie verändern sich. Aber wenn Sie unbedingt wissen wollen, wie, dann machen Sie sich darauf gefasst, dass Sie die nächsten zwei Wochen keinen Appetit haben werden.

– Halten Sie immer die Waffe bereit, wenn Sie sich einem gefallenen Feind nähern – er könnte noch leben!

Das in die Haut eingepflanzte Dosimeter fing wieder an zu surren. Fluchend zog Dostojewski den Kognak aus der Tasche, trank den Rest und schleuderte die Flasche aus dem Schützengraben dahin, wo schon ein Haufen Abfall lag.

»Unsere Stadt soll sauber werden!«, brummte er und legte sich auf den Strohsack unter dem mit trockenen Tannenzweigen getarnten Schutzdach aus Sperrholz.

Jetzt konnte er bis zum Morgen ausspannen, ohne dass er befürchten musste, Besuch zu bekommen: Die toten Seelen mieden Straßen, wo einige von ihnen dem endgültigen Tod begegnet waren. Zumindest einen oder zwei Tage, solange die Leichen noch nicht ganz in ihre Bestandteile zerfallen waren.

Dostojewski öffnete den erbeuteten Konfuzius und begann, ihn aufs Geratewohl durchzublättern. Je länger er las, desto sinnloser erschien ihm der Text – beziehungsweise desto deutlicher schien jener feine, flackernde Sinn durchzuschimmern, den der echte Intellektuelle sogar in einem Telefonbuch zu entdecken imstande ist. Offenbar verwiesen Konfuzius' Hieroglyphen auf längst von der Welt geschiedene Wesen, und seine Ausdrucksweise in eine moderne Sprache zu übersetzen war unmöglich. Dostojewski wollte das Buch schon der leeren Flasche hinterherwerfen, als inmitten des ganzen Wortmülls plötzlich ein echter Diamant funkelte:

Konfuzius sprach:
– Es gibt drei nützliche Freunde und drei Freunde, die Schaden bringen. Nützlich ist der gerechte Freund, der aufrichtige Freund und der Freund, der viel weiß. Schädlich ist der schmeichlerische Freund, der doppelzüngige Freund und der wortgewandte Freund.

Dostojewski klappte das Buch zu und blickte träumerisch nach oben – dahin, wo zwischen dem Rand einer Wolke und dem Dach eines Mietshauses ein Stück Himmel zu sehen war.

»Es ist wahr. Das mit den schmeichlerischen Freunden stimmt und das mit den wortgewandten auch. Das vor allem ... Und das mit den nützlichen Freunden stimmt auch. Ich hätte gerne einen aufrichtigen Freund und noch dazu einen, der viel weiß ... Aber wo soll ich den hernehmen?«

Das Dosimeter fing wieder an zu surren. Dostojewski fluchte leise. Jedes Mal, wenn er mit einer Beute in die Grube kam, ging das Ding doppelt so oft los wie sonst.

»Vielleicht schleppe ich Staub rein«, überlegte er und öffnete die Wodkaflasche. »Obwohl – das hat bestimmt nichts damit zu tun. Staub gibt's ja hier überall ...«

Er nahm einen großen Schluck und wartete, bis das Dosimeter sich beruhigt hatte.

»Jetzt fängt das Ding alle fünf Minuten an zu surren. Wie öde! Heute lass ich mich volllaufen ... Ich muss mir überlegen, was ich mit dem Mana mache, solange ich noch nüchtern bin. Sonst stelle ich wieder wer weiß was an ...«

Er zog den Flaschenkürbis unter der Achsel hervor und erstarrte – es war kein Mana drin. Überhaupt keins.

»O Gott, ist der etwa aufgeplatzt?«

Aber der Kürbis war heil. Einen Moment lang überlegte Dostojewski missmutig, was passiert war – und als er es begriff, fing er an zu lachen.

»Ich hab einen Wunsch ausgesprochen. Und es gar nicht gemerkt, so was ... Einen aufrichtigen Freund hab ich mir gewünscht ... Zum Totlachen. Das glaubt mir doch keiner. Aber wem sollte ich das schon erzählen? Fjodor Kusmitsch vielleicht? Den interessiert das nicht ... Meinem Freund werde ich es erzählen, wenn ich dann einen habe ...«

Schade um das Mana, damit hätte er ein praktisches Problem lösen können. Sich neue Stiefel zulegen, zum Beispiel – Zombies die Schuhe abzunehmen war widerlich. Aber die Sache war lehrreich. Und vor allem witzig.

Dostojewski stellte das Jagdgewehr an die Wand – so dass er es zur Hand hatte – und versuchte, zu seiner Lektüre zurückzukehren. Aber es wurde schon dunkel und er wollte die Augen nicht anstrengen – im Schützengraben durfte er kein Licht machen. Dostojewski legte sich auf die Seite, klappte das Buch zu und schob es sich unter den Kopf.

In der zunehmenden Dunkelheit hatten die Gegenstände bald nur noch verschwommene Konturen. Unmittelbar vor ihm lag ein Eimer, dessen verbeulter Boden ihm zugewandt war, und rechts davon stand der Munitionskasten. Sie verwandelten sich in einen Kreis und ein Rechteck und sahen aus wie Buchstaben – wie ein »O« und ein »P«[51].

»Was kann das sein?«, überlegte Dostojewski im Einschlafen. »Optina Pustyn ... Wie lange das her ist ... Optina Pustyn Solowjow ...«

XIV

T. kam wieder zu sich. Und erkannte auf der Stelle, dass er das besser gelassen hätte – ringsum war nichts.

Nicht Ariel an der Turingmaschine, nicht die Turingmaschine selbst, nicht diese wattige Schwärze, die man gemeinhin mit dem Wort »Nichts« bezeichnet. Das heißt, die Schwärze kam zum Vorschein, aber erst, nachdem T. sich umgesehen und davon überzeugt hatte, dass es stockfinster war. Vorher war nicht einmal sie da.

So vergingen einige Sekunden – vielleicht auch Jahrhunderte oder Jahrtausende.

In einer dieser Sekunden begriff T., dass er die Ewigkeit sah – und dass sie genau so war, dunkel, ungewiss und sinnlos, ohne jede Vorstellung von sich selbst.

Bei dieser Erkenntnis erschrak T. Und mit dem Erschrecken kam die Überzeugung, dass er immerhin existierte.

»Ich muss ununterbrochen etwas denken, weil ich sonst komplett verschwinde, mich auflöse wie Zucker ... Egal was, Hauptsache denken ...«

Doch in der Verschwommenheit, die ihn umgab, war nichts, woran sich ein Gedanke hätte festklammern können, und nach einigen kraftlosen Zuckungen seines Geistes stürzte T. erneut in die Ewigkeit.

»... Optina Pustyn ...«

Dieser Gedanke brachte ihn wieder zu sich. In der Ewigkeit war alles beim Alten.

»Wenn ich noch einmal so abtauche«, begriff T., »dann tauche ich nie wieder auf ... Und das soll alles gewesen sein? Bin ich wirklich nur für einen Augenblick aus dem grauen Dämmer erstanden, um dann spurlos wieder darin zu verschwinden? Und das Versprechen von Wunder und Glück, das im Himmel, im Laub, in der Sonne war – alles nur Lüge? Nein, das kann nicht sein ... Denken! Egal woran ... Übrigens kommen interessante Dinge dabei heraus. Die brennendsten Fragen der Gegenwart sind keineswegs ›Was tun?‹ und ›Wer ist schuld?‹.[52] Sie lauten ganz anders: ›Wo bin ich?‹ und ›Wer ist hier?‹. Jeder erlebt früher oder später den Moment, an dem man das vor sich selbst nicht länger verbergen kann. Aber wenn es endlich so weit ist, kann man der Öffentlichkeit nichts mehr erklären ...«

Das kleinste Stocken im Denken war unheimlich, weil das Bewusstsein zu schwinden begann. Das Bewusstsein war offenbar eine Art Spannung zwischen zwei Magnetpolen: Für seine Existenz war ein Gedanke und jemand, der diesen Gedanken denkt, unabdingbar, denn sonst gäbe es nichts, dessen man – und niemanden, der – sich bewusst sein könnte. Damit also das Bewusstsein nicht schwand, musste man es fortwährend durchkämmen und den ganzen Magneten neu erschaffen.

»Nicht umsonst gibt es so viel Hektik auf der Welt«, dachte T. »Die Leute sind ständig damit beschäftigt, sich selbst und das sogenannte Universum zu durchkämmen, um nicht völlig spurlos zu verschwinden. Mit Harken, mit Teleskopen, mit allem Möglichen. Sie verstecken sich vor der Ewigkeit, in die wir kein Quäntchen dessen, was wir einst waren, mitnehmen können ... Der russische Bauer zum Beispiel denkt nicht über das Jenseits nach, er richtet sich gelassen im Diesseits ein. Man braucht gar nichts weiter zu suchen als dieses Verständnis des einfachen Volkes, denn genau das bedeutet die Rettung vor dem Abgrund. Wenn ein Bauer stirbt, gibt es nichts, was in einen Abgrund stürzen könnte. Das ist die einzige Rettung, die es gibt. Ein Leben aber, das der Philosophiererei gewidmet ist, erschafft doch denjenigen, der voller Entsetzen in den Abgrund stürzt und nicht die geringste Chance hat, denn, so fragt man sich, was für eine Chance kann es da geben? Noch gibt es den, der eintritt – doch wer hier eintritt, der lasse alle Hoffnung fahren ... Es heißt ganz richtig: Seid wie die Kinder. Denn Kinder stürzen in einer solchen Situation nicht in den Abgrund – sie selbst sind der Abgrund ...«

Der Geist, der keinen Halt mehr fand in den Sinnen und auf sich selbst gestellt war, glich einem Blatt Papier, das auf die Ewigkeit zustrebte, und zwar so, dass seine gesamte Fläche sich zu einer hauchdünnen Linie zusammenzog.

»Man merkt sofort«, dachte T. erschrocken, »dass hinter diesem ganzen Krampf kein Denker steht, sämtliche Spiralen dieser schwankenden Gedankenkonstruktionen sind nur Schwindelei, ein Versuch, etwas, das es in Wirklichkeit nie gegeben hat, zur Existenz zu zwingen. Und nicht nur, dass es das nicht gab und nicht gibt, es gibt nicht einmal etwas, aus dem es hätte kommen können. Aber obwohl es der reinste Schwindel ist, hat es eine Zeit lang funktioniert ... Das war dann das Leben.«

Die Gedanken mussten gewaltsam erzwungen werden, wie ein Erbrechen – im Grunde mutete die Existenz nun auch an wie gewaltsam erzwungenes Erbrechen.

»Ich denke, also bin ich«, fiel T. ein. »Wer hat das gesagt? Descartes. Schon erstaunlich, was für schwindelerregende Sprünge über den Abgrund diese Franzosen fertigbringen, wenn sie ein Glas Rotwein getrunken haben! Oder sehen sie den Abgrund nicht? ›Ich denke ...‹ Aber plötzlich denkt jemand anderes? So einer wie Ariel? Woher weiß denn dieser Einfaltspinsel, dass er selbst denkt? Descartes hat übrigens insofern recht, als dieses sein ›Ich‹ nur so lange existiert, wie er daran denkt. Der Franzose hätte nicht ›Ich denke‹ sagen sollen, sondern ›Ich denke *Ich*‹. Denn selbst kann dieses ›Ich‹ weder denken noch existieren, weil es verschwindet, sobald Descartes aufhört, daran zu denken, wenn er beschließt, ein Glas Rotwein zu trinken ...«

Als T. diesen Gedanken zu Ende gedacht hatte, erkannte er entsetzt, dass er keinen weiteren Gedanken vorbereitet hatte – und er verschwand schlagartig.

Durch eine ungeheure Willensanstrengung zwang er sich, aus dem Nirgendwoher wieder aufzutauchen. Das war sehr beängstigend, weil er nicht begriff, wie er das gemacht hatte – und weil er nicht wusste, ob es ihm wieder gelingen würde.

»Ich muss an etwas Einfaches, Konkretes denken«, beschloss er. »Mich an etwas erinnern, was früher war. Und mich daran festhalten.«

T. rief sich das weiße Adelsgut auf dem Hügel in Erinnerung, das er aus dem Zugfenster gesehen hatte. Dann zwang er sich, das Zugabteil in allen Einzelheiten vor sich zu sehen, Knopf am Fenster, den Fluss, die Brücke und das Schiff der Fürstin Tarakanowa.

Das hielt ihn tatsächlich über Wasser.

Je stärker T. sich auf die Erinnerungen konzentrierte, desto konkreter wurden sie – und allmählich schien ihm, dass er eine Art Tagtraum erlebte. Einiges erkannte und bemerkte er erst jetzt, zum Beispiel trug einer von Knopfs Gefährten das Abzeichen des Erzengel-Michael-Bundes an der Jacke und im Speisezimmer auf dem Schiff der Fürstin Tarakanowa roch es schwach nach Patschuli.

Auch der Herr mit Melone und Zigarre im Mund fiel ihm wieder ein, der in Kowrow auf der Straße in einer Kutsche an ihm vorbeigefahren war: ein Herr, der augenscheinlich überzeugt war von seinem Platz in der Welt und von der Unerschütterlichkeit dieser Welt. Und ganz deutlich sah er das rührende kleine Mädchen in dem rosa Kleid, das im Hotel Dworjanskaja im Korridor an ihm vorbeigelaufen war.

Aber die Erinnerungen waren wie das Petroleum in einer Lampe: Sie brannten allmählich herunter. Er wusste nicht, wie viel

Zeit vergangen war, aber als sein Gedächtnis beim letzten Ereignis ankam, an das er sich noch erinnern konnte – die Explosion bei dem verlassenen Bootshaus –, fand der gesamte Umriss des soeben verklungenen Lebens seine endgültige Form. Auf der letzten Seite stand schon ein Punkt, nun konnte man kein einziges Zeichen mehr ändern. Die Erinnerungen versiegten und T. ahnte beklommen, dass er im nächsten Augenblick von Neuem in die Nicht-Existenz stürzen würde: Die Nahrung, die dem Verstand erlaubt hatte zu existieren, war zur Neige gegangen.

»Vielleicht«, überlegte T., »war es nicht einmal ich selbst, der sich erinnert hat? Vielleicht hat mich jemand an den Anfang zurückgespult? Was soll ich jetzt tun? Wie kann ich das stoppen? Begehrlichkeiten wecken? Und seien es die finstersten, niedersten ... Habe ich überhaupt welche? Axinja, zum Beispiel ... Hübsch war sie, ja ... Habe ich sie wirklich geliebt? Erinnert sie sich überhaupt an mich? Bedrückt sie die Trennung? Ach was, sie findet jemand anderen ... Ganz zu schweigen davon, dass das sowieso nicht sie war, sondern dieser verfluchte Mitjenka ...«

Aber dennoch kam ihm Axinja so betörend lebhaft in Erinnerung, dass sie für einen Moment das von allen Seiten drohende Nicht-Sein verdrängte.

»Das Leben ist wahrhaftig wie ein Text, den wir unaufhörlich erschaffen, während wir atmen. Wie hat Ariel es genannt, eine Turingmaschine? Uns scheint, wir würden etwas tun, entscheiden, reden, aber in Wirklichkeit läuft einfach nur ein Lese- und Schreibkopf über das Papier, liest ein Zeichen ab und druckt ein anderes. Das ist dann der Mensch ...«

T. strengte sich an und rief sich Ariels Worte genau in Erinnerung:

»*Und dann versucht dieser Text, von dem völlig unklar ist, wer ihn geschrieben hat, selbst etwas zu schaffen, sich selbst etwas auszudenken – das ist doch kaum zu begreifen. Mein Großvater hat immer ge-*

sagt, der Mensch ist ein so geisterhaftes Wesen, dass es doppelt sündig ist, noch mehr Geister in die Welt zu setzen ...«

»Sündig?«, überlegte T. hoffnungsfroh. »Sünde? Das hingegen ist interessant. Denn wenn es eine Sünde gibt, gibt es auch einen Sünder. Da besteht gar kein Zweifel. Vielleicht können wir uns wenigstens daran festhalten? Aber wie kann man ohne Körper sündigen? Gar nicht so einfach ... Gotteslästerung? Wohl kaum. Das kümmert hier doch niemanden ... Es sei denn, man setzt wirklich neue Geister in die Welt. Wie macht Ariel das? Er setzt sich hin und schreibt. Aber hier gibt es keine Feder, keine Hand, keinen Tisch, kein Papier ...«

T. versuchte, sich eine Gänsefeder vorzustellen.

Es gelang ihm.

Daraufhin stellte T. sich einen Schreibtisch aus Holz mit einem Stapel Papier vor.

Auch das gelang sofort, und sehr erfolgreich – der Schreibtisch geriet so deutlich, dass man auf der Arbeitsfläche die Maserung der schräg verlaufenden Jahresringe erkennen konnte, die sich zu einer Frauenfigur mit übermäßig dicken Beinen und vielen Ketten um den langen Hals zusammenfügten. Das Papier gelang ebenfalls hervorragend, man konnte sogar die Textur erkennen. Neben dem Papier erschienen ohne große Anstrengung eine brennende Kerze und ein bronzenes Tintenfass in Form eines Schwans, zwischen dessen Flügeln ein kleiner schwarzer See glitzerte.

Aber plötzlich war die Feder verschwunden. Als es gelang, sie wiederherzustellen, waren der Schreibtisch, das Papier und das Tintenfass verschwunden.

»Hier ist der Schreibtisch«, dachte T., wobei er unter großer Willensanstrengung den Schreibtisch an seinen Platz zurückstellte. »Wo steht er? Ein Schreibtisch steht doch in einem Zimmer ...«

Anstelle eines Zimmers jedoch erschien ein ganz deutlich erkennbares Zelt, so ähnlich wie ein Armeezelt. Doch noch bevor T. sich erschrecken konnte, war das Zelt schon wieder verschwunden.

Einen Augenblick lang empfand er eine so grenzenlose Einsamkeit, dass sie ihm vorkam wie ein physischer Schmerz.

»Nicht aufgeben. Ein Zimmer muss Wände haben. Wenigstens eine einzige Wand ...«

Er blickte dahin, wo die Wand sein müsste, und tatsächlich sah er sie – vielmehr erschuf er sie mit seinem Blick. Genauso sah er dann auch die übrigen Wände. Das Zimmer erschien gewissermaßen der Bewegung seiner Blicke folgend – und genau genommen war es noch kein Zimmer, sondern vier der Reihe nach auftauchende, eichengetäfelte Wände. An der einen Wand hing eine impressionistische Zeichnung der Champs-Élysées in einem vergoldeten Rahmen: ein paar angedeutete Pferdekruppen und darüber gelbe und rote, vom Abendnebel verwischte Lichtflecken.

T. hob den Blick und ließ ihn wieder sinken, und das Zimmer bekam Decke und Boden – aber nun waren die Wände verschwunden. Als er den Blick auf die Wand richtete, tauchte sie ohne Weiteres wieder auf, aber jetzt war das Bild nicht mehr da. Und die Decke war auch verschwunden.

Ein paar Minuten später war es ihm schließlich trotz allem gelungen, das Zimmer als Ganzes zu erschaffen. Es sah aus wie ein Hotelzimmer, ordentlich aufgeräumt und ganz normal – bloß ohne Fenster und Türen.

»Das ist gut«, beschloss T. »Fenster und Türen sind gar nicht nötig. Wer weiß, was dahinter ...«

Er durfte nicht daran denken, was sich jenseits der Wände befand, sonst brach womöglich der Abgrund herein. T. wollte auf keinen Fall wieder verschwinden, ohne Garantie, dass er zurückkehren könnte.

»Außerdem«, überlegte er, »wieso ausgerechnet der Abgrund? Schließlich habe ich mir den ›Abgrund‹ genau so vorgestellt wie dieses Zimmer, um den Blick wenigstens irgendwohin richten zu können. Denn im Grunde genommen ... Ich weiß nicht einmal, wie ich es ausdrücken soll ... Jedenfalls denke ich schon wieder nicht daran, woran ich denken sollte ...«

T. überflog das Zimmer mit einem raschen Blick, um sich davon zu überzeugen, dass er imstande war, dessen Existenz aufrechtzuerhalten. Das war zu viel der Anstrengung – augenblicklich füllte sich das Zimmer mit einer Vielzahl von Gegenständen, die eine Sekunde zuvor noch nicht dagewesen waren. An der Wand hingen jetzt ein Tirolerhut mit Feder, ein Hirschgeweih, eine Doppelflinte, rote Samtvorhänge (immer noch ohne Fenster dahinter) und zwei Petroleumlampen, die ein grellweißes Licht abgaben. Eine Tür gab es nach wie vor nicht.

T. blickte zum Schreibtisch hinüber.

»Eine Feder kann nicht einfach in der Luft hängen«, dachte er. »Und auch nicht von selbst über das Papier gleiten. Es braucht eine Hand dazu ...«

Sich die eigene Hand vorzustellen war das Schwierigste überhaupt. T. konnte sich einfach nicht erinnern, wie sie aussah: Alle Hände, die vor seinem inneren Blick vorbeizogen – rundliche Hände mit kurzen Fingern, rote, blasszarte, gebräunte, asiatisch-gelblich getönte –, gehörten ganz offensichtlich nicht zu ihm. Schließlich stellte T. sich eine Hand in einem weißen Glacéhandschuh vor.

Die behandschuhten Finger hoben nach einer kurzen, unbehaglichen Pause die Feder, tunkten sie in das Tintenfass und malten eine kurze Linie auf das Papier.

Die Feder warf einen doppelten Schatten. Im grellen Petroleumlicht war das Blatt deutlich zu erkennen; sogar die feinen Poren im Papier konnte man unterscheiden und die hauchdünnen, fast unsichtbaren schwarzen Härchen entlang der Linie, die die Feder über das Papier gezogen hatte – die naiven Versuche der Tinte, sich zu befreien und in die Kapillaren des Papiers zu entwischen. T. grinste.

»Genau wie der Mensch«, dachte er. »Wohin soll man fliehen? In der Tat, wohin, wenn alles auf der Welt nur Text ist, wenn Papier, Feder und Tinte derjenige hat, der die Buchstaben malt? Jetzt male ich sie allerdings selbst ... Doch wer bin ich selbst? Ariel vielleicht?«

Dieser Gedanke war entsetzlich.

»Arbeiten. Für einen russischen Bauern ist es lächerlich, wenn die müßige Herrschaft sich den Kopf über die Unendlichkeit zerbricht. Denn der russische Bauer kennt von morgens bis abends nichts als Arbeit. Also werden auch wir arbeiten und uns nicht ablenken lassen. Versuchen wir mal, etwas zu schreiben ...«

Die Feder fuhr über das Papier und schrieb:

Ein Fluss

T. konnte den Fluss sofort sehen – er war smaragdgrün und strömte vorbei an roten steinernen Abstufungen, über denen sich die Ziegeldächer niedriger weißer Häuser erhoben. Es schien irgendwo in Italien zu sein.

»Interessant«, dachte T. »Woher kommt denn der Rest – das Ufer und die Häuser? Ob man das ändern kann?«

Er tunkte die Feder in die Tinte und fügte etwas hinzu:

Ein Fluss, zugefroren

Der Fluss war nun ein anderer. Anstelle des smaragdgrünen Bandes erstreckte sich eine endlose Eisfläche vor T. – der Fluss war jetzt sehr breit. Die roten Abstufungen am Ufer waren verschwunden. Ringsum war nun alles von Schnee bedeckt. Es war ein Winterabend; zwischen gelblich blauen Wolken glühte das rote Auge der untergehenden Sonne. T. fühlte sich überwältigt von einer fröhlichen, funkelnden Kraft, ähnlich jenem sonnigen, smaragdgrünen Strom, der ihm zu Anfang erschienen war.

»Also kann ich es wirklich alles selbst«, dachte er. »Ariel und seine Gehilfen haben keine Macht mehr über mich. Wer ist jetzt mein Schöpfer? Ich selbst! Endlich ... Ich kann mich neu erfinden. Aber wir wollen nichts übereilen. Für den Anfang ist Graf T. ganz brauchbar. Als Allererstes muss ich weg aus dieser jenseitigen Dimension ... Wenigstens dahin zurück, woher wir gekommen sind. Versuchen wir mal die kürzeste Strecke ...«

Der Handschuh näherte sich dem Blatt und fing schnell an zu schreiben:

Ein Fluss, zugefroren – es war zweifellos der Styx, der die Welt der Lebenden von dem trennt, für das es in der menschlichen Sprache keine Worte gibt. Der dreiköpfige Zerberus, der Wächter an der Pforte zur Unterwelt, war irgendwo in der Nähe – das ließ sich an dem bangen Schauder erkennen, dessen Wellen die Seele durchströmten. Aber Graf T. hatte den Wächter noch nicht gesehen. Er ging am Ufer entlang, in Richtung der verschneiten Ruinen, die am Rande des Eisfeldes zu sehen waren. Es war das Ufer des Todes ...

Die düsteren Farben des Sonnenuntergangs drängten mit solcher Macht ins Bewusstsein, dass die Hand in dem Handschuh verschwand. Es war unerklärlich, woher diese ganze Welt kam, so real und blendend grell: T. hatte nie zuvor etwas Ähnliches gesehen.

Die Lichter des Sonnenuntergangs erloschen allmählich und T. sah wieder das Zimmer ringsum. Es hatte sich verändert. Der Tirolerhut und das Hirschgeweih waren verschwunden, die Samtvorhänge ebenfalls – dafür gab es jetzt eine ganze Kollektion mit Darstellungen von Katzen.

Die größte war eine schwarze afrikanische Maske mit geheimnisvoll schwarz schimmernden Augenlöchern und einem Schnurrbart aus Strohfäden. Darunter hing ein Regal mit allerlei Katzen aus Terrakotta, bemaltem Ton und Steingut – besonders auffallend war ein vornehmes orientalisches Tier von goldgelber Farbe mit einer Klapper in der einen und einem Fächer in der anderen Pfote.

Eine der Katzen – eine kleine, schwarze ägyptische Statuette, dem Aussehen nach sehr alt – erschien T. unbeschreiblich bedrohlich. In ihren dunkelgrünen, mandelförmigen Augen lag eine ungeheure Sogkraft: T. kam es vor, als könnte er sich in diese Augen ergießen, wie ein Regenbach ins Gitter der Kanalisation strömt, und er wandte rasch den Blick ab.

»Hier ist es aber ungemütlich«, dachte er. »Was soll ich jetzt mit diesem Zimmer? Die Hauptsache ist, sich zu erinnern, wie die Welt entstanden ist. Früher wurde sie von einem fremden Willen erschaffen, aber jetzt ... Schauen wir mal, wozu ich selbst imstande bin ...«

Mittlerweile waren ringsum noch mehr Regale mit Katzen aufgetaucht. T. bemühte sich, sie nicht anzusehen, und konzentrierte sich auf die Hand in dem weißen Handschuh. Die Hand tunkte die Feder ins Tintenfass und führte sie wieder auf das Papier. Ein Tintentropfen fiel von der Feder auf das Blatt und verwandelte sich in einen akkuraten runden Klecks. Seine feuchte Oberfläche reflektierte das Licht der Lampe und wurde einen Augenblick lang weiß – es schien T., als läge vor ihm auf dem Papier eine Silbermünze.

XV

T. dachte nicht darüber nach, woher er kam und warum er eine Silbermünze in der Hand hielt. Er wusste, dass er nichts zu fürchten hatte. Was früher gewesen war, beunruhigte ihn nicht. Er war überzeugt, sich jederzeit an alles erinnern zu können, wenn er nur innehalten und sich genügend konzentrieren würde. Aber er durfte nicht innehalten: Er musste es noch vor Sonnenuntergang schaffen.

Außerdem hatte er keine Lust, in seinem Gedächtnis zu wühlen. Das Bewusstsein spiegelte lediglich die Realität wider, wenn es feststellte, dass der Wind pfiff, der Schnee unter den Füßen knirschte und sich am Horizont das rote Glühen der untergehenden Sonne ausbreitete. Er wäre vollkommen ruhig gewesen, wären nicht diese Wellen jäher Angst gewesen, die von Zeit zu Zeit sekundenlang heranschwappten. Wie angeflogen.

T. wusste, dass er die Münze dem Fährmann in dem halbzerfallenen Gebäude am Rand der Eisfläche geben musste.

»Aber was soll das für eine Fähre sein?«, überlegte er. »Hier ist doch nur Eis ... Schon gut, das werden wir gleich erfahren.«

Bald war das Gebäude ganz nah. Es hatte zwei Stockwerke – die oberen Fenster starrten mit blicklosen Augenhöhlen und die unteren hatte jemand notdürftig mit Ziegelsteinen zugemauert. Ein Dach gab es nicht, vermutlich war es längst eingestürzt.

In der der Eisfläche zugewandten Mauerseite befand sich eine hohe Tür mit einem kleinen Fenster und einem winzigen Guckloch. Gegenüber der Tür erhob sich eine langgezogene Schneewehe auf dem Eis. Als er genauer hinsah, erkannte T. darin die Konturen einer Fähre, die seitwärts geneigt war und zur Hälfte im Eis steckte.

T. ging zur Tür und klopfte.

Eine Minute verging. T. meinte, im Guckloch etwas aufblitzen zu sehen, aber das konnte auch ein Lichtreflex gewesen sein.

Plötzlich wurde das Fenster mit einem heftigen Knall aufgerissen. Eine Hand in einem schmuddligen grauen Ärmel wurde herausgestreckt. T. zögerte, doch die Hand schnipste ungeduldig mit den Fingern.

T. fiel ein, was von ihm verlangt wurde, und legte die Münze in die Hand. Die Hand verschwand und tauchte sofort wieder auf. Jetzt hielt sie ein Paar derbe eiserne Schlittschuhe an ledernen Riemen. T. konnte gerade noch die Schlittschuhe nehmen, bevor das Fenster mit einem Knall wieder zugeschlagen wurde.

T. musterte die Schlittschuhe. Sie waren alt, aus schwarz angelaufenem Metall, und hatten lauter Risse und Beulen. Von der Form her sahen sie aus wie ein Wikingerschiff; die Ähnlichkeit wurde noch betont durch Drachenköpfe auf den nach oben gebogenen Spitzen.

In dem Moment krachte von innen etwas gegen die Tür und ein widerliches Knirschen erklang, als würde etwas Scharfes auf Metall kratzen. »Der Zerberus!«, begriff T.

Er musste sich beeilen. Er lief zum Rand der Eisfläche, setzte sich in den Schnee und befestigte hastig die Schlittschuhe an den Füßen – die Lederriemen hielten die Kufen fest und sicher. Er stand auf, trat hinaus auf das Eis, warf noch einen Blick zurück auf die Ziegelruine und glitt auf den mit glutrotem Licht übergossenen Horizont zu.

Er hatte sich erst wenige Male vom Eis abgestoßen und versuchte noch, sich an die Schlittschuhe zu gewöhnen, als von hinten das Quietschen rostiger Türangeln erklang. T. drehte sich um.

Die Tür wurde geöffnet. T. sah eine Figur in einem unförmigen grauen Mantel, die Kapuze ins Gesicht gezogen, und einen merkwürdigen Hund – er sah aus wie ein großer Wolfshund, hatte aber abstoßende, hernienartige Säcke zu beiden Seiten der Schnauze. Diese Säcke bewegten sich und T. erkannte voller Abscheu, dass es zwei weitere Köpfe waren. Der Unbekannte in Grau ließ den dreiköpfigen Hund los, der zum Rand der Eisfläche gerannt kam.

»Wenn das der Zerberus ist«, fiel es T. schließlich ein, »dann ist das hier der Styx ... Jetzt heißt es, schnell ans andere Ufer ... Den Fluss überqueren ...«

Er blickte sich nicht weiter um und nahm Anlauf auf die endlose spiegelnde Eisfläche. Es glückte nicht, wie in einem Traum, in dem man nie so schnell laufen kann wie in Wirklichkeit und wo einem die Beine nicht gehorchen.

Der Zerberus fing an zu bellen – nicht, wie Hunde bellen, sondern vollkommen lautlos. Und doch war das Gebell deutlich wahrnehmbar, mit Wellen von Angst drückte es auf das Sonnengeflecht und T. fiel ein, dass er diese Krämpfe erstmals verspürt hatte, als er auf das Haus des Fährmanns zugegangen war, nur hatte er da nicht verstanden, was sie bedeuteten.

Plötzlich sah er weiter vorn auf dem Eis einen Menschen liegen. Es war ein korpulenter Mann in einer Uniformjacke mit Wappenknöpfen, goldbetresstem Kragen und einem Kreuz am Hals. Er war zweifellos tot. Sein Dreispitz mit der buschigen weißen Feder lag ein paar Meter von der Leiche entfernt auf dem Eis und an seinem zerfetzten Hals schimmerte dunkel gefrorenes Blut.

Dann entdeckte T. einen weiteren Leichnam, eine Frau in einem seidenen Nachthemd. Ihr Körper war von Hundezähnen zerfetzt.

»Der Zerberus ist ein Wächter«, überlegte T. »Aber was bewacht er eigentlich? Man muss wohl kaum die Totenwelt vor den Lebenden bewachen. Eher umgekehrt ...«

Der Hund war schon ganz nah. Sosehr T. auch versuchte, sich zusammenzunehmen – es wollte ihm nicht gelingen, die Angst schnürte ihm die Kehle zu.

»Es gab doch eine Gewähr dafür, dass alles ein gutes Ende nimmt«, überlegte er. »Was war das noch? Genau! Der weiße Handschuh. Bloß nicht vergessen – der weiße Handschuh ...«
Diese Worte halfen ihm eigenartigerweise.

Er sah jetzt, dass er nicht schneller vorwärtskam, weil er sich viel zu ruckartig und zu heftig bewegte – er musste gleichmäßig dahingleiten, mit harmonischen, bedächtigen Armschwüngen und Beinstößen, locker hin- und herschwingend wie ein Pendel, der auf ihn zuströmenden Eisfläche entgegengleiten. Kaum hatte er damit angefangen, blieb der Hund immer mehr zurück. Bald wurde es T. leichter ums Herz. Er meinte sogar, in der Nähe jemanden lachen zu hören – aber es war der Wind, der lachte.

Er glitt an weiteren seltsamen Leichen vorbei, an einer Dame in schwarzer Spitze, an einem ordentlich gekleideten Herrn mit Pferdekopf (T. musste an das sprechende Pferd denken) und schließlich an drei deutlich erkennbaren Napoleon-Leichen aus verschiedenen Lebensphasen: Der eine war ein schmächtiger junger Mann mit akkuratem Bärtchen und einer einsamen Ordens-Schneeflocke am Waffenrock, der andere war bedeutend älter und hatte einen gewichsten pfeilspitzen, weit abstehenden Schnurrbart und der dritte war eine Lebensabend-Version mit graumeliertem Haar und einer schlichten zweireihigen Weste unter einem dunklen Hausmantel. Die drei Napoleone lagen nebeneinander, und wäre ringsum nicht alles voller Hundespuren gewesen, hätten man meinen können, sie seien von ein und derselben Kartätschensalve niedergemäht worden.

Danach kam T. an einem Toten vorbei, mit dem er hier nicht gerechnet hätte. Es war Vater Warsonofi in seiner dunklen Kutte. Sein Gesicht war von Explosionssplittern entstellt, aber der tief in die Stirn geschobene, durchlöcherte Klobuk hatte sich irgendwie auf dem Kopf gehalten. Wenn die Hundezähne auch diesen Unglücklichen bearbeitet hatten, war davon nichts zu bemerken.

Auch den nächsten Verstorbenen erkannte T. sofort, obwohl er ihm noch nie begegnet war. Er hatte rote Wangen und schütteres blondes Haar, und nicht einmal der Tod hatte ihm seinen vorsichtig optimistischen Gesichtsausdruck nehmen können. Er lag auf dem Rücken und hatte die rechte Hand, in der er eine lange, an einem Westenknopf befestigte Kette hielt, mit einer graziösen Bewegung abgespreizt; an der Kette hing ein kleiner vernickelter Schlüssel.

»Der Bankdirektor, von dem Knopf erzählt hat«, dachte T. erfreut. »Und das ist der Schlüssel zur Spieluhr der Ewigkeit ... Er hat sie also tatsächlich aufgezogen, der Spitzbube.«

Neben dem Verstorbenen lag eine kleine lederne Reisetasche. Sie lag im Weg und T. stieß sie mit dem Fuß beiseite, um nicht darüber zu stolpern. Die Tasche schlitterte überraschend leicht über das Eis davon.

»Wahrscheinlich ist hier alles mit Kadavern übersät, die auferstehen wollten und es nicht geschafft haben ...«

Er blickte um sich.

»Mir scheint es zu gelingen ...«

Der dreiköpfige Hund war nicht mehr zu sehen. Eine letzte Welle von Angst überlief T., und dann bemerkte er, dass der rote Streifen des Sonnenuntergangs erlosch.

Es wurde jetzt rasch dunkel. Die Windstöße wurden heftiger, Schneeflocken wirbelten umher und bald tobte ein richtiger Schneesturm.

Nun war es stockfinster. Der Druck des Windes, der ihm ins Gesicht blies, war sehr stark und T. kam fast gar nicht mehr vorwärts; es war nur zu hoffen, dass der Wind auch den dreiköpfigen Hund aufhalten würde, wenn der noch versuchen sollte, ihn zu verfolgen.

Für einen Augenblick erreichte der Sturm eine unüberwindliche Kraft – und plötzlich flog T. buchstäblich aus einer Schneewolke heraus in einen dunkelblauen Sommerabend.

Er verlor das Gleichgewicht und fiel ins Gras. Die Schlittschuhe, die eben noch fest an seinen Füßen gesessen hatten, sprangen von selbst ab und verschwanden in der Schneewolke hinter seinem Rücken, woraufhin diese Wolke aufwirbelte, sich zunächst in eine Windhose und dann in eine schmale Säule aus Schneestaub verwandelte, um daraufhin spurlos zu verschwinden.

Es war fast dunkel. T. lag im Gras, nicht weit von den Ziegelruinen. Sein Kopf tat fürchterlich weh, die Hand, die die Kugel gestreift hatte, schmerzte, aber immerhin war er heil.

T. hatte die Bombe genau richtig geworfen – bei der Explosion war er im toten Winkel gewesen und ihm war nichts passiert.

Die Mönche hatten weniger Glück gehabt. Sie waren alle tot – ihre von Splittern zerfetzten Körper lagen um T. herum wie die Kelchblätter einer schrecklichen Todesblume, deren Zentrum er selbst war. In einiger Entfernung lag Warsonofi, aber hier sah er anders aus als auf dem Eis. Die blutige Spur hinter seinem Körper bewies, dass er versucht hatte wegzukriechen, aber seine Kräfte nicht gereicht hatten. Unter seinem ins Gras gedrehten Gesicht hatte sich eine große Blutlache gebildet, in der nun der Klobuk aufweichte.

T. rappelte sich auf, blickte in die Richtung, in die der Schneewirbel verschwunden war, und bemerkte plötzlich im Gras etwas Gelbes. Er humpelte darauf zu und entdeckte die Reisetasche, die neben dem toten Bankdirektor auf dem Eis gelegen hatte. Sie war nicht verschlossen und als T. sie aufklappte, erblickte er darin in Papier eingewickelte Münzrollen.

»Das kommt gerade recht«, dachte er, »ich habe mich vollkommen verausgabt ...«

Als er auf die Straße kam, war es schon vollkommen dunkel. Er verspürte eine entsetzliche, überirdische Müdigkeit – als hinge auf seinen Schultern ein Joch mit bleiernen Eimern, gefüllt mit Wasser aus dem Styx.

Bald erschien auf der Straße ein Licht – es war die Deichsel-Laterne eines Fuhrwerks. T. stellte sich mitten auf die Straße, damit der Bauer ihn schon von weitem sehen konnte und nicht erschrak. Das Fuhrwerk kam näher und hielt an.

»Nimm mich mit, Brüderchen«, sagte T. »Ich gebe dir auch was dafür.«

»Wohin soll ich Sie bringen, Herr?«

»Nach Petersburg. Und zwar schnell, Brüderchen, schnell.«

Nach kurzem Überlegen nickte der Bauer. T. kletterte auf das Fuhrwerk und bedeckte sich mit einer zerknüllten Pferdedecke, die auf dem Heu lag.

Nachdem sie einige Minuten gefahren waren und T. schon einschlafen wollte, fragte der Bauer:

»Und wohin in Petersburg, Herr? Die Stadt ist groß.«

»Zu Dostojewski«, erwiderte T. entschlossen.

»Zu Dostojewski?«, wunderte sich der Bauer. »Sie belieben zu scherzen, Herr. Dostojewski ist doch schon viele Jahre tot.«

»Du lügst ...«

»Ich schwöre es, Herr.«

»Dann in ein Hotel. In das beste Hotel auf dem Newski.«

»Wie Sie wünschen.«

»Irgendwie ist das ein allzu beflissener und höflicher Bauer«, überlegte T. beim Einschlafen. »Als wäre er die letzten zehn Jahre jeden Tag über die Landstraße gefahren in der Hoffnung, einen Herrn aufzulesen, der gerade eben den Styx überquert hat. Bestimmt ein Tolstoianer ... Aber der russische Mensch trägt immer ein Geheimnis mit sich, warum also sollte es nicht genau so einen Bauern geben? Man müsste natürlich an der Figur noch etwas arbeiten. Überlegen, wie er aufgewachsen ist, wie die großen Ereignisse unseres Vaterlandes seine Seele beeinflusst haben ... Oder ich gebe ihm besser einfach ein Goldstück, und zum Teufel mit ihm, wahrhaftig.«

ZWEITER TEIL

Der Schlag des Imperators

XVI

Ariel stand an einem großen weißen Unterschrank mit schwarzen Griffen und briet sich ein Rührei in einer Pfanne, unter der ein Kollier aus munteren blauen Flämmchen brannte. Er trug lilafarbene Unterwäsche und abgeschabte Lederschlappen.

T. stand hinter ihm. Er wusste nicht, wo er war, aber er begriff, dass er nicht hier sein dürfte und Ariel sich über den ungebetenen Besuch ärgerte. Unter diesen Umständen bestand wenig Aussicht, den Demiurgen empfindlich zu treffen, aber T. hatte keine Wahl, daher sprach er leidenschaftlich und aufrichtig, ohne seine Worte sorgfältig zu wählen:

»Haben Sie überhaupt eine Vorstellung davon, was für eine Qual das ist – immer zu wissen, dass man nur zu einem einzigen Zweck lebt, leidet und sich plagt – damit eine finstere Nissenbrut damit Geld verdienen kann? Ein denkendes Wesen zu sein, alles zu verstehen, alles zu sehen – und das nur, damit ein Wesen wie Sie Geld scheffeln kann ...«

»So, meinen Sie?« Ariel wiegte den Kopf, ohne sich umzudrehen. »Vielen Dank.«

Eine Zeit lang herrschte Stille, nur unterbrochen vom Zischen des Fetts in der Pfanne. Dann murmelte T.:

»Entschuldigen Sie, das ist mir so rausgerutscht. Ich hätte das nicht sagen sollen.«

Ariel nickte versöhnlich.

»Natürlich nicht«, sagte er. »Aber wenigstens kennen Sie die Wahrheit über sich. Die anderen hingegen haben überhaupt keine Ahnung. Sie springen von Brücken, galoppieren auf Pferden herum, sie decken Verbrechen auf oder knacken Safes, sie geben sich schönen Unbekannten hin, stürzen Könige vom Thron oder kämpfen mit Gut und Böse – und das alles ohne den kleinsten Schimmer von Bewusstsein. Man sagt, bei Dostojewski gäbe es Charaktere und differenzierte Figuren. Aber was zum Teufel sind das für Charaktere? Wie kann denn eine Figur psychologische Tiefe haben, die nicht einmal auf die Idee kommt, dass sie der Held eines Kriminalromans ist? Wenn dieser Held nicht einmal eine so einfache Tatsache über sich selbst erkennt, wer interessiert sich dann für seine Gedanken über Moral, Sittlichkeit, das göttliche Gericht und die Geschichte der Menschheit?«

»Wenigstens leidet er nicht, wie ich.«

»Einverstanden, Graf«, sagte Ariel. »Ihre Lage ist ambivalent und tragisch – aber Sie erkennen sie! Sie erkennen sie, weil ich Ihnen die Gelegenheit dazu gab. Die anderen haben diese Gelegenheit nicht. Denken Sie nur an Knopf. Ein höchst rechtschaffener Mensch. Aber er hat nichts begriffen, obwohl Sie ihm einen halben Tag lang alles erklärt haben. Er tut mir heute noch leid.«

»Es ist ausweglos«, flüsterte T. vor sich hin.

»Meinen Sie vielleicht, mir geht es besser?«, lächelte Ariel. »Ich sage es Ihnen doch immer wieder – ich unterscheide mich keinen Deut von Ihnen. Nur dass Sie ein interessantes Leben haben und ich nicht.«

»Irgendwie scheint mir«, versetzte T., »dass Sie nicht aufrichtig sind, wenn Sie das behaupten. Sie sind ein freier Mensch, wenn Sie genug haben von alldem, können Sie ein Schiff besteigen und nach Konstantinopel fahren. Aber mich kann man nicht einmal als Persönlichkeit im vollen Sinne dieses Wortes bezeichnen. Ein Etikett, auf dem ›T.‹ steht und hinter dem sich immer wieder andere Gauner verbergen – je nach den Forderungen Ihrer Marketender. Sie haben die Freiheit des Willens, ich nicht.«

»Die Freiheit des Willens?«, schmunzelte Ariel. »Ach, hören Sie doch auf. Das ist genauso ein beschränktes kirchliches Dogma wie das, dass die Sonne das Zentrum des Universums sein soll. Niemand hat die Freiheit des Willens, das hat die Wissenschaft längst still und heimlich bewiesen.«

»Wie denn das?«

»Folgendes: Glauben Sie etwa, ein echter Mensch – ich zum Beispiel oder Mitjenka – hätte eine Persönlichkeit, die die Entscheidungen trifft? Das hat man im letzten Jahrhundert geglaubt. In Wirklichkeit werden die menschlichen Entscheidungen in dunklen Ecken des Gehirns getroffen, in die keine Wissenschaft Einblick nehmen kann, und zwar mechanisch und unbewusst, wie bei einem Industrieroboter, der Abstände ausmisst und Löcher stanzt. Und das, was man ›die menschliche Persönlichkeit‹ nennt, drückt diesen Entscheidungen – und zwar ausnahmslos allen – lediglich einen Stempel mit dem Wort ›Genehmigt!‹ auf.«

»Das verstehe ich nicht ganz«, sagte T.

»Schauen Sie«, erwiderte Ariel. »Angenommen, eine dicke Frau beschließt, nie wieder Süßigkeiten zu essen, und verschlingt eine Stunde später eine Schachtel Schokolade – dann hat sie beides selbst beschlossen! Sie hat es sich zwischendurch einfach anders überlegt. Sie hat die Freiheit des Willens umgesetzt. In Wirklichkeit aber haben irgendwelche Relais Klick gemacht, ein anderes Unterprogramm kommt zum Zug, und fertig. Und Ihre ›Persönlichkeit‹ hat alles genehmigt, wie der japanische Kaiser, denn würde sie das, was geschieht, auch nur einmal nicht genehmigen, dann würde sich herausstellen, dass sie überhaupt nichts entscheidet. Deshalb hört bei uns das halbe Land morgens auf zu trinken und mittags steht es für Bier an – und keiner plagt sich mit Persönlichkeitsspaltung, es haben einfach alle ein reiches Innenleben. Das ist die ganze Freiheit des Willens. Wollen Sie etwa besser sein als Ihre Schöpfer?«

»Was soll ich mit Ihnen streiten«, versetzte T. leise. »Ich bin doch nur eine Puppe. Wie dieser schwarze Bajazzo bei den Zigeunern, mit dem ich mich unterhalten habe ... Im Grunde widersprechen Sie nicht einmal. Sie sagen einfach, Sie sind auch eine Puppe.«

»Richtig«, sagte Ariel. »Aber das ist kein Grund zur Verzweiflung. Wir sind nur Marionetten und unsere Handlungen lassen sich sämtlich auf bloße Mechanik zurückführen. Doch niemand ist imstande, diese Mechanik vollständig zu berechnen, so kompliziert und verwickelt ist sie. Auch wenn jeder von uns im Grunde genommen eine mechanische Puppe ist, so weiß doch keiner, was die im nächsten Moment anstellt.«

»Na sehen Sie«, sagte T. »Sie können wenigstens noch etwas anstellen.«

»Ja, du liebe Güte, glauben Sie vielleicht, dass ich mir das selbst ausdenke?«

»Wer denn sonst?«

»Überlegen Sie doch mal. Wenn Sie zum Beispiel Axinja wollen – kann man da vielleicht sagen, dass das Ihre eigene Laune ist? Da hat einfach Mitjenka das Ruder übernommen. Und wenn ich auf die Idee komme, für zwanzig Prozent Jahreszins einen Kredit aufzunehmen und davon einen Mazda acht zu kaufen, um dann in einem stinkenden Stau zu stehen und eine Reklametafel für den Mazda neun anzustarren – ist das etwa meine Idee?« Ariel betonte das Wort »meine« ganz besonders. »Der Unterschied ist lediglich, dass Sie nur von Mitjenka beherrscht werden und ich von zehn Gaunern aus drei verschiedenen Gehirnwäschebüros gleichzeitig. Dabei sind sie keine Bösewichte, sondern auch nur mechanische Puppen, und jeder Einzelne von ihnen wird von seiner Umgebung tagtäglich mit derselben grausamen Gleichgültigkeit ausgenutzt.«

»Aber warum tun Menschen einander so etwas an?«

Ariel hob warnend den Finger und schaltete die Flamme unter dem Rührei aus.

»Es scheint nur, als ob die Menschen das tun«, sagte er. »In Wirklichkeit aber findet man selbst mit der hellsten Lampe in keinem dieser Menschen den realen Täter. Ich habe Ihnen ja schon erklärt, Sie finden da nur hormonelle Relais, die im Dunkel des Unterbewusstseins klicken, und einen Bürostempel, der sein ›Genehmigt!‹ auf alles klatscht, was man ihm vorlegt.«

»Das ist aber sehr vereinfacht«, sagte T. »Es gibt doch noch mehr im Menschen.«

Ariel zuckte die Achseln.

»Es gibt noch die Gießkanne, die alles mit Emotionen besprengt. Damit kann eigentlich jeder hergelaufene Marktforscher umgehen ... Es ist mir schon oft aufgefallen: Da schaut man sich einen Blockbuster aus Hollywood an, erbärmlicher Schund von der ersten bis zur letzten Einstellung, man verdreht die Augen – und plötzlich erklingt pathetische Musik, der raue Krieger auf der Leinwand salutiert vor einem kleinen Mädchen mit einem Luftballon, und dann treten einem die Tränen ganz von selbst in die Augen, obwohl man den Film immer noch furchtbar findet ... Als wären sämtliche vorgeschriebenen Seelenregungen zusammen mit der Tonspur und den Untertiteln auf der CD eingebrannt. Nur Hamlet dachte, es sei schwierig, sein Ventil zu steuern. Seither hat man im Königreich Dänemark einiges dazugelernt.«

»Aber wer steuert das Ventil?«

Ariel wedelte mit gespreizten Fingern in der Luft herum.

»Wer steuert denn bei einer Drehorgel die Ventile? Das sind die Hebel. Hier haben wir es auch mit so einer Drehorgel zu tun. Unbeseelt und sinnlos, wie ein vulkanischer Prozess auf dem Mond. Ich verrate Ihnen ein schreckliches Geheimnis, selbst die mächtigsten Bankiers und Freimaurer der Weltregierung sind solche mechanischen Apfelsinen. Ausnahmslos alle Führer der Menschheit werden von einem Sandsturm angekurbelt, der über unserem toten, unbewohnten Planeten bläst.«

»Aber ...«

»Keine Widerrede«, unterbrach Ariel ihn traurig. »Hier ist Widerrede zwecklos.«

»Wie das denn«, fragte T. aufgeregt. »Sie lassen doch das Wichtigste aus. Ich habe das unbestreitbare, das deutliche Gefühl, dass ich bin. Ich bin! Hören Sie? Wenn ich einatme und Ihr Rührei rieche, dann schreit jede Zelle in mir – ich! Ich rieche das! Stimmt es etwa nicht?«

Ariel blickte auf sein erkaltendes Frühstück.

»Nein«, sagte er.

»Sie wollen also behaupten, dass das deutlichste, das offensichtlichste aller Gefühle – das Empfinden des eigenen Seins – ebenfalls eine Täuschung ist? Eine Illusion?«

»Natürlich. Und wissen Sie, warum?«

»Warum?«, fragte T.

»Weil«, antwortete Ariel mit einer Pause und brachte ihm gleichsam einen sorgfältig kalkulierten Schlag mit der Reitpeitsche bei, »Sie die Hauptsache vergessen haben. Nicht Sie haben dieses unbestreitbare, offensichtliche Gefühl der eigenen Existenz, Graf. Sondern ich. Ha-ha-ha-ha!«

»Nein!«, schrie T. »Nein! Sie Quälgeist!«

Er wollte Ariel bei der Gurgel packen, aber eine rätselhafte Kraft schmiedete ihm Arme und Beine zusammen – als hätte Ariel ihn unbemerkt mit einem Seil gefesselt.

T. machte einige wütende Bewegungen und erkannte, dass er sich endgültig verheddert hatte – und dass die Fesseln umso stärker wurden, je mehr er kämpfte. Er fing an zu schreien.

»Euer Erlaucht?«, fragte neben ihm ein zuvorkommender, klangvoller Bariton.

»Das Seil«, krächzte T., »nimm das Seil weg!«

»Das ist kein Seil«, sagte der Bariton. »Sie haben geruht, sich im Bettlaken einzuwickeln! Es drückt auf den Hals.«

T. befreite sich mühsam aus dem verzogenen Bettlaken und stützte sich auf den Ellbogen.

»Wo bin ich?«, fragte er.

»Sie geruhen, in Ihrem Zimmer zu sein«, erwiderte der am Bett stehende livrierte Lakai. »Hotel d'Europe, Petersburg.«

T. musterte die im Morgenlicht strahlende Suite – die goldenen Blumenkreuze auf der Tapete, die mit Zephyren spielenden Engel an der Stuckdecke, der sich im Luftzug bauschende Musselin-Vorhang am Baldachin über dem Bett – und kam endgültig zu sich.

»Schon wieder Ariel!«, dachte er wehmütig. »Aber was bedeutet das? Versucht er schon wieder, sich in mein Leben zu drängen? Wohl kaum. Wozu auch? Er hat mich weggeworfen wie Abfall. Außerdem ist er mir früher nie im Traum erschienen, sondern immer, wenn ich wach war ... Offenbar habe ich ihn selbst erschaffen mit all dem Unsinn, den er im Traum verzapft hat. Träume sollte man ignorieren ...«

Der Lakai stand immer noch neben dem Bett.

»Was willst du?«, fragte T.

»Euer Erlaucht haben befohlen, Sie in aller Frühe zu wecken. Sie sagten, Sie hätten zwei wichtige Treffen. Das erste um zehn Uhr morgens.«

»Und wie spät ist es jetzt?«

»Sieben«, erwiderte der Lakai.

»Lass mir Kaffee und ein Frühstück bringen.«

»Ist schon serviert. Auf dem Tisch.«

T. roch Kaffeeduft.

»Nun gut, danke, mein Lieber«, sagte er. »Geh jetzt. Nimm dir einen Rubel, das Geld liegt vor dem Spiegel.«

»Danke sehr, Euer Erlaucht«, antwortete der Lakai.

»Ist sonst noch was?«, fragte T., als er bemerkte, dass der Lakai zögerte.

»Sie werden schon erwartet. Der Herr, der am Abend kommen sollte. Anscheinend ist er nervös. Soll ich ihn abweisen?«

T. setzte sich im Bett auf und ließ die Beine baumeln.

»Was für ein Herr?«, fragte er. »Der Detektiv?«

Der Lakai nickte.
»Aber warum ist er so früh?«
»Das kann ich nicht sagen.«
»Gut«, sagte T. »Lass ihm ausrichten, ich empfange ihn zum Frühstück, sobald ich mich gewaschen habe.«

Eine Viertelstunde später, als T. in einem mit Quasten besetzten Morgenrock aus goldfarbener Seide beim Kaffee saß, betrat der Besucher das Zimmer. Es war ein Herr in einem graugrünen Rock, der eine leichte Ähnlichkeit mit dem verstorbenen Knopf hatte (oder vielmehr mit einem älteren Bruder von ihm – er war schon recht bejahrt).

»Bitte nehmen Sie Platz ... ehem ...«, sagte T. und deutete auf den Stuhl ihm gegenüber.

Bei ihrer ersten Begegnung hatte sich der graugrüne Herr als Serafim vorgestellt, aber T. war nach Möglichkeit bemüht, die Engel nicht durch Verwendung dieses Pseudonyms zu beunruhigen, und behalf sich mit undeutlichen Lauten und Pronomina.

Der Gast setzte sich, nahm die Melone vom Kopf und legte sie auf sein Knie.

»Ich habe Sie erst heute Abend erwartet«, sagte T. »Was ist passiert?«

»Gestern habe ich bemerkt, dass ich beschattet werde.«

»Aha«, bemerkte T. ungerührt. »Was kann das zu bedeuten haben?«

»Nichts Gutes«, erwiderte der Graugrüne, »Oberprokurator Pobedonoszew, über den ich in Ihrem Auftrag Informationen einhole, gehört zur obersten Schicht der staatlichen Bürokratie. Ich vermute, dass sich die Dritte Abteilung mittlerweile für die Vorgänge interessiert. Möglicherweise denken sie, die Nihilisten könnten einen terroristischen Anschlag vorbereiten.«

»Ist das der einzige Grund, weshalb Sie so früh auf den Beinen sind?«, fragte T.

»Nein«, antwortete der graugrüne Herr. »Aber es hat sich ein aufschlussreicher Sachverhalt ergeben, und ich wollte Sie warnen.«

»Worum geht es?«

»Sie haben heute Vormittag ein Treffen mit dem mongolischen Medium Dschambon Tulku.[53] Ich konnte nun nachweisen, dass er ebenfalls in einer Beziehung zu Pobedonoszew steht.«

»Mein Herr«, erwiderte T. stirnrunzelnd, »ich habe Sie beauftragt, Informationen über Pobedonoszew zu sammeln, aber nicht, mir hinterherzuspionieren.«

Der graugrüne Herr lächelte.

»Das lässt sich bei unserer Arbeit manchmal nicht vermeiden«, sagte er. »Wir überprüfen die Kontakte von Personen, über die wir Informationen sammeln, und gelegentlich auch die Kontakte dieser Kontakte. Ich hätte das nicht unbedingt erwähnen müssen, aber ich dachte, es würde Sie interessieren. Besonders, wenn ich Sie vor Ihrer Begegnung mit dem Medium unterrichte.«

T. nickte.

»Eins nach dem anderen«, sagte er. »Fangen wir mit dem Wichtigsten an. Haben Sie herausgefunden, worum ich Sie gebeten habe?«

Der graugrüne Herr zog ein mehrfach zusammengelegtes Blatt Pauspapier aus der Rocktasche, faltete es auseinander und legte es auf den Tisch.

»Was ist das?«, fragte T.

»Ein Plan des Hauses, in dem Pobedonoszew wohnt. Die Straßen sind beschriftet, aber hier, in der Ecke, steht sicherheitshalber auch die genaue Adresse – wenn Sie plötzlich eine Droschke nehmen wollen. Die Wohnung befindet sich im fünften Stock, sie ist mit einem Kreuz gekennzeichnet. Merken Sie sich – der Hintereingang ist mit Brettern vernagelt, man kann nur über die Haupttreppe hinein und hinaus.«

»Und was sind das für rote Kreise und Linien?«

»Die Kanalisationsluken und ein Schema der Kanalisation. Sehen Sie, direkt beim Eingang gibt es eine Luke. In der Gegend ist das Tunnelnetz sehr verzweigt, die reinsten Katakomben. Eine wunderbare Rückzugsmöglichkeit nach einem Attentat.«

»Gnädiger Herr, wie kommen Sie darauf, dass es um ein Attentat geht?«, fragte T.

»Entschuldigen Sie«, sagte der Graugrüne verlegen. »Das ist mir so herausgerutscht.«

»Wird das Haus bewacht?«

»Das Haus nicht. Aber der Oberprokurator steht unter dem Schutz bewaffneter Mönche, die zur selben Geheimgesellschaft gehören wie er. Sie haben eine Art Kaserne im Nebenhaus – falls etwas ist, ruft er an, und schon sind sie zur Stelle. Dafür musste ...«

»Das ist egal«, unterbrach ihn T. »Konnten Sie herausfinden, was für eine Geheimgesellschaft das ist?«

Der graugrüne Herr lächelte angewidert und sprach:

»Sodomiten.«

»Wie kommen Sie darauf?«

Der Graugrüne zuckte die Achseln.

»Ich weiß aus Erfahrung, dass hinter Geheimgesellschaften üblicherweise kein anderes Geheimnis steht außer diesem. Wozu sonst die ganze Geheimniskrämerei?«

»Vielleicht ist es nur die Maskierung für eine andere, noch verwerflichere Tätigkeit!«

Der graugrüne Herr schüttelte den Kopf.

»Wohl kaum. Wucher treiben kann man heute ganz offen – dafür wird man vom englischen König sogar zum Ritter geschlagen. Für Sodomie bestimmt auch bald. Aber wer braucht die heutzutage noch, diese englischen Ritter? Neulich stand in der Zeitung, dass letztes Jahr in Manchester ...«

T. unterbrach ihn mit einer Handbewegung.

»Bitte schweifen Sie nicht ab«, sagte er. »Worauf konkret stützen Sie sich bei dieser Vermutung? Welche Fakten haben Sie?«

Der graugrüne Herr nahm seine Melone vom Knie und legte sie auf den Tisch, schob die Hand in seine Innentasche und zog einen dicken Umschlag hervor, der dieselbe graugrüne Farbe hatte wie sein Rock. In dem Umschlag befand sich ein zylindrischer Gegenstand.

»Was ist das?«, fragte T.

»Die Antwort Ihres mongolischen Mediums auf eine Anfrage von Pobedonoszew. Ich habe den Umschlag aus dem Briefkasten des Oberprokurators gestohlen und bin damit ein großes Risiko eingegangen. Die Anfrage selbst habe ich nicht, aber aus der Antwort ist alles ersichtlich.«

T. öffnete den Umschlag. Darin befanden sich ein zusammengefaltetes Blatt Papier und ein mit glänzendem weißem Material bedeckter Zylinder.«

»Die Walze eines Phonographen?«

»Exakt«, bestätigte der Graugrüne.

T. faltete das Papier auseinander und las:

Euer Exzellenz, Herr Pobedonoszew!
In Beantwortung Ihrer Anfrage beeile ich mich, Folgendes mitzuteilen. Soweit mir bekannt ist, erklärt die Lehre der tibetischen Lamas keineswegs den Umstand, dass schöne Jünglinge häufig der Päderastie zuneigen. Als Privatperson hingegen kann ich Folgendes vermuten. Zu Lebzeiten fühlt sich die Mehrheit der Päderasten leidenschaftlich angezogen von schönen Knaben, denn sie sind das Ideal der für dieses Laster Anfälligen. Wenn aber das Laster eine solche Intensität erreicht, dass es das Herzstück des menschlichen Wesens erfasst, ist selbst der Tod zu wenig, um diese Glut zu kühlen, und sie überträgt sich auf das nächste Leben, wo gewöhnlich der stärkste in der Vergangenheit unerfüllt gebliebene Wunsch in Erfüllung geht – und so wird der Sünder selbst als sein früheres Idol wiedergeboren. Dabei tritt jedoch die ganze Ausweglosigkeit des Kreislaufs menschlicher Bestrebungen zutage: Wer früher nach hübschen Jünglingen lüstete, wird nun selbst zum Objekt eines schmutzigen Interesses. Wahrhaftig, welche Vergeblichkeit –

was ist die Schönheit der Jugend, wenn nicht Quell der Bedrohung für das Gesäß? Und so, Euer Exzellenz, geht es von einem Leben zum anderen.

Beigefügt erhalten Sie das auf der Trommel eines Phonographen aufgezeichnete alte tibetische Lied »Als ich mit dem Munde sündigte, starb mein Lama in dem Jahr«. Es singt der Yogi Denis Bykososov, Bön-Tradition.

Mit vorzüglicher und so weiter und so fort
Urgan Dschambon Tulku VI.

»Die Walze ist beschädigt«, sagte der graugrüne Herr bekümmert. »Sehen Sie diesen langen Kratzer hier? An der Stelle knackt es immer, aber man kann es hören. Etwas ganz Merkwürdiges – ein tiefes Gebrüll und Geraschel. Da wird einem ganz beklommen zumute.«

T. überlegte kurz.

»Sie haben gesagt, dieses Medium stehe in Beziehung zu Pobedonoszew. Meinten Sie damit ...«

»Aber nein, wo denken Sie hin!« Der graugrüne Herr grinste anzüglich. »Das war nur so eine Redensart. Oberprokurator Pobedonoszew interessiert sich für Spiritismus und sein Kontakt zu Lama Dschambon ist streng professioneller Natur. Der Lama leitet spiritistische Séancen. Nichtsdestotrotz habe ich mich entschlossen, Sie von ihrer Bekanntschaft in Kenntnis zu setzen.«

»Danke«, sagte T. nach einer Weile. »Und dieser Lama ist tatsächlich ein gutes Medium?«

»In spiritistischen Kreisen heißt es, in Petersburg könne ihm keiner das Wasser reichen. Angeblich ist er nicht nur in der Lage, Geister zu rufen, sondern er kann auch in den Herzen lesen und Gedanken erkennen ...«

»So ist es«, ließ sich plötzlich eine leise, aber deutliche Stimme vernehmen. »Innerhalb bestimmter Grenzen, versteht sich ...«

T. und der graugrüne Herr drehten sich gleichzeitig um.

In der Tür stand ein kleiner, stämmiger Mann mit kahlgeschorenem Kopf, noch ziemlich jung, in einer dunkelroten Kutte, deren Farbe und Schnitt ihn zwar von den städtisch gekleideten Menschen abhob, gleichzeitig aber keine allzu große Aufmerksamkeit auf ihn lenkte, weil sie aussah wie ein auffallender, farbenfroher Sommermantel. In der einen Hand hielt er ein in Zeitungspapier verpacktes und mit Bindfaden verschnürtes Bild von beträchtlichen Ausmaßen, in der anderen drehte er eine mächtige hölzerne Gebetskette.

»Herr Dschambon«, sagte T. »Ich habe Sie nicht so früh erwartet – wir waren um zehn verabredet, glaube ich.«

»Wie Sie bemerkt haben, Graf, haben sich neue Umstände ergeben.«

Der Lama wies mit dem Kopf in Richtung des Graugrünen. Der nahm seine Melone vom Tisch und richtete sich auf, bereit zum Kampf oder zur Flucht.

»Ich habe Ihre Unterredung mit diesem Herrn gehört, Graf«, sagte der Lama. »Daher mache ich Ihnen keine Vorwürfe. An Sie, mein Herr«, der Lama wandte sich an den Graugrünen, »habe ich auch keine Fragen, so wie man einen Wolf nicht fragt, warum er Kälber reißt. Aber ich benötige diese Materialien, ein Klient wartet darauf. Sie gestatten ...«

Dschambon trat zum Tisch, nahm die Phonographen-Walze und die an Pobedonoszew adressierte Notiz, legte beides zurück in den Umschlag und steckte diesen in die Tasche seiner mantelartigen Kutte.

»Das Geld ist in der Tasche beim Spiegel«, sagte T. »Nehmen Sie von den Imperialen, so viele Sie brauchen, und gehen Sie ...«

Diese Worte waren an den graugrünen Herrn gerichtet, der inzwischen direkt an der Eingangstür Stellung bezogen hatte. Er ließ sich nicht zweimal bitten, klimperte mit den Münzen, verneigte sich zu T. hin, verließ das Zimmer und schloss die Tür hinter sich.

T. wandte sich dem Lama zu und zeigte eine zerknirschte Miene.

»Mein Herr, gestatten Sie, dass ich Ihnen meine aufrichtigsten Entschuldigungen darbringe, das ist mir entsetzlich unangenehm ... Glauben Sie mir, es ist ein Missverständnis – ich habe keinerlei Anordnungen in Bezug auf Sie gegeben.«

Der Lama Dschambon stellte das Bild auf einen Stuhl und sagte:

»Das macht nichts, Graf, ich sagte ja schon, ich mache Ihnen keinen Vorwurf. Ich muss mich bei Ihnen entschuldigen, dass ich Sie früher behellige als vereinbart. Ich musste selbst Spitzel anheuern, um diesen Langfinger zu verfolgen. Sie haben es sich doch nicht anders überlegt? Sie haben Ihre Meinung zu dem Experiment doch nicht geändert?«

»Ich? Nein ... Wenn Sie natürlich nach diesem Vorfall ...«

»Bislang ist nichts vorgefallen«, sagte Dschambon. »Die Beziehungen meiner Klienten untereinander gehen mich nichts an und ich mische mich da nie ein. Also, sind Sie bereit?«

»Eigentlich ja«, erwiderte T. »Auch wenn ich mir nicht so richtig vorstellen kann ...«

Dschambon zog ein kleines Messer aus der Tasche, durchtrennte den Bindfaden, der das Bild zusammenhielt, schnitt das Zeitungspapier auf und zog es wie eine Hülle nach unten weg auf den Boden.

T. erblickte ein Brustbild von Dostojewski: Er war in Lebensgröße abgebildet, in akademischer und leicht offiziöser Manier, großzügig versehen mit Beigaben – Haar, subkutaner Muskulatur und gesunder Gesichtsfarbe –, mit denen die dankbare Nachkommenschaft nie knausert.

»Wozu das?«, fragte T.

»Das ist meine Methode, mit den Geistern zu arbeiten«, versetzte Dschambon.

»Sagen Sie, wie können Sie überhaupt den Geist eines Verstorbenen rufen? Gemäß Ihrer Religion wird er doch wiedergeboren?«

Dschambon sah T. an.

»Wie bitte?«, fragte er verwundert.

T. empfand ein leichtes Unbehagen.

»Nun, Sie sind doch Buddhist. Und im Buddhismus glaubt man doch, soweit ich weiß, an die Wiedergeburt der Seele. Es gibt doch sogar wiedergeborene Lamas.«

»Das ist richtig«, sagte Dschambon. »Ich bin selbst ein wiedergeborener Lama.«

»Aber wie kann man dann einen Geist rufen? Vielleicht ist er schon wieder körperlich geworden – zum Beispiel in diesem Detektiv, der Ihre Botschaft aus Pobedonoszews Briefkasten gestohlen hat! Und wir suchen Dostojewski irgendwo in der astralen Welt, ohne zu ahnen, dass er kurz zuvor noch hier bei uns war ...«

»Glauben Sie etwa an diesen ganzen Blödsinn?« Dschambon zog die Augenbrauen hoch.

T. geriet aus dem Konzept.

»Ich ... Ich weiß es nicht, wirklich. Ich nahm an, dass Sie daran glauben. Schließlich sind Sie der wiedergeborene Lama, nicht ich.«

Dschambon lächelte nachsichtig.

»Falls Sie es noch nicht wissen, Graf, die Lehre von der Wiedergeburt der Lamas betrifft ausschließlich die Vererbung klösterlichen Feudalbesitzes.«

»Das sagen Sie als Lama?«, wunderte sich T.

»Ich sage das als Lama, der seriöse Klienten niemals betrügt. Deswegen bin ich auch so teuer.«

»Das heißt also«, fragte T. neugierig, »Sie glauben gar nicht an die Reinkarnation?«

»Nicht ganz«, erwiderte Dschambon. »Meiner Auffassung nach wird nicht eine einzelne Persönlichkeit wiedergeboren, sondern das Absolute. Karl wird also nach dem Tod nicht zu Klara, sondern ein und dieselbe unaussprechliche Kraft wird sowohl Karl als auch Klara und kehrt anschließend zu ihrer Natur zurück, ohne von einer dieser Verkörperungen berührt worden zu sein. De facto kann man aber natürlich über das Absolute nicht sagen, dass es wiedergeboren oder verkörpert wird. Deshalb ist es besser, dieses Thema überhaupt nicht anzusprechen.«

»Und was ist mit den Erinnerungen an die früheren Leben?«

Dschambon zuckte die Achseln.

»Die kulturelle Nährlösung, aus der unsere zeitweilige irdische Existenz entsteht, enthält Überbleibsel fremder Leben. Wie Halme von totem Gras im Humus. Aber wenn an Ihrer Sohle das Etikett einer Mineralwasserflasche klebenbleibt, so heißt das nicht, dass Sie im früheren Leben ein Mineralwasser waren.«

»Aber Ihre ganze Lehre ...«

»Ja, ja«, versetzte Dschambon. »Sie brauchen gar nicht weiterzureden. In den Jatakas sprach Buddha: ›Als ich Bodhisattva war, als ich Zarewitsch war ...‹ Wie ich schon sagte, wir waren alle ein und derselbe absolute Geist. Deshalb kann derjenige von uns, der dieser absolute Geist wird, sich zu pädagogischen Zwecken an alles erinnern, woran er will. Oder jedenfalls alles sagen, was er will.«

»Und was ist dann die Strafe für den Sünder, wenn er nicht in der Hölle wiedergeboren wird?«

»Die Strafe ist dieser grauenhafte Geisteszustand, in dem er bis zum Tode verbleibt. Dieser Zustand ist die Hölle. All das ist lediglich eine Metapher für das, was im Leben mit uns geschieht. Im Übrigen, Graf, wenn man sich große Mühe gibt, kann man tatsächlich in der Hölle wiedergeboren werden. Für den absoluten Geist ist absolut alles möglich.«

»Hm«, machte T. »Ich hätte nie gedacht, dass wiedergeborene Lamas so interessant sein können.«

»Ich bin kein gewöhnlicher wiedergeborener Lama«, lächelte Dschambon. »Das hat aber nichts mit unserem Experiment zu tun. Wenn Sie es sich nicht anders überlegt haben, heißt das.«

»Keineswegs. Mein Entschluss steht fester denn je. Aber woher rufen wir dann den Geist von Dostojewski?«

»Wenn Sie das möchten«, sagte Dschambon ernst, »dann wenden wir uns an diesen absoluten Geist, von dem ich sprach. Wir bitten ihn, für Sie einen interessanten Aspekt der Realität zu schaffen, was auch immer das sein mag. Da Sie sich für einen Kontakt zu Fjodor Dostojewski interessieren, habe ich das Porträt mitgebracht, gewissermaßen als Wegweiser.«

»Interessant. Was meinen Sie, ist der absolute Geist nicht verärgert, dass man ihn wegen Geld behelligt?«

»Keine Sorge«, erwiderte Dschambon. »Selbst wenn, dann habe ich die Probleme und nicht Sie.«

»Und wo suchen wir den absoluten Geist?«, fragte T.

»Sie finden ihn in sich selbst. Aber nur für eine kurze Zeit und mit meiner Hilfe. Also was ist, fangen wir an?«

T. nickte.

»Dann hören Sie mir gut zu. Während des Experiments kann es zu recht ungewöhnlichen Erlebnissen kommen. Wenn Sie also eine Antwort auf eine konkrete Frage haben wollen, formulieren Sie diese im Voraus, und zwar einfach und klar. Ein, zwei Worte, höchstens drei. Wiederholen Sie diesen Satz mehrmals, damit Sie ihn nicht vergessen.«

»Ich habe schon so einen Satz«, antwortete T.

»Darf ich ihn hören?«

»Er wird Ihnen nichts sagen. Aber meinetwegen: ›Optina Pustyn‹. Oder auch ›Optina Pustyn Solowjow‹. Ich will Dostojewski danach fragen, weil er diesen Ausdruck als Erster benutzt hat.«

»Gut«, sagte Dschambon, »das verstehe ich wirklich nicht, aber die Hauptsache ist, dass Sie es verstehen. Nun noch eine Bedingung. Ich möchte Sie während des Experiments auf dem Stuhl festbinden.«

T. runzelte die Stirn.

»Wozu denn das?«

»Es ist so«, erwiderte Dschambon, »dass die Substanzen, die ich verwende, oftmals unvorhersehbar wirken, und es kommt vor …«

»Die Substanzen? Was für Substanzen?«

»Ich gebe Ihnen eine Arznei aus speziellen tibetischen Heilkräutern.«

»Erlauben Sie mal«, bemerkte T., »Sie wollen mir also irgendein Gift verabreichen und mich obendrein auf dem Stuhl festbinden?«

»Haben Sie kein Vertrauen zu mir?«

»Es geht nicht um Sie. Ich habe viele Feinde und muss mich auf mich selbst verlassen können. Wenn die mich, verzeihen Sie, auf einem Stuhl festgebunden vorfinden ... Nicht, dass ich unbedingt damit rechne, dass sich die Dinge so entwickeln, aber ich kann kein Risiko eingehen.«

Dschambon versank in Gedanken.

»Sagen Sie«, fragte T., »hat denn Ihre Arznei einen Einfluss auf das Bewegungsvermögen? Oder auf die Körperbeherrschung?«

»Eben nicht. Aber Ihre Selbstwahrnehmung wird sich empfindlich verändern, und zu Ihrem eigenen Wohl ...«

»Ich weiß besser, was zu meinem Wohl ist«, antwortete T. »Können Sie das Experiment durchführen, ohne mich auf dem Stuhl festzubinden?«

»Das ist gefährlich. Für Sie und für mich.«

»Warum?«

»Während des Experiments haben Sie möglicherweise den Eindruck, sich im Raum zu bewegen. Damit Ihr Körper keine Reflexbewegungen macht, muss man ihn fixieren ...«

Bei diesen Worten unterzog Dschambon die Figur von T. einer kritischen Betrachtung.

»Mit einem Seil wäre es natürlich sicherer«, sagte er. »Aber ich denke, bei einer Pille schaffe ich es auch so. Wie wichtig ist diese Bedingung für Sie?«

»Sie ist entscheidend.«

»Dann verlange ich das Dreifache. Und zwar im Voraus.«

»Schön, wenn man es mit einem Geschäftsmann zu tun hat«,

lächelte T. »Nehmen Sie sich das Geld, der Beutel mit den Imperialen liegt beim Spiegel ...«

Während Dschambon die Münzen abzählte (was ziemlich viel Zeit beanspruchte), trat T. zu der Anrichte an der Wand, stellte sich so hin, dass Dschambon seine Hände nicht sehen konnte, und öffnete die Schublade. Darin lag ein Metallkonus mit einer gelben Zündkapsel und den auf dem flachen Boden eingravierten Worten *Die Stumme*. Es war die zweite Bombe – das Einzige, was T. von der Ausrüstung, die er aus Jasnaja Poljana erhalten hatte, noch geblieben war.

»Die erste hieß *Die Klaglose*«, überlegte er, »und es stimmt, keiner hat sich hinterher beklagt! Und dieses Mal wird wohl keiner etwas sagen. Der Schmied de Martignac hat die tiefe Bedeutung des gewaltlosen Widerstands ganz richtig erfasst. Schade um das schöne Stück, aber wenn dieser Dschambon ein Verräter ist ...«

T. nahm die Bombe heraus und steckte sie unbemerkt in die Tasche. Als er an seinen Platz zurückkehrte, war der Lama gerade fertig mit dem Geldzählen und verbarg die Börse mit den Münzen lächelnd in den Tiefen seiner Kutte.

»Alles in Ordnung«, sagte er. »Die Prozedur ist vom Ablauf her ganz einfach, wir können beginnen ...«

Er hatte plötzlich ein verschnürtes buntes Bündel in der Hand. Er löste es (flüchtig sah man ein Tuch mit einer düsteren religiösen Stickerei – blaue, dreiäugige Gesichter, Flammenzungen, dunkle Berge) und stellte eine mit Türkisen verzierte kleine Silberschatulle in Form eines Schädels vor T. auf den Tisch. Die blauen Augen des Schädels glotzten T. erstaunt an.

»Machen Sie ihn auf«, befahl Dschambon.

T. klappte den Deckel des Schädels zurück.

Darin lagen drei Pillen, von der Form her ähnlich wie die Bombe in T.s Tasche – tropfenförmig, etwa so groß wie ein Fingernagel, dunkelgrau, mit Einsprengseln eines fein gemahlenen Krauts.

»Was ist das?«, fragte T. Er nahm eine Pille heraus und inspizierte sie gründlich.

»Das sind *Shugdens Tränen*«, erwiderte Dschambon. »Shugden, falls es Sie interessiert, ist der persönliche Schutzgeist des Großen Gelbmützenlamas aus dem Potala-Palast. Sie verstehen, das ist die beste Empfehlung überhaupt.«

»Woraus werden sie gemacht?«

»Aus einer Mischung von mehr als hundert Kräutern, Wurzeln und anderen Substanzen. Die genaue Zusammensetzung wird seit Jahrhunderten geheim gehalten.«

T. bemerkte, dass am Boden der Schatulle für jede Pille eine Vertiefung eingelassen war – als wären die Tränen in drei verschiedene Richtungen gefallen.

»Warum sind es ausgerechnet drei? Hat das etwas zu bedeuten?«

»Entsprechend der Zahl der Augen«, erklärte Dschambon. »Für Laien wird eine Pille empfohlen, weil sie sozusagen nur mit einem halbblinden Auge auf die Welt schauen. Derjenige, der auf dem geistigen Weg schon gefestigt ist, kann zwei Pillen nehmen, weil er beide Augen offen hat. Drei Pillen sind nur demjenigen gestattet, bei dem das Auge der Weisheit geöffnet ist. Allerdings braucht er im Grunde gar keine Pillen, daher hat die dritte hier nur eine rituelle Funktion – so ist die Tradition. Sie müssen eine Pille nehmen. Oder eine halbe, mit Rücksicht darauf, dass wir das Experiment ohne Seil durchführen.«

»Nein«, sagte T. »Zwei.«

»Sind Sie ein Mensch auf dem Weg?«

T. nickte.

»Darf ich fragen, was Sie auf dem Weg erreicht haben?«

T. blickte Dschambon unverwandt an.

»Soll ich ihm alles erzählen?«, überlegte er. »Dafür ist gar keine Zeit...«

»Zum Beispiel habe ich erreicht, gnädiger Herr«, erwiderte er leicht überheblich, »dass ich dieses Universum mit der Stadt Petersburg und dem hier anwesenden Lama Dschambon durch eine mystische Handlung aus der absoluten Leere selbst erschaffen habe. Ich bin der Vater des Kosmos und der Herrscher der Ewigkeit, aber ich bin nicht stolz darauf, denn ich erkenne deutlich, dass diese Augenscheinlichkeiten lediglich illusorische Zuckungen meines Geistes sind.«

Dschambon fixierte T. aufmerksam und blickte lange, fast eine Minute lang, auf einen Punkt oberhalb seiner Brauen. Allmählich zeigte sich in seiner Miene eine Mischung aus Bestürzung und Respekt, wie bei einem Nomaden, der zum ersten Mal ein Automobil sah.

»Interessant«, bemerkte er. »Ich höre solche Worte recht häufig, doch die Menschen, die sie aussprechen, begreifen gewöhnlich tief in ihrer Seele, dass sie lügen. Sie aber sagen allem Anschein nach die Wahrheit ... Ich weiß nicht, Graf, auf welchem Weg Sie unterwegs sind, aber Sie können mit Sicherheit zwei Pillen nehmen. Ohne Bedenken. Und für mich, glauben Sie mir, ist es eine große Ehre, Ihnen als Führer zu dienen. Allerdings nimmt das Experiment viel Zeit in Anspruch, das Präparat wird bis heute Abend wirken. Daher schlage ich vor, unverzüglich zu beginnen ...«

Er stand auf, ging zur Anrichte, goss aus der Karaffe Wasser in ein Glas und kehrte zu T. zurück.

»Trinken Sie«, sagte er. »Die Pillen brauchen einige Zeit, bis sie wirken. Unterdessen kann ich Ihnen weitere Erläuterungen geben. Für Sie ist das einfach.«

T. bezwang seine Bedenken (er begriff gar nicht mehr, warum er eben noch auf zwei Pillen bestanden hatte), legte die grauen Kegel in den Mund und schluckte sie mit Wasser hinunter. Sie waren völlig ohne Geschmack und schienen aus Wachs zu sein.

Dschambon drehte den Stuhl mit dem Porträt von Dostojewski so um, dass dieser sich direkt T. gegenüber befand.

»So«, sagte er, »nun schauen Sie ihm direkt ins Gesicht. Stellen Sie sich vor, Ihnen sitzt ein lebendiger Mensch gegenüber. Dann versuchen Sie, jede Zweiheit abzulegen, und werden Sie selbst dieser Mensch. Versuchen Sie, sich in seine Welt zu versetzen ... Stellen Sie sich die Frage, was diese Augen gesehen haben, als sie noch lebendig waren ...«

»Ich habe eine Vorstellung davon«, bemerkte T., während er das Porträt aufmerksam betrachtete, »was diese Augen jetzt sehen.«

»Das ist noch besser«, erwiderte Dschambon. »Was denn? Einen Feuerfluss? Eine Eiswüste, einen himmlischen Garten?«

»Eine Stadt«, sagte T., ohne den Blick von Dostojewskis Pupillen abzuwenden. »Irgendeine Stadt. Sie hat eine entfernte Ähnlichkeit mit unserer Stadt, aber sie ist bevölkert von wandelnden Toten.«

»Ausgezeichnet!«, rief Dschambon begeistert. »Dann gehen Sie folgendermaßen vor: Zuerst versuchen Sie, die Stadt aus der Vogelperspektive zu sehen. Dann lassen Sie sich in irgendeine Straße hinuntergleiten.«

»Wie soll ich das denn machen?«

Dschambon blickte T. ungläubig an.

»Durch Ihre persönliche Maya«,[54] erwiderte er. »Wie denn sonst?«

T. spürte, dass er seine mühsam erworbene mystische Reputation durch solche Fragen rasch ruinieren könnte. Aber es bestand gar keine Notwendigkeit zu fragen.

»Ich sehe schon etwas«, flüsterte er verwundert. »Ja, ich sehe etwas ...«

Es war wie in einem Tagtraum: Tatsächlich sah T. das Petersburg Dostojewskis, ungefähr aus der Höhe der Hausdächer. Wobei er die Stadt weniger sah, als dass er sie sich vorstellte oder sich erinnerte – aber er nahm sie ganz deutlich wahr. Er konnte sie betrachten und seine Aufmerksamkeit von einem Detail zum anderen wandern lassen.

Die Häuser sahen verlassen und düster aus. Auf den Straßen waren weder Passanten noch Kutschen – nur einmal fuhr irgendwo weit weg ein Gefährt vorbei, das mit seinen seitwärts abstehenden langen, eisernen Zapfen aussah wie eine Muschel. Hier und da öffneten sich auf dem Fahrdamm Kanalisationsluken, von denen Herren in tünchebeschmierten Gehröcken zu den Hauseingängen liefen. Die Hauswände waren übersät mit Schmutzflecken, Schimpfwörtern und unleserlichen Graffiti, die in ihrem schillernden Pluralismus von trostloser Monotonie waren.

T. fühlte sich genötigt, etwas zu sagen.

»In der Provinz lebt es sich doch anders«, murmelte er. »Elender – das ja. Aber trotzdem irgendwie sauberer, menschlicher ... Und die Luft ist entschieden besser.«

»Nicht abschweifen«, sagte Dschambon. »Sie müssen sich irgendeinen Orientierungspunkt vorstellen, bei dem das Treffen stattfindet. Geht das?«

»Ja«, erwiderte T. »Da gab es einen umgekippten Weihnachtsbaum mit Spielzeug dran.«

»Können Sie ihn sehen?«

»Bis jetzt noch nicht. Ich sehe nur Nebel.«

Tatsächlich waberte mittlerweile ein unangenehm grünlicher Nebel durch die Straßen.

»Blicken Sie auf gar keinen Fall in den Nebel«, befahl Dschambon. »Schauen Sie zum Himmel hoch. Wenn sich der Geist beruhigt, blicken Sie wieder nach unten. Beeilen Sie sich, Ihre Tanne zu finden, ich sehe, dass Sie es gleich geschafft haben und endgültig dort sind. Ich wiederhole, Sie müssen jede Zweiheit ablegen.«

»Ich gebe mir Mühe«, sagte T. und hob die Augen zum Himmel.

Über der Stadt schwebten zwei runde Wolken, die aussahen wie die wulstigen und übertrieben fleischigen Gesichter auf einem Stich von Dürer. Das eine Gesicht schien einem langhaarigen alten Mann zu gehören, das andere war rundlich und jung, und beide blickten auf T. mit der unmenschlichen Gleichgültigkeit der Ewigkeit, die selbst dann nicht verschwand, als der Wind die Gesichter verwehte.

»Sie haben einen doppelköpfigen Imperator«, fiel es T. ein. »Vielleicht ist das eine Illumination zum Feiertag. Es muss doch hier auch Feiertage geben ... Wo ist denn nur dieser umgekippte Weihnachtsbaum? Ach, da ist er ja ...«

XVII

So etwas hatte Dostojewski lange nicht gesehen. Wenn er es sich recht überlegte, hatte er so etwas überhaupt noch nie gesehen.

Unmittelbar vor dem Schützengraben, nur drei Schritte entfernt, stand wie aus dem Nichts ein mongolischer Bonze in einer dunkelroten Kutte und starrte ihm direkt in die Augen.

Der Bonze war unbewaffnet und offensichtlich nicht von Westen her gekommen, aber Dostojewski ärgerte sich trotzdem.

Zum einen war es unbegreiflich, wie dieser Diener böser Geister sich so dicht an die Feuerstellung heranschleichen konnte. Wäre er zum Beispiel ein Zombie-Seemann gewesen, hätte er eine Matrosenmütze mit Schlangenbändern in den Schützengraben geworfen, und dann wäre es aus gewesen mit ihm.

Zum anderen fiel Dostojewski ein, was der Leiter der Zollstelle über das Gift erzählt hatte, das sie am Fenster nach Europa abgefangen hatten (er hatte sich wie viele der Zollbeamten in seiner Jugend mit Dzogchen* beschäftigt, aber im reifen Alter war er in den Schoß der Kirche zurückgekehrt).

»Der Markt hat alles Menschliche im Leben getötet«, klagte der Zollamtsleiter immer. »Vor der Reform gab es immer tolles Gras ... Ganz verschiedenes. Grünes kirgisisches. Manchmal auch salatgrünes usbekisches. Oder ganz dunkles, aus dem Kaukasus. Aus dem Fernen Osten bekamen wir auch welches, gelblich und mild. Und alle machten auf ihre Weise high, leicht wie Cham-

---

* Städtische Folkloretradition im modernen Lamaismus (Anm. d. Red.)

pagner. Kultiviert und heiter. Und jetzt? In Amsterdam bauen sie Gras mit Hydrokultur an. Aber was kriegen wir hier in Petersburg? Wenn die Leute das wüssten, würde keiner mehr rauchen. Da hocken irgendwelche Gauner in einem zwielichtigen Keller und tunken Birkenzweige in einen Eimer mit synthetischem Cannabinol, und hinterher schneiden sie das Zeug klein und verkaufen es als holländische Auslese. Dieser Mist ist noch feucht und kriegt mit der Zeit einen weißlichen Belag, das sieht aus wie Schimmel. Nur dass es kein Schimmel ist, sondern getrocknete Chemie. Das Zeug macht high wie echtes Hydrokultur-Gras. Aber es ist leer wie das Wesen des Geistes im tibetischen Satanismus. Und was für einen gesundheitlichen Schaden es anrichtet, weiß erst recht kein Mensch ...«

Nun stand dieser Satanismus in höchsteigener Person direkt vor dem Schützengraben und starrte ihm dreist in die Augen.

»Was machst du hier, Schielauge?«, fragte Dostojewski.

Der Lama gab keine Antwort, er wich nur ein Stück zurück, und sein Blick wurde wachsam.

»Na warte!«, brummte Dostojewski und sprang mit einem Satz aus dem Schützengraben.

Zu einem richtigen Handgemenge kam es allerdings nicht. Der Lama war wendig wie ein Affe und schnappte immer nach seinen Handgelenken, und Dostojewski knallte ein paar Mal erbittert mit der Stirn gegen den kahlrasierten Schädel. Da rannte der Lama weg. Dostojewski jagte ihm lange hinterher – zuerst über die Granitstufen an der Uferstraße und dann durch eine Seitenstraße. Doch der Lama rannte sehr schnell.

Plötzlich überlegte Dostojewski, das ganze Spektakel hätte inszeniert sein können, um ihn aus dem Schützengraben hervorzulocken. Fluchend rannte er ebenso schnell wieder zurück. Wieder in der Feuerstellung, setzte er die Brille auf, beugte sich über das Visier – gerade noch rechtzeitig, um das Undenkbare zu sehen.

Von Westen her kam ein Mensch.

Natürlich kamen von Westen her immer viele, besonders in letzter Zeit, doch der bärtige Mann in dem goldfarbenen, seidenen Morgenrock schien keine tote Seele zu sein. Jedenfalls zeigte das patristische Visier keine gelbe Aureole um seine Gestalt an.

Ihm schoss der Gedanke durch den Kopf, das heilige Wasser zwischen den Linsen könnte seine Kraft verloren haben – durch die Nähe zum Gehirn und die sündigen Gedanken. Angeblich sollte so etwas vorkommen.

Er blickte zum westlichen Ufer der Newa, das durch eine Lücke zwischen den Häusern zu sehen war. Da waren haufenweise tote Seelen, die keine Furcht erkennen ließen. Das patristische Visier funktionierte – um die winzigen Silhouetten herum waberte ein flackerndes, aber deutlich erkennbares gelbliches Leuchten. Dostojewski richtete den Blick wieder auf den bärtigen Mann im Morgenrock. Er hatte noch immer keine Aureole.

»Nein«, erkannte Dostojewski, »das ist kein Zombie ...«

Der Bärtige wusste anscheinend, dass er beobachtet wurde – er schwenkte lächelnd den Arm. Dostojewski war sicher, dass weder er selbst noch das Blinken der Linse zwischen den rötlich braunen Tannenzweigen und den bunten Glaskugeln zu sehen waren. Und doch lächelte der Bärtige wieder und nickte, wie um zu bekräftigen, dass Dostojewski sich nicht getäuscht hatte.

»Interessant«, dachte Dostojewski. »Kommt vom Westen und ist kein Zombie ... Wer ist er dann? Vielleicht kommt unser Kundschafter zurück?«

Das Dosimeter fing an zu quäken.

Dostojewski nahm einen Schluck warmen Wodka und überlegte. Die Leichen der Zombies, die unter dem Graffito »SATANS LOCH« auf dem Fahrdamm lagen, waren schon fast in ihre Elemente zerfallen und hatten sich in mit Stofffetzen bedeckte Staubhäufchen verwandelt, aber sie waren noch zu sehen.

»Nein, das ist bestimmt kein Zombie«, sagte er entschieden.

»Die kommen frühestens gegen Abend raus, wenn die da drüben weggeweht sind ... Aber spätestens, wenn der Wodka alle ist.«

Dostojewski war schon länger etwas Merkwürdiges aufgefallen – eine neue Lieferung Schnaps kam immer genau dann, wenn die vorherige zu Ende ging. Und dies völlig unabhängig von der Menge des zuvor erbeuteten Wodkas, von der Zahl der zur Strecke gebrachten toten Seelen oder vom Strahlungspegel. Kaum drohte der Schnaps zu Ende zu gehen, stürmte eine mit Alkohol beladene Kompanie von Toten auf die Feuerstellung los. Der Starez Fjodor Kusmitsch meinte, das sei ein offensichtlicher Beweis für die Existenz Gottes. Ein weiterer Gottesbeweis waren für ihn die roten Benzinfässer, die unerklärlicherweise immer genau an den Stellen auftauchten, wo man mit einem einzigen Schuss eine ganze Gruppe Zombies niederbrennen konnte. (Wenn von diesen Fässern die Rede war, geriet Fjodor Kusmitsch immer in helle Aufregung: »In diesem Zeichen wirst du siegen!«, wiederholte er dann ganz aufgeregt, »In diesem Zeichen wirst du siegen!«) Dostojewski wusste nicht, wie es mit der Dogmatik stand, aber vom praktischen Standpunkt aus betrachtet hatte Fjodor Kusmitsch recht.

Der bärtige Mann im Morgenrock kam also so gesehen völlig zur Unzeit – und doch kam er immer näher. Allem Anschein nach hatte er keine Waffe.

»Was zum Teufel ist das heute nur für ein Tag?«, dachte Dostojewski. »Na ja. Gleich werden wir wissen, was da los ist ...«

Er nahm die Brille ab und legte sie auf eine spezielle Ablage an der Wand des Schützengrabens. Dann packte er eine Axt, kletterte gemächlich auf die Brustwehr, stieg über den Weihnachtsbaum hinweg und trat hinaus ins Freie.

Der Unbekannte im Morgenrock winkte erneut und kam furchtlos auf ihn zu. Dostojewski stellte die Axt auf dem Fahrdamm ab, stützte sich auf den Griff und setzte eine undurchdringliche Miene auf. Der Unbekannte blieb in zehn Schritt Entfernung stehen.

»Guten Tag, Fjodor Michailowitsch!«

Dostojewski machte große Augen.

»Woher wissen Sie, dass ich Fjodor Michailowitsch bin, gnädiger Herr?«

»Aber ich bitte Sie! So ein eleganter Herr mit einer Zweihandaxt. Wer anders könnte das sein als der berühmte Dostojewski?«

»Zum Beispiel ein Zimmermann«, sagte Dostojewski. »Oder ein Fleischer, ha-ha ... Und wer sind Sie?«

»Schwierige Frage«, erwiderte der Mann im Morgenrock. »Normalerweise nennt man mich Graf T.«

»Na, sieh mal an!«, versetzte Dostojewski mit mildem Sarkasmus. »Graf T., so so ... Ich habe Sie mir aber ganz anders vorgestellt.«

»Und wie?«

»So wie man Graf T. üblicherweise darstellt. Mit Strohhut und zwei Revolvern.«

»Das war früher so«, erwiderte T. »Heute ist alles anders. Sie können es so sehen, dass ich aus dem Jenseits zurückgekehrt bin.«

»Ein Zombie«, dachte Dostojewski stirnrunzelnd. »Und er gibt es selbst zu, das kommt selten vor. Aber es gibt keinen Zweifel.«

»Ach ja?«, sagte er. »Und was hat Sie veranlasst, eine so beschwerliche Reise zu unternehmen?«

»Mein Interesse an Ihnen, Fjodor Michailowitsch.«

»Sie heucheln, Graf«, brummte Dostojewski. »Bestimmt haben Sie noch ganz andere Absichten.«

»Möglich«, sagte T. zustimmend.

Dostojewski umrundete T. langsam von links her, um ihm den Rückzug abzuschneiden.

»Also so einer sind Sie«, gurrte er freundlich. »Wissen Sie, es ist gut, dass wir uns kennenlernen. Mich hat schon immer interessiert, ob die Kampfkunst des Grafen T. meiner Axt lange standhalten kann. Aber bisher konnte ich das nicht erproben ...«

T. lächelte.

»Ich habe allerdings auch einiges über Sie gehört, Fjodor Michailowitsch. Manche halten Sie sogar für unbesiegbar. Vielleicht gibt es in diesem Städtchen wirklich niemanden, der Ihnen ebenbürtig ist ... Ich stehe zu Ihren Diensten.«

Dostojewski verbeugte sich, knöpfte bedächtig seine Jacke auf, warf sie ab und stand im schwarzen Hemd da. Daraufhin verneigte er sich, die Axt im Rücken haltend, bis zum Boden, als sei ihm die vorherige Verbeugung nicht tief genug gewesen.

T. neigte zur Antwort höflich den Kopf.

»Der Idiot!«,[55] stieß Dostojewski hervor.

»Wie bitte?« T. zog befremdet die Augenbrauen hoch.

Mit Dostojewski ging eine merkwürdige Veränderung vor sich. Er starrte auf ein zusammengeknülltes Papier, das der Wind links von T. über den Fahrdamm blies, und in seiner Miene zeigte sich ein Interesse, das sich schnell zu einem Ausdruck von Benachteiligung und Gier auswuchs. Er machte einen Schritt auf das Papier zu, beugte sich hinunter, um es aufzuheben, stolperte unbeholfen und schwenkte die Axt, um das Gleichgewicht zu halten – und in der nächsten Sekunde sauste die Klinge pfeifend an der Stelle vorbei, wo gerade eben noch der Kopf von T. gewesen war, der sich im letzten Moment hatte bücken können.

Dostojewski machte rasch einen Schritt zur Seite, presste die Axt an die Brust, schloss die Augen und sagte:

»Bobok!«[56]

Daraufhin kippte er wie eine hölzerne Statue der Länge nach hintüber.

T. wartete ab, was passieren würde. Es geschah aber nichts weiter: Dostojewski lag auf dem Rücken, die Axt an sich gedrückt und seinen Bart, an dem der Wind zauste, gen Himmel gereckt.

T. wartete eine oder zwei Minuten ab und rief dann:

»Fjodor Michailowitsch!«

Dostojewski gab keine Antwort.

»Haben Sie sich wehgetan? Wenn Sie Hilfe brauchen, sagen Sie es!«

Dostojewski gab keinen Laut von sich. Er sah aus wie ein greiser Wikinger, der auf einem Leichenboot in die Ewigkeit fuhr – nur war das Leichenboot die ganze Stadt ringsum.

T. machte einen vorsichtigen Schritt auf ihn zu.

»Fjodor Michailowitsch!«

Die Klinge rauschte an der Stelle vorbei, wo einen Augenblick zuvor T.s Beine gewesen waren – wie beim letzten Mal hatte er der Wurflinie der Axt gerade noch ausweichen können. Der heftige Schwung schien alle Gesetze der Physik zu brechen: Es war unbegreiflich, wie es Dostojewski gelungen war, aus völliger Reglosigkeit in atemberaubende Schnelligkeit zu wechseln.

Mit Hilfe des Schwungs gelang es Dostojewski, wieder auf die Beine zu springen. Er schob die Axt hinter den Rücken, drehte T. die offene Handfläche zu und rief erneut:

»Der Idiot!«

Sofort schien er T. wieder aus dem Blick zu verlieren. Er machte einige unsichere Schritte, hob den Blick, und auf seiner Miene malte sich ein Schrecken ab, als hätte er am Himmel etwas Unheimliches entdeckt. Mit beiden Händen hob er die Axt über den Kopf und rannte in T.s Richtung.

»Jetzt reicht es!«, dachte T.

Er passte den richtigen Moment ab, angelte mit der Zehenspitze nach Dostojewskis Jacke, die am Boden lag, und warf sie in die Höhe.

»Der Leinwandmesser!«,[57] rief er.

Die Jacke blähte sich in der Luft und legte sich als dunkle Woge über Dostojewski – sie hielt ihn nur einen Moment lang auf, doch in diesem Moment konnte T. in die Hocke gehen. Als Dostojewski sich befreit hatte, ließ er einen furchtbaren Schlag auf T.s Kopf niedersausen, dem dieser – das war sofort klar – unmöglich ausweichen konnte. Unmittelbar vor dem Schlag kniff

Dostojewski gewohnheitsmäßig die Augen zusammen, damit sie keine Spritzer abbekämen.

Die Axt fuhr in etwas Weiches, schwankte und blieb stecken – aber Dostojewski hörte keinen Schädelknochen knacken. Er öffnete die Augen und starrte das Opfer bestürzt an.

Was er sah, war so unwahrscheinlich, dass das Gehirn sich eine Zeit lang weigerte, das Gesehene als Realität anzuerkennen, und versuchte, die Nervenreize anders zu interpretieren. Doch das war nicht möglich.

T. hatte die Klinge der Axt zwischen die Hände gepresst und hielt die Spitze nur einen Werschok von seinem Kopf entfernt. Dostojewski versuchte, ihm die Axt zu entreißen, aber die Klinge schien in einen Schraubstock eingespannt.

»Steckt die Kralle in der Falle, ist der Vogel schon verloren!«,[58] flüsterte T.

Dostojewski erbleichte.

»Sie sind wahrhaftig Graf T. ...«

T. blickte Dostojewski unverwandt in die Augen und drehte die Klinge zur Seite, so dass Dostojewski sich ebenfalls zur Seite neigen und die Arme unbequem verrenken musste.

»Die Situation ist aber zu dumm«, bemerkte Dostojewski. »Ich kann Ihnen die Axt nicht entreißen und Sie ... Sie können sie nicht loslassen. Und schlagen können Sie mich auch nicht.«

T. schob verwundert die Augenbrauen in die Höhe.

»Warum nicht?«

»Wie, warum nicht? Weil Sie damit Ihr eigenes Ideal verraten würden.«

»Pardonnez-moi?«

»Na, hören Sie mal«, sagte Dostojewski, der vor Anstrengung allmählich rot anlief (er versuchte immer noch, T. zu bezwingen und ihm die Axt zu entreißen). »Der gewaltlose Widerstand gegen das Böse.«

»Ach, das meinen Sie«, erwiderte T., der ebenfalls dunkelrot anlief. »Ja, das stimmt schon. Nur sind Sie nicht das Böse, Fjodor Michailowitsch. Sie sind das vom Weg abgekommene Gute!«

Dostojewski konnte gerade noch sehen, wie T.s Fuß in dem leichten wattierten Hausschlappen sich vom Boden löste. Im nächsten Augenblick traf ihn ein gewaltiger Tritt genau in die Mitte seines Bartes, hob ihn in die Höhe und schleuderte ihn in eine samtene, geräuschlose Dunkelheit.

Als Dostojewski wieder zu sich kam, lag er in der getarnten Grube am Boden. T. hatte es sich ihm gegenüber auf der Patronenkiste bequem gemacht und inspizierte die erbeutete Axt. Als er sah, dass Dostojewski die Augen aufschlug, tippte er mit dem Finger auf die Klinge und sagte:

»*Isch Navertell*. Was soll das denn heißen? Never tell vielleicht? Eine Art Pidgin-English?«

»Das ist Russisch«, antwortete Dostojewski und blickte sich mürrisch um. »Bloß mit lateinischen Buchstaben geschrieben. Eine Ischewsker Arbeit. Ein Einzelstück, im Katalog gibt es die nicht, das ist eine Spezialanfertigung für mich aus einer Legierung von Damaszener Stahl mit einem silbernen Zigarettenetui. Speziell zum Jubiläum.«

»Verstehe«, sagte T. und legte die Axt zur Seite.

»Wie sind Sie hierher geraten?«

»Ich bin doch auf Ihren Wunsch hin gekommen, Fjodor Michailowitsch«, erwiderte T. leicht verlegen.

Dostojewski machte große Augen.

»Auf meinen Wunsch hin? Sie müssen mich verwechseln. Verstehen Sie mich nicht falsch, ich bin schrecklich froh und geschmeichelt, aber dass ich den Wunsch geäußert hätte ... Warten Sie, warten Sie ... Konfuzius?«

T. nickte.

»Der aufrichtige Freund, der einem vieles gibt?«, rief Dostojewski und seine Miene hellte sich auf. »Ja, ja, das stimmt. Aber dass Sie, Graf, und noch dazu in höchsteigener Person ... Das hätte ich mir nicht träumen lassen. Und ich bin mit der Axt auf Sie losgegangen, ich Tölpel!«

Das Surren des Dosimeters erklang und Dostojewski runzelte die Stirn.

»Ich muss sofort etwas trinken«, sagte er. »Wenigstens einen Schluck.«

»Eigentlich trinke ich keinen Alkohol«, erwiderte T. und nahm die Flasche. »Aber bei einem solchen Anlass ... Und wenn es nur ein Schluck ist. Von mir aus.«

Dostojewski trank den Wodka aus und wartete, dass das Dosimeter Ruhe gab.

»Nun, aufrichtiger Freund«, sagte er, »sagen Sie mir jetzt die ganze Wahrheit.«

»Die wird Ihnen nicht gefallen, Fjodor Michailowitsch.« T. winkte ab. »Den meisten Menschen gefällt sie nicht, das kenne ich von mir selbst.«

»Versuchen Sie es doch.«

»Und was soll ich Ihnen erzählen?«

»Fangen Sie einfach an.«

»Na schön.« T. war einverstanden.

Er stand auf, ging zu einem Stapel Papier an der Wand, nahm die speckige Nummer von *Snob* und hielt Dostojewski den Umschlag entgegen.

»Das sind nicht Sie auf dem Umschlag, Fjodor Michailowitsch. Das ist Iggy Lo. Mit vollem Namen Ignacio López de Loyola, der Begründer des Jesuitenordens. Die Nummer ist zu seinem Geburtstag erschienen. Den Bart haben Sie ihm mit spitzem Bleistift dazugemalt. Härchen für Härchen. In mühevoller Kleinarbeit.«

Dostojewski war peinlich berührt.

»Muss das sein?«, fragte er leise. »Gleich so unter die Gürtellinie ...«

»Und Ihre ganzen ›Todesregeln‹ standen gar nicht in der Zeitschrift, Fjodor Michailowitsch«, fuhr T. erbarmungslos fort. »Die haben Sie alle selbst hineingeschrieben, auch mit Bleistift, in der Reklamebeilage, da gibt es viel freien Platz. Hat lange gedauert, was? Diese zierlichen Druckbuchstaben ... Und die fette Überschrift. Dafür haben Sie bestimmt einen ganzen Bleistift verbraucht.«

Dostojewski wurde rot, aber dann sprang er über seinen Schatten und grinste.

»Danke für die Wahrheit«, sagte er ironisch. »Geschieht mir ganz recht. Das war schön dumm von mir. Aber ich muss ja selbst lachen – glauben Sie, ich habe das ernst gemeint? Es ist langweilig hier. Den ganzen Tag sitzt man auf der Lauer, bewacht die heiligen Grenzen – da kommt man schon mal auf dumme Ideen. Außer toten Seelen ist hier keiner, vor dem man sich schämen muss.«

»Tote Seelen?«, fragte T. nach. »Wer ist das denn?«

»Da drüben liegen sie.« Dostojewski wies mit dem Kopf in Richtung der Mauer mit dem Graffito. »Die haben Wodka und Wurst. Nur davon leben wir.«

»Aber wie können Sie sie unterscheiden, Fjodor Michailowitsch? Die, die eine tote Seele haben?«

Dostojewski nahm seine Brille von der Ablage.

»Das ist ein patristisches Visier«, sagte er. »Wenn jemand eine tote Seele hat, sieht man um ihn herum eine gelbe Aureole.«

»Und warum heißen sie so – tote Seelen?«

»Es sind gewissermaßen die Seelen, aus denen der Herr sich selbst zurückgezogen hat. Besser gesagt, nicht der Herr hat sich zurückgezogen, sondern die Seele hat sich selbst ausgestoßen. In einer solchen Seele ist das göttliche Licht erloschen, daher kann man ihr das Mana heraussaugen. Das ist keine Sünde. Schauen Sie mal nach drüben, auf die andere Seite der Uferstraße, da gehen welche her ...«

T. musterte die sperrige Brille, setzte sie dann auf und spähte aus der Grube.

»Ja«, sagte er, nachdem er Ausschau gehalten hatte. »Stimmt. Lauter Zombies. Gibt es da keinen einzigen Lebendigen?«

»Woher sollen die denn kommen?«, erwiderte Dostojewski. »Seit ich hier sitze, Graf, sind Sie der Erste.«

»Wie funktioniert diese Brille?«

»Sie hat doppelte Gläser und dazwischen ist heiliges Wasser. Wenn verunreinigtes Licht durch diese Gläser fällt, werden die Schmutzpartikel durch den Heiligen Geist sichtbar und verströmen ein peinliches uringelbes Leuchten.«

T. richtete die schwarzen Linsen auf Dostojewski und stieß einen Pfiff aus.

»Na, sieh mal an ...«

»Was ist los?«

»Um Sie herum ist auch ... so ein Leuchten, Fjodor Michailowitsch.«

»Belieben Sie zu scherzen?«

»Ganz und gar nicht«, sagte T. »Haben Sie sich mal durch die Brille im Spiegel betrachtet?«

Dostojewski starrte T. an und versuchte zu verstehen, ob er sich über ihn lustig machte oder nicht.

»Nein«, sagte er schließlich.

T. hielt ihm die Brille hin. Dostojewski setzte sie auf, wühlte in einem Haufen Gerümpel unter dem Vordach, fischte eine dreieckige Spiegelscherbe heraus, blickte hinein, stöhnte und ließ sich auf die Patronenkiste sinken.

»Nur keine Angst, Fjodor Michailowitsch«, sagte T., »das bekommen wir schon hin. Wer hat Ihnen die Brille gegeben?«

»Der heilige Starez Fjodor Kusmitsch«, erwiderte Dostojewski und wischte sich mit dem Ärmel den Schweiß von der Stirn. »Er hat eine ganze Kiste davon.«

»Kommen Sie her.«

Dostojewski gehorchte. T. nahm ihm die Brille ab, warf sie zu Boden und trampelte mit Gewalt darauf herum. Die Brille knirschte und ein dünner Wasserstrahl spritzte heraus.

»Was machen Sie da?«, fragte Dostojewski finster. »Das ist Gotteslästerung ...«

»Dafür gibt es keine toten Seelen mehr«, antwortete T.

Dostojewski grinste düster.

»Sie sind kindisch, Graf«, bemerkte er. »Kinder denken so – man muss nur die Uhr kaputtmachen, dann bleibt die Zeit stehen. Was meinen Sie denn, was es jetzt gibt?«

»Wenn Sie es wissen wollen, Fjodor Michailowitsch, dann erzähle ich es Ihnen.«

T. stand auf und begann, die über der Brustwehr aufragenden Tannenzweige abzubrechen, wobei er versuchte, solche zu nehmen, an denen kein Spielzeug hing.

»Wir müssen ein Feuer machen«, sagte er. »Es ist eine lange Geschichte ... Also, Fjodor Michailowitsch, alles fing damit an, dass ich in einem Zug saß. Ich trug eine violette Kutte und in meinem Abteil saß mir gegenüber ein Herr von überaus liebenswürdigem Aussehen. Ich wusste nicht, woher ich kam und wohin ich fuhr, ich konnte mich nicht einmal erinnern, wie ich in dieses Zugabteil geraten war – aber ich fand es irgendwie gar nicht verwunderlich. Mit einem Mal knüpfte mein Reisegefährte ein höchst sonderbares Gespräch mit mir an ...

Als T. zu Ende gesprochen hatte, schimmerte zwischen den Häusern bereits ein bläulicher Streifen der Morgendämmerung. Das Feuer war längst heruntergebrannt, und Dostojewski kratzte seinen Bart und blickte düster in die graue Asche. Dann hob er den Kopf und sagte:

»Aber Ihrer Erzählung nach bin ich tot.«

»Wieso?«, wunderte sich T.

»Na, der Bauer, der Sie auf seinem Fuhrwerk mitgenommen hat

nach Petersburg, hat Ihnen doch gesagt, dass ich gestorben bin. Also bin ich eine tote Seele.«

»Tot sind Sie nur in der Welt, aus der ich komme, Fjodor Michailowitsch. Aber die Welt, in der wir jetzt sind, existiert ausschließlich für Sie und Ihretwegen. Wie können Sie denn tot sein, wenn die Sonne aufgeht? Sehen Sie doch nur.«

Dostojewski blickte in die ferne Morgenröte.

»Aber wozu dann die Grenzen verteidigen und an das Volkswohl denken? Wenn wir doch alle nur Gladiatoren im Zirkus sind?«

»Ein sehr schöner Vergleich«, versetzte T. »Das ist mir gar nicht eingefallen. Besser kann man es nicht sagen.«

»Und dieser Zirkus wird von grausamen, launischen Göttern geleitet? Wir leiden und kämpfen nur, damit sie ihren Spaß haben?«

»Schlimmer«, sagte T. »Würden wir nur existieren, damit sie ihren Spaß haben, dann läge darin eine absurde Erhabenheit. Die Herrlichkeit der Sinnlosigkeit. Nein, wir leben, damit sie sich ernähren können. Wir sind so etwas wie die Kaninchen, die ein pensionierter Kollegienassessor züchtet, um sich etwas nebenbei zu verdienen.«

»Warum müssen die Götter etwas nebenbei verdienen? Sie sind doch Götter!«

»Götter sind sie nur für uns. In ihrer eigenen Dimension aber sind sie ziemlich bedauernswerte Wesen. Zumindest kam es mir so vor.«

»Aber warum spricht der Schöpfer nie mit mir? Oder mit den anderen? Warum spricht er nur mit Ihnen? Weil er Ihnen den Vorzug gibt?«

T. überlegte kurz.

»Ich weiß nicht«, sagte er dann. »Von einer besonderen Zuneigung habe ich nichts bemerkt, eher im Gegenteil. Vielleicht braucht er einen Zeugen, um seine Allmacht zu genießen. Und mit allen anderen spricht er einfach deshalb nie, weil er im Grunde genommen ein Verbrecher ist. Er schämt sich, vor seinen leidenden Geschöpfen zu erscheinen, denn ihr Leben ist eben sein Verbrechen. Außerdem ist er nicht allein. Es ist eine ganze Bande, die Übrigen reden nur nicht mit mir. Aber ich fühle sie, und wie ...«

»Das ist ja grauenhaft!«, sagte Dostojewski.

»Sie wollten die Wahrheit? Dann beklagen Sie sich nicht. Das erklärt jedenfalls, warum Sie in dieser hässlichen, brutalen Behelfshölle leben, über die Sie nicht einmal richtig nachdenken dürfen.«

»Das stimmt nicht«, widersprach Dostojewski. »Denken darf ich, was ich will. Entscheiden auch. Mein Wille ist frei.«

»Das scheint nur so«, erwiderte T. »Das, was Sie für Ihre Gedanken halten, sind in Wahrheit die Stimmen Ihrer Schöpfer, die in Ihrem Kopf erklingen und jeden Ihrer Schritte kontrollieren. Alle Entscheidungen treffen sie.«

»Aber wie können ihre Gedanken in meinem Kopf entstehen?«

»Indem Ihre Schöpfer sie entstehen lassen, Fjodor Michailowitsch. Ihr Kopf ist nur der Form halber Ihr Kopf. In Wirklichkeit ist er ein Fußball, mit dem diese Schöpfer ihre entsetzlichen Spiele spielen. Und solange Sie deren Stimmen gestatten, in Ihrem Kopf zu erklingen, solange Sie in der Welt leben, die sie vorzeichnen, existieren Sie nur für deren kleinlichen Profit.«

»Aber warum tun sie das?«

»Das sagte ich schon. Es ist Kommerz. Kommerzielle Seelenzucht im kleinen Maßstab.«

»Das ist zynisch«, sagte Dostojewski fröstelnd. »Aber dieser Blick auf die Dinge ist nicht neu, Graf. Ja, nicht wir haben die Welt erschaffen. Und ja, es gibt Teufel auf der Welt. Aber es gibt auch Engel. Sie haben jetzt lediglich den Schöpfer mit einem neuen Namen benannt und durchblicken lassen, dass Sie keine hohe Meinung von ihm haben. Aber ist es nicht völlig egal, wie wir ihn nennen – Ariel oder Zebaot? Die Hauptsache ist doch, er erschafft die Welt und uns. Was haben Sie also eigentlich entdeckt?«

»Eine wichtige Nuance«, sagte T. »Auch wenn er die Welt und uns erschafft, sind wir doch in der Lage, das auch selbst zu tun, wenn wir wollen. Ich weiß das ganz sicher.«

»Woher?«

T. gab keine Antwort, aber sein Gesicht erschien Dostojewski mit einem Mal reglos und streng, wie aus Grabstein-Granit gemeißelt. Dostojewski verspürte eine seltsame Erregung.

»Haben Sie ... Haben Sie das im Jenseits erfahren? Nachdem man Sie am Bootshaus umgebracht hatte?«

T. nickte.

»Und sind Sie ... auferstanden?«

»Ich würde es nicht so feierlich ausdrücken«, sagte T. »Ohnehin habe ich, wenn man dem verstorbenen Knopf glauben kann, Probleme mit der kirchlichen Dogmatik. Sagen wir, ich bin in die Welt zurückgekehrt. Und jetzt bin ich wirklich ein Wesen von anderer Natur als Sie oder diese armen Teufel, die Sie wegen ihrer Wurst umbringen.«

»Von anderer Natur? Aber worin liegt der Unterschied?«

»Der liegt darin«, antwortete T., »dass ich mich jetzt selbst erschaffe. Als Ariel mich zum Verschwinden verurteilte, bin ich in einen Dämmerzustand gesunken, in ein graues Nichts, über das ich nichts sagen kann. Möglicherweise hätte ich mich einfach darin aufgelöst, aber der Wunsch, nach Optina Pustyn zu gelangen, war zu stark. Und jetzt handle ich aus der Ewigkeit heraus. Mein Körper scheint sich hier zu befinden, doch das ist lediglich der Augenschein. Meine wahre Natur, mein wahres Wesen, ist dort geblieben.«

»Wo – dort?«

»In einer Art Traumzustand«, erwiderte T., »aber auf einer viel tieferen Ebene. Eigentlich müsste ich sagen, ich träume, von Ihnen, von dieser Stadt und von allem Übrigen. Manchmal träume ich auch von Ariel, das ist wohl das Unangenehmste. Aber jetzt ist auch er nur ein Traum.«

»Und wie erschaffen Sie sich selbst und die Welt?«

»Mit einem weißen Handschuh.«

»Mit was für einem weißem Handschuh?«

»Den habe ich mir ganz zu Anfang aus dem Nichts geschaffen. Der Handschuh war der erste Anhaltspunkt, faktisch eine reine Annahme, aber ohne ihn hätte es nicht funktioniert. Ich begann, die Welt als Text zu erschaffen, weil ich mit irgendetwas beginnen musste. Aber jetzt sehe ich den Handschuh gar nicht mehr, auch nicht die Feder oder das Papier. Alles geschieht ganz spontan und von selbst.«

»Oh!« Dostojewski schüttelte den Kopf. »Ich sehe, Sie sind in den mystischen Anarchismus abgerutscht. Darüber habe ich mal einen guten Aufsatz geschrieben ... Aber na schön, und was haben Sie als Nächstes erschaffen?«

»Den Styx.«

»Warum das denn?«

»Damit ich ihn überqueren und in die Welt zurückkehren konnte.«

»Wozu? Sie haben doch selbst gesagt, dass diese Welt hässlich und absurd ist.«

»Aber hier ist noch etwas, was ich unbedingt finden muss.«

»Was denn?«

»Optina Pustyn«, sagte T. und blickte Dostojewski vielsagend an. »Kommen Ihnen diese Worte bekannt vor?«

»Ja«, erwiderte Dostojewski. »Aber ich kann mich im Moment nicht so genau erinnern.«

»Und ›Optina Pustyn Solowjow‹?«, fragte T.

Dostojewski schlug sich mit der flachen Hand gegen die Stirn.

»Jetzt weiß ich es wieder! Tatsächlich, ich habe seinerzeit in der Wohnung von Konstantin Sergejewitsch Pobedonoszew einen Vortrag gehalten, in dem ich mich über die Sitzung einer mystischen Geheimgesellschaft lustig machte, bei der ich zufällig einmal war. Den Text habe ich leider nicht mehr. Der Vortrag hieß genau so: ›Optina Pustyn Solowjow‹. Das ist bloß ein Wortspiel, wissen Sie. Die Geheimgesellschaft hieß nur ›Optina Pustyn‹.«

»Aber was ist das denn eigentlich?«, fragte T., die Fäuste geballt vor Aufregung.

»Das weiß eben keiner. Anscheinend ist das einfach ein anderer Name für das Gelobte Land.«

»Und womit hat sich diese Gesellschaft befasst?«

»Optina Pustyn zu suchen. Unter der Leitung des Herrn Solowjow. Ein sehr origineller Zeitgenosse. Er vertrat ganz ähnliche Theorien wie Sie.«

»Nämlich welche?«

Dostojewski runzelte die Stirn und versuchte, sich zu erinnern.

»Im Großen und Ganzen die reinste Irrlehre. Eine Art patentierte Abkürzung, um in den Himmel zu kommen – das Übliche bei diesen Herrschaften. Seine Lehre bestand darin, dass der Mensch sich in einer mystischen Handlung teilen muss in ein Buch und seinen Leser. Das Buch sind alle Regungen unseres Geistes, alle Hochs und Tiefs, alle unsere Gedanken, Ängste und Hoffnungen. Solowjow verglich das alles mit einem abstrusen, schrecklichen Roman, den ein Irrer mit Maske schreibt, unser böser Genius – und wir können uns von diesen schwarzen Seiten nicht losreißen. Aber anstatt sie Tag für Tag durchzublättern, muss man den Leser finden. Mit ihm zu verschmelzen ist das höchste geistige Ziel.«

»Moment ... Moment mal«, sagte T. »Ich muss mal kurz überlegen. Ein Irrer mit Maske ... Stimmt genau.«

»Ich fand das zu Anfang auch interessant«, grinste Dostojewski. »Aber tatsächlich ist das nur leeres Geschwätz eines Phrasendreschers. Schöne Worte, die zu nichts führen, sondern nur die Seele verwirren und in Versuchung bringen. Genau darüber habe ich auch geschrieben.«

»Und wo ist Solowjow jetzt?«

»Das weiß keiner so genau. Höchstwahrscheinlich irgendwo dort verschwunden.«

Dostojewski machte eine Handbewegung gen Westen.

»Erinnern Sie sich noch an etwas anderes?«

Dostojewski schüttelte den Kopf.

»Den Vortrag habe ich geschrieben, als die Eindrücke noch ganz frisch waren«, sagte er. »Aber inzwischen habe ich das längst vergessen ... Wenn es Sie interessiert – ich nehme an, Pobedonoszew wüsste noch etwas.«

»Pobedonoszew?«, fragte T. verwundert. »Ist der etwa auch hier?«

Dostojewski warf T. einen erstaunten Blick zu.

»Wo soll er denn sein, mein Freund, wenn nicht in Petersburg?«

»Auch wieder wahr«, stimmte T. zu. »Und inwiefern hat er mit dieser Frage zu tun?«

»Ganz unmittelbar. Er ist der größte Spezialist für Irrlehren und überhaupt ein kluger Mann. Der Einzige, der bei geistigen Gebrechen helfen kann. Denken Sie nur nicht, dass ich mir dabei um Sie Sorgen mache ... Ich rede von meinem eigenen gelben Leuchten. Wenn der Oberprokurator betet, erhört der Herr mich vielleicht. Ich glaube jedenfalls, dass er Ihnen bestimmt etwas sagen kann.«

»Ist es weit?«

»Ungefähr eine Werst«, sagte Dostojewski. »Wir gehen besser durch die Kanalisation.«

»Warum das denn?«

»Sonst kommen wir nicht vorwärts. Auf der Straße sind doch die toten Seelen.«

»Und wie kommen wir in die Kanalisation?«

Dostojewski stand auf, rückte die Patronenkiste ein Stück zur Seite und schob die Lumpen darunter weg, und T. erblickte eine dreckige gusseiserne Luke mit einem doppelköpfigen Adler und ein paar Zahlen darauf.

XVIII

Mit Dostojewski ging unterwegs eine seltsame Veränderung vor sich.

Zu Anfang war er gesprächig und erzählte T. vom heiligen Starez Fjodor Kusmitsch. Der hatte irgendwo in der Nähe gewohnt, in den unterirdischen Katakomben, aber wo, wusste niemand, und ihm unter der Erde zu begegnen galt als großes Glück. Die einen behaupteten, Fjodor Kusmitsch sei ein einfacher Mann aus dem Volk, ein Bauer. Die anderen glaubten, er sei früher der doppelköpfige Imperator Peterpaul gewesen, habe sich aber nach dem großen Kirchenstreit einen Kopf abgehauen und fortan als Einsiedler gelebt – aber welcher Kopf es war, der liberale oder der Hardliner-Kopf, habe man nicht offenbart, um das Volk nicht zu beunruhigen, und so glaubte jeder, was er wollte. Der Starez lehrte, die Rus sei eine ins Paradies schwimmende Eisscholle, auf der die Juden Feuer machten und mit den Füßen stampften, damit sie brechen und das ganze Volk ertrinken solle, während für die Juden rings um die Eisscholle herum Boote warteten. Außerdem war Fjodor Kusmitsch ein großer Beter – die Leute glaubten, wenn man mit ihm zusammen für etwas betete, werde der Wunsch sicher in Erfüllung gehen.

Aber je weiter die graue, übelriechende Kanalisationsröhre führte, desto mürrischer wurde Dostojewski. Bald verstummte er ganz und ging nun, die Laterne in der Hand, allein voraus und leuchtete den Weg. Obwohl T. sein Gesicht nicht sehen konnte, spürte er den Stimmungswechsel seines Begleiters an dessen gebücktem Rücken, der sich weiter und weiter vorbeugte. Aber T. kümmerte sich nicht darum. Er war viel zu beschäftigt mit dem, was er vorhin über den Leser und das Buch gehört hatte: Die Worte kamen ihm erst jetzt so richtig zu Bewusstsein und begannen, in seinem Kopf zu kreisen.

An der feuchten Wand der Röhre stand alle paar Meter immer wieder das gleiche Graffito – drei Zeilen, mit verschiedenen Farben und in unterschiedlicher Schrift untereinander geschrieben, wie mit einer dreifarbigen Schriftschablone angebracht:

GOTT IST TOT. NIETZSCHE.
NIETZSCHE IST TOT. GOTT.
IHR SEID BEIDE PÄDERASTEN. WASJA PUPKIN[59]

Die Zeile über Gott war weiß, die über Nietzsche blau und Wasja Pupkins Sinnspruch war rot. T. überflog die Zeilen und stellte sich zuerst Jehova aus Michelangelos Sixtinischen Fresken vor, dann den müden Nietzsche als eine Art durch Leiden geadelten Maxim Gorki und schließlich den flachsblonden Wasja, den arroganten Erben der Weisheit von Jahrhunderten, beängstigend und zugleich wunderschön in seinem gleichgültigen Maximalismus.

Doch der Gedanke, der T. keine Ruhe ließ, galt nicht ihnen.

»Natürlich«, dachte er. »Wie konnte ich das bisher nur übersehen? Es macht keinen Unterschied, wie viele Autoren es sind. Bei diesem Graffito zum Beispiel gibt es drei. Und dennoch wird Gott ebenso wie Nietzsche und Wasja von demjenigen erschaffen, der es liest. Bei mir ist es genauso. Wer auch immer sich all das ausdenkt, was ich für mich selbst halte – damit ich in Erscheinung treten kann, erfordert es zwangsläufig einen Leser. Er wird für kurze Zeit ich, und ich bin nur durch ihn ... Ich bin ...«

Offenbar hatte T. laut vor sich hingemurmelt, denn Dostojewski drehte sich um. T. machte eine beschwichtigende Handbewegung und Dostojewski ging weiter.

»Ich bin ... Stopp. Das ist eine Falle. Ariel sagte doch, das untrügliche Gefühl ›Ich bin‹ empfände nicht ich, sondern er. Ich habe ihm zugestimmt, weil es sich ganz logisch anhörte – immerhin ist er mein Autor. Und jetzt kommt heraus, dass nicht er dieses Gefühl empfindet, sondern irgendein Leser. Stimmt auch wieder ... Bedeutet das also, dass ich, wer auch immer ich bin, sowieso nicht ich bin? Nein, so was! ... In einem hat Ariel recht – das Naheliegendste kann sich leicht als optische Täuschung erweisen ...«

Unter den Füßen knirschte hin und wieder Glas, der Boden war übersät mit Flaschensplittern.

»Aber wer hat nun das Gefühl ›Ich bin‹? Fangen wir ganz von Anfang an. Offenbar ist es so: Als Ariel mich erschuf, hatte er dieses Gefühl, und dann ... Der Leser? Vermutlich. Aber der Leser war doch immer ich! Wie ist das möglich, dass ich bin, dass ich aber nichts damit zu tun habe?«

Eine Ratte kam ihm entgegengerannt, dann noch zwei. Es kam T. so vor, als wären die Tiere von einem schwachen grünlichen Glimmen umgeben, wie mit Leuchtphosphor eingerieben. Dostojewski beachtete die Ratten gar nicht.

»Andererseits – den Leser in sich selbst finden. Wie interessant ... So ungewöhnlich. Und so exakt und tiefgründig! Eine bemerkenswerte Metapher. Wirklich, was passiert, wenn ich diesen Dreizeiler über Nietzsche lese? Sofort habe ich sein müdes Kriegsmarine-Gesicht vor Augen ... Kriegsmarine, weil er einen gewaltigen Schnurrbart hat – wie eine Bugwelle – und in die Ewigkeit zieht, ein Schlachtschiff des Geistes ... Und doch hat dieser Nietzsche, den ich mit meinem inneren Blick so detailliert schildere, keinerlei Vorstellung davon, dass ich sein Schöpfer bin ... Obwohl es ihn ohne mich einfach nicht gäbe ...«

»Wir sind gleich da«, sagte Dostojewski und drehte sich um.

T. schien die Miene seines Begleiters nun geradezu feindlich und finster zu sein – aber das lag vermutlich nur an dem harten

Schatten der Laterne. Sie bogen in einen Nebengang des Tunnels ein, wo es warm und feucht war und sie auf einer dünnen Schicht Schimmel oder Moos liefen.

»Den Leser kann man nicht sehen«, dachte T. »Ich werde ihn nie entdecken können, genauso wie der Nietzsche aus dem Graffito sich meiner nie bewusst sein wird – es sei denn, ich zwinge ihn in meiner Fantasie dazu ... Aber was bedeutet es dann, Leser zu werden? Verstehe ich nicht. Offenbar hat diese Entdeckung keinerlei praktischen Sinn – sie ist einfach ein Gedankenspiel ...«

»Ja, alles durch unsere Schuld«, brummte Dostojewski plötzlich, als hätte T.s angestrengt arbeitendes Denken ihn berührt. »Man begräbt die Toten und bemerkt nicht, wie man selbst einer von ihnen wird. Dabei hieß es doch ... Um die Zombie-Gardisten ist es nicht schade. Aber die jungen Toten ... Die tun mir manchmal leid – sie sind doch noch richtige Kinder. Vielleicht hätte man ihnen helfen können? Was meinen Sie, Graf?«

»Eine schwierige Frage«, erwiderte T., der erkannte, dass dieses Problem Dostojewski seit langem quälte. »Faktisch ist es schwer zu helfen, weil sie, soweit ich Ariels Plan verstehe, ausschließlich dafür geschaffen wurden, um sie erschießen und ihnen Wodka und Wurst wegnehmen zu können. Andererseits sind Sie und ich keinen Deut besser. Wir sind auch nur Gladiatoren in diesem widerlichen Zirkus.«

»Das ist Philosophie«, seufzte Dostojewski. »Die Realität aber ist, dass ich eine tote Seele habe und Sie eine lebende. Manchmal denke ich, vielleicht habe ich zu viele junge Leute umgebracht«.

»Der Kern des Problems liegt woanders.«

»Und wo?«

»Dass Sie an lebende und tote Seelen glauben. Sie akzeptieren die Konventionen der Welt mit erstaunlicher Leichtgläubigkeit, Fjodor Michailowitsch. Dabei wurden sie sämtlich ohne Ausnahme eingeführt um jemandes kleinlichen Eigennutzes willen.«

»Und Sie akzeptieren die Konventionen nicht?«

»Ich wurde hinausgeworfen und befand mich außerhalb ihrer Grenzen. Um zu überleben, musste ich mir selbst die Welt neu zusammensetzen ... Deshalb hatte ich die Wahl, was ich übernehmen wollte und was nicht. Ist es noch weit?«

»Wir sind da«, sagte Dostojewski.

Er deutete auf ein paar Steigbügel, die aus der Wand ragten und nach oben liefen, einen dunklen Brunnenschacht hinauf. Sie sahen solide aus, waren sogar stellenweise vernickelt.

»Die Goldmeile«, erläuterte Dostojewski. »Die Kanalisationsluken befinden sich direkt bei den Hauseingängen. Das ist sehr günstig, zur Fortbewegung und überhaupt. Die Zombies kommen nur selten hierher. Aber trotzdem sollte man sich nicht zu lange auf der Straße aufhalten.«

T. kletterte aus der Luke heraus und stand vor einem grauen Mietshaus an der Kreuzung zweier verlassener Straßen.

»Im fünften Stock«, flüsterte Dostojewski mit einem Blick nach oben. »An der Ecke, wo die roten Vorhänge sind. Er ist anscheinend zu Hause, das Licht brennt ...«

Im Eingang roch es nach Feuchtigkeit, nach Katzen und nach alten Zeitungen.

Gegenüber der Eingangstür lag die dunkle, mit Eisenplatten verbarrikadierte Pförtnerloge, aus deren kleiner Fensteröffnung die Mündung einer Doppelflinte ragte. Der Pförtner selbst zeigte sich nicht, aber der Lauf zuckte kurz in Richtung der Treppe – das sollte offenbar heißen, dass sie passieren durften. Dostojewski nickte zur Loge hin, packte T. am Ellbogen und zerrte ihn die Treppe hinauf.

Im fünften Stock blieb er vor einer hohen, braunen Tür stehen und drehte energisch an der goldenen Klingel. Ein leiser Glockenklang ertönte. Eine oder zwei Minuten blieb alles still. Dostojewski vermied es, T. anzusehen; seine Lippen bewegten sich kaum merklich, als würde er lautlos mit jemandem reden.

»Er betet«, erkannte T.

Endlich wurde die Tür geöffnet.

Im Türrahmen stand ein hagerer Herr mit Drahtbrille und einem altmodischen Gehrock; sein sorgfältig rasiertes, aber welkes Gesicht war von jener ungesunden Farbe, die die Haut annimmt, wenn sie monatelang keine Sonne sieht. Aus dem Korridor hinter ihm drangen die leisen Klänge eines Phonographen.

Der Herr verbeugte sich und bat die Gäste hinein.

»Guten Tag, Fjodor Michailowitsch«, sagte er im Flur mit leichtem Schalk. »Wen haben Sie denn da Elegantes mitgebracht?«

»Gestatten Sie, dass ich Ihnen Graf T. vorstelle«, sagte Dostojewski.

Pobedonoszew erstarrte für einen Sekundenbruchteil, wie von einem Magnesiumblitz gebannt, fing sich aber sofort wieder, lächelte aufs Herzlichste und schlug die Hände zusammen.

»Ach, Sie sind das! Jetzt sehe ich es, ja. Es tut mir leid, Graf, dass ich mich so blamiert habe! Aber in diesem Aufzug, noch dazu mit diesem ... ehem ... Bartschnitt sind Sie einfach nicht zu erkennen. Aber wie symbolträchtig, dass Sie ausgerechnet mit Dostojewski kommen! Endlich ...«

»Oberprokurator Pobedonoszew«, sagte Dostojewski und stellte damit den Hausherrn gleichsam formell vor. »Die geistige Leuchte unserer Zeit.«

»Ich freue mich außerordentlich, Ihre Bekanntschaft zu machen«, sagte T.

»Gerade kürzlich erst«, sagte Pobedonoszew immer noch lächelnd, »habe ich das Buch Ihrer Axinja Michailowna durchgeblättert.«

»Welches Buch?«, fragte T. verblüfft.

»Sie hat doch nur zwei Bücher herausgebracht«, erwiderte Pobedonoszew. »*Wie man einen Aristokraten verführt* und *Wie man ein Genie verführt*. Die liest ganz Petersburg. Obwohl natürlich niemand glaubt, dass sie sie selbst geschrieben hat. Das dritte erscheint auch demnächst: *Mein Leben mit Graf T.: Höhenflüge, Niedergänge und die Katastrophe*. Die Ankündigungen hängen schon überall.«

T. packte Dostojewski am Ärmel, als suchte er Halt. Sofort griff Pobedonoszew nach Dostojewskis anderem Arm, und gemeinsam zogen sie ihn in den Salon – Pobedonoszew ging rückwärts, sein lächelndes Gesicht T. zugewandt, welcher einen Moment lang das eigenartige Gefühl hatte, sie würden den schweigenden Dostojewski wie zwei Lastträger feierlich in die Tiefe der Wohnung tragen.

Der Salon wirkte einfach, fast asketisch. An der einen Wand stand ein Diwan, daneben ein großer ovaler Tisch mit einer himbeerroten samtenen Tischdecke. Darauf schimmerten eine Karaffe mit Wodka, geschliffene Gläser und Teller mit Wurst und Käse. Auf der anderen Seite waren einige Stühle und Sessel an den Tisch geschoben, und diese Anordnung der Möbel wirkte irgendwie flatterhaft und studentisch. Ein wuchtiger Glasschrank fiel ins Auge – sein Inhalt war hinter dichten weißen Scheibenvorhängen verborgen. Am Fenster stand noch ein Schemel, weitere Einrichtungsgegenstände gab es nicht.

»Bitte, nehmen Sie Platz«, sagte Pobedonoszew. »Ich lasse Sie für einen Augenblick allein – ich muss in einer wichtigen Angelegenheit telefonieren.«

Er wandte sich um und ging hinaus in den Korridor. Bald darauf verstummte der Phonograph.

Dostojewski setzte sich auf den Diwan und warf T. von der Seite her einen Blick zu.

»Wer ist denn Axinja?«, erkundigte er sich. »Ihre Gemahlin?«

»Es gab da einen Vorfall in Kowrow«, erwiderte T. mürrisch, während er im Salon auf und ab ging. »Das habe ich nicht erwähnt, als ich Ihnen alles erzählte. Ich begreife bloß nicht, wie sie hierherkommt. Das ist doch sehr verdächtig ...«

Dostojewski gab keine Antwort.

Er war merkwürdig verändert – wenn er ein paar Worte gesagt

oder eine leichte Bewegung gemacht hatte, verharrte er lange Zeit reglos mit strenger, nachdenklicher Miene, als hielte ihn ein heimlicher Gedanke in seinem Bann. Dabei war er bemüht, sein Gesicht so zu drehen, dass T. ihn immer von vorn sah – wie eine junge Dame, die weiß, aus welcher Perspektive sie am anziehendsten aussieht, und ständig versucht, sich in ebendieser Position zu zeigen.

Bald darauf kehrte Pobedonoszew in den Salon zurück.

»Nehmen Sie doch am Tisch Platz, Graf. Wenn Sie immer so hin und her laufen, wird einem ja ganz schwindlig ...«

T. setzte sich in einen Sessel am Tisch.

»Wieso machen Sie so ein trauriges Gesicht?«, fuhr Pobedonoszew fort. »Verzagtheit ist eine Todsünde. Erzürnen Sie den Schöpfer nicht.«

»Graf T. bedarf keiner derartigen Ratschläge«, sagte Dostojewski lächelnd. »Wissen Sie, er war persönlich bekannt mit dem Schöpfer, aber er hat das Interesse an ihm verloren. Jetzt ist er selbst der Schöpfer seiner Welt.«

»Tatsächlich?« Pobedonoszew hob die Augenbrauen. »Und wie ist dann seine Anwesenheit in diesem Raum zu erklären?«

»Der Graf meint«, erläuterte Dostojewski mit einem rachsüchtigen Blick auf T., »dass er zum gegenwärtigen Zeitpunkt in einer wüsten Leere schwebt und sich selbst denkt. Und alles andere wird von verschiedenen Teufeln erdacht – dieser Raum ebenso wie Sie, Konstantin Petrowitsch, und selbst der Nebel draußen.«

»Ach, so ist das«, bemerkte Pobedonoszew. »Nun ja, derartige Ansichten sind heutzutage keine Seltenheit. Ich beginne gerade mit der Arbeit am zweiten Band meiner *Vergeblichkeit der unreinen Vernunft* – ein theologisches Traktat, dem ein Verzeichnis der neuesten Sekten beigefügt ist. Wenn die Ansichten des Grafen eine gewisse Originalität enthalten, werde ich ihm mit Freuden einen Platz zwischen Talmudismus und Tripglaube einräumen.«

»Tripglaube?«, fragte Dostojewski verwundert. »Was ist denn das schon wieder, Konstantin Petrowitsch?«

»Ein Aberglaube aus Äthiopien, der bei Petersburger Schwindlern sehr verbreitet ist. Sie haben sie bestimmt schon gesehen, sie tragen ein ägyptisches Kreuz in Form des Buchstabens ›T‹, das ihrer Meinung nach die ›Troiza‹, also die Dreieinigkeit, symbolisiert und gleichzeitig das Wort ›Trip‹. Ich habe mir beinahe den Mund fusslig geredet, um diesen Leuten zu beweisen, dass der Dienst an Gott und das Berauschen mit Cannabis völlig unvereinbare Dinge sind. Aber sie glauben mir nicht. Ist Ihre Lehre auch so ähnlich, Graf?«

»Ich lehre nichts«, erwiderte T. trocken. »Und was die Religion angeht, so verbieten mir bestimmte Aspekte meiner persönlichen Lebenserfahrung, mich vor dem Schöpfer dieses grauen Nebels zu verneigen ...«

Er wies mit dem Kopf zum Fenster hin.

»Was sind denn das für Aspekte?«, erkundigte Pobedonoszew sich stirnrunzelnd.

»Der Graf nimmt an«, mischte Dostojewski sich wieder ein, »dass wir nur kämpfende Gladiatoren sind, deren Leben auch nicht die Spur eines Sinns hat. Puppen, die von wechselnden Puppenspielern bewegt werden.«

»So ist es auch«, sagte Pobedonoszew. »Nur kommt das alles durch unsere Sünden, Graf. Das werden Sie wohl nicht leugnen?«

T. zuckte mit den Schultern. Pobedonoszew sah ihn erwartungsvoll an. T. seufzte – er wollte sich nicht auf einen Streit einlassen, aber die Höflichkeit verlangte eine Antwort.

»Unsere Sünden«, sagte er, »sind in Wirklichkeit keineswegs unsere Sünden. Sie werden vielmehr von den Puppenspielern begangen, die uns zunächst mit Leidenschaften ausstatten. Danach tadeln sie uns dafür, was wir getan haben, indem sie sich als unser Gewissen ausgeben. Das, was wir zuerst für unsere Sünden und dann für unsere Gewissensbisse halten, sind zwei Komponenten ein und desselben Mechanismus, der ihnen absolute Macht über uns gibt. Zunächst treiben sie uns in einen Strudel von Lasterhaftigkeit hinein und anschließend nötigen sie uns, unsere Verfehlungen zu beweinen und uns als Schufte zu fühlen. Aber es ist das Werk einer einzigen Bande, deren Mitglieder sich der Reihe nach unserer Seele bemächtigen. Sie bekämpfen sich nicht gegenseitig, sie handeln gemeinsam.«

Pobedonoszew machte große Augen.

»Was für eine interessante Lehre. Aber sagen Sie, warum können diese Puppenspieler mit solcher Leichtigkeit unsere Seele in Besitz nehmen?«

»Weil es da überhaupt nichts in Besitz zu nehmen gibt. Es ist wie bei einer öffentlichen Toilette – jeder, der die Kabine betritt, hat sie damit schon in Besitz genommen. Ansonsten ist da überhaupt nichts. Außer, verzeihen Sie, einem Loch.«

»Und wer sind diese Puppenspieler? Wissen Sie das?«

»Kurz gesagt, das sind Wesen, die uns mit vereinten Kräften und zu einem uns unergründlichen Zweck erschaffen. Wir brauchen sie nicht als unsere Feinde zu betrachten, weil wir auch sie sind. Wir existieren nur insofern, als sie uns beseelen. Vorwerfen können wir ihnen nichts. Das heißt, wir könnten es natürlich, aber es wäre völlig sinnlos, weil sie selbst dieses Spektakel aufführen und sich selbst etwas vorwerfen würden. Es gibt uns einfach nicht getrennt von ihnen. Sie sind es, die uns Sekunde für Sekunde hervorbringen.«

»Aha. Und was ist mit der Seele und der Freiheit des Willens?«

»Ganz einfach«, erwiderte T. »Eines dieser Wesen fragt in diesem Moment mit Hilfe Ihres Mundes: ›Und was ist mit der Seele und der Freiheit des Willens?‹ Weiter gibt es dazu nichts zu sagen.«

»Kennen Sie die Namen dieser Wesen?«

»Ja. Der Oberdämon heißt Ariel. Er ist es, der diesen unheimlichen Raum erschafft – und Sie, seine Bewohner. Das weiß ich ganz sicher.«

»Woher?«

»Er hat es mir selbst gesagt. Zum Beweis hat er Ihre Welt in einigen knappen, aber sehr präzisen Bildern umrissen, noch bevor ich sie erblickte.«

»Sie sagen, er erschafft unsere Welt?«, fragte Pobedonoszew nachdenklich.

»Jedenfalls teilweise – es gibt noch andere Schöpfer. Wenn Sie etwa Wein trinken oder sich fleischlichen Gelüsten hingeben wollen, machen sich seine Gehilfen an die Arbeit. Im Übrigen ist es gut möglich, dass auch er nur ein Gehilfe ist. Wer in dieser Hierarchie ganz oben steht, habe ich selbst noch nicht durchschaut.«

»Sie reden da über höchst erhabene Materien, die dem sterblichen Auge gewöhnlich verborgen sind«, sagte Pobedonoszew. »Von welcher Hierarchie sprechen Sie? Etwa von der Himmlischen Kirche?«

»Wenn Sie den Archimandriten Pantelejmon meinen«, erwiderte T. nach kurzem Überlegen, »dann muss ich Sie enttäuschen – es gibt zwar keine Wahrheit auf Erden, wie man so sagt, aber auch höheren Orts gibt es sie nicht. Ariel steht in einer Geschäftsbeziehung zur Himmlischen Kirche. Aber bislang sind sie sich noch nicht einig geworden.«

Pobedonoszew nahm die Brille ab und rieb sie mit einem Tuch, das er aus der Tasche zog, sorgfältig ab.

»Verstehe«, sagte er gedehnt und schob die Brille wieder an ihren Platz. »Ich fürchte, ich enttäusche Sie, aber nach einer neuen Irrlehre sieht das überhaupt nicht aus. So etwas in der Art habe ich auch schon von Herrn Solowjow gehört – Sie kennen ihn doch?«

T. schüttelte den Kopf.

»Nur dem Namen nach.«

»Ein Dichter und Philosoph. Er bezeichnete seine Lehre als ›Geistreiches Nichtstun‹. Als Symbol dafür wählte er ein ›N‹

mit einer Tilde – offenbar aus einer unbewussten Liebe zum Katholizismus, ha-ha ... Dieses Zeichen würde allerdings auch für Ihre Lehre vom Nichtwiderstand gegen das Böse passen, Graf. Hier an diesem Tisch hat er sein Drama gelesen, das hatte auch so einen merkwürdigen Titel, wie war das noch gleich ... *Versuchung des Cancan*, glaube ich. Über einen Hesychasten, der als Eremit in der Wüste lebt.«

»Was soll denn das, ein Theaterstück mit einem Einsiedler?«, fragte Dostojewski. »In der Wüste gibt es doch keine handelnden Personen?«

»Da gibt es jede Menge«, erwiderte Pobedonoszew und nickte aus irgendeinem Grund zu T. hinüber. »In dem Stück kämpft der Eremit mit Dämonen, die in seinen Geist eindringen, und gelangt am Schluss zu der düsteren Erkenntnis, dass es in seinem Geist nichts als Dämonen gibt und dass der, der gegen Versuchungen und Leidenschaften ankämpft, genau so ein Dämon ist wie alle anderen, nur scheinheilig obendrein. Einer dieser Dämonen führt sogar Gott in Versuchung, nur so zum Spaß – und ein anderer stellt Gott dar. Vor lauter Kummer beschließt der Einsiedler, sich aufzuhängen. Aber in dem Moment, als der Schemel unter seinen Füßen wegkippt, erkennt er, dass diese seine letzte furchtbare Entscheidung genau so ein dämonischer Spuk ist wie alle vorherigen Geisteswürfe auch ...«

»Aha«, bemerkte Dostojewski. »Langsam begreife ich ... Ich glaube, Solowjow nannte diesen Zustand ›geistig fehlgehen‹ und lehrte, dass es nur eine einzige Möglichkeit gibt, damit fertigzuwerden – man muss lernen, alle diese Dämonen von Angesicht zu unterscheiden.«

»Davon rede ich ja gerade«, nickte T. »Nur darf man aus dem, was geschehen ist, keine Tragödie machen. Diese dauernd wechselnden Spukerscheinungen sind unsere einzige Natur. Jedenfalls bis in uns eine Kraft ersteht, die sich ihnen gegenüber behaupten kann.«

»Und was für eine Kraft soll das sein?«, fragte Pobedonoszew. »Eine Art geistiges Wissen vielleicht? Das, was der hochwürdige Hesychios als ›Gedanken-Autokrator‹ bezeichnet hat?«

»Nein«, erwiderte T. »Es ist alles viel einfacher. Man muss sich selbst erschaffen.«

»Und wer soll das tun?«, fragte Pobedonoszew. »Wenn doch in uns nichts ist außer Spukerscheinungen?«

»Das ist ja gerade das Paradox«, antwortete T. »Zu Anfang ist niemand in uns, der etwas tun könnte. Das neue Wesen entsteht gleichzeitig mit der Handlung, durch die es in Erscheinung tritt. Verstehen Sie? Diese Handlung hat keinerlei Grundlage, keinerlei Bedingtheit. Sie vollzieht sich aus eigenem Antrieb, vollkommen spontan, außerhalb der Gesetze von Ursache und Wirkung – und wird sich selbst zur Grundlage. Das ist wie die Geburt des Universums aus dem Nichts. Danach kann man sagen, dass wir uns selbst erschaffen. Dann sind wir dem Demiurgen unserer Welt gleichwertig.«

»Und Sie, Graf, sind auch so ein gleichwertiger *self-made man*, nehme ich an?«, fragte Pobedonoszew.

»Sehr scharfsinnig.«

»Das ist nicht schwer zu erraten«, lächelte Pobedonoszew. »Aber was ist mit den Teufeln, die den Menschen vorher beherrscht haben? Was ist mit Ariel und seinen Gehilfen? Sie werden ihr Vieh doch nicht einfach so freilassen?«

»Sie sind machtlos dagegen«, erwiderte T. mit leichtem Stirnrunzeln.

»Ah ja«, ließ sich Pobedonoszew ironisch vernehmen. »Interessant, interessant ...«

»Sagen Sie, wo kann ich denn diesen Herrn Solowjow finden?«, fragte T. »Ich würde gerne mit ihm sprechen.«

»Das dürfte schwierig werden«, antwortete Pobedonoszew mit einem freundlichen Blick auf T. »Die Sache ist die, Herr Solowjow wurde verhaftet und verbrecherischer Absichten gegen Allerhöchste Personen angeklagt. Er wird derzeit im Ravelin der Peter-Paul-Festung gefangen gehalten. Hin und wieder bringt man ihn zum Verhör an wechselnde Orte. Aber Ihnen, Graf, wird man wohl kaum gestatten, einem solchen Verhör beizuwohnen ...«

Im Korridor klingelte leise die Türglocke. Pobedonoszew maß T. mit einem Blick und wandte sich zu Dostojewski um:

»Fjodor Michailowitsch, Sie trinken ja gar nicht. Warum das?«

»Ich bin nervös, Konstantin Petrowitsch«, versetzte Dostojewski. »Ich muss etwas Wichtiges mit Ihnen besprechen.«

»Gleich«, sagte Pobedonoszew. »Ich will nur erst die Tür aufmachen ...«

Kaum hatte Pobedonoszew den Salon verlassen, vollzog sich wieder die gleiche Veränderung mit Dostojewski wie schon beim ersten Mal – er rührte sich nicht mehr und hatte den Blick feierlich in die Weite gerichtet, als wäre niemand sonst im Raum.

»Offenbar«, überlegte T. wehmütig, »bin ich für ihn nur eine verlorene Seele, ein Irrgläubiger ... Aber es ist auch dieser Ort, der so wirkt, und Pobedonoszews Einfluss auf ihn ...«

Die Tür ging auf und T. erstarrte.

Drei Mönche betraten den Raum. Der eine hatte eine voluminöse Leinentasche geschultert, die auf der Seite mit einem Kreuz aus Glasperlen bestickt war – haargenau die gleiche Tasche, wie sie einer der Gefährten des verstorbenen Warsonofi dabeigehabt hatte.

Aus dem Korridor war ein klägliches Miauen zu hören, dann erschien Pobedonoszew im Salon und machte die Tür hinter sich fest zu.

»Meine Herren«, sagte er mit einem glücklichen Lächeln, »wir haben heute ungebetene Gäste, über die wir aber nichtsdestotrotz sehr froh sind ...«

T. bemerkte, dass Pobedonoszew nicht ihn, sondern die Mönche ansah, und ahnte, dass der ungebetene Gast er selbst war.

»Darf ich vorstellen«, fuhr er fort. »Das sind die Brüder Nikodim, Ilarion und Sofroni – sie sind Mönche. Und das ist Herr T., er ist ... ehem ... ein Graf.«

»Ein vortrefflicher Beruf«, lächelte Bruder Nikodim.

»Das ist kein Beruf«, erwiderte T. und musterte die Mönche aufmerksam. »Das ist nur eine weltliche Bezeichnung.«

Ilarion und Sofroni waren anscheinend Zwillingsbrüder: Sie waren jung und düster, gleichsam niedergedrückt von der Last eines gemeinsamen schweren Gedankens, mit farblosen Bärtchen und eng beieinanderliegenden wässrigen Augen. Nikodim hingegen sah aus wie ein Hoffmann'scher Student – er hatte etwas Romantisches, Verwegenes, das auf eine Nacht voller Abenteuer und atemberaubenden Schneid schließen ließ.

Beim Anblick der Mönche lebte Dostojewski auf und lächelte. Sie aber beachteten ihn überhaupt nicht, als wäre er gar nicht da. Sie traten an den Tisch und setzten sich, Ilarion und Sofroni in einen Sessel und Nikodim an den Rand des Diwans, auf dem Dostojewski saß, neben den Sessel von T.

»Wir sprachen gerade über Herrn Solowjow«, sagte Pobedonoszew, als wolle er die Mönche auf den Stand der Dinge bringen. »Das ist ein Philosoph.«

»Ach, diese Philosophen.« Nikodim ging bereitwillig darauf ein. »Puschkin hat ihnen ordentlich eins auf den Deckel gegeben. ›Es gibt keine Bewegung, sprach ein weiser Mann mit Bart / Ein anderer schwieg still und begann vor ihm zu wichsen ...‹[60] Nur zwei Zeilen und man ist sofort über den ganzen Verein im Bilde.«

Am Tisch kehrte Schweigen ein. Nikodim war aus dem Konzept geraten und wollte die Peinlichkeit offenbar wiedergutmachen.

»Gestatten Sie«, sagte er an T. gewandt, »Sie sind doch dieser Graf T.?«

»Was bedeutet denn *dieser*?«

»Na der, über den Axinja Tolstaja-Olsufjewa schreibt? Was halten Sie von ihren Büchern?«

T. gab keine Antwort, aber das Glas in seiner Hand zitterte und etwas Wodka spritzte auf den Tisch.

Nikodim setzte eine teilnahmsvolle Grimasse auf.

»Das ist bestimmt schrecklich deprimierend, nicht wahr? Diese Schundromane sind von der ersten bis zur letzten Zeile erlogen, das sieht man sofort. Darauf fällt natürlich niemand rein. Aber lesen tun sie alle, selbst Geistliche. Besonders widerlich ist diese dauernde Aufregung in den Zeitungen.«

»Und was steht da?«

»Sie lesen es nicht? Das nenne ich echten Aristokratismus, meine Hochachtung. Ich erzähle es Ihnen. Das war ein gewaltiger Skandal. Laut Axinja Tolstaja-Olsufjewa hat es sich folgendermaßen zugetragen: Während ihres Studiums am Smolny-Institut lernte sie Graf Tolstois Lehre vom einfachen bäuerlichen Leben kennen und schätzen, und nach Abschluss des Instituts machte sie sich diese Lehre so zu eigen, dass man sie nicht mehr von einer einfältigen Bäuerin unterscheiden konnte. Als sie den Grafen persönlich kennenlernte, eroberte sie damit sein Herz im Sturm. Doch der Graf zeigte sich ihr von einer unerwarteten, beängstigenden Seite. Er nahm ständig starke Betäubungsmittel, die ihn unberechenbar machten. Mehrmals versuchte er, sie mit einer Axt niederzumetzeln. Zutiefst enttäuscht vom einfachen Leben floh sie schließlich nach Petersburg und kehrte zum mondänen Leben zurück ...«

Dostojewski drückte mit seiner ganzen Haltung höchsten Widerwillen gegenüber diesem Thema aus, saß wie versteinert da und starrte aus dem Fenster, als blickte er in die Ewigkeit. Pobedonoszew trat zu ihm, fasste ihn sacht um die Schultern, nötigte ihn mit einiger Mühe zum Aufstehen und zog ihn mit sich zum Fenster, als wollte er ihn aus der Gefahrenzone von Nikodims giftigen Worten entfernen.

»... wo sie eine Affäre mit Olsufjew begann«, fuhr Nikodim fort. »Sie haben natürlich von ihm gehört. Er ist ein Gardist, als

Detektiv ein Genie. Daher auch der Titel ihres zweiten Buches. Wenn man der Boulevardpresse glaubt – aber wie gesagt, das tut niemand –, hatte T. Angst, dass die Sache an die große Glocke gehängt würde, und verschwand mit unbekanntem Ziel. Die besten Detektive des Reiches und Sanitäter mit Zwangsjacke wurden zu seiner Verfolgung aufgeboten, aber er ist sehr schlau und wechselt häufig seine Verkleidung – bald tritt er als Gendarm auf, dann als Bauer oder als Zigeuner. Nach den Worten der Frau Tolstaja-Olsufjewa ist er durch die Betäubungsmittel dermaßen verrückt geworden, dass er mit Pferden spricht und die Leute um ihn herum für weiß der Teufel was hält. Und dann schreiben sie noch, dass er Gedächtnislücken hat und eine originelle Geistesstörung – er glaubt, dass er sich mit Gott unterhalten kann. Das heißt, wer spricht heutzutage nicht alles mit Gott, aber T. ist vollständig überzeugt, dass Gott ihm antwortet. Und in den schlimmsten Boulevardblättern hieß es sogar, T. hätte die Detektive, die ihm auf den Fersen waren, umgebracht oder ihnen ein tropisches Gift verabreicht ...«

Gegen Ende dieser Tirade zog Nikodim eine Miene, als täte ihm etwas weh und als wäre es ihm peinlich, die eigene Erzählung anzuhören. Er verstummte. Auch T. saß schweigend da. Dann fasste er sich ein Herz und sagte:

»Ich kannte tatsächlich ein Bauernmädchen mit Namen Axinja, da gibt es nichts zu leugnen ... Aber sie hätte so etwas kaum schreiben können, sie kennt solche Worte nicht einmal. Glauben Sie mir, es gibt einen gewaltigen Unterschied zwischen einer Studentin, die sich dem einfachen Leben zugewandt hat, und einem Mädchen aus dem Volk.«

Nikodim schmunzelte und klopfte T. vertraulich aufs Knie.

»Darüber schreibt sie auch!«, verkündete er begeistert. »Bestimmt auch gelogen, was? Sie behauptet, bevor sie Sie an dem Heuwagen angesprochen hat, hätte sie extra zwei Monate lang den Bauerndialekt gelernt, sich nicht mehr gewaschen und unter den Achseln nicht mehr rasiert, verzeihen Sie die pikanten Details ... Der zentrale Gedanke ihres Buches – obwohl, Gedanke kann man nicht sagen, Gedanken gibt es da keine –, also der *sales pitch*, um dessentwillen die jungen Mädchen das Buch lesen, ist, dass den blasierten, lasterhaften Aristokraten nicht Auserlesenheit und Raffinesse stimulieren, sondern im Gegenteil höchste Vulgarität und Ungeschliffenheit, natürlich in Verbindung mit einem gewissen körperlichen Reiz. Deshalb ist es bei den Mänaden der Hauptstadt jetzt Mode, mit Sarafan, Schürze und dreckigen Fingernägeln herumzulaufen ... *Mon Dieu*, wie sie alle stöhnen unter diesem einfachen Leben! Sie erstaunen mich, Graf – Sie sind im Zentrum des Hurrikans, einer richtigen Modeströmung, und bewahren eine beachtliche Gleichmütigkeit! Bravo, bravo!«

T. gab keine Antwort. Nikodim goss sich Wodka ein, prostete ihm zu, kippte das Glas hinunter und grunzte.

Unterdessen hatte Pobedonoszew Dostojewski auf den Schemel am Fenster gesetzt, strich ihm über den Arm und sagte ihm ein paar freundliche Worte ins Ohr. Er sprach leise, aber T. konnte trotzdem vieles verstehen:

»Deine Seele lebt, Fedjenka, sie trauert nur. Das alles wird dir als Heldentat angerechnet. Wenn du nur betest, geht auch die Gelbsucht vorbei ... Sie lebt, sie lebt, glaub nur nicht ...«

Er klopfte Dostojewski ermutigend auf die Schulter und kehrte zum Tisch zurück.

»So weit ist es gekommen«, sagte Nikodim mit einem Blick auf die anderen Mönche. »Die Zeitungen behaupten, Graf T. würde jetzt von der Geheimpolizei gesucht – obwohl bisher keine offizielle Anklage gegen ihn erhoben wurde.«

»Lassen wir das«, sagte Pobedonoszew stirnrunzelnd. »In meinem Haus werden keine Zeitungsenten erörtert. Hier wird über geistige und religiöse Fragen parliert ...«

Das ganze Gespräch wurde von ein paar geringfügigen, aber leicht bedrohlichen Details im Verhalten der Mönche begleitet.

Jemand anderes hätte sie wohl kaum beachtet, für T. hingegen hatten sie eine furchtbare, unzweifelhafte Bedeutung – er konnte sich unmöglich täuschen.

Ilarion saß im Sessel, hatte die mit Glasperlen bestickte Tasche auf den Knien und machte die ganze Zeit irgendwelche Handbewegungen darin, als würde er ein Tier streicheln, das es nicht abwarten konnte, in die Freiheit zu gelangen – und außerdem war T. sicher, das feine Klirren scharfer Kristallkanten zu hören.

Sofroni hielt die rechte Hand in der Tasche seiner Kutte, und als er sich bewegte und der Stoff an der Hüfte spannte, konnte man einen länglichen Gegenstand erkennen – und das war bestimmt keine Ikone, sondern wahrscheinlich ein Revolver.

Nikodim seinerseits tat nichts weiter, als T. von Zeit zu Zeit mit einem unendlich verständnisvollen Blick zu mustern, der sich schwerlich nur als schlichtes Mitgefühl wegen des Skandals mit Axinja deuten ließ.

T. spürte, dass die Mönche nur auf ein Zeichen warteten. Als die zunehmende Spannung am Tisch unerträglich wurde, stand er plötzlich auf.

Er ging zu dem Schemel, auf dem der inzwischen vollkommen in sich gekehrte Dostojewski saß, nahm ihn bei den Schultern, richtete ihn auf und führte ihn zurück zum Tisch. Dostojewski fügte sich schweigend und T. setzte ihn auf den Diwan zwischen sich selbst und Nikodim.

»Kommen Sie, Fjodor Michailowitsch, wir wollen ein bisschen nebeneinandersitzen ... Konstantin Petrowitsch hat uns ordentlich kritisiert, also soll er uns die Wahrheit erzählen.«

Die Mönche waren merklich verwirrt. Nikodim musste ganz an den Rand des Diwans rücken, und zwischen den finsteren Zwillingen und T. befand sich nun der Tisch.

Pobedonoszew räusperte sich bei T.s Worten.

»Die Wahrheit, Graf? In der *Kritik der unreinen Vernunft* schreibe ich, dass man die Wahrheit nicht mit einem scharfen, skeptischen

Verstand erfassen kann. Sie ist nur dem Glauben zugänglich. Der selige Augustinus hat das erkannt. Die heutigen gebildeten Herren hingegen meinen, die Wahrheit werde aus der Überlegung geboren. Können Sie sich das vorstellen, Brüder? Die Herrscher unserer Gedanken[61] halten den Syllogismus für den höchsten, absoluten Maßstab der Wahrheit!«

Daraufhin klatschte er leise in die Hände.

Das war offenbar das Zeichen, auf das die Mönche gewartet hatten.

Sofroni runzelte die Augenbrauen und zog eine unanständig große Smith & Wesson aus der Kutte.

»Wen?«, fragte er.

»Den Syllogismus«, wiederholte Pobedonoszew hastig und tat so, als würde er nichts merken. »Sie kennen den Begriff aus der Logik. Man trifft zwei Aussagen und leitet daraus eine dritte ab. Und auf so einer dürftigen Konstruktion fußt das ganze Gebäude des modernen menschlichen Denkens, können Sie sich das vorstellen?«

»Haben Sie etwas gegen die Prinzipien der Logik?«, lächelte T., ebenfalls ohne den Revolver in Sofronis Hand zu beachten.

Pobedonoszew hob den Zeigefinger.

»Alle modernen philosophischen Streitigkeiten sind eben deshalb so nichtig, Graf«, sagte er, »weil die streitenden Parteien die Wahrheit mit Hilfe dieser ihrer Logik beweisen. Dabei sind Syllogismen dummes Zeug.«

»Wieso das denn?«, fragte T.

»Dann bringen Sie ein Beispiel für einen sinnvollen Syllogismus.«

Zu dem Zeitpunkt war das Gespräch eigentlich bereits völlig überflüssig geworden, weil Nikodim ebenfalls eine kleine vernickelte Pistole aus der Kutte gezogen und Ilarion ganz unverhohlen ein zusammengelegtes Netz aus der mit Glasperlen bestickten Tasche geholt hatte, in dessen Maschen Kristallklingen befestigt waren. Doch Pobedonoszew benahm sich, als ginge es am Tisch lediglich um die Diskussion um Syllogismen.

»Bringen Sie ein Beispiel, Graf«, wiederholte er. »Na los.«

T. lächelte und rückte näher zu Dostojewski.

»Nun gut«, sagte er, während er seine Hand, die durch Dostojewski verdeckt war, in die Tasche schob. »Kai ist ein Mensch. Die Menschen sind sterblich. Deshalb muss Kai sterben. Kann man das bestreiten?«

»Das braucht man gar nicht zu bestreiten«, erwiderte Pobedonoszew. »Das ist dummes Zeug, weiter nichts. Kai ist kein Mensch, sondern nur das Subjekt des Satzes. Er wurde nie geboren. Wie soll er sterben? Damit haben Sie selbst bewiesen, dass Syllogismen dummes Zeug sind.«

In T.s Tasche klickte es leise.

»Wo habe ich das bewiesen?«, fragte T. aufrichtig erstaunt.

»Wie – wo?«, versetzte Pobedonoszew hitzig. »Sehen Sie, Kai ist ein sterblicher Mensch aus einem Syllogismus. Er kann überhaupt nicht sterben, weil man in einem Syllogismus nicht stirbt. Folglich sind Syllogismen dummes Zeug und es ist Wahnsinn, sie zum Maßstab der Wahrheit zu machen. Wenn Sie dem nicht zustimmen, zeigen Sie mir einen toten Menschen aus einem Syllogismus. Zeigen Sie mir ein totes Subjekt, Graf, dann werde ich ...«

Während Pobedonoszew mit blitzenden Brillengläsern seine Tirade hielt, geschahen am Tisch einige wichtige Dinge.

Sofroni richtete seinen riesigen Revolver auf T. Nikodim beugte sich vor. Ilarion faltete das Netz auseinander und legte es so zurecht, dass einer seiner Komplizen das andere Ende packen konnte.

T. aber achtete nur auf den Revolver in Sofronis Hand. Kaum neigte sich der Lauf für einen Moment zur Seite, passierte etwas, womit keiner der Mönche gerechnet hatte – T. packte Dostojewski bei den Schultern und ließ sich eng umschlungen mit ihm in die schmale Lücke zwischen Tisch und Diwan fallen.

»Achtung!«, schrie er.

Pobedonoszew, der gerade über das tote Subjekt gesprochen hatte, hob seine Brillengläser zur Decke – dorthin, wohin die Bombe geflogen war, die T. geworfen hatte.

Er kam nicht mehr dazu, zu Ende zu sprechen.

XIX

»Man sagt: Er hat das Bewusstsein verloren. Wie merkwürdig ... Immerhin, jemand verliert tatsächlich das Bewusstsein und findet es wieder. Das weiß ich aus eigener Erfahrung. Aber wer ist das? Wenn einer das Bewusstsein verliert, bedeutet das, er ist nicht das Bewusstsein, sondern etwas anderes. Im Übrigen sollte man nicht einem zufälligen Sinn hinterherjagen, der an den holprigen Nahtstellen der Wörter aufblitzt. Andererseits hingegen gibt es keinen anderen Sinn als den, der an den holprigen Nahtstellen der Worte erscheint, denn der ganze menschliche Sinn ist ebendieses Aufblitzen ... Eine Sackgasse, schon wieder eine Sackgasse ...«

T. versuchte, eine Hand zu bewegen. Das ging.

Mit den Gedanken kehrten auch die Empfindungen zurück – T. bemerkte Brandgeruch. In der Nähe schlug eine Uhr und das brachte ihn wieder zur Besinnung. Irgendetwas drückte schwer auf seine Schulter. T. drehte sich um und schlug die Augen auf.

Die helle Sonne, die zum Fenster hereinschien, sprach dafür, dass es Morgen war. Offenbar etwa neun oder zehn Uhr. Als er die Hand hob, um die Augen abzuschirmen, sah T. die goldgelbe Seide seines Ärmels. Er trug noch immer den mit Quasten besetzten Morgenrock des Hotels, nur war dieser jetzt völlig verdreckt von Staub, Tünche und noch etwas anderem, das aussah wie Sauce.

Allerdings befand T. sich nicht, wie er erwartet hätte, in seinem Zimmer im Hotel d'Europe.

Es war die Wohnung von Pobedonoszew, derselbe Salon, in dem sie gestern Tee getrunken und über Syllogismen geredet hatten.

T. erkannte, dass er am Boden lag und das schwere Porträt von Dostojewski umschlungen hielt – wie eine flache Decke, die ihn vor der Kälte der Zeitlosigkeit schützte. Er kroch unter dem Porträt hervor und musterte es eine Weile mit finsterem Blick.

Das Porträt war an vielen Stellen beschädigt – es war übersät mit Spuren von Stößen und Schlägen, mit Flecken und Brandstellen, und dort, wo der Bart war, sah man deutlich einen Fußabdruck und die Leinwand war an der Stelle gerissen. An zwei Stellen war der Rahmen gebrochen, als hätte jemand versucht, das Bild zusammenzuklappen. Und doch gab es keinen Zweifel, dass es dasselbe Porträt war, das der Lama Dschambon ihm in sein Hotelzimmer gebracht hatte.

Der Tisch war durch die Explosion umgekippt. Der Schrank mit den Vorhängen, der an der Wand gestanden hatte, war ebenfalls auf den Boden gekippt – darin hatte sich eine ganze Sammlung von Ikonen befunden, die nun auf dem Boden verstreut lagen. Das Antlitz auf den Ikonen war seltsam.

Es war kein menschliches Antlitz, sondern das einer Katze.

Sämtliche Darstellungen fußten auf einem bestimmten Kanon. Die Augen waren klein und schläfrig und schielten leicht, als würden sie einen Punkt unterhalb der Nase fixieren, was einen Eindruck finsterer Konzentration erzeugte. Der Kopf selbst, mit kurzem, grauem Fell bedeckt, war rund und unverhältnismäßig groß, wohingegen die dreieckigen Ohren unproportional klein erschienen.

Ein Detail aber war auf jeder Ikone anders – die Schnurrbarthaare. Jede Katze hatte drei Paar, aber auf den alten, dunklen Ikonentafeln waren sie zackenförmig und sahen aus wie wütende schwarze Blitze, während sie auf den Ikonen neueren Typs wellenförmig waren und das Zeichen der Tilde wiederholten. Sicherlich standen hinter dieser Transformation Jahrhunderte von Disputen und Morden, über die ein Spezialist für Sekten und Irrlehren lange hätte erzählen können. Vielleicht auch Pobedonoszew selbst ...

Kaum dachte T. an Pobedonoszew, als er ihn auch schon erblickte. Der tote Oberprokurator lag neben einem umgekippten Sessel rücklings am Boden und starrte mit rußgeschwärzten Brillengläsern zur Decke.

Die Mönche waren gleichfalls tot – sie lagen absurd verrenkt am Boden, in Pfützen von über Nacht geronnenem Blut. T. hatte auch dieses Mal nichts abbekommen, er hatte sich im toten Winkel befunden, genauso wie das Porträt von Dostojewski und ein Teil des Diwans.

T. stand auf und krümmte sich vor Rückenschmerzen, aber die Knochen waren anscheinend alle heil geblieben. Im Salon breitete sich bereits ein süßlicher Verwesungsgeruch aus und T. humpelte eilig hinaus in den Korridor.

Am anderen Ende des Korridors hockte ein winziges Kätzchen auf dem Boden. Bei T.s Anblick begann es zu miauen und verschwand um die Ecke – dort war offenbar die Küche.

Die nächste Tür führte in Pobedonoszews Kabinett.

Es war ein großes Zimmer mit einem massiven Schreibtisch, einem dunkelblauen Perserteppich und Bücherschränken an den Wänden. An einer Stelle hing ein weißer Vorhang an der Wand, aber dort konnte kein Fenster sein. T. zog den Vorhang zurück.

Dieser verbarg ein in die Wand eingemauertes Mosaik im byzantinischen Stil, eine Kopie oder ein Original, das man hierhergebracht hatte: eine riesige pantokratische Katze mit runden, schläfrigen Augen, unauffälligen dreieckigen Ohren, archaischblitzförmigen Schnurrbarthaaren und winzigen, griechischen Buchstaben an den Rändern des runden Antlitzes. Der Hermaphrodit hatte die rechte Pfote erhoben, mit der linken stützte er sich auf einen massiven Folianten mit dem goldenen Wort »JCHW«[62] auf dem Einband.

Dem Schreibtisch direkt gegenüber stand ein barock aussehender Kleiderschrank mit Spiegel – er war wohl mit Absicht so aufgestellt, dass derjenige, der am Schreibtisch saß, ständig sein

Spiegelbild im Blick hatte. T. überlegte, der Schrank könnte ein Geheimnis bergen, zum Beispiel einen versteckten Ausgang aus der Wohnung. Er trat näher und zog die Tür auf.

Im Schrank war kein Geheimausgang. Stattdessen hingen darin ein paar bauschige, geschmacklose Frauenkleider von der Art, wie sie alternde Kokotten zu tragen pflegten. Es roch wie in den Versen des Dichters Bunin – nach einem alten, längst verflogenen Parfüm, von dessen Duft nur noch ein schwerer, abgestandener Moschusgeruch in der Luft hing.

T. schloss die Schranktür, ging zum Fenster und spähte vorsichtig nach draußen. Es war ein klarer Petersburger Morgen, die Sonne schien, Beamte und arbeitendes Volk liefen umher, Kutschen fuhren vorbei, Vögel zogen ihre Kreise am Himmel. Allein der Anblick dieses geordneten, bequemen Lebens enthielt einen Vorwurf – er schien den Beobachter aufzufordern, die Beobachtung unverzüglich einzustellen, sich an die Arbeit zu machen und mit der Landschaft zu verschmelzen.

T. ging zum Tisch.

Darüber hing ein Käfig mit einem (wie T. zunächst vermutete) ausgestopften Kanarienvogel. Doch bei genauerer Betrachtung erwies sich der Vogel als lebendig. Das war allerdings nur am Funkeln der Augen zu erkennen. Der Vogel saß völlig reglos, versteinert vor Kummer, oder vielleicht auch vor Schreck, weil er nicht wusste, was von dem Eindringling zu erwarten war. T. blinzelte ihm zu und setzte sich in den Schreibtischsessel.

Auf dem Tisch schimmerte der Phonograph vor Nickel und Stahl, und aus einem Drahtbecher ragten spitze Buntstifte. Links von der Schreibgarnitur stand ein Telefonapparat neuester Konstruktion und rechts, unter einem modernen Briefbeschwerer in Form einer silbernen Pfote, lag ein Stoß mit gleichmäßiger Handschrift beschriebenen Papiers (in der linken oberen Ecke waren auf jedem Blatt in Gold die Buchstaben »OPHS«[63] eingeprägt).

T. nahm den Briefbeschwerer von dem Papierstapel. Es gab

keinerlei Korrekturen oder durchgestrichene Stellen, als hätte der Schreiber den Text von einer vor ihm hängenden Schrifttafel abgeschrieben. T. nahm die erste Seite und las:

Der äußere Zyklus. Prolegomena zur Praxis
»Sodomitische Sünde und Religiöse Erfahrung«

anfangen: Dem Menschen ist es eigen zu sündigen und zu bereuen. Es ist ihm eigen, sich dem Laster zu ergeben und nach Befreiung von ihm zu streben. Worin also liegt der Sinn der Leiden – oder dessen, was die Katholiken in ihrem Irrglauben als Fegefeuer bezeichnen? Einzig darin, dass sich die sündigen Teile der Seele von ihrem Licht lösen. Wenn der Mensch in seinem Leben nach Maßgabe seiner Kräfte selbst gegen die Sünde gekämpft hat, werden die Leiden für ihn keine Strafe sein, sondern eine segensreiche Hilfe zum Sieg über das, was er zu Lebzeiten nicht bewältigen konnte.

überleiten: Was sind dann moderne Sekten, die nicht die Leiden, sondern die Sodomie anerkennen und den Sodomisten gestatten, ein geistliches Amt auszuüben? Diese Frage teilt sich in verschiedene Probleme, die der Reihe nach untersucht werden sollen.
    erstens: Kann ein Sodomit ein religiöser Mensch sein? Die Erfahrung aus der Geschichte zeigt, dass eine solche Möglichkeit gegeben ist. Man kann hoffen, dass der Herr in seiner unendlichen Barmherzigkeit das Gebet eines Sünders nicht verschmäht, wenn dessen seelischer Impuls aufrichtig ist und sein Wesen in den Minuten erfasst, wenn es frei von Sünde ist.
    zweitens: Man kann sogar davon ausgehen, dass ein heimlicher Sünder den Gottesdienst ausüben kann, wenn er seiner Sünde nicht offen frönt und Gott nicht als Sodomit dient, sondern als Mensch, der sich seiner Unvollkommenheit und seiner schweren Krankheit deutlich bewusst ist. Zudem wird ein solcher Mensch eingedenk seiner eigenen Sünde weniger geneigt sein, andere zu verurteilen.

abschließen: Die neuesten sektiererischen Tendenzen aber gehen gerade dahin, dass die Sodomiten dem Herrn nicht als reuige Sünder, sondern als Sodomiten zu dienen wünschen. Das heißt, sie wollen ihr Gebet nicht aus den Tiefen ihrer durch die eigene Unvollkommenheit betrübten Seele darbringen, sondern direkt aus der hinteren Öffnung, in der gleichzeitig Beelzebubs Horn steckt ... Quo vadis?

Als T. das »Quo vadis« sah, verdüsterte sich seine Miene.

Er erinnerte sich plötzlich an den »qui pro quo«-Ausspruch des Pferdes. Natürlich gab es da nicht viele Gemeinsamkeiten. Aber dennoch: In beiden Fällen wurde Latein benutzt und beide Male in Verbindung mit einem Sündenfall, nur war es beim letzten Mal ein fleischlicher, realer Sündenfall, und dieses Mal war es der Geist, der einen Blick in den Abgrund tat. Diese Ähnlichkeit konnte nur eines bedeuten ...

»Mitjenka?« T. erstarrte. »Kann das sein? Möglich wäre es. Die Päderastie, das Gesäß, Beelzebubs Horn ... Schließlich ist das sein Verantwortungsbereich, wie Ariel erklärt hat. Und gestern haben die Mönche von Axinja gesprochen. Für Axinja ist auch Mitjenka zuständig. Also er? Undenkbar. Aber woher wäre sonst Axinja aufgetaucht? Stopp ... Das bedeutet aber ...«

Um sich nicht in diesen unerträglichen Gedanken zu verbeißen, begann T., die Papiere auf dem Schreibtisch durchzublättern. Dabei stieß er auf ein paar geöffnete Briefe. In zweien dieser Briefe ging es um unklare Geldabrechnungen. Der dritte lautete wie folgt:

An Seine Exzellenz O. P. S. S.
Konstantin Petrowitsch Pobedonoszew,
dienstlich

Hiermit übersende ich Eurer Exzellenz die Übersetzung der altägyptischen Inschrift auf dem Stück Blattgold, das im Rahmen der Ermittlung in

Sachen Graf T. in dem Medaillon bei der Leiche von Vater Warsonofi Netrebko gefunden wurde.

Nach Meinung von Spezialisten des Ägyptischen Museums erlaubt die Form der Hieroglyphen eine Datierung des Textes auf die Epoche der XVIII. Dynastie oder wenig später. Die Inschrift lautet:

»Der geheime Name des Hermaphroditen mit dem Katzenkopf, der Macht über ihn verleiht, ist AGNS[64]*. Wenn du den Hermaphroditen mit Hilfe dieses Namens lenken kannst, ist das sehr gut.«*

Die Übersetzer betonen, dass AGNS ebenso übersetzt werden kann wie das traditionelle BHGW[65] *(oder auch anders, je nachdem, welche Konkordanzliste man für die Hieroglyphenverzeichnisse benutzt). Das Medaillon selbst aber kann Eurer Exzellenz ungeachtet Ihres Antrags nicht übergeben werden, da es auf Befehl übergeordneter Instanzen der Akte des Grafen T. beigefügt wurde.*

*Ausgeführt:
Ober-Exekutor P. Skoworodkin*

Am Rand des Dokuments war mit Bleistift vermerkt:

Schon wieder Olsufjew!! Idioten, konnten nicht einmal die Leichen durchsuchen!

Ansonsten befand sich auf dem Schreibtisch nichts von Interesse. T. beschloss, die Schubladen zu untersuchen. In der mittleren lag eine Browning. In den beiden anderen war allerlei Bürokram. Im linken Unterschrank befanden sich Papiere und Mappen mit Manuskripten sowie Lagerbücher und Bestandslisten mit römischen Ziffern auf dem Rücken; der rechte Unterschrank barg einen kunstvoll in das polierte Holz eingearbeiteten Safe. Er war offen.

Auf rotem Samt lagen darin neben einem angebrochenen Packen Hundertrubelassignaten auch zwei Dokumente. Das erste war ein doppelt gefaltetes Blatt von einem linierten Notizblock:

An den Oberprokurator HS
Konstantin Pobedonoszew

Ich übermittle Eurer Exzellenz Informationen über die Observation des Petersburger Hauses von Olsufjew an der Fontanka bei der Pantelejmon-Brücke (Hausnummer vierzehn).

Es wurde festgestellt, dass Herr Olsufjew mehrfach von Axinja Rosental (mit der er in einer Beziehung steht) und von dem Agenten der Geheimpolizei Knopf, der mit der Fahndung nach dem Grafen T. betraut ist, aufgesucht wurde.

In Gesprächen mit Beamten der Geheimpolizei wurde festgestellt, dass die Fahndung nach T. von Olsufjew selbst initiiert wurde. Das Ziel des Ganzen bleibt indes weiterhin unklar.

Zudem bitte ich Eure Exzellenz zu beachten, dass eine Begegnung zwischen dem Grafen T. und Wladimir Solowjow belegt ist, die im Hause Olsufjew ein Jahr zuvor stattfand. Den Informationen des damaligen Portiers zufolge war auch Olsufjew selbst bei dieser Begegnung anwesend.

Agent »Brunhilda«

»Ich? Ich habe mich mit Solowjow getroffen?«, wunderte sich T. »Dann ist es ganz und gar kein Zufall, dass ich nach Optina Pustyn gehe ... Aber wer ist dieser Olsufjew?«

Das zweite Dokument im Safe war dem Aussehen nach ein ganz gewöhnliches Kanzleischriftstück, von der Art, wie sie häufig zwischen verschiedenen Departements hin und her gehen – es war mit einer stark nach rechts geneigten, feinen schwarzen Schrift bedeckt und mit einer Vielzahl barocker Vignetten versehen, wie sie Regimentsschreiber zur Ausschmückung ihres Werks verwenden, wenn sie über die Ewigkeit nachdenken.

An den Oberprokurator HS
Konstantin Petrowitsch Pobedonoszew
von Schimonach II. Klasse,
Kollegienassessor Semjon Kuprijanow
Vertraulich
Im Namen von BHGW, dem Erhabenen, Verborgenen

Hiermit setze ich Eure Exzellenz, in Kenntnis über die Umstände der Geheimen Prozedur in der Sache des Grafen T.

Erwartungsgemäß wurde der Graf genau entsprechend den von Eurer Exzellenz gemachten Angaben zu Zeit und Ort bei dem verlassenen Bootshaus gefasst. Ebendort wurden auch die Leichen von Agenten der Geheimpolizei entdeckt, die versucht hatten, den Grafen festzunehmen.

Die erste Gruppe der Geistlichkeit, die zur Ergreifung entsandt wurde, ist umgekommen. Bei unserem Eintreffen waren alle Mönche bereits tot. Rabba War-Sonof lag noch im Todeskampf, aber ihm zu helfen erwies sich als unmöglich. Graf T. selbst, der bei der Explosion eine Gehirnerschütterung erlitten hatte, war in bewusstlosem Zustand. Das Opferamulett an seinem Hals fehlte.

Dessen ungeachtet wurde die Geheime Prozedur zur Sublimation der Seele des Großen Löwen mit dem Eurer Exzellenz bekannten guten Ziel in Angriff genommen, wobei die übliche Garnitur des Heiligen Geräts benutzt wurde – das Kristallnetz und die Kuppel der Verklärung mit den beiden Projektionslaternen und dem Armeezelt.

Gemäß Protokoll der Geheimen Prozedur wurden die Lider des Rezipienten gewaltsam geöffnet und seine Augen zum Zeltdach gelenkt, das als Leinwand für die Laternen diente. Die rechte Projektionslaterne erschreckte das schlafende Bewusstsein durch Bilder des »Großen Abgrunds«, des »Erbarmungslosen Winds«, der »Unvorstellbaren Schwere«, der »Unzähmbaren Flamme« usw., während die linke Projektionslaterne die Seele durch Darstellungen des Antlitzes trösten und so einen Kanal zur Kontaktaufnahme mit BHGW, dem Erhabenen, Ewigen, sowie zur anschließenden Ansaugung der Seele herstellen sollte. Als phonographische Aufnahme, *die bei der zu sublimierenden Seele ein akutes Gefühl von Einsamkeit hervorrief, wurde Benjamin Purcells »O Solitude« nach dem Gedicht von Saint-Amant gespielt.*

Während der Prozedur hingegen kam es zu einem Versäumnis, an dem der verstorbene Mönch Pereswet die Schuld trägt. Wie sich bei der gerichtlichen Untersuchung herausstellte, hatte Pereswet drei Tage zuvor eine der Projektionslaternen benutzt, um einer Bekannten, einer Kleinbürgerin in der Stadt Kowrow, Bilder weltlichen Inhalts zu zeigen, und anschließend einen Satz fotografischer Diapositive verwechselt.

Infolge dieser Verwechslung zeigte die linke Projektionslaterne anstelle des Antlitzes von BHGW eine zufällige Abfolge von Bildern: Ansichten des italienischen Flusses Brenta, einen Sonnenuntergang auf dem winterlichen Jenissei sowie verschiedene Abbildungen aus der griechischen und skandinavischen Mythologie, Pariser Panoramen verschiedener französischer Maler, Porträts von Louis-Napoleon usw. Als das Versäumnis bereinigt wurde und die linke Laterne das Abbild des Antlitzes an das Zeltdach projizierte, war seit dem Tod des Opferkätzchens bereits über eine Stunde vergangen und das Heil aus dem Kristallnetz verschwunden. Aus diesem Grund sowie infolge des fehlenden Opferamuletts kam es nicht zur Ansaugung der Seele.

Eingedenk der besonderen Bedeutung der Angelegenheit wurde der Graf an Ort und Stelle in bewusstlosem Zustand zurückgelassen. Die Spuren der misslungenen Geheimen Prozedur wurden aufs Sorgfältigste beseitigt. Die Leichen der Mönche wurden dort belassen, wo sie zu Tode gekommen waren, um nicht das Misstrauen des Grafen zu erregen.

Ich vermute, dass man sich auf das Erscheinen des Grafen in Petersburg sowie auf die erforderliche Durchführung des Rituals einstellen muss.

Iakin,
Rabba Rav-Kuprijan

Darunter stand eine mit Bleistift geschriebene Anmerkung von Pobedonoszew:

Ich spüre, die letzte Begegnung wird furchtbar und unkalkulierbar sein. Aber sie ist unvermeidbar. Herr, gib mir Kraft.

T. schloss die Augen – und hatte plötzlich Dostojewski vor sich. Er sah anders aus als auf dem Porträt, nur das Gesicht war wie vorher, aber der Körper, aus bläulichem Feuer gewoben, war nicht von dieser Welt und durchsichtig. Hinter Dostojewski waren die blendendweißen Silhouetten von zwei Engeln zu sehen.

»Wissen Sie, Graf«, sagte Dostojewski leise, »anscheinend ist es noch immer Ariel, der Sie erschafft. Mit all Ihren weißen Handschuhen. Nur hat er Sie für seinen Shooter zurechtgebogen ...«

T. gab keine Antwort, er wusste nicht, was er sagen sollte, und Dostojewskis flimmernde Gestalt schwebte, gefolgt von den beiden leuchtenden Engeln, feierlich himmelwärts.

Was er gehört hatte, war unverkennbar eine akustische Halluzination. Und zweifellos die Wahrheit. Jedenfalls musste er Pobedonoszews Wohnung so schnell wie möglich verlassen.

Das Treppenhaus war leer. Im ganzen Haus herrschte eine kühle sommerliche Stille, nur unterbrochen durch das Knarren eines im Wind schwankenden Fensterladens.

»Also schon wieder Ariel und seine Bande«, dachte T., als er die Stufen hinunterstieg. »Er hat mich erneut zum Narren gehalten ... Was jetzt wieder an Scheußlichkeiten und Blut kommt, kann ich mir denken. Und wie es weitergeht, ist klar. Zwei Taschen mit Waffen aus Jasnaja Poljana, ein Päckchen Mutterkorn von Goscha Piworylow, nachts kommt dann Axinja, sieht mich mit einem purpurroten Auge an und flüstert etwas auf Lateinisch ...«

Als er das unterste Stockwerk erreichte, fiel ihm auf, dass sich der Eingang verändert hatte. Die eiserne Pförtnerloge war nicht mehr da, aber dafür stand an der Eingangstür nun ein geschwungener Wiener Stuhl, auf dem ein Pförtner mit gelbgerandeter Schirmmütze ein Nickerchen machte.

Mit einem sechsten Pförtnersinn spürte er T. kommen und legte die Hand an den Mützenschirm, ohne die Augen aufzuschlagen. T. ging schweigend an ihm vorbei.

Auf der Straße beobachtete er eine Weile die Kanalisationsluke direkt gegenüber dem Eingang. Er begriff nicht, wie das Bild durch die Luke gepasst hatte – andererseits brachte Ariel noch ganz andere Sachen fertig. Neben ihm hielt eine Droschke, die früher einmal gelb angestrichen und jetzt vor lauter Dreck beinahe braun war.

Der Kutscher war ein gewöhnlicher Petersburger Fuhrmann, ein bartloser junger Kerl, allem Anschein nach aus einem der umliegenden Dörfer in die Stadt gekommen, um sich etwas dazuzuverdienen.

»Eine Droschke gefällig, gnädiger Herr?«

»Hotel Jewropeiskaja. Aber fahr an der Fontanka entlang, mein Bester. Und zeig mir, wo die Nummer vierzehn ist, das Haus von Olsufjew.«

»Immer noch besser Axinja«, dachte er, während er die geschäftig umhereilenden Menschen betrachtete, »als ein Matrose oder ein Kutscher. Das könnte schließlich auch passieren, wenn die Marketender das Sagen haben. Und dann würde es wieder so aussehen, als wäre ich so ein vielseitiger, zutiefst widersprüchlicher – aber ein umso grandioserer Mensch ...«

Diese Gedanken riefen einen Anfall von akuter Schwermut hervor, die in ein Gefühl der physischen Unerträglichkeit des Seins überging.

»Vielleicht sollte ich ganz verschwinden?«

Es war weniger ein Gedanke als ein Gefühl, das in seinem Sonnengeflecht aufstieg, aber dieses Gefühl war so stark und irritierend, dass T. sich auf der Sitzbank der Droschke zurücklehnen musste, um ruhig atmen zu können.

Die Droschke fuhr jetzt langsamer.

»Das ist das Haus von Olsufjew«, sagte der Fuhrmann.

T.s Stimmung schlug plötzlich um, die Niedergeschlagenheit wich einer distanzierten, kalten Entschlossenheit.

»Warum sofort verschwinden?«, dachte er und musterte das Haus, das der Fuhrmann ihm gezeigt hatte. »Das kann ich immer noch. Aber hier kann ich allerlei Neues erfahren ...«

Er hatte das Gebäude noch nie gesehen. Die Kellerfenster, die beiden Balkone mit dem Ziergitter in der Mitte der Fassade, der Kragbogen, das steile Dach, die französischen Fenster – nichts davon kam ihm bekannt vor. T. seufzte schwer.

»Wer ist dieser Olsufjew? Ich weiß es nicht mehr, ich weiß nichts mehr ... Morgen früh werden wir uns darum kümmern ...«

Er betrachtete noch einmal aufmerksam das Dach des Hauses und gab dem Kutscher ein Zeichen. Der Fuhrmann schnalzte mit der Zunge und rollte weiter.

Eine Viertelstunde später betrat T. die Halle des Hotel d'Europe und ging zu der aus dunklem Stein gearbeiteten Rezeption.

Der Rezeptionist hatte pomadisierte, exakt in der Mitte gescheitelte Haare, weshalb er an einen jungen preußischen Offizier erinnerte. Er sah T. so eigenartig an, dass dieser sich genötigt fühlte, etwas zu sagen.

»Sag mal, mein Bester, dieser Lama, na dieser Bonze in dem mongolischen Gewand, der mich besucht hat, ist er nicht mehr wiederkommen?«

Der Hotelangestellte grinste über das ganze Gesicht.

»Ach woher, Euer Erlaucht«, sagte er überschwänglich. »Wie sollte er? Sie haben ihn gestern mit dem Porträt derart vermöbelt, dass er wohl nicht so bald wiederkommt.«

»Mit dem Porträt?«, fragte T. stirnrunzelnd.

»Das er Ihnen mitgebracht hatte, wo dieser Herr mit Bart drauf ist. Dieser Bonze hat Sie ganz schön in Rage gebracht, Euer Erlaucht! Sie sind ihm auf dem Newski noch eine halbe Werst hinterhergelaufen. Sie haben geschrien: ›Achtung‹, und ihn wieder und wieder mit dem Porträt ...«

Der Rezeptionist hob beide Arme hoch, zeigte, was genau T. gemacht hatte, und grinste noch breiter. T. maß ihn mit einem missbilligenden Blick.

»Er ist also nicht wiedergekommen«, konstatierte er. »Dann lass mich morgen um fünf wecken. Aber vergiss es nicht, ich habe etwas Wichtiges zu erledigen.«

Der Rezeptionist wurde wieder ernsthaft und machte mit Bleistift eine Notiz in dem vor ihm liegenden Geschäftsbuch.

»Wünschen Sie im Zimmer zu speisen?«, fragte er. »Alles vegetarisch?«

T. nickte.

»Und dann, mein Bester«, sagte er, »schick jemanden zum Laden, solange er noch auf ist. Ich brauche ein paar Zeitungen und eine Flasche Leim.«

Zur Antwort lächelte der Rezeptionist verständnisvoll – auch wenn T. sich nicht vorstellen konnte, was genau er verstanden hatte.

XX

Vom Dach des Hauses Olsufjew aus bot Petersburg einen trostlosen Anblick. Der graue Graben des nahegelegenen Flusses, die Kirchenkuppeln, die aussahen wie die metallenen Brüste der Mutter Heimat, die abschüssigen Dächer, die Treppen, die aussahen wie Stufen zum Schafott – es war verblüffend, wie viele Menschenschicksale am Funktionieren dieses gewaltigen, sinnlosen Mechanismus beteiligt waren.

»Städte sind wie Uhren«, dachte T., »nur messen sie die Zeit nicht, sondern sie erzeugen sie. Jede große Stadt erzeugt ihre besondere Zeit, die nur diejenigen kennen, die darin leben. Jeden Morgen greifen die Menschen ineinander wie Zahnräder, schleppen sich gegenseitig aus ihren Höhlen, und jedes Zahnrad dreht sich bis zum kompletten Verschleiß an seinem Platz, felsenfest überzeugt, dass es sich zu seinem Glück dreht. Keiner weiß, wer die Feder aufzieht. Aber wenn sie zerbricht, wird die Stadt zur Ruine, und dann kommen Menschen, die nach vollkommen anderen Uhren leben, um sie zu begaffen. Die Zeit von Athen, von Rom – wo ist sie geblieben? Petersburg aber tickt noch – sechs Uhr morgens. Wie schreibt die Jugend? ›Nun denn, es ist Zeit, an die Arbeit zu gehen / an die alte, altehrwürdige Arbeit ...‹[66]«

Er packte das am Schornstein befestigte Seil, kletterte über den Rand des Daches und rutschte mühelos die Wand hinunter auf den Balkon. Die weiteren Handlungen waren rasch und präzise und beanspruchten nur wenige Sekunden: Er goss etwas Leim auf eine Zeitung, klebte sie an die Glasscheibe der Balkontür, stieß kurz mit dem Ellbogen dagegen, verzog beim gedämpften Klang der splitternden Scheibe das Gesicht, steckte den Arm durch das Loch, drehte den Türgriff, öffnete die Balkontür, schlüpfte hinein und schloss die Tür hinter sich.

»Anscheinend hat niemand etwas bemerkt. Was nun?«

Er stand in einem Rauchsalon, dessen Luft von Zigarrenrauch geschwängert war. Auf einem kleinen Tisch an der Wand funkelten Flaschen mit bunten Getränken; Zigarrenkisten aus leichtem Balsaholz luden ins ferne Havanna. Es war niemand im Raum.

T. öffnete die Tür und betrat einen mit Porträts geschmückten Korridor. Perückentragende Kavaliere aus der Zeit Katharinas und Damen in dekolletierten Kleidern blickten unergründlich von den Wänden herunter.

Neben der Tür zum Rauchsalon befand sich der Eingang zu einem Schlafzimmer, in dem es nach einem zarten Damenparfüm duftete. Auch dort war niemand. Allenthalben herrschte eine besondere, leblose Stille, an der man spürte, dass das ganze Haus leer war. Diese Vermutung musste man allerdings überprüfen.

Der Korridor mündete auf der einen Seite in eine verschlossene Flügeltür – dahinter befand sich allem Anschein nach der Salon. Auf der anderen Seite führte er zu einer Marmortreppe, die ins Erdgeschoss hinunterging. T. stieg die Treppe hinunter und befand sich in einer mit italienischen Landschaftsgemälden und Marmor geschmückten Eingangshalle. Auf den Sockeln beidseits der Eingangstür standen eine riesige chinesische Vase mit der Zeichnung eines Wasserfalls und eine große Uhr.

T. ging zu der Vase, um die Zeichnung zu betrachten, als er plötzlich Alkohol zu riechen meinte. Dann vernahm er ein Geräusch hinter sich.

Er wandte sich um und erblickte einen dicken rostroten Kater, der auf einer Marmorstatue von Pallas Athene saß. Es war unbegreiflich, wie er dahin geraten war – es sei denn, er wäre vom Vorhang aus gesprungen. Dem Kater war es unbequem auf dem kleinen runden Kopf, aber die Inszenierung war eine so offensichtliche Anspielung auf Edgar Allan Poes Gedicht über den Raben, der sich auf einer Büste der griechischen Göttin niederlässt, dass T. sofort begriff, wen er vor sich hatte. Ohne ein Wort zu sagen, ging er auf den Kater zu, packte ihn beim Kragen, schüttelte ihn und hielt ihn sich dicht vor das Gesicht.

»Nun, Ariel Edmundowitsch? Zeigen Sie sich freiwillig oder soll ich Ihnen erst den Schwanz einklemmen?«

Offenbar hatte er die Haut am Hals allzu straff zusammengezogen, denn der Kater konnte nicht einmal mehr miauen. Die Antwort klang krächzend und gepresst:

»Es ist schwer mitanzusehen, Graf, wie tief Sie gesunken sind. Oder sind Sie der Meinung, der gewaltlose Widerstand gegen das Böse bedeutet, dass man sich der Finsternis, die der eigenen Seele entströmt, nicht widersetzen darf? Was für eine Schande! Sie waren auf dem Weg nach Optina Pustyn, und dann so ein Ende ...«

»Aha«, versetzte T. »Angekommen, Ariel Edmundowitsch? Ausgezeichnet. Es ist Zeit für eine Aussprache ...«

»Von mir aus«, erwiderte der Kater. »Lassen Sie uns reden. Aber gestatten Sie mir ... Lassen Sie mich los, ich laufe schon nicht weg.«

T. ließ den Kater los. Er landete auf dem Boden, fing an zu wachsen wie ein Luftballon, veränderte seine Konturen – und bald stand Ariel vor ihm.

Dieses Mal sah er ziemlich bizarr aus. Er trug einen goldbestickten orientalischen Mantel, der von der Farbe her aussah wie ein Katzenfell, und die obere Hälfte des Gesichts bedeckte eine Katzenmaske aus Papiermaché, die so geschickt gemacht war, dass die darunter abstehenden Schnurrbarthaare aussahen, als gehörten sie noch zu der Maske.

Es war auf den ersten Blick zu erkennen, dass der Demiurg stark betrunken war.

»Das ist nicht besonders originell von Ihnen, mein Bester«, verkündete Ariel freundschaftlich und klopfte T. auf die Schulter. »Die Aufmerksamkeit des Schöpfers zu erregen, indem man das Geschöpf quält, ist eine verbreitete Form des Gottsuchertums. Da können Sie Dschingis Khan nehmen oder Napoleon oder einen anderen großen Eroberer ... Für gewöhnlich jedenfalls drückt sich darin eine elementare kindliche Frömmigkeit aus. Genau damit – und nicht mit irgendeiner Freud'schen Scheußlichkeit – lässt sich erklären, warum Kinder mit Steinschleudern auf Spatzen schießen. Stimmen Sie mir zu?«

»Nein«, versetzte T. trocken.

»Also, lassen Sie uns reden«, sagte Ariel. »Der große Salon eignet sich gut dafür, denke ich. Und wenn nicht, dann machen wir ihn geeignet, ha-ha ...«

Ariel stieg die Treppe hinauf, ging den Korridor entlang und stieß die Flügeltür, die eben noch abgeschlossen gewesen war, mit der Hand auf.

Dahinter befand sich ein geräumiger Saal, eingerichtet mit Möbeln aus karelischer Birke, unter denen ein wertvoller Sekretär in Form einer riesigen Muschel besonders ins Auge fiel. In der Mitte des Raumes stand ein runder Tisch, darum herum Stühle, wie für die Tafelrunde von König Artus.

Die Wand gegenüber den Fenstern zierte ein Porträt in einem schweren Rahmen. Es zeigte eine junge Dame in einem dunklen Kleid und mit verhüllter Brust – fast noch ein Mädchen. Sie trug merkwürdig kurze, zu kleinen Löckchen gedrehte Haare. Mit zwei Fingern hielt sie eine kleine gelbbraune Mandarine am Blattstiel und lächelte – und darin lag ein solcher Abgrund von Laster, dass T. unwillkürlich die Stirn runzelte. Zunächst hielt er sie für eine mittelalterliche spanische Infantin, doch der unsauber ausgeführte Pinselstrich verriet, dass es sich nicht um das Werk eines alten Meisters, sondern um eine Stilisierung handelte. Erst dann erkannte er in der Frau auf dem Porträt Axinja.

T. wandte sich sofort ab.

Zwischen den Fenstern, die auf die Fontanka gingen – an der Stelle, wohin die lächelnde Infantin blickte –, zierte eine Kollektion kostbarer Jagdwaffen die Wand: Edelsteinbesetzte Dolche und Säbel hingen um ein aus Elfenbein gefertigtes doppelläufiges Gewehr, das über und über mit Einlegearbeiten versehen war, so dass es eher wie ein Fabergé-Ei als wie ein Gewehr aussah.

»Setzen Sie sich«, sagte Ariel zwanglos. »Was meinen Sie? Ist das eine passende Räumlichkeit für ein Gespräch mit dem Schöpfer?«

T. setzte sich an den Tisch.

»Sagen Sie, war dieser Saal schon da, als die Tür noch verschlossen war?«, fragte er. »Ich meine das Porträt, die Waffen, die ganze Einrichtung?«

»Eine schwierige Frage«, schmunzelte Ariel. »Ja und nein.«

»Was heißt das?«

»Ihre Welt wird durch die Energie meiner Aufmerksamkeit erschaffen. Ich bekunde mein Interesse für ein Detail und dieses Detail erscheint. Daher kann man sagen, dass der Raum vor unserer Begegnung nicht da war. Andererseits existierten alle seine Elemente in meiner göttlichen Vernunft. Daher existierte dieser Raum im Sinne einer gewissen Vorwegnahme bereits, als Sie begannen, das arme Tier zu quälen. Aber überlassen wir es den Theologen ...«

Ariel ging zum Buffet, öffnete eine Klappe, nahm ein Tablett heraus und stellte eine Flasche Wodka darauf, wobei T. den Eindruck hatte, dass irgendein Zaubertrick oder eine Mauschelei im Spiel war, gerade so, als hätte Ariel den Wodka selbst mitgebracht und ihn jetzt nur noch geschickt aus seinem Mantel hervorgezogen.

»Was wollen Sie trinken?«, fragte Ariel. »Hier gibt es Likör und Kognak.«

»Am liebsten gar nichts.«

»Das geht nicht.«

»Dann nehme ich einen Kognak«, sagte T. »Fjodor Michailowitsch hat gesagt, das hilft gegen die Strahlung.«

Ariel stellte eine weitere Flasche und einige Kristallgläser auf das Tablett, kehrte an den Tisch zurück und setzte sich T. gegenüber.

»Gegen die Strahlung ist das genau das Richtige«, bestätigte er, während er sich selbst einen Wodka eingoss. »Ich muss Ihnen sagen, Graf, Sie haben mir eine Menge interessanter Erfahrungen verschafft ... Sagen Sie, kam Ihnen in den Momenten, als Sie Ihre Befreiung aus meinen, ha-ha, Pfoten gefeiert haben, wirklich nicht in den Sinn, dass alle diese weißen Handschuhe und die anderen Attribute Ihrer Freiheit von mir erdacht waren?«

T. ließ den Kopf sinken.

»Nein«, bekannte er ehrlich.

Ariel kicherte vergnügt.

»Wie gefällt Ihnen überhaupt diese Wendung im Sujet? Meines Erachtens ist das ein großer Wurf und – ich scheue mich nicht, es zu sagen – ziemlich raffiniert. Ach was, es ist einfach brillant! Besonders dieser Übergang über den Styx. Ist natürlich geklaut – aber heutzutage machen das ja alle. Dafür hat es aber ganz gut funktioniert, was? Nicht mal Graf T. selbst ist darauf gekommen!«

»Einzig und allein deshalb nicht«, sagte T. düster, »weil Sie mir diesen Gedanken nicht in den Kopf gesetzt haben.«

»Richtig«, nickte Ariel.

»Dafür können Sie mich nicht der Blasphemie bezichtigen.«

»Kann ich doch«, kicherte Ariel. »Und ob ich das kann. Sie brauchen nicht zu meinen, gnädiger Herr, dass es irgendetwas gibt, was ich nicht kann. Ich kann alles. Und Sie sollten etwas aufmerksamer sein. Ich habe Ihnen doch einen Wink gegeben. Ich habe Ihnen laut und deutlich gesagt, dass ich das ganze Material mitnehme. Und was ist mein wichtigstes Material? Sie. Trotz aller Gottsucherei und allen Gottbildnertums.«

»Der Gottsucher sind Sie doch«, sagte T. »Darauf muss man auch erst einmal kommen – zu einem Kater zu beten ... Oder ist dieser Hermaphrodit auch wertvolles Material?«

»Ganz genau. In ›Dostojewskis Petersburg‹ findet die Hälfte der Schießereien in irgendwelchen Kathedralen statt. Laut Vorgabe wird der Raum der Spielinterieurs zu vierzig bis sechzig Prozent zerstört. Das bedeutet abbröckelnde Fresken, splitternde Ikonenschränke, im Kugelhagel berstende Kirchenleuchter. Die Religion darf man in unserem *homeland* ja nicht antasten, wie Sie bereits wissen. Aber schließlich muss auf den Ikonen, auf die man schießt, irgendetwas abgebildet sein. Also haben wir uns etwas ausgedacht. Schade, dass Sie Dostojewski nicht gefragt haben, was er unter dem Wort Gott versteht. Er hätte es Ihnen erklärt.«

T. zuckte die Achseln.

»Das ist irgendwie unglaubwürdig – ein Kater!«

»Hören Sie doch auf.« Ariel winkte ab. »Hätte nicht ein betrunkener Fürst einen Juden zum Gott erklärt, sondern einen Kater, dann würde man schon seit tausend Jahren[67] zu einem Kater beten. Außerdem, das versichere ich Ihnen, würde der theologische Apparat dem jetzigen in nichts nachstehen, ebenso wenig wie die konservative Rhetorik. Unser Volk verfügt über ein erstaunliches Vertrauen in die Entscheidungen der Behörden.«

Er kippte sein Glas hinunter. T. seufzte.

»Trinken Sie, trinken Sie Ihren Kognak aus«, sagte Ariel fürsorglich. »Das mit der Strahlung ist kein Scherz. Zuerst fallen einem die Barthaare aus, dann bekommt man Geschwüre im Gesicht. Wie lange waren Sie in Dostojewskis Petersburg? Etwa vierundzwanzig Stunden? Dann müssen Sie mindestens eine Woche lang trinken. Wenn man dort ist, braucht man jede Stunde eine Flasche Wodka. Aber man muss nicht unbedingt töten, das hat Dostojewski sich ausgeklügelt. Wodka und Wurst kann man sich auch im Geschäft *Weiße Nächte*[68] im Tausch gegen Artefakte besorgen, ohne jemanden zu töten.«

»Artefakte?«, fragte T. mit einem Blick auf das Kognakglas. »Was ist das denn?«

»Das sind Gegenstände, durch die ein ironischer Shooter den Aspekt virtuelles Shopping bekommt. So können wir sämtliche Basisinstinkte einbeziehen. Der Stab von Poliwanow, die Unterlegscheibe von Poliwanow, Kaschtanka, die Eier des heiligen Selifan, der bengalische Schlappschwanz, brennender Speck[69] ... Aber man muss die Energie der verschlungenen Seelen aktivieren, bevor man die Artefakte benutzt.«

»Das heißt, man muss trotzdem töten?«

Ariel überlegte.

»Im Prinzip ja«, sagte er dann kleinlaut. »Wer überlässt einem schon seine Seele einfach so? Man muss auf jeden Fall Seelen aussaugen, darauf beruht ja die ganze Dynamik.«

»Wissen Sie eigentlich, wie sehr diese Welt, die Sie erschaffen, der Hölle gleicht?«

Ariel bereiteten diese Worte seltsamerweise offensichtlich großes Vergnügen.

»Muss es denn gleich die Hölle sein?«, schmunzelte er. »Das stimmt doch nicht, es gibt auch kleine Freuden. Wurst essen, Wodka schlürfen, Seelen aussaugen – das ist doch nicht schlecht? Sie werden bloß von Zweifeln gequält. Das wird auf Ihrem Landgut auch nicht anders sein. In unserem Shooter sind Sie ja gerade deshalb Graf T., weil Sie in Ihrer Einfachheit nicht einmal eine Seele aussaugen können. Sie suchen immer und überall eine moralische Grundlage, und Sie werden in jeder Hinsicht gewaltlosen Widerstand leisten.«

»Wozu haben Sie sich das überhaupt ausgedacht mit dem Aussaugen der Seelen?«

»Das war nicht ich«, erwiderte Ariel. »Das ist ein globaler Trend. Heutzutage funktionieren doch alle Spiele so. Ich verstehe überhaupt nicht, was Sie gegen mich haben. Anscheinend halten Sie mich und meine Kollegen für ganz besonders schlimme Quälgeister. Dabei sind wir keinen Deut anders als Sie, das habe ich Ihnen doch in dem Traum erklärt. Wir sind genau solche tragischen Phantome, Mitjenka ebenso wie Grischa Ownjuk und Goscha Piworylow.«

»Arbeiten Sie wieder zusammen?«

»Ja, sicher«, lächelte Ariel.

»Das verstehe ich nicht. Sind die jetzt auch auf Shooter umgestiegen?«

Ariel wedelte mit seinem Ärmel.

»Den Shooter vergessen Sie mal.«

»Warum?«

»Sie haben Ihre Rolle schon gespielt.«

»Was heißt das denn? Was hatte ich denn für eine Rolle?«

»Ein *boss fight*, zweites Level. Sie tauchen nach der letzten Zombietruppe hinter der umgekippten Tanne auf, als Dostojewski keine Granaten mehr für den Unterlaufgranatwerfer hat. Dostojewski klettert aus dem Schützengraben und hat einen Zusammenstoß mit Ihnen. Dann reißen Sie ihm die Axt weg, das ist eine *cutscene* – eine eingebaute Animation, falls Sie nicht wissen, was das ist. Dostojewski verliert, und daraufhin stärkt er sich mit Fasten und Beten und fliegt in einem Ballon nach Amerika, das ist auch eine *cutscene*, aber die ist noch nicht fertig. Im Moment ist es noch völlig unklar, ob sie die noch machen oder nicht. Wenn überhaupt, dann jedenfalls ohne mich – ich bin ab morgen weg.«

»Wie – Sie sind weg?«

»Das Erdöl bringt kein Geld mehr. Alle Projekte werden überprüft – Mittel einsparen. Unser Shooter wird bestimmt auf Eis gelegt.«

»Aber Sie wollten ihn doch an den Westen verkaufen?«

»Daraus wird auch nichts. Denen hat das Drehbuch nicht gefallen. Besonders von da ab, wo Dostojewski in New York landet. Sie haben uns einen Brief geschrieben, ganz höflich. Wir hätten da eine sehr interessante Idee, sehr dynamisch, aber leider müssten sie uns absagen. In der einen Episode singe ein Chor von Harlemer Juden das Lied ›Schwarzer moron, ich bin nicht dein‹[70] und in einer anderen Episode komme ein schwarzer Führer mit Namen Ballack Oblahma vor. Ob wir nicht auch fänden, dass das ein gewisser weltanschaulicher Widerspruch wäre? Das würde die Käufer verwirren, hieß es ... De facto ist das überhaupt kein Widerspruch, sondern Dialektik. Aber die sind da drüben so furchtbar schreckhaft. Sie reden alle davon, was für freie Menschen sie sind, aber in Wirklichkeit zittern sie bloß um ihre *mortgage* und ihren Toyota Camry. Wir haben ihnen geschrieben, keine Sorge, es gleicht sich alles wieder aus, am Ende der Episode scheißt Ballack Oblahma den Offshore-Bären[71] eins. Sie daraufhin – das interessiert hier doch längst niemanden mehr. Unsere Kunden interessieren sich schon seit dreißig Jahren nicht mehr für Ihre Menagerie ... Kurzum, sie haben den Schwanz eingezogen.«

»Und was wird jetzt?«

»Wir kehren zum ursprünglichen Konzept zurück. Wir machen einen Roman.«

»Wie – zurück zu Süleyman?«

»Um Gottes willen, nein. Für kein Geld dieser Welt!«

»Aber ihm gehört doch jetzt Ihr Verlag?«

»Nicht mehr«, erwiderte Ariel. »Wissen Sie, was General Schmyga Süleyman empfohlen hat? Du hast doch mit Makraudow über den Verlag nichts gesondert unterschrieben, sagt er zu ihm. Also was hast du mit diesem Scheiß am Hut – schmeiß den ganzen Krempel hin, drück das dem früheren Besitzer in die Bilanz. Es gibt ja sowieso nur die Gründungsdokumente, drei Computer und die Schulden. Wozu sollst du den Kredit zurückzahlen – soll Makraudow sich doch in London den Arsch kratzen oder was auch immer er da anstelle eines Kopfes hat.«

T. kippte ein Glas Kognak hinunter.

»Und Makraudow?«, fragte er.

»Was konnte der schon machen? Wir hatten die Verträge damals mit ihm gemacht. Also sind wir zu ihm zurück. Dafür sind jetzt wieder alle mit im Boot. Mitjenka ist auch wieder dabei – ihn haben sie beim Fernsehen rausgeworfen. Wir haben sogar einen sechsten Autor angestellt, einen orthodoxen Realisten – eine Geisteslokomotive vom Typ ›Geist ist geil‹. Und so langsam erholen wir uns von der Krise und rappeln uns wieder auf.«

»Wozu brauchen Sie den sechsten Autor?«

»Wir wollen noch ein realistisches Kapitel reindrücken. Aber es ist noch zu früh, darüber zu reden ... Tja, Graf, da waren Sie also in der grauen Leere eine Zeit lang der Vater des Raums, und nun – *welcome back*, wie man so sagt.«

T. richtete seine Augen auf Ariel und flüsterte:

»Machen Sie sich lustig? Na schön ... Haben Sie Ihren Spaß! Sie sind vielleicht wirklich mein Schöpfer – aber auch Sie haben einen Schöpfer. Und er sieht alles. Er wird nicht zulassen, dass ... Es ist alles nicht so, wie Sie sagen ... Die Welt kann in Wirklichkeit nicht so sein! Und überhaupt – nehmen Sie endlich diese verdammte Maske ab!!!«

T. sprach immer lauter und schrie am Schluss fast; gleichzeitig erhob er sich vom Stuhl, beugte sich über den Tisch und riss Ariel, der nicht mehr zurückweichen konnte, rüde die Katzenmaske vom Gesicht.

Unter dem Auge hatte Ariel ein riesiges Veilchen, das sich über das halbe Gesicht zog.

Eine Sekunde lang blickten sie einander an, dann schleuderte T. die Maske weg und ließ sich wieder auf seinen Stuhl fallen.

»Oh«, seufzte er, »entschuldigen Sie ... Ich dachte, Sie wollten sich mit der Maske über mich lustig machen. Ich wusste nichts von Ihrem ...«

»... Hämatom«, sagte Ariel düster. »Warum soll ich mich lustig machen? Meinen Sie, ich bin ein Ungeheuer? Wenn Sie es genau wissen wollen, für mich sind unsere Begegnungen die reinste Erholung. Sie wissen ja, was ich meine – schließlich jammere ich

Ihnen immer die Ohren voll. Die Maske habe ich absichtlich aufgesetzt, damit Ihnen mein Anblick nicht die Laune verdirbt. Und Sie glauben, ich mache mich lustig ...«

»Entschuldigen Sie«, wiederholte T. verlegen. »Ich habe das falsch verstanden. Letztes Mal war das Veilchen noch viel kleiner. Es müsste doch längst weg sein. Wieso ist es jetzt so groß?«

»Ich habe es mit dem Finger bearbeitet. Es sollte größer und dunkler werden. Sehen Sie, hier am Auge ist es fast schwarz.«

»Aber wozu denn?«

»Makraudow hat befohlen, die Prügelszenen aufzunehmen. Um gegen Süleyman und seine Kryscha gerichtlich vorzugehen. Die Tschekisten-Kryscha ist schließlich in Moskau und aus London kann man sich gut darüber lustig machen. Wenn sie dich vor der Kamera verprügelt haben, sagt er, kaufen wir die Videoaufzeichnung. Hol dir unbedingt einen Krankenschein. Ich sage, das ist doch schon einen Monat her, aber er sagt, na und? Du sagst einfach, die haben dich so heftig verprügelt, das will gar nicht verheilen. Wir werden das in allen liberalen Zeitungen verbreiten und dann sind Süleyman und seine Kryscha der Abschaum der anständigen Gesellschaft ... Aber ehrlich gesagt fürchte ich, die Liberalen haben die gelbe Karte bekommen und sollten aufhören, die Hardliner fertigzumachen, das hat sich einfach so ergeben. Die Parabole ist ja gut und schön, aber Armen Wagitowitsch untersteht auch in London Oberst Urkins.«

»Furchtbar«, sagte T. mitfühlend. »Warum haben Sie nicht einfach den Revolver genommen und sich an diesem Süleyman gerächt ... Oder sind Sie auch für den gewaltlosen Widerstand?«

»Ach, von wegen! Aber ich bin schließlich kein Unmensch, mir gestattet keiner, auf Menschen zu schießen. Manchmal sind Sie wirklich wie ein Kind. Sie denken immer, ich treibe ein falsches Spiel mit Ihnen. Dabei verrate ich Ihnen alle Geheimnisse.«

»Nicht alle«, erwiderte T. »Sie sagen nur in Kleinigkeiten die Wahrheit. Aber bei der Hauptsache schweigen Sie.«

»Was meinen Sie damit?« Ariel machte große Augen.

»Lügen Sie auch nicht?«

»Ich schwöre es«, sagte Ariel und legte die Hand an die Brust.

»Dann sagen Sie mir, wer dieser Solowjow ist!«

»Solowjow? Was denn, habe ich den etwa erwähnt? Ha-ha-ha ... Seinetwegen haben sie Mitjenka beim Fernsehen rausgeschmissen. Im Grunde genommen ist Mitjenka selbst schuld. Habe ich Ihnen nicht erzählt, dass er sich in jeder Episode mit irgendwem oder irgendwas angelegt hat? Mal mit einem Kumpel aus dem Literaturkurs, dann mit den Kritikern, dann mit der globalen Erwärmung, überhaupt mit allem, was ihm gerade in die Quere kam.«

»Aber was hat Solowjow damit zu tun?«

»Mitjenka hat mit ihm ein Hühnchen zu rupfen. Die Sendung von diesem Solowjow war schon längst abgesetzt, aber Mitjenka beschloss trotzdem, ihm ein Ei zu legen, er ist nämlich sehr nachtragend. Erinnern Sie sich, Mitjenka hat in der Serie *Die alte Isergil* mitgearbeitet. Damals wurde gerade die Serie *Mandelstams Grab* gemacht – Mandelstam war ein Dichter, der hat Verse geschrieben wie ›Die Macht ist widerwärtig wie die Hände eines Barbiers‹[72]. Keiner weiß, wo er begraben ist, daher auch der Titel der Serie. Im Fernsehen haben sie sich also eine spannende Handlung ausgedacht, die ganze Brigade hat sich Mühe gegeben. Mitjenka blieb nach der Arbeit noch da, ging an der Stelle in das Drehbuch, wo die Alte in Trance fällt und anfängt, als Geist zu reden, und änderte die Schlüsselreplik. Anstatt ›Die Macht ist widerwärtig wie das Glied eines Kellners‹ schrieb er ›Die Macht ist widerwärtig wie die Schläfenlocken von Solowjow‹. So wurde das dann gesendet. Können Sie sich das vorstellen? Nicht nur, dass er einem Offizier gegenüber ausfällig geworden ist, es war auch die ganze Pointe weg. Vorher hat sich der Zuschauer nämlich gefragt, wer in dem Grab lag – Mandelstam oder ein Kellner, aber so ...«

»Von welchem Solowjow reden Sie?«

»Na, Sie wissen schon. Ich meine diesen Fernsehmoderator, tagsüber quatscht er einen in der Glotze voll und nachts verschickt er Spam.«[73]

T. lächelte geduldig.

»Ich meine aber den anderen Solowjow«, sagte er, »den, der lehrt, dass man den Leser in sich suchen muss. Und der Optina Pustyn erfunden hat, wohin ich unterwegs bin.«

Ariel hob argwöhnisch die Brauen. Dann malte sich auf seinem Gesicht eine leichte Verlegenheit ab.

»Woher wissen Sie denn von dem?«

»Dostojewski hat mir von ihm erzählt. Also haben Sie schon wieder gelogen?«

»Nein. Aber eigentlich dürften Sie von dem Solowjow gar nichts wissen ... Na, vermutlich habe ich das selbst vermasselt. Ich habe noch nicht alle Teile richtig frisiert. Ja, die Figur gab es mal. In dem parallelen Handlungsstrang aus der ursprünglichen Version. Aber den haben wir schon längst rausgeworfen.«

»Und warum?«

»Warum, warum. Wir stecken in einer Krise, wie oft soll ich Ihnen das noch sagen? Und was ist die Konsensidee der Eliten? Die Unkosten zu reduzieren. Schon gut, nehmen Sie es mir nicht übel. Ich erzähle Ihnen die Kurzfassung.«

Ariel goss sich noch ein Glas ein.

»Also«, sagte er, als er ausgetrunken hatte, »ja, es gab diesen Solowjow. Als wir unter Armen Wagitowitsch anfingen, hatten wir mit einem seriösen Budget gerechnet. Deswegen wollten wir im Buch zwei parallele Handlungslinien haben. Ihre Geschichte sollte von der Rückkehr des genialen Freidenkers in den Schoß der Mutter Kirche erzählen. Die Geschichte von Solowjow hingegen sollte von der geistigen Katastrophe erzählen, in die der feinsinnige Philosoph und Dichter durch seine Begeisterung für den östlichen Panmongolismus und den heidnischen Neoplatonismus geriet, die später in eine unkontrollierbare Leidenschaft für den Katholizismus umschlug und mit dem Sturz in den finsteren Abgrund des Ökumenismus endete ...«

»Und wie ging es weiter?«

»Das wissen Sie doch sehr gut. Die Finanzierung wurde gekappt, das Ganze wurde verkauft und sollte rentabel werden.«

»Ich meine, wie ging es weiter mit Solowjow?«

»Aus dem wollten wir auch mal einen *action hero* machen – also haben wir seine Möglichkeiten abgewogen. Zuerst wollten wir ihn mit zwei Kirchenkronleuchtern kämpfen lassen. Grischa Ownjuk hat das vorgeschlagen. Er gibt sich immer Mühe, sich etwas Neues auszudenken, damit es nicht ständig die gleiche Leier ist. Dann haben sie mal gegoogelt, wie diese Dinger aussehen, und beschlossen, stattdessen Brotmesser zu nehmen. Sogar Schüler von Solowjow wollten sie mit reinnehmen – Andrei Bely, der mit der Tapete verschmilzt, und Alexander Blok, der keinen Schlag auslässt. Zu Anfang lief das auch nicht schlecht. Solowjow fing ungefähr so an wie Sie – nur fuhr er nicht im Zug, sondern in einer Diligence, und anstelle einer Kutte trug er eine katholische Soutane. Und natürlich das Brotmesser anstelle eines Revolvers. Aber dann fingen die Probleme an.«

»Welche?«

»Es ist so«, sagte Ariel, »dass für Solowjow ein anderer Autor verantwortlich war, ich will nicht sagen, wer. Als wir anfingen zu überlegen, wie wir rentabel werden könnten, schlug er Folgendes vor: Solowjow erklärt den anderen Helden, dass in ihnen ein Leser steckt. Schriftsteller sind sterblich, aber der Leser ist ewig, oder umgekehrt, das weiß ich nicht mehr. Ich habe es auch nicht so richtig kapiert. Und die Marktforscher haben es erst recht nicht kapiert. Aber kaum hörten sie davon, fingen sie schon an zu spucken.«

»Was hat ihnen denn nicht gepasst?«, fragte T.

»Sie müssen das verstehen: Die haben spezielle Tabellen für die Turingmaschine, mit denen man berechnen kann, wie viel Gewinn sich mit dem einen oder anderen literarischen Zug erzielen lässt. Die Marktforscher behaupteten also, jeder Versuch, den Leser in den Stoff der Erzählung einzubinden, sei für die breite Masse uninteressant und in kommerzieller Hinsicht zum Scheitern verurteilt. Wir haben ihnen gesagt: Verstehen Sie doch – der ›Leser‹ ist hier nur eine Metapher. Woraufhin sie sagten: Verstehen Sie doch, wir haben einen Valutakredit. Und mit den Metaphern müsse man nicht nur den Kredit tilgen, sondern auch eine Kurssteigerung überleben können. Als der Dollar noch bei zweiundzwanzig Rubel stand, hätte man den Leser in den Text einbinden können. Aber heutzutage gehe das nicht mehr. Man habe den Leser in der Weltliteratur schon oft zum Helden des Textes gemacht, und das hätte sich immer negativ auf den Verkauf ausgewirkt ...«

»Sie lenken immer ab«, sagte T. »Ich habe nach Solowjow gefragt und Sie erzählen mir von Ihren Marketendern. Sie reden um den heißen Brei herum.«

Ariel stülpte arrogant die Lippen vor.

»Sie wollen mir dauernd etwas anhängen. Soll ich diesen Solowjow wieder zurückholen?«

»Aber sicher«, sagte T. »Ist das Ihr Ernst?«

»Ja«, erwiderte Ariel. »Ich habe nichts dagegen. Wir haben demnächst eine Wende im Handlungsverlauf, da kommt er vielleicht sogar ganz gelegen.«

»Was für eine Wende?«

»Armen Wagitowitsch hat sich was überlegt, um Knete rauszuschlagen. Ein kluger Kopf, das muss man sagen. Ein Genie, finde ich. Aber die Methode wird Ihnen wohl kaum gefallen, Graf ...«

Ariel brach wieder in sein betrunkenes Kichern aus.

»Was ist denn das für eine Methode?«, fragte T. beunruhigt.

»Wir verlegen uns auf Archimandrit Pantelejmon. Das ist der, der bei denen«, Ariel machte ein Kreuzzeichen in der Luft, »für die PR zuständig ist. Erinnern Sie sich?«

»Ja. Aber warum?«

»Hören Sie zu. Als wir damals die Geschichte mit Ihrer reuigen Umkehr anfingen, haben wir das mit den Kirchenoberen nicht abgesprochen, weil von ihnen keine Knete kam. Und jetzt ist das Geld überall knapp, nur bei denen ist es genau umgekehrt, die haben mehr denn je.«

»Warum das denn?«

»In Krisenzeiten sterben eben mehr Leute – Herzinfarkt und solche Sachen. Und die sanieren sich im Großen und Ganzen an den Toten. Armen Wagitowitsch hat das durchgerechnet und über seine Kanäle sofort Archimandrit Pantelejmon kontaktiert, um sich zu erkundigen, ob der sich nicht vielleicht für das Projekt interessiert. Und da kam etwas ganz Aufschlussreiches heraus: Die interessieren sich überhaupt nicht für Tolstois reuige Umkehr, weil das reine Fiktion ist, und die Leute dort sind sehr konkret drauf. Hingegen sind sie interessiert daran, die Seelenqualen des Grafen darzustellen. Den ganzen Schrecken des Kirchenfluchs zu vermitteln. Zu zeigen, was mit einer abtrünnigen Seele passiert, wenn sie aus der Kirche ausgeschlossen wird.«

»Oje«, seufzte T. leise.

»Na? Das ist doch was! Sich sozusagen auf der Welle des Hochmuts zu weißen Handschuhen und sonstiger Theurgie aufschwingen, Gott am Bart fassen und dann ordentlich abstürzen. In die totale finstere Hoffnungslosigkeit der außerkirchlichen Gottverlassenheit.«

T. überlief eine kalte Welle der Angst – als würde neben ihm wieder der Zerberus bellen.

»Und dann«, fuhr Ariel erbarmungslos fort, »die Qualen des Grafen im Jenseits darstellen. Zeigen, was mit einer abtrünnigen Seele passiert, wenn sie ein Begräbnis ohne Popen bekommt.«

»Warten Sie«, rief T. »Ich bin doch nicht Tolstoi! Ich bin Graf T.! Ich habe mit diesem Grafen überhaupt nichts zu tun, das haben Sie selbst gesagt!«

»Was glauben Sie denn, wofür wir den Realisten eingestellt haben? Das regeln wir schon, keine Sorge. Wir polieren das Ganze auf. Das Programm sieht jetzt so aus: Zuerst nutzlose Seelenqualen, dann der Tod, ohne bereut zu haben, und der Leidensweg einer konfessionslosen Seele. Sie haben uns sogar den Scan einer Ikone geschickt, sie heißt ›Lew Tolstoi in der Hölle‹. Man braucht eine literarische Entsprechung, sagen sie.«

»Und jetzt«, flüsterte T., »werden Sie alles umarbeiten ...«

»Das ist gar nicht nötig. Es ist alles bereit, wir müssen nur den Rückblick etwas korrigieren. Pantelejmon hat das Material gutgeheißen. Besonders lustig fand er den Kater, zu dem man betet. Dostojewskis Petersburg und das Aussaugen der Seelen hat ihm auch gefallen. Dieser ganze Block bleibt also.«

»Machen Sie Witze?«

»Keineswegs, mein Bester. Sie haben selbst gesagt, es ist wie in der Hölle. Und denen hat es gefallen. Aber sie wollten, dass dieses heterogene Material zu einer normalen, klaren Handlung zusammengeführt wird, damit das alles Hand und Fuß hat. Das haben wir ihnen versprochen – wir setzen Owjnuk gleich heute daran, er wird das schon schaffen ... Warum verziehen Sie das Gesicht, finden Sie es langweilig?«

»Nein, wieso – überhaupt nicht«, sagte T.

»Sie wollten noch zwei weitere Positionen überarbeitet haben. Erstens sollen wir Dostojewski in den Himmel aufsteigen lassen – er hat es verdient, sagen sie. Wir haben mehr Geld dafür verlangt, aber davon wollten sie nichts wissen. Wir sind dann übereingekommen, dass wir eine *budget*-Variante machen, in einem Absatz. Das haben Sie ja schon gesehen. Und was die zweite Position angeht, da haben sie uns sogar Geld versprochen, weil ihnen das Thema wichtig ist.«

»Betrifft das mich auch?«, fragte T.

»In gewisser Weise ja – indirekt. Sie wollten, dass wir dem tibetischen Buddhismus an den Karren fahren.«

»Wieso?«

»Pantelejmon beklagt sich, dass plötzlich haufenweise tibetische Lamas hier auftauchen – sie kommen aus New York oder aus London, ganze Boeing-Ladungen. Sie benehmen sich, als hätten sie das Ganze erfunden. Als wären sie die Ersten, die hier Geschäfte machen.«

»Und was habe ich damit zu tun?«

»Pantelejmon hatte die Idee, man müsse die ganze Eitelkeit der östlichen Satanskulte künstlerisch aufarbeiten. Zuerst irgendeinen erleuchteten Lama beseitigen und dann, wenn Sie schon im Jenseits sind, ihr Bardo als unseren orthodoxen Leidensweg zeigen. Nur ohne Engel und Hoffnung auf Erlösung.«

»Sehr einfallsreich«, brummte T. vor sich hin.

»Und ob. Er ist nicht dumm. Übrigens hat er mittlerweile seine Dissertation verteidigt, stellen Sie sich vor! Er ist jetzt Doktor der theologischen Wissenschaften.«

»Doktor der was?«

»Sie sind inzwischen den Wissenschaftlern gleichgestellt«, kicherte Ariel. »Sie können jetzt einen wissenschaftlichen Grad erwerben, wie früher Physiker oder Mathematiker. Und Pantelejmon hat mal eben schnell seine Doktorarbeit gemacht – ›Das heilige Abendmahl als Quelle eines ganzen Spektrums heilsamer Proteine‹. Hat er natürlich nicht selbst geschrieben, er hat einen Doktoranden aus der Fakultät für Ernährungswissenschaften und zwei Jungs aus dem Fonds für effektive Philosophie angeheuert. Sonst hätte er das in einem Monat nicht hingekriegt.«

»Und wer soll mit den Lamas kämpfen? Etwa Sie wieder?«

»Nein«, sagte Ariel, »das schaffe ich nicht. Da setzen wir unseren Metaphysiker dran. Mit dem haben wir schon einen zusätzlichen Vertrag abgeschlossen.«

T. nickte schweigend.

»Und für so ein Projekt«, fuhr Ariel fort, »sind sie bereit, die übliche Kohle zu bezahlen. Nicht direkt natürlich, sondern durch eine Bank. Pantelejmon will dreißig Prozent zurück, aber sie geben so viel, dass auch nach dem Rücklauf alles in Ordnung ist. Wir tilgen den Kredit, zahlen vertragsgemäß den Restbetrag und sind im grünen Plus. Und vor allem, was für ein toller Plan, überlegen Sie doch mal – erst haben wir den Entwurf zu einem Roman für einen ironischen Shooter umgeschrieben, jetzt verwenden wir den Shooter wieder für einen Roman, schreiben alles wieder um und jubeln es Archimandrit Pantelejmon unter, wegen dem ich das Veilchen habe. Da kommt man sich vor wie ein Kamikaze, ha-ha ...«

»Kami... was?«

»Das ist ein Japonismus, mein Bester. Das Wort hat zwei Bedeutungen – ein Flieger, der beim Angriff auf ein großes Schiff umkommt, und ein Minister, der während der Reformen Milliarden geklaut hat. Ich meine das selbstverständlich positiv.«

T. grinste düster.

»Was ist denn daran positiv?«

»Das ist doch klar – alle haben ihren Vorteil: Wir schließen einen Vertrag ab, Armen Wagitowitsch zahlt den Kredit zurück, Pantelejmon ... übrigens habe ich vergessen, Ihnen eine lustige Geschichte zu erzählen. Als Pantelejmon erklärte, wie man gegen den Lamaismus kämpfen soll, erzählte er von einem Tantristen, einem Armenier, mit dem er im Baubataillon gedient hat. Jeden Morgen beim Wachaufzug sagte der Klotz von Feldwebel zu dem: ›Ich fick dein Papa, dein Mama und dein Lama ...‹«

»Und ich?«, unterbrach T. »Sie behaupten, alle haben ihren Vorteil, aber was ist mit mir?«

Ariel breitete ratlos die Arme aus, und T. bemerkte plötzlich, dass die Arme und auch Ariel selbst durchsichtig wurden: Das Fenster zur Fontanka hin schien durch ihn hindurch.

»Das müssen Sie schon selbst herausfinden«, sagte Ariel. »Ich bemühe mich, Ihnen zu helfen, so gut ich kann. Aber die Situation ist objektiv höchst kompliziert, und in einer bestimmten Phase muss man ...«

Er fuhr sich mit zwei Fingern quer über den Hals und hielt dann mit einer eleganten Armbewegung seine durchsichtige Uhr vor die durchsichtigen Augen.

»Dieses Mal gibt es keine graue Leere, das verspreche ich Ihnen. Es wird alles voll sein bis obenhin. Wie sagt man in Tibet und in Hollywood – der Tod ist nur der Anfang, ha-ha ... Aber jetzt, Graf, muss ich los. In nächster Zeit habe ich zu tun – die Prügelei, die Anzeige bei Gericht, danach fahre ich für zwei Wochen nach Hurghada. Es wird eine Weile dauern, bis wir uns auf einen Kognak treffen können. Nicht, dass Ihnen langweilig wird!«

»Wie geht es jetzt weiter?«, fragte T.

»Zuerst wird Grischa die Handlung straffen, damit es keine sinnentstellenden Lücken gibt. Wenn ich wieder da bin, sehen wir weiter. Ich bemühe mich, dass es schmerzlos abgeht.«

»Moment«, sagte T., »das meine ich nicht. Wie geht es weiter? Haben Sie dieses leere Haus nur erschaffen, um mit mir zu reden?«

»Nein«, erwiderte Ariel. »Das wäre doch ein allzu großer Aufwand. Das Haus ist leer, weil der Besitzer, Herr Olsufjew, heute Besuch von Ihrer Bekannten Axinja erwartet. An den Tagen gibt er der ganzen Dienerschaft abends frei.«

»Und wo ist Olsufjew selbst?«

»Gestern wurde er anlässlich des Zarengeburtstags im Dienst aufgehalten«, sagte Ariel. »Aber in diesem Moment ist er gerade aus der Kutsche gestiegen und nähert sich dem Eingang.«

Der Demiurg war nur noch eine durchsichtige Kontur – als wäre er aus Kristall. T. ahnte mehr, als dass er sah, wie Ariel lächelte, und dann verschwand auch die Kontur.

Von weither drang ein leises Lachen und T. kam der unangenehme Gedanke, dass Ariel die ganze Zeit über nicht dort gewesen war, wo er ihn gesehen hatte. Doch darüber konnte er jetzt nicht weiter nachdenken – unten schlug die Eingangstür.

XXI

T. ging zu der Waffenkollektion an der Wand, nahm das doppelläufige Gewehr von den Haken und öffnete es. Die Hülsen blickten ihn mit kalten Messingaugen gleichgültig an. T. schloss das Gewehr wieder, ging zur Eingangstür und stellte sich seitlich daneben so hin, dass ihn eine durch die Türfüllung geschossene Kugel nicht treffen könnte.

»Ich würde gern wissen«, überlegte er abwesend, »ob ich wohl auf eigenen Wunsch sterben kann. Ob ich mich einer Kugel in den Weg stellen und Ariels Pläne durchkreuzen kann. Und warum ich das bisher nicht getan habe. Vermutlich deshalb, weil ein Teil von mir glaubt, Ariel sei ein Hirngespinst, ein Albtraum im Wachzustand, hervorgerufen durch eine Geisteskrankheit. Vermutlich ist das der gesunde Teil von mir, der, dem ich es verdanke, dass ich noch lebe ...«

Auf dem Flur waren Schritte zu hören.

»Außerdem«, dachte T., »wenn ich mich jetzt einer Kugel in den Weg stelle, durchkreuze ich Ariels Plan gar nicht, im Gegenteil, das würde mit seinem Plan übereinstimmen. Vielleicht kommen mir auch deshalb solche Gedanken. Zum Teufel, ich bin schon wieder völlig durcheinander! Aber dazu ist jetzt keine Zeit ...«

Die Schritte auf dem Flur verstummten direkt vor der Tür.

Ein paar Minuten vergingen. Schließlich hatte T. genug von dieser stummen Konfrontation und er spannte beide Hähne. Das Knacken klang für ein aufmerksames Gehör laut wie ein Peitschenschlag.

»Graf«, sagte eine männliche Stimme auf der anderen Seite der Tür, »ich weiß, dass Sie hier sind. Ich habe die eingeschlagene Scheibe und das Seil auf dem Dach gesehen. Bitte schießen Sie nicht.«

»Ich bitte Sie, mein Herr«, sagte T., »das hatte ich gar nicht vor. Auf was für Ideen kommen Sie denn ...«

Die Tür ging auf und ein hochgewachsener Mann in weißer Gardistenuniform trat ein, in der Hand einen goldenen Helm. Ein blonder Mann Anfang dreißig – vielmehr, dachte T., ein halbblonder: Haare hatte er nur noch an den Schläfen und am Hinterkopf, der Rest war kahl, wobei die Glatze unwahrscheinlich gerade und scharfe Ränder hatte, als wäre von der Stirn bis zum Haaransatz eine Liliputaner-Kompanie mit der Sense durchmarschiert.

T. fiel auf, dass der Gardist den Helm über die Faust gestülpt hatte und wie einen goldenen Rammsporn mit einem stählernen Vogel und einem weißen, achteckigen Stern vor sich hertrug. T. grinste und hielt ihm den Gewehrlauf ins Gesicht.

»Sie haben versprochen, nicht zu schießen«, erinnerte ihn der Gardist.

»Ich schieße nicht«, sagte T., »wenn Sie mir Ihre Pistole geben.«

»Meine Pistole?«

»Ja«, erwiderte T. »Die Pistole, die Sie da unter dem Helm verstecken. Die ist ja nicht zu übersehen.«

Der Gardist lächelte verlegen, zog den Helm von der Hand und reichte T. eine kleine Browning. T. nahm die Waffe und nickte in Richtung des Tischs.

»Setzen Sie sich. Aber keine Dummheiten, ich warne Sie eindringlich.«

Der Herr setzte sich dahin, wo kurz zuvor der Demiurg gesessen hatte.

T. runzelte die Stirn – ihm war plötzlich der äußerst unbehagliche Gedanke gekommen, dass der Herr in Wirklichkeit vielleicht gar nicht Olsufjew war, sondern Ariel, der zur Tür hinausgelaufen sein, Maske und Kleidung gewechselt haben und in neuer Gestalt wieder hereingekommen sein könnte.

T. setzte sich dem Gardisten gegenüber und legte das Gewehr auf die Knie. Einige Augenblicke lang musterten sie einander wortlos. Schließlich brach Olsufjew das Schweigen.

»Ich wusste, dass Sie früher oder später kommen würden«, sagte er. »Nun, Graf, Sie haben jeden Grund, Genugtuung zu fordern. Ich verspreche, sie in beliebiger Form zu leisten. Ich bitte Sie nur, Axinja nicht in unsere Abrechnung hineinzuziehen. Dieses reine Wesen hat überhaupt nichts damit tun, was zwischen Ihnen und mir vorgeht.«

»Wunderbar«, erwiderte T. »Vielleicht erklären Sie mir dann, was genau eigentlich zwischen uns vorgeht? Ich verliere mich in Mutmaßungen.«

Olsufjew warf T. einen misstrauischen Blick zu, wie ein Spieler, der zu erkennen versucht, welche Karten der Gegner in der Hand hat.

»Was wissen Sie?«

T. grinste.

»Ich weiß nicht alles. Aber einiges ist mir bekannt. Und wenn ich auch nur eine Lüge bemerke, blase ich Ihnen den Kopf weg. Also keine Lügen und keine Ausflüchte. Erzählen Sie alles, wie es ist, von Anfang bis Ende.«

»Fragen Sie«, sagte Olsufjew.

»Was ist Optina Pustyn?«

»Das weiß ich nicht.«

»Sie lügen«, sagte T. und hob das Gewehr.

»Nein, ich lüge nicht. Ich habe wirklich nicht die geringste Ahnung. Die Geheimpolizei tappt ebenfalls im Dunkeln. Ihre Reise, Graf, ist ja gerade der Versuch, eine Antwort auf diese Frage zu finden.«

»Sprechen Sie nicht in Rätseln«, sagte T. »Ich brauche Lösungen. Ich frage Sie noch einmal, was befindet sich in Optina Pustyn?«

Olsfujew lächelte.

»Gott.«

T. sah ihn erstaunt an.

»Gott?«

»Das ist einfach das kürzeste Wort für das, was jenseits aller Worte liegt. Man kann noch viele andere Ausdrücke zu Hilfe nehmen, aber was hat das für einen Sinn? Das ewige Leben, die Macht über die Welt, der Stein der Weisen – all das verblasst im Vergleich zu dem, was derjenige vorfindet, der nach Optina Pustyn gelangt.«

»Warten Sie«, sagte T. »Keine poetischen Beispiele bitte. Nur Fakten. Sie wollen sagen, dass derjenige, der nach Optina Pustyn gelangt, Gott begegnet?«

»Oder selbst Gott wird. Das weiß nur, wer dort war. Solowjow zum Beispiel. Aber es gibt keine Möglichkeit, mit ihm zu sprechen, weil er unter strengstem Arrest steht und ihm auf allerhöchsten Befehl keinerlei Kontakt, nicht einmal mit mir, gestattet ist. Er ist in der Lage des Mannes mit der Eisenmaske[74] – verhören darf ihn nur der Imperator selbst. Wie Sie verstehen, ist die Frage von außerordentlichem Interesse und äußerster Wichtigkeit. Eben deshalb habe ich beschlossen ... ehem ... Sie beizuziehen, um uns zu helfen.«

»Wieso mich?«

»Solowjow sagte, nur Sie könnten nach Optina Pustyn gelangen.«

»Wann hat er das gesagt, und wem?«

»Uns beiden, Ihnen und mir«, erwiderte Olsufjew. »Hier in diesem Raum, vor ungefähr einem Jahr. Er sagte, mir würde das ohnehin nicht gelingen, da könnte ich mich anstrengen, wie ich wollte. Aber Sie könnten es – wenn Sie alles stehen und liegen ließen, alle Arbeiten, alle Sorgen und Pläne.«

»Inwiefern haben die Mönche aus Pobedonoszews Bande damit zu tun?«

Olsufjew wurde ernst.

»Ganz direkt und unmittelbar. Für die Mönche, ebenso wie für mich, sind Sie so etwas wie der Schlüssel zu einer Geheimtür, hinter der sich ein Wunder verbirgt – nur arbeiten sie sich auf einer anderen Route dahin vor.«

»Warum wollen sie mich ihrem Hermaphroditen zum Opfer bringen?«

»Wenn ich es richtig verstehe, hoffen sie, dadurch die Tür nach Optina Pustyn zu öffnen. Sie lockt das uralte und unglaublich verzerrte Echo desselben Wissens. Die Sektierer verstehen natürlich den Sinn ihres Glaubens schon längst nicht mehr. Sie sind einfach gefährliche Psychopathen. Solowjow hat uns gewarnt, dass die versuchen würden, Sie aufzuhalten. Mehr noch, er hat erwähnt, nicht nur Menschen könnten Sie verfolgen, sondern auch Wesen der unsichtbaren Welt, eine Art Wächter, die jeden vom Weg abzubringen versuchen, der die Reise nach Optina Pustyn antritt.«

T. runzelte die Stirn.

»Solowjow hat von Geistern gesprochen?«

»Ja.«

»Sind es viele?«

»Er sprach von einem, der sich als Schöpfer der Welt ausgibt und verlangt, dass Sie sich ihm unterwerfen. Er ist der Wächter des Durchgangs, ein Dämon, der über eine unglaubliche okkulte Macht verfügt. Sie müssen ihn besiegen, auch wenn das praktisch unmöglich ist.«

»Hat er nicht gesagt, wie der Geist heißt?«

»Doch, er hat den Namen genannt«, sagte Olsufjew. »Er heißt ... ein sehr auffälliges Wort, Astaroth ... oder ...«

»Ariel?«

»Ja, ich glaube, so heißt er.«

»Aber warum kann ich mich überhaupt nicht daran erinnern?«

»Weil ich für Ihre Reise die idealen Voraussetzungen schaffen wollte, die Solowjow erwähnt hat«, erwiderte Olsufjew. »Ich habe Ihnen geholfen, alle Sorgen, alle Angelegenheiten zu vergessen, mit Ausnahme der allerwichtigsten.«

»Warum?«

»Weil ich verfolgen wollte, wohin Sie gehen und was dieses Optina Pustyn ist.« Olsufjew seufzte. »Aber der Weg lässt sich nicht durch Täuschung herausfinden. Daher kommen Sie mir jetzt gerade recht. Offen gestanden habe ich die Möglichkeit einer solchen Entwicklung der Ereignisse zu spät geahnt.«

»Aha«, sagte T. »Ich glaube, allmählich begreife ich. Aber wie haben Sie mich dazu gebracht, alles zu vergessen?«

»Das hat einer meiner Leute gemacht?«

»Wer genau?«

»Knopf.«

»Knopf?«

Olsufjew nickte.

»Um Warsonofi zuvorzukommen, erschien er in Jasnaja Poljana und erzählte Ihnen Ihre eigene Geschichte, in einer leicht veränderten Fassung. Unter dem Siegel der Verschwiegenheit erklärte er, die Petersburger ökumenistischen Lamaisten hätten vor, in der Nähe Ihres Landguts dem tantrischen Yidam Ro-lang Gjalpo, den sie als ihren Erlöser anerkennen, ein Menschenopfer darzubringen. Angeblich hatten sie dafür die Tochter des örtlichen Geistlichen auserkoren und stattfinden sollte die Freveltat in der Dorfkirche. Und Sie hätten sich freiwillig anerboten, das Mädchen zu retten. Daher auch die Kutte – Sie haben sie angezogen, um in die Kirche zu gelangen, ohne Verdacht zu erregen.«

»Aber warum ...«

»Warten Sie. Sobald Sie in den Zug eingestiegen waren, bestellte Knopf Tee und gab in Ihr Glas eine geringe Menge von einem Geheimpräparat, das im chemischen Laboratorium des deutschen Generalstabs in Bremen hergestellt wird. Es handelt sich um eine von deutschen Chemikern entdeckte Substanz mit einer komplizierten Zusammensetzung auf der Basis von Natriumsalz und Karbokolophoniumsäure, die eine selektive Wirkung auf das Gedächtnis hat.«

»Aha«, rief T., »das ist es also! Ich wusste es doch. Und wie wirkt dieser deutsche Mist?«

»Man vergisst alle Menschen, die man kennt, die engsten Verwandten eingeschlossen. Dabei werden, wenn man das so ausdrücken kann, die zerebralen Bilder sämtlicher sozialen Bindungen zerstört. Außerdem kann der Mensch sich in Bezug auf sich selbst an nichts Konkretes erinnern. Allgemeine Kenntnisse hingegen, geistige Funktionen, Angewohnheiten und Fertigkeiten bleiben erhalten. Zu Anfang ist sich der Mensch dieser Veränderungen nicht einmal bewusst. Er begreift nicht, dass er alles vergessen hat – das erkennt er erst später. Doch die Hauptsache ist etwas anderes. In den ersten fünf Minuten nach dem Gedächtnisverlust ist er für jede beliebige Manipulation empfänglich. Er wird sozusagen ein leeres Blatt Papier, das man mit allem Möglichen beschreiben kann – und das Geschriebene bleibt für immer stehen. Die Deutschen wollten diese Substanz im Kriegsfall einsetzen, um Kriegsgefangene umzudrehen und als Selbstmordattentäter einzusetzen.«

»Verstehe«, sagte T. »Und Sie ...«

»Ja.« Olsufjew nickte. »Knopf schrieb, bildlich gesprochen, auf dieses leere Blatt die Worte ›Optina Pustyn‹ und im Weiteren bestand seine Aufgabe darin, Ihre Fortschritte zu verfolgen und von Zeit zu Zeit Pobedonoszews Agenten zu verscheuchen.«

»Aber warum haben Knopfs Leute ständig auf mich geschossen?«

»Knopf war als Einziger eingeweiht in den Plan«, erwiderte Olsufjew. »Er selbst hat aber nie ernsthaft versucht, Ihnen Schaden zuzufügen. Die übrigen Detektive dachten wirklich, ihre Aufgabe bestehe darin, Sie aufzuhalten. Aber sie stellten keine reale Gefahr für Sie dar.«

»Ach so! Sie meinen also, einer Kugel auszuweichen ist bloße Gymnastik ... Warum hat dann Knopf vor seinem Tod versucht, mich nach Jasnaja Poljana zurückzuschicken?«

»Er wollte Ihre fatale Begegnung mit Pobedonoszews Agenten abwenden – ihm fehlte nur eine Minute! Aber wenn Sie auf ihn gehört hätten und nach Jasnaja Poljana zurückgekehrt wären, wären Sie dort auch nicht lange geblieben, glauben Sie mir. Für den Fall wäre ein anderer Agent von uns dorthin gefahren – der Zigeuner Lojko.«

T. fing an zu lachen.

»Nicht gerade die beste Wahl«, sagte er. »Der Zigeuner Lojko ist tatsächlich ein skrupelloser Schläger, aber in letzter Zeit hat er Probleme mit den Augen.«

Olsufjew zuckte die Achseln.

»Sie waren alle nur Treiber.«

»Ich weiß nicht, ob ich Ihnen glauben soll«, sagte T. »Sie erzählen wirklich erstaunliche Dinge. Mit diesem Präparat könnten die Deutschen doch alle besiegen ...«

»Tja«, sagte Olsufjew, »das scheint nur so. Leider wirkt das Präparat längst nicht jedes Mal so wie beschrieben. Manchmal kommt es auch zu vorübergehenden Geistesstörungen und Halluzinationen, und dann handeln die Menschen unberechenbar. Die Germanen haben Experimente in Afrika gemacht, und in dreißig Prozent der Fälle zogen die Eingeborenen, die das Präparat bekommen hatten, die Waffen gegen die Experimentatoren.«

»Das heißt, Sie wussten, dass mein Verstand Schaden nehmen könnte, und trotzdem ließen Sie sich darauf ein?«

Olsufjew schüttelte energisch den Kopf:

»Nein, Graf, ich schwöre! Diese Fakten kamen erst später heraus! Knopf war beunruhigt wegen Ihres Verhaltens auf der Jacht der Fürstin Tarakanowa, als Sie im Maschinenraum Feuer legten und dann mit dem Schürhaken auf seine Agenten losgingen und sie als Amazonas-Pack bezeichneten. Er hat bei uns nachgefragt und wir haben die Nachfrage weitergeleitet an das Agentennetz, über das wir das Präparat bezogen hatten. Erst danach kam das alles heraus. Als Knopf Ihnen Tee anbot, wussten wir noch nichts von den Nebenwirkungen.«

»Verstehe«, sagte T. »Mit Ihnen über Moral oder Mitgefühl für den Nächsten zu sprechen hat keinen Sinn, außerdem ist es zu spät, daher sparen wir uns das. Wie können Sie beweisen, dass Sie nicht lügen?«

Olsufjew schmunzelte.

»Wie Sie sicher verstehen, Graf«, sagte er, »bin ich nicht darauf vorbereitet, Ihnen die Wahrheit meiner Worte zu beweisen ... Doch etwas kann ich immerhin vorweisen.«

Er stand vom Tisch auf, ging zu dem Sekretär in Form einer Muschel und klappte den Deckel hoch. T. hob das Gewehr, aber Olsufjew beschwichtigte ihn mit einer Handbewegung.

»Ich habe noch eine Fotografie, die vor langer Zeit gemacht wurde, als wir noch jung waren«, sagte er. »Damals studierte ich noch an der Universität, und Solowjow hatte schon seinen komischen Schnurrbart ... Zum Teufel, wie viel Kram hier herumliegt ... Bei unserer letzten Begegnung hat er, spontan wie er ist, diese Aufnahme beschriftet. Die Beschriftung hat, glaube ich, etwas mit Optina Pustyn zu tun ...«

Wieder am Tisch, hielt er T. die Fotografie hin und stellte eine kleine Flasche aus blauem Glas und mit einem schwarzen Gummistopfen auf den Tisch.

»Das ist der Rest des deutschen Präparats«, sagte er und setzte sich neben T. »Knopf hat Ihnen etwas davon in den Tee gegossen. Das ist alles, Graf. Andere Beweise für die Wahrheit meiner Worte habe ich nicht.«

T. betrachtete die Fotografie. Drei Männer saßen auf einer Bank mit einer seltsam geschwungenen Rückenlehne, offenbar in einem Park: Durch das lichte Laub sah man verschwommene, nicht recht fokussierte weiße Statuen. Olsufjew, mit noch jugendlich rundem Gesicht, schulterlangem Haar und ohne jedes Anzeichen der künftigen Glatze, saß in der Mitte. Links von ihm saß, über das ganze Gesicht lächelnd, zwei Weinflaschen in den erhobenen Händen, ein sorgloser Zecher, in dem T. mit einem leichten Schauder sich selbst erkannte. Rechts saß ein gelangweilter junger Mann mit kurzgeschorenem Haar und seltsam herunterhängendem Schnurrbart – er blickte nicht in die Kamera, sondern zur Seite und nach unten.

»Das ist Solowjow«, erkannte T.

Er drehte die Fotografie um. Auf der Rückseite stand:

Für Ljowa und Alexis, der das sowieso nicht versteht. Man sagt oft »Ein Spiegel spiegelt den anderen«. Doch kaum jemand erfasst die Tiefe dieser Worte. Wenn man sie aber verstanden hat, sieht man sofort, wie die Falle dieser Welt konstruiert ist. Ich betrachte einen Baum im Garten. Das Bewusstsein sieht den Baum an. Aber der Baum – die Zweige, der Stamm, das grüne Zittern des Laubs – ist doch auch ein Bewusstsein: Ich bin mir all dessen bewusst. Das bedeutet, das Bewusstsein sieht ein Bewusstsein an, das sich als etwas anderes ausgibt. Ein Spiegel spiegelt den anderen. Eines gibt sich als vieles aus und sieht auf sich selbst und bringt sich selbst in eine hypothetische Trance. Wie erstaunlich. Wladimir

»Scheint so, als hätte Solowjow Sie unterschätzt«, murmelte T. und hob den Blick zu Olsufjew. »Sie haben es verstanden. Aber auf Ihre ganz eigene Weise.«

Olsufjew wandte die Augen ab.

»Dieser Aufnahme nach zu urteilen«, sagte T., »waren wir früher befreundet. Wir haben zusammen Wein getrunken. Uns wahrscheinlich über geheimnisvolle, wunderbare Dinge unterhalten. Und dann beschlossen Sie, mich zu präparieren wie ein hergelaufener Nihilist einen Frosch präparieren würde. Sie ließen meine Muskeln unter Ihren elektrischen Schlägen zucken ...«

»Ich bin bereit, Ihnen jedwede Genugtuung zu geben«, erwiderte Olsufjew. »Wenn Sie ein Duell wünschen, wählen Sie die Bedingungen.«

T. sah zu dem blauen Fläschchen auf dem Tisch hinüber. Es war exakt halb voll.

»Ein Duell?«, fragte er. »Ihre Tat, mein Herr, nimmt Ihnen das Recht auf eine derartige Begegnung. Außerdem kann ich Duelle nicht billigen. Ich habe einen ganz anderen Vorschlag.«

»Nämlich welchen?«

»Ich lasse Ihnen die Wahl. Entweder blase ich Ihnen mit dem Gewehr den Kopf weg. Zwar ohne besondere Lust, aber auch ohne Mitleid. Oder Sie nehmen das Präparat selbst ein. Dann werden Sie erfahren, wie es ist, ein Objekt fremder Experimente zu sein.«

Olsufjew warf einen Blick auf das blaue Fläschchen und erbleichte.

»Ich werde gar nichts erfahren«, sagte er. »Im Gegenteil, ich werde alles vergessen. Der, an dem Sie sich rächen wollten, verschwindet, und Ihre Rache verliert jeden Sinn.«

»Umso besser, mein Herr«, versetzte T. »Schließlich heißt es ›Die Rache ist mein, und ich will vergelten‹.[75] Sehen Sie es nicht als meine Rache an. Betrachten Sie es als Möglichkeit, noch einmal ganz von vorne zu beginnen.«

»Um keinen Preis.«

»Sie haben noch die andere Möglichkeit«, sagte T. und hob den Gewehrlauf. »Wählen Sie. Aber schnell, sonst muss ich die Wahl treffen.«

»Sie verlangen von mir, dass ich einfach so in die schwarze Grube der Bewusstlosigkeit springe?«, flüsterte Olsufjew und blickte T. ungläubig an. »Lassen Sie mich wenigstens meine Angelegenheiten regeln und Anweisungen geben ...«

T. grinste nur zur Antwort.

»Ich kann Ihnen nützlich sein«, fuhr Olsufjew hitzig fort.

»Auch wenn ich Sie nicht mit Solowjow zusammenbringen kann, ich weiß aber, wo sich seine Anhänger treffen.«

»Wo denn?«

»Sie treffen sich einmal in der Woche. Um sechs Uhr abends, im Haus Nummer zwei in der Miloserdny-Gasse, hier ganz in der Nähe. Morgen ist es wieder so weit. Die Polizei beobachtet sie, hat aber keine ernsthaften Bedenken ihretwegen. Um zur Versammlung zugelassen zu werden, reicht es, einen Beleg dafür vorzulegen, dass Sie Solowjow kannten. Zum Beispiel diese Fotografie hier. Wenn Sie wollen, gehen wir zusammen hin!«

»Will ich nicht. Trinken Sie jetzt?«

»Nein«, antwortete Olsufjew entschlossen.

T. schwenkte den Gewehrlauf.

»Mein Herr«, sagte er. »Ich kann nicht mehr dramatisch den Hahn spannen, um zu beweisen, dass es mir ernst ist. Er ist nämlich schon gespannt. Ich kann nur noch abdrücken. Und das mache ich bei drei, ich verspreche es Ihnen. Eins ...«

Olsufjew blickte auf das Porträt von Axinja.

»Kann ich wenigstens eine Nachricht schreiben?«

»Zwei ...«

»Zum Teufel mit Ihnen«, sagte Olsufjew erschöpft. »Leben Sie wohl und seien Sie verflucht.«

Er nahm das Fläschchen vom Tisch, zog den Stopfen heraus und trank den Rest der Flüssigkeit in einem Schluck aus. Dann stellte er das Fläschchen zurück und starrte aus dem Fenster, auf die Fassaden an der gegenüberliegenden Seite des Flusses. Seine Miene zeigte schmerzhafte, qualvolle Erwartung.

T. beobachtete ihn aufmerksam, aber dennoch bekam er nicht mit, wann genau das Präparat zu wirken anfing. Ungefähr eine Minute war vergangen, als der gequälte Ausdruck auf Olsufjews Gesicht allmählich einem Befremden wich. Dann gähnte er, wobei er sich taktvoll die Hand vor den Mund hielt, drehte sich zu T. um und sagte:

»Pardon. Wo waren wir stehengeblieben?«

T. war auf alles Mögliche gefasst gewesen, aber nicht darauf.

»Wie?«, fragte er verwirrt.

»Es ist mir völlig entfallen«, sagte Olsufjew und zeigte ein so zutrauliches Lächeln, dass T. Gewissensbisse verspürte. Er sah ein, dass er improvisieren musste.

»Wir sprachen gerade darüber ... ehem ..., dass Sie sich entschlossen haben, Ihren Besitz an die Armen zu verteilen und Ihr Leben fortan einfacher bäuerlicher Arbeit zu widmen. Sie hatten sich an mich gewandt, weil der Ausdruck ›Hinwendung zum einfachen Leben‹ und der Name ›Graf T.‹ in Petersburg mittlerweile fast synonym sind. Unverdientermaßen gelte ich als Autorität auf diesem Gebiet. Ihre Freundin Axinja aber«, T. deutete mit dem Kopf auf das Porträt, »ist in dieser Hinsicht schon viel weiter fortgeschritten. Wenn sie es will, ist sie von einem einfachen Bauernmädchen nicht mehr zu unterscheiden, daher wird sie Ihnen mühelos die Manieren der Dorfbewohner beibringen. Und die Arbeit auf dem Feld wird Ihren Körper kräftigen und den Geist reinigen.«

Olsufjew blickte erst zu Axinjas Porträt, dann zu T. und überlegte lange.

»Gestatten Sie«, sagte er schließlich, »aber wenn ich mein Leben dem Ackerbau widmen will, muss ich doch zuerst in den Ruhestand gehen?«

»Ich glaube«, erwiderte T., »ein Telegramm an die Allerhöchste Person ist völlig ausreichend. Das ist schließlich das einzige Privileg eines Gardisten. Nicht eingerechnet das Privileg, selbstmörderische Attacken zu reiten – aber wir haben, Gott sei Dank, nicht das Jahr achtzehnhundertzwölf.«[76]

Olsufjew blickte kurz zu seinem Helm auf dem Tisch.

»Mit einem Telegramm bin ich einverstanden«, sagte er fröhlich. »Das ist ja mal etwas anderes, also von mir aus. Aber wie soll ich meinen Besitz an die Armen verteilen? Er ist sehr umfangreich, bitte halten Sie das nicht für Angeberei. Es würde Jahre dauern und währenddessen würde ich die Feldarbeit genauso wenig zu sehen bekommen wie meine eigenen Ohren.«

»Ich meine«, erwiderte T., »Sie sollten die Angelegenheit irgendeiner wohltätigen Gesellschaft übertragen, die für ihre Uneigennützigkeit bekannt ist. Aber gestatten Sie, dass ich Ihnen einen Rat gebe – Sie sollten unverzüglich handeln, solange Ihr Entschluss noch feststeht, so dass Sie nicht mehr zurückkönnen. Viele starke Menschen sind schon Opfer ihrer Zweifel und Unschlüssigkeit geworden.«

Olsufjew grinste verächtlich.

»Sie kennen mich aber schlecht, wenn Sie so von mir denken. Wissen Sie was? Ich werde noch heute alles Nötige unternehmen. Ich werde eine wohltätige Gesellschaft finden. Advokaten, denen ich die ganze Prozedur anvertrauen kann. Und bis heute Abend habe ich alle Papiere unterschrieben.«

Sein Blick fiel auf das Gewehr, das auf T.s Knien lag.

»Seien Sie vorsichtig, Graf«, bemerkte er. »Sie haben den Hahn gespannt und es ist geladen. Mit Waffen spaßt man nicht. Geben Sie her ...«

Nach kurzem innerem Kampf reichte T. ihm das Gewehr. »Mag kommen, was will«, dachte er und spürte eine Kühle in der Brust. »Das wird interessant ...«

Mit ernster Miene klickte Olsufjew die Hähne vorsichtig in eine sichere Position, ging zur Wand und hängte das Gewehr an seinen Platz.

»Wollen Sie mir nicht Gesellschaft leisten?«, wandte er sich an T. »Schließlich ist es das erste Mal im Leben, dass ich ... ehem ... mich dem einfachen Leben zuwende. Plötzlich kommt da jemand oder es gibt Fragen ...«

»Aber wenn ich bei Ihnen bin, wird es so aussehen, als hätten Sie Ihre Entscheidung nicht selbstständig getroffen«, erwiderte T. »Außerdem ist es besser, wenn ich unterdessen mit Axinja spreche. Sie wird bald hier sein. Ich sage es Ihnen ganz offen, als

Freund: Einer großen Schicksalswende, wie Sie sie vorhaben, kann eine Frau im Weg stehen. Besonders, wenn sie Ihnen nahesteht – da gibt es Geschrei und Tränen ... Ich will versuchen, sie darauf vorzubereiten.«

»Hm«, machte Olsufjew; er runzelte die Stirn und musterte prüfend das Porträt. »Eine Frau – das ist immer gefährlich. Gift in einem kostbaren Becher, zweifellos.«

T. stand auf, stellte sich so hin, dass er die Sicht auf das blaue Fläschchen verdeckte, und ließ es dann in seine Tasche gleiten.

»Also gut, Graf«, fuhr Olsufjew fort und wandte sich von dem Porträt ab, »dann werde ich mich jetzt erkundigen, wie das alles schnellstmöglich abgewickelt werden kann. Wir sehen uns heute Abend oder morgen – Sie sind doch noch in der Stadt?«

T. nickte.

»Ich bleibe länger in Petersburg.«

»Dann verabschiede ich mich noch nicht«, sagte Olsufjew und griff nach der Türklinke. »Und noch etwas, Graf – danke für die geistige Unterstützung. Sie können sich nicht vorstellen, wie leicht und ruhig mir jetzt ums Herz ist.«

Als die Tür zu war, ging T. rasch zu dem Sekretär, aus dem Olsufjew die Fotografie und das Fläschchen entnommen hatte, fand dort Bleistift und Papier und schrieb:

Solowjow-Anhänger, Versammlung. Morgen um sechs, Haus Nummer zwei, Miloserdny-Gasse.

Er steckte den Zettel in die Tasche, blickte zu dem doppelläufigen Gewehr an der Wand, gähnte und kratzte sich unschlüssig den Bart.

»Ich hätte ihn nicht alleine fortlassen dürfen«, überlegte er. »Hoffentlich geht das nicht schief ... Vielleicht kann ich ihn noch einholen!«

XXII

Die Straße, die Olsufjew hinunterging, war vollkommen leer, was trotz der frühen Stunde eigenartig wirkte. Während der ganzen Zeit, in der er Olsufjew folgte, begegnete T. keinem einzigen Menschen – und das war gut so, denn das doppelläufige Gewehr in seiner Hand hätte andere Passanten sicherlich stutzig gemacht.

Dass Olsufjew ein falsches Spiel trieb und man ihm nicht trauen durfte, zeigte sich schon an der ersten Kreuzung, als sich jemand zu ihm gesellte, der ganz offensichtlich auf ihn gewartet hatte – ein livrierter Lakai mit einer voluminösen Tasche auf der Schulter.

»Ich habe einen Bärenhunger«, fiel T. beim Anblick dieser Tasche plötzlich auf. »Man kann nicht in der materiellen Welt leben und ihre Gesetze ignorieren. Fjodor Michailowitsch jagt in so einem Fall tote Seelen und nimmt ihnen Wurst und Wodka ab ... Widerlich ... Aber was soll man machen? *When in Rome, do as the Romans do*, auch wenn unklar ist, in welchem Rom wir uns hier befinden[77] ...«

T. erinnerte sich an die Brille mit dem patristischen Visier in seiner Tasche, holte sie heraus und setzte sie entschlossen auf die Nase.

Sowohl Olsufjew als auch der Lakai waren von einer deutlichen gelben Aureole umgeben, was die Frage sogleich auf die rein praktische Ebene jenseits von Gut und Böse verlagerte. T. schluckte seinen Speichel hinunter und brachte das Gewehr in Anschlag.

»Und wie ist es hier mit dem gewaltlosen Widerstand?«, überlegte er. »Schlecht ... Das sind schließlich wandelnde Leichen –

gemäß landläufiger Vorstellung also etwas Böses. Aber andererseits, was bedeutet gewaltloser Widerstand gegen das Böse? Die Abwesenheit von Widerstand. Widerstand leisten aber kann man nur, wenn das Böse einen zuerst angreift. Wenn man hingegen selbst der Angreifer ist und noch dazu alle schnell umlegt, kommt es erst gar nicht zum Widerstand gegen das Böse ...«

Als hätte er diesen Gedanken gespürt, drehte der Lakai sich um, sah T. und wies Olsufjew auf ihn hin. Der erstarrte. Der Lakai zog einen Revolver aus der Tasche, und das gab den Ausschlag: Ohne weiter nachzudenken, riss T. das Gewehr hoch und gab zwei Schüsse ab.

Er ging näher heran, hob die Tasche des Lakaien auf und trat ein Stück zur Seite, wo unter einem Schutzdach aus Leinwand ein paar Kisten und Fässer standen. In der Tasche fanden sich eine lange Wurst und eine Flasche Wodka. Der restliche Inhalt bestand aus Gegenständen mit unbekanntem Verwendungszweck – weiße Stäbe, die sich speckig anfühlten und aussahen wie Kerzen ohne Docht, und aus demselben Material gefertigte Ringe.

»Aha«, erriet T., »der Stab von Poliwanow. Und das ist die Unterlegscheibe von Poliwanow ... Das sind die Artefakte ... Wahrscheinlich müsste man die Unterlegscheibe über den Stab ...«

Aber er tat nichts dergleichen. Er setzte sich auf eine Kiste, aß die Wurst, kippte den Wodka hinunter wie Wasser und goss den Rest über die Hände, um den Wurstgeruch loszuwerden. Doch das nützte nicht viel – von der Hand ging noch immer ein deutlicher Knoblauchduft aus.

Er blickte die Leichen an und seufzte.

»Dumm gelaufen ... Aber ich kann belegen, dass ich mich auch hier an die Idee des gewaltlosen Widerstands gehalten habe. Denn die von Gott inspirierten Kategorien von Gut und Böse gelten nur für eine lebende Seele, einer toten Seele aber sind sie fremd – sie hat Gott, den einzigen Maßstab für Gut und Böse, aus sich vertrieben ... Folglich ... Aber wem versuche ich da, etwas vorzumachen? Die anderen kann ich täuschen – aber mich selbst? Oder schließe ich einen Pakt mit mir selbst? Wieso eigentlich nicht ... Jetzt sauge ich noch ihre Seelen aus ... Ei-ei-ei ...«

Diese Möglichkeit, die er zunächst mit selbstzerstörerischem Sarkasmus erwogen hatte, wie etwas, was ihm sicher nie passieren könnte, schien ihm mit einem Mal durchaus denkbar, ja sogar ganz angebracht.

»Ich versuche es mal«, sagte er sich gelassen und stand von der Kiste auf. »Wie hat Fjodor Michailowitsch das gemacht?«

Mit ausgestrecktem Arm zog er noch halb im Scherz leicht den Bauch ein und sah sofort einen diffusen hellblauen Nebel, eine Art in der Luft schwebende Elektrizität, die von den Leichen zu seiner Hand strömte, von wo sie durch den Arm und die Wirbelsäule direkt in den Unterbauch floss und ein leichtes, angenehmes Surren im ganzen Körper erzeugte. Augenblicklich verspürte er nur noch einen einzigen Wunsch: dass dieses elektrische Kitzeln nie aufhören möge – doch dann erklang ein leises Knacken und das blaue Leuchten war verschwunden.

Es knackte wieder – und T. schlug die Augen auf.

Unten schlug der Türklopfer.

T. erhob sich von dem Sofa, wo ihn der Schlaf übermannt hatte, und schielte erleichtert zu dem Gewehr hinüber, das gerade eben im Traum noch geschossen hatte. Es hing nach wie vor friedlich an der Wand. Er trat zum Fenster und spähte vorsichtig durch den Vorhang.

Vor der Eingangstür stand eine junge Frau in einem roten Kleid, in der Hand ein seidenes Ridikül von derselben Farbe. Sie blickte nach oben, als erwarte sie, jemanden im Fenster zu sehen, und T. erkannte Axinja.

Sie klopfte noch einmal, zuckte dann die Achseln, holte einen Schlüssel aus dem Ridikül und öffnete die Tür.

T. ließ sich auf denselben Stuhl sinken, auf dem er während der Unterhaltung mit Olsufjew gesessen hatte. Er verspürte eine seltsame nervöse Munterkeit, als hätte der Albtraum tatsächlich seinen ganzen Körper elektrisch aufgeladen.

»So ist das«, dachte er. »Ich wollte das Geheimnis der Welt ergründen, wollte mit dem Leser verschmelzen – und was ist dabei herausgekommen? Warum träume ich nur solche Scheußlichkeiten? Wahrscheinlich will Ariel mir einen qualvollen, schrecklichen Tod bereiten. Wenn ein Dramatiker jemanden umlegt, muss er das Publikum überzeugen, dass er ein widerlicher Typ ist ... Damit die Leute kein Mitleid haben ...«

T. fuhr herum, als erwarte er, die sich im Dunkel verlierenden, endlosen Reihen eines Theatersaals zu sehen. Aber da war nur der Salon.

»Man erklärt den Menschen, dass sie leiden, weil sie gesündigt haben. Aber in Wirklichkeit lehrt man sie zu sündigen, um ihre Leiden zu rechtfertigen. Man zwingt sie, zu leben wie Vieh, damit man sie schlachten kann wie Vieh. Wie viele arme Teufel in Russland spülen jetzt das Verbrechen, das sie um der Wurst willen begangen haben, mit Wodka hinunter. Hammel im Schlachthof, die noch nicht begreifen, was sie erwartet ...«

Sein Blick fiel auf den Gardistenhelm mit dem stählernen Vogel auf dem Tisch. Der kalte Glanz des Metalls ließ ihn mit einem Mal nüchtern werden – und alles stellte sich in einem vollkommen anderen Licht dar.

»Was will ich eigentlich«, dachte er. »Ariel bastelt die Reste des Shooters zusammen und ich philosophiere hier herum und überlege mir, was das alles für einen Sinn hat. Ganz einfach – ein bejahrter Goj-Kabbalist verdient sich sein kärgliches Abendessen ... Und was Olsufjew betrifft, das ist auch klar – da ist Grischa Owjnuk am Werk. Ariel hat mich schließlich gewarnt ... Aber warum erkenne ich das sonst nicht so deutlich wie in diesem Moment? Und vor allem, warum halte ich diese ganze Bande immer für mich selbst, warum halte ich ihre Gedanken für meine und ihre Taten für meine Handlungen? Könnte es sein, dass ich einfach sie alle zusammen bin? Nein, das kann nicht sein ... Dann könnte ich sie nicht erkennen, wenn sie in meine Seele eindringen. Das Wichtigste ist, niemals den klaren Blick zu verlieren und sie zu sehen, sie immer zu sehen ...«

Den durch die offene Tür dringenden Geräuschen nach zu schließen, war Axinja noch immer im Vorraum. Von dort war eine Kakophonie aus Knirschen und Knarren, Geraschel und Geklopfe zu vernehmen, die so lange anhielt, dass T. an eine gründliche Durchsuchung in einem Kramladen denken musste. Die nervliche Anspannung verstärkte diesen Gedanken noch.

»Es stimmt«, dachte er, »das Einzige, was ich wirklich tun kann, ist, mich selbst immer wieder nüchtern zu beobachten. Meine einzige Freiheit besteht darin, zu sehen, welcher der bösen Geister sich meiner Seele bemächtigt hat und sie lenkt. Und ich habe die Freiheit, das nicht zu sehen – das ist das ganze *to be or not to be*. Ich muss mir immer wieder ins Gedächtnis rufen, dass ich nicht Ariel und nicht Mitjenka bin. Und erst recht nicht dieser Piworylow, obwohl der aus irgendwelchen Gründen immer mehr Platz bekommt ... Keiner von denen ist ich. Aber wer ist dann ich? Ich weiß es nicht. Koste es, was es wolle, ich werde die Antwort finden ...«

Endlich waren Axinjas leichte Schritte im Korridor zu hören – sie sang etwas vor sich hin. Dann rief sie:

»Alexis!«

T. schwieg.

Die Tür ging auf und Axinja betrat den Salon.

Als sie T. am Tisch sitzen sah, blieb sie mit offenem Mund verwundert stehen und ließ ihr purpurrotes Ridikül zu Boden fallen.

Sie war nicht wiederzuerkennen. Von dem lachlustigen Mädchen, das T. in der Provinzstadt auf der Straße kennengelernt hatte, war fast nichts mehr da – nur die Augen funkelten in ihrem früheren grünlichen Glanz. Vor ihm stand eine mondäne junge

Frau im sommerlichen Seidenkleid, mit einem Anhänger im tiefen Ausschnitt. Ihre Haare waren gelockt und sorgsam in eine poetische Unordnung gebracht.

»Ljowa«, stieß sie verwundert hevor. »Ljowa ... Bring mich nicht um!«

T. räusperte sich verlegen.

»Was redest du denn da ... Du hast wohl irgendwelche infamen Gerüchte vernommen?«

»Ljowuschka«, wiederholte Axinja, »bitte nicht!«

»Dumm bist du immer noch«, sagte T. »Aber herausgemacht hast du dich ...«

Ohne ihn aus den Augen zu lassen, durchquerte Axinja den Salon und setzte sich auf eine schmale Couch an der Wand.

»Was machst du hier?«, fragte sie.

»Olsufjew und ich hatten etwas zu besprechen. Wir sind schließlich alte Bekannte – das weißt du sicher. Jedenfalls hat er mich hier zurückgelassen und er selbst ist in einer wichtigen Angelegenheit unterwegs. Das wird wohl bis heute Abend dauern.«

»Wollt ihr euch duellieren?«, rief Axinja mit weit aufgerissenen Augen.

»Nein«, lächelte T. »Mach dir keine Hoffnung.«

»Schwöre es, Ljowa.«

»Schwören werde ich nicht, weil ich dieses Ritual nicht begreife. Ich verspreche jedoch, dass wir uns nicht duellieren werden. Aber ich habe ein paar Fragen an dich wegen ...«

»Bloß keine Vorwürfe«, fiel Axinja ihm ins Wort. »Was hätte ich denn deiner Meinung nach tun sollen, als du mich in diesem Bauernwagen allein beim Hotel zurückgelassen hast, völlig mittellos?«

»Ich ...«, sagte T. verwirrt. »Ich gebe zu, daran habe ich nicht gedacht.«

»Ach, daran haben Euer Erlaucht nicht gedacht?«

»Nein«, erwiderte T. »Mir schien, du hättest ... Nun, wie soll ich sagen, dein eigenes Leben, in das ich mich nicht allzu sehr einmischen sollte.«

Axinja lachte böse auf.

»Genau deshalb bin ich jetzt mit Alexis zusammen.«

»Ich frage nicht, warum ihr euch nähergekommen seid, Olsufjew und du. Das ist deine Sache. Aber was hast du ihm über mich erzählt?«

»Ach, im Grunde genommen gar nichts.« Axinja zuckte die Achseln. »Er hat sich für Optina Pustyn interessiert, du wolltest doch mit dem Bauernwagen dorthin fahren. Ich habe ihm erklärt, du hättest mich auch danach gefragt, und ich hätte vor lauter Angst gesagt, das sei jenseits des Waldes.«

»Aha. Und was ist das für ein übler Trick – sich als Bauernmädchen zu verkleiden und einem Betrunkenen aufzulauern?«

»Aus dir wird man einfach nicht schlau, Ljowa. Ist es jetzt schon eine Sünde, sich dem einfachen Leben zuzuwenden? Außerdem gilt es bei Männern der höheren Kreise als guter Ton, unschuldige, wehrlose Mädchen zu verführen, ohne Rücksicht darauf, was danach aus ihnen wird ... Es sind Lackaffen wie du, die sich den Satz ausgedacht haben: ›In der Liebe und im Krieg ist alles erlaubt ...‹ Wieso ist es dann gleich ein übler Trick, Ljowuschka, wenn man auf eure Ausschweifungen entsprechend antwortet?«

T.s Gesicht überzog sich mit roten Flecken.

»Angenommen, damit hast du recht. Aber was sind das für Bücher, über die alle reden? Vor allem dieses: *Mein Leben mit Graf T.: Höhenflüge, Niedergänge und die Katastrophe?*«

»Ljowa, die Menschen müssen ihren Lebensunterhalt verdienen«, sagte Axinja. »Nicht jeder besitzt ein Landgut auf dem Hügel und ein weißes Pferd mit einem dekorativen Pflug.«

T. spürte, dass er noch mehr errötete.

»Aber woher hast du Material für zwei ganze Bücher? Was für Höhenflüge und Niedergänge? Wir haben doch insgesamt nur eine halbe Stunde zusammen verbracht.«

»Ja«, erwiderte Axinja. »Das stimmt. Aber es kommt doch auf die Intensität des individuellen Eindrucks an. Der Prophet Mohammed war auch nur für einen Moment im Himmel und die Leute erinnern sich bis heute daran.«

T. schüttelte argwöhnisch den Kopf.

»Und warum hast du meinen Familiennamen angenommen? Wer hat dir das erlaubt?«

»Der Name ist mein literarisches Pseudonym. Das darf man frei wählen. Aber wenn du ein anständiger Mensch wärst, Ljowa, dann wäre es mein Familienname.«

T. spürte, wie nun auch sein Hals rot anlief.

»Schreibst du etwa selbst? Wie ist das möglich – ich bin kaum in Petersburg angekommen, und du willst schon zwei Bücher geschrieben haben? Du hättest doch nicht mal eines zustande gebracht.«

»Ich diktiere«, sagte Axinja. »Ich habe zwei Stenotypistinnen. Das Ganze wird von Schreibkräften ins Reine geschrieben, während ich schon am nächsten Kapitel arbeite. So schafft man ein Buch pro Woche und ist überhaupt nicht erschöpft.«

Sie lächelte strahlend.

T. senkte den Blick, sah seine Bartzotteln und seine nervös zitternde, zerkratzte Hand auf dem Knie – und empfand plötzlich eine unerträgliche Abscheu sich selbst gegenüber. Offenbar spiegelte sich etwas davon in seiner Miene, denn Axinja stieß erschrocken hervor:

»Ljowa, sei nicht böse!«

»Das ist ein bisschen viel verlangt«, sagte T., »wenn du ... Warum hast du den Zeitungen erzählt, ich hätte dich mit der Axt umbringen wollen?«

Axinja riss die Augen auf.

»Weil es die Wahrheit ist. Erinnerst du dich etwa nicht? Wie ich in den Wald geflohen bin?«

»Doch«, erwiderte T. finster. »Bloß muss es nicht ›geflohen‹

heißen, sondern ›gelaufen‹. Das Wort ›geflohen‹ setzt voraus, dass du in Gefahr warst.«

»War ich ja auch«, widersprach Axinja. »Als ich aufstand und mein Kopftuch zurechtrückte, erschrak ich furchtbar, als ich deine Hände im Heu herumtasten sah und deine Augen, in denen der Drogenwahn stand ...«

»Was für ein Drogenwahn?«

»Weißt du das nicht mehr? Du hast doch mit dem Pferd gesprochen. Ich sehe immer noch seine brennenden schwarzen Augen, die es auf einen Punkt oberhalb deines Kopfs gerichtet hatte, als ob es von deinem Wahnsinn angesteckt wäre.«

»Jetzt weiß ich auch, was du in deinen Schundromanen schreibst«, murmelte T. vor sich hin. »Ich habe mit einem Pferd gesprochen, ja. Das macht jeder Husar tagtäglich, und nicht nur das. Aber ich wollte dich nicht umbringen, das ist gelogen. Ich wollte einen Finger abhacken. Und zwar nicht dir, sondern mir.«

»Das hast du gesagt, ich weiß«, sagte Axinja gelassen. »In meinem letzten Buch gibt es zwei ganze Kapitel darüber.«

»Wie bitte? Wie kann man denn darüber zwei Kapitel schreiben?«

»Ich habe versucht, in deine innere Welt einzudringen, dem Leser den möglichen Sinn deiner Handlungen zu enthüllen.«

»Und was hast du da enthüllt?«

»Willst du das wirklich wissen?«

»Natürlich.«

Axinja machte es sich auf dem Sofa bequem und begann, in der deutlichen Artikulation eines Menschen, der oft und viel vor Menschen spricht:

»Meine Vermutung war, Ljowa, dass die Exkommunikation dich moralisch verstümmelt hat. Du hast Betäubungsmittel genommen, dich für östliche Kulte interessiert und eine Gebetsbeziehung zu den Teufeln aufgenommen. Im Drogenwahn haben dir diese Teufel weisgemacht, sie seien helle, geistige Wesen und die echten Schöpfer dieser Welt ...«

»Was hat das alles mit dem Finger zu tun?«, fragte T.

»Warte«, sagte Axinja, »das hängt alles zusammen. Ich versuche, eben diesen Zusammenhang aufzuzeigen – also gedulde dich. Es gab zwei Möglichkeiten: Entweder war das Pferd von den Teufeln besessen und sie sprachen in seiner Gestalt mit dir, während du in deiner Arroganz dachtest, du besäßest die Gabe des Umgangs mit der stummen Kreatur wie die heiligen Einsiedlermönche. Oder du warst selbst von den Teufeln besessen, die dir vorgaukelten, das Pferd rede mit dir, während es friedlich sein Gras rupfte.«

»Wer hat dir denn diesen Unsinn aufgeschwatzt?«

»Nicht aufgeschwatzt, sondern erläutert. Ich habe diese Frage mit einem Geistlichen besprochen, der sich mit der Vertreibung böser Geister beschäftigt. Er heißt Vater Empedokles.«

»Aha«, bemerkte T. »Verstehe. Aber trotzdem – was hat das alles mit dem Finger zu tun?«

»Folgendes«, erwiderte Axinja. »Unter dem Einfluss von Betäubungsmitteln und vom Umgang mit den Teufeln hast du allmählich eine unkritische Haltung gegenüber den Kenntnissen fremder kulturell-religiöser Traditionen entwickelt. Und zu diesen Kenntnissen gehörte, wie Vater Empedokles und ich nachweisen konnten, auch eine Geschichte, die deine Fantasie beeinflusste.«

»Ich verstehe nicht, wovon du redest.«

»Das war die Legende von dem chinesischen Weisen, der zur Antwort auf alle Fragen nach der Einrichtung der Welt und der Natur des Menschen nur schweigend einen Finger hob. Bei jedem normalen Menschen würden natürlich alle denken, er ist ein Idiot. Aber jeder wusste, dass er erleuchtet war, und sah in dieser Geste einen tiefen Sinn. Noch zu seinen Lebzeiten wurde eine Unmenge an Kommentaren verfasst – die einen behaupteten, er zeige so, dass die höhere Wahrheit nicht mit Worten auszudrücken sei, andere erklärten, er verweise auf das Primat der Handlung über das Denken, die Dritten erzählten wieder etwas anderes und so weiter.«

»Aber was hat das alles ...«

»Warte, Ljowa. Dieser Weise hatte einen Schüler, einen ganz jungen Mann, der seinem Lehrer in allem nacheiferte und davon träumte, dessen Nachfolger zu werden. Er hatte häufig gesehen, wie der Meister den Finger hob, und gelernt, diese Geste genau nachzuahmen, sogar mit dem entsprechenden Gesichtsausdruck – nur war er nicht erleuchtet.«

Axinja machte eine Pause und blickte T. an. Der zuckte die Achseln.

»Ja und?«

»Zu seinem Lehrer kamen ganz unterschiedliche Leute. Wer viel Geld und Einfluss hatte, wurde natürlich zum Meister selbst vorgelassen. Aber das einfache Volk drängte sich vor seinem Haus, ohne jede Hoffnung, den weisen Mann je zu Gesicht zu bekommen. Mit der Zeit empfing sein Schüler diese Leute in seiner Kammer. Er lauschte ihren Fragen und hob mit kluger Miene einen Finger. Die zufriedenen Besucher gingen nach Hause und freuten sich, dass es ihnen gelungen war, für wenig Geld ein Stückchen Offenbarung zu erlangen. Eines Tages aber erfuhr der alte Meister davon. Am selben Abend nahm er ein Messer, warf sich einen löchrigen Umhang mit Kapuze über und klopfte an die Kammer seines Schülers. Der Schüler meinte, ein neuer Besucher sei gekommen. Mit verstellter Stimme fragte der Meister nach dem Sinn des Lebens. Ohne nachzudenken, hob der Schüler den Finger. Da riss der Lehrer das Messer unter dem Umhang hervor und schlug ihm diesen Finger ab.«

»Aha«, murmelte T. »Und was geschah danach?«

»Danach«, sagte Axinja, »stellte der Lehrer ihm die gleiche Frage laut und deutlich noch einmal. Ohne recht zu begreifen, was er tat, hob der Schüler den Finger, der jetzt nicht mehr da war.«

»Und?«

»Jetzt kommt das Interessanteste«, erwiderte Axinja. »Hätte der Schüler seinen Lehrer einfach für einen Gauner gehalten, hätte er geglaubt, dieser wolle sich einen möglichen Konkurrenten vom Hals schaffen und sich obendrein über ihn lustig machen. Doch der Schüler glaubte ebenso fest wie alle übrigen Besucher im Haus des Alten, dass sein Lehrer erleuchtet war, und ...«

»Ja, und wie ging das Ganze aus?«, fragte T. ungeduldig.

»Der Schüler erreichte die Erleuchtung«, sagte Axinja. »Wir dachten, du kennst die Geschichte?«

»Wer ist wir?«

»Vater Empedokles und ich. Wir dachten, du wolltest den Freuden des Fleisches noch den luziferischen geistigen Genuss hinzufügen, den man im Osten *Erleuchtung* nennt, und dir deshalb den Finger abhacken. Vater Empedokles lehrt, dass den Anhängern der östlichen Dämonenkulte körperliche Freuden allein nicht genug sind und sie den schlimmsten Sündenfall im Geiste begehen, wenn sie in subtilen Gefühlen und überirdischen Ekstasen schwelgen, mit denen die untergegangenen Wesen der unsichtbaren Welt sie verführen. Und indem du dich mit einem unschuldigen Mädchen, fast ein Kind noch, vergnügtest, hast du ...«

»Das stimmt ja wohl nicht«, unterbrach T. »Was die Unschuld angeht.«

»Ich meine geistig unschuldig. Im Buch wird das alles aus dem Kontext klar. Halte dich nicht an Kleinigkeiten auf.«

»Du hast alles verdreht«, seufzte T. »Jetzt weiß ich auch, warum mich am Tisch alle so schief angesehen haben, bevor ich die Bom ...«

Er stockte und sprach nicht weiter.

»Was?«, fragte Axinja.

»Ach, nicht so wichtig. Ich frage mich nur, wozu du dir das alles ausdenken musstest? Du hast mich doch selbst gefragt, warum ich mir den Finger abhacken wollte. Und ich habe dir klar und deutlich gesagt, um mich vor dem Bösen zu hüten. Kannst du dich nicht erinnern?«

»Doch«, versetzte Axinja.

»Und, hast du deinem Empedokles das nicht erzählt?«

»Habe ich. Aber er hat gesagt, für östliche Satanisten sei es das schlimmste Übel, wenn ihnen dieser subtile geistige Genuss fehlt, der bei ihnen als *Erleuchtung* bekannt ist. Wie ein Morphiumsüchtiger, für den es das Schlimmste ist, wenn er keine Drogen mehr hat. Geht es nicht darum?«

»Natürlich nicht«, erwiderte T.

Axinja runzelte die Stirn.

»Aber warum wolltest du ihn dann abhacken?«

T. zuckte verlegen die Achseln.

»Das habe ich dir doch gesagt. Um keine Sünde mehr zu begehen.«

»Was für eine Sünde?«

»Als ob du das nicht wüsstest«, versetzte T. ganz leise.

Axinja hielt sich prustend die Hand vor den Mund.

»Was ist denn das für eine Sünde, Ljowa? Da hast du dir was ausgedacht.«

»Das habe nicht ich mir ausgedacht, sondern ... Aber du verstehst das sowieso nicht. Nimm es mir bitte nicht übel.«

Axinja aber dachte gar nicht daran.

Sie lächelte und T. sah in ihren Augen die wohlbekannten grünen Funken. Sofort fiel ihm das Kopftuch auf dem blonden Schopf ein, der zarte Hals über dem verwaschenen roten Sarafan.

»Eigentlich«, überlegte er, »erkennt man trotz all dieser Petersburger Politur doch noch das lachlustige Dorfmädchen aus Kowrow ...«

»Ich verstehe nicht?«, fragte Axinja spöttisch. »Ach was! Den Finger abhacken, um keine Sünde mehr zu begehen ... Was machst du denn damit, das niemand begreifen kann?«

T. spürte, wie sein Herz stockte.

»Jetzt ist Mitjenka angerollt. Nur gut, dass ich das sofort erkenne. Den klaren Blick habe ich noch nicht verloren. Und nun?«

»Was ist, sagst du's jetzt oder nicht?«, fragte Axinja, dieses Mal in einer einwandfreien Imitation vulgärer Aussprache.

Sie blickte ihn immer freimütiger an und in ihren Augen lag das verschlagene, unergründliche, jahrtausendealte Rätsel, für das es nach der treffenden Beobachtung von Nietzsche keine andere Lösung als die Schwangerschaft gibt.

»Willst du es wissen?«, fragte T. mit plötzlich heiserer Stimme.

Axinja nickte.

»Gehen wir, ich zeige es dir ...«

»Und Alexis?«, flüsterte Axinja. »Womöglich kommt er zurück?«

»Nein«, erwiderte T. ebenfalls flüsternd. »Er bleibt lange weg, praktisch für immer.«

»Gut«, hauchte Axinja. »Aber Ljowa ...«

»Was?«

»Das soll unser Abschied sein ...«

* * *

T. lag auf dem Rücken und blickte an die Decke des Schlafzimmers. Axinja hatte sich neben ihm zusammengerollt, fuhr mit der Spitze ihres purpurroten Nagels über seine Wange, kitzelte ihn und wickelte seine Barthaare um den Finger – das ziepte und war gleichzeitig angenehm. Mit der anderen Hand hielt sie ihr Nachthemd gegen die Brust gedrückt.

»Warum verhüllt sie ihren Körper?«, dachte T. »Ist er schon schlaff geworden? Vielleicht durch eine Geburt verunstaltet? Aber selbst mit Hilfe von zwei Stenotypistinnen hätte sie kaum so schnell ein Kind gebären können ... Letztes Mal hat sie sich anders verhalten. Aber da war sie auch eine andere, ein unschuldiger, heller Teil des Frühlings – gerade das hat mich gereizt. Die Stadt aber hat ihr das alles genommen ... Oder war es nicht die Stadt? Egal wer. Die Frauen in ihrer Verblendung denken immer, sie seien in der Lage, dieses flüchtige Aufblühen der Natur zu ersetzen, indem sie sich mit Pomade und weißer Schminke bestreichen, mit Pariser Parfüm besprühen und mit Gold behängen ... Lächerlich. Nur dass es nicht zum Lachen, sondern eher zum Weinen ist, denn sie handeln notgedrungen so, weil die Lüsternheit der Männer und die übelriechende Kloake der Stadt es verlangen, anstatt dass sie freudig auf dem Feld arbeiten können ...«

T. seufzte.

»Na, dazu wird sie bei Olsufjew Gelegenheit genug haben. Aber warum bedeckt sie sich? Stopp, nicht schlafen ... Offenbar will Ariel das Zielpublikum bis fünfzehn nicht verlieren. Deshalb verhüllt sie auch ihre Titten. Oh Gott, wie soll man leben in deiner Welt? Aber was für ein ›Gott‹ eigentlich ...«

T. seufzte wieder.

»Was seufzst du so schwer, Ljowa?«, fragte Axinja. »Liegt dir etwas auf der Seele? Sag es mir, dann wird dir leichter.«

»Hm«, machte T. »Sammelst du Material für ein Buch?«

»Wieso?«, lächelte Axinja. »Ich interessiere mich einfach dafür, wie du lebst und wie du die Welt siehst.«

»Das verstehst du ohnehin nicht. Und wenn doch, dann bist du beleidigt. Oder du glaubst es nicht.«

»Versuch's doch mal«, sagte Axinja. »Du brauchst gar nicht denken, dass ich dumm bin. Alexis hat an mich geglaubt und das Resultat siehst du ja.«

»Alexis?« T. zog verächtlich die Augenbrauen hoch. »Der hat damit nichts zu tun. Wahrscheinlich hat man Mitjenka im Literaturkurs erklärt, dass die Heldin eine Entwicklung durchmachen muss.«

»Wer ist Mitjenka?«

»Der, der dich ausgedacht hat«, antwortete T. »Vielmehr nicht dich, sondern erotische Szenen unter deiner Beteiligung. Du bist für ihn bloß eine sprechende Dekoration.«

Axinja schüttelte den Kopf.

»Das hört sich dermaßen gemein an«, sagte sie, »dass ich zu faul bin, darüber nachzudenken, wie dumm es ist.«

»Und trotzdem ist es so. Dass du aus meinem Leben verschwunden bist, geschah nur deshalb, weil Mitjenka zu viel zu tun hatte und seine Kraft nicht mehr für uns eingesetzt hat, sondern für eine widerliche Alte, die ... Na ja, ich will das nicht weiter ausführen, du glaubst es sowieso nicht. Unsere heutige Vereinigung war deshalb so kurz und farblos, denke ich, weil sie den Content filtern.«

»Jetzt ist alles klar«, lächelte Axinja. »Nimm es dir nicht zu Herzen, Ljowa. Jeder Mann kann mal Pech haben, das ist keine Schande. Du bist übernervös, hast zu viel schlechten Wodka getrunken. Mach dir um mich keine Sorgen, für diese Art Beschäftigung habe ich immer Alexis Olsufjew zur Hand.«

T. verzog das Gesicht, als hätte er Zahnschmerzen.

»Du kannst reden, was du willst«, sagte er. »Aber Olsufjew gibt es in Wirklichkeit nicht. Vielmehr ist er nur eine verblichene Vignette, ein verstaubtes Ornament der Leere am Rand meines aussichtslosen Wegs nach Optina Pustyn ...«

Axinja machte große Augen, riss Notizblock und Bleistift vom Nachttisch und kritzelte hastig etwas aufs Papier.

»Ich würde ja gerne wissen«, sagte T. mit finsterer Miene, »was du da schreibst.«

Axinja gab keine Antwort. Sie schrieb zwei Seiten voll, legte den Notizblock zurück, stand auf und ging zum Spiegeltisch, wobei sie sich mit dem zerknüllten Nachthemd bedeckte. Sie holte ein Foto, kehrte zum Bett zurück und hielt es T. hin.

»Was ist das?«

»Eine Fotografie«, erwiderte Axinja. »Das bin ich mit Alexis, den es, wie du behauptest, gar nicht gibt. Er schreibt übrigens

Gedichte. Schöne und für einen Gardisten höchst merkwürdige Gedichte. *Der Tag ist weiß, es blüht der Phlox – und dennoch: omnes una manet nox.* Das ist aus den Oden des Horaz und heißt, uns alle erwartet eine Nacht ...«

»Aber warum Nacht?«, sagte T. »Vielleicht ist nicht alles so finster ...«

Axinja trug auf der Fotografie die Kleidung der Barmherzigen Schwestern, die ihr gut stand, auch wenn sie reichlich Schminke im Gesicht hatte, was ihr etwas Südländisches verlieh. Sie blickte romantisch verträumt ins Weite – oder es schien nur so wegen der stark geschminkten Augen. Olsufjew trug einen weißen Rock und eine hohe Pelzmütze – dem Stempel über der Linie der gemalten Berge nach zu urteilen, stammte die Aufnahme aus einem Petersburger Foto-Atelier.

»Hier sieht er aus wie ein Falschspieler«, bemerkte T.

Axinja lächelte süß.

»Was ist mit dir, Ljowuschka? Bist du eifersüchtig?«

»Ach was«, brummte T. und wandte den Blick ab. »Das fehlte noch. Sag, hat Alexis nie über Solowjow gesprochen?«

Axinja überlegte.

»Er hat ihn einmal erwähnt. Er sagte, der sitzt in der Peter-und-Paul-Festung.«

»Weswegen wurde er angeklagt?«

»Hochverrat«, erwiderte Axinja. »Eine ziemlich merkwürdige Geschichte. Alexis hat gesagt, man halte Solowjow zu seinem eigenen Besten in der Festung gefangen. Aber in der Gesellschaft hält sich hartnäckig das Gerücht, dass er schon tot ist. Manche sagen auch, er war ein schlimmerer Verbrecher und Mörder als du, Ljowa ...«

T. betrachtete noch einmal die Fotografie, seufzte schuldbewusst, gab sie Axinja zurück und stand auf.

»Zieh dich an«, sagte er. »Ich warte im Salon auf dich. Ich will dir etwas zeigen.«

»Was denn?«

»Es gibt neues literarisches Material.«

Ein paar Minuten später erschien Axinja verdrossen und skeptisch, aber mit einem Notizblock in der Hand im Salon und trat zur offenen Balkontür, wo T. stand.

»Eigentlich wollte ich mich verabschieden«, sagte T. »Alexis kommt bald wieder und du wirst allerlei Interessantes hören.«

»Worauf willst du hinaus?«

T. trat auf den Balkon und drehte sich so, dass er mit dem Rücken zur Fontanka stand.

»Ich will dir nicht die Laune verderben«, erwiderte er. »Aber dein Leben wird sich ändern. Aus meiner Sicht zum Besseren.«

»Hör auf, in Rätseln zu sprechen.«

»Das Rätseln ist vorbei«, sagte T. und packte das Seil. »Behalt mich so in Erinnerung, wie du mich jetzt siehst. Da ich mittlerweile eine Vorstellung von deinem Stil habe, könnte ich sogar deiner Stenotypistin diktieren: ›… Ich sehe noch seine muskulöse Gestalt, die am Seil hochkletterte und das Dach erklomm. Ein paar kräftige, geschickte Bewegungen, und das Bein in dem schwarzen Lederstiefel schwang sich auf das abschüssige Dach. Bald befand sich sein großer, mir so vertrauter Körper auf dem Dach, und dann … Dann waren in meinem Fenster nur noch der Himmel und die Sonne …‹«

Axinja schrieb hastig in ihr Notizbuch und warf zwischendurch finstere, argwöhnische Blicke auf T., der bereits das Seil hinaufkletterte.

Als er das Dach schon fast erreicht hatte, blickte T. nach unten und sah von weitem Olsufjew auf der Uferstraße an der Spitze einer seltsamen Prozession marschieren, die aus radikal aussehenden Studenten, einem Geistlichen und einem Paar gut gekleideter Herren bestand, die aussahen wie Vertreter des Richterstandes. Olsufjew gab lebhaft irgendwelche Erklärungen ab und fuchtelte beim Gehen mit den Armen.

Mit einem letzten Blick auf die wie erstarrt auf dem Balkon stehende Axinja schwang T. das Bein in dem schwarzen Lederstiefel auf das abschüssige Blechdach, zog sich hinauf und war verschwunden.

XXIII

Am nächsten Tag verließ T. das Hotel d'Europe um halb sechs. Bis zur Versammlung der Solowjow-Gesellschaft blieb nur noch eine halbe Stunde, doch die Miloserdny-Gasse war nur ein paar Schritte vom Newski entfernt.

Anscheinend hatte die Presse eben erst vom Tod Pobedonoszews erfahren. Während T. den Newski hinunterschritt, kam es ihm vor, als würden die Zeitungsjungen, die die abendlichen Schlagzeilen hinausschrien, mit ihren hellen Stimmen direkt in sein Gehirn zielen, damit er sich umdrehe.

GRAUENHAFTE KATASTROPHE IN POBEDONOSZEWS
WOHNUNG!!
OBERPROKURATOR UND DREI VERTRAUTE
UMGEKOMMEN!!
IN POBEDONOSZEWS WOHNUNG QUARZKRISTALLE
GEFUNDEN!!
EXPERIMENT MIT DOSTOJEWSKIS GEIST ENDET IN
BLUTIGEM GEWALTAKT!!

»Woher wissen sie das mit Dostojewski?«, überlegte T. »Wahrscheinlich reiner Zufall. Sie haben das Porträt bemerkt und gehört, dass Pobedonoszew sich nebenbei mit Spiritismus abgab ... Warum schreien sie bloß so ... Meine Nerven ...«

Aber er bog vom Newski ab, ohne eine Zeitung gekauft zu haben.

Das Haus erwies sich als eine zweistöckige Stadtvilla, vor der wie Soldaten einer Ehrenwache ein paar alte Pappeln standen. Ein hübsches kleines Mädchen in einem weißen Kleid spielte Hüpfen in einem Hinkelkasten, der mit bunter Kreide vor der Eingangstür auf den Gehweg gemalt war. Sie maß T. mit strengem Blick, sagte aber nichts.

In der kühlen Eingangshalle kontrollierte T. die Uhr. Es war zehn vor sechs – er war zu früh dran.

Im Hauseingang stehen bleiben wollte er nicht, zudem drangen von oben fröhliche Stimmen herunter, und er entschloss sich, in den ersten Stock hinaufzugehen.

Auf dem Treppenabsatz vor der einzigen Wohnungstür standen zwei und rauchten. Der eine war ein schnurrbärtiger junger Mann von dezentem, aber stilvoll-nihilistischem Aussehen, und der andere ...

Der andere war derselbe Lama, der T. das Porträt von Dostojewski und die Pillen in dem silbernen Schädel gebracht hatte. Dieses Mal trug er keine rote Kutte, sondern einen Rock und ein seitlich geknöpftes Stehkragenhemd, worin er aussah wie ein kultivierter asiatischer Arbeiter – obwohl die tiefe Kratzwunde quer über das Gesicht Zweifel an seiner Kultiviertheit aufkommen ließ.

Der Lama Dschambon und T. entdeckten einander gleichzeitig.

Auf der Miene des Lamas malte sich Entsetzen und er wich unwillkürlich zurück, wobei er fast das Gleichgewicht verlor. Sein nihilistischer Begleiter drehte sich um, sah T. und fuhr mit seiner rechten Hand in die Tasche.

T. hob in einer beschwichtigenden Geste beide Hände.

»Meine Herren«, sagte er. »Ich bitte Sie, bewahren Sie Ruhe. Ich will zur Versammlung der Solowjow-Gesellschaft und werde niemandem Unannehmlichkeiten bereiten. Und Sie, mein Herr«, T. drehte sich zu dem verkleideten Lama um, »bitte ich, das Missverständnis zwischen uns zu entschuldigen. Glauben Sie mir, es ist mir sehr peinlich, aber auf eine gewisse Art und Weise waren

Sie selbst der Anlass. Dafür ist mir aber jetzt klar, warum Sie die dreifache Bezahlung verlangt haben ...«

Der Lama Dschambon unterstützte diesen zaghaften Versuch zu scherzen nicht – er drehte sich um und verschwand in der Wohnung. Der Nihilist zog die Hand aus der Tasche, musterte T. mit wachsamen Blicken, folgte dann dem Lama und lehnte die Tür hinter sich an.

T. war nun allein auf dem Treppenabsatz.

»Zum Teufel«, dachte er. »Das ist jetzt aber wirklich unangenehm ...«

Er wartete, bis die Uhr fünf nach sechs zeigte, und klingelte.

Ein livrierter Lakai mit grauen Koteletten, den er an einem solchen Ort nicht erwartet hätte, öffnete ihm die Tür.

»Werden Sie erwartet?«, fragte er.

»Nein, aber ...«

»Ich habe Anweisung, nur solche Herrschaften einzulassen, die erwartet werden«, sagte der Lakai.

»Gestatten Sie, aber ...«

»Ich habe meine Anweisung«, wiederholte der Lakai und versuchte, die Tür zu schließen.

T. schob den Fuß in den Spalt und rief:

»Meine Herrschaften! Ich komme wegen Wladimir Sergejewitsch Solowjow! Geben Sie Anweisung, dass man mich einlässt!«

»Mach auf, Philemon«, erklang eine weibliche Stimme aus der Wohnung, und der Lakai ging gehorsam einen Schritt zurück.

T. trat ein und erblickte im Vorraum eine hochgewachsene schlanke Dame in einem dunklen Kleid mit einer Schmuckbrosche in Form einer Kamelie.

»Was wünschen Sie?«, fragte sie und musterte T. aufmerksam.

»Wissen Sie, ich habe durch Bekannte erfahren, dass sich hier die Solowjow-Gesellschaft versammelt. Ich bin ein Bekannter von Wladimir Sergejewitsch, und mir schien ...«

Die Dame lächelte.

»Wir hängen unsere Treffen nicht an die große Glocke«, bemerkte sie. »Außerdem ist ›Gesellschaft‹ ein bisschen übertrieben. Es ist eher eine Versammlung von Freunden. Wie können Sie uns beweisen, dass Sie Wladimir Sergejewitsch kennen?«

T. zog die Fotografie, die er von Olsufjew erhalten hatte, aus der Innentasche.

»Hier, bitte«, sagte er. »Nur ist Solowjow hier noch jung ...«

Die Dame betrachtete die Fotografie prüfend, las dann die Aufschrift auf der Rückseite und sagte:

»Ja, kein Zweifel, das ist Wladimir Sergejewitsch. Aber Sie, mein Herr, haben sich seither stark verändert. Wie heißen Sie?«

»T.«, erwiderte T. »Graf T.«

Die Dame erbleichte ein wenig.

»Dann stimmt es also«, sagte sie. »Und ich dachte schon, die Jugend wollte mich auf den Arm nehmen ... Bei allem Respekt, aber Ihre skandalöse, abschreckende Reputation, Graf ... Außerdem ist einer unserer Gäste, der Lama Dschambon, furchtbar erschrocken über Ihr Erscheinen, weil er bereits mit Ihnen zu tun hatte – wir haben ihm Beruhigungstropfen gegeben. Ich habe im Grunde genommen nichts gegen Kriminelle, aber die Presse ist anwesend. Wir haben einen Reporter eingeladen, um die progressiven Zeitungen auf das Schicksal von Wladimir Sergejewitsch aufmerksam zu machen, und wenn Sie nun bei der Sitzung auftauchen ...«

»Ich verspreche, keinerlei Schwierigkeiten zu bereiten«, sagte T. unterwürfig. »Ich möchte nur zuhören. Und vielleicht ein paar Fragen stellen.«

Die Dame zog eine zweifelnde Miene.

»Ist Ihnen bekannt«, fragte sie, »dass unsere Versammlungen polizeilich verboten sind? Sie könnten noch mehr Unannehmlichkeiten bekommen, wenn man Sie hier entdeckt.«

T. winkte ab.

»So eine Kleinigkeit beunruhigt mich ganz und gar nicht. Wenn Sie wüssten, wie wichtig jedes Wort über Solowjow für mich ist, würden Sie keine Sekunde zögern.«

Die Dame besah sich noch einmal die Fotografie und gab sie T. zurück.

»Na schön«, sagte sie. »Außerdem – wer bin ich denn, dass ich Ihnen das verweigern dürfte? Setzen Sie sich aber nicht neben Lama Dschambon. Sie dürfen Fragen stellen, doch bitte unterbrechen Sie die Redner nicht. Folgen Sie mir.«

Im dem mit Porträtabzügen (Epiktet, Marc Aurel und noch jemand mit Bart) geschmückten Salon saßen etwa zehn Personen unterschiedlichen Alters und Aussehens. T. erkannte den Journalisten, von dem die Dame mit der Kamelie gesprochen hatte, sofort: ein Herr mit Walrossbart und hochrotem, apoplektischem Hals, der eine gewisse Ähnlichkeit mit Knopf hatte (er trug sogar einen schokoladenbraunen karierten Anzug). Er saß etwas abseits von den übrigen Besuchern.

Die Stühle im Salon waren in einem Halbkreis auf diejenige Wand hin angeordnet, an der gleichsam im Fokus der Aufmerksamkeit ein Bleistiftporträt von Solowjow hing, von derselben Größe wie die Porträtabzüge der Philosophen. Solowjow sah merklich älter aus als auf der Fotografie, die T. der Dame gezeigt hatte, und sein Schnurrbart war länger und hing beinahe bis auf die Brust herunter.

Links von seinem Porträt klebte ein quadratisches Stück Pappe an der Wand, auf dem handschriftlich geschrieben stand:

Der Geist ist ein geistloser Affe, der auf den Abgrund zurast. Dabei ist der Gedanke, dass der Geist ein geistloser Affe ist, der auf den Abgrund zurast, nichts anderes als der kokette Versuch des geistlosen Affen, auf dem Weg zum Abhang seine Frisur zu verbessern.

Solowjow

Rechts von dem Porträt klebte ein anderes, größeres Stück Pappe:

Du bist keine Zeile im Buch des Lebens, sondern sein Leser. Das Licht, das die Seite sichtbar macht. Doch das Wesen aller irdischen Geschichten besteht darin, dass dieses ewige Licht hinter der Schmiererei nichtswürdiger Autoren zurückbleibt und so lange nicht imstande ist, sich zu seinem wahren Schicksal zu erheben, solange nicht im Buch des Lebens darüber geschrieben wird ... Zudem kann nur das Licht wissen, worin das Schicksal des Lichts besteht.

Solowjow

Unter dem Porträt hing ein drittes Stück Pappe:

Geistreiches Nichtstun ist sorgenfrei. Wenn man es in der symbolischen Sprache des Moments beschreiben würde, dann so – Eure Majestät, denken Sie daran, dass Sie der Imperator sind, und lassen Sie den Gedanken frei!

Solowjow

»Das haben sie wegen der Gendarmen aufgehängt«, dachte T. »Obwohl ... Pobedonoszew hat doch den heiligen Hesychios und den ›Gedanken-Autokrator‹ erwähnt. Schade, dass wir das nicht mehr eingehend besprechen konnten ...«

Die Dame mit der Kamelie bemerkte seinen Blick und lächelte.

»Ja, geistige Konstrukte mochte Wladimir Sergejewitsch nicht besonders ... Aber seine heimlichen Anhänger in den höchsten Kreisen verstehen alles viel zu wörtlich. So viele Gedanken hat man schon freigelassen – aber er hat überhaupt nicht das gemeint.«

»Was denn?«, fragte T. »Und was für ein Imperator?«

»Wenn Sie gestatten, erkläre ich es Ihnen nach der Versammlung, das kann man nicht in zwei Worten sagen. Jetzt ist keine Zeit mehr dazu. Setzen Sie sich hierher, an den Rand...«

Sie klatschte leicht in die Hände.

»Also, beginnen wir. Wladimir Sergejewitsch wollte nicht, dass wir unsere Treffen im Gedenken an ihn nach einem bestimmten Ritual durchführen. Er wünschte nicht, dass wir es einer religiösen Sekte gleichtun – das war seine größte Angst. Er hat in etwa Folgendes gesagt: Trefft euch, denkt an mich, lacht ein wenig...«

Der Dame mit der Kamelie zitterte die Stimme und sie blinzelte, und T. glaubte plötzlich, ohne ersichtlichen Grund für eine solche Annahme, sie sei wahrscheinlich früher Solowjows Freundin gewesen und das Mädchen, das er draußen vor dem Eingang gesehen hatte, sei ihrer beider Tochter.

»Aber dennoch«, fuhr die Dame fort, »haben sich bei unserer kleinen Gesellschaft mittlerweile unweigerlich einige Traditionen herausgebildet und es wäre töricht, das zu bestreiten. Die dankbare Erinnerung an Wladimir Sergejewitsch hat sich sozusagen bestimmte Pfade gebahnt... Einer davon ist die kurze Meditation, mit der wir unsere Treffen beginnen. Das Wesentliche ist, dass wir tief in uns hineinblicken und in uns Den Leser zu spüren suchen – jene geheimnisvolle Kraft, die uns in ebendieser Minute erschafft... Jeder ist frei, das nach seinem Gutdünken zu tun, hier gibt es keine bestimmte Technik oder Regel... Wollten Sie etwas sagen?«

»Ich?«, fragte T. erstaunt, als er bemerkte, dass die Dame ihn ansah.

»Verzeihen Sie, aber Sie haben so... so die Augenbrauen hochgezogen, dass ich dachte...«

»Nein, nein«, versetzte T. »Ich habe keinerlei Einwände. Aber soweit ich die Lehre von Wladimir Sergejewitsch verstehe, ist es sinnlos zu versuchen, den Leser in sich zu suchen.«

Die Dame mit der Kamelie errötete leicht.

»Wieso meinen Sie das?«

»Weil der Leser nicht in uns ist«, erwiderte T. »Vielmehr erscheinen wir für einen Moment in seinem gedanklichen Blick und verschwinden wieder, wie herbstliche Blätter, die der Wind vor dem Dachfenster umherwirbelt.«

»Was für ein poetisches Bild«, bemerkte die Dame mit der Kamelie. »Wenn auch ein wenig düster. Dann versuchen Sie eben, dieses Dachfenster zu sehen, und lassen Sie sich wie ein trockenes Eichenblatt davor herumwirbeln ... Ich sagte ja, dass wir keine für alle verbindliche Prozedur haben.«

»Meine Herrschaften, ich wollte niemandem widersprechen«, murmelte T. bestürzt. »Ich wollte lediglich sagen, dass der Leser eine prinzipiell transzendente Präsenz in unserer Dimension ist, weshalb er uns nicht als Empfindung gegeben sein kann.«

»Wissen Sie, mein Herr«, mischte sich lächelnd ein Herr mit breiter gelber Krawatte ein, der aussah wie ein freier Künstler, »ich habe Wladimir Sergejewitsch einmal fast das Gleiche gesagt. Und wissen Sie, was er geantwortet hat? Er lächelte und sagte: Das, was du sagst, ist kompliziert, die Wahrheit aber ist einfach. Der Leser schaut einfach nur. Mach es genauso – schau einfach nur. Mehr ist gar nicht nötig.«

T. wusste nichts darauf zu antworten und nickte bloß.

»Also«, sagte die Dame mit der Kamelie, »wir beginnen.«

Sie klatschte leise in die Hände, und im Raum kehrte Stille ein.

T. beschloss, sich ehrlich auf die Sache einzulassen. Er kniff die Augen zu und konzentrierte sich auf die flimmernde Schwärze vor den Lidern. Gespenstische Feuerfunken loderten darin auf, das Fensterrechteck, das auf der Netzhaut einen Abdruck hinterlassen hatte, schwamm schräg nach unten weg.

»Und wo ist hier der Leser? Überall natürlich. In Wirklichkeit ist er es, der das alles sieht. Sogar diesen meinen Gedanken denkt er – vielleicht deutlicher als ich selbst. Andererseits hat der Herr mit der gelben Krawatte sicher recht – der Leser schaut doch nur auf die Seite, ja. Darin besteht auch seine Funktion, die ihn zum

Leser macht. Was soll er auch sonst tun, fragt man sich. Nun, auch ich schaue nur ... Ja, aber wer ist dieses Ich, das schaut? Wozu braucht es überhaupt ein Ich, wenn nur der Leser schauen kann? Das ist das Rätsel. Ich muss noch viel denken. Oder umgekehrt, gar nicht denken ...«

Die Dame mit der Kamelie klatschte wieder in die Hände, und T. begriff, dass die Zeit der Meditation vorbei war.

»Nun«, fragte die Dame, »irgendwelche interessanten Erlebnisse?«

Der Herr mit der gelben Krawatte hob den Finger.

»Wissen Sie, es passt nicht so ganz zum Thema, aber ich habe mir Folgendes überlegt ... Der Leser ist nicht greifbar, körperlos. Er gleicht der eigenen Abwesenheit, der Leere. Mir kam also Folgendes in den Sinn: Der Mensch ist eine zeitweilige Krümmung der Leere. Damit er geboren werden kann, schlagen Papa und Mama Gott einen kleinen Nagel in den Geist und vom Wind der Zeit bleibt allerlei Zeug daran hängen. Siebzig Jahre vergehen und Gottes Organismus jagt den kleinen Nagel zum Teufel – zusammen mit dem ganzen Zeug, das daran hängengeblieben ist. Das ist eine Schutzreaktion, wie bei uns, wenn wir einen Splitter im Finger haben. Einen Menschen im strengen Sinn hat es nie gegeben, es gab nur so eine Art Hammerschlag, der für eine Sekunde die Aufmerksamkeit des Herrn erregte. Das Bewusstsein, das der Mensch für seines hält, ist in Wirklichkeit das Bewusstsein Gottes.«

»Das Wort ›Gott‹ ist hier überflüssig, würde ein Buddhist sagen«, bemerkte der Lama Dschambon.

»Und ein Chan-Buddhist würde sagen, dass hier alle Worte überflüssig sind«, ergänzte der nihilistisch aussehende junge Mann, dem T. auf der Treppe begegnet war – er saß neben Dschambon.

»Aber was ist der Sinn der Geburt?«, fragte die Dame mit der Kamelie.

»Wahrscheinlich der, dass Der Leser sich eine Zeit lang selbst vergessen möchte«, schlug die gelbe Krawatte vor. »Gerade das ist doch der Sinn des Lesens – sich eine Zeit lang selbst zu vergessen.«

Der Nihilist schüttelte energisch den Kopf.

»Ich bin nicht damit einverstanden«, sagte er, »dass das Absolute sich selbst vergessen will. Um sich selbst zu vergessen, muss man sich selbst kennen, und das Absolute kennt sich selbst nicht. Das hat Solowjow eindeutig versichert.«

»Ich bitte Sie!« Die gelbe Krawatte schlug die Hände zusammen. »Wie kann das Absolute sich selbst nicht kennen?«

»Wozu soll es sich selbst kennen? Das ist, als wenn man über den König der Könige sagen würde, was ist er für ein König, wenn er nicht einmal eine eigene Kuh in der Hütte hat – ja, wenn er vielleicht nicht einmal eine eigene Hütte hat.«

»Was heißt das – nicht einmal eine eigene Hütte?«

»Das heißt«, erwiderte der Nihilist, »dass das Absolute keinerlei *Selbst* hat, das man kennen oder nicht kennen kann. Das baumelt nur bei uns unter dem Bauch, mein Bester. Und auch das nicht bei allen.«

Die gelbe Krawatte öffnete den Mund, als hätte sie etwas äußerst Empörendes gehört, sagte aber nichts.

»Und nicht nur das«, fuhr der Nihilist hitzig fort, »die unbegreiflichste Qualität Gottes besteht darin, dass es Gott nicht gibt. Aber das, mein Bester, ist nichts, was man mit einem gesunden Universitätsverstand begreifen kann. Hören Sie auf, darüber nachzudenken, waschen Sie sich Ihren staatlichen Siegellack ab, vielleicht sehen Sie dann mit einem Auge ... «

»Meine Herren«, unterbrach die Dame mit der Kamelie, »ich bitte Sie, gleiten Sie nicht ins Vulgäre ab. Wir haben Leute unter uns, die zum ersten Mal dabei sind – wir wollen sie nicht mit solchem Geplänkel ermüden. Versuchen wir doch, unser Treffen besonnener zu gestalten. Ich schlage vor, dass diejenigen, die dazu in der Stimmung sind, etwas Interessantes über Solowjow erzählen – etwas über ihn, an das sie sich erinnern ... Hat jemand etwas dagegen?«

Es gab keine Einwände im Salon.

»Dann beginne ich bei mir selbst«, sagte die Dame. »Viele wissen, dass Solowjow mit seinem geistigen Sehen nicht nur Ereignisse der Zukunft sehen konnte, sondern auch Texte, die erst noch geschrieben werden müssen. Bisweilen konnte er sie sogar zitieren. In den letzten Tagen musste ich oft an eine solche Begebenheit denken ... Wissen Sie, es war ein unvergessliches Bild, wenn er einen Blick in die Zukunft warf. Man hatte den Eindruck, als schwebte er unter der Kuppel einer riesigen himmlischen Bibliothek, vor einer Art unsichtbarer Kartei, deren Schubladen er mit seinem Blick öffnen konnte. In solchen Momenten kam es mir vor, als sähe ich ihn von unten, während er sich emporschwang, obwohl wir dabei noch immer nebeneinanderlagen ... das heißt standen. Es war, als könnte er sehen, wie sich die Fragmente eines universellen Wissens, das in Bruchstücke zersplittert verschiedenen Menschen zuteil geworden war, zueinander verhalten. Er sah diese Bruchstücke durch Zeit und Raum und konnte sie zu einem Ganzen zusammenfügen ...«

»Die Begebenheit«, erinnerte der Herr mit dem Walrossbart. »Sie sprachen von einer Begebenheit, an die Sie oft zurückdenken.«

»Ja«, sagte die Dame mit der Kamelie. »Vielen Dank. Einmal sprachen wir über Bücher und er bemerkte, dass die sogenannte geistige Literatur großenteils nutzlos sei. Die erstaunlichsten Perlen seien in solchen Büchern verborgen, die keinerlei Anspruch auf eine besondere Seelentiefe erheben. Zum Beweis dafür zitierte er aus dem Buch eines künftigen russischen Schriftstellers, der, warum auch immer, auf Englisch schreibt. Es war nur ein ganz kurzer Ausschnitt und handelte von einem sterbenden Mann. Ich weiß noch, dass der Sterbende mit einem Knoten in einer Saite verglichen wurde. Solowjow übersetzte es genau so – in einer Saite –, obwohl dort das englische Wort *string* stand, was auch eine einfache Schnur bedeuten kann. Wenn ich gleich zum Ende komme, wird es klar, warum ... Der Sterbende ist also wie ein Knoten, den man im Nu lösen kann, wenn man die Saite darin erkennt – denn auch der komplizierteste Knoten besteht nur aus den Schlingen und Schlaufen der Saite. Wenn man es sich recht überlegt, gibt es gar keinen Knoten, es gibt nur die Saite, die die Form eines Knotens angenommen hat. Und wenn wir ihn lösen, ist nicht nur der Knoten selbst gelöst, sondern die ganze Welt ...«

»Schön«, sagte jemand. »Und was ist das für ein Schriftsteller?«

»Ich erinnere mich nicht genau«, erwiderte die Dame. »Ein Vogelname – Filin oder Alkonost.[78] Danach wandte Solowjow sich einer anderen Schublade seiner himmlischen Kartei zu, blickte hinein, lächelte und sagte: Die Physiker, die jetzt im Bauch des Atoms herumwühlen, werden künftig herausfinden, dass es gar keine Teilchen gibt, sondern etwas anderes, eine Saite, einen *string*, und Wellen, die daran entlanglaufen – wie bei einer langen Wäscheleine, wenn man am einen Ende zieht. Und all das, woraus die Welt besteht, selbst das, woraus sie vor ihrer Entstehung bestand – all das sind nur verschiedene Schwingungen ein und derselben Saite ... Dann habe ich ihn gefragt, wer zupft denn an dieser Saite, damit die Schwingungen entstehen? Er lachte und sagte: Du! Wer denn sonst?«

»Das habe ich nicht ganz verstanden«, bemerkte der Journalist mit dem Walrossbart und lächelte verkrampft.

»Ich damals auch nicht«, sagte die Dame mit der Kamelie. »Aber wissen Sie, diese Worte verströmten für mich sogleich etwas Wundersames, etwas ... als seien wir alle schon erlöst und wüssten nur noch nichts davon. Vor allem aber schenkten seine Worte einem immer wieder Hoffnung. Das gibt es manchmal – alles ist abgrundtief schlecht, allen ist düster ums Herz, und dann kommt jemand und bringt gute Neuigkeiten. Keiner weiß so recht, warum, aber alle werden von einer elektrischen Welle erfasst, etwas überträgt sich vom einen zum Nächsten und sofort ist alles anders. Und auch er war so ein Mensch, der gute Neuigkeiten brachte ...«

»Alle Neuigkeiten sind gut«, sagte der Lama Dschambon.

Die Leute drehten sich zu ihm um, manche, wie es T. schien, mit Befremden. Dschambon hielt sich die Hand vor den Mund und räusperte sich mit einem Blick auf T.

»Wladimir Sergejewitsch und ich haben uns oft gestritten«, begann er. »Das ging manchmal fast bis zum Handgemenge ... Doch letztlich hat er mir geholfen, eine wichtige Sache zu begreifen. Sie haben wahrscheinlich gehört, dass der Begriff der Leere im Buddhismus eine große Rolle spielt. Dabei gilt, dass man sie nicht intellektuell, sondern unmittelbar erreichen muss, was erst nach vielen Jahren der Praxis möglich ist. Als ich noch jung war, interessierte mich diese Frage und ich ging bei vielen Lamas in die Lehre. Später dann gelang es mir selbst, aber ich wurde das Gefühl nicht los, an der Prozedur sei irgendetwas eigenartig Falsches ... Ermüde ich Sie auch nicht?«

»Nein, ich bitte Sie«, sagte die Dame mit der Kamelie. »Es ist sehr interessant.«

»Solowjow«, fuhr Dschambon fort, »erklärte, was dieses unmittelbare Erreichen der Leere in ihrer tibetischen Version bedeutet. Nach seinen Worten unterscheidet sich dieser Prozess nicht von der Visualisierung der Götter, deren Bilder ein Lama nach langjähriger Übung jederzeit mühelos in seinem Bewusstsein aufrufen kann. Nur handelt es sich im Fall der Leere nicht um eine Visualisierung, sondern, wie er es nannte, um eine ›Mentalisierung‹. Um einen Vergleich zu bringen: Wenn Sie sich der Leere der Welt nach tibetischem Ritus bewusst werden, wird dieselbe Funktion des Geistes aktiviert, die uns ermöglicht, in einem feisten Bauern einen Ausbeuter und Kulaken zu sehen.«

»Was bedeutet ›Mentalisierung‹?«, fragte die gelbe Krawatte.

»Das erkläre ich Ihnen gleich«, erwiderte Dschambon. »Sehen Sie, zuerst erklären Lamas einem Schüler die philosophische Kategorie der Leere. Dann lehren sie ihn, die leere Natur der vergänglichen Dinge zu sehen. Daraufhin erläutern sie ihm, dass die Leere des Geistes dem bewussten Raum ähnlich ist, und so weiter. Nach einer gewissen Zeit verdichten sich diese geistigen Konstruktionen so sehr in der Zeit, dass sie wie eine unmittelbare Wahrnehmung wirken – dass, wie die Lamas selbst sagen, ›das Erdachte zum Nicht-Erdachten wird‹. Das nennen sie das unmittelbare Erleben der Wahrheit.«

»Das verstehe ich nicht«, sagte der Herr mit dem Walrossbart weinerlich.

Dschambon überlegte einen Augenblick und suchte nach Worten.

»Wenn wir lernen, Fahrrad zu fahren«, sagte er, »hören wir auf, darüber nachzudenken, wie wir den Lenker drehen sollen, um nicht zu stürzen. Das geht alles ganz von selbst. Doch das bedeutet nicht, dass wir nicht mehr nachdenken, wie wir den Lenker drehen sollen. Wir geben uns nur keine Rechenschaft darüber – die Handlung des Geistes wird nicht mehr als solche erkannt. Hier ist es genau das gleiche. Wir geben den denkenden Geist nicht auf, nur wird das immer in denselben Bahnen laufende Denken sozusagen von sich selbst nicht mehr wahrgenommen. Der Mensch ist doch gar nicht in der Lage, das wahrzunehmen, was er nicht weiß. Er kann nur bekannte Muster erkennen – oder, was dasselbe ist, sie nach außen projizieren. Als Kinder haben wir gelernt, Hund und Katze an ihrer Form und Farbe zu erkennen, und hier lernen wir, ein aus Worten gemachtes Tier zu sehen, das keine Form und keine Farbe hat. Doch ihrem Wesen nach unterscheidet sich die ›Kontemplation über die Natur des Geistes‹ in der tibetischen Version nur wenig von der Visualisierung eines grünen Teufels, der eine Halskette aus Schädeln trägt und einen Mund im Bauch hat.«

»Warum?«, fragte der Herr mit dem Walrossbart im selben weinerlichen Ton.

»Weil es in Wirklichkeit keinen Geist gibt«, erwiderte Dschambon. »Genauso wie es keinen grünen Teufel gibt. Der Geist ist nur Mittel zum Sprechen. Was für eine Natur kann er also haben? Und was für eine Leere – in Bezug worauf?«

»Sie meinen, Lamas verstehen das alles nicht?«, fragte die gelbe Krawatte.

»Sagen wir es so, sie machen einen vorsichtigen Bogen um diese Frage. Sie sagen, man muss keine erfundene Leere sehen, sondern die, die es in Wirklichkeit gibt. Obwohl dieser Rat auch eine falsche Spur legt, weil es keine Leere gibt, solange wir sie nicht aus dem Wort ›Leere‹ erschaffen – und genauso kann man aus Worten einen ›heiligen Geist‹ oder die ›Weltrevolution‹ erschaffen. Aber diese Prozedur wird im Lamaismus ebenso sorgfältig verborgen wie sexuelle Äußerungen im viktorianischen England. Sämtliche religiösen Sekten, die sich auf Phantomworte stützen, sind im Grunde gleichermaßen nutzlos. Sie sind einfach unterschiedliche Formen des Satanismus.«

»Oho«, sagte ein Herr aus der letzten Reihe, der aussah wie ein Professor, »ein strenges Urteil.«

»Ja ... Ich war natürlich verärgert und fragte, wie man dann die Wahrheit sehen solle. Solowjow überlegte einen Augenblick, blickte in seine Himmelskuppel und antwortete: Man kann die Wahrheit nicht sehen, weil es niemanden gibt, der sie ansehen könnte. Dann sagte er noch, jeder kennt die Wahrheit, nur weiß er nicht, dass er sie kennt ...«

Die Dame mit der Kamelie hob die Hand:

»Wenn ich es richtig verstanden habe«, sagte sie, »meinte Graf T. etwas Ähnliches, als er sagte, dass man Den Leser in sich unmöglich sehen kann, sosehr man es auch versucht. Solowjow aber hätte noch hinzugefügt, dass man auch nicht aufhören kann, ihn zu sehen. Sehen Sie hier nicht eine Parallele, Graf?«

Die Leute wandten sich nach T. um. Er breitete die Hände aus und gab damit zu erkennen, dass er sich der öffentlichen Meinung gänzlich unterwarf. Die Dame mit der Kamelie sagte zu Dschambon:

»Bitte fahren Sie fort.«

»Über die Natur Buddhas«, fuhr Dschambon mit einem feindseligen Seitenblick auf T. fort, »hat Solowjow gesagt, er kenne nur ein Beispiel, bei dem man darüber gesprochen habe, ohne Buddha zu schmähen – auch wenn es wie reinste Gotteslästerung ausgesehen habe.«

»Erzählen Sie.«

»Im chinesischen Buddhismus gab es die Chan-Sekte. Ihre Anhänger lehnten die heiligen Schriften ab und lehrten, sich nicht auf Worte und Zeichen zu stützen. Dennoch kamen häufig Laien und allerlei Wahrheitssucher zu ihnen und stellten Fragen nach dem Sinn der Lehre Buddhas. Die Chan-Lehrer antworteten gewöhnlich auf recht ungehobelte Art – mit einem Stockschlag oder einer Beschimpfung. Einer von ihnen mit Namen Linji tat sich dabei besonders hervor, indem er zur Antwort auf die Frage, was Buddha sei, erklärte, das sei das Loch im Abtritt.«

»Pfui«, sagte die Dame mit der Kamelie. »Das ist ja widerlich!«

»Gewöhnlich versteht man diese Antwort in dem Sinn«, fuhr Dschambon fort, »dass Linji lehrte, man solle sich nicht an Begriffe und Konzeptionen hängen, selbst wenn diese Konzeption Buddha ist. Aber Solowjow war der Ansicht, das sei die genaueste Erklärung, die es geben könnte. Stellen Sie sich ein schmutziges, vollgeschissenes Klosett vor, sagte er. Gibt es da auch nur irgendetwas Sauberes? Ja, gibt es. Das Loch in der Mitte. Nichts kann dieses Loch beschmutzen. Alles fällt einfach hindurch und nach unten. Dieses Loch hat keine Ränder, keine Grenzen, keine Form, das alles hat nur der Klosettdeckel. Gleichzeitig existiert dieser ganze Tempel der Unsauberkeit ausschließlich dank dieses Lochs.

Dieses Loch ist das Wichtigste am Abtritt und zugleich etwas, das überhaupt keinerlei Bezug zu ihm hat. Mehr noch, nicht seine eigene Natur macht das Loch zum Loch, sondern das, was die Menschen darum herum erbaut haben: der Abtritt. Aber eine eigene Natur hat dieses Loch einfach nicht – jedenfalls so lange nicht, bis der Lama, der sich auf den Klosettdeckel setzt, es in die drei Kayas* teilt ...«

»Das ist ganz ähnlich wie Solowjows Definition Des Lesers«, bemerkte die Dame mit der Kamelie. »Geradezu eine wörtliche Übereinstimmung. Sehen Sie – Der Leser, dank dem wir auf der Welt erscheinen, ist vollkommen unsichtbar und ungreifbar. Er ist gleichsam getrennt von der Welt – dabei entsteht die Welt nur dank ihm! Im Grunde gibt es nur ihn, Den Leser. Dabei ist er in der Realität, die er erschafft, gar nicht vorhanden! Obwohl im Grunde nicht wir dieses Paradox erkennen, sondern er ... Wir sind Freidenker, aber Sie sind eine Person mongolischer Nationalität. Sind Sie nicht erschüttert von dieser Haltung Ihrer Religion gegenüber?«

»Wissen Sie«, sagte Dschambon, »Solowjow hat nicht mit Buddha gestritten. Er sagte lediglich, seine Natur durch lamaistische Praktiken erfassen zu wollen sei dasselbe, wie das Loch im Abtritt durch tägliche Visualisierung eines traditionellen tibetischen Klosettdeckels mit Mantras und Porträts von Lamas in gelben und roten Kappen zu erforschen. Man kann ein Leben lang solche Klosettdeckel sammeln – sämtliche tibetischen Stickzirkel, die ständig darum streiten, wer von ihnen einen echten Klosettdeckel aus Tibet hat und wer bloß einen billigen Nachbau, tun das. Aber zu dem Loch hat das überhaupt keinen Bezug.«

»Aber ein Loch ist doch in jeder dieser Vorrichtungen vorhanden«, bemerkte der Journalist mit dem Walrossbart.

---

* Die drei Kayas – Dharmakaya, Nirmanakaya und Sambhogakaya – sind die drei Quellen, die drei Bestandteile der Leere im wissenschaftlichen Lamaismus. (Anm. d. Red.)

»Stimmt. Aber nicht jedes hat einen Sinn, wie ein Tulku sagen würde. Ein Tulku ist ein wiedergeborener Lama, so wie ich. Über die hat Solowjow sich übrigens auch geäußert – er sagte, es gibt zwei Kategorien von Menschen, die an wiedergeborene Lamas glauben: die analphabetischen Nomaden aus dem Land des Schnees und die vom unstillbaren Verlangen nach geistiger Verklärung gepackten europäischen Intellektuellen.«

»Wie – hat Solowjow den tibetischen Buddhismus etwa abgelehnt?«

»Im Gegenteil«, erwiderte Dschambon. »Er hat dem tibetischen Buddhismus die größtmögliche Verbreitung vorhergesagt, weil diese Weltanschauung jedem x-beliebigen Büroangestellten schon nach zwei Séancen die Möglichkeit gibt, alle übrigen Menschen als Knallköpfe zu bezeichnen.«

»Sie vertreten aber merkwürdige Ansichten«, bemerkte der Journalist mit dem Walrossbart. »Dabei sind Sie selbst Buddhist, oder nicht?«

»Was finden Sie denn daran merkwürdig? Die Lehre Buddhas besteht doch nicht aus einem Sortiment von Regeln und Vorschriften, die eine aufgeblasene Klosterbürokratie zweitausend Jahre lang redigiert, sondern darin, mit jedem verfügbaren Wasserfahrzeug an das Andere Ufer überzusetzen. Das Weitere werden Sie selbst herausfinden. Gate gate Pāragate Pārasamgate Bodhi svāhā!«

»Wir sind vom Thema abgekommen«, mischte sich die Dame mit der Kamelie mit einem kurzen Blick auf T. ein. »Jetzt sind wir schon beim Sanskrit. Ich fürchte, verehrter Lama Dschambon, Sie sprechen allzu kompliziert für die Mehrzahl der Anwesenden – wir haben nicht die Ehre, gelehrte Mongolen zu sein. Aber Sie haben eine wirklich interessante Sache erwähnt. Was sind das für Phantomworte, auf die sich religiöse Sekten stützen?«

Dschambon blickte sich um, als suche er einen passenden Gegenstand, doch allem Anschein nach konnte er nichts Geeignetes finden. Daraufhin hob er die Hand und spreizte die gekrümmten Finger, als hielte er einen unsichtbaren Pflasterstein gepackt.

»Wörter sind ein uraltes Instrument«, sagte er. »Sie kamen deshalb auf, weil man so bequemer Jagd auf Großwild machen konnte. Ich kann sagen: ›die Hand, die Keule, das Mammut‹. Und dann, bitte sehr, kann ich die Keule in die Hand nehmen und dem Mammut eins aufs Maul geben. Aber wenn wir sagen ›das Ich‹, ›das Sein‹, ›die Seele‹, ›der Geist‹, ›das Dao‹, ›Gott‹, ›die Leere‹, ›das Absolute‹ – dann sind das alles Phantomworte. Sie haben keine konkrete Entsprechung in der Realität, sie sind lediglich ein Mittel, unsere geistige Energie in einem Strudel von bestimmter Form zu bündeln. Allmählich sehen wir dann das Abbild dieses Strudels im Spiegel unseres eigenen Bewusstseins. Und dieses Abbild wird ebenso real wie materielle Objekte, manchmal sogar noch realer. Dann fließt unser Leben in diesem Garten undurchsichtiger Bedeutungen dahin, im Schatten der weitverzweigten Gedankenkonstruktionen, die wir von morgens bis abends anhäufen, selbst wenn wir aufhören, sie zu bemerken. Während jedoch die Realität der physischen Welt nicht von uns abhängt – jedenfalls nicht von den meisten von uns –, werden die mentalen Bilder gänzlich von uns erschaffen. Sie entstehen aus der Anstrengung des Geistes, der die Gewichte der Wörter stemmt. Und unsere geheime Natur kann aus demselben Grund nicht in Wörtern ausgedrückt werden, aus dem sich Stille nicht auf der Balalaika spielen lässt.«

Der Professor in der letzten Reihe applaudierte – aber niemand schloss sich ihm an.

»Was für bemerkenswert kluge, hervorragende, wunderbare Menschen«, dachte T. bewegt. »Aber wenn ich ihnen jetzt erzähle, was ich über ihre Welt und über sie selbst vollkommen sicher weiß, dann halten sie mich für einen Psychopathen ... Vor allem, wenn ich ihnen erkläre, warum sie jetzt über all das reden ... Unser Leben ist ein Rätsel ...«

Eine Zeit lang sagte niemand etwas. Dann geschah etwas mit dem Journalisten mit dem Walrossbart. Er vollführte ein paar hastige, nervöse Bewegungen, als stünde er unter Strom, und rief aus:

»Aber wie kann das sein? Ich sehe nichts als Widersprüche. Dem einen sagt Solowjow: Du bist eine Saite. Dem anderen sagt er: Du bist eine Leerstelle. Einem Dritten sagt er: Du bist bloß ein unbegreiflicher Strudel. Dabei kann der Mensch unmöglich gleichzeitig eine Saite und eine Leerstelle sein. Und außerdem, wie kann der Geist die Gewichte der Wörter stemmen, wenn es gar keinen Geist gibt?«

»Darüber hat er auch gesprochen«, sagte Dschambon. »Wörter, die für einen bestimmten Menschen gedacht sind, geben einem anderen gar nichts. Wörter leben nur eine Sekunde, sie sind genauso eine Einwegware wie ... ehem ... ein *condom*, nur umgekehrt – ein *condom* trennt sozusagen für einen Augenblick, Wörter hingegen verbinden für einen Augenblick. Aber gehörte Wörter aufzubewahren ist genauso dumm, als bewahrte man ein benutztes ... Sie verstehen, meine Herren.«

Dschambon sprach *condom* mit französischer Aspiration aus, was sofort erkennen ließ, dass hier von etwas höchst Lasterhaftem und Fragwürdigem die Rede war.

»Sagen Sie«, fing der Journalist wieder an, »glaubte Solowjow an Gott?«

»Aber sicher«, erwiderte Dschambon. »Nur ist nicht belegt, dass er unter diesem Wort dasselbe verstand wie Sie.«

»Und glaubte er an den Teufel? Den Feind der Menschheit?«

»Der Teufel – das ist der Geist. ›Intellekt‹, ›Vernunft‹, ›Satan‹, ›Vater der Lüge‹ – all das sind nur andere Beinamen für ihn.«

»Wie kommen Sie darauf?«

»Ich könnte mich auf die Bibel berufen«, sagte Dschambon. »Aber man kann es auch so erklären. Erstens ist der Geist hässlich. Alle Missgestalt, alle Unvollkommenheit der Welt hat er erfunden. Zweitens hat der Geist sich gegen den Gott erhoben, den er zuvor erdacht hatte, und sich damit jede Menge Probleme geschaffen. Drittens ist der Geist seiner Natur nach nur ein Schatten, dem direkten Blick hält er nicht stand, dann verschwindet er sofort. In Wirklichkeit gibt es ihn nicht – er ist nur ein Scheinbild in der Dämmerung. Daher braucht er unbedingt das Halbdunkel, sonst hat er keinen Platz zum Wohnen.«

»Wie können Sie über die Vernunft herfallen, wo sie doch das Licht der Menschheit ist!«, blökte der professoral aussehende Herr empört. »Der Schlaf der Vernunft gebiert Ungeheuer!«

»Gewiss«, stimmte Dschambon zu. »Sehr richtig gesagt. Die Vernunft ist eine Spielart des Schlafs. Es gibt beispielsweise den Schlaf des Todes. Und es gibt den Schlaf der Vernunft, der Ungeheuer gebiert. Aber daran ist nichts Schlimmes – beim Erwachen verschwinden sämtliche Ungeheuer zusammen mit der Mutter, die sie geboren hat.«

»Gestatten Sie«, mischte sich der Herr mit der gelben Krawatte ein, »aber Solowjow hat in meinem Beisein gesagt, dass gerade der Geist die ganze Welt erschafft.«

»Deshalb mögen wir ihn ja auch nicht«, bemerkte Dschambon trocken.

»Was heißt das, der Geist erschafft die Welt?«, empörte sich der Journalist, an die gelbe Krawatte gewandt. »Der Geist produziert Gedanken. Und die Welt um uns herum besteht, wie wir sehen können, aus Dingen.«

»Dinge sind auch Gedanken«, sagte Dschambon. »Nur halten sie sich länger und sind allen gemeinsam.«

»Aber warum sagen Sie, der Geist ist hässlich?«

»Sie sind doch Journalist. Schlagen Sie eine beliebige Zeitung oder Zeitschrift auf und lesen Sie fünf Minuten.«

Aus irgendeinem Grund wirkte dieses Argument – der Journalist mit dem Walrossbart nickte mürrisch, warf einen Blick in sein Notizbüchlein und erinnerte sich offenbar an eine Frage, die er hatte stellen wollen.

»Sagen Sie, meine Herrschaften«, begann er, »hat denn niemand die Geschichte des Bankiers Pawel Petrowitsch Kail gehört? In der Zeitung stand, er habe Staatsgelder entwendet, nachdem er von einem Anhänger Solowjows mesmerisiert worden sei. Was in der Zeitung steht, glaubt natürlich kaum jemand, aber es gibt wohl keinen Rauch ohne Feuer?«

Einige Leute fingen an zu lachen. Der eine oder andere verzog das Gesicht, als wollte er damit sagen, dieses Thema sei ein alter Hut und man habe es schon satt.

»Ja«, bemerkte die Dame mit der Kamelie. »Diesen Bankdirektor gab es tatsächlich. Glauben Sie, man weiß nicht, ob man darüber lachen oder weinen soll. Er war jedenfalls ein paar Mal hier, hat uns zugehört und dann ist er aus heiterem Himmel verrückt geworden. Bei ihm in der Bank gab es damals eine Unterschlagung, aber er konnte sie ziemlich lange vertuschen. Geschnappt wurde er, weil er den Bestand an Goldmünzen aus dem Safe gestohlen hatte, eine relativ kleine Summe, wenn man es mit dem Rest vergleicht. Das Geld wurde nie gefunden. Beim Verhör erklärte er dann, er kenne jetzt einen Weg, wie er mit dem Gold die Wahrheit befördern könne. Dabei kicherte er die ganze Zeit so eigenartig, wissen Sie. Und dann ging er hin und hat sich umgebracht. Natürlich hat ihn niemand mesmerisiert, und Wladimir Sergejewitsch ist er nur einmal ganz flüchtig begegnet.«

»Wurde denn Wladimir Sergejewitsch nicht wegen dieser Geschichte verhaftet?«, erkundigte sich der Journalist.

»Nein«, antwortete die Dame mit der Kamelie. »Keineswegs. Er wurde aus politischen Gründen verhaftet. Beleidigung der Allerhöchsten Person ... Obwohl es in Wirklichkeit keine Beleidigung gab.«

»Erzählen Sie«, bat der Journalist.

»Es gibt nichts Besonderes zu erzählen«, lächelte die Dame. »Das sind auch nur Gerüchte. Angeblich hat er mit dem Imperator geplaudert. Der habe gefragt, was die kosmische Bestimmung der russischen Zivilisation sei. Und Solowjow soll geantwortet haben: Das, Euer Majestät, ist die Umarbeitung von Sonnenenergie in das Elend des Volkes. Dafür wurde er dann eingesperrt. Der Imperator kennt sich natürlich selbst mit der Sonnenenergie aus, aber es waren Botschafter anwesend, und das Ganze stand dann in den ausländischen Zeitungen. Aber ich selbst habe sie nicht gelesen, gut möglich, dass das nicht stimmt.«

»Ob es stimmt oder nicht«, sagte der nihilistische junge Mann, »aber es ist eine Tatsache, dass jede außergewöhnliche Persönlichkeit, die ihr Ziel in etwas anderem als Diebstahl sieht, von unserer Staatsmacht traditionell als Gefahr angesehen wird. Und je außergewöhnlicher eine solche Persönlichkeit ist, umso stärker fürchtet die Staatsmacht sie.«

»Warum protestieren Sie nicht dagegen?«, fragte der Journalist.

»Wie denn?« Die Dame mit der Kamelie breitete ratlos die Arme aus.

»Ich habe zuverlässige Quellen bei der Polizei«, sagte der Journalist. »Ich weiß sicher, dass Solowjow morgen zum Allerhöchsten Verhör[79] gebracht wird. Der Gefängniswagen verlässt die Peter-und-Paul-Festung genau am Mittag. Warum machen Sie, das heißt wir nicht eine Protestkundgebung vor der Festung? Wir könnten die Kerkermeister an den Pranger stellen. Lassen Sie uns ... ehem ... Transparente und Flugblätter vorbereiten – alles, was man in solchen Fällen braucht. Ich meinerseits garantiere, dass Vertreter der liberalen Presse kommen. Wir könnten die Aufmerksamkeit der Öffentlichkeit auf die schändliche Willkür der Staatsmacht richten!«

Plötzlich wurde die Tür aufgerissen, und ein kleines Mädchen kam in den Raum gelaufen – es war die Kleine, die auf der Straße Hüpfen gespielt hatte. Ihr Gesicht war vor Aufregung ganz bleich.

»Polizei!«, sagte sie leise. »Polizisten und Agenten der Geheimpolizei in Zivil!«

Die Gastgeber waren, wie sich zeigte, auf eine solche Entwicklung der Ereignisse gut vorbereitet. Die Dame mit der Kamelie nahm sofort Solowjows Porträt und die handgeschriebenen Zitate von der Wand, legte sie zusammen und versteckte sie, dann tätschelte sie dem Mädchen die Wange und sagte:

»Keine Angst, Anjetschka. Es passiert schon nichts.«

Unterdessen waren alle aufgesprungen und an der Tür gab es ein Gedränge.

»Beruhigen Sie sich, meine Herrschaften!«, rief der Herr mit dem Walrossbart. »Ich bin ein Vertreter der Presse und man wird es nicht wagen ...«

Der junge Mann mit nihilistischem Aussehen, dem T. auf der Treppe begegnet war, trat zu T.

»Folgen Sie mir, Graf«, sagte er. »Ich bringe Sie hinaus. Aber schnell, ich flehe Sie an.«

»Sie kennen mich?«

Der junge Mann lächelte.

»Sollten wir nicht besser die Leute hier schützen?«, fragte T.

»Glauben Sie mir, Sie schützen sie weit besser, wenn die Polizei sie nicht in Ihrer Gesellschaft antrifft. Dann gibt es weniger Fragen. Kommen Sie schon ...«

Er drehte sich um und ging zum Fenster. T. folgte ihm. Der junge Mann riss das Fenster auf und kletterte auf das Dach eines Anbaus.

»Schneller!«

T. lief hinter ihm her über das abschüssige Blechdach, sprang auf das benachbarte Dach und huschte geduckt bis zu dessen Rand, der in das Laub einer alten Pappel hineinragte.

»Hier ist ein Ast«, sagte der junge Mann. »Damit kommen Sie zum Stamm und von dort nach unten. Machen Sie es wie ich.«

Er sprang vom Dachrand, klammerte sich an den Ast, erreichte mit wenigen Bewegungen den Stamm und kletterte geschickt wie ein Affe auf die Erde hinunter. T. musste alle Kräfte aufbieten, um es ihm nachzutun und diese Übung ebenso elegant zu wiederholen.

Sie befanden sich in einer stillen Seitenstraße. Die Passanten in der Ferne beachteten sie nicht weiter.

»Jetzt gehen wir in Richtung Newski«, sagte der junge Nihilist. »Seien Sie nicht so angespannt. Am besten tun wir so, als würden wir uns unterhalten.«

»Warum nur so tun?«, fragte T. und rang nach Luft. »Wir können uns doch wirklich unterhalten. Wie heißen Sie?«

»Wassili Tschapajew«,[80] stellte der junge Mann sich vor. »Übrigens wünsche ich mir seit Langem, Sie kennenzulernen, Graf.«

T. schüttelte schweigend die ihm entgegengestreckte Hand.

»Wie gefällt Ihnen unsere kleine Gesellschaft?«

»Oh«, erwiderte T., »ich bin beeindruckt. So müsste meines Erachtens der Umgang unter normalen Menschen sein. Aber infolge einer Reihe von Umständen habe ich es mit einem ganz anderen Publikum zu tun.«

»Nun, da sind Sie nicht allein«, sagte Tschapajew und für einen Augenblick spiegelte sich auf seinem strengen Gesicht ein unterdrücktes Leid.

»Nur bin ich mit vielem, was ich gehört habe, nicht einverstanden«, fuhr T. fort.

»Womit denn?«

»Zum Beispiel die Sache mit dem Nagel, der dem bösen Gott in den Kopf geschlagen wird und nach einer Zeit wieder rausfällt. Das kommt der Wahrheit sehr nahe. Aber es ist zu brutal und zu dumm, um wahr zu sein.«

»Wie würden Sie denn die Welt einrichten, wenn Sie es selbst bestimmen könnten?«

T. überlegte.

»Der Sinn besteht gerade darin, dass ein Staubkorn, dass Staub zum Leben erwacht, sich seiner bewusst wird und in den Himmel gelangt. Das ist der Lauf der Dinge ... Darin muss sich auch die himmlische Liebe zeigen. Wen soll der allmächtige Himmel lieben, wenn nicht ein winziges Staubkorn?«

Tschapajew lächelte.

»Ja«, sagte er leise. »Das ist der Lauf der Dinge. Ich habe vor Kurzem ein altes Buch gelesen und wissen Sie, was mich verblüfft hat? Ein einfacher Gedanke, der Ihren Worten entspricht. Er lautete in etwa so: ›Das, was ist, wird niemals verschwinden. Das, was nicht ist, wird nie zu sein beginnen.‹ Wenn es das Staubkorn gibt, dann bedeutet das schon, dass es sich durch nichts vom Himmel unterscheidet.«

»Andererseits«, sagte T., »wenn es scheint, als gebe es das Staubkorn, bedeutet das noch nicht, dass es das Staubkorn tatsächlich gibt. In Wirklichkeit gibt es nur das, was das Staubkorn sieht.«

»Natürlich«, stimmte Tschapajew zu. »Der Himmel sieht das Staubkorn und uns alle. Aber wissen Sie was? Viele begreifen, dass das Staubkorn vom Himmel erschaffen wurde. Aber kaum jemand begreift, dass der Himmel vom Staubkorn erschaffen wurde.«

T. nickte.

»Sie haben da gerade eine sehr wichtige Sache gesagt«, erwiderte er. »Ich werde darüber nachdenken ...«

»Nur nicht stehenbleiben«, sagte Tschapajew. »Keine Aufmerksamkeit erregen.«

Zwei Polizisten liefen vorüber, dann noch einer, mit einem Säbel in der Hand, und für wenige Augenblicke verstummte das Gespräch.

»Sagen Sie«, fing T. wieder an, »dieser Dschambon, ist er ein echter wiedergeborener Lama?«

»Wie soll ich Ihnen das erklären? Einerseits ist er so echt, wie es nur geht. Andererseits würde ich das nicht allzu ernst nehmen.«

»Warum?«

»Sehen Sie«, sagte Tschapajew, »er ist der Sohn eines reichen mongolischen Viehhändlers. Den Titel haben die Eltern ihm im

Säuglingsalter gekauft, das ist in der Mongolei so etwas wie ein Grafentitel in Russland, das kann nie schaden ... Pardon, ich wollte nicht ...«

»Ach, schon gut«, lachte T.

»Sie haben den Titel nicht mit Geld gekauft, sondern gegen eine Schweineherde eingetauscht. Urgan Dschambon ist in Paris aufgewachsen. Er spricht weit besser Französisch als Mongolisch.«

»Im Ernst?«

»Oh ja«, erwiderte Tschapajew. »Deswegen hat er sich auch *Dschambon* als zweiten Namen ausgesucht, das klingt so ähnlich wie ›Schinken‹ auf Französisch und soll ihn an die Schweineherde erinnern und gleichzeitig an ein Frühstück auf dem Montmartre.«

»Und der Buddhismus?«

»Für den Buddhismus hat er sich erst in Petersburg interessiert. Anfangs hat er viel Umgang mit den Lamas gehabt, aber dann verlor er das Interesse an den tibetischen Schulen.«

»Und woher bekommt er die Arznei?«

»Welche Arznei?«

»Ich glaube, sie heißt ›Shugdens Tränen‹.«

Tschapajew fing an zu lachen.

»Das wissen Sie also auch«, sagte er. »Ganz unter uns, er kauft die Zutaten bei holländischen Matrosen im Hafen und mischt sie selbst. Der Rest ist einfach Theater. Aber das Zeug wirkt, ich habe es selbst probiert ... Wir sind ja schon auf dem Newski. Wohin müssen Sie?«

»Zum Hotel d'Europe«, erwiderte T.

»Dann gehen wir. Ich begleite Sie noch ein Stück.«

»Erstaunlich«, bemerkte T. nach ein paar Schritten. »Solowjow hat zu allem irgendetwas gesagt ...«

»Das Bemerkenswerteste ist«, erwiderte Tschapajew, »er verstand es, jedem etwas ganz Einfaches zu sagen, das aber die Welt völlig auf den Kopf stellte. Jedem. Hinterher konnten wir uns gar nicht erklären, wieso wir nicht selbst darauf gekommen waren. Aber diese Besonderheit von Solowjow kennen Sie vermutlich selbst zur Genüge ...«

T. spürte das Bedürfnis, das Thema zu wechseln.

»Ist es übrigens wirklich wahr«, fragte er, »dass man ihn nur wegen dieses einen Satzes über das Elend des Volkes verhaftet hat?«

»Das ist eine Anekdote.« Tschapajew winkte ab. »Mehr nicht. So viel ich weiß, war die Sache ganz anders. Er zeigte dem Imperator die Zukunft.«

»Und dann?«

Tschapajew grinste.

»Angeblich sei der Imperator ganz blass geworden und habe gefragt: ›Haben Sie das sonst noch jemandem gezeigt?‹ Solowjow habe das verneint. Daraufhin sei er verhaftet und seither nie mehr gesehen worden. Aber ich weiß nicht, ob es wirklich so war.«

»Gehen Sie morgen zu dieser ... Protestkundgebung?«

Tschapajew schüttelte den Kopf.

»Das passt irgendwie nicht zu mir.«

»Sind Sie beim Militär?«

»Ja«, erwiderte Tschapajew. »Ich mache die Ausbildung zum Kavalleristen.«

T. lächelte ungläubig.

»Wirklich? Dann sind Sie der erste Kavallerist, dem ich je begegnet bin, den die Frage umtreibt, ob das Absolute eine Persönlichkeit hat.«

Tschapajew seufzte.

»Wissen Sie, Graf, ich kann nicht sagen, dass mich diese Frage tatsächlich umtreibt. Ich wollte mehr das Gespräch in Gang halten. Und was meinen Beruf angeht ... Spüren Sie diesen kalten Wind im Gesicht? Irgendwie scheint mir, dass die Fertigkeiten, die ich jetzt erlerne, bald überlebensnotwendig sein werden. Und Revolutionslieder singen kann auch nicht schaden.«

»Wofür das denn?«

»Die Menschen im Allgemeinen und Polizisten im Besonderen fürchten stets am meisten das, was sie nicht verstehen. Daher ist die beste Maskierung die, sich als etwas auszugeben, was ihnen wohlbekannt ist. Das wissen Sie doch genauso gut wie ich. Ich habe nur gehört, dass Sie sich vorzugsweise als Gendarm verkleiden – aber das ändert ja nichts am Wesen ...«

»Wie schnell sich Gerüchte verbreiten«, brummte T. »Sagen Sie, Wassili, darf ich Sie etwas fragen? Ich wollte diese Frage eigentlich bei der Versammlung stellen, aber ich bin nicht mehr dazugekommen.«

»Selbstverständlich, fragen Sie nur.«

»Was ist Optina Pustyn?«

Tschapajew fing an zu lachen.

»Man merkt, dass Sie ein enger Freund von Wladimir Sergejewitsch sind – Sie stellen die Frage sogar mit der gleichen Intonation wie er. Allerdings weiß ich es nicht.«

»Sie wissen es noch nicht?«, fragte T. nach.

»Ich weiß es noch nicht oder ich weiß es nicht mehr.«

»Aha«, versetzte T. »Sie wissen es also nicht ...«

»Allerdings. Ich leide auch nicht besonders darunter. Es gibt mittlerweile derartig viele von denen, die das wissen, dass man sie auf dem Basar in Kalkutta für vierzig Rupien das Paar kaufen kann. Ich habe eine Vermutung ...«

Tschapajew verstummte.

»Was denn?«, fragte T. »Reden Sie schon.«

»Wissen Sie, inwiefern sich Solowjows Linie von anderen Traditionen des geistreichen Nichtstuns radikal unterscheidet?«

»Nein.«

»Insofern, als man während des Prozesses allenthalben etwas erfährt«, sagte Tschapajew mit besonderer Betonung des Wortes »erfährt«. »Unter Solowjow-Anhängern ist es gang und gäbe, sich von etwas zu verabschieden, was man gestern noch ganz sicher wusste, ohne etwas im Gegenzug dafür zu erhalten. Etwas zu wissen, sagte Solowjow, ist ein tödlicher Zustand und die Krone jedes Wissens ist der Tod. ›Ich‹, ›Die Wahrheit‹, ›Der Weg‹ – alle diese Begriffe sind derart giftig, dass man sie jedes Mal aufs Neue in der Erde vergraben muss. Wo es kein Wissen gibt, gibt es auch keinen Tod. Ich würde mich überhaupt nicht wundern, wenn sich herausstellt, dass Optina Pustyn eben der Ort ist, an dem wir noch nicht wussten, dass wir nach Optina Pustyn gehen müssen ... Das Interessanteste an dieser ewigen Reise ist aber, Graf, dass wir sie jede Sekunde neu ausführen ...«

Sie gingen schweigend bis zur nächsten Kreuzung. Dann sagte Tschapajew leise:

»Hinter uns ist ein Spitzel. Sehen Sie sich nicht um.«

»Was schlagen Sie vor?«, fragte T. »Erschießen wir den guten Mann?«

Tschapajew winkte ab.

»Das ist er nicht wert. Ich lenke ihn besser ab. Aber dann müssen wir uns jetzt verabschieden.«

»Es hat mich sehr gefreut, Sie kennenzulernen«, sagte T. »Vielleicht sehen wir uns einmal wieder ... Übrigens, kein Zweifel – das Absolute hat eine Persönlichkeit.«

»Und was ist die Persönlichkeit?«, fragte Tschapajew.

»Das sind Sie«, versetzte T.

»Ich?«

»Oder das kleine Mädchen, das vor dem Haus Hüpfen gespielt hat. Anja heißt sie, glaube ich. Oder dieser Herr mit der gelben Krawatte.«

Tschapajew blieb einen Augenblick stehen und öffnete den Mund, aber er hatte sich sofort wieder gefangen.

»Wer weiß, wer weiß!«, bemerkte er, legte dann militärisch exakt zwei Finger an die Schläfe und stürzte unvermittelt quer über die Straße davon.

T. wandte den Kopf. Zwei unauffällig gekleidete Herren lösten sich aus der flanierenden Menge auf dem Newski und setzten

Tschapajew hastig nach; der eine kam dabei in der Mitte des Fahrdamms beinahe unter ein Pferd. Tschapajew war unterdessen schon nicht mehr zu sehen.

Bald darauf betrat T. die vor Kristall und Nickel funkelnde Halle des Hotel d'Europe.

»Wie bin ich bloß auf die Sache mit der Persönlichkeit des Absoluten gekommen?«, überlegte er, während er auf den Scheitel des sich nach dem Schlüssel bückenden Rezeptionisten blickte. »Offenbar durchfährt uns manchmal eine knappe, präzise Antwort für denjenigen, der sie wirklich braucht, während wir nicht einmal richtig verstehen, was wir sagen. Vielleicht hat dieser junge Kavallerist mir heute ebenso meine wichtigste Frage beantwortet und ich muss die Antwort nur noch richtig verstehen. Vielleicht aber gibt mir auch Solowjow selbst die Antwort. Morgen – falls ich dann noch lebe ...«

XXIV

Das Fuhrwerk mit der Ausrüstung, das in der Nacht aus Jasnaja Poljana eingetroffen war, machte auf der hauptstädtischen Straße einen erbärmlichen Eindruck.

Plötzlich traten die zuvor unsichtbaren Spuren des ärmlichen Lebens auf dem Dorf und die auffallende Nähe zur abgeschiedenen Waldkindheit des Menschen deutlich hervor: Die Radfelgen starrten vor Dreck und Dung, die geborstenen Speichen waren notdürftig mit Bast geflickt, und die Heubüschel über den grauen Brettern sahen aus wie die Haarwirbel über der Stirn des gebrechlichen inneren Menschen, der seit ewigen Zeiten überlegt, wer ihn warum zwingt, dieses unbegreifliche Kreuz zu tragen, ohne je eine Antwort zu finden.

»Dabei ist es genau umgekehrt«, dachte T., als er die lederne Reisetruhe (man hatte ihm aus irgendeinem Grund nur eine geschickt) vom Wagen hob. »Nicht der Bauernwagen ist armselig, sondern die städtische Straße ist künstlich und pompös. In einem Bauernwagen ist jedes Element sinnvoll und nützlich, jeder Holzklotz hat eine einfache, verständliche Bestimmung. Das ist sozusagen die kürzeste Linie zwischen zwei Punkten – Notwendigkeit und Möglichkeit. Eine vielleicht holprig, aber unbeirrbar gezogene Linie. Und was ist die Stadt?«

T. blieb am Hoteleingang stehen und überblickte die Straße.

»Diese Atlanten aus Gips zum Beispiel, die zu dritt einen Zierbalkon stützen – rein symbolisch, es gibt nicht einmal eine Tür zu diesem Balkon. So ist alles in der Stadt: Schnickschnack, Schnörkel, Schminke und Puder auf der vermodernden Larve der Sünde. Das Schlimme ist natürlich nicht diese babylonische Kosmetik selbst, sondern die Tatsache, dass daneben alles Einfache und Echte dürftig und armselig wirkt. Aber wenn es keine Ausschweifungen gäbe, dann gäbe es auch keine Armseligkeit ... Stopp, wer denkt das alles gerade in mir? Mitjenka vielleicht? Das sieht mir doch sehr nach seiner Kolumne aus. Oder ist da der Metaphysiker am Werk? Gut, ich schlafe nicht ...«

T. ging hinauf in sein Zimmer, stellte die Reisetruhe auf den Tisch und öffnete sie. Drinnen schimmerte dunkler Stahl. T. griff in die Truhe, um die beruhigende, zuverlässige Kühle zu spüren, und wollte die Waffe auf den Tisch legen.

Irgendetwas stimmte nicht.

T. runzelte die Stirn und musterte die Ausrüstung aufmerksam.

Die Lackschatulle mit dem Damaszener Stahl für den Bart fehlte.

Der Draht selbst fand sich allerdings, zu einem groben Bündel zusammengedreht, in der Innentasche. Aber er sah verkohlt und verbogen aus.

Das war noch nicht alles: Von den Wurfmessern war nur knapp die Hälfte da und die Klingen waren dunkel vor Ruß. Das Kettenhemd fehlte und der Hut mit der Stahlscheibe ebenfalls. Dafür fand sich etwas Neues – eine Sense. Eine ganz gewöhnliche Bauernsense, abgeschabt und stellenweise rostig, die mit einem grauen Strick an einem kurzen Holzgriff festgebunden war und aussah wie eine Art Entersäbel.

Auch die Kampfkleidung mutete dieses Mal eigenartig an, war allerdings für die Stadt ganz gut geeignet – man hatte ihm einen alten, abgetragenen, gestopften Beamtenmantel mit abgeschabtem Marderkragen geschickt. Daneben lag eine Beamtenmütze.

Unter dem Mantel, am Boden der Reisetruhe, fand sich eine Notiz:

Euer Erlaucht Graf Lew Nikolajewitsch!

Mit Bitterkeit berichte ich von einem Unglück, das Ihr Gut Jasnaja Poljana heimgesucht hat. Am siebten August bat ein umherziehender blinder Zigeuner mit Namen Lojko um ein Nachtquartier. Da wir um Euer Erlaucht Güte gegenüber Krüppeln und Umherziehenden wissen, wagten wir nicht, ihn abzuweisen, und ließen ihn in den Pferdestall.

In der Nacht fiel der blinde Lojko zuerst über die Milchmagd Gruscha her und dann steckte er den Pferdestall und das Haus in Brand und jubelte über das Feuer, bis wir ihn fesselten. Er schrie: »Ha, du wolltest mich besiegen – jetzt kannst du mit dem roten Hahn zu Abend essen, Eisenbart!«

Der blinde Zigeuner wurde zum Polizeivorsteher gebracht, aber damit ist der Kummer nicht wiedergutzumachen. Vorher war es zwei Wochen lang trocken und in der Nacht wehte ein Wind, und so ist alles verbrannt, Euer Erlaucht – das Haus, der Seitentrakt, die Schmiede und die Anbauten. Auch der Fechtsaal ist verbrannt mit Ihren ganzen Strohpuppen, obwohl der doch so weit abseits stand. Und auch Leute sind nicht wenige verbrannt, alle hat man noch gar nicht gezählt.

Und als der Zigeuner gefesselt wurde, da hat er, obwohl er doch blind ist, Ljocha Samochwalow, der Euer Erlaucht darstellt, wenn die Züge kommen, ein Eisengewicht an einem Lederriemen gegen die Schläfe geschlagen. Ljocha ist am nächsten Tag gestorben, und jetzt geht keiner mehr ackern, wenn der Expresszug und der Sieben-Uhr-Zug vorbeifahren.

Deshalb ist das Paket auch nur so spärlich, Euer Erlaucht – wir haben zusammengetragen, was wir an der Brandstätte finden konnten, und den Mantel hat Ihr Nachbar gegeben, der Hofrat im Ruhestand Wassiljew, ein alter Verehrer von Ihnen. Einen Revolver werden Sie selbst auftreiben, da mache ich mir keine Sorgen. Die Sense ist für alle Fälle, wenn Sie sie nicht gebrauchen können, werfen Sie sie weg. Wir wollten noch ein Fischernetz schicken, das man den Feinden überwerfen kann, so wie auf den Bildern mit dem Kolosseum in Rom, aber Wassiljew hat gesagt, da würden Sie zornig werden.

Verzeihen Sie mir armem Sünder, dass ich nicht genug aufgepasst habe.
Aber wie soll man aufpassen, wenn Gott zu strafen beschließt.

Der Gutsverwalter
Semjon Golubnitschi

Als T. den Brief zu Ende gelesen hatte, warf er ihn auf den Tisch.
»Kein Zuhause mehr ... Gott hat gestraft, ja. Aber welcher genau? Ariel? Hat er sich vor der Abreise nach Hurghada ordentlich betrunken und mir einen Streich gespielt? Nein, wohl kaum. Das Feuer, das Gewicht am Lederriemen – das sieht eher nach Ownjuk aus ... Bestimmt, der watet doch immer knietief im Blut. Wahrscheinlich hatte er wieder eine Eingebung. Wenn der sich doch endlich am Blut verschlucken würde, dieser verdammte Vampir – so viele Leute hat er schon umgebracht ... Aber was soll ich mich nutzlos grämen. Ich kann mich ohnehin an keinen erinnern. Nur Ljocha habe ich aus dem Zug gesehen – wenn er das war. Den Fechtsaal habe ich auch vergessen ... Obwohl ...«

T. kniff die Augen zu und einen Moment schien ihm, er sehe seltsame Strohpuppen mit spitz zulaufenden Hüten, Brustpanzern aus Papiermaché und roten Umhängen – sie sahen aus wie die Gemüsearmee des bösen Zitronenprinzen aus dem italienischen Märchen. Dann sah er eine Ritterrüstung mit einer Zielscheibe anstatt eines Kopfes. Doch das war wohl weniger eine Erinnerung als eine Täuschung, ein Spiel des Geistes, der sich einen »Fechtsaal« vorzustellen versuchte. Das Gedächtnis aber war wüst und leer wie die herbstliche Petersburger Nacht.

»Andererseits«, überlegte T., während er sich den Stahldraht in den Bart flocht, »wenn man es nüchtern betrachtet, könnte die Wahrheit darin bestehen, dass ich gar nichts habe, woran ich mich erinnern könnte. Warum bin ich so leichtgläubig? Vermutlich existiert Semjon Golubnitschi nur als Unterschrift auf diesem Brief ... Stopp, stopp. Den Zigeuner Lojko gibt es wirklich, an den kann ich mich gut erinnern. Aber wie der sich plötzlich ausdrücken kann – Eiserner Bart, roter Hahn. Sie entwickeln wohl wieder einen Charakter ...«

Als er mit dem Bart fertig war, zog er die Beamtentracht an.

»Es gibt doch dieses Petersburger Horrorklischee«, überlegte er, »der tote Beamte, der in einer regnerischen Nacht am Fenster einer Generalskutsche klebt. Solowjow wird in einer Kutsche gebracht, also ist diese Kampfkleidung ganz angebracht. Aber wie soll ich an ihn herankommen? Warten, bis die Kutsche aus der Peter-und-Paul-Festung gefahren kommt? Und was dann? Mit der Sense dreinhauen? Das ist nicht mal komisch ...«

Aus dem Spiegel blickte ihm ein pensionierter Beamter mit zerzaustem grauem Bart entgegen. Gebückt unternahm T. einige unbeholfene Schritte auf dem Parkett. Dann versuchte er zu hinken. Es wirkte etwas karikiert, aber überzeugend.

»So weit ganz passabel. Und jetzt? Ich kann mich doch wahrhaftig nicht mit der Festungsbesatzung schlagen. Messer werfen auf dem Newski Prospekt – das ist irgendwie *mauvais genre*. Außerdem hängt es mir langsam zum Hals heraus, wenn ich ehrlich bin ... Ganz zu schweigen davon, dass praktisch keine Messer mehr da sind. Zu Pferd hinterherjagen? Unmöglich – das sieht man auf eine Werst. Und eine Verfolgungsjagd zu Pferd mitten in der Stadt, das ist ja wie bei Dumas. Ein Hinterhalt? Bei der Festung geht das nicht, vor allem im Alleingang. Und wohin sie Solowjow bringen, weiß Gott allein ...«

Diese Formulierung schien ihm sofort dubios.

»Gott allein? Vielleicht wissen es alle fünf. Aber das ist nicht die Hauptsache. Die Hauptsache ist, dass es vermutlich zu ihrem Plan gehört, dass ich die Kutsche finde. Warum soll ich mir den Kopf zerbrechen? Ich brauche mich nur auf die Vorsehung zu verlassen. Sie wird mich zum richtigen Ort führen, wenn dieses Pack den Kredit zurückzahlen muss. Aber wie soll ich es formal angehen?«

Er warf noch einen Blick auf sein Spiegelbild. Der pensionierte Beamte im Spiegel dachte angestrengt über irgendetwas nach.

»Es muss etwas Unerwartetes sein, etwas Unvorstellbares ... Etwas, das niemand auch nur ahnen kann ... Wenn man sich auf den Willen Gottes verlässt, so heißt es, gibt man den eigenen auf ... Und wenn ich ...«

Der Gedanke schien T. auf den ersten Blick etwas unheimlich. Doch im nächsten Moment war ihm klar, dass er keinen besseren Ausweg finden würde.

T. ging zum Spiegel neben der Tür und zog die Schublade des Spiegeltischs heraus. Die silberne Schatulle in Form eines Schädels befand sich an demselben Platz, wo er sie nach der Begegnung mit Dschambon hingestellt hatte.

In der Schatulle lag noch die letzte, wie eine graue Träne geformte Pille.

»Zwei waren definitiv zu viel«, dachte T. »Aber eine ist gerade richtig.«

Ohne sich Zeit zum Überlegen zu lassen, warf er die Pille in den Mund, schluckte sie hinunter und goss sich erst dann Wasser aus der Karaffe zum Nachtrinken ein.

Auf der Stelle überkam ihn die Reue.

»Warum habe ich das nur getan?«, dachte er. »Warum breche ich wieder willenlos zusammen ... Stopp, stopp, nur keine Selbstbeschuldigungen. Nicht schlafen. Niemand bricht zusammen. Sie haben einfach den Part von der Entführung der Kutsche nicht Ownjuk, sondern Goscha Piworylow gegeben. Wahrscheinlich hatten sie nicht genug Geld für Ownjuk. Sie sparen, diese Gauner. Oder sie klauen ... Wahrscheinlich eher Letzteres. Sie haben bestimmt von Pantelejmon einen Vorschuss für Ownjuk bekommen, das Geld unter sich aufgeteilt und dem Neger Goscha zehn Prozent zugeschoben. Und in meinen Adern kreist schon das langsame Gift ... Das machen sie schon lange so, diese Schufte, wieso habe ich das nicht früher erkannt ...«

T. nahm die Sense und hängte sie mit dem Griffring an einen speziellen Haken, der an das Mantelfutter genäht war. Er betrachtete sich ein letztes Mal prüfend im Spiegel, stülpte die Schirmmütze über die Augen und verließ das Hotelzimmer.

Auf der Treppe begegnete ihm ein junges Paar – ein Offizier in weißer Uniformjacke und eine Dame in einem leichten Musselinkleid, unter dem die zarte Haut von Armen und Schultern hervorschimmerte. Sie war in der Blüte ihrer Jugend – und so blendend schön, dass T. ihr lange hinterherblickte.

»Mitjenka«, dachte er sofort. »Jetzt ist Mitjenka am Werk. Gut, ich schlafe nicht ...«

In der Halle drehte er sein Gesicht zur Wand und ging rasch an der Rezeption vorbei. Die ins Gespräch vertieften Rezeptionisten beachteten ihn gar nicht. Er verließ das Hotel und bog in eine Seitenstraße ein, die vom Newski wegführte.

»So, wo ist er, der Zeigefinger des Schicksals? Wenn meine Einschätzung stimmt, müsste jetzt irgendein Zeichen kommen ...«

Er brauchte nicht lange zu warten.

Hinter der nächsten Kreuzung entdeckte T. auf dem Fahrdamm eine offene Kanalisationsluke, die auf zwei Seiten durch rote Sperrholzplanchetten mit der Aufschrift »Achtung!« abgesperrt war. Das Ausrufezeichen glich tatsächlich einem fetten Zeigefinger – und selbst wenn es nicht der gesuchte Finger des Schicksals war, erinnerte das Wort »Achtung!« doch so deutlich an das Prinzip des gewaltlosen Widerstands, dass das kein zufälliges Zusammentreffen sein konnte.

Am Rand der Luke stand ein schwarzer Blechzylinder mit einem leuchtenden runden Fensterchen – eine brennende Karbidlaterne. Arbeiter waren keine zu sehen.

»Wieder unter die Erde, zu Dostojewski?«, dachte T. »Wahrscheinlich sind sie noch nicht ganz fertig mit dem Shooter ... Wir werden sehen ...«

Nachdem er sich überzeugt hatte, dass ihm niemand gefolgt war, hockte er sich an den Rand der Luke, steckte die Beine hinein, packte die Karbidlaterne und kletterte in die feuchte, warme Tiefe hinunter.

Dass das Präparat mittlerweile wirkte, ahnte T., als er erkannte, dass er nicht mehr über die Steigbügel hinunterkletterte, sondern durch einen dämmrigen grauen Tunnel ging. Den genauen Moment, wann die eine Handlung in die andere übergegangen war, hatte er verpasst – der Untergrund hielt ihn in seinem Bann.

Das bleiche Licht der Laterne verwandelte sich seltsamerweise in ein grünliches Leuchten, das von den Wänden auszugehen schien, und bald kam es T. vor, als ginge er im Innern einer riesigen Lampe. Hier und da wuchs Moos an den Wänden; die übrige Fläche bedeckten in den Putz eingeritzte Namen und Graffiti, die größtenteils nicht zu entziffern waren, weil sie etwas zwischen Schrift und Zeichnung darstellten. Die größte Inschrift jedoch, die sich alle paar Meter wiederholte, war deutlich zu erkennen:

T. TVam aSI

»Beim letzten Mal gab es auch so einen Spruch«, fiel T. ein. »Der hat sich auch immer wiederholt. Aber warum steht der hier in Anführungszeichen? Ich glaube, das ist aus dem Sanskrit: ›T. bist du‹. Was mir natürlich auch so wohlbekannt ist ...«

An einer Gabelung bog T. nach rechts ab. Hundert Schritte weiter ging er nach links. Dann noch zweimal nach rechts. Er hätte unmöglich jemandem erklären können, warum er sich wie entschied. Er konnte es sich kaum selbst erklären und wurde bald unsicher.

»Ob ich richtig gehe?«, überlegte er. »Letztes Mal hatte ich überhaupt keine Zweifel. Weil ich die doppelte Dosis genommen hatte und das Porträt schleppen musste. Vielleicht trägt deshalb jeder sein Kreuz im Leben – damit man nicht am Weg zweifelt. Denn wenn man ein Kreuz trägt, muss man wissen, wohin es geht ... Meistens ja auf den Friedhof.«

Nach der nächsten, mit ebenso somnambuler Leichtigkeit gewählten Abzweigung waren die Zweifel hinfällig: Ein blendendweißes und anscheinend erst vor Kurzem angebrachtes Graffito flimmerte ihm entgegen:

> DENKST WOHL, DU BIST LEW TOLSTOI —
> WELCHE ARROGANZ
> BIST IN WAHRHEIT NÄMLICH BLOSS —
> EIN SIMPLER SCHWANZ.

T. seufzte. »Wovor habe ich eigentlich Angst?«, dachte er, als sei er aus einem Albtraum erwacht. »Wenn ich Angst habe, heißt das, ich habe mich wieder vergessen. Wie soll ich mich verirren? Das heißt, natürlich wäre das möglich – aber nur, wenn diese Schufte das für ihre Handlung brauchen, und dagegen kann man sowieso nichts machen. Aber von der Handlung her ist es notwendig, dass ich die Kutsche mit Solowjow finde. Ich schätze, so in ungefähr zehn Seiten ... Also komme ich schon irgendwo wieder raus ... Mich würde vielmehr interessieren, wer bei denen für diese Graffiti verantwortlich ist? Piworylow vielleicht? Sie tauchen immer bei seinen Episoden auf ... Aber andererseits hat dieses ›T. tvam asi‹ bestimmt der Metaphysiker geschrieben – der gibt immer so an mit seinem Bewusstseinsstrom und die Aufschrift war doch in Anführungszeichen gesetzt ...«

Er konnte den Gedanken nicht zu Ende führen, weil vor ihm ein Licht aufblitzte.

T. riss sich zusammen und schlich weiter. Bald kam die Lichtquelle näher und T. erkannte in einer niedrigen Abzweigung ein ganzes Sternbild von Kerzen und Öllämpchen. Die Öllämpchen brannten blau und rosa, und die Kerzenflammen flackerten leicht im unterirdischen Durchzug, so dass das Licht verschwommen wirkte wie im Traum. Menschen waren in der Sackgasse keine zu sehen – es gab nur einen Stuhl, darauf ein kleiner Sack aus Fell.

Ein paar Schritte weiter lag ein milder, leicht vergrämter Geruch in der Luft, wie man ihn beim Begräbnis frommer alter Frauen riechen kann. T. dachte, das sei das Öl in den Öllämpchen. Aber plötzlich regte sich der Sack auf dem Stuhl und streckte Beine zum Boden aus, und T. erkannte, dass es ein Mann war, der zuvor reglos in Embryohaltung auf dem Stuhl gekauert hatte – die Beine an die Brust hochgezogen und das Gesicht auf die Knie gepresst.

Es war ein kleiner graubärtiger Greis, angetan mit einem Pelzmantel aus etwas Ähnlichem wie abgeschabtem Katzenfell. Ein schmutziger Seidenschal war stramm wie ein Verband um seinen Hals gewickelt. Der Alte blickte T. misstrauisch an und bewegte schwach die Lippen.

»T.«, sagte T. verblüfft. »Graf T.«

»Und ich bin Fjodor Kusmitsch«, sagte der Alte. »Einen Familiennamen hatte ich auch mal, aber den habe ich vergessen ... Was suchst du, guter Mann?«

»Eine Kutsche suche ich, Fjodor Kusmitsch«, antwortete T. ernsthaft.

»Was für eine Kutsche?«

»In der Kutsche wird ein Mann gebracht. Und den brauche ich sehr dringend.«

»Und warum suchst du unter der Erde?«, wunderte sich Fjodor Kusmitsch. »Ich hätte noch verstanden, wenn du zum Beispiel da suchen würdest, wo es etwas heller ist. Aber hier ist es doch dunkel und feucht.«

»Ganz recht gesprochen«, stimmte T. zu und verspürte wie immer Ehrfurcht vor der einfachen bäuerlichen Weisheit (die ihn gewöhnlich in eine etwas bemüht volkstümliche Sprechweise verfallen ließ), »doch habe ich erkannt, Fjodor Kusmitsch, dass ich diese Kutsche auf Erden nicht einholen kann. So habe ich beschlossen, wenn es dem Herrn gefällt, dass ich sie finde, dann finde ich sie auch unter der Erde. Und wenn es ihm nicht gefällt, dann finde ich sie auch oben nicht.«

»Ganz recht gedacht«, stimmte der Alte zu. »Was ist denn das für ein wichtiger Mann in der Kutsche?«

»Der Mann«, erwiderte T., »hat eine Weisheit gelehrt.«

»So, so«, versetzte der Alte rasch. »Und worin besteht diese Weisheit?«

»Sie lautet, mein Bester«, sagte T., »dass man lernen muss, alle Teufel, die sich in der Seele erheben, zu unterscheiden und sie von Angesicht und mit Namen zu kennen. Noch bevor sie Macht bekommen. Damit sich kein einziger deiner Seele bemächtigen kann. So wird man mit der Zeit vom geistigen Fehlgehen geheilt.«

Der Alte nickte.

»Ganz recht hat dieser Mann gesprochen«, sagte er. »Das ist ganz recht. Dann halte dich daran. Warum suchst du ihn denn noch, wenn du schon alles weißt?«

»Ich will ihn fragen«, sagte T., »was man tun soll, wenn man diese Höhe erklommen hat.«

»Hast du sie etwa schon erklommen?«, fragte der Alte mit einem strengen Blick auf T.

T. überwand seine Scheu und nickte.

»Ich glaube dir«, sagte der Alte nach einem scharfen, prüfenden Blick auf T. »Ich glaube dir. Du musst dich mit diesem Menschen noch einmal treffen. Also geh zu ihm. Ich segne dich.«

»Aber wohin soll ich gehen?«, fragte T.

»Wenn du es nicht weißt«, sagte der Alte, »musst du den Herrn im Gebet danach fragen.«

T. bemerkte plötzlich die Hände des Alten. Seine Finger, die aus den schmutzigen, abgewetzten Ärmeln hervorlugten, waren gepflegt, mit langen, sauberen und sorgfältig gefeilten Nägeln. Außerdem schienen die Nägel lackiert zu sein – im flackernden Licht der Öllämpchen hatten sie einen schimmernden Glanz.

»Einer, der sich dem einfachen Leben zugewandt hat«, dachte T., »aber nicht gänzlich ...«

Er ärgerte sich, dass er sich solche Mühe gegeben hatte, die volkstümliche Sprechweise nachzuahmen. Im Gespräch mit einem Mann aus dem Volk mochte das noch als Zeichen des Respekts durchgehen, aber so war es die reinste Farce.

Der Alte bemerkte, dass T. auf seine Hände schaute, schob sie unter den Pelz und sagte verlegen:

»Verurteilen Sie mich nicht, Graf. Das ist noch ein Überbleibsel aus der Kindheit. Man kann sehr wohl die Nägel pflegen und dennoch stehen seinen Mann[81] ...«

»Schon gut.« T. winkte ab. »Das geht mich nichts an. Sagen Sie besser, mein Herr, zu wem soll ich beten, was schlagen Sie vor? Zu Ariel Edmundowitsch Brahman? Oder vielleicht zu seiner Mama?«

Als der Alte »mein Herr« hörte, ging er vollends zum »Sie« über.

»Darum machen Sie sich keine Sorgen«, sagte er freundlich. »Das Gebet findet seinen Weg von selbst. Und seien Sie nicht so stolz. Sie sind allzu stolz, das ist es. Ich war genauso, ja wohl noch schlimmer. Sie sind ein Graf, aber ich war sogar ein Imperator.«

T. starrte den Alten misstrauisch an.

»Imperator?«, fragte er nach. »Was für ein Imperator?«

»Peterpaul«, erwiderte der Alte. »Aber das ist lange her. Jetzt bin ich ein einfacher Beter. Ich bete für die, die da oben sind, dass die Eisfläche unter ihnen nicht vor der Zeit bersten möge. Ich bete auch für Sie, da Sie mich schon gefunden haben. Gut möglich, dass Sie auch diesen Mann bald finden ...«

Das Gesicht des Alten wurde blass und ernst, und diese Ernsthaftigkeit übertrug sich zum Teil auf T.

»Ich bin exkommuniziert«, sagte er.

»Ich weiß.« Der Alte nickte. »Doch wenn ein Gebet von Herzen kommt, dann gelangt es an die richtige Stelle, glauben Sie mir. Sie können wohl nicht beten?«

Der Alte erhob sich von seinem Stuhl und trat rasch zu einem mit grobem grauen Tuch verhängten Ikonenschrank (der Vorhang war von derselben Farbe wie die Wand, und T. bemerkte ihn erst jetzt, obwohl sich der Ikonenschrank im Zentrum des Sternbilds aus Kerzen und Öllämpchen befand). Er nahm ein kleines Büchlein vom Kerzentisch und hielt es T. hin.

Es war weniger ein Buch als ein himbeerfarbener Lederumschlag, wie bei einer Speisekarte im Restaurant, mit Wachs bespritzt. Darauf glänzte eine goldgeprägte wellenförmige Linie, die aussah wie diejenige oberhalb des spanischen Buchstabens »Ñ« – nur ohne den Buchstaben selbst. T. runzelte verwirrt die Stirn.

»Irritiert Sie die Tilde?«, fragte Fjodor Kusmitsch, der ihn aufmerksam beobachtet hatte. »Gebildete Leute versuchen immer, dieses Zeichen zu erklären. Die interessanteste Erklärung hatte übrigens der unvergessliche Solowjow ...«

T. fuhr zusammen.

»Sie kannten Wladimir Solowjow?«

»Flüchtig«, erwiderte Fjodor Kusmitsch. »Er kam früher manchmal hier vorbei, aber das ist lange her. Ein großer Wirrkopf. Er sagte, die Tilde gleiche einer Welle und sei ein Sinnbild dafür, dass der Mensch nicht das einzelne Wesen ist, als das er sich sieht, sondern eine Welle in dem einen Ozean des Lebens ... Als hätte der wahre Glaube es nötig, dass irgendein Solowjow ihm einen Sinn verleiht ...«

T. zögerte eine Sekunde, ob er Fjodor Kusmitsch sagen sollte, dass es Solowjow war, den man in der Kutsche bringen würde – und entschied sich dagegen.

»Andere«, fuhr Fjodor Kusmitsch fort, »sehen darin das Zeichen, dass nach dem geistigen Aufschwung unausweichlich der Niedergang und nach dem Niedergang wieder ein Aufschwung folgt. Wieder andere lehren, die Tilde sei das geheime Zeichen des Herrn, die zerrissene Unendlichkeit, und ihr Sinn bestehe darin, dass die Unendlichkeit unsere Kette ist, eine Fessel, die nur die Gottheit zerschlagen kann. Und meiner Meinung nach quält man sich besser nicht mit Herumphilosophieren, sondern nimmt das Ritual so, wie es zu uns gekommen ist ...«

Fjodor Kusmitsch wandte sich dem Ikonenschrank zu, schlug den Vorhang zurück, und obwohl er ahnte, was er sehen würde, zuckte T. zusammen. Von einer rußgeschwärzten Tafel blickte ein flaches Katzengesicht (er konnte es unmöglich als Maul bezeichnen) auf ihn herunter. In diesem Antlitz schien etwas Spöttisches und Listig-Tatarisches zu liegen, und die Schnurrbarthaare glichen weniger einer Tilde als vielmehr sechs Paragrafenzeichen. Die Katzenaugen waren ausdruckslos und klein.

»Wir wollen beten!«, sprach Fjodor Kusmitsch und vollführte vor der Brust eine wellenförmige Bewegung mit der Hand, als zeichne er eine Tilde in die Luft. Danach verneigte er sich vor der Ikone und sprach monoton vor sich hin, zuerst leise, dann lauter und lauter.

T. schlug das rote Büchlein auf. Darin lag ein Blatt Papier, dunkel vor Kerzentalg, auf dem in Kursivschrift stand:

~

god
give_health
give_ammo
give_armor
noclip
no target
jump_height 128
timescale.25

~

Den Lauten nach zu urteilen, die T. vernahm, las Fjodor Kusmitsch genau diesen Text, wobei er allerdings merkwürdig betonte und an den unerwartetsten Stellen eigentümlich aufheulte, so dass diese einfachen Worte sich wirklich anhörten wie mystische, uralte Beschwörungsformeln, voller Macht und Geheimnis: »Givammoj! Givarmoj!« Fjodor Kusmitsch war beim Beten offensichtlich mit ganzem Herzen dabei: Bei den Worten »no target« kniete er nieder und hielt den linken Arm vor sich ausgestreckt, als schütze er sich mit einem unsichtbaren Schild, und bei »jump height« sprang er hoch und klatschte laut in die Hände – und T. ahmte diese Bewegungen unbeholfen nach.

Das Gebet endete so, wie es begonnen hatte – mit einem wellenförmigen Schlenker der Hand.

»Und jetzt gehen Sie, Graf«, sagte Fjodor Kusmitsch. »Verlassen Sie sich nicht mehr auf sich selbst – vertrauen Sie sich der Vorsehung an. Der Herr trägt die ganze Last der Welt – da sollte er Sie nicht zum Ziel führen? Unterwerfen Sie sich ihm und Sie werden, das spüre ich mit dem Herzen, denjenigen finden, den Sie suchen ... Nun, gehen Sie. Aber schnell – solange Sie noch ein wenig Vertrauen haben ...«

T. verneigte sich zum Abschied vor dem Alten und ging schnell weiter, wobei er die Worte des Gebets in seinen Ohren nachklingen spürte.

Nach ein paar Schritten bemerkte er, dass er die Laterne vergessen hatte, aber er wollte nicht umkehren – der Tunnel wurde durch das diffuse grünliche Leuchten gerade so weit erhellt, dass er den Weg erkennen konnte. Nachdem er zweimal um die Ecke gebogen war, erblickte er in die Wand eingelassene, senkrecht übereinander angeordnete eiserne Steigbügel, die zu einer Scheibe blauen Abendlichts hinaufführten – die Luke über seinem Kopf stand offen.

Wie in Trance kletterte T. nach oben und lehnte sich hinaus in den warmen Petersburger Abend, wobei er die neben der Luke stehende Planchette mit dem Wort »Achtung!« umstieß (es war dieselbe Luke, durch die er zuvor hinuntergeklettert war).

Das Erste, was er sah, war ein auf der gegenüberliegenden Straßenseite langsam dahinrollender Gefängniswagen.

Er wirkte wie ein gedrungener schwarzer Krebs – mit gelben

Adlern auf den Türen, Gittern vor den verdunkelten Fenstern und seltsamen elektrischen Spulen auf dem Dach. Auf dem Bock saß ein einsamer Kutscher; eine Wachmannschaft gab es nicht.

T. sprang mit einem Satz auf die Straße, ging auf den Wagen zu und zog dabei die rostige Sense aus seinem mit unterirdischem Dreck bespritzten Mantel hervor.

»Guter Mann!«, rief er dem Kutscher leise zu, als er schon fast am Ziel war.

Als der Kutscher einen zotteligen Beamten mit einem schrecklichen Gerät in der Hand erblickte, sprang er vom Bock herunter und lief über die Straße davon. Er lief nur schleppend – offenbar war ihm der Schreck so in die Glieder gefahren, dass er ihn hinderte, schneller vorwärtszukommen.

Die Wagentür war mit einem massiven Riegel zugesperrt und mit einer Bleiplombe an einem Draht versiegelt. T. klopfte an das kleine Fenster. Keine Antwort. T. klopfte wieder, dieses Mal stärker und an die Tür.

»Herr Solowjow, sind Sie am Leben?«

Wieder keine Antwort. Daraufhin erbrach T. das Siegel mit der Sensenklinge, klappte den Riegel zurück und riss die Tür auf.

Aus dem Wagen drang ein unangenehm süßlicher Geruch. Im Innern, auf einem mit Wachstuch ausgeschlagenen Sitz, war undeutlich eine reglose menschliche Gestalt zu erkennen, ganz mit Stoff verhüllt, wie eine mohammedanische Frau oder ein toter Matrose.

»Er hat bestimmt einen Knebel im Mund«, dachte T.

Er kletterte in den Wagen, beugte sich über den Passagier, berührte dessen Kopf und erkannte, dass es sich um eine plump gemachte Stoffpuppe handelte.

In dem Moment erklang hinter ihm Eisengerassel. T. stürzte zur Tür und warf sich mit der Schulter dagegen, aber es war zu spät – jemand hatte von der anderen Seite den Riegel vorgeschoben. Dann erklang eine Stimme, die ihm bekannt vorkam:

»Wie Sie sicher vermuten, Graf, sind Sie verhaftet. Widerstand ist zwecklos.«

Wie um diese Worte zu bestätigen, erklang ein leises Brummen über T.s Kopf. Es ging über in ein durchdringendes, feines Jaulen, als hätte man ein elektrisches Gerät auf volle Lautstärke gedreht, und die Sense wurde ihm aus der Hand gerissen und blieb mit einem dumpfen Schlag an der ebenfalls mit Wachstuch bezogenen Wand kleben.

Daraufhin wurde das elektrische Jaulen noch lauter und T. kam es plötzlich so vor, als ob sich tausend winzige Hände an seinen Bart klammerten, diesen in Richtung Wand zerrten und neben der Sense ausgebreitet an die Wand klatschten, wobei sein Gesicht gegen das Wachstuch gepresst und die Wange plattgedrückt wurde. Die Zugkraft war so mächtig, dass er kaum atmen konnte.

»Grischa Ownjuk«, dachte T.,»kein Zweifel. Ich erkenne die Hand des Meisters ...«

Das Fensterchen im Wagenschlag wurde aufgerissen und T. sah das Gesicht eines Mannes. Er war diesem Mann ganz sicher schon einmal begegnet, konnte sich aber zunächst nicht an ihn erinnern. Doch dann erkannte er an dem üppigen Walrossbart den Journalisten, der die Solowjow-Gesellschaft aufgefordert hatte, zur Protestkundgebung zu gehen.

»Major der Gendarmerie Kudassow«, stellte das Gesicht sich freundlich vor.»Wir kennen uns ja flüchtig, Graf, obwohl ich beim letzten Mal in Zivil war. Aber wir haben schon den ganzen Tag gewartet, dass Sie sich endlich bei dieser Luke einfinden. Wir sind hin- und hergefahren, immer hin und her, und die Luke war offen. Die Anwohner wollten sich schon bei der Behörde beschweren – sie fürchteten, es könnte jemand hineinfallen. Wir mussten ihnen erklären, dass wir die Behörde sind ...«

Kudassow zog an einer Papirossa und blies eine stinkende Rauchwolke in den Wagen. Dann schloss sich das Fenster und es wurde dunkel.

XXV

Die Todeszelle im Alexei-Ravelin[82] der Peter-und-Paul-Festung war ein hoher, schmaler Raum mit dunklen Steinwänden und einer Gewölbedecke. Sie wurde von einer Talgkerze auf dem Tisch beleuchtet, die mehr Ruß als Licht abgab. Eine dünne Wand trennte die Toilettenschüssel vom Rest der Zelle; an Möbeln gab es nur einen Tisch mit einer Bank und zwei Liegen in den Ecken. Die Luft roch nach Fichtennadeln oder etwas Ähnlichem.

T. saß auf der einen Liege, kratzte sich vorsichtig am Kinn (die Stahldrähte waren teilweise mit den Barthaaren herausgerissen worden und die Haut blutete an einigen Stellen) und dachte, das sei einer der düstersten Orte, die er je gesehen hatte.

Das lag an den Inschriften, mit denen die Zellenwände bis oben hin bedeckt waren. Man konnte sich nur schwer vorstellen, wie die Häftlinge so hoch hinauf gelangt waren – es sei denn, sie hatten den Tisch an die Wand gerückt und die Bank hochkant daraufgehievt. Aber selbst dann hätten sie kaum bis an die Decke gereicht.

Die Inschriften waren mit Gefängnistinte gemacht (die, wie ihm ein redseliger Aufseher erklärte, aus Schwarzbrot, Kerzenruß und Blut zubereitet wurde). Dem Sinn nach ähnelten sie sich alle mehr oder weniger – sie zeigten an, wann und wofür ein Häftling hingerichtet wurde: Name, Datum, Gesetzesparagraf und etwas in der Art von »Lebt wohl, Leute!« oder »Hab keine Angst, Häftling!«.

Bedrückend war weniger der Inhalt als vielmehr die schiere Menge dieser Inschriften – neben dieser endlosen Aufzählung gewaltsam abgebrochener Leben erschien jede einzelne Existenz wie ein Staubkorn in den Zähnen des staatlichen Mechanismus. In jeder dieser Zeilen glomm ein winziges Teilchen des abgebrochenen Lebens, sein letzter Widerhall auf Erden. Keine Pyramide aus Totenköpfen hätte eine ähnliche Wirkung haben können.

Unter den Inschriften stach besonders eine Zeichnung hervor, die wie eine hintergründige metaphysische Kampfansage wirkte – ein am Schwanz aufgehängter Kater mit gespreizten Pfoten und sechs sorgfältig gezeichneten tildenförmigen Schnurrbarthaaren um das zu einem lautlosen Miauen geöffnete Maul herum: Möglicherweise hatte sich hier ein Eingeweihter auf den Tod vorbereitet, gemartert von den letzten irdischen Zweifeln (neben dem Kater war die Inschrift: »Gott ist ein Menschenfresser. Evangelium nach Philipp«).

»Dein Gebet hat nicht geholfen, Fjodor Kusmitsch«, dachte T. und flüsterte die letzten Worte des gekreuzigten Gottes, die ihm aus irgendeinem Grunde einfielen:

»Eli, Eli, lama asabthani ...«[83]

Unvermittelt antwortete eine spöttische Stimme direkt neben ihm:

»Etliche aber, die dastanden, da sie das hörten, sprachen sie: Der ruft den Lama ...«[84]

T. fuhr zusammen und hob den Blick.

Auf der Bank beim Tisch saß ein Mann ohne Kopf.

Er trug einen leichten sommerlichen Gehrock, aus dem eine nachlässig gebundene Krawatte hervorquoll. Der Schnitt am Hals war nicht zu sehen – er wurde von einem hohen gestärkten Kragen mit umgebogenen Ecken verdeckt. Es sprach der auf dem Tisch liegende Kopf mit einem Schopf zottiger Haare und langem Schnurrbart.

Als Erstes dachte T., ein abgeschlagener Kopf könne nicht sprechen, weil er von dem Organ getrennt ist, das die Stimmbänder mit Luft versorgt.

Der Kopf aber zwinkerte ihm zu und fuhr fort:

»Nehmen Sie sich diese Schmierereien an den Wänden nicht allzu sehr zu Herzen, Graf.«

Die Augen im Kopf funkelten fröhlich, die Stimme klang beschwichtigend und T. beschloss, das Ganze müsse ein Zaubertrick sein. Wie um T.s Vermutung zu bestätigen, nahm der kopflose Mann den Kopf vom Tisch, setzte ihn auf die Schultern, drehte ihn ein wenig hin und her, als wolle er ihn einpassen, und schon war der Kopf mit dem Körper vereinigt.

Erst da erkannte T. Solowjow – er sah genauso aus wie auf seinen letzten Bildern.

Solowjow nickte zur Wand hin und sagte:

»Ich sage das deshalb, weil die Aufschriften alle nicht echt sind. Da hat die Verwaltung sich Mühe gegeben.«

»Woher wissen Sie das?«, fragte T.

»Das hat mir ein Bekannter erzählt, ein Gendarm. Überlegen Sie doch, welcher Todeskandidat würde seine letzten Minuten dafür verschwenden, Tinte aus Ruß und Blut zu machen, und dann über eine Bank bis zur Decke hochklettern?«

Solowjows Körper sah ganz authentisch aus, aber dennoch war er eindeutig anderer Natur als die übrigen Gegenstände in der Zelle. Es war, als befände er sich in Wirklichkeit von einer unsichtbaren Lichtquelle beleuchtet in einem anderen Raum und als würde sein Bild mithilfe eines geheimnisvollen Systems versteckter Spiegel in die dunkle, enge Zelle projiziert.

»Sie können sich gar nicht vorstellen«, sagte T., »wie froh ich bin, Sie zu treffen. Ich habe so lange versucht, Sie zu finden ... Aber Ihnen ist ein Unglück zugestoßen, wie ich sehe?«

»In gewisser Weise«, erwiderte Solowjow mit einem Lächeln. »Man hat mir den Kopf abgeschlagen.«

»Wie entsetzlich ...«

»Lassen Sie nur, Graf! Ab einer bestimmten Stufe unserer inneren Entwicklung spielen solche Dinge keine Rolle mehr.«

»Wer hat das getan?«, fragte T.

»Ariel. Natürlich nicht er selbst – er hat das irgendwie durch seine Phantome arrangiert. Aber wir wissen schließlich, wie sich die Dinge in dieser Welt verhalten ...«

Vor Anspannung hatte T. sich aufgerichtet.

»Sie kennen Ariel?«

»Oh ja.«

»Sagen Sie, ist das, was er über die Natur und das Ziel unserer Existenz sagt, die Wahrheit?«

»Teilweise. Aber die Quäntchen Wahrheit in seinen Worten sind verstreut in einem ganzen Berg von Lügen. Und außerdem hängt die Wahrheit immer vom Betrachter ab. Für manche ist Ariel tatsächlich Gott. Aber für mich ist er eher ein böser Geist.«

»Ist er ein echter Demiurg?«

»Das ist eine Frage der Interpretation«, erwiderte Solowjow. »Von meinem Standpunkt aus nicht. Er ist eher eine Art Aufseher über die Ruderer auf einer Galeere. Ein Sklave der Umstände, den anderen Sklaven der Umstände als zusätzlicher versklavender Faktor übergeordnet ...«

»Er mag Sie auch nicht besonders gut leiden«, bemerkte T.

»Kein Wunder. Ich bezweifle nicht, dass Sie in der Gesellschaft viel Schlimmes über mich gehört haben.«

»Das kam vor«, stimmte T. zu. »Soweit ich begriffen habe, gelten Sie als eine Art städtischer Irrer. Man vermeidet es, über Sie zu reden. Es läuft darauf hinaus, dass Sie in Ihrer Jugend ein vielversprechender Künstler waren, aber nach Meinung der literarischen Geldwechsler haben die in Sie gesetzten Hoffnungen keine Rendite gebracht. Außerdem war noch von Hochverrat und von der Verhaftung die Rede ...«

Solowjow lächelte betrübt und breitete ratlos die Arme aus.

»Ihre Schüler hingegen«, fuhr T. fort, »ich meine die Solowjow-Gesellschaft, erzählen so erstaunliche Dinge über Sie, dass man Sie glatt mit Apollonios von Tyana oder einem anderen alten Wundertäter verwechseln könnte.«

Dieses Mal zeigt Solowjow ein leicht verlegenes Lächeln.

»Die einen halten mich für einen gefährlichen Irren«, sagte er. »Und die anderen sehen in mir das, was sie selbst nicht werden konnten. Das Letztere ist natürlich schmeichelhaft, aber genauso unverdient wie das Erstere. Und was hat Ihnen Ariel über mich gesagt?«

»Er hat irgendetwas vor sich hingenuschelt«, erwiderte T. »Mit zusammengepressten Zähnen.«

»Sie wissen doch, dass ich auch ein Teil dieser Geschichte war?«

»Ja, das hat Ariel erwähnt. Er sagte etwas von einer katholischen Soutane und zwei Brotmessern.«

»Das ist mir peinlich«, seufzte Solowjow. »Wenn ich daran denke, wie viele von diesen stummen Schnurrbartträgern aus Knopfs Behörde ich zugrunde gerichtet habe! Aber dann fingen die Schwierigkeiten an.«

»Welche?«, fragte T.

»Es ist so, dass ich Ariel durchschaut habe. Ich habe eine Sache begriffen, die sein ganzes Vorhaben durchkreuzte.«

»Und was genau?«

Solowjow kniff die Augen zusammen und musterte T. mit einem langen Blick, als schwanke er, ob er die Frage beantworten solle. Augenscheinlich entschloss er sich dafür.

»Sagen Sie, Graf, ist Ihnen je in den Sinn gekommen, dass Sie von Anfang an nie für die feierliche, erhabene Rolle erschaffen wurden, die Ariel so vage angedeutet hat, sondern genau für die Rolle, die Sie spielen? Und zwar von der allerersten Minute an?«

T. runzelte die Stirn.

»Na wenn schon, was ist das für ein Unterschied? Das Geschehen ändert sich dadurch doch nicht ...«

»Und ob es sich ändert!«, versetzte Solowjow. »In dem Fall

sind Sie nämlich der Held einer ganz anderen Geschichte, als Sie dachten.«

T. verspürte plötzlich eine seltsame Kälte in der Magengrube.

»Und zwar?«

»Sie dachten, es ist die Geschichte von Graf T., der sich zu einem unbekannten Ziel durchschlägt, das sich je nach Wunsch des Auftraggebers ändert. Die Geschichte wird erfunden von einem gewissen Ariel Edmundowitsch Brahman und einer ihm unterstellten Brigade von Autoren. Und dieser Ariel Edmundowitsch nimmt gelegentlich zum Zeitvertreib mit dem Grafen T. einen kabbalistischen Dialog auf, der sozusagen außerhalb der Grenzen des Romans über Graf T. bleibt. Richtig?«

»Ja«, sagte T. »So ist es.«

»Warum glauben Sie das?«

»Weil diese Version der Realität in der Praxis vielfach bewiesen wurde.«

»Aber alle praktischen Beweise dieser Realität waren Teil ebenjener Realität, die sie bestätigen. Nicht wahr? Da müsste ein kluger Mann doch Lunte riechen. Sie sind ja Gott sei Dank kein Physiker, der Experimente durchführt.«

»Und wie verhält es sich in Wirklichkeit?«

»Sie sind tatsächlich der Held eines Romans. Aber der Roman handelt nicht nur von Ihnen. Es ist ein Roman über Ariel Edmundowitsch Brahman und seine Gehilfen, die über einen Golem mit Namen ›Graf T.‹ gebieten, den sie sanft, aber nachdrücklich dazu bringen, seine Suche nach der ewigen Wahrheit aufzugeben und stattdessen in einem Konsolen-Shooter Seelen auszusaugen, und das damit motivieren, dass die Krise und der Markt das verlangen. Der Roman ist die Beschreibung dieses Prozesses von A bis Z.«

»Aber was ändert sich dadurch?«

»Das Allerwichtigste: Ariel ist kein Gott und Schöpfer. Er ist eine handelnde Person wie Sie und ich. Im richtigen Moment erscheint er auf der Bühne und spricht seine Repliken.«

T. sprang auf und fing an, in der Zelle hin- und herzulaufen.

»Sie wollen sagen ... Aber er kann hundertprozentig ... Einfluss nehmen auf die Ereignisse. Wunder vollbringen.«

»Na und? Er ist eben ein Romanheld, der solche Fähigkeiten hat. Andere mögen Ihre Fähigkeit, eine Axt an der Klinge zu fangen, für ein Wunder halten. Aber für Sie ist das die gewöhnlichste Sache auf der Welt.«

»Sie wollen sagen, dass Ariel lügt? Er ist in Wahrheit gar kein Autor?«

»Das nicht. Er ist ein Autor. Aber er ist ein Romanheld, dessen Rolle es ist, ein Autor zu sein. Verstehen Sie? Im wahren Raum Des Buches ist er kein Demiurg, sondern genauso eine Figur wie Sie und ich. Und das gilt nicht nur für ihn, sondern auch für alle seine Gehilfen.«

»Darüber muss ich erst einmal nachdenken«, sagte T. »Ich muss zugeben, Sie gehen ganz schön ran. Mir ist schon richtig schwindlig.«

Solowjow fing an zu lachen, ging in die Ecke und setzte sich auf die freie Liege.

»Warum lachen Sie?«, fragte T. beunruhigt.

»Dazu ist es noch zu früh. Das war erst das Vorwort.«

T. fuhr sich mit der Zunge über die Lippen.

»Das Vorwort wozu?«

»Sie wissen, wieso die ganze Welt und wir beide existieren?«

»Ja«, erwiderte T., »ich habe eine gewisse Vorstellung von Ihrer Lehre. Ich meine sogar, in der praktischen Anwendung einen gewissen Fortschritt gemacht zu haben.«

»Wovon reden Sie?«

»Davon, dass ich die Dämonen erkennen kann, die in den Geist eindringen. Ich verwechsle sie nicht länger mit mir selbst. Ich erkenne sie alle«, T. wies mit dem Kopf verächtlich in Richtung der Toilettenschüssel, »von der ersten Sekunde an. Vor allem Mitjenka und diesen Grischa Ownjuk.«

»Sind Sie sicher?« Solowjow kniff die Augen zusammen.

»Ja«, erwiderte T. »Ich habe sogar begriffen, dass das Erkennen selbst eine Handlung des fünften Dämons ist – das ist der, der für meinen Bewusstseinsstrom zuständig ist. Sehen Sie, ich erkenne sogar den, der erkennt, obwohl mir das niemand beigebracht hat.«

»Bemerkenswert«, sagte Solowjow. »Aber haben Sie auch gelernt, das Allerwichtigste zu sehen?«

»Sie sprechen von dem Leser, in dessen Bewusstsein wir entstehen?«

Solowjow nickte.

»Das hingegen«, bemerkte T., »ist von meinem Standpunkt aus der reinste Sophismus. Der Leser zeigt sich niemals und in keiner Weise in unserer Realität. Warum sollten wir überhaupt an ihn denken? Er ist eine genauso nutzlose Annahme wie der Weltäther.«

»Ich gebe Ihnen noch einen Hinweis. Hier in dieser Zelle, an der Wand ... Nein, Sie blicken an die falsche Stelle. Ich meine nicht den Kater, der an seinem Schwanz aufgehängt ist, sondern die Inschriften, die die Gefängnisverwaltung hier angebracht hat. Lassen Sie uns für einen Moment annehmen, dass sie echt sind. Lesen Sie irgendeine.«

T. stand auf und ging zur Wand.

»Es ist ein bisschen dunkel«, murmelte er. »Aber man kann es lesen. Also: ›Hier schreibt Gottes Sklave Fedka Pjatak aus Moskau. Ich hab drei Soldaten wegen Stiefel abgestochen, morgen früh hängen sie mich auf. Herr nimm meine Seele auf ...‹«

»Was fällt Ihnen dabei auf?«

»Erstens«, sagte T., »verstehe ich nicht, wie Fedka es geschafft haben soll, gleich drei Soldaten wegen ihrer Stiefel abzustechen. Entweder hat er sie im Schlaf erstochen, weil er Absichten auf drei Paar Stiefel hatte, oder er hat bloß jemandem die Stiefel abgezogen und ist zum Mörder geworden, als er die Verfolger abwehren wollte ... Er hat das sehr schnell hingekritzelt. Offenbar war er aufgeregt.«

»Sonst noch was?«

»Zweitens ist es unklar, was genau der Herr mit dieser Seele macht, wenn er sie annimmt. Waschen, bügeln?«

»Fällt Ihnen sonst noch etwas ein?«

T. überlegte.

»Nun ja, man kann sich noch darüber Gedanken machen, warum er ausgerechnet Fedka Pjatak[85] heißt. Vielleicht hat er für einen Fünfer irgendwelche niedrigen Arbeiten verrichtet, zum Beispiel Kringel und Wodka gebracht oder junge Katzen ersäuft. Er schreibt, er ist aus Moskau – in den Elendsvierteln rund um den Chitrowski-Markt gibt es tatsächlich verkrachte Existenzen, die zu so was fähig wären. Vielleicht sah er auch aus wie ein Ferkel.[86] Ich kann ihn mir übrigens gut vorstellen – eine löchrige braune Schirmmütze auf dem Kopf, verschlagene Äuglein, die unruhig hin- und herhuschen, und eine Stumpfnase, ein Schweinerüssel mit großen Nasenlöchern ... Und er ist ziemlich klein.«

»So«, bemerkte Solowjow. »Gleich haben wir es. Als stünde er leibhaftig vor uns. Sie haben ihn jetzt gerade in Ihrer Fantasie gesehen, ja?«

»Wahrscheinlich.«

»Sehr schön. Jetzt stellen Sie sich vor, dass Fedka Pjataks Notiz ein kurzer Roman ist. Und Fedka Pjatak selbst ist der Held dieses Romans. Wer sind dann Sie in Bezug auf diesen Roman?«

»Der Leser.«

»Ganz genau. Gerade eben waren Sie selbst der Leser. Aber Sie wissen, dass Sie im Bewusstsein des Lesers auftauchen, nicht wahr? Das, was Sie für Ihr Bewusstsein halten, ist in Wirklichkeit das Bewusstsein des Lesers. Nicht Sie haben gerade von Fedka Pjatak gelesen. Es war der Leser, in dessen Fantasie auch wir beide auftauchen, der Fedkas löchrige braune Schirmmütze gesehen hat und seinen Schweinerüssel. Er hat das durch Sie gesehen.«

»Angenommen, das stimmt. Was bedeutet das?«

Solowjow machte eine Pause.

»Das bedeutet«, sagte er dann leise, »dass der Leser, der jetzt gerade dieses Buch liest, genau so ein durchsichtiges Phantom ist wie wir beide. In der wirklichen Realität gibt es ihn nicht. Er ist genau so eine Zwischenabbildung, wie Sie selbst bei der Lektüre von Fedkas Geschichte eine waren.«

»Aber wen gibt es dann?«

»Nur das Unergründliche, das Sie durch den Leser sieht – genauso, wie der Leser gerade eben Fedka Pjatak durch Sie gesehen hat, Graf.«

T. schwieg.

»Es gibt nur einen einzigen Leser im Universum«, fuhr Solowjow fort. »Aber er kann beliebig viele farbige Brillen auf der Nase haben. Indem sie sich ineinander spiegeln, erzeugen sie weiß der Teufel was für Reflexe – Weltkriege, Finanzkrisen, weltweite Katastrophen und anderes mehr. Doch es gibt nur einen einzigen Blick, der durch all das hindurchgeht, nur einen einzigen Strahl klaren, bewussten Lichts – und zwar den, der in dieser Sekunde durch Sie und mich und jeden, der uns beide sieht, hindurchgeht. Weil es überhaupt in diesem ganzen Weltall nur einen einzigen, in all seinen zahllosen Erscheinungsformen sozusagen selbstidentischen Strahl gibt. Ihn als Strahl zu bezeichnen ist übrigens ein großer Fehler. Wenn auch kein größerer Fehler, als ihn als Loch im Abtritt zu bezeichnen, wie Linji.«

»Wer erschafft denn das, was dieser Blick sieht?«

»Das, was er sieht, ist nicht von jemand anderem erschaffen. Er erschafft das, was er sieht, selbst.«

»Und wodurch?«

»Dadurch, dass er es sieht.«

»Schön«, sagte T. »Dann stelle ich die Frage anders. Wer sieht durch diesen Blick?«

»Sie.«

»Ich?«
»Natürlich. Sie sind dieser Blick, Graf. Sie sind dieses Unergründliche.«
»Sie wollen also sagen, ich bin der Schöpfer der Welt?«
Solowjow breitete die Arme aus, als verstehe er nicht, welche Zweifel es da geben könne.
»Aber wenn ich der Schöpfer der Welt bin, warum ist mir darin so unbehaglich?«
Solowjow fing an zu lachen.
»Das ist dasselbe, als wenn Sie fragen: ›Wenn ich der Schöpfer des Albtraums bin, warum habe ich solche Angst dabei?‹«
»Ach so«, sagte T. »Aber warum ausgerechnet ich? Worin besteht meine Einmaligkeit?«
»Ich bin genauso einmalig, ebenso wie diese Fliege unter der Decke und jedes farbige Brillenglas. Sie und ich und alle anderen – das ist ein und dieselbe Präsenz, nur, wie die technischen Spezialisten sagen, in verschiedenen Phasen. Ein und derselbe endgültige Beobachter, der sich nie vor jemandem versteckt, weil es niemanden gibt, vor dem er sich verstecken könnte. Außer ihm gibt es niemanden. Und Sie wissen sehr gut, wer er ist, weil Sie nämlich er sind. Das größte Geheimnis der Welt ist ein offenes Geheimnis und es unterscheidet sich in nichts von Ihnen selbst. Wenn Sie verstanden haben, wovon ich sprach, haben Sie gerade einen Reflex des größten Wunders im Universum gesehen ... Das zu verstehen bedeutet auch, Den Leser zu sehen.«
»Aber warum behaupten Sie, dass es nur einen einzigen Strahl gibt?«
»Wenn es zwei verschiedene Strahlen gäbe, dann würden sie einander nie verstehen und nie begegnen. Ein Text, den ein Mensch geschrieben hätte, wäre unverständlich für einen anderen Menschen. Sie wissen doch, manchmal gibt es beim Lesen so ein Gefühl, als ob jemand in Ihnen sich an das erinnert, was er schon immer wusste. Es ist eben diese Kraft, die sich erinnert. Wir beide

verstehen einander nur deshalb, weil sie sowohl Sie als auch mich versteht. Das ist eben Das Auge, das die Hobbits im wichtigsten Mythos des Westens zu zerstören versuchten. Aber sie schafften nicht, Das Auge erblinden zu lassen, wie ihre militärische Propaganda immer behauptet, sondern nur, dass sie selbst es nicht mehr sahen.«

T. schwieg. Auf seinem konzentrierten Gesicht zeigte sich ein merkwürdiger Ausdruck – als lausche er einer fernen, nur ganz schwach zu hörenden, fast verklingenden Musik. Dann lächelte er.

»Ja«, sagte er schließlich. »Schön. Aber dennoch neige ich nach wie vor zu der Ansicht, dass das in den Bereich der abstrakten Metaphysik gehört und keinerlei Einfluss auf unsere Umstände hat.«

»Das sollten Sie nicht tun«, versetzte Solowjow. »Gerade hier nämlich eröffnet sich der Weg nach Optina Pustyn.«

»Aber was ist Optina Pustyn? Eigentlich habe ich Sie nämlich nur deshalb gesucht, um Ihnen diese Frage stellen zu können. Wohin gehe ich?«

Solowjow lächelte.

»Ich weiß es nicht«, erwiderte er.

T. riss die Augen auf.

»Wie das denn? Ich verstehe, dass Tschapajew es nicht weiß – er hat diesbezüglich eine ganze Philosophie. Aber Sie? Sie haben es sich doch selbst ausgedacht!«

»Wer sich Optina Pustyn ausgedacht hat, ist unwichtig. Wichtig ist nur, wozu Sie es durch Ihre Reise machen. Diese Frage können nur Sie beantworten.«

»Vielleicht«, sagte T., »führt Ariel mich immer noch an der Nase herum, indem er sich für Sie ausgibt. So etwas ist schließlich auch schon vorgekommen. Ich glaube, dieser ganze Spuk nimmt nie ein Ende.«

»Doch«, entgegnete Solowjow, »und zwar dann, wenn Sie

endgültig begreifen, dass Ariel und seine ganze Bande gleichberechtigt neben Ihnen, neben mir und neben dieser Bank, auf der Sie sitzen, existieren. Bis dahin aber wird Ariel Edmundowitsch Ihnen etwas vormachen und behaupten, es gebe nur eine einzige akzeptable Variante von Evolution – unter den Bedingungen einer wachsenden Wirtschaftskrise entwickle sich Ihre Welt zu einem klerikalen Konsolen-Shooter mit Elementen von Softporno und einem begrenzten atomaren Konflikt ...«

»Übrigens«, bemerkte T., »er hat mich gewarnt, er werde Sie wieder in die Erzählung einbauen.«

Solowjow nickte.

»Ich weiß. In seinem Plan wollte er mich als Köder benutzen. Was ja im Grunde auch geklappt hat.«

»Sieht er denn unser Gespräch nicht?«, fragte T. argwöhnisch.

»Nein«, erwiderte Solowjow. »Laut Skript ist er gerade verreist. Aber wenn er wiederkommt, kann es sein, dass alles, was Sie heute gehört und verstanden haben, beim Redigieren wieder rausfliegt. Natürlich nur, wenn Sie ihm die Möglichkeit geben.«

»Wohin ist er denn gefahren?«

»Nach Hurghada in Ägypten.«

»Ach ja, ich erinnere mich«, sagte T. »War das nicht wegen des Obelisken von Echnaton?«

Solowjow hob abwehrend die Hände.

»Was zum Teufel hat der denn damit zu tun! Fehlt nur noch, dass Sie von der Knopf-Pyramide anfangen ... Hurghada ist einfach ein Kurort für arme Demiurgen. So wie Baden-Baden für uns.«

T. überlegte kurz.

»Ich habe noch eine Frage«, fing er an. »Sagen Sie, wenn Ariel und alle seine Gehilfen nur handelnde Personen sind, wer ist dann der richtige Autor? Der echte, endgültige?«

»Das müssen Sie schon selbst herausfinden.«

»Aber wie?«

»Wenn Sie ihm von Angesicht zu Angesicht begegnen.«
»Warum glauben Sie, dass er besser ist als Ariel?«
»Sehen Sie«, sagte Solowjow, »er hat eine andere Vorstellung von der Funktion Des Buches. Aus seiner Sicht soll es den Helden erlösen. Vor allem so einen, den man nicht erlösen kann. So einen wie Sie ...«
»Aber wozu hat er sich dann Ariel und seine Welt ausgedacht?« Solowjow zuckte die Schultern.
»Ich glaube, er wollte sich einfach nur lustig machen über die Idee, dass eine solche Welt tatsächlich existieren könnte. Die Ironie liegt in der scheinbaren Existenz dieser Welt.«
»Und wozu wurde ich erschaffen?«
»Wie ich schon sagte, Graf, ausschließlich deshalb, um durch das alles zur Erlösung zu gelangen. Um erlöst zu werden von einem Ort, an dem es keine Hoffnung, keine Erlösung gibt und nicht geben kann. Was könnte spannender sein als ein solches Abenteuer?«
»Na schön«, sagte T. »Warum wurden Sie dann nicht erlöst? Schließlich hat man Ihnen den Kopf abgeschlagen.«
»Graf, ich sagte ja schon, solche Dinge wären nur dann wichtig, wenn ich etwa Staatsgelder veruntreut hätte. Mich stört das überhaupt nicht, glauben Sie mir. Eher im Gegenteil ...«
»Die Erlösung ist also das Nichtsein?«
»Was reden Sie denn da? Welches Nichtsein? Wo haben Sie das schon mal gesehen? Um ›nicht sein‹ zu können, muss man nicht nur sein, sondern zum ›sein‹ noch das Wort ›nicht‹ dazupinseln. Überlegen Sie mal, auf wen oder was trifft dieses Nichtsein zu?«
»Auf den, den es nicht gibt ... Moment mal ... Mir fällt ein, was Tschapajew gesagt hat ... Die unbegreiflichste Qualität Gottes besteht darin, dass es Gott nicht gibt. Damals dachte ich, das sei ein prätentiöser Sophismus, aber mir scheint, ich beginne allmählich ... Was ist denn das, die Erlösung?«
»Das Problem der Erlösung ist im Grunde nicht real, Graf. Es

entsteht bei einer falschen Persönlichkeit, die immer dann zutage tritt, wenn das Fieber des Denkens den Geist verwirrt. Tagtäglich werden viele solcher falschen Persönlichkeiten erzeugt und verschwinden dann wieder. Sie sind immer wieder anders. Und wenn man eine solche Persönlichkeit nicht daran hindert, wird sie sich in ein oder zwei Sekunden für immer vergessen. Und nur sie kann man erlösen. Und genau zur Beruhigung dieses nervösen Phantoms sind alle geistigen Lehren auf der Welt erdacht worden.«

»Möglich«, sagte T. nachdenklich. »Das erklärt jedenfalls, warum das Problem der Erlösung die breite bäuerliche Masse so wenig interessiert. Allerdings widersprechen Sie sich in dem Fall selbst. Wen will denn der endgültige Autor erlösen?«

Solowjow lächelte.

»Sie. Und fragen Sie nicht, wie, wozu und warum. Sie werden das verstehen, wenn Sie ihn treffen. Sie sind an einer Grenze angelangt, an der die Worte enden. Den restlichen Weg müssen Sie allein gehen. Es ist nicht mehr weit.«

T. seufzte.

»Meinetwegen«, sagte er. »Angenommen, ich will Ihnen glauben. Was muss ich tun?«

»Das wissen Sie bereits. Finden Sie Optina Pustyn. Aber fragen Sie nicht einfach irgendwen, wie Sie da hinkommen. Suchen Sie in sich selbst.«

»Meinen Sie, dass es sich dort zeigt?«

»Es war schon immer dort«, lächelte Solowjow. »Gerade in Optina Pustyn zeigt sich alles Übrige. Aber Sie haben nie darauf geachtet. Sie waren zu beschäftigt mit Ihren Schießereien und der Hinwendung zum einfachen Leben ...«

Im Korridor wurde knarrend das Gitter geöffnet und Schritte von beschlagenen Stiefeln kamen näher. Dann hörte man Stimmen.

»Zum Teufel«, sagte Solowjow. »Anscheinend hat Ariel eine ziemlich unangenehme Überraschung für Sie. Verlieren Sie jetzt keine Zeit. Man kann das alles sehr schnell lösen und Sie wissen schon fast, wie ...«

»Was ist das für eine Überraschung?«

»Das sechste Element«, erwiderte Solowjow. »Erinnern Sie sich, er sprach von einem Realisten, den sie trotz Krise angestellt haben? Sie wollen Ihnen einen Vorschlag machen, den man nur schwer ablehnen kann. Es gelingt kaum jemandem, dieser Versuchung zu widerstehen. Aber Sie schaffen es, da bin ich sicher, weil ...«

Da klopfte es an der Tür und sofort erlosch Solowjows Silhouette – als hätte man die verborgene Lichtquelle, die ihn sichtbar werden ließ, ausgeschaltet.

Und dann erwachte T.

XXVI

Tolstoi schlug die Augen auf und hob den Kopf. Es dauerte ein paar Sekunden, bis er begriff, dass er am Schreibtisch in seinem Arbeitszimmer saß. Auf dem grünen Filz vor ihm lag ein Stapel beschriebenen Papiers; die Feder war ihm aus der Hand geglitten und hatte auf dem einen Blatt einen länglichen, halbrunden Klecks hinterlassen, der irgendwie mit dem Traum zu tun zu haben schien, aus dem er gerade erwacht war. Außerdem lag ein weißer Glacéhandschuh auf dem Tisch, der ebenfalls einen Bezug zu dem Traum hatte, und zwar einen sehr wichtigen.

Tolstoi blickte aus dem Fenster. Es war ein Sommerabend – Blumenbeete, der sich bis zum Teich hinunter erstreckende Garten, in die Erde gerammte Pfähle mit Seilen für das Ringlaufspiel. Um einen solchen Pfahl herum rannte mit geblähten Wangen ein kurzgeschorener Knirps in einem langen grauen Hemd.

Tolstoi senkte den Blick. Auf dem Fensterbrett lagen Schusterwerkzeuge. Unter dem Fenster stand eine Holzkiste mit Schusterleisten und Lederabschnitten. Alles sah aus wie immer.

Er runzelte kurz die Stirn und dann fiel es ihm wieder ein.

»Ich habe geträumt, ich schreibe einen Roman ... Ja, so war es. Einen völlig verrückten Roman, die Hauptfigur war der tote Dostojewski. Und ich selbst ... Ein sehr ausführlicher, merkwürdiger Traum, beinahe ein ganzes Leben, fantastisch und komisch ... Stopp. Aber habe wirklich ich den Roman geschrieben? Nein, mir scheint, ich selbst war der Roman, der geschrieben wurde ... Oder es war sowohl das eine wie das andere ...«

Wieder wurde an die Tür geklopft.

»Lew Nikolajewitsch«, rief die Stimme des Lakaien aus dem Flur. »Es sind schon alle bei Tisch. Belieben Sie zu kommen?«

»Ja, ich komme«, rief Tolstoi. »Sag, sie sollen mich entschuldigen und ohne mich anfangen. Ich komme in zehn Minuten, ich will nur noch meinen Tee austrinken.«

Als die Schritte im Korridor verklungen waren, ließ Tolstoi den Kopf in die Hand sinken und nahm dieselbe Haltung ein, in der ihn der Schlaf übermannt hatte – er wusste, dass man sich auf diese Art vergessene Einzelheiten aus einem Traum ins Gedächtnis rufen konnte. Nachdem er ein Weilchen völlig reglos gesessen hatte, nahm er die Feder, tunkte sie in das Tintenfass und schrieb: »Knopf (?). Der Zigeuner mit der Puppe. Solowjow und Olsufjew. Die Fürstin Tarakanowa. Der Prosektor Brahman (?). Konfuzius. Das Wichtigste, nicht vergessen – Opt. Pustyn.«

Er hob die Hände, nahm mit zwei Fingern den Anhänger auf seiner Brust und hielt ihn sich vor die Augen.

Es war ein winziges goldenes Buch, zur Hälfte verborgen in einer aus weißem Jaspis geschnitzten Blume – das Ganze sah aus wie eine kleine Glocke mit einem überproportional großen Klöppel. Das Buch hing an einem goldenen Kettchen. Es war eine sehr alte Arbeit und auch wenn sie auf den ersten Blick robust wirkte, trug sie zahlreiche Spuren der Zeit – Kratzer, Risse und Flecken. Tolstoi lächelte und schüttelte ungläubig den Kopf.

Er stand auf und ging in den von seinem Schreibtisch durch Bücherschränke abgeteilten Bereich, der ihm als Empfangszimmer diente. Dort lagen auf dem runden Tisch zwischen der Glastür, die in den Garten führte, und dem mit grünem Wachstuch bespannten Diwan etwa ein halbes Dutzend Bücher in deutscher, englischer und französischer Sprache.

Ein gedämpfter Schrei drang aus dem Garten. Tolstoi blickte durch die Glastür hinaus. Der kleine Junge, der am Seil um den Pfahl herumgerannt war, hatte das Gleichgewicht verloren und war ins Gras gefallen. Tolstoi schmunzelte, ging zum Waschtisch und wusch sich das Gesicht.

Als er das Speisezimmer betrat, verstummte das Gespräch am Tisch und zwei der Anwesenden – der Übersetzer aus dem Gefolge des indischen Gastes und der Spezialist für den Phonographen[87] – wollten aufstehen, aber man hielt sie zurück. Der indische Gast selbst, ein hochgewachsener, hagerer alter Mann in einem orangefarbenen Mantel und mit einer hölzernen Gebetskette um den Hals, lächelte über das ganze Gesicht. Tolstoi murmelte eine freundliche Begrüßung, nickte in die Runde und setzte sich auf seinen Platz.

»Zum Teufel«, dachte er, »ich habe schon wieder vergessen, wie er heißt ... Swami ... ananda. Aber was vor diesem ... ananda kommt, weiß ich nicht mehr. Ich glaube, man kann ihn einfach Swami nennen, das bedeutet so viel wie ›Hochwürden‹ ... Vor allem kann man sich das leicht merken, Swami hört sich an wie ›s′ warm hier‹.«

»Vielen Dank, Swami«, sagte er, nahm den Anhänger von der Brust und hielt ihn dem Inder hin. »Aber ich bin wahrscheinlich zu alt für derlei Experimente.«

Der Übersetzer brauchte irgendwie sehr lange, um diesen einfachen Satz zu übersetzen, und der Inder betrachtete unterdessen den Anhänger sehr genau und legte ihn sich selbst um den Hals, über seine Gebetskette. Seine Miene zeigte eine leichte Besorgnis.

»Gar kein Resultat?«, fragte er.

Tolstoi strich über seinen Bart und überlegte, was er sagen sollte.

»Doch«, antwortete er dann. »Es gab ein Resultat, zweifellos. Ich hatte wohl noch nie einen so verrückten, so langen und vor allem so lebensechten Traum. Und das lässt sich kaum durch natürliche Ursachen erklären, außer vielleicht dadurch, dass meine Sensibilität für übernatürliche Ereignisse nach unserem Gespräch erhöht war. Obwohl ich skeptisch war. Ich weiß nicht einmal ...

Aber ich kann nur schwer glauben, dass ich die Zukunft gesehen haben soll. Es war ein merkwürdiges Durcheinander, einiges war mir bekannt, anderes schien mir vollkommen absurd.«

»Könnten Sie das etwas genauer beschreiben?«, fragte der Inder.

Tolstoi goss sich Milch in seinen Tee und nahm einen Schluck. Dann hob er die Augen und blickte seinen Sekretär Tschertkow an.

»Schreiben Sie dieses Gespräch nicht mit, mein Lieber«, sagte er verlegen. »Weiß der Teufel, was das soll.«

Tschertkow lächelte kaum merklich. Tolstoi wandte sich an den Inder und setzte sich so, dass er sowohl ihn als auch den Übersetzer im Blick hatte.

»Schön«, sagte er. »Ich erzähle es Ihnen. Ich habe geträumt, ich sei der Held eines Buches. Ich wurde gleichzeitig von mehreren Leuten erfunden, allesamt ziemliche Schurken. Und der Text, den sie schrieben, wurde meine Welt und mein Leben. Diese Welt war allerdings von mir bekannten Personen bevölkert. Einige von ihnen sitzen sogar hier am Tisch ...«

Tolstoi wandte sich an den Spezialisten für den Phonographen:

»Sie zum Beispiel, Herr Knopf, waren in meinem Traum ein skrupelloser Mörder, der mit dem Revolver auf mich geschossen hat.«

Knopf erbleichte, richtete seine farblosen Augen auf Tolstoi und presste die Hand an die Brust, als versuchte er, dort eine Taste zu finden, auf die er drücken könnte, um sich für immer auszuschalten.

»Vermutlich hast du auch von mir irgendetwas Grässliches geträumt«, sagte Sofja Andrejewna[88] fröhlich. »Nicht wahr, Ljowa?«

Tolstoi schüttelte den Kopf.

»Du kamst überhaupt nicht vor«, erwiderte er. »Aber deine Freundin Tarakanowa. Sie hat mich mit einem ganz speziell zubereiteten Hecht bewirtet. Der Zigeuner Mladitsch kam auch vor.«

Sofja Andrejewna nickte.

»Lojko Mladitsch«, erklärte sie den anderen. »Er war Theaterdiener im Zigeunerchor, Ljowa kannte ihn gut. Ein Hüne von Mann, er singt wundervoll zur Gitarre – Ljowa musste fast jedes Mal weinen. Er war oft bei uns zu Besuch. Eines Tages hat er sich eine italienische Marionette von uns erbeten, einen schwarzen Bajazzo. Ich weiß nicht, was ihn an dieser Puppe gereizt hat. Er hat sich einfach in sie verliebt. Schenk sie mir, sagte er, ich will es dir vergelten, wenn nicht auf dieser Welt, dann in der nächsten. Wenn du sie mir nicht schenkst, schleiche ich mich in der Nacht herein, stehle sie und setze euch den roten Hahn aufs Dach ... Das war natürlich ein Scherz.«

»Scherz hin oder her«, sagte Tolstoi nachdenklich, »aber da war eine Puppe. Und dann war da noch ... Olsufjew, aber wie der aussah! So beruhigen Sie sich doch, um Gottes willen, Sie haben sich geändert und waren am Schluss ein guter Mensch!«

Letzteres galt Knopf, der immer noch mit entsetzt aufgerissenen Augen dasaß und die Hand ans Herz gedrückt hielt.

Am Tisch trat Stille ein, unterbrochen nur vom Klappern des Bestecks. Der Inder neigte sich dem Übersetzer zu und fragte:

»Sagen Sie, haben Sie nicht vielleicht im Traum auch das Amulett gesehen?«

Tolstoi überlegte kurz.

»Doch. Ich glaube, darin befand sich ein goldener Einsatz mit einem heiligen Text, und zwar auf Ägyptisch, warum auch immer. Nachher, in einem späteren Teil des Traums, wurde er übersetzt, und es stellte sich heraus, dass er den Namen eines antiken Gottes enthielt. Der aber von keinerlei praktischem Nutzen war.«

»Wie interessant, Ljowa.« Sofja Andrejewna schlug die Hände zusammen. »Warum sagst du es denn nicht? Wie hieß der Gott?«

»Ich kann mich nicht genau erinnern«, sagte Tolstoi. »Es waren vier Buchstaben, von denen aber keiner genau sagen konnte, was sie bedeuten. Aber das Amulett«, sagte er an den Inder gewandt, »wollte man mir im Traum wegnehmen. Man wollte mich seinetwegen sogar umbringen. Und dann«, sagte Tolstoi, jetzt an Knopf gewandt, »wurden Sie seinetwegen umgebracht.«

Knopf, immer noch mit der Hand an der Brust, schloss die Augen und nickte, als nähme er eine verdiente Strafe entgegen.

»Sagen Sie, wer waren denn diese Schriftsteller?«, fragte Tschertkow. »Diese Leute, die Sie erfunden haben?«

Tolstoi nippte an seinem Tee.

»Irgendwelche finsteren Gestalten«, sagte er. »Der Obergauner hieß Ariel. Aber es war eine ganze Werkstatt von Leuten, die alle zusammen einen Roman schrieben.«

»So was wie *bouts-rimés*?«, fragte Tschertkow.

»Nein«, antwortete Tolstoi, »viel schlimmer. Die schreiben Bücher, wie unsere Bauern Schweine zum Verkaufen züchten. Und ich war der Held in so einem Roman. Eine Zeit lang habe ich ihn übrigens sogar selbst geschrieben, und zwar die verrücktesten Stellen. Dazu habe ich immer einen weißen Handschuh angezogen. Der Handschuh ist echt, er liegt bei mir auf dem Schreibtisch, und ich ziehe ihn tatsächlich beim Schreiben manchmal an, wenn ich eine Blase an der Hand habe. Und eine Menge neuer Wörter habe ich gehört, die ich nicht verstanden habe. Aber sie waren sehr lustig.«

»Das heißt, Sie haben doch die Zukunft gesehen«, sagte der Inder. »Wenn auch durch ein merkwürdiges Prisma. Denn es gab doch, wenn ich es richtig verstehe, in Ihrer Vision Elemente, die Sie keinesfalls aus Ihrer Alltagserfahrung ableiten können?«

»Oh ja, allerdings, und zwar in großer Zahl«, bestätigte Tolstoi. »Besonders, als ich von Dostojewski mit seiner Kampfaxt geträumt habe. Da fing der richtige Albtraum an. Lebende Tote auf den Straßen von Petersburg, ellenlange Zoten an den Häuserwänden ... Menschen, die sich gegenseitig die Seelen aussaugen, um daraus Profit zu schlagen, und zwar nicht für sich selbst, sondern für diejenigen, die ihnen das beibringen.«

»Die Apokalypse«, seufzte Sofja Andrejewna.

»Im Übrigen geschieht doch heute genau das Gleiche«, fuhr Tolstoi fort. »Für die meisten ist die Frage nicht, wie man leben, wem man dienen und welchen Glauben man verkünden soll, sondern wie man einen Preis bekommen und wie man reich werden kann ... Von da ist es nicht mehr weit zu Ariel.«

»Du denkst eben viel über solche Dinge nach«, sagte Sofja Andrejewna. »Also hast du davon geträumt.«

»Möglicherweise«, erwiderte Tolstoi. »Übrigens hat Dostojewski ständig Konfuzius zitiert, und zwar genau die Stellen, die ich vor kurzem gelesen habe.«

»Sagten Sie Ariel, Lew Nikolajewitsch?«, fragte Tschertkow leise.

»Ja.«

»Dieser Name bedeutet, soweit ich weiß, ›Der Löwe Gottes‹.«

»Ach, Ljowa«, bemerkte Sofja Andrejewna, »Ariel warst sicher du. Der größte Löwe von allen.«

»Ich habe es doch erklärt – ich war nur ein Held in dem Roman. Er war mein Autor.«

»Aber Ljowa, du hast immer gesagt«, bemerkte Sofja Andrejewna, »dass du beim Schreiben selbst zu deinem Helden wirst und dass man anders überhaupt keine Literatur schreiben könne.«

Tolstoi, der eben den Teelöffel in sein Glas gestellt hatte, erstarrte.

»Ljowa, was ist los? Hast du dich verschluckt?«

»Nein«, sagte Tolstoi und fing an zu lachen. »Dieser Gedanke wäre mir im Traum sehr gelegen gekommen. Ganz genau, ja ... Der Autor muss sich als Held ausgeben, damit der überhaupt erscheinen kann ... Da könnte ich ihn festnageln ... Dann wird klar, warum man den Helden retten muss. Und wo man Gott suchen muss. Und warum man seinen Nächsten lieben muss, wenn er leidet – das ist die grenzenlose Ewigkeit, die sich vergessen hat, verzweifelt ist und weint ...«

»Du redest völlig verworren«, sagte Sofja Andrejewna.

»Ach was«, versetzte Tolstoi, »das hat nichts zu sagen, ich denke nur laut. Der Mensch ist interessant konstruiert. Welcher Christ hätte nicht schon davon geträumt, Christus zu dienen, wenn er zu Tiberius' Zeit in Palästina gelebt hätte? Dabei ist es in Wirklichkeit ganz einfach, einem allgegenwärtigen Gott zu helfen, das kann jeder – man muss sich nur nach rechts und links umsehen und schauen, wem es schlechtgeht.«

»Das ist ja noch verworrener.«

Tolstoi trank einen Schluck Tee.

»Etwas anderes wird dich interessieren – mir ist der Familienname von diesem Ariel eingefallen. Er hieß Ariel Edmundowitsch Brahman.«

»Brahman?«, fragte Sofja Andrejewna. »An den erinnere ich mich. Das war doch der Prosektor, den wir in Odessa getroffen haben?«

»Genau. Die Kippa. Aber der Brahman im Traum sah ihm überhaupt nicht ähnlich«, sagte Tolstoi.

»Wer war das?«, fragte Tschertkow.

»Auf der Durchreise in Odessa«, erklärte Sofja Andrejewna, »hatten wir im Hotel einen Nachbarn, einen höchst sonderbaren Herrn aus Warschau. Er hat versucht, Ljowa die Kippa zu stehlen, die er von den Odessiter Juden geschenkt bekommen hatte. Dabei war er kein gewöhnlicher Dieb, das war sofort klar, denn das Zimmermädchen hat ihn ertappt. Wir wollten schon den Polizeimeister holen, aber er fiel auf die Knie, fing an zu weinen und gestand, er habe nur eine Kleinigkeit zur Erinnerung an den großen Mann haben wollen. Meine Frau ist schwanger, sagte er, ich will meinen Kindern diese Kippa aufsetzen, vielleicht werden sie dann auch Schriftsteller.«

Als der Übersetzer diesen langen Satz übersetzt hatte, fragte der Inder:

»Und wie ging die Geschichte aus?«

»Ljowa fand es amüsant«, fuhr Sofja Andrejewna fort. »Er schenkte ihm die Kippa und trank sogar einen Wodka mit ihm. Alles gut und schön, sagte er zu ihm, nur hat die Kippa damit nichts zu tun ...«

Die Tischrunde fing an zu lachen.

»Aber siehst du, Ljowa, es hat geklappt«, sagte Sofja Andrejewna, »wenn auch nur im Traum. Vielleicht war das der Sohn oder der Enkel von diesem Brahman. Oder sogar der Urenkel.«

»Euch soll einer begreifen!« Tolstoi winkte ab. »Tschertkow sagt, ich selbst sei Ariel, und du meinst, er sei der Nachfahre des Prosektors, der die Kippa stehlen wollte. Übrigens hatte er im Traum Komplizen, denen ich in Odessa ganz bestimmt nie begegnet bin.«

Er wandte sich an den Inder.

»Was ist das eigentlich für ein Amulett?«

»Es heißt ›Buch des Lebens‹«, begann der Inder und machte eine Pause für den Übersetzer. »Wo und wann es hergestellt wurde, ist nicht bekannt, aber es wird seit vielen Jahrhunderten wie ein Schatz von einer Generation an die nächste weitergegeben. Es heißt, wenn man das Amulett am Hals trägt und einschläft, hat man einen prophetischen Traum.«

»Und woher haben Sie es?«

»Ich habe es von meinem Lehrer bekommen und der wiederum hat es von seinem Lehrer. Sie glaubten, dass das goldene Buch einen Blick in die Zukunft gestattet. Aber diese Zukunft wird immer durch das Prisma des Geistes betrachtet, der sie sieht. Daher ist das Gesehene zwangsläufig verunreinigt – oder vielmehr bedingt – durch die persönliche Erfahrung desjenigen, der sieht. Wenn Sie zum Beispiel Kavallerist sind, dann sehen Sie am ehesten die Zukunft der Kavallerie. In Ihrem Traum tauchen dann vielleicht feuerspeiende Eisenrösser auf. Ich erinnere mich da an einen solchen Vorfall ...«

»Und wenn Sie ein Lew sind, der Bücher schreibt«, erwiderte Tolstoi, »dann werden Sie von den Nachfahren eines verrückten Prosektors zerfleischt, der davon geträumt hat, seine Nachkommenschaft würde sich der Literatur widmen.«

Der Übersetzer erklärte ausführlich das mit den Namen Lew und Ariel verbundene Wortspiel. Dann sagte Tolstoi nachdenklich:

»Einige Details der künftigen Welt waren ... wie soll ich das sagen, sie waren im Traum vollkommen verständlich und angemessen, sind aber jetzt vollkommen sinnlos. Ich kann mich nicht einmal genau daran erinnern. Wissen Sie, das ist, als hätte man Ihnen im Traum auf Arabisch erklärt, wie ein Phonograph funktioniert, und Sie hätten zwar alles verstanden, könnten das aber nach dem Aufwachen nicht mehr wiedergeben.«

»Das ist der beste Beweis«, sagte der Inder, »dass das Experiment echt war.«

Tolstoi zuckte die Achseln.

Am Tisch kehrte Ruhe ein. Knopf nutzte den Moment, räusperte sich und sagte taktvoll:

»Lew Nikolajewitsch! Ich möchte mich noch einmal für das Missverständnis entschuldigen ...«

Die Tischrunde brach in Gelächter aus.

»... und mitteilen«, fuhr Knopf tapfer fort, »dass der Phonograph jetzt instand gesetzt und zur Arbeit bereit ist, sobald Sie geruhen, es anzuordnen.«

»Ich bin es, der sich zu entschuldigen hat«, erwiderte Tolstoi.

»Vielen Dank, Herr Knopf ... Hm. Es ist irgendwie eigenartig, Sie ohne Revolver zu sehen.«

»Ljowa, du bringst ihn noch völlig durcheinander«, flüsterte Sofja Andrejewna.

Aber Tolstoi hatte sich schon dem Inder zugewandt.

»Wenn man all die verrückten Details beiseite lässt«, sagte er, »muss ich zugeben, dass dieser Traum tatsächlich in bestimmter Weise ... sozusagen langgehegten Gedanken von mir nahekommt. Vielen meiner Gedanken. Doch ich glaube selbstverständlich nicht, dass man auf die Art einen Blick in die Zukunft werfen kann.«

»Dieses Amulett ermöglicht es, die Wahrheit zu sehen«, entgegnete der Inder. »Vergangenheit und Zukunft sind nur ein Teil der Wahrheit.«

»Ich könnte nicht behaupten, die Wahrheit gesehen zu haben.«

»In einem derartigen Experiment kann sie maskiert sein oder mit Ungereimtheiten durchsetzt«, bemerkte der Inder. »Wie die Sonne am Himmel – sie ist manchmal von Wolken verdeckt, aber ihr Vorhandensein ist unbestreitbar.«

»Es stimmt, im Traum kam mir häufig die Frage nach der Wahrheit«, sagte Tolstoi. »Aber eine Antwort habe ich nicht erhalten.«

»Dann wird das Experiment weitergehen«, sagte der Inder. »Einmal begonnen, wird es ganz bestimmt zu Ende geführt.«

Tolstoi schmunzelte.

»Wir befinden uns hier auf schwankendem Boden. Sie wollen mich glauben machen, dass ein Wunder geschehen ist. Meiner tiefen Überzeugung nach aber sind Wahrheit und Wunder zwei unvereinbare Dinge. Wenn von so etwas wie Auferstehung, Verklärung und dergleichen mehr die Rede ist, sollte man sofort prüfen, ob die Geldbörse noch da ist, wo sie hingehört. Achten Sie einmal darauf: Diese religiösen Wunder sind immer irgendwie armselig und mittelmäßig – entweder eine Ikone weint Öltränen oder einer mit zwei lahmen Beinen hinkt plötzlich nur noch auf einem Bein oder die Teufel lassen von der einen Schweineherde ab und fahren in die andere ...«

»Ljowa«, sagte Sofja Andrejewna vorwurfsvoll.

»Sind Sie Materialist?«, fragte der Inder.

»Ganz und gar nicht«, erwiderte Tolstoi. »Ich meine vielmehr, dass es keinen schlimmeren Irrtum gibt als die Anschauung der Materialisten. Ich kann indes nicht behaupten, dass ich irgendeine religiöse Doktrin voll und ganz anerkenne.«

»Glauben Sie an Gott?«

»Natürlich.«

»Stimmen Sie der Ansicht zu, der Mensch sei seine Verkörperung?«

Tolstoi fing an zu lachen. Tschertkow drehte sich zu dem Übersetzer um und sagte:

»Er lacht, weil wir vor zwei Tagen genau darüber gesprochen haben. Die Antwort von Lew Nikolajewitsch war, wie ich finde, bemerkenswert formuliert. Er hat sich so geäußert: Der Mensch hält sich für Gott und er hat recht, weil Gott in ihm ist. Er hält sich für ein Schwein und er hat wieder recht, weil auch ein Schwein in ihm ist. Aber der Mensch täuscht sich gewaltig, wenn er sein inneres Schwein für Gott hält.«

Der Inder lauschte der Übersetzung, nickte sehr ernst und fragte:

»Glauben Sie an die Seelenwanderung?«

»Ich meine«, erwiderte Tolstoi, »dass die Existenz einer einzelnen Persönlichkeit nur eine der Phasen des ewigen Lebens in seinen sich allmählich vervollkommnenden Formen ist. Diese Formen sind einander so nah, dass die vage Erinnerung an den vorhergehenden Zustand im Menschen niemals verschwindet. Vielleicht spricht man deshalb von Seelenwanderung. Der Tod ist jedenfalls nicht schrecklich, er ist nur ein Übergang. Die Welt ist ein Ganzes. Und es gibt kein anderes Wunder als das Leben.«

»Einverstanden«, sagte der Inder, als der Übersetzer ausgeredet hatte. »Das einzige echte Wunder sind wir selbst. Daher will ich Sie keineswegs glauben machen, dass Ihnen ein Wunder geschehen ist. Im Gegenteil, aus meiner Sicht ist an einem solchen Experiment gar nichts Ungewöhnliches.«

Tolstoi lächelte.

»Nun, wenn das so ist, ist es gut. Sie behaupten also, ich würde diesen Traum irgendwann zu Ende träumen?«

»Ja«, sagte der Inder. »Ganz bestimmt. Und das Amulett brauchen Sie nicht mehr.«

Es gab eine Pause im Gespräch, die der Lakai ausnutzte, der in der Tür erschienen war.

»Es sind neue Gäste eingetroffen«, teilte er mit.

»Wer denn?«, fragte Sofja Andrejewna.

»Zwei gebildete Arbeiter«, spottete Tolstois Sohn Dmitri Lwowitsch, der nach dem Lakai eingetreten war, »und eine Studentin. Anscheinend eine Nihilistin – kurzgeschnittene rote Haare, raucht eine Papirossa. Hübsches Mädchen.«

»Na bitte«, grinste Tschertkow, »die wollen sicher wieder Geld für Revolver haben.«

»Und ich werde ihnen auch dieses Mal nichts geben«, versetzte Tolstoi. »Und dem Mädchen gewöhnen wir das Rauchen ab. Wenn man sie auf einen Spaziergang über acht Werst mitnimmt, vergisst sie ihre Papirossi auf der Stelle ...«

»Ach, Ljowa!« Sofja Andrejewna schlug die Hände zusammen. »Warum verachtest du jegliche emanzipatorische Regung der weiblichen Seele?«

Tolstoi lachte auf.

»Wenn Frauen anfangen, über Emanzipation zu reden«, sagte er mit einem Blick auf den Inder, »muss ich immer an Epiktet denken. Er schrieb, dass die Römerinnen sich nicht von Platons *Staat* trennen konnten, weil Platon darin die Frauengemeinschaft predigt. Aber den Rest des Buches haben sie nicht so ganz verstanden. Emanzipation ... Wozu? Euch bis zur Taille entblößen und zum Ball fahren – das könnt ihr auch jetzt schon.«

»Vielen Dank, Ljowa«, sagte Sofja Andrejewna mit eisiger Stimme, »dass du heute wenigstens nicht verlangst, ich soll einen Sarafan und Bastschuhe anziehen und zum Fluss hinuntergehen, um die Wäsche zu waschen.«

»Das würde dir gar nicht schaden«, entgegnete Tolstoi und erhob sich vom Tisch. »Aber du kannst es ja nicht. Das ist schließlich etwas anderes, als Préludes von Chopin zu spielen.«

Als er bemerkte, dass die übrigen Gäste ebenfalls aufstanden, fügte er hinzu:

»Bitte lassen Sie sich nicht stören. Ich lasse Sie bis zum Abendessen allein, ich muss ein paar Briefe schreiben ...«

Er wandte sich an den Inder:

»Morgen früh zeige ich Ihnen, wenn Sie gestatten, meine Schule für die Bauernkinder.«

»Das würde mich interessieren«, sagte der Gast höflich.

In seinem Kabinett schloss Tolstoi die Tür von innen ab und setzte sich an den Schreibtisch. Er war ein wenig schläfrig, aber die Mattigkeit war seltsam angenehm. »Ich frage mich«, überlegte er, »ob ich wohl die Fortsetzung träume, wenn ich jetzt einschlafe?«

Er legte die gefalteten Hände auf den Tisch, ließ den Kopf darauf sinken und nahm die Haltung ein, in der er vor dem Mittagessen erwacht war. Doch bei aller Müdigkeit wollte sich der Schlaf nicht recht einstellen. Mehrmals öffnete und schloss Tolstoi die Augen, bis er plötzlich bemerkte, dass von der Wand her – von der Stelle, wo sonst die Porträts von Fet und Schopenhauer hingen – Napoleon der Dritte ironisch auf ihn herabsah; er war in einen Hermelinmantel gehüllt und mit einem merkwürdigen Orden geschmückt, der aussah wie ein fünfzackiges Malteserkreuz.

»Moment mal«, dachte er, »ich schlafe ja schon ...«

Nicht nur, dass er sehen konnte, ohne die Augen zu öffnen – er konnte in alle Richtungen sehen: Er sah die am Schrank hängende Kleidung, die Sense ohne Griff und seinen runden, weichen Hut. Gleichzeitig konnte er die in der anderen Ecke stehenden Spazierstöcke sehen. Aber trotz der vertrauten Gegenstände war dieser Raum ganz sicher nicht sein Kabinett, denn er hatte keine Fenster.

»Dieses Zimmer habe ich schon einmal gesehen«, fiel es Tolstoi ein. »Aber es sah etwas anders aus … Ich habe darin versucht, mich selbst zu schreiben … Soll ich es nicht noch einmal versuchen? Ich müsste die Sache zu Ende bringen, solange Ariel in Ägypten ist …«

Verwundert, wie leicht und zügig ihm alles von der Hand ging, nahm Tolstoi den weißen Glacéhandschuh vom Tisch, streifte ihn über, ergriff die Feder, tunkte sie in das Tintenfass und brachte einen Satz zu Papier, der ihm in dieser Sekunde eingefallen war:

»Die Tür wurde aufgerissen und zwei Gendarmen betraten die Zelle.«

XXVII

Die Tür wurde aufgerissen und zwei Gendarmen betraten die Zelle – Major Kudassow und ein Leutnant, den er nicht kannte. Der Major sah schneidig aus – sein Walrossbart war geschwärzt, die Wangen glattrasiert und überhaupt machte er den Eindruck, als wäre er unterwegs zu einem Ball und hätte sich im letzten Moment doch entschieden, zum Dienst zu gehen. Der Leutnant, der ihn begleitete, war ein ganz junger Mann, ohne Bart, mit einem Mittelscheitel und feuchten, aufmerksamen Augen, wie sie trächtige Hündinnen haben und Journalisten, die über die Pariser Mode schreiben.

Beide Gendarmen gehörten offensichtlich zur guten Gesellschaft und an einer gewissen bürokratischen Starre in ihrer Miene war ersichtlich, dass die bevorstehende Unterhaltung nicht nach ihrem Geschmack war.

»Wieso machen diese Gendarmen immer so einen verlegenen Eindruck?«, überlegte T. »Aber mich würde etwas anderes interessieren: Wer erschafft sie jetzt gerade? Ich selbst? Ariel? Oder vielleicht sogar Grischa Ownjuk? Wir werden sehen ...«

»Haben Sie geschlafen, Graf?«, fragte Kudassow. »Verzeihen Sie, dass wir Sie wecken mussten.«

»Kommen wir sofort zur Sache«, sagte T.

»Wie Sie wünschen. Wissen Sie, welche Strafe Ihnen für den Mord an der Fürstin Tarakanowa und ihrem Gefolge droht?«

T. runzelte die Stirn.

»Ich habe die Ärmste nicht umgebracht«, sagte er. »Ganz im

Gegenteil. Ich habe versucht, sie zu schützen, aber ich kam zu spät.«

»Vor wem wollten Sie sie schützen?«

»Vor den Amazonas-Indianern und ihren Giftpfeilen. Die haben sie umgebracht. Obwohl etwa Pobedonoszew durchaus behaupten könnte, der Unglaube habe sie umgebracht.«

»Über den verstorbenen Oberprokurator sprechen wir später«, sagte Kudassow. »Was sind das für Indianer?«

»Meinen Sie vielleicht, das sind Bekannte von mir?«, fragte T. sarkastisch. »Es blieb keine Zeit, sie mir vorzustellen.«

»Und wo sind sie jetzt?«

»Verbrannt.«

»Na schön ... Und dann haben Sie beschlossen, den Leichnam des Obersten der Gendarmerie dem Wasser anzuvertrauen, als eine Art Kontrast zur Feuerbestattung?«

»Was für ein Oberst?«

»Den Sie nach dem Mord an der Tarakanowa erwürgt haben!«

»Erwürgt?« T. zog die Augenbrauen hoch. »Ich? Ich bitte Sie, mit so etwas gebe ich mich gar nicht ab. Erwürgt, sagen Sie bloß ... Mir ist übrigens schon klar, wie Sie auf diese Idee kommen. Ich habe tatsächlich eine Zeit lang einen Gendarmenrock getragen. Aber den haben mir die Zigeuner gegeben, weil ich vollkommen nackt war, als ich aus dem Fluss stieg ...«

»Und woher haben Sie die Reisetasche mit den Imperialen, die wir in Ihrem Zimmer im Hotel d'Europe gefunden haben? Haben Ihnen die auch die Zigeuner gegeben, als Sie aus dem Fluss stiegen?«

»Nein, als ich aus dem Fluss stieg, lag die Reisetasche schon am Ufer. Ich glaube, sie lag da, weil ich sie mit dem Fuß gestreift hatte. Die Zigeuner haben damit gar nichts zu tun. Das war ein ganz anderer Fluss, und außerdem war der zugefroren.«

»Ja, ja«, sagte Kudassow. »Ich verstehe, man kann nicht zweimal in denselben Fluss steigen ...«

»Nein«, sagte T., »das ist sogar geografisch ein ganz anderer Fluss. Der Styx.«

Die Offiziere wechselten einen Blick.

»Das heißt«, erkundigte sich Kudassow in schmeichelndem Ton, »wenn ich Sie richtig verstehe, ist es dem Bankier Kail, dem diese Reisetasche gehörte, also nicht gelungen, den Styx zu überqueren, Ihnen hingegen wohl?«

T. nickte.

»Es ist genau so, wie Sie sagen. Wenn Ihre Angaben der Realität entsprechen, bin ich der Erste, der das gerne bestätigt.«

»Der Mord an Oberprokurator Pobedonoszew und einer Gruppe von Mönchen steht gleichfalls im Zusammenhang mit Mythen und Legenden des alten Griechenlands, vermute ich?«

»Sie können sich gar nicht vorstellen, wie sehr sogar«, erwiderte T. »Nur nicht des alten Griechenlands, sondern des alten Ägyptens. Und es war kein Mord, sondern ein unglücklicher Zufall beim ... ehem ... gewaltlosen Widerstand gegen das Böse.«

»Den Sie mit Hilfe von Splitterbomben zweimal geleistet haben«, versetzte der jüngere Gendarm. »Das erste Mal in der Nähe der Stadt Kowrow und dann in der Wohnung von Oberprokurator Pobedonoszew in Petersburg?«

»So in etwa, ja«, stimmte T. zu. »Beide Male ging alles nach bestem Wissen und Gewissen zu. Ich empfinde keine Reue.«

Die Gendarmen wechselten wieder einen Blick, dieses Mal beinahe fröhlich.

»Also schön, es hat keinen Sinn, dieses Gespräch endlos weiterzuführen«, sagte Kudassow. »Die Sache ist klar.«

»Vollkommen einverstanden«, bekräftigte der Leutnant.

»Wir wollen die Agenten, die Sie umgebracht haben, gar nicht erwähnen«, fuhr Kudassow fort. »Das ist nur eine Kleinigkeit in der Gesamtbilanz. Sie gehen schließlich schon viele Jahre auf diesem Weg, Graf. Noch zu Lebzeiten von Minister Dolgoruki wurden bei Ihnen in Jasnaja Poljana geheime Gänge und Treppen eingebaut, für den Fall einer Begegnung mit den Hütern des Gesetzes, das wissen wir sehr gut. Und nachts patrouillierte mehr Volk um Ihr Landgut herum als hier um das Gefängnis ... Wenn wir Sie damals gestoppt hätten, dann wäre vielleicht alles anders gekommen. Aber jetzt ist die Krankheit zu weit fortgeschritten, um sie noch heilen zu können. Man sollte doch glauben, dass Ihnen von Anfang an klar war, was Sie für die Vorbereitung zum Zarenmord zu erwarten haben.«

»Wovon reden Sie?«, fragte T. verständnislos.

Kudassow blickte T. angelegentlich in die Augen und legte ein doppelt gefaltetes Blatt Papier auf den Tisch.

»Dieser Brief hat Sie nie erreicht«, sagte er. »Aber jetzt können Sie ihn lesen.«

T. nahm das Papier und faltete es auseinander. Das Blatt war mit einer ordentlichen, flüssigen Handschrift beschrieben:

Hotel d'Europe, an Graf T.

Graf,

Sie erkundigten sich vor der Versammlung nach dem »Imperator, der den Gedanken freilässt« (wenn Sie sich noch daran erinnern), indes die Umstände erlaubten damals keine Antwort meinerseits. Ich versuche, diese nun in meinem Brief zu geben.

Die Worte sind mit einer alten Geschichte verbunden: Einmal sagte Solowjow im Gespräch mit Dschambon, die vier erhabenen Wahrheiten des Buddhismus müssten in der Auslegung für den modernen Menschen anders klingen als vor zweitausend Jahren. Sie stritten und lachten und schrieben dann zusammen die folgende Version:

1) Leben ist Unruhe.
2) Grundlage der Unruhe ist der Gedanke.
3) Den Gedanken kann man nicht zu Ende denken,
   man kann ihn nur freilassen.
4) Um den Gedanken freizulassen, bedarf es des Imperators.[89]

Zu Anfang wollten sie die vierte erhabene Wahrheit anders formulieren – »Um den Gedanken freizulassen, finde denjenigen, der denkt«. Allerdings ist, wie Dschambon bemerkte, der moderne Geist so geübt, dass er nicht selten fortfährt zu denken, selbst wenn er begriffen hat, dass es ihn nicht gibt.

Sie fragen, wer dieser »Imperator« ist? Ganz einfach – derjenige, der den Gedanken bemerkt, lässt ihn frei und verschwindet zusammen mit ihm. Dieses Verfahren bezeichnet man als »Schlag des Imperators«, und ich denke, er wird ganz bestimmt einen Platz in Ihrem Arsenal des gewaltlosen Widerstands finden. Der Schlag wird nicht nur dem Gedanken zugefügt, sondern auch dem Imperator selbst, der mit dem Gedanken zusammen untergeht: Im Grunde geht er, ohne angekommen zu sein, weil die Sache schon getan ist.

Man könnte sagen, dass der »Imperator« eine Erscheinungsform der aktiven Hypostase Des Lesers oder, wenn Sie so wollen, Des Autors ist. Doch der Unterschied zwischen Leser und Autor existiert nur so lange, wie der Gedanke noch nicht freigelassen ist, weil Der Leser ebenso wie Der Autor nur Ideen sind. Als ich Solowjow fragte, was denn bliebe, wenn es weder Gedanke noch Imperator gäbe, antwortete er einfach: »Du und deine Freiheit.«

Hier könnte die Frage aufkommen, was Solowjow eigentlich mit dem Wort »du« gemeint hat. Der Autor, Du und Der Leser – das war seine Auffassung der Dreieinigkeit. Zwischen diesen drei Begriffen gibt es scheinbar einen Unterschied. Doch in Wirklichkeit verweisen sie auf ein und dasselbe, und außer diesem gibt es überhaupt gar nichts.

Möglicherweise bringt Sie mein verworrener Brief auf irgendwelche Ideen. Nun wissen Sie jedenfalls, was Sie damit machen müssen ... smile ...

Ihre T. S.

PS: Anjetschka lässt den »grimmigen Onkel mit dem Bart« grüßen.

»Ich könnte nicht behaupten, dass wir diesen verschlüsselten Brief ganz verstehen«, sagte Kudassow. »Aber das Wesentliche liegt doch auf der Hand. Es geht um ein Verbrechen gegen Allerhöchste Personen. Wann und wo hatten Sie vor, den Schlag gegen den Imperator auszuführen?«

T. zuckte die Achseln.

»Gleichzeitig mit dem Freilassen des Gedankens. Das geht doch aus dem Brief hervor. Sie haben wohl schon mit der Absenderin gesprochen?«

»Sie ist aus Petersburg verschwunden.«

»So etwas, wie ärgerlich ...« Kudassow grinste. »Von Ihnen etwas in Erfahrung bringen zu wollen hat keinen Zweck, das ist klar«, bemerkte er. »Doch wenn es um die Sicherheit der Ersten Personen des Imperiums geht, verfolgen wir eine andere Taktik – wir klären nicht alle Details und Einzelheiten, sondern führen den Schlag selbst aus. Gegen alles, was wir zu packen kriegen. Sie werden weder dem Imperator noch dem Gedanken einen Schaden zufügen.«

»Wollen Sie mit mir verfahren wie mit Solowjow?«

»Es gibt keinen anderen Ausweg.« Kudassow breitete die Arme aus. »Sie am Leben zu lassen ist hochgefährlich. Sie verdienen zweifellos, von einem Gericht zum Tode verurteilt zu werden. Doch die höchste Macht will es nicht an die große Glocke hängen, weil das zu einer noch größeren Entfremdung zwischen der herrschenden Schicht und dem Volk führen würde. Für die Leute werden Sie einfach verschwunden sein, Graf. Nur werden Sie dieses Mal nicht in Kowrow oder andernorts in der Uniform eines erwürgten Gendarmen auftauchen.«

T. wollte den Mund öffnen, aber Kudassow machte eine flüchtige Handbewegung, als fordere er ihn auf, keine Zeit für leere Rechtfertigungen zu vergeuden. Daraufhin schlug T. die Beine übereinander, reckte den Bart in die Höhe und starrte hochmütig in eine Ecke der Zelle.

»Wie wollen Sie mich denn umbringen?«, fragte er.

»Sie werden im Hof erschossen.«

»Wann?«

»Unverzüglich.«

»Ich habe irgendwie damit gerechnet, man werde mir den Kopf abschlagen wie Solowjow ... Wie ich sehe, neigt Ariel Edmundowitsch allmählich zum Minimalismus.«

»Wie bitte?«, fragte Kudassow angespannt.

»Ach nichts«, seufzte T. »Sie würden das wohl kaum verstehen, also halten wir uns nicht damit auf.«

»Sagen Sie«, fing der Leutnant an, »haben Sie noch einen Wunsch, den wir Ihnen erfüllen können? Einen letzten Willen? Möchten Sie über Ihren Besitz verfügen? Oder traditionsgemäß eine Inschrift zum Gedenken anbringen? Unsere Spezialisten übertragen sie mit Ihrer Handschrift auf die Zellenwand. Natürlich nur, sofern es kein Problem mit der Zensur gibt.«

»Das ist eine vernünftige Idee«, erwiderte T. »Ich schätze die Sorge des Staates um die Kultur. Lassen Sie mir Papier und Tinte bringen. Und eine neue Kerze, es ist etwas dunkel hier.«

Kudassow nickte und der Leutnant wandte sich zur Tür.

»Und bitte«, rief T. ihm hinterher, »bringen Sie noch ein Glas Wasser. Ich habe Durst.«

Während der junge Gendarm unterwegs war, sagte Kudassow kein einziges Wort – zuerst studierte er die Inschriften an den Wänden, danach betrachtete er angelegentlich den Boden unter seinen Füßen. T. bemerkte erst jetzt, dass er Sporen trug.

»Wozu braucht ein Gendarm Sporen?«, überlegte er. »›Die Schwester streife ich mit der Spore leicht ...‹[90] Ob er wohl eine Schwester hat? Oder wenigstens ein Pferd? Aber was geht mich das an ...«

Nach fünf Minuten kehrte der Leutnant mit einem kupfernen Tablett in Händen zurück. Auf dem Tablett waren ein Stoß Wappenpapier und ein Tintenfass mit einer Feder. Dem Leutnant folgte ein Soldat mit einem Glas Wasser in der einen und einer brennenden Kerze in der anderen Hand. Der Leutnant stellte das Tablett vor T. hin; dann richtete der Soldat die Kerze und das Glas genau symmetrisch rechts und links vom Tablett aus.

»Lassen Sie mich jetzt eine Weile allein«, bat T.
»Das geht nicht«, sagte der Leutnant. »Sie müssen in unserer Gegenwart schreiben.«
»Wenigstens für eine Viertelstunde ...«
Kudassow schüttelte den Kopf.
»Ich möchte wissen, wovor Sie Angst haben«, bemerkte T.
»Dass ich mich mit diesem Tablett umbringe? Dann haben Sie weniger Schereien und ein reines Gewissen ... Aber so leicht mache ich es Ihnen nicht, damit brauchen Sie nicht zu rechnen. Wirklich, meine Herren, lassen Sie mich allein. Ich muss meine Gedanken sammeln, und in Ihrer Gegenwart ist das unmöglich ...«
Kudassow und der Leutnant wechselten einen Blick. Der Leutnant zuckte die Achseln.

»Gut, Sie haben eine Viertelstunde«, sagte Kudassow und fuhr in leicht betretenem Tonfall fort: »Und noch etwas – Ihre Bekannte Axinja Tolstaja-Olsufjewna hat ein Anliegen, das uns durch unsere obersten Vorgesetzten übermittelt wurde. Sie hat anscheinend beste Beziehungen ... Jedenfalls veröffentlicht sie ein neues Buch: *Ein bisschen Sonne in der kalten Witwe*. Sie bittet Sie um eine kurze Stellungnahme dazu, nur ein oder zwei Zeilen.«

»Sie soll doch selbst in meinem Namen schreiben«, sagte T.
»Sagen Sie ihr, dass ich es gestatte.«
»Meinetwegen, ich sage es ihr«, nickte Kudassow. »Aber ich fürchte, die Ärmste tut sich schwer damit, sich etwas für Sie auszudenken, Graf, deshalb hat sie gebeten ... Aber es geht mich ja nichts an.«

Als die Tür zufiel, blickte T. hinüber zur Wand, zu Fedka Pjataks Abschiedsbotschaft.

»Jetzt weiß ich, wo der wahre Autor zu suchen ist«, dachte er.
»Man braucht ihn gar nicht suchen. Er ist hier. Er muss sich als ich ausgeben, damit ich erscheinen kann. Wenn man es recht überlegt, gibt es eigentlich kein *ich*, es gibt nur ein *er*. Aber dieser *er* bin

auch ich. Und so geht es durch die gesamte Zwischenabbildung, bis ganz zum Anfang und zum Ende, Solowjow hatte so recht ... *Eternal mighty I am*, wie in dem alten protestantischen Psalm. Nur wurde die Zeile in meinem Fall verlängert zu *I am T.* Aber *T.* ist hier gar nicht wichtig. Wichtig ist nur *I am.* Denn *I am* kann es auch ohne Graf *T.* geben, aber Graf *T.* kann es nicht ohne dieses *I am* geben. Solange ich denke, *I am T.*, arbeite ich als Hilfsarbeiter in Ariels Kontor. Sobald ich aber diesen Gedanken verkürze zu *I am*, sehe ich sofort den wahren Autor und den endgültigen Leser. Und diesen einzigen Sinn, der in dem *I* liegt und in allen anderen Wörtern ebenfalls. So einfach ist das ...«

Die fröhliche Stimme des Leutnants, der den Gang heruntergelaufen kam und hastig etwas sagte, was nicht zu verstehen war, unterbrach ihn beim Denken.

»Das ist eine Tautologie – ›ich bin das, was ich bin‹. Aber das stand schon in irgendeinem Buch ... Warum nur will man mir so nachdrücklich weismachen, dass es viele Autoren gibt? Weil es nur einen Autor gibt ... Warum fordert man mich so hartnäckig auf, mich als Schöpfer der Welt auszugeben, und stellt mir einen weißen Handschuh und einen riesigen Schreibtisch zur Verfügung? Damit ich nicht darauf komme, dass ich sowieso ihr Schöpfer bin, ha-ha ... Und der arme Ariel ist so fest überzeugt von seiner Autorschaft, dass er nie, nie verstehen kann, wie sich die Dinge tatsächlich verhalten ...«

Vom Gang war das muntere Gelächter mehrerer Männerstimmen zu hören – offenbar hatte der Leutnant eine Anekdote erzählt.

»Aber wenn das so ist«, dachte T., »dann kann ich Ariel mühelos besiegen ... Diese Möglichkeit ist bestimmt vorgesehen. Alles, was dafür notwendig ist, müsste ich eigentlich hier haben, direkt vor der Nase ... Genau. Und was habe ich da?«

Er musterte den Schreibtisch – den Stapel Wappenpapier, das Tintenfass mit der Feder, das Wasserglas und die Kerze.

»Vielleicht…«

T. kniff die Augen zusammen, als fürchte er, der Gedanke, der ihm unvermittelt in den Sinn gekommen war, könnte genauso überraschend wieder daraus entschwinden. Eine Zeit lang trommelte er mit den Fingern auf den Tisch und dieses Getrommel wurde immer schneller. Dann fing er an zu lachen.

»Nicht vielleicht, sondern ganz sicher…«

Die Tür wurde einen Spaltbreit geöffnet und Kudassow lugte in die Zelle. Seine Augen funkelten neugierig.

»Ich vergaß zu sagen, Graf, wenn Sie wünschen, haben wir auch Opiumtinktur.«

»Vielen Dank«, sagte T. und fing sich wieder. »Verzeihen Sie meine Unbeherrschtheit. Ich habe nur begriffen… Jedenfalls brauche ich noch einige Minuten.«

Die Miene des Gendarmen drückte fürsorgliches Verständnis aus.

»Wir warten noch«, nickte er und verschwand wieder.

»Also schön«, dachte T. mit einem Gefühl von unheimlicher fröhlicher Leidenschaft. »Es gibt nur ein Mittel, das alles zu überprüfen. Jetzt sofort, keine Minute später…«

Er zog ein Blatt Papier heran, tunkte die Feder in das Tintenfass und schrieb mit großen Buchstaben in die Mitte:

Ariel Edmundowitsch Brahman

Er überlegte kurz, umkreiste den Namen mit einer punktierten Linie und brachte entlang dieser Linie winzige Buchstaben an – alle, die ihm gerade einfielen: russische, griechische, lateinische, ein paar altgriechische und sogar einige skandinavische Runen. Er schrieb ohne jederlei System und Logik, malte einfach Zeichen, die ihm in den Sinn kamen, und bald war der Name des Demiurgen umgeben von einer Geheimschrift aus auseinanderstrebenden Spiralen, die selbst für den Autor rätselhaft war.

»Kein Zweifel, in der Magie ist die Reihenfolge der Zeichen und ihre Bedeutung vollkommen unwichtig«, dachte T. »Anders zu denken hieße die Himmel beleidigen, weil man annimmt, sie seien von derselben bürokratischen Unzulänglichkeit befallen wie die irdischen Mächte. Jede Beschwörung, jedes Ritual ist nur ein Versuch, die Aufmerksamkeit einer unsichtbaren Instanz auf sich zu ziehen – doch wenn man sicher weiß, dass diese Instanz in einem selbst ist, braucht man sich wegen solcher kleinen Unstimmigkeiten keine Sorgen zu machen ...«

T. malte ein griechisches Omega an das Ende der Buchstabenreihe und legte die Feder zur Seite.

»Na also«, dachte er, »jetzt werden wir sehen, ob ich eine zitternde Kreatur bin oder ein Lichtstrahl im Reich der Finsternis ...«

Er nahm das beschriebene Blatt und wollte es näher an die Kerze halten, doch dann überlegte er es sich anders und legte es zurück auf den Tisch.

»Trotzdem«, flüsterte er, »sollte man die Formalitäten beachten, denn es heißt doch ... irgendetwas heißt es diesbezüglich sicher. Aber ich habe das Wichtigste vergessen.«

Er nahm die Feder, schrieb rechts von der auseinanderstrebenden Buchstabenspirale das Wort BHGW und links das ebenso unverständliche Wort AGNS, das er aus irgendeinem Grund in ein ungleichmäßiges Fünfeck einschloss. Dann malte er darunter einen Sack und schrieb das griechische Wort »γάτες« darauf.

»Ich glaube, es schreibt sich so«, überlegte er. »Ich hätte es auch auf Russisch schreiben können, aber so ist es kabbalistischer ... Jetzt habe ich sicher alles.«

Er nahm das Blatt, rollte es zusammen und hielt es an die Flamme der Kerze. Das Papier fing Feuer. T. drehte das Blatt hin und her, damit es nicht zu schnell verbrannte, und verfütterte es dem Feuer, dann fing er behutsam den mürben Trichter der Asche auf und ließ das letzte Fetzchen Papier abbrennen. In seiner Hand blieb eine schrumplige grau-schwarze Papierrolle, die aussah wie eine Birkenrindenurkunde, die zu lange in der Erde gelegen hatte. T. streifte die Asche in das Wasserglas und rührte mit dem Finger um. Im Glas bildete sich eine gleichmäßige trübe Suspension. Die Tür wurde geöffnet.

»Graf«, sagte Major Kudassow, »es ist Zeit ... Gestatten Sie, was machen Sie da? Wagen Sie es nicht!«

Er stürzte zu T., aber bevor er es verhindern konnte, hatte T. das Glas zum Mund gehoben und trank, dem Gendarmen direkt in die Augen blickend, das ganze Wasser in zwei Schlucken aus.

XXVIII

Es war Abend. Ariel Edmundowitsch Brahman hatte soeben die Deckenlampe angezündet und ging gerade zu seinem Schreibtisch, auf dem die Turingmaschine surrte und der Kaffee dampfte, als vor ihm etwas aufblitzte und ein lautes elektrisches Knacken ertönte.

Ariel Edmundowitsch sperrte verwundert den Mund auf.

Über dem Tisch, direkt über dem Stapel frisch ausgedruckter Seiten, hing eine Kugel, die aussah wie ein großer Luftballon mit durchsichtigen Wänden. Darin befand sich Graf T., und zwar so, wie man ihn für gewöhnlich darstellt: rechts und links ein Revolver, den Strohhut in den Nacken geschoben. Nur war er winzig klein, wie ein Spielzeugbär, und in der Hand hielt er einen Sack mit einem unverständlichen griechischen Wort.

»Hervorragend sehen Sie aus, Ariel Edmundowitsch«, sagte T. »Man sieht gleich, dass Sie im Urlaub waren.«

Stille trat ein, nur unterbrochen von einem melodischen Sprechgesang, der aus den Seitenteilen des grauen Gehäuses der Turingmaschine drang:

»Immer fröhlich, immer munter, Europa geht den Bach hinunter / dafür lässt sich Schanna Friske[91] nicht lang bitten und zeigt jedem ihre Titten!«

In Wirklichkeit sah Ariel nicht besonders gut aus. Er war zutiefst erschrocken, selbst durch die Sonnenbräune konnte man sehen, wie bleich er geworden war – das fast verblasste Veilchen unter dem Auge war nun wieder leuchtend blau.

»Wer singt da?«, fragte T.

»Das ist ›Grauzone Zollabwicklung‹«, erwiderte Ariel, »eine Jugend... Zum Teufel ... was geht hier eigentlich vor? Was wollen Sie hier?«

»Sie haben, glaube ich, nie um Erlaubnis gefragt, bevor Sie in meiner Welt aufgetaucht sind.«

»Wie kommen Sie hierher?«

»Ganz einfach«, erwiderte T. »Wenn man mit Ihnen sprechen will, kann man Sie mit Ihrem eigenen Ritual herbeirufen. Es ist viel einfacher, als ich gedacht hätte.«

Ariel ging zur Wand und setzte sich auf einen schmalen Diwan, der mit einer Art hellblauem Katzenfell bezogen war.

»Wie gefällt Ihnen die Szene in Jasnaja Poljana?«, fragte er im Versuch, sich wieder zu fangen. »Das haben wir gut hinbekommen, nicht wahr? Vor allem der Inder ist gut gelungen, richtig lebensecht. Jetzt brauchen wir nur noch einen Namen für ihn ...«

T. deutete auf den Stapel Ausdrucke auf dem Tisch.

»Machen Sie klar Schiff?«

Ariel nickte.

»Die Zwischenkorrektur«, sagte er. »Pantelejmon hat befohlen, wir sollen Mitjas ganze Liebe[92] rauswerfen und stattdessen den Starez Fjodor Kusmitsch radikal herausarbeiten. Es wird ein erbauliches Buch, für Leser ab fünfzehn Jahren, deswegen ersetzen wir die erotischen Szenen durch Auslassungszeichen in Form von neun Sternchen. Die habe ich gerade eingefügt. Und jetzt werde ich den Lama Dschambon rausschmeißen.«

»Wieso?«

»Das hat Pantelejmon angeordnet. Den Typen habe ich nicht bestellt, sagt er. Unser Metaphysiker zeigt ihm den Vertrag, und da steht es ganz deutlich: ›Gestaltung der Figur eines Lamas, der die Erkenntnis erlangt.‹ Pantelejmon sagt, bei euch hat er aber die falsche Erkenntnis erlangt. Woraufhin der Metaphysiker sagt, dafür ist er aber jetzt erleuchtet. So einer könnte doch ruhig im Buch vorkommen. Wie auch immer, wir sollen jedenfalls die buddhistische Linie etwas vereinfachen. In dem Sinne, dass der ganze sogenannte tibetische Buddhismus ein gemeinsames Projekt von der CIA und dem englischen Geheimdienst ist. Pantelejmon ist natürlich ein Idiot, er kann keinen Vertrag aufsetzen. Na, um diesen Lama ist es sowieso nicht schade. Aber um die erotische Linie tut es mir leid – vierzig Seiten habe ich gestrichen, und was für welche! Das ganze pralle Fleisch, verdammt! Also haben Sie vergebens gesündigt, ha-ha!«

»An Ihrer Stelle würde ich mich nicht zu früh freuen«, bemerkte T. trocken.

In Ariels Augen blitzte wieder die Angst auf. Er machte ein ernstes Gesicht.

»Haben Sie wieder einen Ihrer Anfälle von Gottesauflehnung?«

»Was sind Sie schon für ein Gott? Sie taugen ja nicht einmal zum Teufel.«

»Lassen wir doch die Etiketten beiseite«, sagte Ariel. »Wer auch immer ich bin, ich bin Ihr Autor, und das wissen Sie.«

»Sie sind nicht mein Autor. Sie sind ein Romanheld, der glaubt, er sei mein Autor. Aber das Buch hat einen echten Autor, der sich auch Sie ausdenkt.«

»Na und«, sagte Ariel. »Vielleicht verhält es sich in einem gewissen höheren Sinn tatsächlich so. Nur ist mir dieser Autor nicht bekannt.«

»Mir schon«, sagte T.

»Und wer ist das?«

T. lächelte.

»Ich.«

Ariel fing an zu lachen.

»Offenbar hat Ihnen das Kapitel mit dem weißen Handschuh gefallen«, sagte er. »Meiner Ansicht nach ist das die langweiligste Stelle im ganzen Buch. Ich will sie bei der Endkorrektur sowieso streichen. Zusammen mit den unanständigen Wörtern.«

»Sie werden es kaum schaffen, noch etwas zu streichen oder einzufügen.«

Die Kugel, in der T. hing, begann zu sinken und gleichzeitig an Umfang zuzunehmen, bis T. normale menschliche Größe erreicht hatte. Seine Sohlen berührten den Boden und er stand Ariel gegenüber.

Der Raum war jetzt von einer gewölbten durchsichtigen Wand geteilt, als hinge zwischen T. und Ariel eine riesige Linse.

»Wie machen Sie das?«, fragte Ariel.

»Genauso wie Sie früher. Ich erschaffe Ihre Welt, so wie Sie die meine erschaffen haben.«

T. streckte die Arme aus, und die durchsichtige linsenähnliche Fläche zwischen Ariel und ihm wurde gerade und teilte nun das Zimmer genau in zwei Hälften.

»Wer hat Ihnen die Kraft gegeben?«

T. schmunzelte.

»Kabbalisten wie Sie«, sagte er, »glauben, dass es zweiundzwanzig Strahlen der Schöpfung gibt – oder fünfzehn, das weiß ich nicht mehr. Aber in Wirklichkeit gibt es nur einen Strahl, der durch alles Existierende hindurchgeht, und alles Existierende ist er. Der, der das Buch des Lebens schreibt, und der, der es liest, und der, von dem dieses Buch erzählt. Und dieser Strahl bin ich selbst, weil ich niemand anderes sein kann. Ich war immer dieser Strahl und werde es ewig sein. Meinen Sie, da brauche ich noch irgendeine andere Kraft?«

»Ach ja?«, bemerkte Ariel sarkastisch. »Ewig werden Sie es sein? Sie sind also die Ewigkeit?«

»Ich«, erwiderte T., »oder jeder andere, der das sein will. Nur interessiert sich in Ihrer Welt kaum jemand dafür. Sie zum Beispiel. Sie wollen doch nicht die Ewigkeit sein. Sie wollen eine Zeit lang Gott sein, um den Kredit schneller abzahlen zu können.«

Während T. noch sprach, begann sich die durchsichtige Wand zwischen ihm und Ariel langsam wieder zu wölben, jetzt in Ariels

Richtung, bis sie diesen schließlich als durchsichtige Halbkugel umfing. Seltsamerweise befand sich in dieser Halbkugel auch der Raum mitsamt der Einrichtung – der Schreibtisch, die Turingmaschine mit ihren Klangschachteln, die Bücherregale und der Katzendiwan, auf dem der Demiurg saß.

T. stand nun im Dunkeln und um ihn herum war nichts zu erkennen – nur der Sack in seiner rechten Hand war zu sehen.

»Ich bin Ihr Schöpfer, Graf«, sagte Ariel drohend. »Zweifeln Sie etwa daran?«

»Erinnern Sie sich daran, wie Sie in mein Leben traten?«, erwiderte T. »Ich habe Sie in der dunklen Kammer auf dem Kahn der Fürstin Tarakanowa entdeckt.«

»Ja und?«

»Sie sind in mein Leben getreten, nicht ich in das Ihre. Was zum Teufel sind Sie für ein Schöpfer, wenn es mich damals schon gab, während es Sie noch nicht gab? Vergleichen Sie das mal mit Ihrer Kabbala ...«

Bei diesen Worten wurde Ariels Universum noch kleiner und schloss sich schließlich zu einer Kugel ähnlich der, in welcher zuvor T. selbst erschienen war. Das Zimmer des Demiurgen war winzig, aber in den spielzeugkleinen Fenstern war dank eines seltsamen optischen Effekts immer noch das Sternenfunkeln der fernen elektrischen Lichter zu erkennen.

T. wusste nicht, was genau Ariel von seinem Diwan aus sehen konnte, jedenfalls ließ Ariel immer größere Unruhe erkennen.

»Was wollen Sie machen?«, fragte er.

»Ich meine«, sagte T., »es wäre gerecht, mit Ihnen so zu verfahren, wie Sie mit mir verfahren wollten, guter Mann. Sie wollten einen Punkt unter mein Schicksal setzen. Stattdessen werde ich nun einen Punkt unter Ihr Schicksal setzen.«

»Sie wollen mich umbringen?«

»Nein«, antwortete T. »Ich werde einfach dieses Buch selbst beenden.«

»Reden Sie keinen Unsinn. Die Realität ist nicht so einfach, wie es Ihnen scheint. Jedes Universum lebt nach den Gesetzen, nach denen es erschaffen wurde, ob der Schöpfer das will oder nicht. Man kann das Buch nicht beenden, ohne die Sujetlinien zu verbinden.«

»Einverstanden«, nickte T. »Aber Sie selbst haben mir die Möglichkeit gegeben, die Geschichte zu vollenden.«

»Wovon reden Sie?«

»Sie sind nicht besonders sorgfältig, Sie haben eine Sujetlinie vernachlässigt und sie nicht weitergeführt. Für mich ist es nun ganz einfach, sie zu Ende zu bringen.«

»Das verstehe ich nicht.« Ariel war bleich geworden.

»In Ihrem Opus gibt es ein Motiv, das mit Namen zu tun hat. Wissen Sie noch? Süleyman hat Ihnen befohlen, die Sache mit der kirchlichen Überlieferung zu regeln, und Sie haben die Legende über den Hermaphroditen mit dem Katzenkopf erfunden. Dieser Legende nach wird sich die Tür nach Optina Pustyn öffnen, wenn der Große Löwe dem Hermaphroditen zum Opfer gebracht wird.«

»Ausgezeichnetes Gedächtnis«, sagte Ariel. »Tatsächlich, wir haben das Opfer nicht gebracht ... Und nun?«

»Ganz einfach. Der Name Ariel besteht aus zwei Wörtern, Ari und El und bedeutet ›Löwe des Herrn‹. Der Große Löwe, das bin nicht ich, das sind Sie.«

»Ich?«, fragte Ariel verblüfft.

T. nickte.

»Dank sei Ihrem kabbalistischen Großvater ... Ich könnte das als endgültigen Beweis anbringen, dass der Autor nicht Sie sind, sondern ich, aber muss ich Ihnen wirklich etwas beweisen, Ariel Edmundowitsch?«

Zu dem Zeitpunkt hatte die Kugel um Ariel herum nur noch den Durchmesser von einem Fahrradreifen, und der auf dem Diwan sitzende Demiurg sah aus wie der Bewohner eines Puppenhauses im Schaufenster eines Spielzeuggeschäfts. Aber die vielen kleinen Lichter in den winzigen Fenstern seines Zimmers bewiesen, dass seine Welt dennoch komplizierter angelegt war.

Irgendwo dort, inmitten dieser Lichter, gab es noch immer die Hardliner und die Liberalen, Grigorij Ownjuk und Armen Wagitowisch Makraudow, die alte Isergil und das Café Vogue, den traurigen Chor der Harlemer Juden, das Petersburg Dostojewskis auf der riesigen Eisscholle, das Fenster nach Europa an der ukrainischen Grenze, die globale Finanzkrise und die ersten zaghaften Keime der Hoffnung, den Manager Süleyman mit seinem Wachdienst, den Archimandriten Pantelejmon mit seinem unsichtbaren Gott und natürlich die Marktforscher, die fortwährend darauf aus waren, das alles möglichst geschickt zu verkaufen ...

Mit Ariel war eine merkwürdige Veränderung vor sich gegangen – er war mit seinem Zimmer zusammen kleiner geworden, aber nicht gleichmäßig, sondern so, dass sein Kopf für den geschrumpften Körper viel zu groß war. Der Haarkranz über dem Kopf war riesengroß und hatte sich in eine Art Mähne verwandelt, und Ariel sah tatsächlich aus wie ein Löwe, nur eben wie ein ganz kleiner Löwe.

Seine Stimme aber war nach wie vor laut und deutlich.

»Ja«, sagte er, »eine interessante Beobachtung. Darauf bin ich gar nicht gekommen ... Aber woher nehmen Sie den Hermaphroditen mit dem Katzenkopf?«

»Den habe ich immer dabei«, erwiderte T. »Wollen Sie ihn sehen?«

Er hob die Hand, in der er den Sack hielt.

»Gates«, las Ariel. »Gates? Das bedeutet ›Hölle‹, nicht wahr?«

»Nein. Der ›Hades‹ schreibt sich auf Griechisch anders. Das Wort ›Gates‹ bedeutet ›Katzen‹. Aber ich dachte mir, dass Sie den Kalauer zu schätzen wissen. Sie selbst haben diese symbolische Reihe erzeugt, Ariel Edmundowitsch. Also brauchen Sie sich jetzt nicht zu beklagen ...«

Bei diesen Worten steckte T. die Hand in den Sack und zog einen schläfrigen rostroten Kater hervor, der vom Liegen zu einer gleichförmigen Masse zusammengepresst worden war – es dauerte einige Zeit, bis Pfoten, Schwanz und Körper zum Vorschein kamen. Als Letztes öffneten sich die gleichgültigen grünen Augen und der Kater miaute.

Ariel grinste.

»Das ist doch Olsufjews Kater. Mit seiner Hilfe haben Sie versucht, meinen Geist zu rufen, und sogar mit Erfolg. Was zum Teufel soll das für ein Hermaphrodit sein?«

»Das ist nur eine Annäherung«, sagte T. »Der Kater ist kein richtiger Hermaphrodit, sein herzloser Herr hat ihn einfach kastriert. Aber Sie, Ariel Edmundowitsch, sind auch nicht der richtige Große Löwe. Also mögen sich Ihre Unvollkommenheiten gegenseitig ausgleichen ...

T. ließ den Kater los.

Ariel sagte nichts, aber T. schien, dass ihm die Haare zu Berge standen. Er sprang vom Diwan auf und stürzte zum Tisch mit der Turingmaschine.

Es war, als würde T. einer Vorstellung in einem winzigen Marionettentheater beiwohnen. Der leuchtende Trichter der Maschine flammte auf, winzige Textzeilen erschienen darin und Ariel hämmerte wie wild auf die Tastatur, wobei er sich von Zeit zu Zeit umdrehte, um dem über ihm aufragenden riesigen T. die Wörter ins Gesicht zu schreien:

»Doch als T. versuchte, den Kater durch die Grenze zu zwängen«, brüllte er, »zeigte sich, dass das unmöglich war ... Vollkommen unmöglich! Die Pfoten des Katers glitten an der undurchdringlichen Oberfläche der Kugel ab wie auf Panzerglas und der Kater miaute beleidigt, weil er nicht begriff, was los war ...«

In Wirklichkeit jedoch geschah etwas ganz anderes.

Als er in die Dunkelheit fiel, war der Kater zunächst nicht mehr zu sehen, aber dann erschien er an der Grenze, die T.s Welt von

Ariels rundem Universum trennte. Das zottige kleine Wesen im Zentrum weckte eindeutig das Interesse des Katers. Er miaute und sprang, als gebe es die durchsichtige Begrenzung gar nicht, mühelos hinein.

Ariel saß mittlerweile nicht mehr an seiner Maschine – er hatte sich unter dem Tisch versteckt. T. sah, wie der Kater mit der Pfote die Turingmaschine umkippte, und das weitere Geschehen wurde von seinem roten Rücken verdeckt.

Dann geschah etwas Verhängnisvolles.

Ein Knall ertönte, der sich anhörte, als wäre ein Reifen geplatzt, und die Kugel erlosch.

Es wurde dunkel und still.

Die Stille hielt einige lange Augenblicke an. So lange, dass T. schon schien, danach werde nichts mehr passieren. Dann erklang ein lautes Knirschen, als öffnete jemand eine schwere, steinerne Tür, die jahrhundertelang niemand angerührt hatte.

Die Tür selbst war nicht zu sehen, doch je weiter sie aufging, desto heller wurde es ringsum.

Es war früher Morgen. T. erkannte Steppe, die sich nach allen Seiten bis zum Horizont erstreckte, wo sich schemenhaft bläuliche Silhouetten erhoben – vielleicht Berge oder Wolken, oder vielleicht Dächer ohnegleichen.

Direkt vor ihm stand ein Wagen mit einem Pferd.

Es war ein ganz gewöhnlicher Bauernwagen, in dem gerade so viel Heu lag, dass man es sich darauf bequem machen konnte.

Auch an dem Pferd war nichts Besonderes, und doch kam T. das verrückte purpurrote Feuer, das in dem ihm zugewandten Auge schillerte, bekannt vor.

T. kletterte auf den Wagen und das Pferd trottete gemächlich hinaus auf das Feld. Zu Anfang hielt er die Zügel in der Hand, aber als er merkte, dass das Pferd von allein weiterging, ließ er sie los und legte sich ins Heu.

Es wurde allmählich immer heller und schließlich tauchte in

der Ferne der Rand der Sonne auf. Nun wurden die Wolken über ihm sichtbar – sie waren so hoch, dass sie reglos zu sein schienen, steinern, ewig.

T. zupfte eine Ähre aus dem Heu und steckte sie in den Mund. »Die Kinder glauben, dass Gott in den Wolken wohnt. Und das ist die reine Wahrheit. Ich möchte mal wissen, ob Wolken denken! Wenn sie Gedanken haben, dann wahrscheinlich ganz kurze. Und über Gott in sich denken sie bestimmt nicht nach, dazu muss man viel zu viele Wörter kennen ...«

T. kam es plötzlich so vor, als hätte die Roggenähre einen komischen Beigeschmack. Er zog sie aus dem Mund und betrachtete sie eingehend. Aber es gab keine Spur von Mutterkorn, die Ähre war ganz rein. T. lächelte. Wie zur Antwort wieherte das Pferd munter, schlug mit dem Schwanz und fiel in eine flottere Gangart.

»Alles kehrt zurück hinter die letzte Schranke. Die Wolken, die Kinder, die Erwachsenen und auch ich. Also wer geht denn jetzt dorthin? Eine selten törichte Frage, obwohl auch geistliche Lehrer sie gerne stellen. ›Wer‹ ist ein Fürwort, es steht für ein Wort, aber von den Wörtern bleibt hier nichts übrig. Das Einzige, was man sehen kann, ist, wie ein Matrose sagen würde, die Schaumspur hinter dem Heck. Die Zeit und den Raum, die die Marktforscher aus dem Dreifaltigkeitskloster im Auftrag der Liberalen erzeugt haben, damit das segensreiche Brodeln des Marktes unter dem verlöschenden Blick von Ariel Edmundowitsch Brahman nicht nachlässt. Das Licht muss schließlich etwas beleuchten. Aber jetzt ist es Zeit, nach Hause ...«

»Zuerst müsste man diesem Haus einen Namen geben«, sagte das Pferd plötzlich und sah sich um.

»Das ist unmöglich«, erwiderte T. »Das ist es ja eben.«

»Wieso?«, fragte das Pferd. »Vielleicht kann man es nicht beschreiben. Aber einen Namen kann man ihm durchaus geben.«

»Zum Beispiel?«

»Es müsste meiner Meinung nach ein russisch-lateinischer Ausdruck sein. Um zu zeigen, dass die Zivilisation des Dritten Roms in der Nachfolge derjenigen des Ersten Roms steht. Damit schlagen wir zwei Ariel Edmundowitschs auf einmal – wir kriechen den Hardlinern in den Hintern und schütteln den Liberalen die Hand ... Wie gefällt Ihnen die Kombination ›Optina Pustyn‹, Graf?«

»Wo ist da das Latein?«

»Ich bitte Sie – ›Optina‹ kommt vom lateinischen Verb ›optare‹, also ›auswählen, wünschen‹. Es ist wichtig, dass die Konnotationen auf eine endlose Reihe von Möglichkeiten verweisen. Und ›Pustyn‹ – das ist *pustota*, die Leere – ohne sie geht es nicht. Wie viele Sinnmöglichkeiten sich hier eröffnen ...«

»Kommt mir nicht so vor«, sagte T.

»Wieso denn nicht?«, fragte das Pferd beleidigt. »Ich an Ihrer Stelle ... Ich wäre jetzt im Wagen aufgesprungen und hätte geschrien: Ja, Optina Pustyn! Ein Fenster, das nach allen Seiten hin offen ist! Das kann nicht sein, aber das ist so ...«

Das Pferd hielt beim Gehen den Kopf zu T. gedreht und der Wagen beschrieb einen weiten, gleichmäßigen Kreis.

»Dieses Fenster bin ich«, fuhr das Pferd fort und funkelte mit seinem purpurroten Auge. »Ich bin auch der Ort, an dem das Universum existiert, das Leben, der Tod, der Raum und die Zeit, mein jetziger Körper und die Körper aller anderen Beteiligten dieser Vorstellung – obwohl, wenn man es sich recht überlegt, an diesem Ort überhaupt nichts ist ...«

»Hacken wir nun einen Finger ab?«

Das Pferd fing an zu wiehern.

»Das wäre großartig zum Abschied«, sagte es liebedienerisch. »Man kann das als Akt äußersten Nichtstuns an der letzten Schranke bezeichnen. Wenn Sie wissen wollen, was ich wirklich denke ...«

»Damit musst du zu Tschapajew.«

Das Pferd blieb nun sogar stehen.

»Warum zu Tschapajew?«

»Er ist Kavallerist. Es wird ihn interessieren, was ein Pferd denkt ...«

»Und wo finde ich den jetzt?«

»Du findest ihn schon«, sagte T. »Ich spüre ganz genau, dass Ariel Edmundowitsch in einem Recht hatte – das, was er ›Realität‹ nannte, treibt irgendwo Keime. Soll sich Tschapajew damit herumschlagen. Vielleicht kannst du ihn wegen des Fingers überzeugen. Und jetzt weiter ...«

Das Pferd ging weiter und T. schloss die Augen.

Vor ihm war wieder die vertraute Dunkelheit, voll unsichtbaren Lichts, das sich in einer Masse flirrender Lichtpünktchen zeigte. Sie ließen sich nicht erhaschen; wenn man sie ansah, verschwanden sie, aber gemeinsam verwandelten sie die Schwärze in etwas anderes, das weder Finsternis noch Licht war. T. dachte, das sei das einzige wirklich von oben gegebene Bild Gottes, weil jeder Mensch es von Kindheit an mit sich trägt. Und wenn man aufmerksam hinsieht, gibt es dort alle Antworten auf alle Fragen ...

Er spürte eine Bewegung, schlug die Augen auf und sah den roten Kater – er hatte den Wagen schon eingeholt und saß nun neben ihm im Heu.

»Soll ich ein Gedicht vorlesen, Graf?«, fragte das Pferd. »Ich glaube, es würde zu diesem Moment passen.«

»Von wem ist das Gedicht?«

»Von mir.«

»Lies vor«, sagte T. »Ich bin gespannt.«

Das Pferd machte schweigend ein paar weitere Schritte – anscheinend holte es noch Atem – und fing dann in singendem Tonfall an:

Wie an der Neige der Zeit Gott hervortritt zu Dritt,
Zu singen vom Schicksal der Schöpfung, deren Kreis sich nun schließe,

Des Museumsfriedhofs Friedhof dehnt sich in die Ödnis,
Und wandelt sich nach langer Übung einfach in Wiese.

Der Menschheit uralter Feind tritt heraus, auf sein Recht zu pochen,
Und plötzlich erkennt er voll Trauer, dass er vergebens begann.
Die Wiese verwandelt sich in Erde, aus der wächst das Gras.
Danach verschwindet jeder, der sie so nennen kann.

Was rechts ist, wird vergessen, was links ist, verdirbt.
An dieser Stelle kommt eine technische Störung im Reime.
Doch ist nun genug gesungen, und der, der wartet dahinter,
Kriecht nicht ins Gedicht und reimt sich nur mit sich alleine ...

Als T. begriff, dass das Gedicht zu Ende war, sagte er:
»Nicht übel. Besonders für ein Pferd – ganz und gar nicht übel.«
»Danke«, sagte das Pferd. »Ich meine, die Schranke ist schon nah. Allmählich kommen wir an die Grenze, hinter der ... Aber da Sie jetzt der Autor sind, müssen Sie eigentlich entscheiden, wo der letzte Aussichtspunkt ist.«
»Ja«, sagte T. zustimmend. »Das ist wahr.«
Er bemerkte, dass er immer noch den Handschuh trug, der jetzt nicht mehr ganz weiß und mit Grassaft beschmiert war. Er zog ihn aus und warf ihn zur Seite.
Der Handschuh fiel ins Gras und streifte dabei einen Halm, auf dem ein kleiner Käfer mit länglichem grünem Hinterleib und durchsichtigen Flügeln krabbelte. Der Käfer erstarrte. Als er begriff, dass keine Gefahr drohte, krabbelte er weiter. Bald kroch er in einen Sonnenstreifen und auf seinen Flügeln erschien ein regenbogenfarbiges Netz gebrochenen Lichts.
Daraufhin tat der Käfer etwas Eigenartiges – er schmiegte sich mit seinem Hinterleib an den Halm, hob den Kopf und begann, die Vorderfühler aneinanderzureiben. Es sah aus, als betete ein winziges grünes Menschlein mit zwei Paar Händen zur Sonne.

Vermutlich lag keinerlei Sinn in diesen Bewegungen. Aber vielleicht wollte der Käfer sagen, wie winzig er im Vergleich mit dem himbeerroten Sonnenball war und dass es natürlich keinen Vergleich zwischen ihnen geben konnte. Aber eigenartig ist doch Folgendes – diese riesige Sonne und alles Übrige auf der Welt entsteht und vergeht auf erstaunliche Weise in einem winzigen Wesen, das in einem Strahl Sonnenlicht sitzt. Das bedeutet, es ist unmöglich zu sagen, was der Käfer, die Sonne und der bärtige Mann in dem Wagen, der in der Ferne schon fast verschwunden ist – was sie eigentlich sind, denn jedes Wort wird Torheit sein, Traum und Irrtum. All das wurde klar aus den Bewegungen der vier Fühler, aus dem leisen Rascheln des Windes im Gras und selbst aus der Stille, die eintrat, als der Wind sich legte.

Anmerkungen der Übersetzerin

1 Die ukrainische Gruppe Pjatniza (dt. Freitag) schrieb ihren Namen manchmal auch phonetisch gleichklingend »5'Nizza« (*pjat* = dt. fünf).
2 Kopfbedeckung orthodoxer Mönche, bestehend aus einer runden, hohen Kappe und einem (bei russischen Mönchen fest damit vernähten) Schleier, der gleichzeitig die Kappe bedeckt und über Schultern und Kutte drapiert wird
3 Nach Prediger 1,2 (»Es ist alles ganz eitel, sprach der Prediger, es ist alles ganz eitel.«)
4 Optina Pustyn ist ein berühmtes russisch-orthodoxes Mönchskloster südöstlich von Moskau. Es war im 19. Jahrhundert das bedeutendste geistliche Zentrum der russisch-orthodoxen Kirche, das u. a. Wladimir Solowjow, Fjodor Dostojewski und Lew Tolstoi besuchten.
5 Unter dem Namen Fürstin (oder Prinzessin) Tarakanowa trat im 18. Jahrhundert eine Frau auf, die sich als Enkelin Peters des Großen und Anwärterin auf den Zarenthron ausgab. Zarin Katharina II. ließ die Tarakanowa bis zu deren Tod in der Peter-und-Paul-Festung inhaftieren.
6 Gemeint ist Kwass, ein leicht alkoholhaltiges, erfrischendes Getränk aus gegorenem Roggenbrot.
7 Berühmte russische Zigeunerromanze (*Schel me wersty*)
8 Anspielung auf die Heldensage *Ilja Muromez und der Räuber Nachtigall*
9 Höchste militärische Auszeichnung des zaristischen Russlands
10 Zitat der ersten drei Zeilen eines angeblichen zehnten Kapitels aus *Jewgeni Onegin* von Alexander Puschkin, in dem Zar Alexander I. scharf kritisiert wird. Der Versroman besteht aus acht Kapiteln, aber dieses später entdeckte zehnte Kapitel wurde ebenfalls Puschkin zugeschrieben.
11 Sadko, der Held aus der gleichnamigen Sage, wird durch den Meereskönig ein reicher Mann. Der Stoff diente als Vorlage für Verfilmungen sowie für die gleichnamige Oper von Rimski-Korsakow und wurde in zahlreichen Verballhornungen in Scherz- und Gaunerliedern variiert.
12 Anspielung auf Tolstois Romanfiguren Fürst Bolkonski und Graf Besuchow (die in *Krieg und Frieden* an der Schlacht von Borodino teilnehmen) sowie Anna Karenina (die sich in dem gleichnamigen Roman vor den Zug wirft)
13 Die 1724 in Sankt Petersburg eröffnete Kunstkammer, das erste Museum Russlands, besitzt in Alkohol konservierte Embryonen und menschliche Köpfe als Exponate.
14 Als Rasnotschinzen (wörtlich: Angehörige verschiedener Stände) wurden im 19. Jahrhundert bürgerliche Intellektuelle freien Standes bezeichnet.
15 Anspielung auf das russische Volksmärchen *Geh nach Ich-weiß-nicht-wo, bringe Ich-weiß-*

nicht-was, in dem ein einfältiger Jäger vom Zaren vor die unlösbare Aufgabe gestellt wird, nach Ich-weiß-nicht-wo zu gehen und Ich-weiß-nicht-was mitzubringen.

16 Das Mädchen verwechselt in ihrer Einfalt den auf dem hinteren »o« betonten Familiennamen *Tolstój* mit dem auf dem vorderen »o« betonten Adjektiv *tólstyj* (dt. dick).

17 Tolstois Vorname Lew ist auch das russische Wort für Löwe.

18 Matthäus 5,29

19 Anspielung auf die Skopzen, eine russische Sekte, deren Anhänger aus religiösen Gründen die rituelle Verstümmelung der Geschlechtsteile praktizieren, um sich zu vervollkommnen; das »kleine Siegel« bezeichnet die Entfernung der Hoden, das »große Siegel« die Kastration.

20 Seit Mitte des 19. Jahrhunderts bestehende Einrichtungen zur Selbstverwaltung von Kreisen und Gouvernements

21 Zwangsarbeit

22 »Herunterreißen jeglicher Masken« ist ein bekanntes Zitat aus Wladimir Iljitsch Lenins Aufsatz »Lew Tolstoi als Spiegel der russischen Revolution« (1908).

23 Die fünfstöckigen Häuser, die zu Chruschtschows Zeiten erbaut wurden, und die Stadtviertel, in denen diese Häuser stehen, bezeichnet man auch als Chruschtschowki.

24 In der im Volksmund als Rubljowka bezeichneten Gegend um die Rubljowo-Uspenskoje-Chaussee, eine Ausfallstraße am Stadtrand von Moskau, stehen die prunkvollen Villen der Moskauer Neu- und Superreichen.

25 Wörtlich: Dach. In Russland wird damit eine Art Schutzmacht bezeichnet, eine Person oder Organisation, die gegen Geld »Schutz« vor Erpressung bietet.

26 Turksprachlicher Ausdruck für »junger Mann«, »toller Kerl«; historische Bezeichnung für verwegene, geschickte Reiter in Mittelasien und im Kaukasus, die den zaristischen Truppen als Kundschafter und berittene Krieger dienten

27 *Leutnant Golizyn* ist eine vermutlich in den 1970er Jahren entstandene, in der Sowjetunion berühmte Romanze, die zu den sog. Weißgardistenliedern mit Sujets aus der Zeit des Bürgerkriegs und der ersten Emigrationswelle gehört.

28 Das Anfang der 1990er Jahre begonnene neue Stadtviertel Moskau City besteht u. a. aus mehreren spektakulären Hochhausbauten.

29 Fashionables Moskauer Café in der Nähe des Bolschoi-Theaters

30 Stadtteil im Zentrum von Moskau am rechten Ufer der Moskwa

31 Vater Warsonofi (1845–1913) war ein berühmter Starez des Klosters Optina Pustyn.

32 Im Nordkaukasus verbreitete und so viel wie Draufgänger, Räuber bedeutende Bezeichnung für Männer, die in den Bergen ein einsames, ungebundenes Leben führten und gegen die zaristische Verwaltung und die russische Armee kämpften

33 Als weltlicher Vertreter des Zaren war der Oberprokurator offizielles Oberhaupt des Heiligen Synods und damit faktisch Oberhaupt der russisch-orthodoxen Kirche. Der konservative Jurist Konstantin Pobedonoszew (1827–1907) wurde 1880 Oberprokurator.

34 Bis 1914 in Russland verwendete Goldmünze im Wert von 15 Rubel

35 Zitat aus der dritten Strophe des Gedichts »Ich trete allein hinaus auf die Straße« von Michail Lermontow (1814–1841)

36 »Ziegenbock« und »Hahn« sind im russischen Kriminellen-Slang schwerste Beleidigungen und bezeichnen passive Homosexuelle, die im Gefängnis als eine Art Parias auf der untersten Stufe der Gefangenenhierarchie stehen.

37 Zitat aus dem Gedicht »Requiem«, das der russische Dichter Robert Roschdestwenski (1932–1994) zum Gedenken an die Gefallenen des Zweiten Weltkriegs schrieb.

38 Bezieht sich auf Mac OS X 10.6 Snow Leopard, die siebte Version des Apple-Betriebssystems Mac OS X.
39 Urkins hört sich eher an wie ein Familienname aus dem Baltikum als Urkinson mit seinem (west-)europäischen Beiklang.
40 Artikel 282 des Strafgesetzbuchs, nach dem man für Beleidigung der religiösen Gefühle anderer bestraft werden kann
41 Eine Organisation dieses Namens gibt es nicht, aber die Bezeichnung weckt diffuse Assoziationen an Skinheads, White Power und Neonazi-Ideologie.
42 Die rechtslastige und gemäß eigenen Angaben »rechtgläubig-politische« Internetseite von Prawaja Ru kann für einen russischen Leser auch als Abkürzung für »rechte Hand« (russ. prawaja ruka) und somit als Anspielung auf Masturbation gelesen werden.
43 Nach einer von Außenminister Chamberlain unterschriebenen Note der englischen Regierung an die sowjetische Regierung im Februar 1927 (in der u. a. das Ende der Unterstützung für die chinesische revolutionäre Kuomintang gefordert wurde) erschien in der *Prawda* ein Artikel, dessen Titel »Willkommen Kanton! Das ist unsere Antwort an Chamberlain!« zu einer verbreiteten Losung wurde.
44 Anspielung auf den doppelköpfigen Adler – das russische Wappentier –, aber auch auf das Gespann Putin und Medwedjew
45 Russischer Inlandsgeheimdienst, Nachfolgeorganisation des KGB
46 In Russland wird der Ausdruck Nordallianz (ein Zweckverband verschiedener afghanischer Milizen gegen die Taliban) gelegentlich ironisch verwendet für die Petersburger Tschekisten, die der selbst aus Petersburg kommende Putin mit nach Moskau gebracht hat.
47 Erzählung von Maxim Gorki
48 Diese Stelle und die Formulierung *nadmennye podonki* (arroganter Abschaum) sind eine Anspielung auf das und ein Wortspiel mit dem Gedicht »Smert poeta« (Tod des Dichters), das Michail Lermontow 1837 nur wenige Tage nach Puschkins Tod schrieb und in dem er die Petersburger Aristokratie als *nadmennye potomki* (arrogante Nachfahren) bezeichnete.
49 Um die Gestalt des 1864 in Tomsk gestorbenen und 1984 von der russisch-orthodoxen Kirche heiliggesprochenen Starez (russ. Mönch) Fjodor Kusmitsch rankt sich die Legende, er wäre in Wirklichkeit Zar Alexander I. gewesen, der seinen Tod 1825 nur vortäuschte, um fortan als Einsiedlermönch zu leben.
50 »Mana« ist in Computerspielen eine Art spiritueller Energie oder Macht, mit deren Hilfe man Magie ausüben kann und als deren Mengenindikator häufig ein blauer Balken dient.
51 Das »P« im kyrillischen Alphabet sieht entfernt rechteckig aus: П.
52 *Was tun?* (1863), Roman von Nikolai Tschernyschewski sowie später (1902) Titel einer Schrift von Lenin; *Wer ist schuld?* (1847), Roman von Alexander Herzen
53 Verweis auf Pelewins Roman *Tschapajew i pustota* (dt. *Buddhas kleiner Finger*, 1999, übers. v. Andreas Tretner), bei dem es ein Vorwort gibt von »Urgan Dschambon Tulku VII., Vorsitzender der Buddhistischen Front der Vollständigen und Endgültigen Befreiung, VEB[B]«
54 »Maya« steht im Sanskrit für Illusion, Zauberkraft, Täuschung; im Hinduismus und Buddhismus heißt so auch die Göttin der Illusion und Schöpferin des Universums.
55 Roman von Fjodor Dostojewski
56 Erzählung von Fjodor Dostojewski

57 Erzählung von Lew Tolstoi
58 Teil des Titels von Lew Tolstois Drama *Macht der Finsternis oder Steckt die Kralle in der Falle, ist der Vogel schon verloren*
59 »Wasja Pupkin« ist so etwas wie der russische Durchschnittsbürger, vergleichbar mit Otto Normalverbraucher oder Lieschen Müller.
60 Im Russischen durch die phonetische Ähnlichkeit in den Wörtern »gehen« *(chodit)* und »wichsen« *(drotschit)* funktionierende Persiflage auf die ersten beiden Zeilen von Alexander Puschkins Gedicht »Bewegung«: »Es gibt keine Bewegung, sprach ein weiser Mann mit Bart / Ein anderer schwieg still und begann, vor ihm umherzugehen.«
61 Anspielung auf das Gedicht »An das Meer«, in dem Alexander Puschkin Lord Byron und Napoleon als »Herrscher unserer Gedanken« bezeichnet
62 Variation auf das Tetragramm JHWH für den Eigennamen Gottes
63 OPHS = Abkürzung für Oberprokurator des Heiligen Synods
64 Nicht vokalisierte Form von Agnus
65 Nicht vokalisierte Form von Bhagwan
66 Zitat aus einem Gedicht des symbolistischen Dichters Alexander Blok (1880–1921)
67 Die Christianisierung Russlands erfolgte im 10. Jahrhundert.
68 Roman von Fjodor Dostojewski
69 In Computer-Rollenspielen sind Artefakte *(artifacts)* magische Gegenstände mit bizarren Bezeichnungen, die man besiegten Feinden abnimmt und zur Steigerung der Kampfkraft einsetzen kann.
70 Wortspiel mit »Rabe« (russ. *woron*) und »Depp« (engl. *moron*) sowie Verballhornung einer Zeile aus einem russischen Volkslied, in dem es heißt: »Schwarzer Rabe, ich bin nicht dein.«
71 Der Bär ist das Symbol der Partei Einiges Russland.
72 Zitat aus dem Gedicht »Ariost« des russischen Dichters Ossip Mandelstam (1891–1938)
73 Es gibt tatsächlich einen Moskauer Fernsehmoderator namens Wladimir Solowjow, der in eine Spam-Affäre verwickelt war.
74 Ein als »Mann mit der Eisernen Maske« bekannter Gefangener Ludwigs XIV., dessen Identität Anlass zu zahlreichen Spekulationen gab, aber nie endgültig geklärt wurde.
75 Hebräer 10,30
76 Anspielung auf den verlustreichen Russlandfeldzug Napoleons im Jahr 1812
77 Anspielung auf Moskau – und in einem weiteren Sinne auch Russland – als Drittes Rom
78 *Filin* (oder auch *Sirin*) heißt auf Deutsch Uhu, Eule. Sirin und Alkonost sind Sagengestalten der russischen Folklore, die aussehen wie Eulen, aber Gesicht und Brust einer Frau haben. Hier eine Anspielung auf Vladimir Nabokov, der auch unter dem Pseudonym Sirin schrieb.
79 Das Allerhöchste Verhör fand vor dem Imperator statt.
80 Wie schon oben (s. Anm. 53) Verweis auf Pelewins Roman *Tschapajew i pustota* (wörtlich: »Tschapajew und die Leere«), in dem als Figur Wassili Iwanowitsch Tschapajew auftaucht, während des russischen Bürgerkriegs ein legendärer Kommandeur der Roten Armee.
81 Zitat aus *Jewgeni Onegin*, hier nach folgender Ausgabe: Alexander Puschkin, *Jewgenij Onegin. Roman in Versen*, übers. und komm. von Rolf-Dietrich Keil, Gießen, 1980, S. 35

82 Gefängnis für als besonders gefährlich geltende politische Gefangene der zaristischen Regierung
83 Matthäus 27,46
84 Bei Matthäus 27,47 heißt es: »... Der ruft den Elia.«
85 Russ. *pjatak* = dt. Fünfer, Fünfkopekenstück
86 Anspielung auf die Verkleinerungsform von russ. *pjatak*, also *pjatatschok* = dt. Schweinerüssel
87 Lew Tolstoi war einer der ersten russischen Schriftsteller, deren Stimme mit einem Phonographen aufgezeichnet wurde.
88 Sofja Andrejewna Tolstaja, Tolstois Ehefrau
89 Das russische Wort für »Gedanke« *(duma)* bezeichnet großgeschrieben die alte russische Abgeordnetenversammlung, die der Zar eröffnen und auflösen konnte.
90 Erste Zeile eines Gedichts des fiktiven Autors Kosma Prutkow; unter diesem Pseudonym verfassten vier russische Schriftsteller (Alexei Tolstoi sowie die drei Brüder Schemtschuschnikow) Mitte des 19. Jahrhunderts parodistische Texte.
91 Russische Schauspielerin und Schlagersängerin sowie Society-Girl
92 Anspielung auf die Erzählung *Mitjas Liebe* von Iwan Bunin (1870–1953); er bekam 1933 als erster russischer Schriftsteller den Literaturnobelpreis.

(Die Bibelstellen sind zitiert nach der Lutherbibel.)

Viktor Pelewin
TOLSTOIS ALBTRAUM